PERRY-RHODAN-JUBILÄUMSBAND

Perry Rhodan Jubiläumsband

zum 1000. Roman der weltberühmten SF-Serie

Verlag Arthur Moewig GmbH
Rastatt

Redaktion und Bearbeitung: G. M. Schelwokat
Titelillustration: J. Bruck
Verkaufspreis inkl. gesetzl. Mehrwertsteuer
Auslieferung in Österreich:
Pressegroßvertrieb Salzburg, Niederalm 300, A-5081 Anif
Druck und Bindung: Presse-Druck, Augsburg
ISBN 3-8118-7087-4

Inhalt

Vorwort

Im Lauf der Zeit ist über das Phänomen PERRY RHODAN schon so viel geschrieben worden, daß es hier und heute gar nicht unsere Aufgabe sein kann, die lange Liste der entsprechenden Veröffentlichungen um einen weiteren Beitrag zu bereichern. Immerhin erfordert das, was wir Ihnen hiermit vorlegen, zumindest ein paar einführende und erklärende Worte.

Im Sommer 1979 war's, im Münchener Sheraton Hotel, als führende Leute des Verlages den naheliegenden Gedanken äußerten, man müsse der treuen Leserschaft von PERRY RHODAN anläßlich des Erscheinens von Band 1000 der Serie unbedingt etwas Besonderes bieten. Gesagt, getan! Neben dem P. R.-Weltcon in Mannheim und dem Sternenatlas wurde auch ein umfängliches Taschenbuch konzipiert, zu dem die Hauptautoren der Serie Beiträge in Form von Kurzromanen leisten sollten.

Acht PERRY-RHODAN-Autoren sind dem Wunsch des Verlages nachgekommen und haben am Jubiläumstaschenbuch mitgearbeitet.

Vorgegeben war, daß sich jeder der Autoren aus den 17 Jahrhunderten der PERRY-RHODAN-Historie eine bestimmte Nische oder Ära aussucht, in der seine Erzählung spielt. Und so eröffnet Kurt Mahr mit einer Episode aus dem Jahr 2043, der Epoche der Auseinandersetzung mit den Druuf, den bunten Reigen, der abgeschlossen wird von H. G. Francis mit einem privaten Erlebnis Perry Rhodans aus dem Jahr 3587.

Daß die Autoren in ihren Arbeiten Figuren verwenden, die nicht nur die Leser, sondern auch sie selber liebgewonnen haben – wie zum Beispiel Gucky, Roi Danton, Captain Nelson und Don Redhorse –, ist nur zu natürlich. Jeder hat schreiben können, ohne genaue Regieanweisungen beachten zu müssen, wie es in der Serie der Fall ist. Und jeder der Autoren machte von dieser Freiheit Gebrauch.

Bei einem geht es feuchtfröhlich zu, andere wieder dramatisieren oder bleiben ernst und sachlich oder lassen augenzwinkernd erkennen, daß man ihre Aussagen nicht so tierisch ernst nehmen sollte. Alles in allem haben wir also ein buntes Spektrum all dessen, was PERRY RHODAN berühmt gemacht hat.

Wenn Sie, liebe Leser, es auch so empfinden und dieses Taschenbuch begrüßen, dann können wir heute schon sagen: Der nächste Jubiläumsband kommt bestimmt. Schließlich feiert PERRY RHODAN 1981 sein 20jähriges Bestehen.

G. M. Schelwokat
Straubing, im Juni 1980

Kurt Mahr

Ein Köder für den Robotregenten

Das Jahr 2043 nähert sich dem Ende. Die Überlappungsfront, an der zwei Universen einander begegnen – das der Druuf und das unsere – ist am Erlöschen. Bald werden die beiden Räume wieder sein, was sie waren, bevor das unheimliche Phänomen der Überlappung entstand: individuelle Kosmen, in sich abgeschlossen, ohne jegliche Verbindung von einem zum andern.

In den vergangenen Tagen haben zwei terranische Superschlachtschiffe, die DRUSUS und die KUBLAI KHAN, in unmittelbarer Nähe der Überlappungsfront agiert. Sie bildeten die Rückendeckung für eine Expedition, die unter Oberst Julian Tifflors Leitung in das Druuf-Universum vorstieß und die Aufgabe hatte, eine Konfrontation zwischen den Streitkräften der Druuf und der Flotte des Robotregenten von Arkon herbeizuführen. Der Robotregent war derzeit der gefährlichste Gegner Terras, und jede Schwächung seiner Macht trug zur vermehrten Sicherheit der Menschheit bei.

Tifflor war nur teilweise erfolgreich gewesen. Es kam zu einer Raumschlacht zwischen Druuf und Arkoniden; aber die Verluste, die die arkonidische Flotte dabei erlitt, blieben hinter den terranischen Erwartungen zurück. Tifflor und seine Begleiter retteten sich im letzten Augenblick durch die Überlappungsfront an Bord der beiden Superschlachtschiffe. Mit sich brachten sie wertvolle Proben der Druuf-Technologie, darunter die Bestandteile eines Druuf'schen Überlichttriebwerks, von denen sich die terranische Wissenschaft neue Erkenntnisse versprach, und einen verletzten Kriegsgefangenen, einen Druuf-Piloten.

Unmittelbar nach Abschluß der Rettungsaktion setzten sich die DRUSUS und die KUBLAI KHAN in Marsch. Denn der Robot-

regent von Arkon hatte inzwischen das Ränkespiel der Terraner durchschaut, und eine arkonidische Flotte schickte sich an, die beiden Superschlachtschiffe zu stellen und zu vernichten.

Für Perry Rhodan indes war das Unternehmen im Bereich der Überlappungsfront noch nicht abgeschlossen. Er hatte vor, sein Ziel nicht nur halb, sondern ganz zu erreichen, bevor er sich endgültig auf den Rückweg nach Terra machte.

1.

Bis jetzt war alles glattgegangen. Daß ausgerechnet im entscheidenden Augenblick zwei arkonidische Wachroboter auftauchen würden, damit hatten wir nicht rechnen können. Sie schritten an der Vorderseite der flachen Lagergebäude entlang, und ihre Tritte hallten laut über die gegossene, glasierte Fläche des riesigen Landefelds. Tifflor und ich kauerten im Schatten zwischen zwei Baracken. Weiter hinten, im Dunkel der Nacht, warteten unsere Transportroboter und der Shift. Wir würden den beiden arkonidischen Wächtern nicht entgehen. Die Zeit des Handelns war gekommen.

Tiff wartete nicht auf meinen Wink. Geduckt huschte er bis ans rückwärtige Ende der Baracke. Die Gußfläche aus Konkrit hörte dort auf; dahinter lag weicher, teilweise sumpfiger Boden. Ich glitt hinter Tiff her. Die beiden Arkoniden-Roboter blieben am vorderen Ende der schmalen Gasse zwischen den beiden Gebäuden stehen. Ein menschliches Auge konnte in der Finsternis die Hand nicht vor dem Gesicht sehen; aber für die zwei Maschinen mit ihren Infrarot-Sensoren glühten unsere warmen Körper wie Leuchtfeuer in der Nacht.

„Wer ist dort?“ knarrte eine Robotstimme auf Arkonidisch.

„Hilf mir, ich habe mich verletzt“, ächzte ich in derselben Sprache.

Einer der beiden Roboter kam auf mich zu. Tiff verkroch sich um die Ecke der Baracke. Ich gab ihm fünf Sekunden Zeit. Inzwischen hatte der Robot sich mir bis auf wenige Schritte genähert.

„Identifikation“, bellte er.

Ich schoß. Die Maschine verschwand hinter einer Flammenwand. Ich schnellte mich seitwärts und ging zu Boden – keinen Augenblick zu früh. Der Robot explodierte, und ein Hagel glühender Metallteile prasselte zwischen den Wänden der beiden Baracken hin und her. Am anderen Ende der Gasse war Julian Tifflor nicht faul gewesen. Um das Gebäude herum war er dem zweiten Roboter in den Rücken gekommen. Er hatte freies Schußfeld und mehr als ausreichende Deckung. Aber die Explosion der zweiten Maschine mußte, da sie auf freier Fläche erfolgte, mehr Aufsehen erregen.

Sekunden später war Tiff wieder an meiner Seite.

„Es bleiben uns höchstens zwei Minuten, Sir", stieß er hervor.

Ich horchte in die Nacht hinaus. Von irgendwoher ertönte der dünne, winselnde Ton einer Sirene. Andere fielen ein. Die Arkoniden schlugen Alarm. Tiff hatte recht.

Anstatt den für solche Zwecke gemachten Eingang zu benützen, brannten wir ein Loch in die Seitenwand der Baracke. Unsere Roboter waren sorgfältig programmiert; sie wußten, an welcher Art Lagergütern wir interessiert waren. Sie kletterten durch das Loch, luden auf, soviel sie greifen konnten, und marschierten zum Shift. Die Operation dauerte nicht mehr als siebzig Sekunden. Draußen auf dem Landefeld wurde es laut. Die Arkoniden kamen. Ich kletterte hinter das Steuer des Fahrzeugs. Tiff folgte mir ein paar Sekunden später. Er schwang einen Stock, an dessen unterem Ende ein Ding befestigt war, das die stilisierte Darstellung des Fußes eines Zyklopen hätte sein können. Er grinste.

„Das wird ihnen zu denken geben", sagte er und warf den Stock mit dem Ding daran in den Hinterteil des Fahrzeugs.

Das Triebwerk röhrte auf. Ich drehte den Shift ein paarmal hin und her, bis die glutenden Korpuskularströme alle Eindrücke vernichtet hatten, die das schwere Fahrzeug hinterlassen haben mochte. Dann nahmen wir Kurs auf die Berge.

Die Arkoniden waren zu überrascht. Sie verfolgten uns nicht.

Als ich meinem alten Freund und Mitkämpfer Reginald Bull meinen Plan unterbreitete, hatte er gemeint:

„Hört sich ziemlich riskant an, Perry. Außerdem stehst du unter Zeitdruck. Aber – wer weiß, vielleicht könnte sich die Sache lohnen."

So war Bully: Zu jeder Angelegenheit hatte er eine mehr oder weniger eindeutige Meinung. Die DRUSUS und die KUBLAI KHAN waren erst vor kurzer Zeit einem weit überlegenen arkonidischen Kampfverband entkommen. Wir hatten im Ortungsschatten einer Sonne Schutz gesucht. Die Vorbereitungen begannen sofort; denn in einem hatte Bully recht: Wir standen unter Zeitdruck. Die aus wirbelnden, rotglühenden Entladungstrichtern bestehende Front, entlang deren sich unser Universum mit dem der Druuf überlappte, verlor von Tag zu Tag an Stabilität. Wenn wir den arkonidischen Admiral Door-Trabzon zu einem letzten, massierten Schlag gegen die Druuf verlocken wollten, dann durften wir keine Minute verlieren.

Unser Fahrzeug war eine Kaulquappe mit dem Eigennamen MINNIE MOUSE, sechzig Meter im Durchmesser, kaum bewaffnet und mit einem kräftigen kleinen Transitionstriebwerk ausgestattet. An Bord gingen außer einer Minimalbesatzung, zu der Julian Tifflor und ich gehörten, die Bestandteile des Druuf'schen Überlichttriebwerks, die Tiff erbeutet hatte, ein paar weitere Paraphernalien der Druuf-Technologie, der schwerverletzte Druuf, der von Tiff gefangengenommen worden war und dem wir diese Tortur trotz seines besorgniserregenden Zustands nicht ersparen konnten, sowie schließlich zwei Exomediker, deren Aufgabe es war, unserem Gefangenen das Leben so angenehm wie möglich zu machen.

Unser Ziel war Berghar, eine von Ekhoniden besiedelte Welt in einem Sternsystem, das nur wenige Lichtjahre vor der Überlappungsfront lag. Beim Abhören arkonidischer Flottenmeldungen hatten wir einiges über den Planeten erfahren. Es gab dort eine kleine arkonidische Flottenversorgungsbasis unter dem Kommando des Adligen Evalor Kybdzon, der wahrscheinlich so dekadent war wie ein Pharao der XXV. Dynastie. Ansonsten war Berghar eine paradiesische Siedlerwelt mit einer Bevölkerung von knapp einer Million Ekhoniden. Die Ekhoniden gehörten zum Verband des arkonidischen Großvolks, hatten jedoch dem allgemeinen Trend in die Dekadenz erfolgreich widerstanden. Denen, die auf Berghar lebten, hatte dabei offenbar der Umstand geholfen, daß sie von dem luftigen Niveau der arkonidischen Zivilisation in einen Zustand vergleichsweiser Primitivität zurückgeglitten waren: man fällt der Dekadenz nicht anheim, wenn man mit den nackten Händen ums Überleben kämpfen muß. Ganz so schlimm war die Lage auf Berghar freilich nicht, aber gewiß hatte die Psychologie der Not dazu beigetragen, die Ekhoniden auf Berghar zu einem für uns äußerst interessanten Volk zu machen: konservativ, schwer arbeitend, ein bißchen engstirnig und vor allen Dingen von einem unversöhnlichen Lokalpatriotismus erfüllt, der alle Nicht-Bergharer zum Teufel wünschte und bisweilen sogar dem unnahbaren Evalor Kybdzon und seinen arkonidischen Söldnern das Leben schwermachte.

Mit anderen Worten: Berghar war genau der Ansatzpunkt, den wir brauchten. Die MINNIE MOUSE schlich sich zwischen arkonidischen Flottenverbänden hindurch und landete unbemerkt in einem Bergmassiv nordöstlich der einzigen größeren Siedlung auf Berghar. Sie hieß Ilonza und war gleichzeitig der Wohnort des ekhonidischen „Meisters des Rates“, mit dem wir Besonderes vorhatten.

Es war Nacht über Ilonza, als wir die Triebwerke der MINNIE MOUSE auf null fuhren. Aber die Borduhren zeigten den Morgen des 19. Dezember 2043 Allgemeiner Zeitrechnung.

Der Einbruch in ein Lagerhaus der arkonidischen Flottenversorgungsbasis war nicht das einzige Unternehmen, das für den Rest der Nacht auf Tifflors und meinem Terminkalender stand. Wir handelten, wie schon gesagt, unter Zeitdruck. Der Ablauf der Ereignisse mußte *rasch* auf Schwung gebracht werden. Das Ausladen des Beuteguts überließen wir den Robotern. Wir nahmen nur wenige Stücke davon an Bord unseres Fluggleiters und machten uns alsbald wieder auf den Weg. Bis zum Anbruch der Dämmerung waren es noch zweieinhalb Stunden, als wir uns auf Schleichwegen nach Ilonza hineinmanövrierten.

Iwwet Arpad, der Meister des Rates, mithin eine Art Präsident von Berghar, bewohnte ein mächtiges Haus, das die äußere Eleganz einer alten terranischen Scheune besaß und unmittelbar am Ufer des Flüßchens lag, von dem Ilonza in zwei Hälften gespalten wurde. Wir landeten am Fuß der Uferböschung und verbargen das Fahrzeug unter überhängendem Gestrüpp. Unter den Fuhrwerken und Dampfmobilen der Bergharer nahm sich unser Gleiter nämlich so unauffällig aus wie ein Korbballspieler in einer Schar von Pygmäen. Wir mußten darauf achten, daß kein Unberufener ihn zu sehen bekam.

Im Erdgeschoß des großen Hauses brannte das Licht. Es war klar, daß der arkonidische Kommandant den Meister des Rates als einen der ersten von dem Vorfall auf der Versorgungsbasis in Kenntnis gesetzt hatte. Wir arbeiteten uns durch das Gestrüpp eines vernachlässigten Gartens und spähten durch ein paar Fenster. In einem Raum erblickten wir eine Gruppe von Männern. Die meisten von ihnen waren jung und hatten den stämmigen, athletischen Körperbau, den schwere körperliche Arbeit erzeugt. Der einzige Ältere unter ihnen, stiernackig, mit einem klassisch-römischen Kugelkopf und zu einer Bürste gestutztem Haarwuchs, mußte Iwwet Arpad sein.

Ekhoniden unterscheiden sich physiologisch nicht von Arkoniden. Allen diesen Leuten gemeinsam war die pigmentarme, helle Haut, das weiße Haar und die rötlich schimmernden Augen. Tiff und ich hatten von Anfang an keine Chance, die Rolle von Einheimischen zu spielen. Wir mußten uns als das zu erkennen geben, was wir waren. Und hoffen, daß Iwwet Arpad gegen Terraner nicht mehr Abneigung empfand als gegen andere Nicht-Bergharer.

Tiff und ich hatten unsere Rollen abgesprochen. Ich fand eine offene Tür und schlich durch leere, aber hell erleuchtete Gänge in Richtung des Raumes, in dem wir Iwwet Arpad und seine Leute gesehen hatten. Ich hörte Stimmen, die sich diszipliniert im eigenartigen Dialekt der Ekhoniden unterhielten, darunter ein kräftiges, dröhnendes Organ, das ohne Zweifel dem Meister des Rates gehörte.

Ich stieß die Tür auf und trat ein. Die Unterhaltung verstummte sofort. Sechs Augenpaare wandten sich mir zu. Iwwet Arpad starrte mich unter buschigen Augenbrauen hervor zornesfunkelnd an.

„Ein Terraner!“ stieß er hervor. Seine Überraschung dauerte nicht einmal eine Sekunde. „Jetzt wissen wir, wer Evalor Kybdzon bestohlen hat. Nehmt ihn fest!“

Die Schnelligkeit seiner Reaktion beeindruckte mich. Zwei der jungen Männer sprangen auf mich zu und packten mich bei den Schultern. Der eine winkelte mir den Arm auf den Rücken.

„Kybdzon wird sich freuen, wenn er dich in die Finger kriegt“, knurrte Iwwet Arpad. „Aber vorher wirst du mir ein paar Fragen beantworten. Sprichst du Arkonidisch?“

„Ja.“

„Was hast du hier zu suchen?“

„Ich wollte dich sprechen.“

Das war nicht, was er gemeint hatte. Die Antwort verwirrte ihn.

„Mich?“ fragte er stirnrunzelnd. „Du weißt überhaupt nicht, wer ich bin.“

„Iwwet Arpad, der Meister des Rates.“

„Er hat an der Tür gelauscht“, sagte einer der jungen Männer.

„Unsinn“, brummte Iwwet. „Was willst du von mir?“

„Dir einen Plan unterbreiten, wie du die Arkoniden loswirst.“

Das Funkeln in seinen Augen wurde womöglich noch drohender.

„Terranischer Kartjuk!“ spie er hervor. Ich hatte keine Ahnung, was ein Kartjuk war, aber vermutlich handelte es sich um ein Ding, das hierorts wenig Ansehen genoß. „Die Bergharer und die Arkoniden sind Brüder. Ich werde dich Kybdzon aushändigen. Er mag dich für deinen frechen Diebstahl bestrafen.“

„Wenn Kybdzon mich für den Täter hält, dann ist er dümmer, als ich glaubte. Hat er dir nichts von dem Fußabdruck erzählt?“

Diesmal hatte ich ihn! Er war so überrascht, daß er sich auf die Lehne eines Sessels stützen mußte. Jemand im Hintergrund benützte die Gelegenheit, um zu flüstern: „Er weiß alles."

Iwwet Arpad hatte sich wieder in der Gewalt.

„Kerl, du bist gefährlich", zischte er. „Ich will nichts mehr mit dir zu tun haben. Schafft ihn zur Basis!"

Meine beiden Betreuer machten Anstalten, mich zur Tür hin umzudrehen. Auf der anderen Seite des Raumes klirrte ein Fenster. Julian Tifflors Stimme sagte laut und unmißverständlich: „Keine falsche Bewegung! Laßt den Mann los!"

Tiff brauchte nicht mehr als zwei Minuten, da hatte er die Anwesenden so arrangiert, wie wir es brauchten: er in der einen Ecke, fünf junge Männer in der anderen. Iwwet Arpad mitten im Raum in einem Sessel sitzend, und ich breitbeinig vor ihm stehend, damit es keinen Zweifel gab, wer hier das Heft in der Hand hatte. Und all diese Bereitwilligkeit verdankten wir dem kleinen Nadelstrahler, den Tiff lässig in der Hand hielt.

Der Meister des Rates befand sich in einer Lage, die für ihn ungewohnt war. Ich sah, wie es in ihm kochte. Auf Berghar leistete niemand Iwwet Arpad Widerstand! *Sein* Wort galt in allen Dingen. *Er* gab die Befehle. Ich ließ ihm Zeit, mit sich ins reine zu kommen; dann sagte ich:

„Mein Angebot gilt immer noch. Ich will dir einen Plan unterbreiten."

„Der Plan eines Teufels", keuchte er. „Laß mich in Ruhe. Ich will nichts davon wissen."

„Du weißt, daß Berghar sich in Gefahr befindet", drängte ich ihn.

„Euretwegen?" höhnte er.

„Das Wesen, das den Fußabdruck hinterließ, ist nicht alleine hier."

„Niemand weiß, von wem der Abdruck stammt." Er schüttelte ärgerlich den Kopf. „Und *eine* Fußspur bedeutet noch keine Gefahr."

„Selbst wenn Kybdzon zu beschränkt ist, um sich auf den Abdruck einen Reim zu machen“, hakte ich nach, „so weißt *du* doch ganz genau, womit wir es zu tun haben. Hast du schon einmal einen Druuf gesehen?“

Sein Schädel ruckte in die Höhe. Er versuchte, mich mit seinem Blick zu durchbohren. Sein Mund war ein dünner, grauer Strich. Die Kinnbacken spielten unter der blassen Haut. Er sah aus wie einer, dem sich Worte wie von selbst auf die Lippen drängten und der sie mit Gewalt zurückhalten mußte. Es fehlte nicht mehr viel, und ich hatte ihn da, wo ich wollte.

„Wenn Kybdzon mich festgenommen hätte, wäre ich im übrigen nicht lange allein gewesen“, sagte ich so unschuldig wie nur möglich.

Das machte ihn neugierig. „Ich weiß, sie hätten deinen Kumpan ebenfalls festgenommen“, stellte er mich auf die Probe.

„Den wohl kaum. Aber *dich* hätten sie noch vor Anbruch der Morgendämmerung gegriffen.“

Er gab ein knurrendes Lachen von sich, das verächtlich klingen sollte. Aber er war beeindruckt. Sah ich so etwas wie Sorge in seinen Augen? Der alte Fuchs konnte unmöglich wissen, was ich mit ihm vorhatte. Woher also die Sorge? Hatte er von sich aus schon Dinge unternommen, die den Zorn der Arkoniden erwecken würden, wenn sie davon erfuhren?

„Du machst dich lächerlich, terranischer Kartjuk“, grollte er.

„Das sagst *du?* Meinst du, du hättest es mit Kindern zu tun? Wie lange, glaubst du, läßt sich dein Versteck unten am Fluß geheimhalten?“

„Mein Versteck . . .?“ gurgelte er.

„Tiff, gib es mir“, forderte ich meinen Begleiter auf.

Mein Gott, das ging so geschmiert, daß wir es im besten Theater hätten vorführen können. Tiff warf mir mit der freien Hand einen in undurchsichtiges Plastik gewickelten Gegenstand zu. Ich trat nahe an Iwwet Arpad heran, so daß niemand sonst sehen konnte, was ich ihm zeigte. Dann entfernte ich die Verpackung.

Ich beobachtete ihn scharf. Er war das Geschöpf einer Zivilisation, die die Dampfmaschine für einen Höhepunkt der technologischen Entwicklung ansah. Er hätte eigentlich nicht wissen dürfen, wie ein arkonidischer Kodegeber aussah. Aber die Flottenversorgungsbasis lag in der Nähe, und als Anführer der Bergharer hatte er sicherlich oft Gelegenheit gehabt, mit der arkonidischen Technik in Berührung zu kommen. Oder stammte seine Kenntnis womöglich aus anderen, weniger legitimen Quellen? Der Ausdruck der Besorgnis ging mir nicht aus dem Sinn, den ich vor wenigen Augenblicken an ihm wahrgenommen hatte. Hatte er sich selbst schon an den Vorräten der Basis vergriffen, so vorsichtig, daß ihm nie etwas nachgewiesen werden konnte?

Wie dem auch sein mochte – er kannte den Gegenstand, den ich ihm unter die Nase hielt. Die Augen traten ihm aus den Höhlen. Er begriff, worauf ich hinauswollte.

„Du Schuft!" würgte er hervor.

„Das ist die letzte Beleidigung, die ich mir ungestraft anhöre", sagte ich scharf. „Und jetzt schick deine Leute hinaus, damit wir ungestört verhandeln können."

2.

Er gab den entsprechenden Befehl. Die jungen Männer gehorchten ohne Murren; aber ich bemerkte einen unter ihnen, den kleinsten und zugleich breitschultrigsten von allen, der sich Mühe gab, als letzter zur Tür hinauszumarschieren. Unter der Türöffnung drehte er sich noch einmal um und warf Iwwet Arpad einen fragenden Blick zu. Iwwet reagierte nicht darauf; aber ich nahm mir vor, auf diesen Mann zu achten.

Die Tür hatte sich kaum geschlossen, da knirschte Iwwet in mühsam verhaltener Wut:

„Du weißt genauso gut wie ich, daß ich mit dem Einbruch in der Versorgungsbasis nichts zu tun habe.“

„Ich weiß es.“ Es konnte nicht schaden, ihn noch ein wenig zappeln zu lassen. „Aber was wird Evalor Kybdzon denken, wenn er von dem Versteck unten am Fluß erfährt? Besonders, da er dich ohnehin im Verdacht hat, daß du dich hin und wieder auf ungesetzliche Art und Weise an seinen Vorräten bereicherst?“

Der Schuß war aufs Geratewohl abgefeuert, aber er saß. Das sah ich sofort. Iwwet Arpad blickte zu mir auf. Der Ausdruck der seelischen Qual in seinen Augen war so intensiv, daß er mich unwillkürlich rührte. Vor mir saß ein Mann, der am Ende seiner psychischen Kraft angelangt war. Ich durfte den Bogen nicht überspannen.

„Ich wollte, die Teufel hätten dich gefressen, bevor du geboren wurdest“, ächzte er. „Was willst du von mir?“

In diesem Zustand war er ein schlechter Verhandlungspartner. Er mußte sich beruhigen, bevor ich ernsthaft mit ihm reden konnte. Ich fragte, ob es irgendwo in seinem Haus Erfrischungen gebe. Er wies auf einen Schrank. Ich servierte ein Getränk, das die Bergharer „Sissfor“ nennen, wie ich beizeiten erfuhr, und von dem geübte Trinker der terranischen Flotte behauptet hätten, es brenne der Laus die Haare von den Zähnen. Iwwet leerte mit einem einzigen Zug seinen Becher zur Hälfte. Danach fing er an, sich zu entspannen. In der Zwischenzeit behielt Tiff den Ausgang und die Fenster im Auge. Ich erkundigte mich bei Iwwet, ob er etwas dagegen hätte, daß wir das Licht ausdrehten. Die Lampen waren elektrisch und wurden von einem Dampfgenerator gespeist, der irgendwo im Hintergrund des Hauses wummerte. Iwwet erhob keinen Einwand. Es wurde dunkel. Wenigstens konnten wir von draußen nicht mehr beobachtet werden. Tiff machte mich darauf aufmerksam, daß die Dämmerung in achtzig Minuten anbrechen würde.

Ich erläuterte Iwwet Arpad meinen Plan – soviel er davon zu wissen brauchte. Es war in meiner Darstellung keine Rede davon, daß Door-Trabzon und seine Flotte dazu verleitet werden sollten, durch die Überlappungsfront ins Universum der Druuf vorzustoßen und dort von der Hand der Druuf-Streitkräfte eine vernichtende Niederlage zu erleiden. Eine solche Aussicht hätte in Iwwet Arpad, so eigenbrötlerisch er und seine Bergharer auch sein mochten, womöglich das brüderliche Blut in Wallung gebracht. Ich sprach lediglich von der Aussicht, die arkonidische Flottenversorgungsbasis loszuwerden und flocht in meine Erklärung Anmerkungen über die Unabhängigkeitsliebe der Bergharer, die Aufdringlichkeit der Arkoniden und vor allen Dingen darüber, daß Terra auf keinen Fall beabsichtigte, auf Berghar einen Stützpunkt einzurichten, nachdem die Arkoniden sich zurückgezogen hatten. Ich stellte das alles so lieblich wie möglich dar; aber gerade weil ich über mein eigentliches Motiv nicht offen sprechen konnte, wußte ich, daß der alte Fuchs sich nicht so leichten Kaufs zufrieden geben würde. Er würde den springenden Punkt auf keinen Fall übersehen.

Als ich geendet hatte, sah ich ihn gegen den matten Schimmer der Sterne, der durch die Fenster drang, vornübergebeugt in seinem Sessel sitzen. Er ließ sich Zeit zum Nachdenken, fast fünf Minuten lang. Und dann stellte er die Frage, mit der ich hatte rechnen müssen.

„Sag mir, Terraner – was springt für dich dabei heraus?“

Wohl und Wehe unseres Vorhabens hingen davon ab, ob ihm meine Antwort glaubwürdig erschien oder nicht. Das Pseudomotiv war von unseren Xenopsychologen entwickelt worden und galt sowohl als logisch gesichert wie auch als der bergharischen Mentalität entsprechend.

„Kennst du einen arkonidischen Offizier namens Ter-Borvaal?“ fragte ich den Meister des Rates.

„Ich kenne überhaupt keine Arkoniden – außer denen, die man mir aufgezwungen hat.“

„Ter-Borvaal ist ein Flottenführer unter Door-Trabzon. Ich bin ein terranischer Raumschiffskapitän. Ter-Borvaal hat mein Schiff mit einem Verband von vierhundert Fahrzeugen angegriffen. Ich mußte fliehen. Durch geschicktes Manövrieren entwischte ich Ter-Borvaals Verband, und einige Tage später gelang es mir, sein Flaggschiff alleine zu stellen. Ich hätte es vernichten können. Aber ein Terraner, der flieht, lädt eine Schmach auf sich, die nur mit Blut abgewaschen werden kann. Ich forderte den Arkoniden zum persönlichen Zweikampf. Er nahm an, aber insgeheim rief er seinen Verband. Die vierhundert Schiffe brachen aus dem Hyperraum hervor, als ich an Bord eines Beiboots gehen wollte, um Ter-Borvaal auf der Oberfläche eines Wüstenplaneten gegenüberzutreten. Wir waren abermals zur Flucht gezwungen."

Die Geschichte interessierte den Alten. Aber es war ihm anzusehen, daß er sie nicht mit meinem augenblicklichen Vorhaben in Zusammenhang bringen konnte.

„Und was hat das mit deinem Plan zu tun?" fragte er.

„Die Versorgungsbasis auf Berghar ist klein, aber für die Arkoniden von großer Bedeutung, weil sie in unmittelbarer Nähe der Überlappungsfront liegt. Ter-Borvaal ist für diesen Frontabschnitt verantwortlich, damit auch für die Berghar-Basis. Wenn ich erreichen kann, daß die Basis von Berghar abgezogen werden muß, wird Ter-Borvaal an höchster Stelle in Ungnade fallen. Das soll seine Strafe dafür sein, daß er mir den persönlichen Zweikampf auf hinterhältige Art und Weise verweigert hat."

Der Alte sah mich scharf an. Ich hielt seinem Blick stand. Er ließ sich nicht anmerken, ob er mir die Geschichte abnahm oder nicht.

Er stand auf.

„Ich werde mir die Sache durch den Kopf gehen lassen", sagte er. „Wo kann ich dich erreichen?"

Ich zog ein Miniatur-Funkgerät aus der Tasche.

„Nimm dies", forderte ich ihn auf. „Es ist auf meinen Empfänger kalibriert. Und laß dir nicht allzu viel Zeit. Ich brauche deine Antwort spätestens drei Stunden nach Sonnenaufgang."

„Warum so rasch?"

„Das ist meine Sache. Ich darf keine Zeit verlieren."

„Und wenn ich mich so bald nicht entscheiden kann?"

„Dann falle ich auf meinen Alternativplan zurück, der für dich wahrscheinlich nicht annähernd so attraktiv ist wie das, was du eben gehört hast."

Er blinzelte mich an.

„Du würdest mir nicht etwas über deinen anderen Plan erzählen?"

„Bin ich ein Narr?" fuhr ich ihn an. Ich war schon auf dem Weg zur Tür, und als fiele mir jetzt erst ein, was ich noch zu sagen hatte, blieb ich noch einmal stehen. „Falls du auf schlechte Ideen kommen solltest – das Versteck ist nicht unten am Fluß."

Der Beginn der Dämmerung war noch zwanzig Minuten entfernt, aber die Nacht war heller geworden. Über den östlichen Horizont stieg die rotglühende Fläche der Überlappungsfront herauf. Entladungstrichter zuckten und pulsierten. Es war ein ehrfurchtgebietender Anblick – und einer, den wir in den vergangenen Tagen und Wochen oft zu sehen bekommen hatten.

„Wie beurteilen Sie unsere Erfolgsaussichten, Sir?" erkundigte sich Tiff, der am Steuer saß.

„Mittelmäßig", antwortete ich. „Ich nehme an, es wird sich uns noch vor Anbruch des Tages die Gelegenheit bieten, einen zusätzlichen Akzent zu setzen."

„Sie erwarten einen Funkspruch von Iwwet Arpad?"

„Nein. Ich erwarte einen Verfolger, den wir irgendwie abwimmeln müssen."

Das brachte ihn einen Atemzug lang aus der Fassung.

„Einen Verfolger? Einen Bergharer? Wer wird mit einer Dampfmaschine einen Fluggleiter verfolgen wollen?"

„Ich glaube, Sie schätzen die Bergharer falsch ein. Iwwet Arpad ist gegen die arkonidische Flottenversorgungsbasis, aber solange sie sich hier befindet, benützt er sie, um sich und seine Leute mit hochentwickelter Technologie zu versorgen. Ich wäre keineswegs überrascht, wenn wir einen arkonidischen Fluggleiter mit einem bergharischen Piloten hinter uns hängen hätten."

Ich schaltete das kleine Ortergerät ein. Ein grüner, blinkender Punkt erschien im rechten oberen Quadranten.

„Da soll doch ...", knurrte Tiff.

Mit ein paar Tastendrücken erzeugte ich einen Ausschnitt der Karte, die die MINNIE MOUSE während der Landung angefertigt hatte, auf dem optischen Bildschirm. Sie zeigte eine Reliefdarstellung der Vorberge, auf die wir uns zubewegten. Ich zeigte Tiff eine lange, gewundene Schlucht, die an einer steil ansteigenden Felswand endete.

„Wir landen dort", sagte ich.

Das Gelände war mir in seinen Einzelheiten unbekannt; aber meine Wahl erwies sich als glücklich. Es gab in der Nähe des rückwärtigen Schluchtendes einen breiten Felsvorsprung, der unserem Fahrzeug als Deckung diente. Tiff und ich kletterten ins Freie. Der letzte Blick auf den Orter hatte uns gezeigt, daß der Verfolger sich weiterhin auf unserer Spur befand. Ich fragte mich, was ihm in diesem Augenblick durch den Kopf ging. Er wußte, daß die Schlucht eine Sackgasse war. Hielt er uns für Narren, oder zog er die Möglichkeit in Erwägung, daß wir hier ein geheimes Versteck geschaffen hatten?

Wir hörten ihn schon von weitem. Das helle Summen des Triebwerks brach sich an den Wänden der Schlucht und schallte zu uns herauf. Die Schlucht war tief eingeschnitten und wahrscheinlich selbst am Tage ziemlich finster. Aber der rote Widerschein der Überlappungsfront hatte sich über den Osthimmel ausgebreitet, und in seinem unsicheren Schimmer sah ich den Schatten des Fahrzeugs, das sich in geringer Höhe und mit Schleichfahrt um eine Felsnase schob.

Ich hatte nicht die Absicht, Iwwet Arpads Spion leichten Kaufs davonkommen zu lassen. Den Bergharern mußte eingebleut werden, daß es gefährlich war, uns zu mißtrauen. Der grellweiße Energiestrahl meines Blasters packte den arkonidischen Gleiter am Bug und hüllte ihn in einen Vorhang aus

Flammen. Ich hörte das Fahrzeug an der Felswand entlangkratzen. Der Pilot hatte die Orientierung verloren. Es gab einen dumpfen Knall, als im Innern des Gleiters etwas explodierte, und eine halbe Sekunde später ging die Maschine knirschend und krachend zu Boden.

Im Schein der Flammen sahen wir das Luk auffliegen. Zum Vorschein kam der, den ich zu sehen erwartete: Iwwet Arpads kleiner, breitschultriger Vertrauter.

Er verstand wahrscheinlich nicht viel von Technik, aber der Instinkt verriet ihm, daß er sich in Gefahr befand. Die einzige Deckung war der Vorsprung, hinter dem wir uns versteckt hatten. Er kam auf uns zugerannt. Sein Fahrzeug detonierte im selben Augenblick, als er die Felswand erreichte. Ein paar Sekunden lang war die Schlucht ein Inferno aus wabernden Flammen und glühenden Metallteilen, die wie Geschosse durch die Luft pfiffen.

Iwwet Arpads Junge hatte vor lauter Aufregung noch nicht bemerkt, daß er sich nicht allein im Versteck befand. Als ich ihm die Hand auf die Schulter legte, erstarrte er, als wäre ihm das Blut in den Adern gefroren.

„Wie heißt du?“ fragte ich.

„Om . . . ommek“, stotterte er. „Ommek Saad.“

Ich spürte, wie er zitterte. Mit dieser Entwicklung hatte er nicht gerechnet. Die Bergharer waren störrisch und bereit zu kämpfen, aber Erfahrung im Kampf hatten sie nicht. In diesem Augenblick wünschte sich Ommek Saad, er wäre zu Hause geblieben und hätte die Verfolgung jemand anders überlassen.

„Laß dir dies eine Lehre sein, Ommek“, sagte ich ernst. „Wir vertrauen Iwwet Arpad, und er hat uns zu vertrauen. Nur unter dieser Bedingung läßt sich unser gemeinsames Vorhaben verwirklichen. Sag ihm das. Und mache ihm klar, daß er infolge seines unaufrichtigen Verhaltens ein wertvolles Stück technischer Ausrüstung verloren hat. Es wird ihm schwerfallen, den Gleiter zu ersetzen, weil Evalor Kybdzon ihn ohnehin schon in

Verdacht hat. Er kann sich keinen weiteren solchen Fehler leisten. Hast du verstanden?"

„Ja . . . ja", ächzte er. „Was werdet ihr mit mir tun?"

„Wir bringen dich ein Stück in Richtung Ilonza zurück."

Wir luden ihn in unseren Fluggleiter. Tifflor steuerte das Fahrzeug mit Höchstgeschwindigkeit in die Ebene hinab. Als wir Ommek Saad aussteigen hießen, war er nur noch fünfzehn Kilometer von der Stadt entfernt. Für uns war es höchste Zeit, daß wir uns aus dem Staub machten. Im Osten graute der Morgen.

So fest war ich davon überzeugt, daß Iwwet Arpad auf meinen Vorschlag eingehen würde, daß ich anordnete, mit der Einrichtung des „Stützpunkts", der die Arkoniden irreleiten sollte, sofort zu beginnen. Innerhalb der öden Bergwelt waren wir ungestört und konnten uns auch tagsüber nach Belieben bewegen. Die MINNIE MOUSE war inzwischen sachverständig getarnt worden, so daß eine Gefahr der Entdeckung auch dann nicht bestand, wenn ein arkonidisches Fahrzeug sich unmittelbar über der Schlucht befand. Die Triebwerke unserer Fahrzeuge verursachten energetische Streufelder, die auf dem Weg der Energieortung nachgewiesen werden konnten. Wir vermuteten indes, daß Evalor Kybdzon so mißtrauisch noch nicht war, daß er diese aufwendige Suchmethode eingesetzt hätte. Der Einbruch in die Versorgungsbasis mochte ihm Sorgen bereiten; aber schließlich hatten wir uns mit geringer Beute begnügt.

Der Stützpunkt sollte in einem Hochtal angelegt werden, das vierhundert Kilometer vom Standort der MINNIE MOUSE entfernt war. Nach Westen hin wurde das Tal durch eine hoch aufragende, aber nicht sehr massive Bergwand abgeschlossen. Die Wand fiel auf der anderen Seite steil zur Ebene hinunter ab. Einer Gruppe von Technikern, die über die entsprechenden Geräte verfügte, wäre es nicht schwergefallen, die Wand binnen einer Stunde niederzureißen, und dann hätte unsere Anlage die Ebene im Westen, die sowohl die Stadt Ilonza, als auch die arkonidische Flottenversorgungsbasis enthielt, aus beherrschender Position kontrolliert. Diese Überlegung spielte in unserem Plan eine wichtige Rolle.

Lastenroboter transportierten aus der MINNIE MOUSE die Fertigbaubestandteile für sechs Baracken und errichteten die anspruchslosen Bauwerke am Westrand des Hochtals. Eine der Baracken war von besonderer Größe und war dazu ausersehen, den Bordtransmitter unseres Fahrzeugs aufzunehmen, der sozusagen die Hauptrolle in dem Stück spielte, das wir den Arkoniden vorzuführen gedachten. Unser Gefangener wurde mit äußerster Behutsamkeit in eine der anderen Baracken überführt. Wir hatten dort einen Schwerkraftgenerator installiert, der im Innern des Bauwerks eine Gravitation erzeugte, wie sie ein Druuf für angemessen hielt. George – so hatten wir ihn genannt; sein wirklicher Name besaß kein akustisches Äquivalent in unserer Sprache, da die Druuf sich per Ultraschall verständigen – sollte es so gut wie möglich haben, während er für uns arbeitete. Die beiden Exomediker waren in unmittelbarer Nähe untergebracht – nicht in einer der Baracken, sondern in einer Felshöhle. Für alle Fälle. Man wußte nie, wer unseren kleinen Stützpunkt besuchen kam.

Wir waren noch am Einräumen – und die Sonne stand seit etwa zwei Stunden am Himmel –, da meldete sich Iwwet Arpad. Das kleine Funkgerät, das ich ihm überlassen hatte, war arkonidischer Herkunft. Unsere Techniker hatten es manipuliert. Es operierte mit statistischen Sprungfrequenzen und war in hohem Grade abhörsicher.

„Ich bin bereit, auf deinen Vorschlag einzugehen, Terraner", sagte der Meister des Rates.

Damit kamen die Dinge ins Rollen. Ich hatte Iwwet Arpad bei der Kürze der Zeit, die mir zur Verfügung stand, nur die Umrisse meines Plans erläutern können. Weitaus umfangreichere und mehr in die Einzelheiten gehende Instruktionen waren erforderlich, wenn Iwwet voll wirksam werden sollte. Abgesehen von der geringen Gefahr des Abgehörtwerdens, die trotz der

Findigkeit unserer Techniker immer noch bestand, bin ich schon immer der Ansicht gewesen, daß wichtige Verhandlungen von Angesicht zu Angesicht und nicht über einen unpersönlichen Funkkanal geführt werden sollten. Ich verabredete ein Treffen mit dem Meister des Rates. Da ihm sein einziger Gleiter abhanden gekommen war, würde er per Dampfmobil anreisen. Ich schlug ihm vor, Ommek Saad mitzubringen. Wir würden ihn brauchen.

Unsere Besprechung fand in einem schwer zugänglichen Tal inmitten der Vorberge statt. Ich hatte Iwwet Arpad zugestehen müssen, daß er den kürzeren Teil der Distanz zurücklegte, die uns voneinander trennte. Sein Dampfmobil machte nicht mehr als 45 km/Std., und selbst das war schon eine Leistung.

Ich weiß nicht, welchen Eindruck Iwwet während unseres Gesprächs von der Mentalität der Terraner bekam. Manches von dem, was ich vorbrachte, mag in ihm den Glauben erweckt haben, daß Menschen von Terra ganz anders denken als die Siedler von Berghar. Das ist natürlich durchaus nicht der Fall. Nur war der Meister des Rates ein typischer Geradeausdenker, der von Taktieren wenig Ahnung hatte. Wenn er etwas haben wollte, dann fragte er darum. Und wenn man es ihm verweigerte, kam er in der Nacht zurück und stahl es. Er hatte keine Erfahrung mit der Philosophie einer Fünften Kolonne, deren Erfolg davon abhängt, daß der Gegner aus jedem ihrer Vorstöße den falschen Schluß zieht. Anfangs stellte er eine Menge Fragen und widersprach mir hier und da. Schließlich aber begnügte er sich mit dem Zuhören. Ich glaube, im Lauf der Zeit hat er sogar die Geschicklichkeit einiger unserer Winkelzüge durchschaut.

Was er indes überhaupt nicht begreifen konnte, war, warum wir Ommek Saad – der, wie sich herausstellte, sein Neffe war – als Verbindungsmann brauchten. Ich mußte ihm das ein paarmal erklären. Erstens war ein Kontaktmann wirklich vonnöten, und zweitens sollte Iwwet alles, was er von jetzt an tat, damit erklären können, daß er von einem Unbekannten erpreßt wurde. Welch bessere Methode, jemand zu erpressen, als indem man einen nahen Verwandten als Geisel nahm? Ommek Saad hatte von diesem Augenblick an ein niedriges Profil zu wahren. Er durfte sich nicht mehr in der Öffentlichkeit zeigen. Er blieb vorerst bei uns.

„Aber wie wird er mit mir in Verbindung treten?" klagte Iwwet Arpad.

„Wir geben ihm ein Gleitboot", versprach ich.

„Eines von euren?"

„Das wäre das Dümmste, was wir tun könnten. Wir holen uns ein Fahrzeug von Evalor Kybdzon."

Er schluckte. Ich wußte, was ihn bekümmerte. Kybdzon hatte ihn wegen des ersten Gleiterdiebstahls in Verdacht. Beim zweiten würde er wirklich zornig werden. Ich hatte die Absicht, die Entführung des Gleiters so zu gestalten, daß der Meister des Rates der letzte sein würde, den Kybdzon verdächtigte. Aber das sagte ich ihm nicht. Es konnte dem alten Fuchs nicht schaden, wenn er sich ein paar Sorgen machte.

Wir flogen zum Stützpunkt. Solange es nicht unbedingt nötig war, würde auch Ommek Saad nicht erfahren, wo wir unser Raumschiff versteckt hielten. Ich führte Ommek herum und zeigte ihm unsere Vorbereitungen. Er war beeindruckt. Dann meldete sich das kleine Funkgerät, das ich am Handgelenk trug.

„Ich habe Neuigkeiten", sagte Tiff. „Ein arkonidisches Großraumschiff ist im Orbit von Berghar und setzt zur Landung an."

Es klang mir ein wenig zu aufgeregt. Unser Plan wurde nicht davon beeinflußt, ob sich auf Berghar arkonidische Raumschiffe befanden oder nicht. Worauf wollte er hinaus? Ich erfuhr es im nächsten Satz.

„Das Schiff ist die WA-KELAN, Door-Trabzons Flaggschiff."

Am liebsten wäre ich Ommek Saad um den Hals gefallen, aber das hätte er wahrscheinlich nicht verstanden. Es gab keinen Zweifel mehr: der Himmel war auf der Seite der Terraner!

3.

Wir waren nicht dabei, als Iwwet Arpad dem Befehlshaber der Flottenversorgungsbasis seinen Besuch abstattete; aber er berichtete uns später davon. Um diese Zeit befand sich die WAKELAN noch im Orbit. Mit ihrer Landung wurde nicht vor Ablauf von 90 Minuten gerechnet.

Die beiden Arkoniden, die Evalor Kybdzon gegen die Umwelt absicherten, ließen Iwwet ungehindert passieren. Erstens kannten sie ihn als den wichtigsten Mann, und zweitens wollten sie nicht beim Betrachten der Fiktivfilme gestört werden, die mit der letzten Sendung von Arkon hereingekommen waren. In derselben Beschäftigung war übrigens auch Evalor Kybdzon begriffen. Er ruhte entspannt auf einer Liege und starrte auf die Bildfläche, die fast eine ganze Wand seines Arbeitsraumes einnahm. Über den Bildschirm huschten bunte Linien und Figuren, blähten sich auf, sanken in sich zusammen, tanzten und taumelten – das alles im Gleichtakt mit exotischer Musik, die den Raum erfüllte.

Iwwet blieb eine Zeitlang in der Nähe der Tür stehen. Als es Kybdzon danach noch immer nicht einfiel, von ihm Notiz zu nehmen, sagte er:

„Ich komme mit einer wichtigen Nachricht, Arkonide."

Der Befehlshaber winkte ab.

„Gib sie einem der Sekretäre. Ich habe keine Zeit."

„Ich kann sie nur dir geben. Niemand sonst darf davon wissen."

„Das ist lächerlich", nörgelte Evalor Kybdzon. „Ich habe keine Geheimnisse vor meinem Sekretär."

„Glaub mir, ich darf zu ihm nicht sprechen", sagte Iwwet inständig. „Bitte, hör mir zu!"

Aber Kybdzon winkte nur in Richtung zur Tür.

„Wie du willst", knurrte Iwwet zornig. „Dann sieh selbst zu, wie du mit den Druuf fertig wirst."

Er hatte den Türdrücker schon in der Hand, da vollbrachte

Evalor Kybdzon etwas, was ihm schon seit Jahren nicht mehr gelungen war: er richtete sich ruckartig zu sitzender Stellung auf.

„Druuf, sagst du?“ rief er weitaus lauter, als die arkonidische Sitte für angemessen hielt. „Was für Druuf? Wo sind sie?“

Iwwet wies auf den Bildschirm.

„Schalte das Ding aus. Du weißt, es macht mir Kopfschmerzen.“

Die Forderung war unerhört; aber Kybdzon gehorchte ohne Widerworte. Iwwet Arpad begann mit seiner Geschichte. In der vergangenen Nacht hatte er einen fremden Besucher gehabt. Dem Fremden kam es darauf an, Informationen über die Vorgänge in der arkonidischen Flottenbasis zu erhalten. Iwwet sollte ihm diese Informationen besorgen. Da der Fremde damit rechnen mußte, daß der Meister des Rates auf dieses Ansinnen nicht so ohne weiteres eingehen würde, hatte er Vorsorge getroffen: ein Teil des Gutes, das er in der vergangenen Nacht aus der Basis gestohlen hatte, war irgendwo auf Iwwets Grundstück versteckt, und wenn der Meister nicht tat, was von ihm verlangt wurde, dann würden die Arkoniden die genaue Lage des Verstecks erfahren. Und zweitens hatte der Fremde Iwwets Neffen in seinem Gewahrsam und versprach, ihn zu töten, falls Iwwet Schwierigkeiten machte.

„Stell dir vor“, jammerte der Meister des Rates: „meinen Brudersohn!“

„Wie sah der Fremde aus?“ erkundigte sich Evalor Kybdzon ungerührt.

„Ich sah ihn nicht. Unsere Begegnung fand in der Finsternis statt.“

„Woher willst du dann wissen, daß es ein Druuf war?“

„Er sagte es. Außerdem sprach er aus großer Höhe zu mir herab, und die Druuf sind, wie ich höre, drei Meter hoch. Drittens fand ich mehrere Fußabdrücke im Garten. Dieselben, die du am Rand der Basis fandest.“

„Er sprach zu dir?“ zweifelte der Arkonide. „Die Stimme der Druuf ist für unsere Ohren nicht hörbar.“

„Und die Worte ihrer Sprache sind uns unverständlich. Die Stimme war eigenartig schnarrend und eintönig. Ich nehme an, er benützte eine Art Sprechgerät."

Evalor Kybdzon dachte eine Weile nach. Dann fragte er:

„Was soll ich mit dieser Nachricht anfangen?"

„Wo *ein* Druuf ist, können mehrere sein. Du mußt sie finden und ausräuchern – um deiner eigenen Sicherheit willen. Und du mußt mir Informationen geben, die ich dem Druuf übermitteln kann, sonst bringt er den Sohn meines Bruders um. Ob sie richtig oder falsch sind, ist mir gleich. Aber sie dürfen nicht nachprüfbar falsch sein. Und vor allen Dingen sollst du niemand davon erzählen, daß ich mich an dich gewandt habe. Sonst ist Ommek Saad verloren!"

Ommek Saad kümmerte den Arkoniden offenbar keinen Deut.

„Wie setzt du dich mit dem Druuf in Verbindung?"

„Überhaupt nicht. Er kommt zu mir, wenn er etwas wissen will."

„Gut. Ich lasse mir die Sache durch den Kopf gehen", versprach Kybdzon.

„Deine beiden Sekretäre draußen haben mich gesehen", sagte Iwwet. „Gib ihnen zu verstehen, daß ich nicht aus freien Stücken hierhergekommen bin, sondern von dir gerufen wurde."

Damit war der erste Schritt getan. Die Arkoniden wußten, daß es irgendwo auf Berghar Druuf gab. Sie würden sich den Kopf darüber zerbrechen, was sie wollten. Viel plausible Möglichkeiten gab es nicht. Die Druuf waren hier, entweder um die Versorgungsbasis zu sabotieren, oder um einen eigenen Stützpunkt einzurichten. Von jetzt an befand sich unser Unternehmen in einer kritischen Phase. Wenn die Arkoniden unsere kleine Anlage in den Bergen fanden und eine Kurzschlußhandlung begingen, indem sie einfach alles kurz und klein schlugen, dann war unsere Mission gescheitert. Insofern war die Ankunft der WAKELAN ein besonderer Glückstreffer für uns. Ohne Zweifel würde Evalor Kybdzon dem Admiral sofort von Iwwet Arpads Besuch berichten. Damit übernahm Door-Trabzon die Verantwortung für den weiteren Verlauf der Dinge – was Kybdzon nur recht sein konnte, denn nach körperlicher Arbeit und geistiger Anstrengung war das Tragen von Verantwortung der dritte Posten auf seiner Liste unangenehmer Beschäftigungen. Door-Trabzon aber, selbst ein Ekhonide, war ein Fuchs. Er würde den Druuf-Stützpunkt nicht vernichten, ehe er wußte, was die Druuf im Schilde führten. Und was wir ihm vorzusetzen gedachten, war ein Leckerbissen, der ihm den Mund wäßrig machen würde.

Wir verbrachten den Rest des Tages damit, unsere Anlage weiter herzurichten. Alles, einschließlich des Transmitters, erhielt einen Druuf'schen Anstrich. Einer sorgfältigen Inspektion würde er zwar nicht standhalten; aber wir rechneten nicht damit, daß Door-Trabzons Leute versuchen würden, den Lack von der Verkleidung des Transmitterkäfigs abzukratzen oder eine typisch Druuf'sche Sitzschale auseinanderzunehmen und festzustellen, daß das Untergestell eine Inventarnummer der terranischen Flotte trug. Im übrigen besaßen wir eine Reihe von Gegenständen, die echt Druuf'scher Herkunft waren, darunter einen Listengenerator – gemeinhin auch Drucker genannt – der Druuf'sche Schriftzeichen auf Druuf'sche Vielfachfolien druckte. Der Generator sollte durch den Transmitter hindurch ansteuerbar sein. Wie sich die Arkoniden *das* erklärten, blieb ihnen überlassen. Elektronische Impulse, per Transmitter übertragen – warum nicht?

Unsere nächste Aufgabe war, mit dem Auslegen des Köders zu beginnen und den Beginn der Spur zu zeichnen, der die Arkoniden folgen mußten, wenn sie den „Stützpunkt" der Druuf finden wollten. Ich bezweifelte nicht, daß Door-Trabzon, unmittelbar nachdem er von Evalor Kybdzon informiert worden war, veranlassen würde, daß Energiemeßstationen nach Anzeichen verdächtiger energetischer Aktivität Ausschau hielten. Aber damit erreichte er nichts. Die Maschinen unserer Anlage regten sich nicht – *noch* nicht.

Kurz vor Anbruch der Dunkelheit meldete sich Iwwet Arpad. Aus seinem Bericht ging hervor, daß er der Basis insgesamt zwei Besuche abgestattet hatte – den ersten, von dem bereits die Rede war, und einen zweiten auf Ansuchen des Admirals Door-Trabzon. Er hatte die Begegnung mit dem Druuf noch einmal erzählen müssen, und dann war ihm von einem Adjutanten des Admirals ein kleines Gerät überreicht worden, das er von nun an ständig bei sich tragen sollte.

„Du hast es nicht etwa in diesem Augenblick an dir?" fragte ich.

Es gab keine Bildübertragung; aber vor meinem geistigen Auge konnte ich sein überlegenes, verächtliches Grinsen sehen.

„Hältst du mich für einen Dummkopf, Terraner? Der Spion liegt auf meinem Bett, und gleich nebenan macht jemand die Geräusche eines Schlafenden."

An diesem Abend erhielt Iwwet Arpad den kurzen Besuch eines Freundes. Der Freund überbrachte ihm einen Brief, den ihm ein unbekannter Bote gebracht hatte. Der Brief war von Ommek Saad geschrieben und forderte Iwwet auf, sich zwei Stunden nach Sonnenuntergang an einem bestimmten Ort am westlichen Gebirgsrand einzufinden.

So wenigstens mußte sich die Geschichte für die Arkoniden anhören, die Iwwet mit Hilfe des Abhörgeräts überwachten. Wenn sie gehofft hatten, den Druuf zu fassen, während er versuchte, mit seinem Verbindungsmann Kontakt aufzunehmen, dann sahen sie sich getäuscht.

Die Manipulierung des Druuf'schen Sprechgeräts – Tiff nannte es einen Translator – war eine Meisterleistung unserer Techniker. Es war zum Empfänger umfunktioniert worden. Anstatt Worte der Druuf-Sprache ins Arkonidische zu übersetzen, transponierte es arkonidische Worte, die es auf dem Funkweg empfing, in die typischen schnarrenden und schlecht modulierten Laute, die für solche Instrumente charakteristisch sind.

Tiff und ich fanden uns schon eine Stunde vor der verabredeten Zeit am Treffpunkt ein. Der Himmel hatte sich mit Wolken bezogen; die Nacht war so finster, daß man die Hand nicht vor den Augen sehen konnte. Ideale Verhältnisse für unser Vorhaben. Unser Ortergerät spielte. In der engeren und weiteren Umgebung der arkonidischen Versorgungsbasis herrschte reger Fahrzeugverkehr. Das mochte damit zusammenhängen, daß die WA-KELAN dort vor Anker lag, und sicherlich hätten es die Arkoniden jedem Neugierigen so erklärt. Ich aber konnte mich des Gefühls nicht erwehren, daß Door-Trabzon die Absicht hatte, den vermeintlichen Druuf nach Abschluß seiner Unterredung mit Iwwet Arpad aktiv und ohne Tarnung verfolgen zu lassen. Die Fahrzeuge wurden in Bewegung gehalten, damit sie im entscheidenden Augenblick keine Sekunde verloren.

Es sah so aus, als beabsichtigten die Arkoniden nicht, viel Rücksicht auf Iwwet Arpads Neffen zu nehmen, der sich angeblich in der Gewalt des Druuf befand und sterben mußte, sobald dieser sich von Iwwet hintergangen fühlte. Das konnte uns nur recht sein. Zwar war Ommek Saad nicht wirklich in Gefahr; aber die Art, wie die Arkoniden sein Leben opferten, nur um einen raschen Vorteil zu erringen, würde Iwwet für uns zu einem um so zuverlässigeren Verbündeten machen.

Ich blieb im Gleiter, während Tiff sich an den Ort des Stelldicheins begab. Er lag fünfzehn Meter entfernt, und da Tiff eine kleine Lampe mitgebracht hatte, konnte ich leidlich sehen, was dort vorging. Tiff trug außer dem Druuf-Translator ein kleines Sendegerät, so daß ich hören konnte, was Iwwet Arpad sagte. Ich meinerseits war mit einem Sender/Empfänger ausgestattet, und mein Sender sprach unmittelbar den Translator an.

Wir hörten Iwwet Arpads Dampfmobil schon von weitem den felsigen Pfad heraufkeuchen. In der Umgebung der Flottenbasis waren die Arkoniden noch immer eifrig in Bewegung. Nichts hatte sich dort geändert. Door-Trabzon wollte sich vergewissern, daß der Meister des Rates tatsächlich Kontakt aufnahm.

Das Mobil hielt an. Iwwet Arpad kletterte heraus. Er war über das Arrangement informiert.

Als er sich Tifflor gegenüber setzte, sagte er nicht allzu freundlich:

„Ich bin hier. Wie geht es dem Sohn meines Bruders?“

Aus dem Empfänger hörte ich seine Stimme laut und klar.

„Er ist in guter Obhut“, antwortete ich. „Es geht ihm gut, solange du kein falsches Spiel mit mir treibst.“

„Kann ich ihn sehen?“

„Vielleicht bringe ich ihn beim nächsten Mal mit. Heute habe ich Wichtigeres im Sinn. Ich brauche Informationen. Ich will wissen, ob die arkonidische Flottenversorgungsbasis in den nächsten Tagen mit häufigen Raumschifflandungen rechnet oder nicht.“

„Ich habe Evalor Kybdzon heute sagen hören“, antwortete Iwwet Arpad, „daß es nach dem Besuch der WA-KELAN geraume Zeit ruhig sein würde.“

„Die WA-KELAN – das Schiff, das heute gelandet ist?“

„Ja.“

„Wann wird es wieder aufbrechen?“

„Ich weiß es nicht.“

„Finde es heraus und beschaffe mir eine Antwort auf meine Frage.“

„Warum willst du das wissen?“ erkundigte sich Iwwet Arpad.

„Ich werde in den nächsten Tagen beginnen, meinen Stützpunkt einzurichten. Dazu brauche ich Ruhe.“

„Stützpunkt?“ staunte der Meister des Rates. „Du meinst . . .“

„Waffen, Soldaten, Fahrzeuge“, fiel ich ihm in der Rolle des Druuf ins Wort. „Auf diesem Planeten wird eine Streitmacht entstehen, der die Arkoniden nichts Gleichwertiges entgegenzusetzen haben.“

„Meinst *du*“, sagte Iwwet bauernschlau. „Denkst du, die Arkoniden werden euch so ohne weiteres landen lassen? Sie schießen euch ab, bevor ihr noch in den Orbit einschwenkt.“

„Wir kommen nicht über den Orbit", antwortete ich. „Unser Transportweg ist ein anderer."

„Was hast du vor? Wenn . . ."

„Genug davon!" unterbrach ich ihn. „Beschaffe mir die erforderlichen Informationen, dann sprechen wir weiter."

Ich ließ das Triebwerk anlaufen. Das war das Signal für Julian Tifflor. Das Bild auf der kleinen Ortersichtfläche begann sich zu verändern. Die Arkoniden schwärmten aus. Sie kamen auf uns zu, und zwar in breiter Front, als hätten sie vor, uns einzukreisen.

Tiff sprang an Bord. Er warf einen Blick auf das Orterbild.

„Ich schlage vor, wir machen uns aus dem Staub, Sir", sagte er.

Während Iwwet Arpad sein Dampfgefährt mühselig wieder in Gang brachte, manövrierte ich den Gleiter die Schlucht entlang, in deren Vordergrund das Rendezvous stattgefunden hatte. Seit das Triebwerk lief, konnten die Verfolger uns einwandfrei orten. Sie waren jedoch noch Dutzende von Kilometern entfernt, und das Gelände, in das ich sie zu führen gedachte, war für eine intensive Suche bei Nacht denkbar schlecht geeignet.

Ich hielt nach Ostnordost. In dieser Richtung befand sich das Zentrum des Gebirgsstocks, eine wild zerklüftete Gegend mit himmelhoch ragenden Zinnen und tief eingeschnittenen, schluchtähnlichen Tälern. Sobald der Gleiter in einer Schlucht verschwand, mußte das Ortersignal, das die Arkoniden empfingen, infolge der zwischen uns liegenden Felsmassen vorübergehend schwächer werden, bei genügendem Abstand sogar ganz verschwinden. Darauf baute mein Plan. Unterwegs warfen wir zwei Zeitzünder ab. Wir – und besonders unser Autopilot – waren mit dem Gelände bestens vertraut. Die Arkoniden dagegen hatten sich nie die Mühe gemacht, die Topologie des Bergmassivs zu erforschen. Sie waren darauf angewiesen, nach Tastung zu fliegen.

Unser Kurs zielte selbstverständlich nicht geradeswegs auf den Druuf'schen „Stützpunkt" zu, aber doch in die allgemeine

Richtung. Schließlich sollte Door-Trabzon eine Idee bekommen, in welcher Gegend er zu suchen hatte. Wir flogen östlich an unserem Hochtal vorbei. Um diese Zeit waren die Verfolger bereits auf 65 Kilometer abgeschlagen, und jedesmal, wenn wir in eine Schlucht hinabtauchten, verschwanden die Reflexe ihrer Fahrzeuge von unserem Orterbildschirm.

Die beiden Zeitzünder gingen planmäßig los. Einer explodierte hinter den Arkoniden, der andere unmittelbar unter ihnen. Die zeitliche Anordnung der Detonationen war so, daß ihre Energieabgabe die Orter der Verfolger zwanzig Sekunden lang blockierte. Das gab uns genug Zeit, über deckungsfreies Gelände bis in die Sicherheit einer Schlucht vorzustoßen, die in zahlreichen Windungen bis zum Hochtal führte, in dem der Druuf'sche Stützpunkt am Entstehen war.

Wir beobachteten die Manöver der Arkoniden noch eine Stunde lang. Sie waren verwirrt. Sie hatten unsere Spur verloren. Sie kreuzten ziellos über dem Punkt, an dem wir Sekunden vor der Explosion der Zeitzünder von ihren Orterbildschirmen verschwunden waren. Keiner von ihnen kam uns näher als bis auf 30 Kilometer.

Das ungefähr war der Suchradius, innerhalb dessen Door-Trabzon seine Aufmerksamkeit würde konzentrieren müssen.

Diese Nacht verbrachten Tiff und ich schlafend, wie es sich für vernünftige Menschen gehört. Wir waren seit mehr als dreißig Stunden ununterbrochen auf den Beinen gewesen, und der nächste Tag würde vermutlich von der Sorte sein, mit der man sich besser in ausgeruhtem Zustand einließ.

Am nächsten Nachmittag trat ein Ereignis ein, das in hohem Maß zu unserer Erheiterung beitrug. Wir hatten die Idee Iwwet Arpad gegenüber nur ein einziges Mal erwähnt. Sie war nicht Bestandteil unseres Planes, und es blieb dem Meister überlassen, ob er sie verwenden wollte oder nicht. Was wir nicht wissen konnten, war, daß Iwwet eine stattliche Portion schauspielerischen Ehrgeiz besaß.

Der Spion, den die Arkoniden ihm angedreht hatten, war eingeschaltet. Wir hörten jedes Wort, das während dieser eigenartigen Zusammenkunft gesprochen würde. Die optischen Eindrücke ergänzte Iwwet selbst später, als er uns über den Vorgang berichtete.

Zwei Stunden nach Mittag betrat der Meister des Rates das Arbeitszimmer des arkonidischen Kommandanten Evalor Kybdzon. Er trug das formelle Gewand der Trauer, einen weiten, wallenden Umhang aus kostbarem, hellblauen Stoff. Kybdzon war nicht allein. Door-Trabzon, der Admiral, befand sich bei ihm. Die beiden Männer berieten über das weitere Vorgehen gegen den Druuf.

„Was willst du?“ herrschte der Admiral Iwwet Arpad an. „Wir haben keine Zeit.“

„Ihr werdet sie euch nehmen müssen“, knurrte der Alte in bitterer Entschlossenheit.

Mit diesen Worten brachte er zwei Gefäße unter dem Umhang zum Vorschein. Evalor Kybdzon gab einen halblauten Schrei des Entsetzens von sich, als er in dem einen eine menschliche Hand erblickte und in dem andern einen Gegenstand, den er für ein menschliches Herz halten mußte.

„Was soll der Unsinn?“ brummte Door-Trabzon verwundert.

„Unsinn?“ schrie Iwwet Arpad in höchstem Zorn. „Ich komme zu euch, um euch von dem Druuf zu berichten, obwohl er meinen Brudersohn als Geisel hält. Ich erzählte euch alles, was ich weiß, weil ihr meine Freunde und Brüder seid. Ich bitte euch, vorsichtig vorzugehen, damit mein Liebling Ommek Saad nicht in Gefahr gerät. Und was tut ihr? Ihr schickt eine ganze Flotte aus, um den Druuf zu jagen – unmittelbar, nachdem ich mit ihm zusammengetroffen bin. Natürlich weiß er, daß ich ihn hintergangen habe. Und heute schickt er mir die Hand und das Herz meines Brudersohns, um mir zu zeigen, daß er seine Drohung wahr gemacht hat.“

Er stellte die beiden Behälter so hart auf den Tisch, daß es donnerte. Door-Trabzon musterte sie mißtrauisch, während Evalor Kybdzon beharrlich in eine andere Richtung blickte.

„Woher weißt du, daß sie von deinem Neffen kommen?" fragte der Admiral.

„Ich kenne den Ring", antwortete Iwwet Arpad trotzig.

Tatsächlich funkelte am Mittelfinger der Hand ein dünner, goldener Reif mit einem violetten Stein.

„Und das Herz?"

„Dummkopf", giftete der Alte. „Wem die Hand gehört, dem gehört auch das Herz."

Door-Trabzon machte eine vage Geste des Bedauerns.

„Es tut mir leid, daß sich das nicht verhindern ließ", sagte er. „Aber hier sind umfassendere Interessen im Spiel. Nimm die Versicherung meines Mitgefühls entgegen. Pack deine Gefäße wieder ein und hebe dich hinweg, damit wir beraten können."

Iwwet Arpad, den Ausdruck trotziger Trauer im faltigen Gesicht, tat, wie ihm geheißen war. Unter der Tür rief ihn Door-Trabzon noch einmal zurück.

„Gib mir das Funkgerät", sagte er.

„Warum?"

„Du brauchst es nicht mehr. Ich glaube nicht, daß sich der Druuf noch einmal mit dir in Verbindung setzen wird."

Iwwet Arpad zog das Gerät hervor und war so schlau, den Ausschalter zu drücken, bevor er es Door-Trabzon übergab. Die Arkoniden hielten es nicht für nötig, ihm zu folgen. Hätten sie es getan, dann wären sie gewahr geworden, daß sein erster Weg zum Museum für Justizgeschichte in Ilonza führte. Dort übergab er das Gefäß mit der in Formaldehyd schwimmenden menschlichen Hand dem Kurator, der es wieder zu seinem angestammten Platz in der Abteilung *Ungewöhnliche und grausame Strafen* brachte. Dort kann die Hand bis auf den heutigen Tag besichtigt werden. Auf einem kleinen Schild wird der ungewöhnliche Ausstellungsgegenstand wie folgt erklärt:

Arjold Evild, des Diebstahls bezichtigt und überführt.
Das Urteil lautete auf Abhacken der rechten Hand.

Im Jahr 5382 n.d.B.

Daraufhin begab Iwwet Arpad sich nach Hause, wo er einer der Mägde befahl, eine kräftige Portion saures Kartjuk-Herz zuzubereiten, seine Lieblingsspeise.

4.

Der Erfolg unserer Mission hing in erheblichem Grade davon ab, daß wir, ohne Telepathen zu sein, wußten, was in den Köpfen der Arkoniden vorging. Aus dem, was am vergangenen Abend zwischen dem vermeintlichen Druuf und Iwwet Arpad besprochen worden war, hatte Door-Trabzon ohne Zweifel abgeleitet, daß der Feind sich eines oder mehrerer Transmitter bediente, um seine Streitmacht aufzubauen. Eine der Möglichkeiten, den Druuf'schen Stützpunkt zu finden, bestand also offenbar darin, daß man die charakteristische Streustrahlung des Transmitteraggregats anpeilte, wenn dieses in Tätigkeit war. Door-Trabzon konnte sich ebenfalls keinem Zweifel darüber hingeben, daß der Druuf die Verfolgung in der vergangenen Nacht bemerkt hatte und sich darüber im klaren war, daß die Arkoniden von seiner Anwesenheit wußten. Schließlich hatte er zwei Zeitzünder detoniert, um die Verfolger irrezuleiten, und Ommek Saad umgebracht, weil er sich von dessen Onkel verraten fühlte.

Wie würde der Druuf reagieren? Die logischste Verhaltensweise war offenbar, eine Zeitlang still zu sitzen und zu beobachten, wie sich die Arkoniden verhielten, und dann, wenn alles ruhig blieb, mit Macht an die Arbeit zu gehen, auf daß sein Plan so rasch wie möglich verwirklicht würde.

Er hatte von Iwwet Arpad erfahren wollen, ob die Versorgungsbasis in naher Zukunft mit starker Flottenaktivität rechne. Offenbar war es für ihn um so leichter, sein Vorhaben durchzuführen, je weniger er dabei von ein- und ausfliegenden

Raumschiffen gestört wurde. Er hatte außerdem eine Entdeckung jederzeit zu befürchten, und bereits die Feuerkraft *eines* arkonidischen Raumschiffs konnte seinen Plänen im Handumdrehen den Garaus machen. Die Basis selbst fürchtete er dagegen nicht. Sie besaß keine Offensivwaffen. Iwwets unverbindliche Antwort war gewesen, die Basis rechne nach dem Start der WA-KELAN mit einer längeren Flaute. Wenn Door-Trabzon den Druuf wirklich in Sicherheit wiegen wollte, würde er sein Schiff auf dem schnellsten Wege abziehen. Nur zum Schein natürlich. Die WA-KELAN blieb in der Nähe, und der Admiral selbst ging gar nicht erst an Bord, sondern richtete sich mit einem schlagkräftigen Stoßtrupp hier auf Berghar ein.

So standen die Dinge an diesem 20. Dezember 2043. Wir verhielten uns, wie man es von dem Druuf erwartete. Den ganzen Morgen über gaben wir keinen Mucks von uns. Wir behielten die Anzeigen der Orter im Auge; aber auch bei den Arkoniden rührte sich nichts. Dieser Teil unserer Überlegungen schien richtig zu sein. Der Druuf sollte in Sicherheit gewiegt werden.

Am frühen Nachmittag fand der zuvor beschriebene Auftritt Iwwet Arpads statt. Tiff und ich lachten so kräftig wie schon seit langem nicht mehr, und Ommek Saad, den wir mithören ließen, stimmte in unsere Heiterkeit ein.

Später am Nachmittag trat ein, was wir erhofft hatten, ohne jedoch fest damit rechnen zu dürfen: Die WA-KELAN startete. Mit brausenden Feldtriebwerken schob sich das mächtige Raumschiff in den bewölkten Himmel und war wenige Minuten später verschwunden. Damit hatten wir die Gewißheit, daß die Überlegungen der Arkoniden tatsächlich so verliefen, wie wir vermuteten.

Es war Zeit für den nächsten Schritt.

Vor Einbruch der Dunkelheit unternahmen Tiff und ich den vorläufig letzten Flug zur MINNIE MOUSE, um noch ein paar Dinge abzuholen, die wir in unserem „Stützpunkt“ zu verteilen gedachten, um ihm ein echteres Aussehen zu verleihen. Es war uns klar, daß wir dabei das Risiko der Entdeckung eingingen, das jedoch nach meiner Schätzung nicht so groß war, wie es auf den ersten Blick den Anschein haben mochte. Solange wir uns durch Schluchten oder hinter ausgedehnten Felsmassen bewegten, waren wir so gut wie unortbar. Unser Gleiter erzeugte erst dann einen Reflex auf den Orterbildschirmen der Arkoniden, wenn er sich in freies Gelände hinauswagte. Draußen aber waren zu jeder Tages- und Nachtzeit auch arkonidische Fahrzeuge unterwegs, und da ein Orterreflex nicht verrät, ob er Freund oder Feind darstellt, waren wir einigermaßen sicher.

Selbst optischer Kontakt war für uns nicht unmittelbar gefährlich. Der Arkonide, der uns sah, würde sich zwar über die Abwesenheit jeglicher Markierung wundern, ansonsten aber unser Fahrzeug für einen der eigenen Gleiter halten. Terra war erst vor siebzig Jahren in das Zeitalter des interstellaren Raumflugs eingetreten. Die terranische Raumfahrttechnologie war zu nahezu einhundert Prozent arkonidischen Ursprungs. Gewiß, wir hatten uns nicht damit begnügt, eine hochentwickelte Technik nur zu erben. Wir hatten auf der Basis des neuerworbenen Wissens unsere eigene Forschung und Entwicklung betrieben und das Ererbte nicht nur unseren Bedürfnissen angepaßt, sondern teilweise sogar im Prinzip verbessert. Aber ein terranischer Fluggleiter sah immer noch so aus wie ein arkonidischer, wenigstens aus der Ferne.

Durch Schluchten und an massiven Felswänden entlang krochen wir aus unserem Hochtal, durchquerten die nördliche Hälfte des Gebirgsstocks und erreichten an dessen östlicher Begrenzung schließlich die freie Ebene. Im Schatten der Berge flogen wir etliche hundert Kilometer südwärts und drangen schließlich wieder in das Felsgewirr ein, mit Kurs auf das Versteck der MINNIE MOUSE. Ich hatte gehofft, daß wir unterwegs etwas von den Bewegungen des Stoßtrupps bemerken würden, mit dem Door-Trabzon nach meiner Berechnung auf Berghar zurückgeblieben war und den er jetzt allmählich in

Stellung bringen würde. Aber der Orter registrierte nichts. Der Admiral spielte entweder noch immer den toten Mann, oder er hatte seine Position bereits eingenommen und wartete auf das nächste Signal, das ihm verriet, wo der Druuf sich versteckt hielt.

Wir trieben mit mäßiger Geschwindigkeit durch einen tiefen Felseinschnitt. Das Versteck der MINNIE MOUSE war nur noch wenige Kilometer entfernt. Ich hielt auf einen Vorsprung zu, hinter dem unsere Kaulquappe in Sicht kommen mußte. In diesem Augenblick sprach mit hektischem Piepsen der Orter an. Ich sah erstaunt auf die kleine Bildfläche und erkannte einen kräftig pulsierenden Reflex in unmittelbarer Nähe der Bildmitte.

„Da! Vor uns!" rief Tiff.

Aus einer hochgelegenen Felsrinne stieß ein arkonidischer Gleiter in den Einschnitt herab. Er mußte mit abgeschaltetem Triebwerk dort oben gestanden haben, sonst hätten wir ihn früher bemerkt.

Ein Arkonide in unmittelbarer Nähe der MINNIE MOUSE! Mit einem Schlag war unser ganzes Unternehmen in Frage gestellt.

Meine Reaktion war instinktiv. Der Arkonide durfte keine Gelegenheit erhalten, sein Funkgerät zu benützen. Darum allein ging es. Die Begegnung war rein zufällig. Der Gegner hatte nicht etwa auf der Lauer gelegen. Er flog etwa denselben Kurs wie wir und bemerkte uns erst, als ich mit einem Ruck beschleunigte und von der Seite her auf ihn zupreschte. Ich kam ihm so nahe, daß ich durch den Glassit-Aufbau ins Innere seines Fahrzeugs sehen konnte. Ein einzelner Arkonide befand sich darin, ein junger, bleichhäutiger Mensch, der uns anstarrte, als seien wir Kreaturen der Hölle. Er war in Panik, und er tat mir leid. Aber ich durfte unser Vorhaben nicht aufs Spiel setzen.

Ich rammte ihn seitlich. Im letzten Augenblick riß ich den Gleiter herum, so daß Bordwand gegen Bordwand schrammte.

Es gab einen lauten Knall, als die Glassit-Kanzel des Arkoniden zerplatzte und in Tausenden von Splittern davonflog. Er wußte nicht mehr, was er tat. Er betätigte wahllos die Kontrollen seines Fahrzeugs. Ich folgte ihm in leicht überhöhter Position. Immer wieder drehte er sich nach uns um, und die Angst, die aus seinen Augen leuchtete, wollte mir das Herz umdrehen. Tiff hatte das rechte Luk aufgefahren und winkte ihm zu. Er bedeutete ihm zu landen, aber Furcht und Entsetzen hatten den Arkoniden so fest im Griff, daß er nicht mehr klar zu denken vermochte.

Ich sah das Unheil kommen. Wir glitten mit hoher Geschwindigkeit auf den Vorsprung zu, hinter dem die MINNIE MOUSE lag. Ich bremste. Unser Abstand von dem arkonidischen Gleiter wuchs. Wenn der Junge dort vor uns seine Gedanken beisammen gehabt hätte, dann wäre ihm aufgegangen, daß mein Manöver eine besondere Bedeutung haben mußte. Tifflor war aufgestanden und hing mit dem Oberkörper zum Luk hinaus.

„Gefahr voraus!" schrie er auf Arkonidisch.

Es war umsonst. Der junge Arkonide, den Blick wie gebannt auf den Verfolger gerichtet, rammte mit voller Geschwindigkeit in die Felswand. Ich hatte rechtzeitig abgedreht. Der Gleiter verschwand in einem Glutball. Die Druckwelle der Explosion warf uns ein paar Meter in die Höhe, und der Donner rollte weithin durch die Felswildnis und brach sich an den Wänden.

Ich kreiste über der Stelle, an der der Arkonide abgestürzt war. Für ihn kam jede Hilfe zu spät. Ein paar Fetzen zerrissenen und ausgeglühten Metalls lagen zwischen den Felsen, nicht einmal die Spur eines menschlichen Körpers.

„Ich glaube, er hatte keine Gelegenheit zum Funken", sagte Tiff.

Unser Unternehmen war gerettet – aber um welchen Preis!

Wir kehrten mit unserer Ladung ohne weiteren Zwischenfall zum Stützpunkt zurück. Es stellte sich heraus, daß die Besatzung der MINNIE MOUSE ebenfalls auf den arkonidischen

Gleiter aufmerksam geworden war. Man hätte ihn unter Feuer genommen, sobald er im Blickfeld erschienen wäre.

Im Hyperäther war es weiterhin still. Ich war inzwischen überzeugt, daß Door-Trabzon längst in Stellung lag. Wahrscheinlich hatte er den Start der WA-KELAN benutzt, dessen energetische Aktivität alle einschlägigen Meßgeräte fünfzehn bis zwanzig Minuten lang blendete, um seine Truppe in Position zu bringen. Wenn ich mich nicht täuschte, befand er sich in diesem Augenblick nicht weiter als 30 Kilometer von unserem Hochtal entfernt.

Zwei Stunden nach Einbruch der Dunkelheit erhielten wir einen unerwarteten Anruf. Iwwet Arpad meldete sich über das Sprungfrequenz-Funkgerät, das ich ihm überlassen hatte.

„Ich kann tun, was ich will", sagte er. „Bei jeder Bewegung, die ich mache, errege ich den Ärger der Arkoniden."

„Was ist jetzt schon wieder passiert?" fragte ich belustigt.

„Nun, ich habe mich mit meinen Leuten aufgemacht, um das Versteck des verruchten Druuf zu finden, der den Sohn meines Bruders umgebracht hat."

Das war Bestandteil unseres Planes. Iwwets Verlangen nach Rache war eine jedermann verständliche Reaktion auf den gewaltsamen Tod seines Neffen. Er sollte mit seinen Helfern im Gebirge herumkrauchen und uns Nachrichten über die Bewegungen Door-Trabzons und seines Stoßtrupps liefern. Ich hatte nicht erwartet, daß er so rasch schon Erfolg haben würde.

„Natürlich haben wir unter der Hand erfahren, wo die Arkoniden in der vergangenen Nacht die Spur des feindlichen Fahrzeugs verloren", fuhr der Alte fort. „Folglich wissen wir, in welcher Richtung wir zu suchen haben. Wie aber hätten wir ahnen können, daß gleich in der ersten Schlucht, die wir untersuchen, acht arkonidische Gleiter auf der Lauer liegen?"

„Door-Trabzon und seine Leute?"

„Ja, natürlich. Der hoffärtige Admiral, ein Ekhonide wie ich, aber eine Schande für sein Volk, und vierzig Mann Begleitung."

„Sah er dich?"

„Und ob er mich sah! Wir wurden allesamt festgenommen. Der Admiral war so wütend, daß er uns erschießen lassen wollte. Erst als ich ihm erklärte, warum wir unterwegs waren, beruhigte er sich ein wenig. Er sagte, wir sollten uns zum Teufel scheren und ihm nie wieder unter die Augen kommen."

Tiff hatte einen zweiten Empfänger gepackt und huschte hinaus in die Dunkelheit. Iwwet Arpad war nicht weit von uns entfernt. Tiff brauchte nur ein paar hundert Meter weit zu laufen, um Daten von ausreichender Genauigkeit für eine Dreieckspeilung zu erhalten.

„So bist du jetzt wieder auf dem Weg nach Hause?" fragte ich den Alten.

„Im Augenblick ruhen wir. Aber wenn wir aufbrechen, gehen wir nach Ilonza zurück. Ich denke, wir haben erreicht, was wir wollten."

„Das ist richtig. Wie weit bist du von Door-Trabzons Versteck entfernt?"

„Höchstens einen halben Kilometer, wie die Smytar fliegt. Zu Fuß ist es allerdings viel weiter. Wir haben eine mächtige Felswand zwischen uns."

„Du hast deine Sache gut gemacht", sagte ich. „Du hast recht; es ist besser, wenn ihr nach Hause geht, anstatt Door-Trabzons Zorn weiterhin zu erregen."

„Und du versprichst nach wie vor, uns die Arkoniden mitsamt ihrer Flottenversorgungsbasis vom Hals zu schaffen?" fragte er.

„Ich verspreche es. Heute nacht tun wir den entscheidenden Schritt."

Ein paar Minuten später kam Tiff zurück. Wir analysierten die Daten, die von den beiden Empfängern aufgezeichnet worden waren. Iwwet Arpad war achtzehn Kilometer in südöstlicher Richtung entfernt, und Door-Trabzon befand sich unmittelbar in seiner Nähe.

Die Zeit war gekommen.

Ein nicht abgeschirmter Transmitter gibt unmißverständliche Streusignale von sich. Nachdem wir das Aggregat eingeschaltet hatten, durften wir gewiß sein, daß Door-Trabzon unseren Standort binnen weniger Sekunden ermittelt haben würde.

Für uns begann das Warten. Tiff und ich hatten uns in einer Felsnische etwa zehn Meter über dem Talboden eingerichtet. Nicht weit von uns lag die Höhle, in der die beiden Exomediker kampierten. Sie hatten Anweisung, sich unter keinen Umständen zu rühren. In einer der sechs Baracken brannte Licht. Das war die, in der wir George untergebracht hatten. Er trug die schwarze Montur der Druuf-Raumflotte, mit einer Vielzahl grauer Streifen versehen, die auf seinen hohen Rang hinwiesen. Unser Fluggleiter war in einer abseits gelegenen Spalte versteckt.

Um uns herum hatten wir Geräte aufgebaut, die uns – hoffentlich – verraten würden, was Door-Trabzon vorhatte. Die Frage war immer noch: würde er den vermeintlichen Druuf-Stützpunkt kurzerhand zerstören, oder hatten wir seine Neugierde ausreichend auf Trab gebracht, daß er erst herausfinden wollte, was hier eigentlich gespielt wurde? Iwwet Arpads Auskunft, daß der Stoßtrupp des Admirals aus nur acht Fahrzeugen bestand, hatte mich zunächst optimistisch gestimmt. Wenn einer darauf aus ist, den Gegner mit Stumpf und Stiel zu vernichten, und ihm alle Machtmittel zur Verfügung stehen, warum zieht er dann mit nur vierzig Mann und acht Gleitern aus? Andererseits mußte ich Door-Trabzon zugestehen, daß er sich folgendes überlegt haben könnte: Alle bisherigen Anzeichen wiesen auf die Anwesenheit nur eines einzigen Druuf hin, einer Ein-Mann-Vorausabteilung sozusagen. Wie groß konnte die Anlage sein, die ein einzelner Gegner eingerichtet hatte? Sicherlich war sie unbedeutend. Vierzig Mann und acht Fahrzeuge waren eine durchaus angemessene Streitmacht, einen unbedeutenden Stützpunkt zu zerstören.

Mit anderen Worten: wir wußten immer noch nicht, woran wir waren. Die nächste Stunde würde es ergeben.

Julian Tifflor, der die Anzeigen der Geräte mit einer Andacht verfolgte, als hinge seine Seligkeit davon ab, sagte:
„Sie sind aufgebrochen. Alle acht Fahrzeuge."

Zehn Minuten später kam die Gegenmeldung.
„Sie haben angehalten – nicht mehr als zwei Kilometer von hier."

Ich atmete auf. Die schwachen Orterreflexe auf dem kleinen Bildschirm waren erloschen. Die Fahrzeuge hatten ihre Triebwerke abgeschaltet. Door-Trabzon hatte offenbar nicht die Absicht, unsere kleine Anlage blindwütend zu vernichten.

Eine Stunde verging. Die Meßgeräte lieferten keine Anzeige. Wir hatten in den Baracken und in der Umgebung Dutzende von Abhör- und infrarot-empfindlichen Sichtgeräten installiert. Aber die Bildschirme blieben leer. War es denkbar, daß Door-Trabzons Nachweisinstrumente den Streuimpuls des Transmitters falsch angemessen hatten? Spielten uns die Schwächen der arkonidischen Technik ausgerechnet jetzt einen Streich?

Tifflor stieß mich an. Ich hatte das Geräusch ebenfalls gehört, ein leises Knirschen – von einem Stein, der unter einer Stiefelsohle zermahlen wurde. Die Umrisse einer menschlichen Gestalt erschienen auf einem der Bildschirme, eine zweite, eine dritte . . .

Nach meiner Berechnung hatte der Admiral den größten Teil seiner Streitmacht als Rückendeckung entlang der Talflanken postiert. Die eigentliche Untersuchung der Anlage würde von ihm selbst und nicht mehr als einer Handvoll technischer Experten durchgeführt werden. Unter uns bewegten sich drei Mann auf die Baracke zu, in der der Druuf untergebracht war. Der vorderste näherte sich einem der erleuchteten Fenster und wurde vom Licht getroffen. Ich erkannte Door-Trabzon.

Er wandte sich seinen Begleitern zu und flüsterte etwas. Unsere Empfänger, obwohl auf höchste Empfindlichkeit getrimmt, fingen nur ein paar Wortfetzen auf.
„. . . allein . . . hoher Rang . . . in Ruhe lassen . . ."

Die Spannung, die mich seit über einer Stunde peinigte, ließ ein wenig nach. Door-Trabzon verhielt sich genau so, wie wir es von ihm erwarteten. Er wollte in Erfahrung bringen, was hier vorging. Er war nicht gekommen, um zu zerstören und zu vernichten.

Die drei Männer verbrachten mehrere Minuten in der Nähe der erleuchteten Baracke. Was war geschehen? Hatte die Wißbegierde sie plötzlich verlassen? Schließlich schälte sich ein vierter Arkonide aus der Dunkelheit. Er postierte sich unmittelbar neben das Fenster, hinter dem George zu sehen war. Ich begriff. Der Admiral wollte sicher sein, daß ihm der Druuf nicht in den Rücken kam, während er die restlichen Gebäude durchsuchte.

Die nächste Baracke enthielt die Anfänge eines Kommunikationszentrums, zu dessen Bau wir hauptsächlich Teile verwendet hatten, die uns beim Einbruch in die arkonidische Flottenversorgungsbasis in die Hand gefallen waren. Door-Trabzon machte aus seinem Ärger keinen Hehl.

„Nicht nur besitzen die Burschen die Frechheit, einen Stützpunkt unmittelbar unter unserer Nase einzurichten“, knurrte er, „sie lassen sich auch noch von uns die Bestandteile liefern.“

Eine Baracke weiter war das Druuf'sche Überlichttriebwerk, säuberlich in Komponenten zerlegt, untergebracht. Einer von Door-Trabzons Begleitern identifizierte es augenblicklich.

„Frage mich, was sie damit wollen“, sagte der Admiral. „Haben sie die Absicht, eine Werft einzurichten?“

„Wenn sie die Versorgungsbasis von uns übernehmen, könnten sie das ohne Schwierigkeit tun“, bemerkte der Experte.

Der Admiral wandte sich schließlich dem größten der sechs Gebäude zu. Dort hatten wir den wahren, den entscheidenden Köder ausgelegt. Door-Trabzon nahm den Transmitter in Augenschein und machte ein paar abfällige Bemerkungen darüber.

„Gewiß ist er zu klein, um nennenswerte Lasten zu befördern“, hielt ihm einer seiner Leute entgegen. „Aber er könnte zum Beispiel die Bestandteile eines Großtransmitters empfangen.“

Door-Trabzon musterte ein kastenförmiges Gerät, das unmittelbar seitwärts des Transmitterausgangs stand und mit dem Aggregat durch einen dünnen Kabelstrang verbunden war.

„Was ist das?" wollte er wissen.

„Ein Druuf'scher Listengenerator", antwortete einer der beiden Experten.

„Wozu soll er gut sein?"

Ich nickte Tifflor zu. Er drückte eine Taste. Der Drucker begann zu summen, und auf einem der Bildschirme sah ich, wie er mit beeindruckender Geschwindigkeit eine Liste abspulte.

5.

Door-Trabzon war unwillkürlich zurückgetreten. Als Sondereffekt war im Hintergrund des Transmitterausgangs ein rötlicher Lichtfleck entstanden. Es sollte so aussehen, als würde der Drucker von einer Station am anderen Ende der Transmitterstrecke gesteuert.

Der Admiral starrte auf die Liste, die sich selbsttätig in einen Auffangkasten abrollte.

„Kann jemand das lesen?" fragte er.

Seine Begleiter nahmen den Druckstreifen auf.

„Sieht aus wie ein technisches Inventar. Aber die Zeitangaben . . . man müßte sie umrechnen. Ich habe den Druuf-Kalender nicht im Kopf." Ich hörte an seiner Stimme, wie die Erregung des Mannes wuchs, während er sprach. „Bei allem . . . heh, hier: Kampfroboter, Bestandteile eines größeren Transmitters, Strahlgeschütze . . . ich weiß, was das ist! Es ist die Liste der Gegenstände, die zu den angegebenen Terminen durch diesen Transmitter geliefert werden sollen!"

„Photographiert die Liste!" befahl Door-Trabzon. „Beeilt euch. Der Druuf wird bald kommen, um nachzusehen, was der Transmitter ihm beschert hat."

Tiff schlug mir vor Begeisterung auf die Schulter. Wir hatten gewonnen! Door-Trabzon war von der Echtheit unserer Liste überzeugt. Wir hatten uns nicht kleinlich gezeigt, als wir sie zusammenstellten. Im Lauf der nächsten Tage erwartete unser Druuf eine Sammlung an Materialien, Waffen und Geräten, die hingereicht hätte, um einen Stützpunkt von der dreifachen Größe der arkonidischen Flottenversorgungsbasis auszustatten.

Drunten in der großen Baracke hatte der Drucker inzwischen die Liste zu Ende gespult. Die Arkoniden schossen eine Aufnahme nach der andern, um sicher zu sein, daß ihnen kein einziger Posten entging. Der Admiral trieb sie unaufhörlich an. Seine Ungeduld war so groß, daß er mehrmals ins Freie hinaustrat, um sich zu vergewissern, daß George noch immer keine Anstalten machte, sich zu rühren.

Als die Photographen ihre Arbeit beendet hatten, trat er ohne Zögern den Rückzug an. Zwei der insgesamt sechs Baracken hatte er völlig unbeachtet gelassen. Das war ein weiterer Beweis unseres Erfolgs. Er hielt die Liste für so bedeutend, daß er jetzt das Risiko des Entdecktwerdens auf keinen Fall mehr eingehen wollte. Wir hatten ihn gefangen. Von jetzt an kannte Door-Trabzon nur noch zwei Ziele: den Ausbau des Druuf-Stützpunkts zu verhindern und gleichzeitig soviel Druuf-Material wie möglich zu erbeuten.

Die Schritte der Arkoniden verschwanden in der Nacht. Fünfzig Minuten später leuchteten die Reflexe ihrer Fahrzeuge auf unserem kleinen Orterbild auf. Aus dem Kurs, den sie einschlugen, ließ sich mühelos schließen, daß Door-Trabzon auf dem schnellsten Weg zur Basis zurückkehren wollte.

Im Laufe dieser Nacht brachen wir noch einmal auf, um ein Versprechen zu erfüllen. Wir drangen ein zweites Mal in die Versorgungsbasis ein und stahlen einen Hochleistungsgleiter für Ommek Saad. Diesmal ging alles glatt. Wir wurden nicht gestört. Auf dem Gelände der Basis herrschte eine gewisse Verwirrung. Wir konnten nicht ermitteln, ob sie mit der Entdeckung zusammenhing, die Door-Trabzon im Druuf'schen Stützpunkt gemacht hatte.

Ommek Saad war über unser Geschenk hocherfreut. Ich machte ihm klar, daß er mit seiner ersten Vergnügungsfahrt noch ein paar Tage werde warten müssen. Solange die Arkoniden sich noch auf Berghar befanden, war die Gefahr zu groß, daß er erwischt wurde und dadurch unser gesamter Plan zunichte wurde. Ich ahnte in dieser Nacht nicht, daß die großzügige Gabe im entscheidenden Augenblick verhüten würde, daß unser Vorhaben mit einem katastrophalen Fehlschlag endete.

In dieser Nacht waren wir voller Triumphgefühle und rechneten fest damit, daß der weitere Ablauf der Ereignisse sich etwa wie folgt anlassen würde: Door-Trabzon würde mit seinen Leuten von der WA-KELAN abgeholt, und Stunden später setzte sich ein arkonidischer Flottenverband von wenigstens zehntausend Einheiten in Marsch, um die Überlappungsfront zu durchdringen und die Druuf am Gegenpol der auf Berghar endenden Transmitterstrecke vernichtend zu schlagen. Der Gegenpol war auf der Liste, die wir dem Admiral in die Hände gespielt hatten, durch Koordinaten ausreichend identifiziert. Es handelte sich um die Welt *Roland,* einen jupiterähnlichen Gasriesen im Druufon-System. Kurz nach Door-Trabzons Aufbruch würden hier auf Berghar arkonidische Transportschiffe landen, um die Versorgungsbasis zu demontieren und anderswohin zu bringen. Angesichts der rasch zerfallenden Überlappungsfront war Door-Trabzons Feldzug sicherlich das letzte militärische Unternehmen in diesem Raumsektor, und die Basis wurde hier nicht mehr gebraucht.

So stellten wir es uns vor; aber der Morgen des nächsten Tages verging, ohne daß sich von der WA-KELAN auch nur eine Spur zeigte. Was war geschehen? Hatte Door-Trabzon sich mit einem der Fahrzeuge der Basis von sich aus auf den Weg gemacht? Aber die Basis verfügte nur über kleine, unterlichtschnelle Raumboote, und es war mehr als unwahrscheinlich, daß sich die

WA-KELAN innerhalb der Reichweite eines dieser Fahrzeuge aufhielt.

Wir setzten uns mit Iwwet Arpad in Verbindung. Der Alte wußte nichts, aber er versprach, er werde sich mit der Basis in Verbindung setzen und zu erfahren versuchen, was mit dem Admiral geschehen war bzw. welches seine Pläne waren – ein undankbares Unterfangen angesichts des Umstands, daß sich der Meister des Rates bei den Arkoniden nur geringer Beliebtheit erfreute.

Wir warteten. Gegen Mittag rief Iwwet Arpad zurück. Er wußte nicht viel. Door-Trabzon befand sich noch immer auf dem Gelände der Basis. Die Basis war in Aufruhr. (Iwwet war darüber ganz begeistert, denn er glaubte, an gewissen Symptomen zu erkennen, daß die Arkoniden sich zum Aufbruch rüsteten.) Aber was der Admiral im Schilde führte, das hatte er nicht erfahren können.

„Ich habe den unbestimmten Verdacht, Sir", sagte Tiff mit einem gequälten Lächeln, „daß wir uns mit der Liste selbst ein Bein gestellt haben."

„Womit Sie meinen . . ."

„Womit ich meine, daß einige der Kalenderdaten recht knapp gesetzt sind. Wenn die Druuf sich an den Fahrplan hielten, den wir ihnen auf der Liste diktiert haben, dann müßten die ersten Lieferungen schon heute abend eintreffen."

„Und Sie glauben, daß Door-Trabzon darauf wartet?"

„Es sieht so aus, als wollte er sich letzte Gewißheit verschaffen."

Das war kein ernstzunehmendes Problem. Wenn der Admiral wirklich darauf warten wollte, ob der Transmitter heute abend in Tätigkeit trat, dann würden wir ihm den Gefallen tun.

Am Nachmittag begannen wir unsere Anlage abzubauen. Nur die größte Baracke mit dem Transmitter darin blieb vorläufig noch stehen. George und seine beiden Betreuer gingen an Bord der MINNIE MOUSE. Auch das Druuf'sche Überlichttriebwerk wurde verladen. George befand sich in bedauernswertem Zustand. Es wurde Zeit, daß man ihn nach Terra brachte, wo unser gesamtes xenomedizinisches Wissen eingesetzt werden konnte, ihm wieder auf die Beine zu helfen.

Wir waren in Aufbruchsstimmung. Unser Unternehmen war erfolgreich abgeschlossen. Es ging nur noch um eine kleine Spiegelfechterei, die Door-Trabzon endgültig davon überzeugen sollte, daß er hier einen dicken Fisch an der Angel hatte.

Kurz vor Sonnenuntergang nahmen wir den Transmitter in Betrieb. Er arbeitete im Leerlauf. Es gab keinen Gegenpol. Trotzdem erzeugte er die charakteristische Streustrahlung, die den ekhonidischen Admiral davon überzeugen würde, daß das Vorhaben der Druuf seinen planmäßigen Verlauf nahm.

Tiff und ich hatten nur noch wenige Geräte zu unserer Verfügung. Door-Trabzon würde per Hyperfunk nach der WA-KELAN rufen; die WA-KELAN würde irgendwann aus dem Hyperraum hervorbrechen und zur Landung auf Berghar ansetzen, aber nur die Instrumente der MINNIE MOUSE konnten diese Vorgänge registrieren. Wir waren mit der Kaulquappe in ständiger Verbindung und warteten jeden Augenblick auf die Nachricht, daß das eine oder andere Ereignis tatsächlich eingetroffen sei. Aber auf der MINNIE MOUSE blieb alles still. Eine Nachfrage ergab, daß Äther und All absolut stumm waren und keinerlei Signale lieferten.

Door-Trabzon hielt uns weiterhin zum Narren.

Unser Transmitter rumpelte weiter dahin, als empfange er endlose Güterströme von *Roland*. Mir war völlig unklar, warum der Ekhonide noch zögerte. Hatten wir in unserer Planung etwas übersehen? Hatten wir, ohne es zu ahnen, Door-Trabzon durch irgendeine Unbedachtsamkeit einen Hinweis geliefert, daß ihm hier eine Falle gestellt wurde? Ich zermarterte mir den Verstand, aber trotz aller Mühe konnte ich an unserer Vorgehensweise keinen Fehler finden.

Als es dunkel geworden war, hörten wir das Brausen und Heulen eines Triebwerks aus der Schlucht, die den hauptsächlichen Zugang zum Hochtal bildete. Tiff und ich griffen nach den Waffen; aber das Fahrzeug, das schließlich aus der Mündung der Schlucht hervorgeschossen kam, war der Hochleistungsgleiter, den wir am Morgen dieses Tages Ommek Saad zum Geschenk gemacht hatten.

Das Fahrzeug baute eine hastige Landung zehn Meter vor unserer Baracke. Das Luk flog auf, und Ommek kam durch die Öffnung gekugelt. Er stürzte, raffte sich wieder auf und rannte auf uns zu.

„Door-Trabzon ist auf dem Weg hierher!" keuchte er.

Im Nachhinein betrachtet, gibt es keine Entschuldigung, die ich zu meinen Gunsten hätte ins Feld führen können. Es hätte mir früher dämmern sollen, daß Door-Trabzon sich womöglich allein mit dem Rumpeln des Transmitters nicht zufrieden geben würde. Daß er kommen würde, um sich zu überzeugen, daß die Dinge, die auf der Liste verzeichnet waren, tatsächlich auf Berghar eintrafen. Ich hatte den Admiral unterschätzt. Die Entscheidung, eine umfangreiche Flotte ins Universum der Druuf zu schicken, fiel ihm schwerer, als wir erwartet hatten. Door-Trabzon war ein Mann, der aufs Ganze ging. Jetzt war er auf dem Weg hierher. Ommek Saad hatte seinen Stoßtrupp beobachtet, als er entgegen meiner Warnung eine Probefahrt am Fuß des Gebirgsstocks entlang unternahm.

Unser Vorhaben war auf kritische Weise in Frage gestellt. Noch vor wenigen Stunden hatten Tiff und ich geglaubt, es bliebe uns wenig mehr übrig, als unsere Sachen zusammenzupacken und frohen Herzens zu der Sonne zurückzukehren, in deren Ortungsschutz die DRUSUS und die KUBLAI KHAN auf uns warteten. Und jetzt sah es so aus, als sollte im letzten Augenblick noch alles zuschanden werden. Was hatten wir Door-Trabzon zu bieten? Eine einzige Baracke. Und darüber hinaus den Eindruck, daß in diesem Hochtal niemals ein Stützpunkt der Druuf entstehen würde.

Aus dieser Überlegung erwuchs die entscheidende Idee.

Door-Trabzon durfte das Hochtal nicht mehr zu sehen bekommen! Wir mußten ihm den Weg verlegen. Ich wandte mich an Ommek Saad.

„Mit wieviel Fahrzeugen rücken sie an?“

„Vier“, war die Antwort.

Der Orter zeigte sie nicht. Ommek glaubte, den Weg zu kennen, den Door-Trabzon einschlagen würde, und bot an, er wolle sich unterwegs auf die Lauer legen und uns Nachricht geben, sobald er die vorrückenden Arkoniden zu Gesicht bekam. Ich ging darauf ein, obwohl das Unternehmen riskant war.

Als Ommek in sein Fahrzeug kletterte, wandte ich mich an Tifflor.

„Julian, für Sie habe ich ebenfalls einen Auftrag.“

Er nickte. „Ich bin schon so gut wie unterwegs.“

„Wir brauchen fünf Kampfmaschinen vom Gladiator-Typ“, erklärte ich. „Fahren Sie, als ob Sie den Teufel auf den Fersen hätten. Kümmern Sie sich nicht um Ortung, aber gehen Sie den Arkoniden aus dem Weg!“

Nachdem er aufgebrochen war, begann für mich das Warten. Der Transmitter befand sich noch immer in Tätigkeit. Ungeduldig spielte ich mit dem Orter und versuchte, Door-Trabzons vier Fahrzeuge auf den Bildschirm zu bekommen. Aber die Arkoniden nutzten offenbar jede Deckung aus und bewegten sich in der Hauptsache durch tief eingeschnittene Schluchten, aus denen kein energetisches Geräusch bis an die Sensorantennen des Geräts drang.

Das war unsere einzige Chance: daß Door-Trabzon sich ebenso vorsichtig anschlich wie in der vorigen Nacht. Daß er uns Zeit ließ, die fünf Gladiatoren in Stellung zu bringen. Nur unter diesen Umständen hatten wir noch eine Möglichkeit, den Erfolg unseres kleinen Theaterspiels zu retten.

Eine Stunde später begann der Orter, die ersten Anzeichen der nahenden Fahrzeuge zu erfassen. Kurz darauf kam Ommek Saads Gleiter aus der Schluchtmündung geschossen.

„Sie sind noch vier Kilometer von hier entfernt!" meldete er.

Mir stand der kalte Schweiß auf der Stirn. Wenn es Door-Trabzon einfiel, per Fahrzeug bis ins Hochtal vorzustoßen, dann waren wir verloren. Ich empfand es wie ein Geschenk des Himmels, als die vier pulsierenden Reflexe fünfzehn Minuten später zum Stillstand kamen und gleich danach erloschen. Der Admiral hatte angehalten. Sein Stoßtrupp legte den Rest des Weges zu Fuß zurück.

Dafür tauchte von Osten her ein neuer Leuchtfleck auf. Julian Tifflor! Er hatte das Fahrzeug gewechselt und brachte die Roboter mit einem mittelschweren Transporter angeschleppt. Braver Junge! Er bewegte sich vorsichtig und dennoch mit hoher Geschwindigkeit. Ich glaubte nicht, daß die Arkoniden ihn bemerkt hatten. Das Fahrzeug landete vor der Baracke. Wir hatten keine Zeit mehr, es zu verstecken. Wenn es Door-Trabzon gelang, bis ins Hochtal vorzudringen, dann würde er nicht nur erfahren, daß er hatte an der Nase herumgeführt werden sollen, sondern auch, wem er diesen Streich zu verdanken hatte. Der Transporter war eine Neuentwicklung der terranischen Technik und so charakteristisch in seiner Formgebung, daß er mit nichts anderem verwechselt werden konnte.

Wir kannten den Weg, den die Arkoniden nehmen mußten. Er führte durch einen Engpaß, der in südwestlicher Richtung etwa 100 Meter über der Talsohle lag. Ommek Saad blieb im Tal zurück, während Tiff und ich die fünf Gladiator-Kämpfer in Stellung brachten. Unterwegs erteilte ich den Robotern verbale Anweisungen. Sie wußten, worauf es ankam. Einer meiner wichtigsten Befehle lautete: Sie durften unter keinen Umständen gesehen werden. Ein terranischer Gladiator hat keinerlei Ähnlichkeit mit einem Druuf-Roboter.

Tiff und ich kletterten ein Stück die Paßwand hinauf. Die Kampfmaschinen befanden sich unter uns in sicherer Deckung. Die Arkoniden mußten irgendwann im Lauf der nächsten zwanzig Minuten aus der Dunkelheit vorab auftauchen.

Die Gladiatoren gewahrten sie früher als wir. Ein armdickes, bläulichweißes Energiebündel fauchte knatternd aus dem Paßeinschnitt den Hang hinab. Zwanzig Gestalten wurden einen Augenblick lang sichtbar. Ein Felsblock wurde zu glutflüssigem Magma. Die Arkoniden spritzten auseinander und warfen sich in Deckung. Aber unsere Roboter hatten ihr Ziel erkannt und überschütteten den Gegner mit einem Trommelfeuer, das die Nacht zum Tage machte und die Berge erzittern ließ. Wir hatten den Gladiatoren eingeschärft, Menschenleben zu schonen. Aber nach weniger als einer halben Minute befanden sich die Arkoniden trotzdem in tödlicher Gefahr. Die Blastersalven erzeugten eine Lache aus glutflüssigem Gestein, die träge den Berghang hinabglitt und sich anschickte, Door-Trabzon und seinen Stoßtrupp in ihrer glühend heißen Umarmung zu ersticken.

Der Admiral erkannte die Unhaltbarkeit seiner Lage. Ich hörte seinen Befehl nicht. Aber plötzlich sprangen Gestalten hinter ihren Deckungen auf und hasteten den Hang hinab. Unsere Roboter feuerten noch ein paar Schüsse, dann trat unter uns Ruhe ein. Das geschmolzene Gestein erfüllte die Nacht mit gespenstischem, blutrotem Schimmer. Ich ließ die Gladiatoren vorläufig noch in Stellung. Womöglich unternahm Door-Trabzon einen zweiten Vorstoß. Als wir jedoch ins Tal zurückkehrten, zeigte der Orter, daß die vier arkonidischen Gleiter sich auf dem Rückweg zur Versorgungsbasis befanden.

Noch in derselben Nacht landete die WA-KELAN und nahm Door-Trabzon mit seinen Truppen an Bord. Der Sieg war endgültig unser. Das mörderische Energiefeuer unserer Kampfroboter hatte den Admiral davon überzeugt, daß der Transmitter des Druuf-Stützpunkts in der Tat begonnen hatte, all die Dinge zu empfangen, die auf der Liste standen, darunter in erster Linie Waffen und Kampfmaschinen.

Tiff brachte die fünf Gladiatoren zur MINNIE MOUSE zurück. Bei seiner Rückkehr berichtete er von großmaßstäblichen Flottenbewegungen, die die Fernortung unseres Schiffes registrierte. Wenn die Messungen nicht trogen, dann war

Door-Trabzon im Begriff, einen Kampfverband von mindestens 18 000 Einheiten zusammenzuziehen. Sein Ziel, der Planetenriese *Roland*, lag im Heimatsystem der Druuf, an dessen Peripherie mehr als drei Viertel der militärischen Macht der Druuf konzentriert waren. Door-Trabzon befand sich auf dem Weg zu einer kriegerischen Auseinandersetzung, der die Flotte des Robotregenten von Arkon derart schwächen mußte, daß Terra endlich die so dringend benötigte Verschnaufpause erhielt.

Als wir das Hochtal verließen, war von unserer Anwesenheit keine Spur mehr zu sehen. Falls der ekhonidische Admiral jemals hierher zurückkehrte, würde er sich fragen müssen, welcher Spuk ihn in jenen vier ereignisreichen Tagen genarrt hatte.

Am Morgen kündigte sich eine Rotte von vier arkonidischen Großtransportern an. Sie setzte auf dem großen Landefeld nieder. Regimenter von Robotern wurden ausgeschifft und begannen unverzüglich mit der Demontage der Versorgungsbasis. Aus der nahegelegenen Stadt Ilonza fanden sich Hunderte von Neugierigen ein, die die arkonidische Emsigkeit mit staunender Genugtuung beobachteten. Iwwet Arpad, dem Meister des Rates, gelang es, noch einmal bis zu Evalor Kybdzon vorzudringen, gerade als dieser im Begriff stand, mit seinem Stab an Bord eines der vier Schiffe zu gehen. Iwwet trug einen gläsernen Behälter bei sich, in dem eine menschliche Hand schwamm.

„Ich sehe, daß du uns verläßt, großer Herr“, sagte er traurig, „ohne des Verlustes zu gedenken, der mir durch deine Schuld widerfuhr.“

Kybdzon winkte ungeduldig ab.

„Diese häßliche Hand habe ich bereits gesehen. Was willst du?“

„Zum Andenken an meinen Brudersohn laß mir eines deiner feinen Fahrzeuge zurück, einen Fluggleiter. Du hast ihrer soviele, daß . . .“

Kybdzon wandte sich an einen seiner Begleiter.

„Schreib dem Mann eine Anweisung aus. Die Roboter sollen

einen Gleiter hierlassen. Und dann laß uns an Bord gehen, damit ich diese barbarische Welt nicht mehr zu sehen brauche."

Während die Anweisung geschrieben wurde, fiel sein Blick auf den Behälter, den Iwwet Arpad ihm immer noch wie anklagend entgegenhielt.

„Trug sie nicht beim letzten Mal einen Ring am Mittelfinger?"

Iwwet erschrak. Hatte ihm der kurzsichtige Kurator womöglich die falsche Hand gegeben? Er gewann rasch die Fassung wieder.

„Ja. Ich habe ihn abgezogen. Wozu braucht ein Toter einen kostbaren Ring?"

Er erhielt seine Anweisung. Über den Steg, der zu einer der unteren Schleusen des Transportschiffs hinaufführte, entschwand Evalor Kybdzon grußlos seinen Blicken.

Die MINNIE MOUSE startete, nachdem die arkonidischen Transporter mit ihrer ersten Transition im Hyperraum verschwunden waren. Ich glaube, Iwwet Arpad und sein Neffe Ommek Saad hielten uns fast für so etwas wie Freunde. Der Abschied war herzlich. Wir wurden aufgefordert, nach Berghar zurückzukehren, wenn die Zeiten ruhiger geworden waren.

Wir erreichten das Versteck der DRUSUS und der KUBLAI KHAN ohne Zwischenfall. Der ganze Raumsektor war in Aufruhr. Die Arkoniden hatten Wichtigeres zu tun, als nach einem terranischen Blockadeläufer Ausschau zu halten. Die beiden Superschlachtschiffe nahmen Kurs auf die Erde und erreichten ihr Ziel, ohne auch nur einem einzigen Feindschiff in die Quere zu kommen.

Die große Raumschlacht im Druufon-System, bei dem Door-Trabzon achtzig Prozent seiner Flotte verlor, ist Historie.

H. G. Ewers

Kämpfer für die Gerechtigkeit

Zum Unterschied von vielen anderen Helden der Science Fiction handelt es sich bei Guy Nelson nicht um einen untadeligen Supermann, sondern um ein trinkfestes Rauhbein mit goldenem Herzen, um einen Raumfahrer, der so ehrlich ist, daß er immer wieder von „Geschäftspartnern" übers Ohr gehauen wird. Gleichzeitig aber verfügt Guy über einen ausgeprägten Gerechtigkeitssinn und setzt sich selbst und seinen Besitz ein, wenn es darum geht, Betrüger durch die ganze Galaxis zu verfolgen und ihrer gerechten Strafe zuzuführen.

Es ist kein Wunder, daß er dabei keine Reichtümer ansammeln kann. Deshalb ist sein Raumfrachter, die HER BRITANNIC MAJESTY, dessen Namen er aus chronischem Geldmangel nur abgekürzt H. B. M. auf die Außenhülle malen konnte, ständig nahe daran, auseinanderzufallen. Sein Roboter George, den er aus reparierten Schrotteilen zusammenbaute, ist nicht viel besser dran.

Dennoch ist er der erste dichtende Roboter des bekannten Universums.

Guys Schwester Mabel ist ständig rührend um ihren Bruder besorgt. Sie führt den Haushalt an Bord der H. B. M. und versucht immer wieder, Guy vom übermäßigen Bourbongenuß abzuhalten, was ihr aber nur selten gelingt.

Guy Nelson verbindet eine besonders innige Freundschaft mit Reginald Bull. Außerdem hat er mehrmals eng mit Perry Rhodan und den Angehörigen des „Intergalactic Peace Corps" zusammengearbeitet und sich große Verdienste um die Menschheit erworben. Freunde und Gegner verblüfft er immer wieder durch die Betonung seiner Abstammung von Admiral Viscount Horatio Nelson, dem

Sieger von Abukir und Trafalgar, wobei er ihn so schildert, als sei er ein Raumadmiral gewesen.

Wie Guy zu seiner HER BRITANNIC MAJESTY, seiner Laufbahn und zur Partnerschaft mit Mabel kam, schildert die folgende Geschichte . . .

1.

Guy Nelson versenkte die Hände in den Hosentaschen seines blauen Overalls und beschleunigte seine Schritte. Es war unangenehm kalt, und zu allem Überfluß fing es auch noch an zu regnen.

Mißmutig blickte Guy einem Bodengleiter nach, der ihn überholte und dabei genau die Mitte der schmalen Straße benutzte. Es handelte sich um ein Robottaxi – und es war leer. Guy hätte nur die Hand über den Bordstein auszustrecken brauchen, und das Taxi wäre herangeschwebt, um ihn aufzunehmen. Doch das hätte seinen dürftigen Bargeldbestand noch mehr geschwächt.

An der nächsten Straßenecke blieb er stehen und versuchte, die Beschriftung des schmalen Schildes an einer Hausfront der rechts abbiegenden Straße zu entziffern. Es gelang ihm nicht, da die nächste intakte Leuchtsäule zirka zwanzig Meter entfernt war.

Schließlich kramte Guy Nelson ein Feuerzeug aus seinem Overall, drehte die Gasflamme weit auf und hielt es hoch.

„Hood Street", las er vom Straßenschild ab. „Komischer Name!"

Er ging weiter. Die nächste Abzweigung war endlich die, die er suchte. „Stab Street", stand auf dem Straßenschild. Von dieser Straße sollte die „Fear Lane" abzweigen, in der sein Onkel Zachariah Sidney Nelson seine Wohnung und sein Anwaltsbüro besaß – beziehungsweise besessen hatte, denn Onkel Zachariah war vor drei Wochen an einem Herzinfarkt gestorben.

Abermals schwebte ein Robottaxi auf der Straßenmitte entlang und überholte Guy. Er blickte ihm noch nach, als ein zweiter Gleiter an ihm vorüberrauschte. Bei ihm handelte es sich jedoch nicht um ein Robottaxi, sondern um einen schweren Privatgleiter.

Etwa hundert Meter weiter hatte der Privatgleiter das Robottaxi eingeholt. Plötzlich blitzte es auf. Der Privatgleiter schoß gleich einem elliptischen Schatten schräg in den Himmel hinauf.

Das Robottaxi schwebte weiter, aber seine Außenhülle glühte – und Sekunden später explodierte es mit furchtbarem Krachen.

Guy Nelson warf sich hin, als er glühende Trümmerstücke durch die Luft wirbeln sah. Als alles wieder ruhig war, stand er auf, lehnte sich gegen eine Hauswand und wartete darauf, daß die Polizei eintraf. Er fühlte sich verpflichtet, als Zeuge auszusagen und mitzuhelfen, die Mörder des im Robottaxi gewesenen Passagiers zu überführen.

Eine Viertelstunde später wurde er unruhig. Die Polizei hätte längst da sein müssen. Da die Häuser in der Stab Street in den oberen Stockwerken nur Wohnungen enthielten, mußte die Explosion von Hunderten von Leuten gehört worden sein. Wenigstens ein paar von ihnen würden wohl die Polizei angerufen haben.

Aber nichts rührte sich. Guy kam es sogar vor, als wären jetzt viel weniger Fenster erleuchtet als vor einer Viertelstunde. Langsam ging er näher an die ausgeglühten Trümmer heran.

Als er hinter der Panzertroplonwand eines Kneipenfensters mattes rötliches Licht sah, wandte er sich der Tür zu. Da er keinen Drehknopf sah und die Tür sich auch nicht selbsttätig vor ihm öffnete, preßte er den Daumen auf den Signalsensor des Meldegeräts.

Sekunden später öffneten sich in den Seitenwänden der Türnische je zwei Blenden. Hinter ihnen schimmerten drohend die Abstrahlfelder von Energiewaffen.

„Was wollen Sie?“ sagte eine krächzende Stimme aus einem verborgenen Lautsprecher.

„Rufen Sie die Polizei!“ rief Guy aufgebracht. „In dieser Straße wurde ein Mord verübt.“

Eine Weile blieb es still, dann ertönte ein höhnisches Kichern.

„Sie sind wohl gerade erst auf Lepso angekommen, wie?“ erwiderte die krächzende Stimme. „Sonst wüßten Sie, daß man sich hier nur um sich selbst und um seine Geschäfte kümmert. Verschwinden Sie! Oder haben Sie Geld genug für ein Big-Risk-Play?“ Abermals ertönte das Kichern.

„Aber hier ist ein Mord geschehen!" entrüstete sich Guy Nelson.

„Kümmern Sie sich nicht um die Privatangelegenheiten anderer Personen!" sagte die krächzende Stimme. „Wenn Sie uns noch länger belästigen, muß ich Sie ein wenig verdampfen. Ich gebe Ihnen eine Minute Zeit, sich zu entfernen. Warum ich so großzügig bin, weiß ich selber nicht. Also . . .!"

Guy starrte fassungslos auf die Tür, dann dämmerte es ihm, daß die Worte des Krächzenden keine leere Drohung gewesen waren. Völlig unwissend über die Zustände auf der Freihandelswelt Lepso war er immerhin nicht.

Mit einem Satz brachte er sich aus dem Wirkungsbereich der Strahlwaffen. Eine Weile blieb er unschlüssig stehen, dann setzte er seinen Weg fort.

Wenige Meter hinter der Explosionsstelle entdeckte er auf der gegenüberliegenden Straßenseite die Einmündung einer schmalen dunklen Gasse. Er schlenderte hinüber und benutzte auch hier sein vorsintflutliches Feuerzeug, um das Straßenschild zu beleuchten.

„Fear Lane", murmelte er nachdenklich. „Hier also hat Onkel Zach seine letzten Jahre zugebracht."

Er ließ die Flamme des Feuerzeugs erlöschen, steckte es in die Brusttasche seines Overalls und stieg die ausgetretenen Steinstufen der Fear Lane hinauf. Die Gebäude hier waren schmalbrüstig, schmutzig und hatten schmale Fenster mit blinden Scheiben. Manche Häuser waren um mehrere Meter zurückversetzt, so daß sich Nischen gebildet hatten, in denen es noch dunkler war als in der Gasse.

Guy nahm vorsichtshalber die Hände aus den Hosentaschen und spähte angestrengt in jede Nische. Es störte ihn, daß es darin so dunkel war, daß sich in jeder Nische eine ganze Räuberbande verbergen konnte. Der Name „Angstgasse" kam ihm mit einemmal gar nicht mehr seltsam vor.

Als er nach zirka zweihundert Metern immer noch unbehelligt geblieben war, legte sich Guys Nervosität allmählich wieder

– völlig grundlos, wie er schmerzhaft erkannte, als er an der nächsten dunklen Nische vorbeiging.

Etwas wie eine Schnur schlängelte sich plötzlich um seinen Körper. Es war jedoch keine gewöhnliche Schnur, wie Guy feststellen mußte, als er sich losreißen wollte. Glühender Schmerz fuhr ihm durch alle Glieder.

Eine Neuropeitsche!

Die „Schnur" wurde behutsam angezogen. Guy sträubte sich nur solange, bis der Schmerz wiederkehrte, dann folgte er dem Zug und taumelte in die Finsternis der Nische. Wenig später streifte seine linke Schulter einen Türrahmen. Guy stolperte in einen dunklen Korridor und hörte, wie hinter ihm eine Tür zuschlug.

Eine Lampe leuchtete auf und blendete ihn.

„Wen haben wir denn da?" hörte er jemanden flüstern.

„Eine Frau?" entfuhr es Guy.

„Mitkommen!" befahl die unverkennbar weibliche Stimme.

Abermals blieb Guy nichts anderes übrig, als dem Zug der Neuropeitsche zu gehorchen. Er ging ungefähr zehn Meter in gerader Richtung, dann stolperte er fünf Stufen hinab, betrat einen kühlen feuchten Raum und hörte erneut eine Tür hinter sich zuschlagen.

Im nächsten Moment flammte eine Leuchtplatte an der Decke des Raumes auf und erhellte einen Keller mit zahlreichen Wandregalen, in denen die unterschiedlichsten Kleidungsstücke und viele Koffer, Kisten und Raumsäcke lagen. In der Mitte des Betonbodens befand sich eine Falltür.

Und Guy Nelson gegenüber stand ein unglaublich verwahrlostes weibliches Wesen, in schmutzige Lumpen gehüllt und mit wirrem schwarzem Haar, das ihm bis in die Augen hing. Dieses Wesen hielt den Griff der Neuropeitsche locker in der rechten Hand.

„Hallo!" sagte Guy, weil er nicht wußte, wie er reagieren sollte.

Die Augen des Wesens funkelten. Mit einer kaum erkennbaren Bewegung brachte es die Peitschenschnur dazu, sich von Guy zu lösen. Ebenso rasch trat das Wesen drei Schritte zurück.

„Rühr dich nicht!“ befahl es. „Ich bin sehr gut mit der Neuropeitsche. Lege deine Papiere und dein Geld auf den Boden!“

„Du wirst enttäuscht sein“, meinte Guy.

„Schweig und gehorche!“ befahl das weibliche Wesen.

Guy zuckte die Schultern und legte seinen dünnen Geldbeutel sowie seine ID-Karte auf den Boden.

„Zurücktreten!“ befahl das Wesen. „Bis an die Wand!“

Guy gehorchte.

Das weibliche Wesen lief flink vor, nahm Geldbeutel und ID-Karte an sich und zog sich wieder zurück. Die Finger wühlten im Geldbeutel, dann schleuderten sie ihn auf den Boden. Danach strichen sie mit routiniertem Griff am Rand der ID-Karte entlang, in den normalerweise der Kode des Geldinstituts und des Kontos eingestanzt war.

„Leer!“ rief das weibliche Wesen – und seine Stimme klang plötzlich kindlich-hell. „Wo hast du denn deine richtige ID-Karte?“

„Ich habe nur diese“, antwortete Guy. „Mir hat bisher immer das Geld gefehlt, um ein Konto bei einer Bank zu eröffnen und etwas einzuzahlen.“

„Das glaube ich nicht“, erklärte das Wesen. „Du trägst den Overall eines Raumfahrers – und Raumfahrer sind reich.“

„Nicht, wenn sie ihren Verdienst für die Abzahlung von Schulden verbrauchen“, widersprach Guy.

„Zieh dich aus!“ befahl das Wesen.

„Was?“ entfuhr es Guy. „Aber . . .“

Die Schnur der Neuropeitsche fuhr knallend an seinem rechten Ohr vorbei. Knisternd sprang eine Entladung über und vermittelte Guy das Gefühl, ein glühender Dolch würde durch sein Trommelfell gestoßen. Er stöhnte.

„Ausziehen!“ wiederholte das weibliche Wesen seinen Befehl.

Diesmal gehorchte Guy Nelson sofort. Stiefel, Overall, T-

Shirt, Socken und Unterwäsche fielen zu Boden. Allerdings drehte Guy sich schamhaft um.

Das Wesen raffte seine Sachen zusammen, durchsuchte sie und warf sie wieder hin.

„Es bringt mehr, wenn ich dich an einen Bal verkaufe."

„Was ist ein Bal?" fragte Guy.

„Ein Organhändler", antwortete das Wesen, als handle es sich um etwas Alltägliches. „Er kann alles verwerten, was gesund ist und transplantiert werden kann."

Guy erschrak. Bisher hatte er sein Leben nicht in Gefahr geglaubt, aber dieses weibliche Wesen schien keine Skrupel bei dem Gedanken zu empfinden, ihn an einen Organschmuggler zu verkaufen, der ihn im wahrsten Sinne des Wortes ausschlachten würde.

Er drehte sich um.

„Jeder Bal würde versuchen, dich zu betrügen", erklärte er und tat einen Schritt vorwärts. „Ich will mir nur meine Unterhose holen."

Das Wesen zögerte, bis Guy nur noch fünf Schritt von ihm entfernt war, dann ließ es die Peitsche abermals dicht an seinem Kopf vorbeiknallen. Guy blieb stehen, stöhnte vor Schmerz und schwankte.

„Halte deine Füße still!" befahl das Wesen und ließ die Peitschenschnur zwischen Guys nackten Füßen züngeln.

Guy erkannte die Gelegenheit und handelte. Er trat mit voller Kraft auf die Schnur und verbiß sich den glühenden Schmerz, der bis in seinen Unterleib fuhr. Wie durch Nebelschwaden sah er, daß der Peitschenstiel seiner Peinigerin aus der Hand gerissen wurde. Er sprang vorwärts und warf sich auf das Wesen.

Nach kurzem heftigem Kampf hatte er es überwältigt und erkannte fassungslos, daß es sich um ein höchstens zwölfjähriges humanoides Mädchen handelte. Er drehte ihr die Arme auf den Rücken, griff sich ein Hemd aus einem Wandregal und fesselte damit Hände und Füße des Mädchens.

Danach drehte er sich um, denn er wollte die Neuropeitsche

an sich nehmen. Er erstarrte, als er sah, daß er nicht mehr allein mit dem Mädchen war.

Ein älterer Mann, wahrscheinlich ein Arkonide, stand ihm gegenüber und hielt einen Nadler gefährlich auf seinen Bauch gerichtet.

„Im Lauf ist eine Giftnadel", erklärte der Mann. „Vielleicht schieße ich nicht, wenn du dich nicht rührst, obwohl ich dich eigentlich töten sollte, weil du Saila weh getan hast."

„Nein!" schrie das Mädchen. „Er ist meine Beute, Kryton! Ich werde ihn an einen Bal verkaufen."

„Der Bal würde dich gleich mit ausschlachten, Saila", spottete der alte Mann. „So ein Geschäft muß gut vorbereitet und abgesichert werden." Er musterte den Overall Guys. „Ein Raumfahrer und nachts allein in dieser Gegend. Du suchtest wohl ein Abenteuer, Mann?"

Guy schüttelte den Kopf.

„Ich wollte zum Haus meines Onkels, Fear Lane hundertdreiundsechzig."

Der alte Mann lachte.

„So, dein Onkel wohnt hier, Bubi! Dann hat er vergessen, dich über die Gefährlichkeit dieser Gegend aufzuklären. Wie heißt er denn?"

„Nelson", antwortete Guy. „Zachariah Sidney Nelson."

„Zachari . . .!" wiederholte der alte Mann, dann schwieg er und starrte Guy mit offenem Mund an.

Plötzlich wurden ihm die Knie weich. Er lehnte sich gegen die Tür und senkte die Waffe.

„Dann bist du Guy Nelson!"

„Richtig", sagte Guy und überlegte, warum der Name seines Onkels den alten Verbrecher so beeindruckte.

„Der Nachfahre von Admiral Viscount Horatio Nelson, der zwei feindliche Flotten vernichtete!" rief der Alte. „Saila, beinahe hättest du die größte Dummheit deines Lebens angerichtet. Ich stehe tief in der Schuld des alten Zach und hätte dich durch die Klappe geworfen, wenn du Guy Nelson getötet hättest." Er blickte bedeutungsvoll auf die Falltür, unter der es leise rauschte und gurgelte.

„Aber er ist meine erste Beute!" kreischte das Mädchen und versuchte, seine Fesseln abzustreifen.

Der Alte grinste.

„Ich sehe nichts davon, Saila."

Er wandte sich wieder an Guy.

„Ich bin Kryton, der Fänger. Früher gehörte mir ein Asteroid im Firing-System. Als ich dort auf eine Howalgonium-Ader stieß, konstruierte die Lunlyte-Minengesellschaft einen Gesetzesverstoß. Angeblich war der Asteroid seit langem in ihrem Besitz gewesen und ich hätte mich unbefugt darauf niedergelassen. Ich wurde verhaftet und angeklagt – und ich wäre zu Zwangsarbeit verurteilt worden, wenn dein Onkel nicht eingegriffen hätte. Er konnte zwar nicht beweisen, daß ich ein Besitzrecht auf den Asteroiden hatte, denn die Gesellschaft hatte alle Unterlagen gelöscht. Aber wenigstens erreichte er, daß die Anklage wegen Landraub und unbefugter Ausbeutung einer Howalgonium-Ader fallengelassen wurde."

„War das ein Grund, zum Räuber und Mörder zu werden?" fragte Guy Nelson vorwurfsvoll.

Kryton senkte den Kopf.

„Dreimal habe ich ein Geschäft eröffnet – und jedesmal verhängte die Gesellschaft einen Boykott über mich. Das ist auf Lepso ganz einfach. Man verschleppt die Kunden, die aus einem Geschäft kommen und foltert sie. Schließlich mußte ich mich hierher verkriechen – genau wie dein Onkel, der von der Gesellschaft aus der City von Orbana vertrieben wurde. Die Aufregungen waren zu viel für sein Herz."

Er blinzelte Guy zu.

„Willst du nicht mein Partner werden, Guy?"

Guy erschauerte.

„Ich will so bald wie möglich zurück auf ein Schiff und in den Raum. Aber vorher muß ich das Testament meines Onkels holen. Es ist in seinem Hause versteckt."

Kryton schob den Nadler hinter seinen Gürtel.

„Ich begleite dich, Guy, sonst kommst du niemals dort an. Zieh dich an!“ Er ging zu Saila, zerschnitt ihre Fesseln mit einem Dolch und befahl ihr, auf ihn zu warten. Danach winkte er Guy, ihm zu folgen.

ZACHARIAH SIDNEY NELSON – ANWALT FÜR RAUMRECHT, stand in gemalten Buchstaben auf dem billigen Plastikschild an der aufgebrochenen Plastiktür des engbrüstigen Hauses Fear Lane 163.

„Ein Metallschild wäre längst gestohlen worden“, erklärte Kryton.

„Die Tür ist aufgebrochen worden“, sagte Guy erzürnt.

„Ein herrenloses Haus, Guy! Was nicht niet- und nagelfest ist, dürfte längst verschwunden sein.“

Guy stieß die Tür ganz auf und tastete nach einem Lichtschalter. Er fand nur das Loch in der Wand, in dem sich einmal der Schalter befunden hatte. Zu seinem Glück war die Stromzufuhr abgestellt, da es niemanden gab, der den verbrauchten Strom bezahlt hätte.

Kryton schaltete eine Taschenlampe ein. Sie verstrahlte sehr helles weißes Licht. In seinem Schein erblickte Guy einen kurzen Flur. Vom Boden waren die Fliesen gestohlen worden, so daß man den nackten Estrich sah. Dort, wo einmal eine Lampe gehangen hatte, ragten nur noch zwei Drähte aus der Decke. Vom Geländer der steil nach oben führenden Treppe waren die Beschläge entfernt worden.

„Wo soll das Testament versteckt sein, Guy?“ fragte Kryton.

Im nächsten Augenblick hielt er Guy die Hand vor den Mund und deutete mit einer Kopfbewegung nach oben.

Guy hatte ebenfalls das schleifende Geräusch gehört. Er lauschte eine Weile, aber es blieb still. Kurz entschlossen wandte sich Guy der Treppe zu und lief die Stufen hinauf. Kryton wollte ihn festhalten. Als ihm das nicht gelang, eilte er ihm nach.

Der Flur im ersten Stock sah genauso verwüstet aus wie der

im Erdgeschoß. Drei Türen waren zu sehen. Guy wandte sich der offenen Tür zu und betrat wenig später den Wohnraum, in dem nur noch der seiner Beschläge beraubte Kamin daran erinnerte, welchem Zweck er einmal gedient hatte. Sogar die Tapeten waren von den Wänden gerissen, wahrscheinlich auf der Suche nach einem Geheimtresor.

Guys Aufmerksamkeit richtete sich jedoch auf den Unterkörper eines Mannes, der aus dem Kamin hing. Als Kryton den Lichtkegel seiner Lampe voll auf den Kamin richtete, bewegte sich das linke Bein des Mannes. Der Fuß rutschte über die Innenwand des Kamins und erzeugte das schleifende Geräusch, das die beiden Männer von unten gehört hatten.

Kryton warf Guy einen prüfenden Blick zu.

Guy nickte.

„Der Geheimtresor befindet sich im Kamin“, erklärte er. „Aber er ist gegen den Zugriff Unbefugter gesichert, wie du siehst.“

Ein leises Stöhnen erklang aus dem Kamin.

„Warte!“ rief Guy, als Kryton die Beine des Gefangenen packte und daran ziehen wollte. „So bringst du ihn nur um.“

Er spitzte die Lippen und pfiff den Anfang eines Kinderliedes, das Onkel Zachariah ihm früher, als er noch ein kleines Kind gewesen war, oft vorgesungen hatte.

Als er fertig war, klickte es dreimal. Ein Ziegel schob sich etwa zehn Zentimeter weit aus dem Kamin, dann fiel der Gefangene herab.

Kryton packte ihn und zog ihn ganz ins Freie. Die Haken, die ihn gefangengehalten hatten, waren nicht gerade sanft mit ihm umgegangen. Aus zahlreichen Wunden floß Blut. Das Gesicht des Mannes war bleich. Er hielt die Augen geschlossen.

Guy kroch in den Kamin und stieg auf den kurzen Eisenstäben, die sich aus den Wänden geschoben hatten, ungefähr zwei Meter hoch. Dort schlug er mit der geballten Faust auf einen etwas herausragenden Ziegel.

Es gab ein schnarrendes Geräusch, dann glitt ein Teil der

Wandung beiseite. Guy griff in das Loch und zog einen kleinen schwarzen Koffer heraus. Nachdem er sich vergewissert hatte, daß sich sonst nichts im Tresor befand, stieg er wieder hinab.

Kryton hatte inzwischen die Taschen des Bewußtlosen geleert und machte ein zufriedenes Gesicht.

„Ist er schwer verletzt?“ fragte Guy.

„Nicht der Rede wert“, erwiderte Kryton. Er musterte den Koffer. „Mach ihn auf!“ sagte er, heiser vor Erregung. Er errötete, als Guy ihn mißtrauisch ansah. „Dich bestehle ich doch nicht!“

Guy tippte auf die Sensoren des elektronischen Kofferschlosses, dann legte er die Fläche der rechten Hand auf die daneben befindliche Metallplatte.

Knackend klappte der Kofferdeckel auf. Die beiden Männer beugten sich über den Koffer und musterten den versiegelten Briefumschlag, auf dem in einem Gürtelhalfter eine Strahlwaffe lag, ein Impulsstrahler, der wahlweise auf Zerstören und Betäuben geschaltet werden konnte.

Guy legte die Waffe beiseite und öffnete mit zitternden Fingern den Umschlag. Er enthielt einen einzelnen Briefbogen, der dicht mit der Handschrift Onkel Zachariahs bedeckt war.

„Mein lieber Guy“, las Guy Nelson. „Wenn Du diese Zeilen liest, lebe ich nicht mehr. Aber sei nicht traurig, denn ich habe ein erfülltes Leben gelebt und bin sehr froh darüber, daß es mir gelungen ist, Dich nach dem tragischen Tod Deiner Eltern zu erziehen und einen ganzen Mann aus Dir zu machen.

Leider kann ich Dir kein Geld hinterlassen. Im Gegenteil, ich muß Dir gestehen, daß ich die Urkunde Deines Raumkapitän-Patents verpfändet habe, um die Gerichtskosten des Verfahrens zu bezahlen, mit dem ich versuchte, Deine Schwester Mabel aus der Gewalt des Lords of Ruralee zu befreien. Wie Du weißt, holte Lady Katharina, die Frau des Lords, Mabel im Alter von dreieinhalb Jahren aus dem Waisenhaus in Crown City auf Makaroff, bevor ich ermitteln konnte, wohin sie nach dem Tode Eurer Eltern gebracht worden war.

Ich prozessierte rund siebzehn Jahre, um sie zu uns nehmen zu können, aber da Ruralee ein souveräner Planet ist und Lady Katharina dem Gericht glaubhaft machte, ich hätte mich nicht um Mabel gekümmert, bis sie sie zu sich genommen hatte, blieb ich erfolglos.

Inzwischen ist Mabel jedoch volljährig und kann selbst über ihre Zukunft entscheiden. Allerdings fehlt ihr das Geld, um Ruralee zu verlassen. Deshalb bitte ich Dich, lieber Guy, fliege nach Ruralee und hole Mabel aus der Gewalt des Lords, wo sie nur schamlos ausgebeutet wird.

Dein Kapitänspatent befindet sich im Besitz der Firma Galactic Pawnshop, die ihren Hauptsitz auf dem Planeten Metallic im System der roten Sonne Gurnackel hat. Gegen Zahlung von siebzigtausend Solar kannst Du es auslösen. Das ist nicht einmal viel, denn ich habe hunderttausend Solar dafür bezahlt und wollte es Dir zu deinem sechsundzwanzigsten Geburtstag schenken. Es tut mir leid, daß es anders gekommen ist.

Lieber Guy, bleibe immer ehrlich und laß Dich nie auf dunkle Geschäfte ein wie ich – und denke immer daran, daß Du ein Nachkomme des Admirals Seiner britischen Majestät, Viscount Horatio Nelson, bist, der die feindlichen Flotten in den Schlachten von Trafalgar und Abukir vernichtend schlug."

Guy drehte den Briefbogen um und stellte enttäuscht fest, daß die Rückseite leer war.

„Das ist alles?" fragte Kryton und betastete das Innere des Koffers. „Kein doppelter Boden – nichts. Und ich hatte Zach immer für einen wohlhabenden Mann gehalten."

„Ich auch", erwiderte Guy.

Kryton kratzte sich am Kopf, dann weiteten sich seine Augen. „Du bist Raumkapitän, Guy! Mann, so hoch hatte ich dich nicht eingeschätzt!"

Guy lachte bitter.

„Raumkapitän! Durch ein gekauftes Patent! Ich habe nie eine Prüfung abgelegt."

„Kannst du kein Raumschiff navigieren?"

„Doch, das habe ich schon getan", erklärte Guy. „Ich kann praktisch alles, was zur Führung eines Raumschiffs gehört. Aber dennoch ist das Patent nicht rechtmäßig erworben."

„Was so teuer war, ist auch echt", entgegnete Kryton. „Wenn wir uns zusammentun, hast du bald die siebzigtausend Solar zusammen. Wir könnten uns auf den Fang von jungen und gesunden Organträgern spezialisieren."

Guy griff nach der Waffe und befestigte das Halfter an seinem Gürtel, dann erhob er sich abrupt.

„Ich will nichts gehört haben, Kryton. Unsere Wege trennen sich für immer, denn ich werde mein Geld durch ehrliche Arbeit verdienen. Gleich morgen sehe ich mich nach einem Schiff um, das nach Ruralee fliegt."

Er wandte sich ab und verließ das Haus seines Onkels, ohne sich noch einmal umzusehen.

2.

„Nach Ruralee?" fragte der Vermittler in seinem schäbig wirkenden Büro. Arm war er sicher nicht, sonst hätte er sich nicht die beiden Wachroboter geleistet, die mit schußbereiten Paralysatoren im Hintergrund standen.

Er ging zu einem schmutzigen Vorhang, zog ihn zur Seite – und ein moderner Computer-Terminal kam zum Vorschein. Nachdem er eine Frage eingetippt hatte, erschien auf dem Bildschirm des Terminals eine kodierte Antwort.

„In den nächsten vier Wochen startet nur ein Schiff nach Ruralee", erklärte er. „Auf ihm ist sogar die Stelle eines Decksmaats frei."

„Wie heißt es und wann startet es?" fragte Guy Nelson.

„Ich verschenke nichts, sondern verdiene meinen Lebensunterhalt damit, daß ich Stellen vermittle, Mister Nelson. In Ihrem Fall beträgt meine Provision fünfzig Solar."

„Ich überweise Ihnen den Betrag, sobald ich meine erste Gehaltszahlung bekommen habe", sagte Guy.

„Ihre Heuer wird erst auf dem Zielplaneten ausgezahlt", erwiderte der Vermittler. Er streckte die Hand aus.

„Aber ich habe nicht soviel Geld", sagte Guy, zog seinen Beutel hervor und leerte ihn auf der Bürotheke. „Ungefähr sieben Solar und dreißig Soli."

Der Vermittler runzelte die Stirn.

„Wertgegenstände?"

Guy streifte seinen linken Ärmel ein Stück hoch.

„Meinen Navicomp."

Der Vermittler musterte den 1-solarstückgroßen Mikrocomputer mit Datenschirm nur flüchtig.

„Kein Bedarf. Haben Sie eine Waffe?"

Guy öffnete den Overall und zog das Halfter mit dem Strahler heraus, das er inzwischen darunter verstaut hatte. Er legte ihn auf die Theke.

Der Vermittler zog die Waffe aus dem Halfter, wog sie prüfend in der Hand, roch an der Mündung und sagte:

„Einverstanden, Mister Nelson. Das Schiff heißt GERTRUDE und startet heute abend vom Freihandelshafen Orbana aus. Sie haben drei Stunden Zeit, sich bei Direktor Fannrüy zu melden."

„Danke!" sagte Guy, dann stutzte er. „Sagten Sie ‚Direktor'? Muß ich mich nicht beim Kapitän melden?"

„Der Kapitän spielt nur die zweite Geige", erläuterte der Vermittler grinsend. „Die GERTRUDE ist ein Fabrikschiff, das während des Fluges aus Abfallprodukten Bioprotein herstellt."

„Ein Stinker!" entfuhr es Guy, der von solchen Schiffen schon gehört hatte. „Und das dem Nachkommen des Admirals Nelson!"

Der Vermittler ließ die Strahlwaffe in einem Schubfach verschwinden.

„Sie suchen ein Schiff, das von Lepso nach Ruralee fliegt und ihnen neben der Passage eine Heuer einbringt, Mister Nelson. Die GERTRUDE ist ein solches Schiff. Nutzen Sie die Gelegenheit oder nutzen Sie sie nicht! Das ist Ihre Sache. Mich entschuldigen Sie jetzt bitte. Ich habe noch zu tun."

Guy Nelson zögerte ein paar Sekunden lang, dann gab er sich einen Ruck und verließ das Vermittlungsbüro.

Knapp zwei Stunden später stand er vor der Personenschleuse eines Raumschiffs, das entfernt einem terranischen Flottentender glich, aber im Unterschied zu einem solchen Bergungs- und Reparaturfahrzeug zahlreiche große turmartige Aufbauten besaß. Es waren genau fünf Aufbauten, und jede von ihnen war durch mächtige Schläuche mit je einem kugelförmigen Lagerbehälter am Rand des Freihandelshafens verbunden.

„Schiff ahoi!" rief Guy.

Über der Personenschleuse leuchtete ein rotes Teleauge auf.

„Was ist los?" fragte eine rauhe Männerstimme über eine Sprechanlage.

„Schiffsmaat Nelson bittet darum, an Bord gehen zu dürfen", antwortete Guy. „Ich interessiere mich für die freie Stelle als Decksmaat."

„Uff!" sagte die rauhe Stimme. „Haben Sie einen guten Magen, Nelson?"

„Wieso?" fragte Guy zurück. „Ist der Fraß an Bord so schlecht, daß man einen terkomitplattierten Magen braucht?"

Dröhnendes Gelächter erscholl, dann sagte dieselbe Stimme: „Ich hole Sie ab, Nelson."

Zehn Minuten später tauchte eine vierschrötige Gestalt mit schwarzem Lockenhaar und krausem Vollbart in der offenen Schleuse auf. Der mächtige Brustkasten und die zu langen Arme erinnerten an einen Orang Utan.

„Komm, mein Junge!" dröhnte es aus der Öffnung zwischen dem Barthaar.

Guy Nelson stieg die kurze Rampe hinauf und ertrug die Alkoholfahne, die ihm entgegenwehte.

„Guy Nelson“, stellte er sich vor.

Der Bärtige musterte ihn aus geröteten Schweinsäuglein, dann reichte er ihm die Hand.

„Alberto Buccaniero!“ stellte er sich vor. „Produktionsleiter auf der GERTRUDE. Man nennt mich allgemein Alwin.“

Guy erwiderte den ungemein starken Händedruck des Vierschrötigen ohne große Mühe und sah, wie in das bärtige Gesicht ein Ausdruck widerwilliger Hochachtung trat. Alwin verstärkte seinen Händedruck, bis ihm Schweiß auf die Stirn trat, dann gab er auf.

„So stark hatte ich dich nicht eingeschätzt, Guy“, meinte er. „Bist du ein Typ, der schnell aufmuckt?“

„Ich suche niemals Streit“, erwiderte Guy. „Aber ich lasse mich grundsätzlich nicht schikanieren.“

„Hm!“ brummte Alwin. „Wenn du deine Arbeit tust, kommen wir bestimmt prima aus, Guy. Alles klar?“

„Alles klar, Alwin“, sagte Guy.

„Dann werde ich dich gleich mit deiner Arbeit vertraut machen“, erklärte Alwin. „Da du kein Gepäck hast, kann ich dir deine Kabine später zeigen.“

Eine halbe Stunde später war Guy Nelson darüber informiert, daß er während des Fluges nach Ruralee die Maschinen auf dem sogenannten Mischdeck zu kontrollieren und kleine Reparaturen selbst auszuführen hatte. Dort würden die aufbereiteten Abfallprodukte wie Molke, Melasse, Methanol und Ammoniak in feinster Verteilung gemischt und mit Brutmasse aus speziell gezüchteten Mikroorganismen geimpft. Bis zum Ende des Fluges würden die Mikroorganismen das Ausgangsprodukt in Bioprotein verwandelt haben, das in der Endstufe zu Eiweißpulver wurde.

Er wußte auch, warum Alwin ihn gefragt hatte, ob er einen guten Magen hätte, denn obwohl alle Maschinen und Rohrleitungen hervorragend abgedichtet waren, sickerten doch genügend Aromastoffe durch, um die Luft penetrant nach Jauche riechen zu lassen.

Guy war froh, als er endlich seine Kabine aufsuchen konnte, eine Kammer von drei Metern Länge, zwei Metern Breite und zweieinhalb Metern Höhe, einer Hängematte, einem schmalen Spind, einem Klapptisch und einem Hocker.

„Du bist ganz grün im Gesicht, Guy“, meinte Alwin, nachdem er ihm die Kabine gezeigt hatte. „Dein Magen ist wohl doch nicht so gut, wie du dachtest.“

Guy schüttelte den Kopf.

„Ich habe nur seit zwei Tagen nichts gegessen.“ Ein lautes Magenknurren unterstrich seine Worte.

Alwin ging und kehrte kurz darauf mit einer Packung Dauerbrot und einer Sojasalami zurück. Er beobachtete lächelnd, wie Guy aß, dann zog er eine flache Flasche aus seiner Hosentasche, schraubte sie auf und hielt sie Guy hin.

Guy nahm einen kräftigen Schluck und spürte, wie wohlige Wärme sich in seinem Magen ausbreitete.

„Danke!“ sagte er. „Das ist ja echter Bourbon.“

„Auf der letzten Arbeitsfahrt selbst destilliert“, erklärte Alwin stolz. „Man muß nur den richtigen Zeitpunkt abpassen, dann kann man aus vergorenem Grundstoffgemisch und gereinigtem Maschinenöldehydrat ein Bourbonsurrogat destillieren. Ich altere es immer künstlich, indem ich es zwischen den Brennelementen des Hilfsreaktors aufbewahre.“

Guy nahm noch einen Schluck.

„Und ich hätte gewettet, daß es sich um echten alten Bourbon handelt, Alwin.“

Alwin schmunzelte, nahm Guy die Flasche weg und leerte sie.

„Wir beide werden mindestens einen Hektoliter davon herstellen, bevor wir Ruralee erreicht haben – wenn du mitmachst.“

„Du meinst, wenn ich die Maschinen auf dem Mischdeck heimlich anzapfe?“ fragte Guy. „Das dürfte kein Problem sein. Aber wir brauchen leere Flaschen, um den Bourbon abzufüllen und später auf Ruralee zu verkaufen.“

„Die habe ich besorgt“, erwiderte Alwin und rieb sich die Hände. „Wir werden mindestens zehntausend Solar zusätzlich verdienen, Guy. Ich schlage vor, du schläfst auf Vorrat, denn in acht Stunden fängt deine erste Schicht an – und es ist niemand an Bord, der dich ablösen könnte."

„Du meinst, ich muß bis Ruralee auf den Beinen sein?" fragte Guy.

„Die meiste Zeit über schon", sagte Alwin.

Guy schwang sich in die Hängematte.

„Dann werde ich ein wenig schneller schlafen als sonst, damit ich durchhalte."

Der Flug nach Ruralee wurde zu einem Alptraum.

Die GERTRUDE verfügte zwar über ein Lineartriebwerk, aber sie wurde nur mit geringer Relativ-Überlichtgeschwindigkeit geflogen, da die Umwandlung der Grundstoffe in Bioprotein vierzehn Tage beanspruchte und es nicht sinnvoll gewesen wäre, mehr Energie und damit mehr Unkosten aufzuwenden, um früher am Ziel zu sein.

Aus den mit Vollast arbeitenden Maschinen des Mischdecks zischten ganze Wolken stinkender Gase. Guy war ständig damit beschäftigt, undichte Stellen abzudichten und vergorenes Gemisch abzuzapfen und gemeinsam mit Alwin zu destillieren. Der Gestank war überhaupt nur zu ertragen, wenn er und Alwin täglich mindestens vier Liter Bourbonsurrogat tranken.

Als die GERTRUDE nach vierzehn Tagen auf Ruralee landete, hatten Guy und Alwin gerötete Augäpfel und konnten sich kaum noch auf den Beinen halten. Aber sie besaßen auch einen Vorrat von gut tausend Literflaschen künstlich gealterten Bourbonsurrogats.

Guy fragte sich insgeheim, wie sie den Bourbon unbemerkt aus dem Schiff bringen sollten. Aber das Problem löste sich beinahe von allein. Der Kapitän und die kleine kosmonautische Besatzung kümmerten sich auch nach der Ankunft auf Ruralee nicht um die Fabrikdecks und die dort arbeitenden „Stinker". Auch Direktor Fannrüy ließ sich nicht sehen. Er schickte Alwin und Guy lediglich ihre Heuer durch einen Arbeitsroboter, neunhundert Solar für den Produktionsleiter und sechshundert Solar für den Mischdecksmaat.

Alwin und Guy nahmen sich einfach einen Lastengleiter, ließen sich über den Interkom für drei Tage Landurlaub geben und brachten den Bourbon in das Wrack eines hundertzwanzig Meter durchmessenden Kugelraumschiffs, das am Rand des Raumhafens von Ruralee stand.

Als der Gleiter vor dem Wrack hielt, blickte Guy skeptisch an der zerfressenen Wandung empor.

„In ein herrenloses Schiffswrack kann ja praktisch jeder gehen", meinte er. „Wenn nun jemand den Bourbon stiehlt?"

„Keine Sorge", erklärte Alwin. „Ich habe es schon vor drei Jahren für zweihundert Solar gekauft und neue Schottverriegelungen eingebaut. Außerdem werden wir unseren Bourbon verkaufen, bevor wir wieder abfliegen."

„Wann fliegen wir ab?" fragte Guy.

„In einer Woche."

„Dann muß ich mich beeilen, damit ich bis dahin Mabel losgeeist habe", erklärte Guy.

„Mabel?" fragte Alwin verwundert.

„Meine Schwester. Sie ist Hofdame im Schloß des Lords of Ruralee und wird gegen ihren Willen dort festgehalten. Die Frau des Lords nutzt sie schamlos aus."

„Das gibt Schwierigkeiten", prophezeite Alwin. „Aber irgendwie werden wir es schon schaffen."

„Wir?"

Alwin grinste breit.

„Dachtest du, ich ließe einen Kumpel im Stich, Guy! Sobald wir den Bourbon verstaut haben, gehen wir zum Schloß und erkunden die Lage."

3.

Das Schloß des Lords of Ruralee war eine Festung mit meterdicken Mauern und fünf Türmen. Es beherrschte auf dem dreihundert Meter hohen Victory Tower, einem senkrecht aufsteigenden Phonolithstock, die rund achthunderttausend Einwohner zählende Stadt Ruralee City.

Die einzige Stadt des Planeten wiederum gruppierte sich um Geschäftshochhäuser und war durch zahlreiche Parks aufgelockert. Die Wohnbauten bestanden ausnahmslos aus ein- und zweistöckigen Villen in einem befremdlich wirkenden altertümlichen Kolonialstil. Von der Stadt führten strahlenförmig zahlreiche breite Straßen in alle Himmelsrichtungen, und am Horizont waren die silbrig schimmernden Skelette von Bohrtürmen zu sehen.

„Der Reichtum von Ruralee“, sagte Alwin, während er den Gleiter in die Stadt steuerte. „Es ist der bisher einzige Planet, auf dem ein Mineralöl gefördert wird, das eine Substanz enthält, mit der sich genetische Manipulationen ohne den sonst notwendigen großen Aufwand durchführen lassen. Ein Milligramm dieser Substanz soll zur Zeit mit zweitausend Solar gehandelt werden.“

„Genetische Manipulationen?“ fragte Guy. „Ist das nicht ungesetzlich?“

„Es handelt sich um die Erzeugung neuartiger Pflanzen und Tiere, mit deren Hilfe die Terraformung fremdartiger Welten beschleunigt werden kann“, erklärte Alwin. „Natürlich wird es streng kontrolliert. Auf jeden Fall hat der Urgroßvater des heute regierenden Lords die Besonderheit des hiesigen Öls entdeckt, sie aber geheimgehalten, bis die von ihm gegründete Kolonie die Autarkie zugesprochen bekam.“

Er lachte.

„Fansel I. war das größte Schlitzohr aller Zeiten. Ruralee ist faktisch das Privateigentum der Lords und wird feudalistisch regiert. Aber niemand stößt sich ernsthaft daran, denn inzwischen ist man von dem bewußten Stoff weitgehend abhängig – und zweitens läßt er seine ‚Untertanen' in einem Maß an seinem Reichtum teilhaben, daß ihr Lebensstandard unerreicht in der bekannten Galaxis sein dürfte."

Guy nickte, denn inzwischen sah er selbst, wie prunkvoll die Villen gebaut waren und daß in Ruralee City ausschließlich Luxusgleiter verkehrten. Die wenigen Fußgänger, die er sah, waren teuer gekleidet und strahlten Selbstzufriedenheit aus.

Der Gleiter schwebte durch das Geschäftsviertel der Stadt und mußte langsamer fliegen, denn hier herrschte stärkerer Verkehr als in den Wohnvierteln. Eine halbe Stunde später hielt er vor dem riesigen Portal eines weißen Marmortempels. Jedenfalls hielt Guy das Bauwerk für einen Tempel, bis Alwin ihm erklärte, daß es die Talstation des Personenlifts sei, der die Stadt mit dem Schloß verband.

Alwin steuerte den Gleiter auf einen Parkplatz, dann stiegen die beiden Männer aus. Sie hatten vor dem Aufbruch ausgiebig gebadet und ihre Kleidung reinigen lassen, rochen aber noch immer etwas nach Jauche.

Die beiden Wachtposten vor dem Portal, die zu ihren malerischen Phantasieuniformen moderne Hochenergiestrahler trugen, verzogen angewidert die Gesichter.

„Ihr seid keine Bürger von Ruralee", erklärte der erste. „Habt ihr eine Einladung von Lord Fansel?"

„Wir wollen nicht zu Seiner Lordschaft, sondern zu meiner Schwester, Lady Mabel Nelson", erwiderte Guy. Er wies seine ID-Karte vor. „Ich bin Guy Nelson, Nachkomme des berühmten Admirals Viscount Horatio Nelson."

„So riechst du auch", meinte der zweite Wachtposten.

Alwin lächelte, holte eine volle Flasche Bourbonsurrogat aus seiner Umhängetasche und hielt sie dem Manne hin.

„So riecht man, wenn man von einem Fabrikschiff kommt", erklärte er und schraubte den Flaschenverschluß auf. „Aber wenn ihr einen Schluck davon trinkt, riecht ihr es nicht mehr."

Der erste Posten nahm ihm die Flasche aus der Hand, schnupperte an der Öffnung, spülte sich kurz den Mund und sagte mit verklärtem Gesicht:

„Darüber kann ich euren Geruch vergessen, wenn ich regelmäßig einen Schluck nehme.“

Er trank wieder, dann reichte er die Flasche seinem Kollegen und erklärte: „Ich rufe hoch, ob Lady Nelson euch empfangen darf.“

Es dauerte fast zehn Minuten, bis er mit seinem Armband-Funkgerät die Gattin des Lords, Lady Katharina, erreicht hatte. Lady Katharina zeigte sich zuerst ungehalten, gab dann aber überraschend ihre Erlaubnis zum Besuch Guys und Alwins.

Die Posten zeigten den Besuchern den Weg zum Lift. Als Guy und Alwin noch einmal zurückblickten, saßen die Wächter auf den Stufen vor dem Portal und genossen den Bourbon.

Guy und Alwin fuhren mit dem aufwärts gepolten Antigravlift nach oben und kamen in einen riesigen Empfangssaal, dessen Wände mit den Nachbauten terranischer Ritterrüstungen und Waffen geschmückt waren.

Ein weißhaariger Mann, der wie ein mittelalterlicher Herold gekleidet war, empfing die Besucher, führte sie durch ein Tor aus gehämmertem Gold und in den Audienzsaal. Auf einem zweisitzigen Thron saßen in purpurfarbenen Gewändern ein kahlköpfiger beleibter Mann mit roten Hängebacken und eine große dürre Frau mit hochgestecktem blaugefärbtem Haar und aristokratisch-hochnäsiger Miene.

Der „Herold“ stampfte dreimal mit seinem Stab auf, dann rief er:

„Die Privatleute Guy Nelson und Alberto Buccaniero zur Audienz bei Seiner Lordschaft und Lady Katharina!“

Lord Fansel trank einen Schluck Wein aus dem Pokal, den er in der rechten Hand hielt, stieß auf und starrte weiter auf den Bildschirm des Trivideogeräts, das rund sechs Meter vor ihm stand. Aus seinen Mundwinkeln rann roter Wein.

Lady Katharina musterte die Besucher hochmütig und winkte sie dann näher.

Vier Meter vor dem Doppelthron blieben Guy und Alwin stehen und verbeugten sich.

„Wer von euch ist der Nelson?“ fragte Lady Katharina.

„Ich bin Guy Nelson, Mylady!“ antwortete Guy galant. „Der Nachfahre des berühmten Admirals Viscount Horatio Nelson und Bruder von Mabel Nelson.“

Lord Fansel wandte den Kopf und starrte aus verschwimmenden Augen zwischen Guy und Alwin hindurch.

„Wo ist der Admiral?“ fragte er mit schwerer Zunge.

„Hier ist kein Admiral“, erklärte die Lady unwirsch. „Nur ein Raumfahrer, der Miß Mabel sprechen möchte.“

„Warum spricht er sie dann nicht und läßt uns in Ruhe?“ meinte der Lord und vergaß die Besucher. Wie hypnotisiert starrte er wieder auf den Trivideoschirm, auf dem ein Pseudo-Western arkonidischer Produktion lief.

„Weil Miß Mabel nicht zu sprechen ist“, sagte die Lady und blickte Guy arrogant an. „Sie ist schließlich meine Hofdame und hat als solche Pflichten zu erfüllen.“

Im Hintergrund öffnete sich eine Tür. Eine junge Frau im Gewand einer mittelalterlichen Hofdame stürmte heraus. Sie war schlank und gut gebaut, aber keineswegs zierlich.

„Guy!“ rief sie und lief auf Guy Nelson zu.

„Mabel!“ rief Guy und breitete die Arme aus.

Die Geschwister beachteten das zornige Gesicht der Lady nicht, sondern fielen sich in die Arme und weinten vor Wiedersehensfreude. Nach etwa fünf Minuten umfaßte Guy die Schultern seiner Schwester, schob Mabel ein Stück von sich und musterte ihr Gesicht.

„Eine richtige Dame bist du geworden, Mabel“, sagte er gerührt. „Ich werde dafür sorgen, daß es dir bei mir an nichts fehlt.“

„Mein großer Bruder!“ rief Mabel und schluchzte.

„Kann ich denn nicht in Ruhe den Film sehen!“ nörgelte Lord Fansel.

„Miß Mabel!“ rief Lady Katharina streng. „Ich wünsche, daß Sie augenblicklich zu Ihren Pflichten zurückkehren!“

Guy blickte die Lady zornig an.

„Meine Schwester ist volljährig und durch Geburt terranische Bürgerin", erklärte er. „Es steht ihr frei, zu wählen, wo und für wen sie arbeitet."

„Er hat recht", brabbelte Lord Fansel. „Ich weiß es, denn ich habe Galaktisches Recht studiert."

„Ach, du!" fuhr Lady Katharina ihn an. Sie gab sich einen Ruck. „Also gut. Mister Nelson, Sie sind Gast Seiner Lordschaft. Ich hoffe, Sie können nachweisen, daß Sie in der Lage sind, für das Wohl Ihrer Schwester zu sorgen. Miß Mabel, wir wollen ein Fest für unsere Gäste vorbereiten. Ich bin ja kein Unmensch. Aber alles muß seine Ordnung haben."

Lord Fansel kicherte und leerte seinen Pokal. Sofort erschien ein zwergenhafter Roboter und schenkte aus einer Literflasche Wein nach. Auf dem Trivideoschirm erschien die Robotkavallerie und entschied den Kampf zwischen arkonidischen Siedlern und aufmüpfigen Topsidern zugunsten der Guten.

„Auf den freien Raum zwischen den Sternen, der die Raumfahrt erst ermöglicht!" rief Guy Nelson und leerte das Hundert-Gramm-Glas mit dem vorzüglichen ruralee'schen Kirschwasser. Es war sein zwanzigstes.

„Auf die Freiheit!" sagte Alwin und leerte ebenfalls sein Glas mit Kirschwasser. Im Unterschied zu Guy hatte er bereits glasige Augen.

„Auf Seine Lordschaft!" rief Staatsminister Inray Usher.

„Er hört es doch gar nicht", wandte Guy ein und nickte mit dem Kopf in Richtung des Tisches, auf dem Lord Fansels Oberkörper ruhte.

„Ich lasse ihn trotzdem hochleben", erwiderte Inray Usher. „Oder haben Sie etwas dagegen, Mister Nelson?"

Guy schüttelte den Kopf. Genau wie Alwin hatte er nach dem Besuch der Sauna für Gäste die etwas stutzerhafte Kleidung angelegt, die man ihnen gegeben hatte.

„Das ist mir doch egal", meinte Guy und winkte fröhlich

seiner Schwester, die am Steuerpult für die Dienstroboter stand, die Drinks und herzhafte Happen servierten.

Staatsminister Usher setzte sein Glas hart auf dem Tablett eines Dienstroboters ab.

„Habt ihr das gehört?“ rief er empört. „Es ist ihm egal, ob wir Seine Lordschaft achten und verehren.“

Guy nickte.

„Vollkommen egal“, bestätigte er und ließ sich von einem Dienstroboter Kirschwasser nachfüllen.

„Das ist eine schwere Beleidigung Seiner Lordschaft und unserer Ehre!“ schimpfte Usher. Ein Kreis von Höflingen bildete sich um die beiden Männer. „Dieser hergelaufene Techniker einer stinkenden Raumfabrik wagt es, unseren Landesvater zu beleidigen.“

„Ich bin Raumfahrer“, korrigierte Guy ihn. „Und außerdem ein Nachkomme des zum Viscount ernannten Admirals Horatio Nelson, der in zwei Raumschlachten zwei feindliche Flotten vernichtete.“

„Admiral!“ höhnte Usher. „Daß ich nicht lache! Vielleicht hat dieser Horatio die Planken eines Mülldecks geschrubbt, aber ...“

Er verstummte jäh, als Guy ihm eine Ohrfeige verabreichte, und fand sich gleich darauf am Boden wieder.

„Wachen!“ zeterte Lady Katharina. „Ergreift diesen Raumtramp! Er hat Staatsminister Usher geschlagen und damit den Frieden von Ruralee gebrochen!“

„Usher hat ihn provoziert!“ schrie Alwin und trat den Staatsminister ins Gesäß, kaum daß er sich wieder aufgerappelt hatte. Inray Usher fiel aufs Gesicht und küßte den Boden.

„Packt sie beide!“ rief Lady Katharina. „Werft sie in den Kerker!“

Guy Nelson schüttelte die Hände der beiden Wachen ab, die ihn ergreifen wollten, dann packte er sie im Genick und schlug sie mit den Köpfen zusammen. Hinter ihm krachte es mehrmals kurz hintereinander, als Alwin drei andere Wachen mit Magen-

und Leberhaken zu Boden schickte. Kreischend stoben die Höflinge auseinander.

Doch Lady Katharina hatte den Zwischenfall offenbar geplant, denn nur Sekunden später war die dreißigköpfige Leibgarde Seiner Lordschaft zur Stelle, vierschrötige Überschwere mit Brustpanzern aus Terkonit und Schlagstöcken aus federndem Plastik. Guy und Alwin entrissen zwei von ihnen die Schlagstöcke und konnten je zwei Überschwere ins Land der Träume schicken, dann folgten sie ihnen.

Als sie wieder zu sich kamen, fanden sie sich in einer Kerkerzelle mit Wänden aus solidem Metallplastik wieder. Ihre Köpfe waren mit Beulen bedeckt und brummten schlimmer als nach dem schlimmsten Saufgelage.

Stöhnend setzte Guy sich auf.

„So eine Gemeinheit!“ schimpfte er.

„Die Lady hat uns hereingelegt“, meinte Alwin und hielt sich den Kopf mit beiden Händen. „Sie brauchte einen Vorwand, um begründen zu können, warum sie dir deine Schwester nicht anvertrauen kann.“

„Damit kommt sie nicht durch“, erwiderte Guy. „Das Recht ist auf unserer Seite.“

„Das spielt keine Rolle, solange wir kein Gericht des Solaren Imperiums anrufen können – und von hier aus wird das nicht möglich sein“, erklärte Alwin.

Etwas klickte, dann glitt das schwere Panzerschott der Zelle zur Seite. Lady Katharina trat ein, begleitet von acht Überschweren.

Alwin wollte aufspringen und merkte erst dadurch, daß er mit einer Stahlkette an der Hinterwand der Zelle angekettet war. Guy ging es ebenso.

„In einer Stunde findet die Gerichtsverhandlung statt“, erklärte die Lady hämisch. „Ich bin sicher, daß man euch wegen schweren Friedensbruchs, Beleidigung Seiner Lordschaft und mehrfachen Mordversuchs zu lebenslänglicher Haft verurteilen wird.“

„Dann legen wir eben Berufung ein“, entgegnete Guy. „Notfalls gehen wir bis vor den Galaktischen Gerichtshof.“

„Eine Berufung ist unzulässig, da Seine Lordschaft selbst als Richter fungieren wird“, erklärte Lady Katharina. „Ihr könntet höchstens durch einen Beweis tätiger Reue Gnade vor den Augen Seiner Lordschaft finden.“

„Gnade!“ rief Guy verächtlich. „Ich will keine Gnade, sondern Gerechtigkeit!“

„Wie soll denn der Beweis tätiger Reue aussehen?“ fragte Alwin.

„Es handelt sich nur um eine Kleinigkeit“, sagte Lady Katharina. „Miß Mabel wird sicher einverstanden sein, auf Lebenszeit am Hofe Seiner Lordschaft zu bleiben, wenn sie dadurch ihrem Bruder helfen kann. Mister Nelson brauchte dann nur noch rechtskräftig auf jede Intervention und auf jeden Einspruch dagegen zu verzichten . . .“

„Niemals!“ erklärte Guy. „Ich verkaufe meine Schwester nicht.“

„Es wäre vielleicht besser als lebenslanger Kerker“, warf Alwin ein.

„Ganz bestimmt“, sagte die Lady.

Guy schüttelte den Kopf.

Plötzlich krachten in größerer Entfernung mehrere dumpfe Explosionen, dann wimmerten irgendwo Alarmsirenen. Lady Katharina erblaßte und schaute unsicher auf Guy.

„Die Gerechtigkeit klopft an die Mauern von Schloß Ruralee!“ rief Guy pathetisch.

Lady Katharina preßte die Lippen zusammen, wirbelte herum und eilte davon. Das Schott schloß sich wieder.

„Was hast du gemeint, Guy?“ fragte Alwin.

Guy Nelson lächelte verlegen.

„Das war nur so dahergeredet, Alwin. Ich habe keine Ahnung, was vorgeht.“

Eine knappe halbe Stunde später erfuhren die beiden Männer, was vorgefallen war. Freibeuter hatten Schloß Ruralee überfallen, waren mit schwerem Landungsgerät im Innenhof gelandet, hatten die Panzertore gesprengt, die Leibgarde Seiner Lordschaft besiegt und zogen plündernd durch die etwa tausend Räume und Säle.

Eine Gruppe von ihnen kam auch zum Kerkertrakt und befreite die Gefangenen. Guy und Alwin wurden zu den Anführern der Freibeuter gebracht, die aus der Audienzhalle die Plünderung des Schlosses leiteten und den Lord und seine Lady foltern ließen, um das Versteck des Goldschatzes von Ruralee zu erfahren.

„Die Blow-Brüder!“ flüsterte Alwin Guy zu, als man sie in den Saal führte. „Gennet, Urm und Tonny Blow. Ganz üble Raumpiraten.“

Guy musterte die drei Blow-Brüder und fand ihr Aussehen gar nicht so übel. Sie trugen hochmoderne Raumkampfanzüge, deren Helme sie zurückgeklappt hatten, und mit ihrem wilden blonden Haar und den gestutzten Bärten sahen sie kühn und verwegen aus.

„Wer seid ihr?“ fragte der größte der Blow-Brüder. „Ich bin Gennet.“

„Guy Nelson“, antwortete Guy. „Nachfahre des gefürchteten Raumadmirals Viscount Horatio Nelson und widerrechtlich eingekerkert, weil ich meine Schwester Mabel aus der Gewalt Seiner Lordschaft befreien wollte.“

„Davon weiß ich gar nichts!“ schrie Lord Fansel. Im nächsten Moment lachte er gellend, weil ein Freibeuter seine nackten Fußsohlen mit der Bürste einer Massagemaschine kitzelte.

Lady Katharina kreischte, als zwei Freibeuter sie in einen transportablen Käfig mit etwa dreißig Mäusen setzten.

„Ich bin Alberto Buccaniero, Produktionsleiter auf dem Fabrikschiff GERTRUDE“, erklärte Alwin.

„Ihr seht beide kräftig und beherzt aus“, meinte Gennet Blow. „Wenn ihr wollt, könnt ihr euch uns anschließen. Das sind meine Brüder Urm und Tonny. Uns gehören insgesamt dreiundsiebzig bewaffnete Schiffe, von denen fünf diesen Planeten umkreisen. Bei uns könnt ihr reich werden."

Er runzelte unwillig die Stirn, weil Lady Katharina wie irrsinnig schrie und tobte, dann gab er seinen Leuten ein Zeichen, mit der Tortur aufzuhören. Seine Lordschaft hatte inzwischen das Bewußtsein verloren.

„Für was kämpft ihr?" fragte Guy.

Gennet sah ihn verblüfft an, verbiß sich ein Lachen und erwiderte ernsthaft:

„Für die Gerechtigkeit, mein Lieber. Wir bitten alle Gauner zur Kasse, die sich auf Kosten anderer Menschen bereichert haben, und verteilen die Beute unter den Armen, denen Unrecht getan wurde."

„Das nenne ich ehrenhaftes Tun", sagte Guy.

Er blickte auf, als zwei andere Freibeuter mit Mabel den Saal betraten. Mabels Hände waren auf dem Rücken zusammengebunden.

„Mabel!" rief Guy und stürzte zu seiner Schwester. Er stieß die beiden Freibeuter weg, zog einem ein Messer aus dem Gürtel und zerschnitt Mabels Fesseln.

„Halt!" rief Gennet, als die beiden Freibeuter zu ihren Paralysatoren griffen. „Was hat diese Frau getan?"

„Sie hat Lorenzo vom Südturm gestürzt", antwortete einer der Freibeuter.

„Weil er über mich hergefallen war", verteidigte sich Mabel.

„Dann war sie im Recht", erklärte Gennet. „Wir sind schließlich keine Banditen. Gregor soll Patrouillen aufstellen, die im Schloß für Ordnung sorgen! Guy, Alberto und Mabel, ihr könnt euch frei im Schloß bewegen!"

Er warf Guy drei an Lederriemen befestigte Münzen zu, die aus Silber waren und auf einer Seite die Gesichtsprofile der Blow-Brüder und auf der anderen das Wappen der Freibeuter zeigten: einen Blitz und eine gepanzerte Faust, die einen Beutel hielt.

„Hängt sie euch um den Hals, dann werdet ihr nicht belästigt! Und denkt über mein Angebot nach!“

Alwin hängte sich selbst und seinen Freunden die Münzen um und zog sie aus dem Saal, weil weder Guy noch Mabel von sich aus Anstalten trafen, hinauszugehen.

In einem Korridor blieb er stehen und sagte:

„Du denkst hoffentlich nicht ernsthaft daran, dich den Piraten anzuschließen, Guy – nach dem, was deiner Schwester beinahe zugefügt worden wäre.“

„Ja, aber . . .“, wollte Guy einwenden, wurde aber von Mabel unterbrochen.

„Du wolltest dich den Banditen anschließen, Guy? Sie treiben nicht nur Schindluder mit dem Personal, sondern foltern Seine Lordschaft und die Lady!“

„Der Lady gönne ich es“, erwiderte Guy.

„Sie ist nicht so schlecht, wie du denkst, Guy“, erklärte Mabel. „Außerdem ist das, was die Blow-Brüder tun, ungesetzlich. Es ist unsere Pflicht, Lord Fansel und Lady Katharina zu befreien. Zumindest du und ich sind es unserer Ehre als Nelsons schuldig.“

Guy wurde mit einemmal sehr nachdenklich, dann nickte er.

„Wir werden ganz Ruralee von den Piraten befreien. Ein Nelson macht keine halben Sachen.“

Alwin lachte verstört.

„Die Piraten sind mit fünf Schiffen gekommen und haben mindestens tausend Mann allein im Schloß, Guy. Das ist hundertmal zuviel für zwei Männer und eine Frau.“

„Der ruhmreiche Viscount Horatio Nelson vernichtete zwei feindliche Flotten“, erwiderte Guy stolz. „Ich werde der Galaxis beweisen, daß ich seines Namens würdig bin. Kommt!“

4.

Dank ihrer Münzen gelang es ihnen, unbehelligt zur Sohle des Ostturms zu kommen – und dank Mabels gründlicher Kenntnisse des Schlosses gelangten sie in einen geheimen Fluchttunnel.

Im leeren Weinkeller eines ehemaligen Gutes, das als Museum diente, kamen sie wieder heraus. Das Museum befand sich im Stadtkern von Ruralee City und war angesichts der Invasion der Blow-Brüder von Besuchern leergefegt.

Guy, Alwin und Mabel stiegen zum Dachboden und blickten von dort aus durch Luken über die Stadt. Guys Anwandlung, sich den Freibeutern anzuschließen, schwand restlos, als er sah, daß die Piraten zahllose Gebäude geplündert und anschließend angezündet hatten. Zwar konnten die Außenwände nicht niederbrennen, aber die brennbare Inneneinrichtung verwandelte die Gebäude in Schlote, die völlig ausbrannten. Überall auf den Straßen lagen zertrümmerte Möbel umher. Von Piraten war in der City allerdings nichts zu sehen.

„Sie werden ihren Sieg gefeiert haben und ihren Rausch ausschlafen“, meinte Alwin.

Guy nickte.

„Bald werden auch die Blow-Brüder selbst feiern“, erklärte er geheimnisvoll. „Wir brauchen nur einen Gleiter, damit wir schnell zu deinem Wrack kommen, Alwin.“

„Zu meinem Wrack?“ fragte Alwin. „Aber was sollen wir dort?“

„Laßt euch überraschen“, erwiderte Guy.

Es gelang ihnen, bald einen Gleiter zu finden. Sie brachen auf und wurden schon nach wenigen Minuten von einer Gleiterpatrouille der Freibeuter aufgehalten. Doch auch diesmal bewahrten ihre Münzen sie davor, belästigt oder festgehalten zu werden.

Als sie vor dem Wrack ankamen, schlug Mabel die Hände über dem Kopf zusammen.

„Was wollen wir in dieser verrotteten Blechdose, Guy? Soviel ich gehört habe, befindet sie sich im Besitz einer zwielichtigen Type, die irgendwelche dunklen Geschäfte betreibt."

„Die ‚zwielichtige Type' bin ich", erklärte Alwin gekränkt. „Aber ich ahnte nicht, daß etwas über meine Geschäfte durchgesickert ist."

„Wir haben über tausend Liter Bourbon, den wir schwarz verkaufen wollen, Mabel", erläuterte Guy.

„Schwarz!" entsetzte sich Mabel. „Schämst du dich nicht . . ."

„Nein, denn wir haben dafür vierzehn Tage lang in einer Kloake geschuftet", erklärte Guy energisch. „Es ist nur gerecht, daß wir dafür eine kleine Entschädigung erhalten – und wie es aussieht, werden wir sogar noch ein gutes Werk vollbringen. Alwin, hast du ein Visiphon im Schiff?"

„Sicher, wie hätte ich sonst Kontakte mit meinen früheren Abnehmern aufnehmen sollen, Guy?"

„Dann ist alles klar. Wir werden Gennet Blow anrufen und uns auf dem Bildschirm seines Visiphons mit einer Batterie verlockend aussehender Flaschen präsentieren. Dann laden wir ihn und seine Brüder zu einem Umtrunk ein – und wenn sie voll sind, machen wir sie zu unseren Gefangenen, die wir erst wieder freigeben, wenn die Piraten den Lord und die Lady freilassen und sich verpflichten, den Planeten zu verlassen."

„Sie würden wiederkommen, sobald die Blow-Brüder frei sind", erwiderte Alwin.

„Nicht, wenn ich die Blow-Brüder an ihrer Ehre packe", sagte Guy. „Überlaßt das nur mir."

Eine Viertelstunde später saßen Guy, Mabel und Alwin an einem Tisch voller Bourbonflaschen, hatten gefüllte Gläser in ihren Händen und blickten in die Aufnahmeoptik des Visiphons.

„Fertig!" sagte Guy.

Alwin schaltete das Visiphon ein und sandte ein Rufsignal auf allen Kanälen gleichzeitig, denn er wußte ja nicht, auf welchen Kanal das Visiphon in der Audienzhalle des Schlosses eingestellt war.

Sekunden später tauchte das Gesicht eines Freibeuters auf dem Bildschirm auf.

„Holla!" rief er überrascht, als er die drei Personen und die Bourbonflaschen auf dem Bildschirm seines Visiphons sah.

„Hallo!" rief Guy fröhlich. „Hole mir Gennet 'ran, aber schnell!"

Das Abbild des Freibeuters verschwand. Wenig später tauchte das von Gennet Blow auf.

„Guy?"

„Prost!" sagte Guy, hob sein Glas und trank einen Schluck. Verzückt verdrehte er die Augen. „Das ist der beste Bourbon, den ich je in meinem Leben getrunken habe – und ich bin ein Kenner auf diesem Gebiet."

Gennet schluckte trocken.

„Wo seid ihr, Guy?"

Guy lächelte geheimnisvoll.

„In einem alten Raumschiff, das dreihundert Jahre alten Bourbon geladen hat. Die Ladung stammt übrigens noch aus der Beute meines berühmten Vorfahren Viscount Horatio Nelson, der die Schlachten von Abukir und Trafalgar gewann. Prost, Gennet, wir haben einen Grund zum Feiern!"

Gennets Adamsapfel hüpfte auf und ab. Aus den Augen des Freibeuters sprach der Neid.

Guy stellte sein Glas hart auf den Tisch.

„Aber ihr habt doch auch etwas zu feiern, Gennet!" rief er, als wäre ihm diese Erkenntnis eben erst gekommen. „Warum feiern wir dann nicht zusammen hier bei uns? Der Bourbon reicht für uns alle, deine Brüder natürlich eingeschlossen."

Gennet Blow strahlte.

„Du bist ein echter Kumpel, Guy. Wir kommen. Wo steht dein Schiff?"

Guy beschrieb es ihm.

„Ach, das schrottreife Wrack!" rief Gennet. Er lachte dröhnend. „Und wir hielten es nicht einmal einer Durchsuchung für wert. In zwanzig Minuten sind wir dort."

Eine Stunde später sangen Guy und Alwin gemeinsam mit den Blow-Brüdern rauhe Raumfahrer- und Piratenlieder. Mabel begleitete den „Gesang“ mit einer Gitarre, die zuvor als Dekoration in der verstaubten Zentrale des schrottreifen Wracks gehangen hatte.

Die Freibeuter sprachen dem Bourbon ausgiebig zu, achteten aber darauf, daß Alwin und Guy nicht weniger als sie tranken. Sie konnten nicht ahnen, daß die beiden Raumfahrer infolge eines vierzehntägigen harten Trainings soviel vertrugen wie Fässer ohne Boden.

Als die sechzehnte Flasche geleert war, legte sich Tonny Blow mit dem Oberkörper auf den Tisch und schnarchte.

„Mein kleiner Bruder verträgt nicht viel“, bemerkte Gennet und öffnete die siebzehnte Flasche.

Nach der einundzwanzigsten Flasche bekam Urm Blow glasige Augen, stierte zu Mabel und sagte lallend:

„Warum – hicks – spielt ihr beiden Hübschen – hicks – nicht lau . . . lauter als Mab . . . Mabel, als – hicks – sie allein war?“ Er wollte die Füße auf den Tisch schwingen, geriet aus dem Gleichgewicht und kippte hintenüber. Kaum lag er, fing er ebenfalls an zu schnarchen.

Alwin schwankte auch schon, und Guy tat so, als hätte er ebenfalls genug, obwohl er noch mehr vertragen konnte.

„Habt ihr etwa genug?“ lallte Gennet.

„Denkst du – hicks – wir wären besoffen?“ lallte Guy. „Wir sind harte – hicks – Raumfahrer.“

„Hart wie Pudding!“ lallte Alwin und hielt sich krampfhaft mit beiden Händen an der Tischkante fest.

Gennet grinste triumphierend, da er sich für den Trinkfestesten aller Anwesenden hielt.

„Niemand darf sich drü . . . drücken!“ lallte er und öffnete die zweiundzwanzigste Flasche. Er schenkte die Gläser randvoll. Danach war die Flasche leer, da er das meiste daneben geschüttet hatte. „Ex, ihr müden Säcke!“

Alle drei Übriggebliebenen leerten ihre Gläser mit einem Zug.

Anschließend rutschten Alwin und Gennet halt- und bewußtlos unter den Tisch.

Guy schüttelte den Kopf.

„Die vertragen wirklich nichts."

Er öffnete die dreiundzwanzigste Flasche und goß sich sein Glas voll, ohne einen Tropfen zu verschütten. Doch als er die Hand danach ausstreckte, war Mabel bei ihm und schlug ihm mit einer leeren Flasche auf die Finger.

„Au!" rief Guy und sah seine Schwester vorwurfsvoll an. „Was soll das?"

„Schluß jetzt!" erklärte Mabel energisch. „Ich wußte gar nicht, daß mein Bruder der schlimmste Säufer der Galaxis ist."

„Nicht der schlimmste", erwiderte Guy und blickte an Mabel vorbei zu Tonny. „Der da kommt schon wieder hoch."

Mabel drehte sich um – und Guy nahm sein Glas und leerte es. Ohne auf die bitterböse Miene Mabels zu achten, erhob er sich.

„Nach dieser letzten Erfrischung geht es an die Arbeit, Schwesterlein. Während du Alwin mit Kaffee traktierst, damit er wieder zu sich kommt, verschnüre ich die Blow-Brüder und bringe anschließend die Maschinen in Ordnung."

„Die Maschinen?" rief Mabel entsetzt. „Willst du etwa mit diesem Wrack starten?"

Guy nahm die bereitliegenden Schnüre und machte sich daran, Gennet zu fesseln.

„Ich habe schon schlimmere Kähne geflogen, Mabel. Das Wort unmöglich existiert für einen Nelson nicht. Warte ab, was für exzellente Manöver ich mit der Kiste noch fliege!"

Drei Stunden später kehrte er in die Zentrale zurück. Die drei Freibeuter schliefen noch immer. Mabel hatte Alwin ins Leben zurückgeholt und trieb ihn vor sich her durch die Zentrale. Immer, wenn er langsamer wurde, schlug sie ihm die Gitarre auf den Hinterkopf.

„Aufhören!" schrie Guy. „So behandelt man keinen Raumfahrer!"

„Saufsack!“ erwiderte Mabel verächtlich. Aber sie hörte tatsächlich auf, Alwin zu jagen.

„Alwin, ich brauche dich!“ rief Guy. „Du mußt dich vor das Ortungspult setzen und mich auf eventuelle Hindernisse aufmerksam machen. Ich werde nämlich alle Hände voll damit zu tun haben, die Triebwerkssynchromatik zu ersetzen.“

„Welche Triebwerkssynchromatik?“ fragte Alwin verständnislos.

„Die von diesem Schiff“, erklärte Guy. „Beeile dich! Wir starten in einer Minute!“

„Womit willst du starten?“ fragte Alwin. „Doch nicht mit dieser Rostbüchse? Ein Drittel der Triebwerke fehlt, die anderen sind ausgebrannt, und die Triebwerkssynchromatik hat längst ihren Geist aufgegeben.“

„Deshalb muß ich sie ja ersetzen“, erwiderte Guy. „Und die Triebwerke werden noch einen Start aushalten, wenn wir die Daumen drücken. Ich habe die Partikelbeschleuniger vorsichtshalber enger fokussiert, damit die Impulsströme nicht das Schiff zerfressen. Die Felddüsenprojektoren fehlen nämlich.“

„Du mußt wahnsinnig sein!“ sagte Alwin erschrocken.

„An die Arbeit!“ fuhr Guy ihn an. „Der alte Horatio ist auf lahmeren Kähnen gefahren.“

Leichenblaß schlich Alwin zum Ortungspult und setzte sich auf den zerfledderten Sessel.

Guy aber setzte sich vor das Hauptsteuerpult, wischte mit dem Ärmel den Staub von den Kontrollen und schaltete nacheinander alle Systeme ein – sofern sie sich überhaupt einschalten ließen.

Eine Minute später dröhnte, heulte und brodelte es im Schiff. Schwere Vibrationen ließen Wände und Inventar erzittern. Guy musterte die wenigen noch intakten Kontrollen und schaltete die Triebwerke behutsam hoch. Bei drei Triebwerken ging die Leistung schneller hoch, als es nach Guys Schaltungen hätte sein dürfen; dafür ließ sich die Leistung der anderen vier intakten Triebwerke nur unwesentlich erhöhen.

Da die Bordpositronik längst verschrottet war, mußte Guy nach Gefühl die Deuteriumeinspritzung der Triebwerke einregulieren, bis die Leistung bei allen sieben Aggregaten gleich war. Mit ohrenbetäubendem Tosen hob das Schiff ab, stieg etwa zehn Meter hoch und sank anschließend wieder, weil die Deuteriumeinspritzung sich von selbst verstellt hatte.

Zehn Minuten später hatte Guy den Trick heraus, wie er die Manualregler bedienen mußte, um zu große Leistungsabfälle und Überschreitungen der höchsten zulässigen Belastungen zu vermeiden. Abermals stieg das Schiff – und diesmal sank es nicht wieder ab. Es vollführte lediglich einen irren Tanz, da ein Mensch nun eben einmal die Funktion einer Triebwerkssynchromatik nur unvollkommen erfüllen kann.

Bald war Guy schweißgebadet, denn er mußte in schneller Folge ungefähr hundertvierzig verschiedene Schalter bedienen und gleichzeitig etwa vierzig Kontrollen ablesen. Er hatte seine Leistung so weit verbessert, daß das Schiff nur noch leicht torkelte, da explodierte eines der sieben Triebwerke. Der dabei auf das Schiff einwirkende Schub ließ Guy die Kontrolle verlieren. Als er sie einigermaßen zurückgewann, reichte das gerade dazu aus, eine Notlandung im Krater eines großen inaktiven Vulkans auf Ruralee zu vollbringen.

Total erschöpft brach Guy zusammen.

Er kam dadurch zu sich, daß er ein vom Magen ausgehendes wärmendes – und vertrautes – Gefühl empfand. Als er die Augen aufschlug, sah er Mabel, die sich über ihn beugte und ihm aus einem großen Glas Bourbon einflößte.

Guy trank das Glas leer, dann stieß er auf.

„Endlich hast du begriffen, was ein Nelson in kritischen Situationen braucht, Schwesterherz", sagte er und musterte die drei intakten Bildschirme. „Was sagt die Ortung, Alwin?"

Alwin steckte den Kopf aus dem Reparaturluk des Ortungspults, spie Öl, einige Drähte und Schrauben aus und sagte:

„Optimal defekt, Guy. Wir könnten in eine Sonne fliegen, ohne es zu merken. Wo sind wir eigentlich?"

„Scheint der Krater eines Vulkans zu sein", erwiderte Guy, erhob sich und schaltete das Visiphon ein. „Guy Nelson ruft!" sagte er. „Ich verlange, einen Unterführer der Freibeuter zu sprechen!"

Nach einigen Minuten tauchte auf dem Bildschirm das Abbild eines glatzköpfigen schwarzbärtigen Mannes auf.

„Hier Gregor!" sagte er und wischte sich den Schweiß von der Stirn. „Hat Gennet es wieder einmal nicht lassen können, wie? Wir fürchteten schon das Schlimmste."

„Gennet und seine Brüder sind total blau", erklärte Guy. „Ich habe das Schiff geflogen."

„Was?" schrie der Schwarzbart. „Geflogen nennst du das?"

„Lassen wir die Nebensächlichkeiten!" erwiderte Guy. „Die drei Blows sind in unserer Gewalt. Der erste Versuch von euch, sie zu befreien, wird damit enden, daß ich das Schiff und damit auch die Blows sprenge. Wenn ihr die Brüder wiederhaben wollt, müßt ihr Lord Fansel und Lady Katharina freilassen sowie alles Gold, das sich an Bord eurer Schiffe befindet, auf dem Schloßhof ausladen – zur Entschädigung der Bürger von Ruralee für eure Plünderungen und Grausamkeiten."

„Hä?" machte Gregor.

„Genau!" sagte Guy Nelson. „Ich gebe euch zehn Stunden Zeit, dann werde ich starten."

„Mit diesem Wrack?" rief Gregor entsetzt.

„Das Schiff wird abheben oder explodieren – oder beides in umgekehrter Reihenfolge", erklärte Guy und leerte das nächste Glas Bourbon, das Mabel ihm reichte. „Ein Nelson hält, was er verspricht."

„Ein Wahnsinniger!" zeterte Gregor. „Ich werde mich beraten und zurückrufen, Guy – und ich beschwöre dich, ja keine Schaltung auf eurem Schiff mehr anzufassen."

„Keine mehr und keine weniger", erwiderte Guy und unterbrach die Verbindung.

„Du wirst kein Glück haben, Guy", sagte jemand mit dumpfer Stimme.

Guy drehte sich um und sah, daß Gennet Blow erwacht war.

„Unsere Schicksale sind miteinander verbunden, Gennet“, erklärte er. „Habe ich kein Glück, hast du auch Pech. Möchtest du noch einen Bourbon?“

Gennet grinste verzerrt.

„Ein Blow trinkt nicht mit gefesselten Händen, Guy! Immerhin war ein Vorfahr von uns der berühmte Earl of Blow.“

„Sehr erfreut!“ sagte Guy. „Dann sind wir beide ja Männer, die niemals wortbrüchig werden, Gennet. Gib mir dein Wort, daß du nichts gegen mich unternimmst, dann zerschneide ich deine Handfesseln.“

„Du hast mein Wort“, versicherte Gennet.

„Du glaubst ihm?“ rief Mabel.

„Zwei Angehörige berühmter Geschlechter können einander vertrauen, Mabel“, erklärte Guy würdevoll.

Er löste Gennets Handfesseln. Anschließend tranken beide Männer eine Flasche Bourbon leer und einigten sich auf die Bedingungen, unter denen die Blow-Brüder freigelassen werden sollten. Mit einem Handschlag besiegelten sie die Vereinbarung.

Als Gregor eine halbe Stunde später zurückrief und Ausflüchte machen wollte, sprach Gennet Blow selbst mit ihm und machte ihm klar, daß alles bereits geregelt war und daß Gregor lediglich auszuführen hatte, was Gennet ihm befahl.

5.

„Du hättest Kybernetiker werden sollen, Guy“, sagte Mabel, während sie beobachtete, wie Guy die Küchenpositronik, die Feuerleitpositronik des längst verschrotteten Polgeschützes und die Positronik der Verladeeinrichtung zu einem Funktionsblock montierte, den er anschließend so programmierte, daß er die Funktion der Triebwerkssynchromatik erfüllen sollte.

Guy nickte.

„Als nächstes werde ich mir ausrangierte Roboterteile beschaffen und einen Roboter bauen, der mir die schwere körperliche Arbeit abnimmt. Alwin hat mir nämlich das Schiff verkauft."

„Verkauft?" echote Mabel. „Das Wrack würde ich nicht einmal geschenkt nehmen. Was hat er denn verlangt?"

„Zweihundert Solar", antwortete Guy. „Das ist der Preis, den er selber bezahlt hat. Außerdem bringt er noch die Ortungsanlage in Ordnung. Schwesterherz, wir werden Raumtransportunternehmer! Sicher belohnt uns Lord Fansel für seine Rettung, dann können wir neue Triebwerke kaufen."

Er wandte sich an Alwin.

„Wir haben ja zudem noch genug Bourbon, den wir verkaufen können. Willst du nicht unser Partner werden?"

Alwin schüttelte den Kopf.

„Ich gehe auf die GERTRUDE zurück, Guy. Auf ihr fühle ich mich trotz des Gestanks zu Hause – und der kleine Nebenerwerb ist auch nicht zu verachten."

Mabel schaltete das Visiphon ein, als der Signalgeber summte. Auf dem Bildschirm erschien das Gesicht Gregors.

„Es ist alles fertig", sagte Gregor. „Unsere Schiffe befinden sich im Raum. Ich warte in einem Beiboot auf dem Schloßhof. Lord Fansel und seine bessere Hälfte sind bei mir und warten darauf, gegen die Blows ausgetauscht zu werden."

„Wir kommen, sobald wir können", erwiderte Mabel.

„Habt ihr einen Gleiter, Miß?" fragte Gregor.

„Wir kommen mit unserem Schiff!" rief Guy und schloß die „Triebwerkssynchromatik" an.

Gregor wurde blaß.

„Ich kann nicht zulassen, daß die Blows abermals gefährdet werden!"

Gennet Blow trat in den Erfassungsbereich der Visiphonoptik. Guy hatte ihn inzwischen von allen Fesseln befreit.

„Vertrauen gegen Vertrauen, Gregor", erklärte er. „Guy vertraut meinem Wort als Nachkomme des Earls of Blow – und ich vertraue seinen Fähigkeiten als Raumkapitän und Nachfahre des berühmten Admirals Nelson."

„So ist es", bestätigte Guy und wischte sich die Hände mit einem Lappen ab. „Darauf wollen wir einen trinken. Alkohol verringert das spezifische Gewicht unserer Körper, so daß die Triebwerke entlastet werden. Urm und Tonny, wenn ihr ebenfalls euer Wort gebt, nichts gegen mich zu unternehmen, binde ich euch auch los."

Urm und Tonny gaben ihr Wort, denn sie waren wieder durstig geworden.

Anschließend wurden fünf Flaschen Bourbon geleert, dann setzte sich Guy vor die Hauptkontrollen und leitete den Start ein. Anfangs wollte das Schiff sich nicht vom Fleck rühren, aber dann brach infolge der Tiefenwirkung der Triebwerksimpulsströme der Vulkan unter dem Schiff aus und verlieh ihm ausreichend zusätzliche Beschleunigung, um es doch noch in die Luft zu bringen.

In einer Fontäne aus Feuer und Rauch schoß das Schiff in den Himmel. Bevor es wieder absinken konnte, hatte Guy den Fehler in der Synchromatik entdeckt, der die Triebwerksleistung gehemmt hatte. Das Schiff stieg schlingernd auf zehntausend Meter Höhe und nahm Kurs auf das Schloß von Ruralee.

Nach der Korrektur einiger Kursabweichungen, die das Schiff um den ganzen Planeten herumbrachten, konnte Guy endlich zur Landung ansetzen. Es gab noch einmal Schwierigkeiten, weil er nach der Sicht der drei noch intakten Panoramabildschirme und nach seinem Gefühl landen mußte und dabei den Südturm des Schlosses abrasierte. Doch dann stand das Schiff.

Guy, seine Freunde und die Blow-Brüder stürmten hinaus. Etwa dreihundert Meter entfernt stand das Beiboot, in dem Gregor mit dem Lord und seiner Frau wartete.

Guy und Alwin waren dennoch enttäuscht, denn von dem versprochenen Goldschatz war nichts zu sehen.

„Wenn Gregor falsch gespielt hat, zerreiße ich ihn in der

Luft!" versicherte Gennet grimmig. „Niemand wird mich daran hindern, mein Wort zu halten."

Sie liefen zu dem Beiboot hinüber, rissen die Türen auf und sahen auf Gregor, der gefesselt und geknebelt auf der hinteren Sitzbank lag.

Nachdem Gennet ihn von dem Knebel befreit hatte, stieß er eine Verwünschung aus und berichtete, daß Lord Fansel und Lady Katharina ihn überlistet, niedergeschlagen und gefesselt hätten.

„Anschließend haben sie die dreieinhalb Tonnen Gold von Robotern in ein verstecktes Kleinraumschiff laden lassen und sind gestartet", erklärte er abschließend.

„So etwas von Undankbarkeit!" schimpfte Guy entrüstet. „Wir retten ihnen das Leben – und sie reißen sich das Gold unter den Nagel, das für ihre Untertanenbürger gedacht war!"

Die Blow-Brüder brachen in schallendes Gelächter aus. Danach sagte Gennet:

„Du siehst, die Lordschaft hatte es gar nicht verdient, daß du sich für sie eingesetzt hast, Guy. Das wird dir hoffentlich eine Lehre sein."

„Gerechtigkeit!" rief Guy Nelson. „Ich werde immer wieder für Gerechtigkeit eintreten. Deshalb ruhe ich auch nicht eher, als bis ich Seine Lordschaft und seine saubere Gemahlin aufgespürt und ihrer Strafe zugeführt habe – so wahr ich Nelson heiße!"

Gennet blickte ihn mitfühlend an.

„Du hast mir zwar geschadet, aber ich halte nicht nur mein Wort, sondern kaufe dir außerdem ein paar gebrauchte Triebwerke, damit du mit deinem Schiff nach der Lordschaft suchen kannst, wobei ich dir viel Erfolg wünsche. Wie soll das Schiff übrigens getauft werden?"

„HER BRITANNIC MAJESTY!" sagte Guy, ohne zu überlegen. „Im Gedenken an meinen Ahnherrn Viscount Horatio Nelson. Der Name Nelson soll wieder in der ganzen Galaxis bekannt werden."

Gennet schüttelte ihm die Hand.

„Viel Glück, Guy! Viel Glück, Alwin – und alles Gute, Mylady!“ Er verneigte sich vor Mabel. „Gregor, wir geben unseren Beruf auf und werden eine ehrliche Handelsgesellschaft gründen! Sonst bekommen wir es eines Tages wieder mit Guy und seiner Schwester zu tun.“

Ernst Vlcek

Der Mann, der die Zeit betrog

Dies ist die Geschichte eines Mannes, der die Zeit betrog. Er reiste im Jahre 2437 200 000 Jahre in die Vergangenheit und gelangte von dort in das Jahr 3434. Und das kam so:

Nachdem die Okefenokees die Sonne Enemy derart aufheizten, daß sie sich in eine Nova verwandelte, war das gesamte System dem Untergang geweiht. Der Paratronschirm um den Planeten Atlas und seine dreizehn Monde brach zusammen.

Damit war die geheime Stützpunktwelt der Uleb, der sogenannten Bestien, den Naturgewalten der beginnenden Nova schutzlos ausgeliefert.

Am 7. Oktober startete Roi Danton mit einer Korvette der CREST V eine Expedition nach Uleb I. Das war einer der dreizehn Monde des Riesenplaneten Atlas, auf dem die Uleb vorwiegend ansässig waren. Dort lebten aber auch die Gohks, jene eichhörnchenähnlichen Wesen, die den Uleb als Berater gedient hatten, bis sie über die Grausamkeiten ihrer Partner informiert worden waren.

Das Ziel von Roi Dantons Unternehmen war, aus den Speicherbänken der gewaltigen Mondpositronik die Geheimdaten zu retten, die vor allem den Paratronschirm und das Dimesextatriebwerk betrafen. Gleichzeitig sollten möglichst viele Gohks geborgen werden.

Das gelang nicht mehr; die eichhörnchenähnlichen Wesen gingen zusammen mit den Uleb im Feuer der Kampftruppen der Okefenokees unter.

Als die Lage sich für die Mannschaft der KC-11 zuspitzte, befahl Roi Danton seinen Leuten den Rückzug. Dabei geriet er selbst in das Kreuzfeuer dreier Bestien. Augenzeugen berichteten später, wie Dantons HÜ-Schirm im Intervallfeuer der Uleb zusammenbrach und er selbst leblos in einen Krater fiel.

Ein Major namens Shukento unternahm unter Einsatz seines Lebens noch einen Rettungsversuch. Als er jedoch Danton erreichte und seinen Körper herumdrehte, starrte er in die blicklosen Augen des Freihändlers.

Die sich überstürzenden Ereignisse erlaubten es nicht, Dantons sterbliche Hülle zu bergen. Die „Leiche" des Königs der Freifahrer blieb in dem Krater auf Uleb I zurück. Danton wurde offiziell für tot erklärt, denn niemand konnte ahnen, daß er in Wirklichkeit nur paralysiert war. Aber selbst wenn einer der um ihn trauernden Terraner diese Möglichkeit in Betracht gezogen hätte, mußte er annehmen, daß Roi Danton in dem folgenden Inferno umgekommen war.

Die Wahrheit erfuhr man erst tausend Jahre später. Nach einem Jahrtausend, das für Roi Danton wie eine Sekunde gewesen war. Aber selbst dann wurde nicht das ganze phantastische Erlebnisspektrum bekannt, das Roi Danton innerhalb eines winzigen, kaum meßbaren Augenblicks widerfahren war.

1.

Der Himmel brannte.

Im ersten Moment dachte er, daß er immer noch im Brennpunkt der Intervallstrahler stehe. Aber dann sah er den Gurrad. Der Löwenkopf stand am Kraterrand, winkte und schrie ihm irgend etwas zu.

Roi Danton begriff allmählich. Er trug noch immer den Schutzanzug, aber der Abwehrschirmprojektor war ausgefallen. Er besaß keinen HÜ-Schirm mehr. Dieser war unter dem Beschuß der Uleb zusammengebrochen, aber er hatte die schweren Treffer noch so weit kompensiert, daß sie für ihn selbst keine tödlichen Folgen gehabt hatten.

„Ich bin Hyperphysiker", hörte Danton den Gurrad rufen, als er in den Krater heruntergeklettert kam. „Ich bin aus der Gefangenschaft ausgebrochen. Die Bestien sind völlig konfus. Das Chaos ist unbeschreiblich."

Der Gurrad erreichte ihn und half ihm auf die Beine. Gemeinsam kletterten sie aus dem Krater.

„Wo . . .?" begann Danton, vollendete aber die Frage nicht mehr. Von der KC-11 war nichts mehr zu sehen. Wo die Korvette gestanden hatte, befand sich ein schwarzgebrannter Krater. Aber da kein Wrack zu sehen war, hoffte er, daß wenigstens der Großteil seiner Mannschaft der Hölle von Uleb I entkommen war.

Die dichte Mähne des Gurrads wallte durch die Luft, als er sich herumwandte.

„Ich wußte, daß Sie nicht tot waren, Terraner", rief er durch das Heulen der Atmosphäre. „Die Sonne ist explodiert. Uleb I wird jeden Augenblick zerbersten."

Roi Danton zuckte zusammen. Wie durch ein Wunder war er dem Beschuß der Bestien entgangen. Jetzt war er dennoch verloren. Wie lange mochte er am Grund des Kraters bewußtlos gelegen haben? Eine Viertelstunde, mehr nicht. Das war lange genug, um die Situation ausweglos zu gestalten. Seine Kameraden waren weg. Im Kampf gefallen oder geflohen. Der Gurrad hatte gesagt, daß Enemy explodiert war. Wie lange mochte es dauern, bis die ersten Ausläufer der Nova den Planeten Atlas und seine Monde erreichten? Sie näherten sich mit Lichtgeschwindigkeit.

„Wir sind verloren", sagte Roi Danton resignierend. Er war dem Leben wiedergegeben worden, nur um seinen Tod bewußt miterleben zu müssen.

Der Gurrad zerrte ihn mit sich.

„Wir haben noch eine Chance", behauptete er, während er mit Danton einem großen Gebäude zustrebte. Dabei redete der Löwenkopf unaufhörlich, aber der Sturm riß ihm die Worte von den Lippen. Dennoch glaubte Danton, das Wort „Zeitmaschine" gehört zu haben.

„Wie war das?" rief er aufgeregt.

„Dort drüben in dem großen Gebäude haben die Bestien mit einer Zeitmaschine experimentiert", bestätigte der gurradische Hyperphysiker und fügte hinzu, daß die Uleb ihn wegen seiner Kenntnisse zu ihren Experimenten hinzugezogen hatten. Das brachte ihm einige Vorzüge ein. Und Kenntnisse, die ihnen beiden zugute kommen konnten.

Danton begann zu laufen. Er begriff, daß sich ihnen in dem Gebäude vor ihnen eine echte Überlebenschance bot. Der Mond schien zu erbeben, der Boden vibrierte unter ihren Füßen. Die Wolken über ihnen brodelten förmlich, der ganze Himmel verfärbte sich. Jeden Augenblick konnte die Nova den Mond vernichten.

Der Schutzschirmprojektor! Danton schaltete ihn probeweise ein – und er sprang tatsächlich an. Unter dem energetischen Schutzschirm fühlte er sich sogleich sicherer. Obwohl er noch immer geschwächt war, konnte er mit dem Gurrad Schritt halten.

Seite an Seite erreichten sie den Eingang des Gebäudes. Ganz in der Nähe standen einige Bestien, die sie jedoch nicht einmal bemerkten. Sie wirkten ratlos und waren förmlich erstarrt.

In der Stimme des Gurrads klang Haß mit, als er triumphierend erklärte, daß keiner der Uleb überleben würde.

Danton erinnerte sich der Gohks und daran, daß ein Teil seiner Mission darin bestanden hatte, so viele wie nur möglich von ihnen zu retten. Wenn die Zeitmaschine ihnen eine Chance bot, dann vielleicht auch einigen der „Eichhörnchen“! Er sagte es dem Gurrad, aber der winkte ab.

„Enemy hat sich schon in eine Nova verwandelt. Für solche Aktionen ist keine Zeit mehr.“

Danton empfand Mitleid mit den Gohks, die nun mitsamt den Bestien im Sonnenfeuer umkommen würden, das die Okefenokees entfacht hatten. Aber da drangen sie bereits in die Forschungsstation ein. Der Gurrad kannte sich hier gut aus. Er lief zielstrebig durch die verschiedenen Korridore und Räume. Sie waren alle verlassen. Keine Bestie stellte sich ihnen in den Weg. Eine Reihe ferner Explosionen zeigte die beginnende Apokalypse an. Plötzlich wurde auch die Station erschüttert.

Sie kamen in einen Raum, dessen Dach aufgebrochen war. Darüber flackerte der Himmel im Schein der tobenden Gewalten.

„Wir schaffen es nicht“, rief Danton. Dennoch mobilisierte er seine letzten Kräfte und folgte dem weitereilenden Löwenkopf.

Endlich gelangten sie in eine Halle. Darin stand ein trapezförmiges Gebilde.

„Das ist die Zeitmaschine“, erklärte der Gurrad.

Danton taumelte darauf zu. Seine Beine waren völlig gefühllos. Aber die paar Schritte würde er noch schaffen. Er versuchte den Ausführungen des Löwenkopfs zuzuhören, der davon sprach, daß die Bestien die Zeitmaschine noch nicht erprobt hatten. Aber Danton konnte ihm nur beipflichten, als der Gurrad sagte:

„. . . wir sollten trotzdem einen Versuch riskieren. Eine Reise in die Vergangenheit ist immer noch besser als ein Tod in den Flammen.“

Danton sah auf der anderen Seite Bestien auftauchen. Sie waren schwer bewaffnet. Noch bevor sie von ihnen entdeckt werden konnten, sprangen sie durch den Einstieg in die Zeitmaschine.

Vor Dantons Augen wurde es schwarz. Er lehnte sich erschöpft gegen eine Wand, während sich der Gurrad an den Instrumenten zu schaffen machte.

Plötzlich hielt er mitten in seiner Tätigkeit inne.

„Ich muß noch einmal hinaus“, sagte er. „Die Hauptschaltung ...“

Danton machte den Versuch, ihn daran zu hindern. Er ergriff ihn mit einer fahrigen Bewegung, aber er hatte nicht mehr die Kraft, den anderen festzuhalten. Der Gurrad riß sich mit einem Ruck los und stürzte aus der Zeitmaschine.

Gleich darauf zuckte ein Energieblitz auf, der den Gurrad voll traf.

Danton wollte aus der Maschine springen, um den Bestien einen Kampf zu liefern. In diesem Moment beherrschte ihn nur der Gedanke, einem Freund zu helfen.

Doch seine Reaktion erfolgte zu spät.

Offenbar hatte der gurradsche Hyperphysiker die Hauptschaltanlage mit letzter Kraft erreicht und die notwendige Funktion ausgelöst. Denn noch ehe Roi Danton den Ausstieg erreichte, löste sich seine Umgebung auf.

Er versank in haltloser Schwärze.

Er dachte: *Ich stürze zurück in die Vergangenheit ...*

2.

Er hatte kein Gewicht, war aber ebensowenig schwerelos. Er verspürte unter den Füßen keinen Boden, war sich aber gleichzeitig bewußt, daß er auch nicht schwebte. Angaben über Richtungen und Entfernungen waren irrelevant, sie boten hier keine Orientierungshilfen. Trotzdem empfand er keine Desorientierung.

Nach und nach begriff er, daß er sich in einem Zustand befand, in dem alle bisherigen Werte und Erfahrungen nicht zählten.

Seine Sinne waren so wenig für diesen Ort geschaffen, daß sie ihm nichts anderes als Schwärze, Leere und Stille vermitteln konnten. Obwohl er ganz genau wußte, daß da irgend etwas war.

Er zappelte und ruderte und schlug um sich. Hitze durchströmte seinen Körper. Schweißausbrüche, Zuckungen, Schmerzen – alle diese Erscheinungen suchten ihn in scheinbar rascher Folge heim. Doch konnte er sie nicht lokalisieren, weil ihm das körperliche Bewußtsein fehlte.

Roi Danton war sich seines Körpers gar nicht bewußt!

Darauf mußte er erst nach Überwindung der Trägheit des Geistes kommen, damit er die Symptome als das einstufen konnte, was sie tatsächlich waren, nämlich als Phantom-Schmerzen.

Wenn es ihn siedend heiß durchfuhr, dann wurde diese Empfindung nicht durch Hitze ausgelöst, sondern durch irgend etwas anderes, das er mit seinen Sinnen nicht erfassen konnte. Was seinem Auge unsichtbar blieb, sein Ohr nicht hören und seine Hautsinne nicht fühlen konnten, das reizte seine Nerven zu Zuckungen und bereitete ihm Schmerzen.

Wo war er?

In einem Anti-Materie-Universum, in dem sich alle Werte umkehrten?

Was war schiefgegangen? Wieso entließ ihn der Zeitstrom nicht irgendwo in der Vergangenheit, an einem Punkt, wo Enemy weit davon entfernt war, zu einer Nova zu werden?

Die Nova!

Er war kein Hyperphysiker, aber die einzige Erklärung, die er für diese vermutliche Panne finden konnte, war, daß die Strahlungseinflüsse der explodierenden Sonne daran schuld waren. Das mochte eine Antwort sein. Aber sie war unbefriedigend, weil sie ihm nicht sagte, was mit ihm passiert war. Wie nebensächlich war in seiner Situation die Ursache im Vergleich zur Wirkung.

Der Gedanke explodierte in einem grellen Blitz und löste eine wahre Kettenreaktion von Leuchterscheinungen aus, von denen jede der Helligkeit einer Supernova entsprach. Jeder Gedanke war von solcher Intensität, daß er ihn blendete, bis er förmlich in einem gleißenden Licht badete.

Roi Danton hätte zu denken aufhören müssen, um keine Leuchtfeuer mehr zu entzünden. Aber er konnte das Denken nicht abschalten und blendete sich auf diese Weise mit seinen eigenen Gedanken. Es war ein Teufelskreis seines Ichs, in dem er gefangen war.

Entweder gewöhnte er sich an die Grelle oder sie wurde allmählich gedämpft. Er vermochte es nicht zu sagen. Langsam begannen sich Farben herauszuschälen. Er sah sie nicht, er spürte sie. Und er hörte ihre Melodie.

Gelb schwang sanft herüber, schwemmte einschmeichelnde Rosatöne mit sich und erhob sich zu einem etwas lauteren Orange. Rot erklang wie Pauken und sank in tropfenförmigen Tschinellenklängen in das Melodienmeer von Blau und Grün. Violett wurde dröhnend geboren und vermischte sich mit dem Blutrot zu einem Kreszendo, in dem dunkelfarbene Finger das Stakkato lieferten und schwarze Tupfer den Schmeichelklang des türkisgrünen Schleiers abwürgten.

Das Inferno der klingenden Farben wurde abgeschwächt, als die Farben ineinanderflossen und sich zu neuen Formen bildeten. Neue Nuancen und Töne aus Farben und Klängen erschienen.

Gelbe Lautzacken sprangen ihn an und signalisierten:

„So fremd, so wild, so ungestüm . . .“

Rot trompetete:

„Ungehörig, jawohl, wie der sich breitmacht . . .“

„Seine Verwirrung ist ansteckend.“

„Man gerät in seiner Nähe ganz durcheinander.“

„Das ist nicht zu ertragen!“

„Zähme ihn einer!“

Die Farben umspülten Roi Danton und vermischten sich zu immer neuen Klangkompositionen. Es war für ihn überwältigend, Farben nicht zu sehen, sondern zu hören.

„Was fällt dir ein, hier hereinzuplatzen und unsere Ruhe und Ordnung zu stören“, kam die tizianrote Anklage brummend. „Mäßige dich, oder wir werfen dich wieder hinaus.“

Danton verstand das alles nicht. Er wollte sich rechtfertigen und sagen, daß er diesem Chaos selbst hilflos gegenüberstehe und gar nichts für diesen Zustand könne. Aber er hatte keine Ahnung, wie er sich äußern sollte.

„Merkt ihr nicht, daß er anders ist?“ erklangen da tiefblaue Worte. „Es scheint, daß er gar nicht hierher gehört. Oder zumindest war er gar nicht vorbereitet. So hört doch, er ist umgekehrt!“

Wo bin ich? dachte Roi Danton angestrengt. Er hoffte, daß seine Gedanken in Farbklänge umgesetzt werden würden. *Was ist das für ein Zustand?*

„Erkennt seine Verzweiflung!“ rief der Tiefblaue.

„Entsetzlich.“

„Grauenhaft.“

So klang es aus einem Farbenwirbel – und entsprechende Empfindungen sprangen auf ihn über.

„Er ist bei uns eingebrochen!“ sagte Blau. „Er ist überraschter als wir. Dahinter steckt keine Absicht.“

„Wie konnte das passieren?“ fragte Orange.

„Wer ist er?“ wollte ein Brauner wissen. „Und was ist er? Doch nicht einer von uns!“

„Wir werden es bald erfahren“, sagte der Blaue, der eine Autorität zu sein schien. „Seht nur, er sammelt sich. Und er ist froh darüber. Nein, er wollte das nicht. Jemand muß ihm einen Streich gespielt haben.“

„Wer?“

Eine rote Bahn bildete sich und strebte in unabsehbare Fernen.

„Was für eine Frage. Für so etwas kommt doch nur eine Gruppe in Frage."

Und ein Farbecho gab die Antwort:

„Es sind die ..."

Diese Farbkombination blieb für Roi Danton zur Hälfte unverständlich.

Gerade als er glaubte, daß er seine Sinne wieder zurückbekam und alle Dinge ihren normalen Stellenwert erhielten, da veränderte sich seine Umgebung wieder. Die Farben verklangen, sie wurden stumpf und dunkler. Eine rasch um sich greifende Finsternis schien sie verschlingen zu wollen. Ein Loch wuchs und schluckte die Geräusche.

Danton konnte den Blauen im Absterben noch sagen hören:

„Ich werde mich um ihn kümmern. Wenn das ein Streich der ... war, dann werde ich dafür sorgen, daß er keine Folgen für uns hat. Wir müssen ihm helfen ..."

Damit verklang die farbige Stimme.

„He, wir haben ihn", sagte da jemand anderer.

„Jetzt gehört er uns."

„Aber – was sollen wir mit ihm?"

„Na, zuerst einmal passen wir ihn an. Er soll einer von uns werden. Dann verstecken wir ihn vor den Alten."

„Er ist auch noch sehr jung. Zählt bestimmt nur wenige Lebensalter. So gesehen, gehört der Neue zu uns."

„Aber woher kommt er? Er ist kein Wanderer."

„Bestimmt nicht."

„Er soll uns selbst sagen, woher er kommt. He, Neuer, kannst du dich nicht äußern?"

Roi Danton verspürte eine Reihe von Nadelstichen, eigentlich war jedes Wort ein solcher Nadelstich. Zuerst verursachte ihm das Schmerzen, aber dann wurde er dagegen unempfindlich. Und dann vernahm er nur noch die Stimmen ohne unangenehme Begleiterscheinungen.

„Ich wette mit euch, daß er mit dem *Großen, Plumpen* gekommen ist", sagte wieder der erste Sprecher, dessen Stimme den

Blauen abgelöst hatte. „Er ist in diesem unförmigen Objekt gereist, da bin ich ganz sicher. Erst unsere Nachforschungen haben ihn aus dieser Pelle geholt.“

„Aber in so etwas *Plumpem* reist doch niemand“, sagte jemand anderer. Roi Danton konnte die Sprecher nicht sehen. Um ihn war ein verwaschener, undurchdringlicher Nebel. Er war sich aber immer noch nicht sicher, ob er den Nebel sah oder mit einem anderen Sinn wahrnahm. Es war eine mehr als merkwürdige Situation.

„Das *Plumpe* ist schon ein seltsames Vehikel, aber auf den anderen Ebenen ist alles möglich“, erklärte der erste Sprecher mit kindlich klingender Stimme. Gehörte sie einem Mädchen?

Roi Danton hatte den Eindruck, daß die Unsichtbaren in einer fremden Sprache redeten, die von einem Translator übersetzt wurde, der sich immer besser auf das fremde Idiom einstellte. Danton verstand immer mehr von dem Gesagten. Begriffe, die ihm zuvor noch unverständlich geblieben waren, wurden nun in solche seiner Alltagssprache umgesetzt.

Er wußte zwar nicht, was mit „dem Plumpen“ gemeint war, aber unter „anderen Ebenen“ konnte er sich etwas vorstellen. Damit mochten verschiedene Existenzebenen gemeint sein, was wiederum bedeuten konnte, daß er in ein anderes Universum verschlagen worden war.

„Achtung!“ meldete sich eine warnende Stimme. „Man hat uns aufgespürt. Wir müssen fort.“

„Wieso?“ fragte es aus einer anderen Richtung, und Roi Danton erkannte wieder den ersten Sprecher. „Wir haben den Neuen aus dem Plumpen herausgelöst und das aus ihm gemacht, was er ist. Also gehört er uns.“

„Eben das kreiden uns die Alten an. Nichts wie weg.“

„He, Neuer, bewege dich. Komm mit uns!“

„Der ist doch . . .“

Das letzte Wort verstand Danton wiederum nicht. Er glaubte, auf einmal einen Luftzug zu sehen, in dessen Sog seine Gesprächspartner verschwanden. Gleich darauf wechselte die Situation, der verwaschene Nebel verfärbte sich bläulich. Und dann war er wieder mit dem Blauen konfrontiert. Das Blau bekam verschiedene Schattierungen, und die Bedeutung dieses Gemischs war Danton sofort klar. Es besagte:

„Jetzt habe ich den Beweis, daß die Jung . . . sich einen Streich geleistet haben. Aber ich werde Abhilfe schaffen. Ich weiß schon, mit welcher Therapie ich dich in unsere . . . integrieren kann. Hast du verstanden? Gib Antwort!“

Ich habe verstanden, dachte Danton intensiv.

„Antworte!“ verlangte Blau. „Du kannst es. Du brauchst nur fest zu wollen.“

„Ich will!“ sagte Danton in einer ziemlich verwirrenden Farbnote.

„Na, also“, zeigte sich Blau in einem Hell-Dunkel-Kontrast zufrieden. „Der erste Schritt wäre getan. Jetzt können wir darangehen, deinen . . . knoten gemeinsam zu lösen.“

Danton kam sich tatsächlich „verknotet“ vor, als sei sein Innerstes nach außen gekehrt und alles an ihm und von ihm in diabolischer Raffinesse miteinander verschlungen. Es wäre wünschenswert, wenn es dem Blauen gelänge, diesen Gordischen Knoten, der er war, zu lösen.

Blau sagte:

„Wir machen es so, daß wir in einem zwanglosen Gespräch deinem Sein auf den Grund gehen. Nur durch Selbsterkenntnis kannst du dich wiederfinden und dich den hier herrschenden Gegebenheiten anpassen.“

3.

„Ich heiße Tatu-Chimi“, stellte sich der Blaue in tiefem Azur vor. „Und wie kann ich dich nennen?“

„Roi Danton“, sagte Rhodans Sohn. „Oder auch Michael Rhodan, meinetwegen Mike.“

Der Blaue verfärbte sich dunkel.

„Erspar mir deine Namensliste. Ich verzichte auch auf die Erwähnung, daß du mich Nebu-Aiton, Vasal-Tuinu, Nuenoc-Ento und so weiter nennen könntest. Nur der eigentliche Name zählt. Wie lautet also der deine?“

„Michael Reginald Rhodan“, antwortete Roi Danton. „Ich wurde am 16. August 2405 geboren, und wenn ich jetzt tot bin, dann starb ich am 7. Oktober 2437. Ich war also vor kurzem zweiunddreißig Jahre alt.“

„Du sollst nicht vorgreifen“, erwiderte der Blaue heftig, der nun allmählich einer aufgequollenen Rübe ähnelte. „Ziel dieser Sitzung ist es, neben deiner Herkunft auch dein Alter herauszufinden. Offenbar bist du gestört, denn du kannst unmöglich ein Tatri sein. Und tot bist du ganz gewiß nicht, sondern bloß ungeboren, wie wir alle. Jedermann hier ist ein Ungeborener.“

Roi Danton schwindelte. Er hatte gleich von Anfang an das Gefühl gehabt, keinen Körper zu besitzen. Dies schien ihm nun der Blaue zu bestätigen. Aber er wollte sich darüber nicht den Kopf zerbrechen und sich nicht in irgendwelchen Spekulationen verlieren.

„Tatri heißt zweiunddreißig, habe ich das richtig verstanden?“ sagte er deshalb. „Aber wieso traust du mir dieses Alter nicht zu?“

„Ich kann mich nicht täuschen“, sagte der Blaue überzeugt. Seine Wurzelgestalt hatte verkümmerte Auswüchse bekommen, an seinem oberen Abschluß bildete sich eine Knolle, die wuchs. „Ich werde dir anhand einer einfachen Rechnung beweisen, daß du dich einfach irren mußt. Wie war doch gleich dieser andere Name?“

„Roi Danton.“

„Und wann wurde Danton geboren?“

„Im Jahre siebzehnhundertundneunundfünfzig, glaube ich. Ja, es war 1759.“

„Wenn möglich, gebrauche immer die Kurzform“, verlangte der Blaue, der Danton jetzt an eine Alraune erinnerte, mit

Wurzelarmen und -beinen. „Und ich darf doch wohl annehmen, daß er auch gestorben ist. Wann also?"

„1794 – während der französischen Revolution", antwortete Danton spontan. Unsicher fügte er hinzu: „Falls dir das überhaupt ein Begriff ist."

„Ist es nicht, aber das ist auch belanglos." Der Blaue wirkte ungehalten. „Danton wurde also 35. Hat er seine volle Lebenserwartung ausgenützt?"

„Nein, das gerade nicht", sagte Danton irritiert. „Er starb eines gewaltsamen Todes. Er hätte unter normalen Umständen auch sechzig Jahre und noch älter werden können."

„Wie ist also das durchschnittliche Lebensalter?"

Roi Danton überlegte sich seine nächsten Worte gut. Er wollte sich nicht wieder den Unmut des Blauen zuziehen, indem er darauf hinwies, daß sich die Lebenserwartung des Menschen seit dem 18. Jahrhundert ungefähr verdoppelt hatte. Darum wählte er einen Durchschnittswert.

„Ich würde sagen, daß die durchschnittliche Lebenserwartung bei fünfundsiebzig Jahren liegt."

„75!" wiederholte Tatu-Chimi. Danton konnte ihn nicht mehr als Blauen bezeichnen, denn diese Farbe strahlte er auf einmal nicht mehr aus. Im Moment war er farblos, und auch seine Gestalt wirkte noch unfertig. Aber Danton ahnte, daß er ein humanoides Aussehen bekommen würde. Seine Verwandlung verlief kontinuierlich in diese Richtung.

Danton berichtigte sich sofort wieder, denn der Begriff „Verwandlung", auf sein Gegenüber bezogen, erschien ihm unzutreffend. Nach den bisherigen Erfahrungen mußte es eher so sein, daß seine Sinne, sein ganzes Sensorium, eine Wandlung durchmachten. Er paßte sich den hier herrschenden Gegebenheiten immer besser an und bekam die Fähigkeit des Sehens und Hörens leidlich zurück.

Tatu-Chimi sagte:

„Du bist ein Nuenoc, das ist doch ganz klar. Das ergibt eine ganz simple Rechnung."

„Wie kommst du darauf, daß ich *neun* bin?" wunderte sich Danton.

„Du bist Nuenoc-Mike, das ist eindeutig erwiesen", beharrte Tatu-Chimi. „Das muß ich dir doch nicht erst vorrechnen. Machen wir lieber weiter. Als was siehst du dich? Welcher Spezies rechnest du dich zu?"

„Dem Homo sapiens", antwortete Danton. „Ich bin ein Mensch."

„Was von beiden denn nun?" rief Tatu-Chimi aufbrausend. „Für welche Spezies entscheidest du dich denn? Was warst du zuletzt?"

„Ich bin ein Mensch", sagte Danton und fügte im Geist hinzu: *Oder zumindest war ich es noch, als ich die Zeitmaschine der Uleb bestieg!* Laut sagte er zur Erklärung: „Beide Begriffe bezeichnen ein und dieselbe Spezies."

„Aha", machte Tatu-Chimi. „Einigen wir uns auf Mensch. Das bist du immer noch. Genaugenommen sind wir alle Menschen. Oder anders herum: Ich bin ein Homo sapiens so gut wie du. Aber Mensch gefällt mir besser."

Dantons Sensorium hatte sich nun endgültig restituiert. Er sah vor sich einen Mann von durchschnittlicher Größe, der an die hundert Jahre alt sein mochte. Aber da er sich selbst als Tatu bezeichnete, was soviel wie „achtundneunzig" bedeutete, kannte Danton sein genaues Alter. Wenn man allerdings bedachte, daß er ihn, Danton, als Nuenoc, als „Neuner", bezeichnete, dann mochte er auch viermal so alt sein. Da Danton den Umrechnungsschlüssel für die Zeitrechnung seines Gesprächspartners noch nicht gefunden hatte, ging er der Sache nicht weiter nach.

Danton betrachtete Tatu-Chimi eingehend. Er sah aus wie ein ganz normaler Mensch, an ihm war alles durchschnittlich. Und er war völlig nackt. Als Danton sich dies bewußt wurde, sah er an sich hinunter und stellte fest, daß auch er keine Kleider trug.

„Bist du zufrieden mit dem, was du siehst?" fragte Tatu-Chimi.

„Jedenfalls bin ich froh, daß ich meine Sinne wieder gebrauchen kann", sagte Danton aufatmend. „Und es erleichtert mich, es hier mit Menschen zu tun zu haben, die genauso aussehen wie ich."

„Nackt – auf das Wesentliche reduziert – sehen alle Wesen gleich aus", erklärte Tatu-Chimi.

„Soll ich das so verstehen, daß du nicht unbedingt ein Humanoide bist?" fragte Danton besorgt. „Und daß mir meine Sinne nur etwas vorgaukeln? Ist alles nur Illusion?"

Tatu-Chimi seufzte.

„Ich sehe schon, ich muß zur zweiten Lektion schreiten, um einige grundsätzliche Mißverständnisse auszuräumen. Es ist nun erwiesen, daß du keiner von uns bist. Ich muß nur noch herausfinden, ob du hierher verschlagen wurdest oder ob du absichtlich den Weg in unsere . . . genommen hast, diese Absicht jedoch vergessen hast."

„Was war das eben für ein Begriff, den du gebraucht hast?" erkundigte sich Danton. „Ich habe ihn nicht verstanden."

„Das ist kein Wunder", sagte Tatu-Chimi. „Du mußt erst erkennen, wo du dich befindest, dann kommt alles Verstehen von allein. Ganz simpel ausgedrückt: Dies ist die Welt der Ungeborenen."

„Aber . . .", begann Danton, konnte jedoch nicht zu Ende sprechen. Ihn begann wieder zu schwindeln, seine Gedanken gerieten durcheinander. Ihm wurde schwarz vor den Augen. Tatu-Chimi und die ohnehin nicht deutlich wahrzunehmende Umgebung drohten sich aufzulösen.

Danton schrie. Er wollte sich auf sein Gegenüber konzentrieren, um es nicht aus den Augen zu verlieren. Er wollte nicht wieder in ein Meer von Farben stürzen und den Bezug zur Realität verlieren.

„Tatu-Chimi!" schrie er aus Leibeskräften. „Hörst du mich? Wo bist du? Was geschieht mit mir?"

„Halte dich fest, Nuenoc-Mike", hörte er den Blauen rufen, der als marinefarbener Schleier in der Ferne entschwand.

„Klammere dich an alles, was du hast. Sie wollen dich entführen. Sie ..."

Das Blau zerrann, es wurde förmlich von verschiedenen Rottönen hinweggespült. Rosa und Orange waren auf einmal dominierend. Und diese Farben formten sich zu einem halben Dutzend Gebilden, die sich zu menschlichen Gestalten festigten.

Auf einmal sah sich Danton sieben Mädchen gegenüber, die alle noch jung, aber geschlechtlich voll entwickelt waren. Auch sie waren nackt, zeigten jedoch keinerlei Scham. Er kam sich ein wenig lächerlich vor, als er im ersten Impuls seine Blöße bedecken wollte.

„Ich bin Vasal-Aniko", sagte das größte der Mädchen, das schwarzes Haar und einen blassen Teint hatte. „Das ist Nuenoc-Asvah, eine Neuner wie du ..." Dabei deutete sie auf eine schlanke, fast schon magere Rothaarige, die links von ihr stand. Sie stellte auch noch die anderen fünf Mädchen vor, deren Namen Danton jedoch nicht auf Anhieb behielt. Zum Schluß fügte Aniko, die eine „Achter" war, triumphierend hinzu: „Wir haben dich vor dem senilen Tatu-Chimi gerettet, dafür mußt du uns dankbar sein. Du hast ja keine Ahnung, was dir dadurch alles erspart blieb."

„In der Tat, das weiß ich nicht", gestand Danton, dem es nicht schwerfiel, gegenüber diesen Gören zu seiner Selbstsicherheit zurückzufinden. „Aber ich würde gerne erfahren, was Tatu-Chimi mit mir vorhatte. Immerhin war er gerade dabei, mir zu erklären, wo ich hier bin. Aber das habt ihr mit eurer Entführung verhindert."

„Ja, siehst du denn nicht, wo du bist?" wunderte sich Aniko und blickte zu ihren Freundinnen. „Kannst du wenigstens uns sehen?"

„Ich sehe sieben freche Gören, die keinen Respekt vor dem Alter haben", sagte Danton. „Gehe ich richtig in der Annahme, daß ihr mir schon einmal einen Streich gespielt habt?"

Die Mädchen begannen auf einmal zu kichern. Eine kleine, babyspeckbehaftete Blondine wurde als erste wieder ernst.

„Achtung, Mädchen", rief sie warnend. „Der alte Chimi ist fuchsteufelswild und entschlossen, Nuenoc-Mike zurückzuholen. Er will ihn unbedingt den Greisen vorführen."

„Das können wir nicht zulassen", sagte Asvah, die angeblich so alt war wie Danton, dem Aussehen nach aber seine Tochter hätte sein können. Sie nahm ihn an der Hand und zog ihn sanft mit sich. Ihr Griff war so bestimmt, daß Danton ihr folgen mußte.

„Wohin wollt ihr mich bringen?" erkundigte er sich.

Aber die Mädchen lachten nur und liefen mit ihm davon. Asvah ließ seine Hand keinen Augenblick lang los.

Danton versuchte sich zu orientieren, aber er konnte von seiner Umgebung keine Einzelheiten erkennen. Er hatte nur schwach den Eindruck, sich über eine glasige Fläche zu bewegen, die sich rings um ihn im Unbestimmten verlor. Tatu-Chimi hatte gesagt, daß er seine Umgebung erst würde sehen können, wenn er wußte, wo er sich befand. Darum ging er im Geist die verschiedenen Möglichkeiten durch. Er dachte an andere Universen, an zwei-, fünf- und höherdimensionale Kontinua, an fremdartige Existenzebenen und sogar an die unglaublichsten Wahrscheinlichkeitsebenen ... Aber das vollkommene Sehen kam dadurch auch nicht.

Die letzte Möglichkeit erschien ihm immer noch als die wahrscheinlichste, deshalb klammerte er sich daran und exerzierte im Geist alle Varianten von vorstellbaren Wahrscheinlichkeitsebenen durch. Tatu-Chimis Aussage, daß dies die Welt der Ungeborenen sei, paßte recht gut in seine Überlegungen. Die hier existierenden Menschen, wenn dies eine wahrscheinliche Realität war, würden nur dann geboren werden, wenn ganz bestimmte Voraussetzungen zutrafen. Wenn die Entwicklung jedoch entgegen dieser Wahrscheinlichkeit verlief, dann würden sie nie geboren werden ...

So kompliziert es auch schien, dieses Modell mit allen seinen Möglichkeiten zu durchdenken, so hatte Danton davon doch eine recht klare Vorstellung. Trotzdem verhalf ihm dieses Denkmodell nicht dazu, die Umgebung mit seinen Sinnen zu erfassen. Etwas fehlte noch – oder er lag mit seiner Theorie überhaupt falsch.

„Da sind wir“, sagte Asvah und hielt an. Die anderen waren schon da und sahen Danton erwartungsvoll entgegen. „Hier bist du vorerst vor dem Zugriff der Alten sicher.“

„Und wo bin ich hier eigentlich?“ fragte Danton und blickte sich um. Da war nichts Greifbares, nichts, das seinem Auge einen vertrauten Anblick bieten konnte. Und doch wußte er, daß um ihn etwas war, irgend ein kunterbuntes Allerlei, das sich jedoch seinen Sinnen entzog.

„Wo bin ich?“ wiederholte er seine Frage.

Und die sieben Mädchen antworteten im Chor:

„Willkommen im Hort der jungen Ungeborenen.“

Aniko fügte hinzu:

„Du zählst so wenige Menschenalter wie wir, darum bist zu einer von uns. Daß du einem anderen Geschlecht angehörst, ist dabei nicht von Bedeutung.“

„Und was habt ihr mit mir vor?“ erkundigte sich Danton.

„Du sollst unser Freund werden“, sagte Asvah und berührte sein Gesicht sanft. „Wir haben die Jugend gemeinsam, das allein macht uns schon zu Verbündeten. Wir wollen dich für die Rebellion gegen die Alten gewinnen. Du mußt uns helfen.“

„Ich kann mir nicht einmal selbst helfen“, sagte Danton.

„Du hast uns!“

Er sah von einem Mädchen zum anderen, und sie zwinkerten ihm alle aufmunternd zu. Dabei war in ihren Augen eine unstillbare Sehnsucht, die er als Lebenshunger wertete. Aber noch etwas war darin. Danton meinte, es dort schelmisch aufblitzen zu sehen.

Konnte er glauben, was sie sagten? Meinten sie es ernst, oder wollten sie ihm wiederum nur einen Streich spielen? Er dachte unwillkürlich an das *Naughty little girl syndrome*. Dieser Begriff aus der Parapsychologie, der soviel bedeutete wie „Ungezogenes-kleines-Mädchen-Syndrom“, bezeichnete spontane, unkontrollierte Psi-Ausbrüche von parabegabten Halbwüchsigen gegen ihre Umwelt. Man konnte es auch als Pubertätserscheinungen von Mutanten bezeichnen, und verblüffenderweise trat dieses Phänomen überwiegend bei Mädchen auf. Sind diese sieben Gören auch ungezogene kleine Mädchen mit Paragaben, mußte sich Danton unwillkürlich fragen.

Dabei sahen sie eigentlich recht harmlos aus. Er beschloß, sich ihnen anzuvertrauen. Rückerinnernd mußte er feststellen, daß Tatu-Chimi offenbar in viel zu festgefahrenen Bahnen dachte, so daß er ihm diesen Ort nicht begreiflich machen konnte. Die Mädchen mochten einen wendigeren Geist haben und ihm seine Situation besser erklären können.

„Ich lege mein Schicksal in eure Hände", sagte Danton.

Die Mädchen kicherten und klatschten begeistert in die Hände.

„Dann erzähle", forderte ihn Asvah auf. „Woher kommst du, und wie bist du in die Welt der Ungeborenen gelangt? Wir wollen alles ganz genau wissen."

Die Mädchen setzten sich im Halbkreis um ihn und sahen ihn erwartungsvoll an. Danton holte tief Luft und schilderte seine Geschichte von dem Moment an, als er in dem Krater auf Uleb I aus der Paralyse erwachte und den Gurrad am Kraterrand sah.

Er konnte seine Erzählung jedoch nicht in einem Zug vorbringen, denn die Mädchen stellten immer wieder Fragen. Sie gaben sich nicht mit Dantons Erlebnisbericht zufrieden, sondern wollten alles genau wissen: wie es zu der Situation im Enemy-System gekommen war, in welchem Verhältnis die Uleb zu den Okefenokees standen und durch welche Umstände die Menschheit in diese Auseinandersetzung gerissen worden war. Am Ende, das erkannte Danton verblüfft, hatte er einen Überblick über die terranische Geschichte von den Anfängen der Weltraumfahrt bis zum 25. Jahrhundert gegeben.

Als die Mädchen noch weiter forschen wollten, wehrte Danton lachend ab. Als er ihre Enttäuschung merkte, sagte er:

„Das würde zu weit führen. Um die Geschichte meines Volkes

zu erzählen, reicht ein Menschenalter nicht aus. Soviel Zeit haben wir einfach nicht."

Die Mädchen lachten, und Asvah sagte:

„Also, Mike, über Zeitmangel brauchst du dir keine Gedanken zu machen. Hast du es denn noch nicht mitbekommen, daß in der Welt der Ungeborenen ein zeitloser Zustand herrscht?"

Danton schluckte.

„Nein, das habe ich nicht."

„Dann weißt du es jetzt", sagte Aniko. „Dies ist eine ... Realität. Hier existieren *weder Raum noch Zeit.*"

Danton hätte es sich denken können. Trotzdem versetzte es ihm einen Schock, als es zur unumstößlichen Tatsache wurde.

Es war, als hebe sich durch diese Erkenntnis ein Schleier und gebe den Handlungsschauplatz frei. Er konnte nun Dinge sehen, die er bisher nur geahnt hatte. Durch das neu gewonnene Wissen wurden seine Sinne so geschärft oder gewandelt, daß er einen Blick für die Realität bekam, in der er sich befand.

Doch es war eine absurde Realität. Er hatte den Eindruck, als befände er sich auf einer Bühne mit Kulissen, auf die alle möglichen abstrakten Bilder gemalt waren. Alles um ihn war zweidimensional, bis auf die Mädchen, die schon immer dreidimensionale Gestalten gewesen waren.

Und er erkannte, daß er noch nicht soweit war, um dem hier herrschenden Zustand auf den Grund gehen zu können. Irgend etwas, vielleicht nur eine bestimmte Perspektive, fehlte ihm noch, damit die letzten Geheimnisse für ihn transparent wurden.

Er konnte nur hoffen, daß die Mädchen ihm diesen entscheidenden „Touch" geben konnten.

Von Tatu-Chimi und der Riege der Alten hatte er wohl nicht mehr viel Verständnis zu erwarten.

4.

Danton hatte eine gewaltige Vision.

Ein Vorhang hob sich und gab ihm den Blick in die Unendlichkeit frei. Diese war bevölkert von Tausenden und Abertausenden von Menschen beiderlei Geschlechts. Und es waren alles junge Leute, das erkannte er ganz klar. Er sah keinen, der älter sein konnte als er. Sie standen neben- und hintereinander und waren übereinandergeschichtet. Aber sie standen nicht ruhig, wie er zuerst geglaubt hatte, sondern befanden sich in ständiger Bewegung. Je länger er die unüberschaubare Menge betrachtete, desto deutlicher wurde ihm, daß ein scheinbares Durcheinander wie in einem Ameisenhaufen herrschte. Aber die drängenden, hin und her eilenden Jungen und Mädchen gingen keinen bestimmten Tätigkeiten nach. Sie taten nichts Sinnvolles. Er hatte den Eindruck einer Masse von Menschen im Müßiggang.

Danton versuchte, eine der Gestalten im Auge zu behalten und ihren Weg zu verfolgen. Aber er verlor sie sofort wieder aus den Augen. Wieder wurde er sich der Trägheit seiner Sinne deutlich bewußt. Was ihm im ersten Moment wie eine Momentaufnahme erschienen war, offenbarte sich immer mehr, je länger er die Szene betrachtete, als rascher und immer schneller werdender Bewegungsablauf. Bald bewegten sich die Hunderttausende von Leuten so schnell, daß er ihnen mit den Augen nicht mehr folgen konnte. Er mußte sie schließen, und als er sie öffnete, hatte sich der Vorhang wieder vor die Szene gesenkt.

„Was . . . was habe ich da gesehen?“ fragte Danton bestürzt. „Gibt es diese vielen Leute wirklich, oder . . .?“

„Glaubst du, wir sind hier allein?“ sagte Asvah. „Es gibt viele Millionen von uns. Und was du gesehen hast, das war nur die Jugend. Außer den jungen Ungeborenen gibt es noch die alten. Und sie sind noch zahlreicher als wir.“

„Wieso zieht ihr eigentlich eine so starre Trennlinie?“ erkundigte sich Danton. „Warum sondert ihr euch von den Älteren ab?“

„Nicht wir sondern uns ab, sondern die Alten tun es“, erklärte Aniko. „Sie halten starr an ihren Ansichten fest und gehen keinen Schritt davon ab. Wir dagegen wären zu Kompromissen bereit, aber die Alten kommen uns nicht entgegen. Sie haben eine geradezu widernatürliche Lebensphilosophie entwickelt.“

„Welche Philosophie habt denn ihr?“ fragte Danton.

„Wir streben vorwärts“, erklärte Aniko leidenschaftlich. „Die Alten haben sich mit ihrem Schicksal abgefunden, sie wollen alles so belassen, wie es ist. Wir dagegen suchen nach neuen Wegen, wollen den Status quo ändern und das Schicksal überwinden. Dabei kannst du uns helfen, Mike.“

„Das sind Gemeinplätze, sie machen mir eure Probleme nicht transparent“, sagte Danton. „Wollt ihr mir eure Situation nicht erklären?“

„Das müssen wir wohl.“ Asvah biß sich auf die Lippen. „Aber da du noch nicht völlig in unsere Welt integriert bist, würdest du das meiste nicht verstehen, wenn ich es dir zu erklären versuchte.“

„Tatu-Chimi war sicher, eine Methode gefunden zu haben, mich anzupassen“, sagte Danton. „Aber bevor er seine Therapie zu Ende führen konnte, habt ihr mich entführt.“

„Chimi ist auch ein Weiser“, sagte Aniko abfällig. „Aber du kannst froh sein, daß er keine Gelegenheit erhielt, dich mit seinen altmodischen Gedanken zu vergiften. Wir werden es auf unsere Weise schaffen, dich anzupassen. Der beste Weg ist wohl, wenn wir dich mit den verschiedensten Leuten zusammenbringen. In zwanglosen Gesprächen wirst du dann alles erfahren, was du zum Erkennen brauchst. Komm mit, Mike.“

Asvah stellte sich zwischen ihn und Aniko.

„Mike gehört mir“, sagte Asvah. „Ich werde mich um ihn kümmern.“

„Mike gehört keiner Einzelperson, er ist Allgemeingut“, erwiderte Aniko.

„Aber ich habe ihn aus dem *Groß-Plumpen* geholt, darum werde ich mich um ihn kümmern“, sagte Asvah fest.

„Das ist gar nicht hundertprozentig erwiesen, wie es auch nicht sicher ist, daß er im *Großen Plumpen* gekommen ist", argumentierte Aniko.

„Wie auch immer, ich werde mich Mikes annehmen", beharrte Asvah auf ihrem Standpunkt. Aniko sagte nichts mehr, und die rothaarige Asvah ergriff Dantons Hand und ging mit ihm fort.

Die plötzlich aufkeimende Rivalität zwischen den Mädchen bereitete Danton Unbehagen. Er hätte gerne klargestellt, daß er niemandes Eigentum war und über sich selbst verfügen wollte. Aber die Mädchen gaben ihm dazu keine Gelegenheit.

Jetzt, wo er mit Asvah allein war und sie durch die zweidimensionalen Kulissengebilde begleitete, öffnete er den Mund, um sich dazu zu äußern. Aber Asvah kam ihm zuvor. Sie sagte:

„Aniko nimmt sich zu wichtig. Sie will überall mitmischen und glaubt, kommandieren zu können. Aber sie ist gar nicht die große Macherin, als die sie sich hinstellt. Es gibt wichtigere Leute. Ich werde dich mit ihnen bekanntmachen. Vasal-Coroni ist einer von denen, auf die es wirklich ankommt."

„Kein Wunder, daß ihr gegen die Alten nichts ausrichtet, wenn ihr euch nicht einmal untereinander einig seid", sagte Danton anzüglich.

„Wir wollen alle dasselbe", erklärte Asvah. „Wenn Aniko sich nicht so aufgespielt hätte, hätte ich meine Verdienste gar nicht so hervorgehoben."

„Ist es wahr, daß du mich hergeholt hast, Asvah?" fragte er.

„Ich bin nicht ganz sicher, aber anders kann es eigentlich gar nicht gewesen sein."

„Was meintest du eigentlich mit dem *Groß-Plumpen?"* erkundigte er sich.

„Du müßtest es eigentlich am besten wissen, wo du allem Anschein nach darin gereist bist", antwortete Asvah.

Daraufhin schwieg er. Zweifellos konnte das Mädchen mit dem „Groß-Plumpen" nur die Zeitmaschine meinen, mit der er gereist war. Demnach sah es so aus, daß die jungen Ungeborenen ihn aus dem Zeitstrom gefischt und in ihre raum-zeitlose Sphäre geholt hatten. Und Asvah war es gewesen, die verhindert hatte, daß er in der Vergangenheit herauskam.

Als könne sie seine Gedanken lesen, sagte sie:

„Ich hatte unwahrscheinliches Glück, daß ich dich kapern konnte. Normalerweise sind wir hier völlig isoliert, wir haben keinerlei Bezugspunkt mehr zur vierdimensionalen Realität, seit die Katastrophe unsere Art vernichtet hat. Aber du schwammst mit dem *Groß-Plumpen* in einem Feld, das aus einander entgegenwirkenden Strömungen bestand . . . Zeitläufer!"

Das letzte Wort sprach Asvah aus, als sei ihr plötzlich eine alles enthüllende Erkenntnis gekommen.

„Zeitläufer!" wiederholte sie. „Das ist der Begriff, nach dem ich gesucht habe. Du befandest dich gerade im Sog dieses Zeitläufers, als ich dich kontaktierte, und das erleichterte es mir, dich zu uns zu holen. Jetzt ist alles klar. Wahrscheinlich befindest du dich in der raum-zeitlichen Realität immer noch im Bann dieses Zeitläufers. Sagt dir dieser Begriff etwas?"

„Nein", gestand Danton. Er wollte schon die Zeitmaschine der Uleb erwähnen, doch überlegte er es sich dann anders. Er war sich immer noch nicht ganz sicher, ob er dem Mädchen – und den sogenannten Ungeborenen überhaupt – trauen konnte.

Wenn sie nämlich die Produkte einer wahrscheinlichen Entwicklung waren, dann hätten sie diese mit Hilfe einer Zeitmaschine vielleicht so beeinflussen können, daß sie endgültig existent wurden. Und das wiederum konnte zu einer Reihe von Zeitparadoxa führen, die sich schädlich auf die Menschheit auswirkten.

Danton erkannte plötzlich – falls seine Theorie zutraf –, daß hier, in der Sphäre der Ungeborenen, Entscheidungen von kosmischer Bedeutung fallen konnten. Dieser Gedanke ließ ihn erschauern.

„Was war das für eine Katastrophe, die du vorhin erwähnt hast?" erkundigte sich Danton. „Du sagtest auch, daß dabei deine Art vernichtet wurde. Wie soll ich das verstehen?"

„Das kann dir Vasal-Coroni besser erklären“, sagte Asvah. „Ich werde dich zu ihm bringen.“

Danton fiel ein, daß die Ungeborenen alles über ihn wußten, wogegen er von ihnen praktisch keine Informationen bekommen hatte. Asvah und die anderen Mädchen waren seinen Fragen bis jetzt mit der Begründung ausgewichen, daß er ihre Situation ohnehin nicht begreifen könne, weil er einfach noch nicht in der Lage war, diesen Ort verstandesgemäß zu erfassen. Das mochten aber nur Ausflüchte sein. Er fragte sich, ob er nicht zuviel aus der Schule geplaudert hatte.

Asvah führte ihn durch seltsame Bereiche. Überall sah er jetzt junge Frauen und Männer einzeln und in Gruppen. Manche waren in lautlose Gespräche vertieft, andere wiederum starrten einander nur stumm an. Daß einige miteinander sprachen, erkannte er an verschiedenen Signalen, die er nicht recht deuten konnte. Er kam sich wie ein Tauber vor, der sich an den Lippenbewegungen seiner Mitmenschen orientierte. Aber das hier war doch etwas anderes, das Stimmengemurmel um ihn war mehr wie ein Hintergrundrauschen.

Nur einmal, als sich ein junger Mann geradewegs an ihn wandte, konnte er das Gesagte auch verstehen.

„Bist du der Neue?“ fragte er Danton. „Ich heiße Nebu-Lonca, wir werden noch miteinander zu tun bekommen.“

„Angeber!“ sagte Asvah und drängte Danton weiter, bevor er sich noch mit Nebu-Lonca auf ein Gespräch einlassen konnte. Erklärend fügte sie hinzu: „Dieser aufgeblasene Schnösel steckt mit Aniko zusammen. Wie sie, glaubt auch er, daß er allein ein Loch zur absoluten Realität schlagen kann. Aber auf solche Leute können wir verzichten.“

Asvah führte ihn weiter durch ein wahres Labyrinth von Kulissen. Allein würde er sich hier nie zurechtfinden können. Das machte ihm Sorgen, denn es zeigte ihm, daß er den Ungeborenen ausgeliefert war.

Die meisten der Gruppen, an denen sie vorbeikamen, beachteten sie überhaupt nicht. Manche der Ungeborenen warfen ihm einen kurzen Blick zu, zeigten aber kein besonderes Interesse an ihm. Entweder erkannten sie ihn gar nicht als „den Neuen", oder aber er war ihnen einfach egal.

„Asvah!"

Ein stattlicher junger Mann tauchte auf und fiel dem rothaarigen Mädchen in die Arme. Danton wußte sofort, daß er ein „Achter" war und kein anderer als Vasal-Coroni sein konnte. Hinter ihm tauchten weitere Leute auf, die um sie einen Kreis bildeten. Danton schätzte ihre Zahl auf zwanzig.

„Du hast keine Ahnung, was sich in der Welt tut, Asvah!" rief Vasal-Coroni lachend. „Chimi und sein Altersheim stellen alles auf den Kopf, um Nuenoc-Mike zu finden."

„Das ist er", sagte Asvah und deutete auf Danton.

„Ich weiß." Vasal-Coroni nickte Danton kurz zu. „Ich kenne auch seine Geschichte, Puica ist euch vorausgeeilt und hat sie uns erzählt. Überaus interessant!"

Danton sah im Hintergrund die Blondine mit dem Babyspeck auftauchen, die er aus der Runde der sieben *Naughty little girls* kannte.

„Du mußt uns alles über die Menschheit erzählen, Mike", verlangte Coroni, legte Danton freundschaftlich den Arm um die Schulter und führte ihn hinter eine Kulisse. Die anderen blieben zurück, nur Asvah und Puica folgten ihnen. Ernst, fast theatralisch fügte Coroni hinzu: „Dein Volk könnte die Rettung für uns sein, Mike. Wenn die Menschheit uns nicht hilft, dann sind wir vielleicht für immer dazu verdammt, an diesem raum- und zeitlosen Ort zu sein. Hier steht die Zeit still! Weißt du, was das bedeutet, Mike?"

„Nicht in letzter Konsequenz", sagte Danton. „Für mich heißt es, daß während meines Aufenthalts hier in meinem Universum nicht einmal eine Sekunde vergangen ist."

„Dein Universum ist vielleicht auch das unsere", sagte Coroni. „Jedenfalls könnte es das unsere werden – eine *neue* Heimat. Du beherrschst die Zeit, Mike, du kannst uns helfen."

„Ich würde eher sagen, daß ich ein Opfer der Zeit bin",

erwiderte Danton. „Ich kann nicht mit ihr manipulieren, sondern bin ihr ausgeliefert."

Coroni wischte diesen Einwand mit einer Handbewegung fort.

„Wie dem auch sei, du bringst wenigstens die Voraussetzungen für einen Zeitsprung mit. Du bietest uns die Möglichkeit, eine Brücke zur absoluten Realität zu schlagen. Wir wollen nicht bis in alle Ewigkeit ungeboren bleiben. Daß hier die Zeit nicht vergeht, ist völlig irrelevant. Diese sogenannte Null-Zeit ist so relativ wie jeder andere Zeitbegriff. Hier und jetzt steht die Zeit still, wenn wir das psychisch auch gar nicht begreifen. Aber wenn wir die Welt der Ungeborenen verlassen, dann erfaßt uns der Zeitstrom – und wir wollen hinaus, denn das hier ist kein Zustand für immer! –, und dann brauchen wir eine Steuerhilfe. Dein *Groß-Plumpes* ist unser einziger Bezugspunkt zu Raum und Zeit. Wir Ungeborenen sind auf dich angewiesen, Mike."

Danton hatte dieser langen, pathetischen Rede stumm und ohne besondere Anteilnahme zugehört. Als Coroni endete, sagte er:

„Wenn ich euch helfen soll, dann brauche ich Informationen."

„Natürlich, du sollst alles erfahren, was du wissen willst", sagte Coroni.

„Bis jetzt war es aber gerade umgekehrt."

„Nun, das liegt daran, daß du . . ."

„Keine Ausflüchte mehr, Coroni", schnitt ihm Danton das Wort ab. „Ich halte mich nun lange genug hier auf, auch wenn es sich bei der Dauer um relative Null-Zeit handelt. Aber ich bin gefestigt genug, um die Wahrheit verkraften zu können. Sage mir, warum ich ein Nuenoc bin und du ein Vasal."

Vasal-Coroni tat erstaunt.

„Ganz einfach", sagte er, „weil du neun Menschenalter zählst und ich nur acht. Du hast neun Leben, mein Alter. In deinem ersten warst du dieser Danton. Und in deinem neunten warst du Michael Reginald Rhodan. Und du erwartest dir doch eine zehnte Reinkarnation so wie ich meine neunte oder? Wir sitzen im gleichen Boot, Mike."

An der Tatsache, daß Coroni genau die gleiche Sprache sprach wie er, erkannte Danton, daß er sich an die hier herrschenden Bedingungen endgültig angepaßt hatte. Jetzt erkannte er die Zusammenhänge einigermaßen – und ihm war klar, welchen Irrtum Tatu-Chimi, der 98 Reinkarnationen hinter sich hatte, begangen hatte.

Danton mußte auf einmal lachen, er konnte nicht anders. Es war auch zu komisch – und andererseits so phantastisch, daß er lachen mußte, um nicht den Verstand zu verlieren.

Nur weil er sich als Pseudonym den Namen eines Mannes aus dem 18. Jahrhundert zugelegt hatte, glaubte Tatu-Chimi, daß er schon damals gelebt hatte. Teilte man die Differenz von Dantons Todesdatum und seinem Geburtsdatum durch die Lebenserwartung von 75 Jahren, dann kam man auf etwa neun Reinkarnationen. Für Tatu-Chimi war das eine einfache Rechnung, weil sein Volk offenbar die Seelenwanderung beherrschte und bewußt steuerte.

Das war nicht die Antwort auf alle Fragen, aber Danton wußte jetzt auch, wie der Begriff „Ungeborene" zu verstehen war. In dieser raum-zeitlosen Sphäre warteten die freien Bewußtseine auf die Geburt der Körper für ihre nächste Reinkarnation.

Und in dieses Sammelbecken für Bewußtseine war er geraten.

5.

Coronis Erzählung war die Geschichte eines geistig hochstehenden Volkes, das sich immer mehr von der Technik abwandte und sich den metaphysischen Studien hingab. Die völlige Abkehr von der Technik wurde den Wanderern, wie Coroni sein Volk nannte, schließlich zum Verhängnis.

Sie nannten sich Wanderer, weil sie es geschafft hatten, den Geist vom Körper zu lösen und von einem Wirtskörper zum anderen überzuwechseln. Welcher Gestalt sie ursprünglich waren, konnten sie selbst nicht mehr sagen. Sie beherrschten all die vielgestaltigen Lebensformen in ihrem System.

Dieses bestand aus einer alternden Sonne und einem einzelnen Planeten. Und diese Sonne stand irgendwo im Leerraum des Universums, fernab von anderen Sternen. So hatten diese Intelligenzwesen nie eine Chance gehabt, die Raumfahrt zu entwickeln.

In den Legenden hieß es zwar, daß man früher einmal Besuch von anderen Sternenbewohnern gehabt hatte. Doch die Wanderer hatten keinen Kontakt zu ihnen gesucht. Sie wiesen die Sternenwanderer ab, sie waren sich selbst genug. Sie waren Wanderer des *Inneren,* es zog sie nicht zu den Grenzen des Universums, sondern sie wollten ihre eigenen Grenzen erforschen. Sie wollten den Geheimnissen des Lebens auf den Grund gehen und vor allen anderen Dingen die Geheimnisse ihres inneren Kosmos ergründen.

Wie bei allen Intelligenzwesen führte auch ihre Entwicklung über die Technik. Doch bei ihnen wurde sie nie zum Selbstzweck, sondern wurde nur solange gebraucht, wie sie der Erforschung des Inner-Kosmos diente. Als die Wanderer eine gewisse geistige Stufe erreichten – und erst wirklich zu Seelenwanderern wurden –, da wandten sie sich von der Technik ab, bis diese schließlich in Vergessenheit geriet.

„Das liegt schon so lange zurück, daß sich auf unserem Planeten keine Spuren davon mehr fanden“, sagte Coroni. „Es gibt – oder es gab – auf unserem Planeten nur unberührte Natur mit ihrem vielfältigen Leben. Die Grenzen zwischen Tier und Mensch, wenn ich diesen Ausdruck gebrauchen darf, waren längst schon verwischt. Niemand von uns, nicht einmal die Ältesten, vermochten zu sagen, von welcher Spezies wir abstammten. Es war auch völlig unbedeutend. Jedes denkfähige Wesen, das auch ein Bewußtsein in sich tragen konnte, gehörte in unsere große Familie. Es heißt, daß es einige Wanderer gibt, die schon jedes Tier unseres Planeten verkörpert haben und sich danach, weil die Welt der absoluten Realität ihnen nichts Neues mehr bieten konnte, für immer in die Sphäre der Ungeborenen zurückgezogen haben. Aber das glaube ich nicht. Nimm nur Chimi als Beispiel. Er hat bloß 98 Reinkarnationen hinter sich und ist schon so abgeklärt, daß er keine einzige weitere mehr anstrebt. Aber das ist ein anderes Kapitel. Darauf komme ich noch."

Die Wanderer dachten nie darüber nach, daß ihre Sonne einmal erlöschen könnte und ihr Planet dann sterben müßte. Für sie war die Evolution eine endlos lange Kette, die immer neue Lebensformen hervorbrachte. Nach einigen Wiedergeburten konnten sie feststellen, daß es manche Geschöpfe nicht mehr gab, weil sie sich zu anderen weiterentwickelt hatten. Und nach hundert Wiedergeburten hatte die Welt ein gänzlich neues Gesicht, ohne daß die Herren der Schöpfung sie willentlich geändert hätten.

Auch dieser Umstand trug dazu bei, daß die Wanderer nicht zu den Sternen sahen. Solange ihnen die Natur immer wieder neue Variationen bot und das Leben seine letzten Geheimnisse nicht preisgegeben hatte, solange genügte ihnen ihre Welt.

Wenn das Dasein in dieser oder jener Form langweilig wurde, dann gab man den jeweiligen Körper auf und ging in die Sphäre der Ungeborenen ein. Wer dem Leben in der absoluten Realität überhaupt nichts mehr abgewinnen konnte, der konnte für immer ein Ungeborener bleiben. Er mußte nicht mehr ins Leben zurückkehren.

„Darum gibt es so viele Alte in der Welt der Ungeborenen", erklärte Coroni dazu. „Keinem Wanderer würde es vor der fünfzigsten Inkarnation einfallen, dem somatischen Zustand für immer Adieu zu sagen. Aber diese Abwanderung in die raumzeitlose Sphäre hätte nie zu einem solchen Übergewicht von Greisen geführt, wie wir es jetzt zu verzeichnen haben. Daran ist die Katastrophe schuld."

Es kam die Zeit, da die Sonne nicht mehr genügend Kraft hatte, das Leben auf dem Planeten zu erhalten. Das kam nicht von einer Reinkarnation zur anderen, sondern es war ein langer Prozeß. Doch da sich keiner der Wanderer mit den Naturwissenschaften auseinandersetzte und es keine Technik gab, mittels derer man den bevorstehenden Weltuntergang hätte vorausberechnen können, kam die Katastrophe plötzlich und unerwartet.

Das Leben auf dem Planeten der Wanderer hatte sich längst schon auf einige wenige Spezies reduziert, die bei diesen strengen Umweltbedingungen überlebensfähig waren. Doch nicht einmal daran konnten die Wanderer die Vorzeichen des drohenden Untergangs erkennen. Sie hätten auch gar keine Abhilfe schaffen können. Wenn ihnen das somatische Leben nichts mehr bieten konnte, kehrten sie in die Sphäre der Ungeborenen ein. Und wenn ihnen die Lebenserfahrungen und das Wissen eine zu große Bürde wurden, dann *vergaßen* sie einfach – und danach erlebten sie die nächste Wiedergeburt wie eine erste Reinkarnation.

„Diese Unsitte griff immer weiter um sich", sagte Coroni. „Wenn ich mich als Vasal bezeichne, so weiß ich doch nicht, wie viele Wiedergeburten ich vorher schon zu verzeichnen hatte, auf die ich jedoch durch freiwilliges Vergessen verzichtete. Vielleicht war diese Methode gar nicht so schlecht, denn dadurch wurde ein Regenerationsprozeß eingeleitet, der auf natürliche Weise nicht stattgefunden hätte. Wir wären nun ein Volk von Greisen ohne Körper. So gibt es wenigstens einige junge Ungeborene unter uns. Aber der freiwillige Verzicht auf Wissen und Erfahrungen hat andererseits wiederum dazu geführt, daß wir der kosmischen Katastrophe machtlos gegenüberstanden."

Die Wanderer glaubten, daß es ein gutes Zeichen sei, als ihre sterbende Sonne plötzlich in neuer Kraft erglühte. Sie wußten jedoch mangels astronomischer Kenntnisse nicht, daß dies das letzte Aufflackern ihrer Sonne vor dem endgültigen Zusammenbruch war.

Die Sonne wurde zur Supernova und tötete mit ihrer Glut alles Leben auf dem Planeten. Die meisten der Wanderer konnten ihre Bewußtseine nicht mehr in die Sphäre der Ungeborenen retten – und vergingen. Nur die alten Wanderer schafften es zum Großteil, ihre Körper freiwillig aufzugeben und so der Vernichtung zu entgehen.

„Darum gibt es so viele alte Ungeborene", endete Coroni. „Der Untergang unseres Planeten hat ihnen einen solchen Schock versetzt, daß sie beschlossen haben, diese Sphäre nie mehr zu verlassen. Da unsere Heimat vernichtet wurde, wollen sie lieber hierbleiben, als nach anderen Lebensmöglichkeiten zu suchen. Aber damit wollen wir Jungen uns nicht abfinden. Das Leben im Kosmos hätte uns soviel zu bieten! Du, Mike, bist der beste Beweis dafür. Dein Volk beherrscht viele Planeten, es hat sich die Natur auf wirkungsvollere Weise untertan gemacht und eilt von Stern zu Stern. In Zukunft wollen auch wir auf *diese* Weise wandern."

„Das müßtet ihr den Alten doch begreiflich machen können", sagte Danton.

„Sie führen ein strenges Regiment", sagte Coroni bitter. „Und sie sind in der Überzahl. Unsere Rebellion hat uns bisher nicht viel eingebracht. Allein, ohne Hilfe von außen, kommen wir nicht gegen sie an. Darum setzen wir so große Hoffnungen in dich."

„Vielleicht wissen die Alten besser, was gut für euch ist", meinte Danton ohne große Überzeugung.

Coroni sah ihn fest an und fragte:

„Möchtest du für immer hier bleiben?"

„Nein", gestand Danton.

„Dann nimm uns mit!"

Danton zögerte.

„Bei mir ist das etwas anderes", versuchte er einzulenken. „Ich weiß, wohin ich gehöre und wohin ich mich wenden muß, aber ..."

„Auch wir werden uns zurechtfinden", sagte Puica. „Entweder du zeigst uns den Weg, oder wir verhelfen dir auch nicht zur Rückkehr."

Das war ziemlich deutlich, aber Danton konnte dem Mädchen diesen Erpressungsversuch nicht einmal übel nehmen. Er konnte verstehen, daß sie sich nach einem anderen Sein sehnten. Die Existenz in der Sphäre der Ungeborenen war kein Ersatz für das wirkliche Leben.

„Wir sitzen im selben Boot", sagte Coroni wieder. „Wir führen dich zu deinem Gefährt, wenn du uns mitnimmst. Mehr wollen wir nicht. Wir brauchen dich nur als Bezugspunkt zur absoluten Realität. Wenn einige von uns – oder wenigstens nur ein einziger – die Barriere zum Kosmos überwinden, dann könnte man die anderen nachholen. Ein winziger Anstoß genügt, dann können wir alle wieder leben."

Danton wollte nicht am Unglück eines ganzen Volkes schuld sein. Wenn er dennoch zögerte, dann deshalb, weil er sich fragte, welchen Preis er für diese Hilfe würde zahlen müssen. Er wußte noch nicht einmal, was er zu tun hatte. Und dann gab es noch ein Problem: Er hatte überhaupt keine Ahnung, ob die Zeitmaschine der Uleb funktionierte und ihn an ein Ziel bringen würde.

„Nun?" drängte Asvah.

„Ihr könnt auf mich zählen", versprach Danton.

6.

Es war eines der Phänomene dieser Sphäre, daß ihm die Umgebung erst jetzt als einigermaßen vertraut erschien, als er sich seiner Körperlosigkeit bewußt wurde. Es war eigentlich paradox, daß er diesen Ort erst als raum-zeitloses Nichts erkennen mußte, damit seine Sinne ihm dieses Nichts als gegenständlich zeigten.

Es war eben eine absurde Realität.

Er war ein nacktes Bewußtsein, und doch bekam er das

Gefühl, einen Körper zu haben. Er konnte sich selbst sogar sehen, ebenso wie die anderen. Und er sah sie als Menschen, egal welches Aussehen sie in der Realität gehabt hatten.

Während dieser Überlegungen erinnerte sich Danton, was Tatu-Chimi zu ihm gesagt hatte, was er aber erst jetzt begriff:

„Nackt – auf das Wesentliche reduziert – sehen alle Wesen gleich aus."

Danton sah die Wanderer als Menschen, weil sie sich in diesem körperlosen Zustand von ihm nicht unterschieden. Seine Sinne extrapolierten das Unfaßbare auf eine verständliche Form. Und so war es ihm möglich, nicht nur die Bewußtseine zu sehen, sondern auch einen räumlichen Ort wahrzunehmen, wo eigentlich nichts war.

Er hatte sich angepaßt, ohne voll integriert zu sein. Zumindest hoffte er letzteres. Er wollte nicht zu den Ungeborenen gehören.

„Wir können aufbrechen", sagte Coroni. An Danton gewandt, fügte er hinzu: „Diese Expedition wird kein Spaziergang. Wir müssen aufpassen, daß die Alten uns nicht entdecken."

Sie waren zu sechst: Danton, Coroni, Asvah und Puica, dazu gesellten sich noch zwei junge Männer, die Coroni als seine Freunde Palton und Creng vorstellte.

Sie brachen auf und kamen in einen langen Gang, der schließlich in ein Gebilde aus ineinander verschachtelten Waben mündete. Danton fand den Vergleich mit einem Bienenstock treffend, wenn die Verhältnisse hier auch wesentlich chaotischer waren. Falls die Waben nach irgendeinem Ordnungsprinzip errichtet waren, so durchschaute Danton es nicht. Er half sich damit aus, daß er sich sagte, daß dies ohnehin alles nicht real war. Es war ein zur Scheinexistenz erhobenes Denkmodell. Damit mußte er sich begnügen.

Creng ging vor, gefolgt von Puica. Coroni blieb in Dantons Nähe, und Asvah schwärmte gelegentlich zur Seite aus. Palton bildete den Abschluß, offenbar, um ihnen Rückendeckung zu geben.

Coroni kam an Dantons Seite.

„Ich möchte, daß du noch einmal wiederholst, was wir besprochen haben, Mike“, sagte er. „Das Gelingen unseres Planes hängt davon ab, daß du dich genau an die Instruktionen hältst. Wiederhole es also.“

Danton seufzte. Er hatte Coronis Anweisungen bereits einige Male wiederholt und hätte sie im Schlaf aufsagen können.

„Falls es zu einem Zwischenfall mit den Alten kommt, dann orientiere ich mich an dir“, leierte Danton herunter. „Egal, was passiert, werde ich versuchen, in deiner Nähe zu bleiben. Und wenn mein Bewußtsein geblendet wird, dann richte ich mich nach deiner Farbe. Sie ist hellrot. Die Alten haben durchwegs dunklere Farbtöne.“

„Gut. Weiter.“

„Wenn alles gut geht und wir meine Zeitmaschine erreichen ...“

„Halt!“ unterbrach Coroni ihn. „Fixiere dich nicht darauf, daß es sich bei dem *Groß-Plumpen* um die Zeitmaschine handelt. Es kann sich auch um eine Reflexion oder Verzerrung irgendeines anderen Objekts handeln, zu dem du in Beziehung stehst. Wichtig ist, daß ...“

„... ich es genau analysiere, bevor ich versuche, in es einzudringen“, vollendete Danton den Satz. „Bevor ich in das *Groß-Plumpe* eingehe, muß ich es genau definiert haben. Und ich muß die genauen Daten an euch weitergeben, damit auch ihr es klassifizieren könnt.“

„Das ist absolut notwendig, denn das *Groß-Plumpe* ist unser eigentlicher Bezugspunkt zum Raum-Zeit-Kontinuum“, fügte Coroni eindringlich hinzu. Nach einer kurzen Pause fuhr er fort: „Und noch etwas ganz Wichtiges, über das ich bisher geschwiegen habe. Wenn es den Alten gelingt, dich in der entscheidenden Phase doch noch zu kapern, dann brauchst du nicht gleich in Panik zu verfallen. Wenn du erst einmal eine Beziehung zu deinem Objekt hergestellt hast, dann brauchst du nur noch daran zu denken, um von jedem Punkt dieser Sphäre zurückzugelangen.“

„Das ist gut zu wissen“, sagte Danton. „Hast du mir noch etwas zu sagen, was du mir bis jetzt verschwiegen hast?“

Coroni warf ihm einen seltsamen Blick zu und sagte:

„Nein, das ist alles.“

Creng, der auf Erkundung gewesen war, kam zu ihnen zurück und berichtete:

„Ich habe eine Route ausgekundschaftet, auf der wir die Wachen der Alten umgehen können. Danach weiß ich aber nicht weiter. Dann muß Asvah uns führen.“

Das Mädchen kam gerade von einem ihrer Ausflüge zurück und hatte die letzten Worte mitgehört.

„Es ist besser, wenn ich die Führung gleich übernehme“, sagte sie und ergriff Dantons Hand. „Ich kenne einen kürzeren Weg, der zudem noch sicherer ist. Wir sind gleich da.“

Ohne auf Coronis Zustimmung zu warten, schlug sie sich mit Danton nach links. Die anderen folgten ihnen. Coroni rügte zwar das Mädchen ob seiner Eigenmächtigkeit, aber er überließ ihr dennoch die Führung.

Asvah lächelte Danton zu und drückte seine Hand. Es erschien ihm wie das Zeichen für eine geheime Abmachung. Als er fragend zu ihr blickte, zwinkerte sie.

Der Weg zwischen den Waben führte jetzt steil hinauf. Die Kletterei verursachte Danton keinerlei Anstrengung. Er sprang leichtfüßig von einer Wabenfläche zur anderen.

„Gleich sind wir am Ziel“, sagte Asvah.

Sie kletterte über eine schräge Fläche und zog Danton mit sich, als hätte er kein Gewicht. Nachdem er diese letzte Hürde überwunden hatte, fand er sich auf einmal auf einer endlos scheinenden Ebene wieder, die in ein diffuses Licht getaucht war. Wohin er auch blickte, nirgends konnte er einen Horizont sehen.

Irgendwo in unbestimmter Ferne schien sich die Ebene nach oben zu wölben und mit dem „Himmel“ zu verschmelzen. Danton stockte der Atem. Obwohl er das Gefühl hatte, mit den Beinen auf festem Boden zu stehen, war ihm gleichzeitig, als erstrecke sich über ihm die Unendlichkeit des Alls mit all seinen Sternen und galaktischen Sternennebeln. Das Atemberaubende daran war aber, daß die unendlich fern scheinende Lichterstruktur von einer schier erdrückenden Plastizität war.

Das war nicht der Kosmos mit seinen gewaltigen Leerräumen und den darin verstreuten Sternen, wie er ihn kannte. Über ihm erstreckte sich ein gewaltiges Gebilde mit abgrundtiefen Schlünden und mächtigen Erhebungen, die sich wie Gebirgsmassive übereinandertürmten. Ihn schwindelte bei diesem Anblick. Dieses Gebilde war von solcher Ausdehnung, daß er seine Größe nicht einmal erahnen konnte.

„Das ist das *Groß-Plumpe*", sagte Asvah ehrfürchtig.

„Erkennst du es?" fragte Coroni drängend. „Was ist es?"

„Ich weiß es nicht", sagte Danton mit belegter Stimme. „Aus dieser Perspektive kann ich es nicht erkennen. Es ist dasselbe, als würde man von einer Mikrobe verlangen, das Mikroskop zu beschreiben, unter dem es liegt."

„Aber dieses Ding gehört zu dir, Mike!" sagte Coroni. „Es hängt alles . . ."

Coroni verstummte. Ein greller Blitz zuckte auf, der Danton blendete. Er fühlte eine vage Bewegung an seiner Seite, und dann hörte er Asvah wie aus weiter Ferne flüstern:

„Du mußt auch die Meinung der anderen kennenlernen, bevor du dich entscheidest . . ."

Dann verstummte sie. Die Helligkeit schien Danton zu erdrücken. Sie war fest wie Glas. Danton war darin eingeschlossen, konnte nichts sehen, nichts hören, nichts empfinden. Er wußte, daß dies das Werk der alten Ungeborenen war.

Endlich zerbarst die Helligkeit in einer Farbkaskade, aus der sich langsam menschliche Umrisse herauskristallisierten. Als Danton wieder sehen konnte, erkannte er Tatu-Chimi. In seiner Begleitung befanden sich zwei andere Männer, von denen jeder mindestens doppelt so alt aussah wie er. Es waren Greise, die sich scheinbar nur mühsam auf den Beinen halten konnten. Nur der Ausdruck ihrer Augen ließ eine gewisse Vitalität erahnen.

„Ich verstehe nicht, warum Asvah mich verraten hat", sagte Danton deprimiert.

„Danke dem Mädchen lieber, daß es dich vor der größten Dummheit deiner neun Leben bewahrt hat", erwiderte Tatu-Chimi.

„Hör damit auf", rief Danton unbeherrscht. „Ich habe nur ein Leben, und ich werde mit allen Mitteln dafür kämpfen, um es zurückzuerhalten. Daran wirst auch du mich nicht hindern können."

Tatu-Chimi sagte darauf nichts. Er deutete auf den Greis zu seiner Rechten und sagte:

„Das ist Altot-Giunto." Dann deutete er auf den Greis, der links von ihm stand, und stellte ihn als Rhana-Tomco vor. Erklärend fügte er hinzu: „Es sind die beiden weisesten unserer Weisen. Ich habe um ihren Beistand gebeten, damit sie dir begreiflich machen, welche Gefahren du heraufbeschwören kannst."

„Keine noch so schönen Worte können mich davon überzeugen, daß ihr gegen die Jungen richtig handelt, wenn ihr sie in dieser Sphäre isolieren wollt", rief Danton erregt. „Oder wollt ihr abstreiten, daß das eure Absicht ist?"

Chimi wollte etwas sagen, aber Altot-Giunto hinderte ihn mit einer Handbewegung daran.

„Es ist richtig, daß wir den Beschluß gefaßt haben, nicht mehr zu unserem Nomadenleben zurückzukehren", sagte der Greis mit leiser Stimme. „Ich merke, daß du einiges Wissen über das Schicksal unseres Volkes hast. Das erspart mir ermüdende Erklärungen. Der Großteil von uns hat dieses Dasein in der Emigration nicht freiwillig auf sich genommen. Das Schicksal hat es so bestimmt. Es hat uns unsere Heimat, unsere Körper, kurzum alle Beziehung zum Kosmos genommen. Damit haben wir uns abzufinden. Auch die Jungen."

„Wenn ihr euch zum Leben zu alt fühlt, so ist das eure Sache", erwiderte Danton. „Aber ihr könnt den Jungen nicht das Recht auf Selbstbestimmung nehmen."

„Du sprichst so, weil du dich selbst zur Jugend zugehörig fühlst, Nuenoc-Mike", sagte Rhana-Tomco. „Aber du weißt nicht, wovon du redest. Wir brauchen gar nicht über Recht und Unrecht unserer Handlungsweise zu diskutieren, da würden wir nie auf einen gemeinsamen Nenner kommen. Darum untersuchen wir das Problem besser von einer anderen Seite. Betrachten wir es von deiner Warte. Wärest du eigentlich zur Selbstaufgabe bereit, um den jungen Ungeborenen zum Leben zu verhelfen?"

„Ich sehe kein zu großes Opfer darin, wenn ich Coroni und den anderen dazu verhelfe, die Barriere zum Universum zu überwinden", sagte Danton.

„Hast du dir auch schon überlegt, wie dieser, äh, Transport ablaufen soll?" mischte sich wieder Altot-Giunto ein. „Nein? Dann will ich es für dich tun. Egal, welches Transportmittel dir zur Verfügung steht, die Konstruktion und das Fassungsvermögen sind unmaßgeblich. Denn du hast etwas zu befördern, das nicht materiell ist, sondern reiner Geist, nacktes Bewußtsein. Wie willst du ein Bewußtsein in dein Gefährt holen und es dort unterbringen? Es gibt nur eine Möglichkeit: Du mußt dem Bewußtsein einen *Körper* geben. Anders kann es sich drüben nicht manifestieren. Und nun sage mir, Nuenoc-Mike, wie viele Körper dir zur Verfügung stehen."

„Ich . . .", begann Danton, aber es versagte ihm die Stimme. Dieses Problem hatte er noch nicht überdacht, und Coroni und die anderen Ungeborenen hatten es nicht angeschnitten. Vermieden sie es absichtlich, um ihn nicht auf die Idee zu bringen, daß sie seinen Körper als Unterschlupf beanspruchen würden? Im ersten Moment erschreckte ihn dieser Gedanke. Aber dann merkte er, daß die Greise genau das bezweckten. Danton räusperte sich und sagte gefestigt:

„Ich könnte mir als Übergangslösung durchaus vorstellen, ein Gastbewußtsein in meinem Körper aufzunehmen, bis sich eine andere Lösung ergibt. Es findet sich bestimmt eine."

„Gewiß", sagte Altot-Giunto. „Das Universum ist voll von Leben und potentiellen Wirtskörpern. Dennoch werden die jungen Ungeborenen sicher nicht die Qual der Wahl haben. Schließlich hast du den Mädchen von einer paradiesischen Welt namens Terra erzählt, auf der es sich ausgezeichnet leben ließe . . ."

„Das ist eine infame Unterstellung!" unterbrach Danton den alten Ungeborenen erregt. „Ich bin sicher, daß die Existenz der Menschheit nicht davon bedroht wird, wenn ich den Jungen helfe."

„Vielleicht nicht", gab der alte Giunto zu. „Es mag sein, daß sich Coroni und die anderen dankbar erweisen und dein Volk verschonen. Aber sind es nicht die Menschen, werden es eben andere sein. Zu dem Leben, das du den Ungeborenen bieten möchtest, gehören nun einmal Körper."

Das war so logisch und wahr, daß Danton im ersten Augenblick nichts darauf zu antworten wußte. Tatu-Chimi nutzte die Gelegenheit, um das aufgegriffene Thema weiter auszuführen.

„Was wir tun, richtet sich nicht gegen die Jungen, Nuenoc-Mike", sagte er. „Wir handeln so, weil wir die Konsequenzen kennen, die sich aus der Seelenwanderung ergeben. Wir haben ein Verantwortungsbewußtsein, das die Jungen nicht kennen. In unserer Heimat war alles anders, dort war die Reinkarnationskette ein natürlicher Kreislauf, dem alles Leben unterworfen war. Aber müßten wir in die Ökologie eines anderen Planeten eingreifen, dann hieße das, ausgeprägte Intelligenzbewußtseine zu unterdrücken, sie verkümmern und schließlich absterben zu lassen. Denke an irgendein Volk, das du kennst, und dann sage mir, ob du ihm eine Invasion von solchen Psycho-Parasiten, zu denen uns ein grausames Schicksal gemacht hat, wünschst. Überlege dir das einmal."

Das war eine schreckliche Vision, die ihm die alten Ungeborenen da vermittelten. Danton mußte sich eingestehen, daß er über diese Aspekte noch nicht nachgedacht hatte. Er versuchte sich vorzustellen, wie es sein würde, wenn zu den Problemen, mit denen sich die Menschheit herumschlagen mußte, noch ein weiteres hinzukommen würde. Nämlich das von geistigen Parasiten, die den Menschen ihre Körper streitig machten. Es konnte das Ende für die Menschheit bedeuten; die Milchstraße würde in ein Chaos stürzen.

Er hatte Verständnis für die Wünsche der jungen Ungeborenen, er konnte ihr Streben nach einem körperlichen Sein verstehen. Das machte ihm die Entscheidung auch so schwer. Aber bei allem Wohlwollen – durfte er eine solche Gefahr für die Völker der Milchstraße heraufbeschwören?

Die Antwort darauf war ein klares Nein.

„Nun, Nuenoc-Mike, wie wirst du dich entscheiden?" fragte Chimi.

„Das kommt darauf an, welche Alternativlösung ihr anzubieten habt", sagte Danton. „Was würdet ihr vorschlagen?"

„Es gibt keine Alternative", sagte Giunto. „Wir sehen nur eine einzige Möglichkeit, dich und dein Volk zu schützen. Du mußt bei uns bleiben."

7.

„Ich denke nicht daran", sagte Danton, nachdem er sich von der ersten Überraschung erholt hatte. „Ich werde einen anderen Ausweg finden."

„Es gibt keinen", sagte Chimi bestimmt. „Wir haben das Problem lange und ausführlich überdacht, das kannst du uns glauben. Es gibt keine Möglichkeit, dir zur Rückkehr zu verhelfen, ohne dein Volk zu gefährden. Und du wärst als erster betroffen. Der Transfer deines Bewußtseins in den Körper ist einfach nicht zu verantworten. Coroni, Asvah oder einer der anderen Jungen würde mit dir gehen, ob du es willst oder nicht. Sie können dich dazu zwingen."

Danton befand sich in einem scheinbar ausweglosen Dilemma. Die Alten hatten ihm die Gefahren eines Bewußtseins-Transfers deutlich aufgezeigt. Und Coroni hatte ihm selbst gesagt, daß es genügte, wenn einer von ihnen die Barriere überwand, um die anderen später nachzuholen. Dieses Risiko durfte er nicht eingehen. Andererseits wollte er nicht hierbleiben.

Es mußte einen Ausweg geben!

„Finde dich mit deinem Schicksal ab, Nuenoc-Mike", sagte Chimi und näherte sich ihm von vorne. Die beiden Greise waren zur Seite ausgewichen und kamen von links und rechts auf ihn zu. Ihre Absicht war klar, sie wollten ihn in die Zange nehmen, um ihm keinen Fluchtweg offenzulassen.

„Du wirst sehen, daß es nicht so schlimm ist, ein Ungeborener zu sein", fuhr Chimi fort. „Das körperlose Dasein hat viele Vorteile. Da es hier weder Raum noch Zeit gibt, wird dein Bewußtsein unsterblich sein. Die Ewigkeit steht dir offen ..."

„Ich bin zu jung für die Ewigkeit!" sagte Danton.

Er dachte an Coroni und Asvah und die anderen jungen Ungeborenen. Vielleicht waren ihre Motive egoistisch, aber sie hatten ihm trotzdem mehr zu bieten als die Alten. Die Gefahr war ein Bestandteil des Lebens, und er wollte lieber jedes Risiko eingehen, als die Sicherheit dieser Sphäre der Ungeborenen zu wählen.

„Nuenoc-Mike!"

Das war das letzte, was Danton von Tatu-Chimi wahrnahm. Er hatte so intensiv an Coroni und Asvah und an das *Groß-Plumpe* gedacht, daß er von ihnen wie von einem Magneten angezogen wurde. Damit rettete er sich aus dem Einflußbereich der Alten.

Auf einmal war er wieder auf der weiten Ebene ohne Horizont. Über sich sah er die unendlich große, üppige Form des *Groß-Plumpen.*

„Das hast du ausgezeichnet gemacht, Mike", lobte Coroni. „Ich wußte doch, daß du ein gelehriger Schüler bist. Aber jetzt muß alles rasch gehen, bevor Chimi erneut zuschlagen kann. Er wird bestimmt nichts unversucht lassen, um unseren Transfer zu verhindern."

„Ich kann euch nicht mitnehmen, Coroni", sagte Danton

bedauernd. „Chimi hat mir die Gefahren aufgezeigt, die der Transfer mehrerer Bewußtseine in *einem* Körper mit sich bringt."

„Hast du dich also beschwatzen lassen", sagte Coroni bitter. „Aber das nützt dir nichts, Mike. Du kannst nicht mehr zurück. Wenn du verschwindest, dann hänge ich mich an dich an. Ich garantiere dir, daß du mir nicht entkommst. Packt ihn!"

Palton und Creg machten Anstalten, sich auf ihn zu stürzen. Doch Asvah kam ihnen zuvor. Sie ergriff Dantons Hand und zog ihn mit sich.

„Du mußt fliehen!" rief sie ihm zu, als er an ihrer Seite über die Ebene lief. Dabei hatte er das Gefühl, daß er gar nicht vom Fleck kam. Als er jedoch zurückblickte, sah er, daß Coroni, Puica und deren beide Freunde bereits weit zurückgefallen waren.

„Wohin soll ich fliehen?" fragte Danton.

„In das *Groß-Plumpe!"* sagte Asvah.

„Aber . . .", begann Danton, doch Asvah brachte ihn mit einer herrischen Geste zum Verstummen. Plötzlich blieb sie stehen und zwang auch ihn zum Anhalten. Danton blickte sich um und sah, wie die vier anderen sie umlauerten. Coroni war sprungbereit, sein Gesichtsausdruck zeigte angespannte Konzentration.

„Coroni wartet nur darauf, daß ich den Transfer vornehme", stellte Danton fest. „Oder war es nur ein Bluff, daß er mich zwingen kann, ihn mitzunehmen?"

„Nein, es ist kein Bluff", antwortete Asvah. „Aber eine Möglichkeit gibt es doch, wie du allein in deinen Körper zurückkehren kannst. Diese haben dir sowohl die Alten wie auch Coroni und seine Crew verheimlicht. Die einen, weil sie dich um jeden Preis hierbehalten wollen, die anderen, weil sie unbedingt zum körperlichen Leben zurückkehren wollen. Aber alle handeln sie nur selbstsüchtig."

„Und du?" fragte Danton und blickte dem Mädchen in die Augen.

Sie lächelte wehmütig.

„Ich fühle mich für dich verantwortlich", sagte sie. „Schließlich habe ich dich aus dem Zeitläufer geholt. Seltsam, am Anfang betrachtete ich dich als mein Eigentum, aber nach und nach hat sich meine Einstellung gewandelt. Daran ist der Egoismus der anderen schuld. Ich habe erkannt, daß es meine Pflicht ist, dich zu beschützen. Du sollst nur das tun, was für dich am besten ist."

Er nahm ihr Gesicht in beide Hände und sagte:

„Dich würde ich gerne mitnehmen. Geht das?"

„Nein", sagte sie. „Es käme auf dasselbe hinaus, ob Coroni oder ich dich begleiten. Zwei Bewußtseine in einem Körper, das kann nicht gutgehen. Ich würde bald über dich dominieren und dein Bewußtsein abtöten. Eine solche Schuld möchte ich nicht auf mich laden. Da verzichte ich lieber."

„Es fällt mir schwer, dich zurückzulassen, Asvah", sagte er gerührt. „Die einzige Art und Weise, dir gebührend zu danken, wäre, dich mitzunehmen. Dabei empfinde ich mehr als nur Dankbarkeit für dich . . ."

„Pst!" Sie legte ihm einen Finger auf den Mund und richtete dann ihre Augen nach oben. „Hast du es schon erkannt?"

„Nein, ich . . ."

„Dann konzentriere dich ganz fest darauf. Es wird dir nicht schwerfallen, das *Groß-Plumpe* zu klassifizieren. Es ist dein ureigenster Besitz."

Er folgte ihrem Blick nach oben und betrachtete das gewaltige, scheinbar unförmige Gebilde. Auf einmal spürte er die starke Beziehung, die ihn mit diesem Ding verband. Diese Bindung war stärker als alles andere. Zwischen ihm und dem *Groß-Plumpen* bestand eine Kraft, die die Bande durchtrennte, die ihn in der Sphäre der Ungeborenen festhielten.

„Ich merke es dir an, daß du die Wahrheit erkannt hast", hörte er Asvah sagen. Aber er konnte sie nicht mehr sehen. Ihre Gestalt zerfloß und wurde zu einem rötlichen Klecks in einem Farbenmeer.

„Ja, ich weiß jetzt ..."

Er verstummte, als etwas nach ihm griff und ihn zu umschlingen drohte. Er konnte an der Farbe erkennen, daß es Coroni war, der ihn bedrängte.

„Mike!" Das war Asvah. „Sei auf der Hut. Coroni ist zu allem entschlossen. Paß gut auf, ich werde dir zeigen, wie du ihn abwehren kannst."

„Was soll ich tun?" rief Danton verzweifelt.

„Du mußt dich der Methode der Alten bedienen", sagte Asvah in einer Farbkaskade aus Rottönen, die ihn überschütteten. „Wenn ihnen die vielen Leben eine zu große Bürde geworden sind, dann werfen sie die Erinnerung daran wie einen Ballast ab. Dasselbe mußt du tun, um dich Coronis Zugriff zu entziehen. Du mußt vergessen, Mike!"

„Ich soll meine Erinnerung an dich löschen?" fragte er ungläubig. „Das kann ich nicht."

„Du mußt *alles* vergessen", signalisierten die verblassenden Farben. „Das ist deine einzige Rettung. Coroni wird dein Bewußtsein sonst verschlingen. Ich werde dir helfen, die Erlebnisse in der Welt der Ungeborenen aus deinem Gedächtnis zu streichen. Das kann ich noch für dich tun. Es wird dir alles wie ein Traum erscheinen, und wenn du erst im Zeitläufer bist, dann wird auch dieser Traum verblassen ..."

Asvahs Farbspektrum wurde von der Finsternis geschluckt. Danton sah die raum-zeitlose Sphäre der Ungeborenen im selben Maße schrumpfen, wie er wuchs und sich der Dimension des *Groß-Plumpen* anpaßte.

Jetzt war er nicht mehr die Mikrobe, deren Mikrokosmos von den Ausmaßen des sie untersuchenden Instruments gesprengt wurde.

Die Welt der Ungeborenen versank, er hatte keinen Bezug mehr zu ihr. Selbst die Erinnerung daran verblaßte.

Asvah ... Coroni ... Tatu-Chimi ... das waren nur noch bedeutungslose Begriffe. Danton strebte dem *Groß-Plumpen* zu, das ihm immer vertrauter wurde. Es übte eine starke Anziehungskraft auf ihn aus. Er konnte sich nicht dagegen wehren, und er sträubte sich auch nicht.

Denn das *Groß-Plumpe* war sein Ureigenstes.

Sein Körper!

Er gehörte ihm ganz allein. Kein Ungeborener hatte ihm auf dieser Reise folgen können. Denn in dem Maß, wie das Vergessen über das Danton-Bewußtsein kam, löste es die Verbindung zu den Ungeborenen – zu Coroni, Asvah . . .

Körper und Geist fanden zueinander und wurden von der raum-zeitlosen Sphäre abgestoßen.

Das alles lief in Null-Zeit ab. Der Zeitraum, der zwischen der Kaperung des Körpers und der Absonderung des Bewußtseins durch eine Ungeborene lag, war nicht meßbar.

Und durch die Gedächtnislöschung wurden die Geschehnisse, die dazwischenlagen, für Roi Danton ungeschehen gemacht.

Der Zeitstrom erfaßte Roi Danton und schwemmte ihn in die Vergangenheit. Zu seiner Überraschung kam er jedoch nicht in der Zeitmaschine auf Uleb I heraus, sondern fand sich in einem Raum innerhalb einer unbekannten Station. Diese stand auf einer Insel in einem Asphaltsee, und Roi Danton erfuhr, daß er sich auf Terra befand. Auf einer Erde der Vorzeit allerdings – 200 000 Jahre in der Vergangenheit.

Roboter erschienen und verrieten ihm, daß er von Ovarons Zeitläufer angepeilt und eingefangen worden war. Die Robotik der Anlage stufte ihn als biologisch entartet ein. Das hatte zur Folge, daß Roi Danton per Transmitter zur Station auf Titan abgestrahlt wurde.

Dort machte er die Bekanntschaft von Merkosh dem Gläsernen, der ein ähnliches Schicksal wie er erlitten hatte. Die beiden erlebten zusammen eine Reihe von Abenteuern und wurden zu Freunden. Zu diesem Zeitpunkt tauchte bei Ovarons Station in der Vergangenheit der Nullzeitdeformator mit Perry Rhodan und

Atlan an Bord auf. Die Verblüffung über das Wiedersehen unter so unglaublichen und phantastischen Umständen war auf beiden Seiten groß.

Schließlich kehrte Roi Danton mit der Besatzung des Nullzeitdeformators in die Realzeit zurück. Das Datum der Rückkehr war der 29. Juni 3434.

Auf diese Weise hatte Roi Danton fast tausend Jahre übersprungen – allerdings auf dem Umweg über die Vergangenheit und die Sphäre der Ungeborenen. Diese Episode fehlte allerdings in seinem Gedächtnis.

William Voltz

Der Häuptling

Als im Jahre 2437 Invasoren aus M-87 das Solare Imperium bedrohten, gab Perry Rhodan Alarm für die Galaxis. Nur mit Hilfe der Haluter konnte das Solsystem vor der Vernichtung bewahrt werden. Fünfzig Jahre später, im Jahre 2487, kann Perry Rhodan sich endlich wieder um Dinge kümmern, die ihm persönlich am Herzen liegen. Dabei geht es nicht nur um die 5813 Sonnensysteme, deren Planeten von Menschen besiedelt werden und aus denen sich später solche Machtblöcke wie das Imperium Dabrifa, der Carsualsche Bund und die Zentralgalaktische Union entwickeln, sondern auch um alte Freunde, von denen Rhodan lange nichts gehört hat und deren Spuren sich im Nichts zu verlieren scheinen. Einer dieser untergetauchten Männer ist Don Redhorse, der Häuptling . . .

Der Mann, der auf dem Boden seines Tipis sitzt
und über den magischen Sinn des Lebens nachdenkt,
erkennt, daß sich alle Wesen gleichen.

Häuptling Luther Standing Bear

Es gibt keinen Tod –
es gibt nur eine Durchreise
von einer Welt in die andere.

Häuptling Seattle

Den drei Besatzungsmitgliedern des Spezial-Shifts, der langsam auf den freien Platz des Robot- und Raumschiffsfriedhofs von Kronkite-Tal, zweihundert Meilen westlich von Mars-Port, herabschwebte, bot sich ein unglaubliches Bild. Rund um ein kuppelförmiges Gebäude, zweifellos die obere Schalenhälfte einer Korvette und ebenso zweifellos eine Kneipe, spielte sich etwas ab, das auf den ersten Blick wie eine Schlacht, bei näherem Hinsehen aber wie eine aus allen Fugen geratene Feierlichkeit aussah.

Chart Willioms, Generalbevollmächtigter der MTC (Mars-Trading-Company) und Beauftragter der *Whistler-Company* für den Mars, beugte sich mit allen Anzeichen des Abscheus im Sitz nach vorn, um die Szene besser beobachten zu können. Sein spitzes, bleiches Gesicht verzerrte sich dabei zu einer Grimasse, die Zorn und Hilflosigkeit ausdrückte.

„Da unten ist es!“ rief er empört und wandte sich den beiden anderen Männern zu, von denen einer im Pilotensitz des Shifts, der andere an den Funksystemen saß. „Wissen Sie, wie sie das nennen – sie nennen es eine Hundertsonnenweltorgie!“

Perry Rhodan, der Mann im Pilotensitz, warf seinem als Funker fungierenden Begleiter, Oberst Zachary Parral, einen fragenden Blick zu.

„Es sieht ganz danach aus, als könnte es *hier* sein“, sagte Parral.

Je tiefer der Shift sank, desto mehr löste sich das Gewimmel in überschaubare Einzelheiten auf und ließ dabei erstaunliche Feststellungen zu. Vom galakto-politischen Standpunkt aus war die Ausschreitung (so nannte Willioms das Fest) durchaus nicht ohne Reiz, denn es nahmen Angehörige fast aller bekannten raumfahrenden Völker der Galaxis daran teil. Verständigungsschwierigkeiten schien es dabei nicht zu geben, denn die Kommunikation war eindeutig auf zwei Dinge reduziert, die jedermann dort unten ohne Dolmetscher begriff: auf Prügeln und Trinken.

Die erstaunlichsten Mitglieder dieser unangemeldeten Veranstaltung (auch eine von Willioms' Bezeichnungen) waren jedoch unter dem Kneipenpersonal zu finden, das in immer neuen Gruppen aus dem Kuppelgebäude quoll, Antigravscheiben mit Gläsern und Bechern darauf vor sich herschob und ausschwärmte, um für Nachschub zu sorgen. Diese Gestalten – Rhodan scheute davor zurück, sie einfach als Kellner zu bezeichnen, denn damit wäre er ihrer aufopferungsvollen Tätigkeit kaum gerecht geworden – waren in jeder Beziehung grotesk. Es gab eine organische und eine mechanische Komponente. Erstere wurde präsentiert durch Dutzende von Matten-Willys von der Hundertsonnenwelt, die die phantastischsten Körperformen angenommen hatten und sich mit unglaublicher Geschicklichkeit Wege durch das Chaos bahnten. Dabei fanden sie nicht nur Zeit für ihre eigentliche Aufgabe, die Verteilung von Getränken, sondern sie führten jeweils einen größeren Becher für den eigenen Bedarf mit, dessen Inhalt sie mit deutlich sichtbarer Wollust auf sich selbst ausschütteten. Das war nicht ohne Folgen geblieben, denn einige der Plasmawesen fühlten sich ganz offensichtlich nicht mehr in der Lage, der Arbeit, für die man sie angeworben hatte, nachzukommen. Sie mischten sich unter die Besucher des Festes und nahmen mit Eifer an allen Vergnügungen teil. Rhodan fiel ein Matten-Willy auf, der eine halbwegs humanoide Gestalt mit unproportional ausgestatteten weiblichen Attributen angenommen hatte und aus zwei häßlichen Stielaugen zuschaute, wie vier rothaarige Springer um ihn kämpften.

Die mechanische Komponente bestand aus alptraumhaften Gebilden, deren Wiege ohne Frage drüben im Roboterfriedhof stand und die von Leuten zusammengebaut worden sein mußten, die eher Karikaturisten als Kybernetiker waren. Auch in ihren Reihen waren Verluste zu beklagen, aber hier war der Grund Funktionsuntüchtigkeit.

„Ja“, sagte Rhodan, „zweifellos ist es *hier*.“

„Der Besitzer dieser Spelunke ist ein gewisser Cafana Velarde“, verkündete Chart Willioms. „Er ist ein schmutziger, fetter alter Mann, aber lassen Sie sich davon nicht täuschen. Er ist so listig und niederträchtig, wie ein Mann nur sein kann – und er hat nicht einmal eine Lizenz für den Laden dort unten.“

„Das brauchen Sie mir nicht zu sagen“, erwiderte Oberst Parral inbrünstig. „Ich *weiß* es.“

„Nun gut“, bemerkte Rhodan gelassen, „ich werde jetzt landen.“

Willioms zuckte in seinem Sitz zusammen, und sein Gesicht wurde noch um eine Spur blasser.

„Sie werden doch nicht . . . Sie werden doch nicht . . . in diesem Sumpf?“

Rhodan musterte ihn gründlich.

„Haben Sie uns nicht alarmiert, daß wir dieser Sache nachgehen?“ erkundigte er sich.

„Die MTC hat ein Monopol für alle Vergnügungsstätten auf dem Mars“, erklärte Willioms. „Dafür haben wir große Summen investiert. Das da unten gehört nicht zu unseren Betrieben, das ist auch gar nicht unser Stil. Sie wissen außerdem, daß die private Wiederaufrüstung verschrotteter Roboter verboten ist. Dort unten aber laufen ganze Armeen gefährlicher Wracks herum.“

„Wir werden der Sache nachgehen“, versicherte Parral, denn

Rhodan schwieg zu den Worten des Generalbevollmächtigten. In der Stimme des Obersts schwang ein verhaltener Groll mit, den er offenbar schon länger mit sich herumtrug.

Parral war vielleicht achtzig Jahre alt, groß und schlank, er trug sein strohblondes Haar so lang, daß sein verkrüppeltes linkes Ohr darunter verborgen blieb.

Willioms sah zwischen den beiden unsicher hin und her.

„Wir konnten nicht wissen, daß Sie sich selbst um diese Angelegenheit kümmern würden, Großadministrator", sagte er schließlich zu Perry Rhodan.

„Sie können beruhigt sein", antwortete Rhodan. „Es geht mir weniger um die Interessen der MTC als darum, einen alten Freund wiederzufinden, den wir seit zwei Jahren vermissen und bisher vergeblich gesucht haben."

Willioms setzte zu einer Entgegenung an, doch in diesem Augenblick erhob sich unter dem zur Landung ansetzenden Shift vielstimmiges Gebrüll. Die Menge hatte die gepanzerte Flugmaschine entdeckt und begrüßte sie mit Beifall oder Mißfallenskundgebungen, je nachdem, welche Beziehung das betreffende Wesen zum Solaren Imperium hatte. Daran, daß der Shift für das SI unterwegs war, bestanden keine Zweifel, denn am Bug befand sich ein überdimensionales Emblem des SI.

Rhodan landete in einer Meute wogender Körper; daß dabei niemand verletzt wurde, war einer fliegerischen Meisterleistung zu verdanken. Kaum, daß die Maschine aufgesetzt hatte und ihre Aggregate verstummten, umringte ein halbes Hundert verschiedenartiger Wesen den Landeplatz. Ein Unither preßte seinen Rüssel gegen die Transparentkuppel und starrte auf Willioms, der entsetzt zurückwich. Auf der anderen Seite kroch ein Matten-Willy den Shift hinauf, verwandelte sich in einen badetuchgroßen Fladen und floß langsam wieder zurück.

„Mein Gott!" stöhnte Willioms entsetzt. „Ich fürchte, sie haben mich erkannt. Ich kann den Shift unmöglich verlassen."

„Sie haben doch nicht etwa die Hosen voll?" erkundigte Rhodan sich spöttisch.

„Sie wissen ja nicht, was bei meinem letzten Besuch hier passiert ist", jammerte der Generalbevollmächtigte. „Sie haben mich verprügelt, mir die Stiefel abgenommen und mich auf die Straße nach Mars-Port gejagt, wo ich das Glück hatte, vom Fahrer eines Transporters mitgenommen zu werden. Ich kann mich freuen, noch am Leben zu sein."

Rhodan ließ sich durch nichts anmerken, ob er diese Freude teilte, sondern begab sich in Begleitung Parrals zur Schleuse. Willioms folgte den beiden anderen nur zögernd und achtete darauf, daß er genau hinter ihnen blieb.

Rhodan ließ die Schleuse einen Spalt breit aufgleiten, streckte den Kopf ins Freie und rief: „Welcher von euch dreimal verdammten Halunken ist in der Lage, mir eine vernünftige Auskunft zu geben?"

Einen Augenblick Stille. Aber dann: ein Aufschrei aus einem halben hundert Kehlen (oder äquivalenter organischer Einrichtungen) deutete an, daß sich jedermann dort draußen trotz seines desolaten Zustands befähigt fühlte, vernünftige Auskünfte zu geben. Es hob eine schnell heftiger werdende Diskussion darüber an, wer mit den Ankömmlingen sprechen sollte, und wenige Augenblicke später war rund um den Shift eine Massenkeilerei in Gang. Die weiter hinten Stehenden, die eben erst nähergekommen waren und nicht wußten, worum es ging, schrien sich heiser, um möglichst schnell aufgeklärt zu werden.

Ein Matten-Willy, der schneller reagierte als alle anderen, glitt über die ineinander verkeilten Körper der Streitenden hinweg und baute sich vor der Schleuse des Shifts zu etwas auf, das schemenhaft an einen Menschen erinnerte.

„Ich bin Achtzehn-Blicke!" krähte er.

Das eine Pseudo-Auge, das er dabei bildete, sprach seiner Behauptung Hohn und entlarvte sie als eine kaum noch zu überbietende Übertreibung.

„Was, zum Teufel, feiert ihr überhaupt?" wollte Rhodan wissen.

„Die Neue Philosophie von Krisenbart“, ließ sich Achtzehn-Blicke vernehmen.

„Wer ist Krisenbart, und was soll dieses Gerede von einer neuen Philosophie?“ flüsterte Parral an Rhodans Seite.

Rhodan warf ihm einen warnenden Blick zu.

„Fragen Sie um Himmels willen nicht danach“, beschwor er den Oberst. „Man wird Sie in eine Diskussion verwickeln, aus der Sie ohne Waffengewalt nicht mehr entkommen. Wenn es um ihre kreativen Fähigkeiten geht, sind diese Plasmawesen unberechenbar.“ An Achtzehn-Blicke gewandt und mit lauterer Stimme fuhr er fort: „Wir wollen die Feierlichkeiten nicht stören, denn wir sind lediglich hier, um mit Cafana Velarde zu sprechen. Können Sie uns sagen, wo wir ihn finden?“

Unglücklicherweise rief Willioms in diesem Augenblick: „Eine Philosophie? Bei dieser Konfusion, das ist ja lächerlich.“

Irgend jemand vor dem Shift schnappte diese Äußerung auf und gab sie an jemand weiter, der noch in der Lage war, sie zu verstehen. In welch entstellter Form Willioms' Worte schließlich die Runde machten, blieb für immer unerklärt, aber die Wirkung war dramatisch.

Stille senkte sich über den freien Platz, nur unterbrochen vom Klirren der Gläser, die von den unermüdlichen Robotern noch immer verteilt wurden. Die Roboter schienen die einzigen zu sein, die sich von der Bemerkung über Krisenbarts Philosophie nicht persönlich angegriffen fühlten.

Aus der Stille heraus entstand ein dumpfes Grollen wie ferner Donner, und dann schwappte die empörte Menge wie eine Woge aus Leibern über den Shift hinweg. Dabei steigerte sich das Grollen je nach Beschaffenheit der einzelnen Angreifer zu hysterischem Gekreische, dumpfem Gefluche, schrillem Jammern und wildem Gekrächze.

Wie von einer Bogensehne entlassen, schnellte Achtzehn-Blicke durch den Spalt in die Schleusenkammer und stülpte sich über Rhodan, bevor dieser das äußere Tor wieder schließen konnte. Ein Knäuel von Körpern drängte hinterher und warf sich auf Parral, der Rhodan gerade zu Hilfe kommen wollte. Der Oberst kam zu Fall und verschwand unter einem Wust von Angreifern. Auf diesem Turm thronte ein Matten-Willy und schrie verzückt: „Ich habe ihn!" und das, obwohl er Parral vermutlich nicht einmal sehen konnte.

Lediglich Willioms gelang es, bis in die Zentrale des Shifts zurückzuweichen. Dort blieb er hoch aufgerichtet stehen und sagte mit komischer, aber nichtsdestoweniger beeindruckender Würde: „Ich bin der Generalbevollmächtigte der MTC, wer mich anrührt, wird dafür bezahlen müssen."

Tatsächlich brachte diese Haltung die Woge zum vorübergehenden Stillstand, wenn auch nur für einen Augenblick, und als sie sich wieder in Bewegung setzte, tat sie das mit viel größerer Heftigkeit als zuvor. Das lag daran, daß immer neue Wesen durch die Schleuse ins Innere des Shifts quollen. Darunter befand sich ein skurril geformter Roboter, der ein Tablett mit Gläsern hoch über seinem Kopf balancierte und das Kunststück fertig brachte, nichts zu verschütten.

„Nachschub!" quäkte er mit blechern klingender Stimme. „Hier kommt Nachschub."

Niemand beachtete ihn. Draußen strömten immer weitere Raumfahrer zusammen, und die am häufigsten gestellte Frage bei den Wesen rund um den Shift war: „Was ist hier überhaupt los?"

Längst hatte man vergessen, daß eine Beleidigung gegen Krisenbarts Neue Philosophie diesen Vorgang ausgelöst hatte.

Inzwischen war Willioms halb erdrückt worden, aber er ruderte mit den Armen wie gegen einen wilden Strom und erreichte somit wenigstens einen Zustand, den man getrost als halbe Freiheit bezeichnen konnte.

„Hinaus!" donnerte er. „Die MTC wird dafür sorgen, daß keiner von euch jemals wieder einen Fuß auf diesen Planeten setzt."

Angesichts der Tatsache, daß die im Zustand höchster Erregung befindliche Menge nach Herzenslust auf allem herumtrampelte und zwar mit *beiden* Füßen, war dies eine Drohung, die bei allen, die sie überhaupt hörten und verstanden, Hohngelächter hervorrief.

Willioms wurde von den Beinen gerissen, in die Höhe gehoben und über die Köpfe der Eindringlinge hinweg in Richtung Schleuse befördert. In der Schleusenkammer stand breitbeinig ein Überschwerer, der bei Willioms Anblick ein dumpfes „Ho!" ausstieß, was ebenso Mißfallen wie Genugtuung ausdrücken konnte. Er packte den Generalbevollmächtigten, quetschte ihm sämtliche Rippen und sprang mit ihm ins Freie hinaus, wobei er ein paar Umstehende einfach mit sich riß. Der skurril geformte Roboter befand sich unter ihnen und machte verzweifelte Anstrengungen, Willioms eines der Gläser zu reichen, die immer noch wie festgeschweißt auf dem Tablett standen.

„Nachschub!" quäkte er. „Hier kommt Nachschub."

Willioms wandte sich angeekelt ab und entdeckte dabei Rhodan und Parral, die sich im Zentrum zweier wild gestikulierender und schreiender Gruppen von Raumfahrern befanden und von diesen in Richtung des Kuppelgebäudes weggeschleppt wurden.

Willioms schwor sich, sollte er jemals wieder mit heiler Haut diesem Tollhaus entkommen, das ganze Gelände des Raumschiffs- und Robotfriedhofs einebnen und weiße Birken darauf anpflanzen zu lassen. Dabei war er sich durchaus darüber im klaren, *wie* weit er in diesem Moment von der Realisierung eines derartigen Planes entfernt war.

Während sich die drei Gruppen mit unterschiedlicher Geschwindigkeit auf das Zentrum des Unheils, die Kuppelkneipe, zubewegten, erschien in deren Haupttor ein Matten-Willy, der sich vier stelzenähnliche Beine, einen Rückenhöcker und eine Nase wie ein Tennisball hatte wachsen lassen. Willioms hätte keine Sekunde gezögert, dieses Wesen von der Hundertsonnenwelt als das häßlichste Geschöpf zu bezeichnen, das ihm je unter die Augen gekommen war, wenn ihm im Griff des Überschweren auch nur ein Ton über die Lippen gekommen wäre. Der

Generalbevollmächtigte schien jedoch der einzige zu sein, der die Erscheinung auf diese Weise beurteilte, denn bei den Feiernden auf dem freien Platz löste sie Begeisterung, ja, Entzücken aus. Am schlimmsten gebärdeten sich die Matten-Willys.

Das Plasmawesen mit dem Rückenhöcker breitete etwas aus, was entfernt an zwei Arme erinnerte. Diese Geste brachte die Feiernden zum Verstummen.

„Der Häuptling hat mit mir über die Neue Philosophie gesprochen“, sagte der Matten-Willy mit einer Stimme, die von irgendwoher aus dem Rückenhöcker kam. „Ich bin zu dem Entschluß gekommen . . .“ Er unterbrach sich und stutzte, denn in diesem Augenblick waren die drei Gefangenen so dicht bis an die Kuppel transportiert worden, daß er ihrer ansichtig wurde. Ihr Anblick veranlaßte ihn dazu, ein blasses Stielauge auszufahren und es hin und her zu bewegen – von Willioms zu Parral, von Parral zu Rhodan.

„Ihr Narren!“ keuchte er. „Seht ihr nicht, daß ihr den Großadministrator gefangengenommen habt?“

Während Willioms noch voll gekränkter Eitelkeit trübsinnige Überlegungen anstellte, warum man Rhodan und nicht *ihn* erkannt hatte, begannen die solcherart Kritisierten zu reagieren. Willioms wurde davon am härtesten getroffen, was an seinem exponierten Aufenthaltsort lag. Der Überschwere ließ ihn los, und er stürzte zu Boden. Für Rhodan und Parral bildeten sich Gassen in Richtung der Kuppelkneipe. Willioms rappelte sich auf, klopfte den Staub aus seinen Kleidern und eilte, verfolgt von dem Roboter mit dem Tablett voller Gläser, den beiden anderen Männern nach.

„Stellen Sie sofort fest, wer *das da* ist!“ forderte er, nachdem er Rhodan eingeholt hatte, und deutete dabei auf den Matten-Willy mit dem Rückenhöcker und der Tennisballnase.

Die gedankenlos und im übertriebenen Beamteneifer hervorgestoßene Frage genügte, um ihn die gerade zurückgewonnene Freiheit wieder verlieren zu lassen.

„Er kennt Krisenbart nicht!“ rief ein in der Nähe stehender Matten-Willy.

„Was?“ heulte eine Meute von Plasmawesen, die gerade aus der Kuppel kamen, um die Feiernden erneut zu versorgen. „Er kennt Krisenbart nicht?“

Willioms begriff, daß er sich einer unerhörten Blasphemie schuldig gemacht hatte, und sann auf Flucht. Er hatte noch keine drei Schritte gemacht, als er bereits wieder von Plasmawesen umkreist war.

Rhodan wandte sich an Krisenbart.

„Sie sollen ihn loslassen“, verlangte er ruhig.

Krisenbart hob sein Auge, das schon wieder herunterhing wie ein feuchter Lappen, und überblickte die Szene mit der Gelassenheit eines Feldherrn.

„Laßt ihn los!“ quiekte er.

Kaum daß er richtig Atem schöpfen konnte, hob Willioms an, seine Widersacher erneut zu beschimpfen und ihnen alle erdenklichen Strafen in Aussicht zu stellen.

„Wenn Sie nicht sofort still sind“, schnitt Rhodan ihm das Wort ab, „überlasse ich Sie diesen Burschen und schließe fünf Minuten die Augen.“

Willioms war zweifellos ein Mann, den der Umgang mit Zahlen, Verordnungen und geldgierigen Vorgesetzten zu einem phantasielosen Menschen gemacht hatte, aber sich vorzustellen, was in solchen fünf Minuten mit ihm geschehen würde, bereitete ihm keine Mühe. Er erbleichte bis unter die Haarwurzeln und schwieg.

Rhodan wandte sich wieder an den Matten-Willy mit dem Rückenhöcker.

„Du bist also Krisenbart“, stellte er fest.

„So ist es“, versetzte der Matten-Willy. „Ich bin froh darüber, daß die Kunde über die Neue Philosophie bereits über den vierten Planeten des Solsystems hinausgedrungen ist und ihre Anhänger selbst unter den führenden Leuten der Administration gefunden hat.“

„Was?“ ächzte Parral ungläubig. „Was redet er da?“

„Seien Sie ebenfalls still, Oberst!“ verwies ihn Rhodan. Seine nächsten Worte waren wieder an das Plasmawesen gerichtet. „Für einen Außenstehenden ist der philosophische Charakter dieser Veranstaltung schwer zu erkennen. Mir scheint die bacchantische Note zu überwiegen.“

Dort, wo ein scharfer Beobachter mit einiger Anstrengung die Stirn des Matten-Willys ausgemacht hätte, bildete sich eine steile Falte. Eindeutig wußte Krisenbart nicht, was bacchantisch bedeutete, und ebenso eindeutig zögerte er, in Gegenwart der vielen ihn bewundernden Artgenossen diese Unwissenheit einzugestehen.

Schließlich rang er sich zu der Äußerung durch: „Damit könnten Sie recht haben.“

Rhodan versuchte, an Krisenbart vorbei ins Innere des Gebäudes zu blicken, denn das Tor stand offen. Dunst und schlechte Beleuchtung verhinderten jedoch, daß er irgend etwas erkannte.

„Bist du hier der Boß?“ fragte er Krisenbart.

„Bestimmt nicht“, wies Krisenbart diese Vermutung weit von sich. „Ich bin der Chefphilosoph der auf dem Mars arbeitenden Matten-Willys. Sie wissen genau, daß wir keine hierarchisch gegliederte Gesellschaftsordnung in Ihrem Sinn kennen.“

Parral wollte aufbrausen, aber Rhodan legte ihm eine Hand auf den Arm und sagte beschwichtigend: „Lassen Sie mich nur machen, Oberst.“

„Ich möchte darauf hinweisen, daß es auf dem gesamten Mars keinen offiziell angestellten Matten-Willy gibt“, warf Willioms, der offenbar wieder Mut gefaßt hatte, hastig ein.

In Krisenbarts kümmerlichem Auge entstand ein lauernder Ausdruck.

„Wollen Sie etwa andeuten, daß wir Schwarzarbeiter sind?“

Der Generalbevollmächtigte war drauf und dran, dies mit Nachdruck zu bestätigen, empfing aber einen derben Rippenstoß Rhodans, der ihn wieder verstummen ließ.

„Wessen Angestellte seid ihr?“ erkundigte sich Rhodan.

Krisenbart deutete mit einem Pseudohändchen dorthin, wo gerade eine Dunstwolke ins Freie schwebte.

„Cafana Velardes“, antwortete er.

„Der alte Strolch betreibt vermutlich einen flotten Sklavenhandel“, sagte Parral wütend. „Ich möchte nicht wissen, was er schon alles angerichtet hat. Es wird Zeit, daß wir ihm das Handwerk legen. Ausschank ohne Lizenz, Ausnutzung ethnischer Minderheiten und Verstoß gegen die Roboternutzungsgesetze sollten wohl ausreichen, um ihm eine saftige Strafe aufzubrummen.“

„Meint er mit der ethnischen Minderheit uns?“ fragte Krisenbart beeindruckt.

„Ja“, nickte Rhodan. „Ich möchte mit Velarde sprechen.“

„Natürlich“, sagte Krisenbart. „Folgen Sie mir.“

Er drehte sich um die eigene Achse und ging auf das Tor zu. Rhodan und seine beiden Begleiter folgten ihm – Willioms mit deutlich erkennbarem Zögern.

„Wir sollten nicht da hineingehen“, beschwor er Rhodan. „Wer weiß, mit welchen Niederträchtigkeiten wir dort drinnen rechnen müssen.“

„Sie können ja hier draußen auf uns warten“, schlug Rhodan vor.

Willioms warf der vor dem Kuppelgebäude versammelten Menge einen einzigen Blick zu und entschied, daß keine noch so große Bedrohung im Innern der Kneipe ihm so gefährlich werden könnte wie seine Anwesenheit ohne Rhodans Schutz unter den Raumfahrern, Matten-Willys und Robotern.

Parral nestelte an seinem Gürtel.

„Was machen Sie da?“ erkundigte sich Rhodan.

„Der Paralysator“, erklärte der Oberst. „Für alle Fälle.“

„Werden Sie nicht kindisch“, ermahnte ihn Rhodan.

Sie betraten den Innenraum, und ein schwer definierbarer Gestank schlug ihnen entgegen. Unter drei tief hängenden Deckenlampen standen fünf Reihen einfacher Tische mit Sitzbänken. Im Hintergrund war eine Art Theke aufgebaut, an der einige Gestalten mehr hingen denn standen. Weiter rechts hämmerte ein Ferrone auf die Tasten einer Multi-Orgel und entlockte ihr unmelodische Töne, zu denen eine Gruppe von Akonen sang und tanzte. Am Ende des am weitesten links stehenden Tisches hockte ein Blue und versuchte, die Tischecke mit einem Vibratormesser abzusäbeln. Hinter der Theke stand ein riesiger Ertruser und füllte Becher und Gläser, die von hin und her eilenden Matten-Willys und Robotern vor ihm abgestellt wurden. Dabei brüllte er unablässig seinen Kummer darüber hinaus, wie langsam und schlampig das Personal doch sei und was er mit jedem einzelnen anstellen würde, wenn er nur endlich Zeit dazu finden würde.

„Das ist Karrel", erklärte Krisenbart. „Mit ihm müssen Sie reden."

Karrel trug weiter nichts als eine speckig glänzende Hose und ein Unterhemdchen, das von seinen prallen Muskeln fast gesprengt wurde. Parral stolperte über eine am Boden liegende Gestalt. Willioms zog ein Tuch aus der Tasche und preßte es wie einen Filter vor die Nase.

Parral, der offensichtlich unter dem Zwang stand, Initiative zeigen zu müssen, baute sich vor der Theke auf und fragte drohend: „Bist du Karrel?"

Der Ertruser unterbrach seine wüsten Beschimpfungen und blickte Parral von oben herab an.

„Wer will das wissen – du etwa?"

„Ich bin Zachary Parral", entgegnete Parral verbissen. „Oberst der Solaren Flotte und Sonderbevollmächtigter der Administration von Imperium-Alpha."

Karrel schien zu denken, der Besucher habe einen Scherz gemacht, denn er grinste breit und schob Parral einen Becher über den Thekenrand.

„Gut", brummte er. „Dann trink einen auf mich."

„Ich trinke nicht", verkündete Parral. „Wir sind gekommen, um Cafana Velarde zu verhaften."

„Davon kann keine Rede sein“, versicherte Rhodan schnell, aber es war bereits zu spät.

Der Riese hinter der Theke stieß ein brüllendes Gelächter aus, dann griff er Parral am Kragen der Uniformjacke und zog ihn mühelos zu sich hinter die Theke.

Ein Matten-Willy schob sich an Rhodan vorbei und stellte seine leeren Gläser ab.

„Warum machst du nicht weiter?“ erkundigte er sich bei dem Ertruser.

„Hör auf zu nörgeln“, sagte Karrel, ohne Parral loszulassen. „Der hier will Cafana verhaften.“

„Wir wollen lediglich mit dem Häuptling sprechen“, mischte sich Rhodan ein, um den Groll des Ertrusers gegen Parral zu dämpfen.

Ein Matten-Willy in Fladenform kam um die Thekenecke geflossen.

„Wer spricht hier über den Häuptling?“ erkundigte er sich.

„Ich“, sagte Rhodan.

Nun wurde Karrel auch auf ihn aufmerksam.

„Bist du es oder siehst du nur so aus?“ wollte er wissen.

„Ich bin es“, antwortete Rhodan. „Sei so nett und gib meinen Begleiter jetzt frei, er hat schließlich nur seine Pflicht getan.“

Karrel schwang Parral vor die Theke und setzte ihn dort so unsanft ab, als wollte er ihn in den Boden rammen.

„Es wird nicht so ohne weiteres möglich sein, den Häuptling zu sprechen“, sagte der fladenförmige Matten-Willy.

„Ich bin ein alter Freund von Redhorse“, beeilte Rhodan sich zu versichern.

„Redhorse, Redhorse?“ wiederholte das Geschöpf von der Hundertsonnenwelt, als wüßte es mit diesem Namen nicht allzuviel anzufangen.

Rhodan war irritiert. Er beschloß, von nun an behutsamer vorzugehen, denn er ahnte, daß ihm noch Informationen fehlten, um sich ein genaues Bild machen zu können.

Karrel beugte sich weit über die Theke.

„Du solltest zunächst einmal mit Velarde reden“, schlug er vor.

„Dazu sind wir hier“, meinte Rhodan. „Wenn jemand die Güte hätte, uns zu Velarde zu bringen oder ihn herzuholen.“

Der Ertruser rief zwei Arkoniden herbei und befahl ihnen, seine Arbeit vorübergehend zu übernehmen. Er erteilte ihnen Anweisungen und gute Ratschläge, die darin gipfelten, daß er sagte: „Paßt auf, daß ihr nichts von diesem Zeug verschüttet.“

Daß er an seinem Platz einen regelrechten See hinterließ, schien ihn dabei nicht zu stören.

„Wie lange wird die Feier noch dauern?“ erkundigte sich Willioms vorsichtig.

„Feier?“ echote Karrel. „Das ist eine Hundertsonnenweltorgie, du Zwerg.“

„Das weiß ich“, erwiderte Willioms tapfer. „Ich kenne auch den Anlaß – die Neue Philosophie Krisenbarts. Aber ich bin für dieses Gebiet verantwortlich und stelle fest, daß alles, was hier geschieht, illegal ist.“

Obwohl er den Mann nicht leiden konnte, begann Rhodan ihm wegen seiner Hartnäckigkeit Respekt zu zollen.

Karrel sah Willioms an, etwa so, wie man ein lästiges Insekt ansieht.

„Wie heißt du?“ erkundigte er sich erwartungsvoll.

„Brady“, sagte Rhodan schnell. „Er heißt Brady.“

„Aber nein!“ rief Willioms. „Mein Name ist Chart Willioms und ich bin der General . . .“

Weiter kam er nicht. Seine nächsten Worte gingen in Karrels Gebrüll unter.

„Dir haben wir also diesen Ärger mit den Behörden in Mars-Port zu verdanken, du plattfüßiger Wurm? All diese Anzeigen, Bespitzelungen und Formulare sind dein Werk?“

„Ich erkenne ihn wieder!“ schrie ein kahlköpfiger Ara dazwischen. „Es ist tatsächlich dieser Willioms, den wir schon einmal zum Teufel gejagt haben und der von seinem Büro aus Krieg gegen uns führt.“

Willioms reckte den Kopf.

„Ja“, nickte er. „Und ich werde diesen Sumpf hier trockenlegen.“

„Soll das heißen, daß es hier nichts mehr zu trinken gibt?“ fragte der fladenförmige Matten-Willy entsetzt und kroch dorthin, wo von einer tellergroßen Lache auf der Theke hellbraune Tropfen herabfielen.

Rhodan hob beide Arme und sagte: „Ich kann das alles klären.“

Sicher hätte niemand seinen guten Willen bezweifelt, aber mittlerweile hatte die kleine Gruppe die allgemeine Aufmerksamkeit erregt, und sogar die Raumfahrer, die an der Theke dösten, waren aufgewacht. Alles schrie wild durcheinander, mit dem Erfolg, daß Willioms' Worte schließlich für bare Münze genommen wurden. Die im Schankraum versammelten Wesen gebärdeten sich wie toll und spornten sich gegenseitig an, die auf der Theke stehenden Gefäße zu erreichen.

„Haltet ein!“ schrie Karrel. „Zum Teufel noch mal, haltet doch ein.“

Hinter der Theke war er ohne Zweifel eine Autorität, aber in diesem Augenblick war sein Einfluß auf ein Minimum gesunken.

Ein Mann mit roten Augen und wirr in der Stirn hängenden Haaren stieß Rhodan in die Seite und fragte: „Weißt du, was hier eigentlich los ist?“

Rhodan schüttelte den Kopf, packte Willioms an einem Arm und zog ihn aus der Reichweite der der Theke zustrebenden Menge. Parral hatte sich aus eigener Kraft in Sicherheit gebracht. Die Theke begann zu schwanken, als etwa zwei Dutzend aufgebrachter Raumfahrer Karrel dagegen drückten.

Ein klapprig aussehender Roboter, der aus mindestens zwanzig Wracks zusammengesetzt worden war, näherte sich mit einem leeren Tablett der Theke.

„So ist es immer“, bemerkte er melancholisch. „Die hier drinnen vergessen ganz, daß draußen auch noch welche sind.“

Er bohrte sich in die Menge hinein und war gleich darauf Rhodans Blicken entschwunden. Dafür tauchte Krisenbart wieder auf, seine Tennisballnase hatte er zurückgebildet und dafür ein zweites Auge geschaffen.

Rhodan grapschte nach ihm, seine Hand versank in der Körpermasse des Plasmawesens.

„Du wirst uns jetzt zu Velarde führen“, sagte er.

Krisenbart deutete mit einem Armansatz auf einen Seitengang neben der Theke, der tiefer in die Kuppel führte. Als die drei Männer ihm dorthin folgten, tauchte der klapprig aussehende Roboter wieder auf und schwang voller Stolz sein Tablett mit einem einzigen Glas darauf. Wie durch ein Wunder erreichte er den Ausgang und war gleich darauf verschwunden.

„Wer programmiert diese Klapperkästen?“ erkundigte sich Rhodan.

„Der Häuptling“, entgegnete Krisenbart. „Das heißt, er gibt die Anleitungen dazu.“

„Ich wußte nicht, daß Redhorse Kybernetiker ist“, bemerkte Parral stirnrunzelnd. „Andererseits gibt es nichts, was ich ihm nicht zutrauen würde.“

Rhodan erinnerte sich der Tatsache, daß Redhorse mindestens einhundertzwanzig Jahre oder noch älter sein mußte. Obwohl *alles* dafür sprach, begann Rhodan zu bezweifeln, daß sie den Cheyenne tatsächlich gefunden hatten. Möglicherweise hatte Redhorse den Laden nur gegründet und war dann wieder untergetaucht. In Cafana Velarde hatte er zweifellos einen Geschäftsführer ganz nach seinem Geschmack.

„Wenn wir ihn wirklich finden, wird er sich weigern, mitzukommen“, meinte Parral. „Er hatte schon immer einen eigenen Kopf.“

„Die Flottenführung hat ihn schlecht behandelt“, entgegnete Rhodan. „Niemand hat seine Verdienste respektiert, und so ist es kein Wunder, daß er auf seine Weise gegen unsere knochentrockene Bürokratie rebelliert.“

Rhodan bedauerte, daß er nicht früher Gelegenheit gefunden

hatte, sich um das Schicksal des Häuptlings zu kümmern. Es hatte viel Zeit und Anstrengungen erfordert, Redhorses Spur überhaupt zu finden. Redhorses letzter offizieller Auftrag lag Jahre zurück. Damals hatte der Cheyenne neue Robotmodelle der *Whistler-Company* auf dem Planeten KITCHEN II im galaktischen Sektor WEST-849-Grün testen sollen und war dabei auf eine einsame Sternenstadt gestoßen. Schon bald nach ihrer Rückkehr zur Erde waren Redhorse und Velarde verschwunden; nur Parral stand aus Redhorses ehemaliger Mannschaft noch im Dienst der Flotte – mittlerweile Oberst wie Redhorse am Tag seines Abgangs.

Rhodan erinnerte sich, daß der Indianer immer sehr eigenwillig gehandelt und sich nie nach den Vorschriften gerichtet hatte.

Seine Gedanken wurden unterbrochen, denn Krisenbart hatte sie bis zum Ende des Ganges geführt. Vor ihnen befand sich eine Tür, die mit einem Vierzeiler beschriftet war. Rhodan las:

Besucher zeig deine Karte
dem berühmten Cafana Velarde!
Denn nur ganz Berühmte dürfen
mit Cafana Velarde 'was schlürfen.

„Unerhört!" schnaubte Parral. „Er hat wohl vergessen, wer er ist."

Rhodan reagierte wesentlich gelassener. Er zog eine Karte aus der Tasche und übergab sie dem geduldig wartenden Krisenbart.

„Gib ihm das!" forderte er den Matten-Willy auf.

Der Chefphilosoph der Matten-Willys auf dem Mars sank in sich zusammen, bis er so flach war, daß er durch einen Ritz unter der Tür in das angrenzende Zimmer fließen konnte. Obwohl der Lärm, der aus dem Schankraum in den Gang drang, beachtlich war, hörte man einen Aufschrei, dem ein dumpfes Klatschen folgte. Dann rief jemand eine Verwünschung.

„Ohne Zweifel“, stellte Parral verächtlich fest, „er ist es.“

Schlurfende Geräusche wurden hörbar, dann stieß jemand gegen ein Hindernis und heulte auf.

Schließlich wurde die Tür geöffnet, aber in der Füllung stand nicht der Mann, den Rhodan zu sehen erwartet hatte, sondern eines jener zusammengestoppelten Robotmodelle, denen Rhodan und seine Begleiter schon mehrfach begegnet waren. Das Ding, dem sich die drei Männer gegenübersahen, besaß einen ovalen Körper, zwei Stelzenbeine und den Kopf eines Kampfroboters vom Typ Gladiator. Seine Gelenke knackten bei der geringsten Bewegung.

„Ich bin BAS“, sagte der Roboter.

„Bas?“ echote Parral verständnislos. „Was ist das für ein seltsamer Name für einen Roboter?“

„BAS in Versalien“, sagte das Ding. „B-A-S, steht für Butler, Aufwartefrau und Sekretär. In diesen drei Funktionen tätig für Quartiermeister Velarde.“

„Quartiermeister?“ Parral bekam fast keinen Ton heraus. „Dieser Kerl, der es nach einem halben Jahrhundert Dienst in der Solaren Flotte nie weiter gebracht hat als bis zum Sergeanten?“

„Das sagt bestenfalls etwas über die Menschenkenntnis der Flottenführung aus“, versetzte BAS ungerührt.

„Nun gut“, sagte Rhodan sanft. „Wir wollen jetzt nicht darüber streiten. Wo ist er?“

Der Roboter gab den Eingang und damit den Blick in das Innere eines Raumes frei, der mit fremdartigen Dingen (Einrichtungsgegenständen von vielen Welten der Galaxis) so vollgestopft war, daß er auf Rhodan eher den Eindruck einer Rumpelkammer machte. Am auffälligsten war ein mitten in diesem Zimmer stehender Gegenstand, eine Komposition aus schwarzem Holz, rotem Samt und silberner Seide, in seiner Gesamtheit unschwer als eine schlecht gelungene Mischung aus Sessel und Bett zu erkennen. Auf dieser kitschigen Lagerstatt ruhte ein Mann, der seine gewaltige Körpermasse in einen blauen Hausmantel gehüllt hatte und genüßlich am Mundstück einer Wasserpfeife nuckelte. Das Alter des Mannes war schwer zu bestimmen, aber es lag vermutlich beträchtlich jenseits der Hundertergrenze.

Rhodan, Parral, Willioms und BAS traten ein.

Das fette Gesicht des Mannes verzog sich zu einem breiten Lächeln.

„Zach", sagte er zu Parral, „was bin ich froh, dich nach so langer Zeit zu sehen."

Parral holte tief Luft.

„Ich bin immer noch Mitglied der Solaren Flotte und wünsche als solches angesprochen und behandelt zu werden", erklärte er.

Velarde sah ihn interessiert an.

„Vermutlich bist du nun Admiral?"

„Nein", widersprach Parral, leicht aus der Fassung gebracht. „Ich bin Oberst."

Die kleinen Augen Velardes zuckten hin und her wie zwei Feuersteine.

„Hallo, Willioms", begrüßte er den Generalbevollmächtigten der MTC. „Machen Sie wieder einmal Jagd auf uns?"

„Wir sind ausschließlich wegen Redhorse hier", beeilte sich Rhodan zu versichern.

In Velardes Gesicht trat ein nachdenklicher, wehmütiger Zug.

„Der Häuptling", sagte er leise. „Ja, das waren noch Zeiten, als Don unter uns weilte."

„Was heißt das?" erkundigte sich Rhodan. „Jedermann hier spricht vom Häuptling, als sei Redhorse hier und würde Anweisungen geben."

Velarde richtete sich auf.

„Ich will Ihnen erzählen, was geschehen ist", kündigte er an. Er deutete auf Willioms. „Diesen Specht da schicken Sie besser hinaus. Was nun kommt, ist nicht für seine Ohren bestimmt."

„Würden Sie Oberst Parral und mich mit Velarde allein lassen?" wandte Rhodan sich an Willioms.

Der Generalbevollmächtigte wollte aufbrausen, besann sich jedoch nach einem Blick in Rhodans Augen eines Besseren und ließ sich von BAS hinausführen.

Eine eigentümliche Stille senkte sich über den Raum, das indirekte Licht wirkte plötzlich gedämpft, und mit einiger Phantasie konnte Rhodan sich vorstellen, wie die in dieser Umgebung zusammengetragenen Dinge eine Art Eigenleben gewannen und jedes für sich eine abenteuerliche Geschichte erzählte. Es war eine merkwürdige Atmosphäre, und sie wurde von so vielen Gegebenheiten ausgelöst, daß ihre Ursache nicht ergründbar war.

„Dieser Indianer", sagte Velarde in die Stille hinein, „hat stets sein eigenes Leben geführt, und niemand von uns kann behaupten, ihn jemals richtig verstanden zu haben. Vielleicht war ich lange genug bei ihm, um etwas von seiner Philosophie zu begreifen. Entweder resultierten seine Ansichten über dieses Universum aus den Mythen seines Volkes, oder er hat sie auf seinen Reisen durch den Weltraum gewonnen – entscheidend ist, daß er schließlich an einen Punkt gelangte, wo die Transformation des Seins für ihn eine Notwendigkeit wurde."

„Eine Transformation des Seins?" wiederholte Rhodan. „Wohin?"

Velardes Blicke waren in die Ferne gerichtet.

„Am besten, ich erzähle alles der Reihe nach, von jenem Tag an, da Redhorse nicht mehr bereit zu sein schien, mit einem von uns zu sprechen . . ."

Es war einer jener unfreundlichen Marsmorgen mit der programmierten Kühle einer künstlich aufgebauten Atmosphäre und dem kaum spürbaren Wind eines von Spezialsatelliten gesteuerten Klimas. Das Tor, das vom Schankraum nach draußen führte, stand offen, und das bernsteinfarbene Licht, das die Marsmorgen auszeichnete, fiel in einer breiten Bahn über zwei Tischreihen und den Boden zwischen ihnen.

Als Cafana Velarde sein Wohnzimmer verließ und den

Schankraum betrat, sah er die dunkle Silhouette eines am Boden sitzenden Menschen gegen das helle Rechteck des Tores. Die Haltung des Mannes, der da mit übereinander gekreuzten Beinen bolzengerade hockte, ließ unschwer erkennen, daß es sich um den Cheyenne handelte.

Zwei Matten-Willys und drei Roboter, die damit beschäftigt waren, den Schankraum zu säubern, verhielten sich auffallend leise und kurvten geschickt mit ihren Reinigungsgeräten um den Indianer herum.

„Guten Morgen, Don", sagte Velarde, vom Anblick Redhorses eigenartig berührt.

Er erhielt keine Antwort und ging zögernd auf den Mann zu. Redhorse saß mit dem Gesicht zum Ausgang gewandt da, unbeweglich wie eine Statue. Er schien regelrecht versteinert zu sein. Das bernsteinfarbene Licht lag auf seinem zerfurchten Gesicht.

Die Augen waren weit geöffnet und wirkten wie erloschen, und doch schienen sie Dinge zu schauen, zu denen Velarde keinen Zugang besaß.

Velarde ging an Redhorse vorbei zum Ausgang, sein Schatten fiel auf Redhorses Gesicht und ließ es düster erscheinen, wie eine uralte Maske.

„Don", sagte Velarde, „willst du nicht herauskommen und sehen, was für ein schöner Morgen das ist?"

Redhorse schwieg, und Velarde bezweifelte, daß der Mann ihn überhaupt wahrnahm. Der Indianer war dieser Umgebung auf eine Weise entrückt, daß Velarde ein Schauer über den Rücken lief. Plötzlich bekam Velarde Angst, daß etwas von dem, was Redhorse nun sah, sich in diesem Raum manifestieren könnte, irgend etwas Schreckliches aus einer anderen Welt.

Velarde räusperte sich.

„Geht jetzt hinaus", befahl er dem Reinigungstrupp. „Ihr könnt später weitermachen. Falls Gäste kommen sollten, schickt sie weg – wir halten heute geschlossen."

Wenig später war er mit Redhorse allein, aber wann immer er

ihn ansprach, er bekam keine Antwort. Velarde fragte sich, wie ein alter Mann überhaupt in dieser Haltung Stunde um Stunde dasitzen konnte. Zweifellos war der Cheyenne bereits in der vergangenen Nacht hergekommen.

Velarde zapfte sich ein Marsbier, aber er fand keinen Geschmack daran und stellte es zurück.

„Don“, sagte er leise und bedrückt, „ich weiß nicht, ob du mir überhaupt zuhörst, aber ich hoffe es. Nach allem, was ich über dich weiß, sieht das nach Abschied aus.“

Er begann, im Schankraum auf und ab zu gehen, jeder seiner Schritte klang hohl und erschien ihm übermäßig laut.

„Du warst immer mein Freund“, fuhr Velarde fort, „auch als du noch Oberst und ich Sergeant war. Ich meine, wir haben uns immer verstanden und sollten auch jetzt miteinander sprechen. Wenn du Probleme hast, können wir darüber reden.“

Stunde um Stunde verstrich. Das bernsteinfarbene Licht des Morgens wich dem typischen Grau des späten Nachmittags.

„Mein Gott“, sagte Velarde, „du kannst doch nicht für alle Zeiten hier sitzen bleiben, Don. Irgend etwas muß geschehen.“

Als die Dunkelheit hereinbrach, stand Redhorse plötzlich auf. Dafür, daß er schon so alt war und so lange ruhig dagesessen hatte, wirkten seine Bewegungen elastisch und kraftvoll. Nur in seine Augen kehrte nicht jener Glanz zurück, den Velarde kannte.

„Don“, sagte Velarde. „Was ist geschehen, Don?“

Redhorse antwortete nicht, sondern verließ die Kuppel. Velarde folgte ihm ins Freie und beobachtete, daß der Cheyenne alle erreichbaren Roboter zusammenrief und ihnen Befehle erteilte. Danach ging er in Richtung des Roboterfriedhofs davon. Velarde wollte ihm zunächst nachgehen, dann überlegte er es sich anders und holte einen der Roboter zu sich, mit denen der Cheyenne gesprochen hatte.

„Was wollte er von euch?“ fragte er aufgeregt. „Worüber hat er gesprochen?“

„Es geht um die Positronik im ehemaligen Schaltraum“, antwortete der Roboter. „Redhorse will, daß wir sie nach seinen Anweisungen erweitern und umbauen."

Velarde begann darüber nachzudenken, was das zu bedeuten hatte. Der ehemalige Schaltraum befand sich hinter Velardes Wohnzimmer. Dort war jene Positronik aufgebaut, die früher einmal an Bord der Korvette als Computer gedient hatte. Redhorse und Velarde benutzten die Anlage zur Führung ihres gemeinsam gegründeten Geschäfts, manchmal auch zu mathematischen Spielereien.

Immerhin, dachte Velarde erleichtert, schien Redhorse wieder Interesse an seiner Umgebung zu finden. Die Zuversicht des ehemaligen Sergeanten, daß Redhorse bald wieder der alte sein würde, hielt jedoch nicht lange an, sondern wich angesichts der Vorgänge, die sich in den nächsten Tagen ereigneten, schlimmen Befürchtungen.

Redhorse weigerte sich beharrlich, mit einem lebenden Wesen zu sprechen oder gar Auskünfte über seine Pläne zu geben. Lediglich mit den Robotern unterhielt er sich, aber diese erfuhren nur zusammenhanglose Details und begriffen nicht, was der Cheyenne vorhatte. Zwischen dem Kuppelgebäude und dem Roboterfriedhof wanderten Tag und Nacht Roboter hin und her, um Einzelteile herbeizuschaffen und ausgebaute Gegenstände wegzuschleppen. Velarde versuchte, die Kneipe in Redhorses Sinn weiterzuführen, wenn sich auch die Matten-Willys darüber beklagten, daß sie nun alle Arbeiten weitgehend allein verrichten mußten, weil der Cheyenne die Roboter voll und ganz für sich beanspruchte.

Es fiel Velarde schwer, seine Aufmerksamkeit auf das Geschäft zu konzentrieren. Immer wieder ging er in den ehemaligen Schaltraum, um zu sehen, was dort vor sich ging. Die Kuppel glich einer Baustelle, ohne daß erkennbar wurde, was Redhorse eigentlich vorhatte.

Die Gäste rätselten ebenfalls darüber, und immer wildere Gerüchte über Sinn und Zweck des Unternehmens kursierten zwischen dem Raumschiffs- und Robotfriedhof und Mars-Port.

Schließlich faßte Velarde sich ein Herz und sprach Redhorse abermals an.

„Don“, sagte er, „als dein Partner hätte ich eigentlich ein Recht darauf, zu erfahren, was hier vor sich geht.“

Redhorse sah an ihm vorbei – oder durch ihn hindurch – und reagierte nicht.

Velarde begann seinen Kummer zu ertränken, und als er sich einen gehörigen Rausch zugelegt hatte, glaubte er, der Lösung des Rätsels ganz nahe zu sein; zumindest fühlte er sich von einem bisher nie gekannten Verständnis für den alten Freund durchdrungen. Erfüllt von diesem schier überwältigenden Gefühl der Verbundenheit und der Zuneigung, begab er sich spät in der Nacht in den Schaltraum, um abermals einen Versuch zu unternehmen, Kontakt mit Redhorse zu bekommen.

Der Indianer war allein. Er war nackt und hatte seinen Körper mit grellen Farben beschmiert. Die Roboter waren nicht zu sehen, vermutlich hatte Redhorse sie hinausgeschickt. Die Positronik blinkte und glitzerte auf ihrer neu verkleideten Oberfläche, als wollte sie in ihrer Farbenpracht mit dem vor ihr hockenden Mann konkurrieren.

Redhorse hörte Velarde nicht hereinkommen, und dieser blieb, überwältigt von diesem unglaublichen Anblick, an der Tür stehen und starrte offenen Mundes auf das, was er nur allzu gern als eine Halluzination seines berauschten Gehirns abgetan hätte.

Zwischen dem Indianer und der Positronik fand eine Kommunikation statt, in einer Sprache, von der Velarde nur ein paar Brocken kannte, weil er sie im Umgang mit Redhorse aufgeschnappt hatte – im Dialekt der Oglalla.

Über eine Stunde sah und hörte Velarde zu, ohne auch nur das geringste zu verstehen, dann war er so weit ernüchtert, daß er den Mut fand, sich wieder zurückzuziehen. Er schloß die Tür hinter sich und begab sich in den Schankraum, wo ein übermüdeter Matten-Willy die letzten Gläser spülte.

„Du siehst aus, als hättest du den Kummer von hundert

Leuten", sagte der Bursche von der Hundertsonnenwelt teilnahmsvoll. Er hockte als dicker Klumpen auf der Theke. Aus dem Klumpen heraus ragte das, was das Wesen für seine Arbeit am dringendsten benötigte – zwanzig Ärmchen mit Greiflappen daran. Es sah aus, als jongliere der Matten-Willy mit den Gläsern.

„Im Augenblick habe ich einen Kater", gestand Velarde kläglich. „Und ich befürchte, daß ich in absehbarer Zeit verrückt werde, wenn ich nicht herausfinde, was Redhorse tut."

„Vielleicht bereitet er einen neuen Sonnentanz vor", vermutete der Matten-Willy. Er spielte dabei auf ein Ereignis an, das vor etwa vier Monaten anläßlich einer Hundertsonnenweltorgie stattgefunden hatte.

Velarde schüttelte den Kopf.

„Der findet nur einmal im Jahr statt", entgegnete er. Er ging zur Theke und blickte den Matten-Willy an. „Wer bist du eigentlich?"

„Ich bin Krisenbart", erklärte das Plasmawesen.

„Das Problem mit euch Jungens ist, daß man euch kaum voneinander unterscheiden kann", bekannte Velarde trübsinnig.

„Ich weiß", sagte Krisenbart.

„Du scheinst Redhorse ziemlich gut zu kennen", stellte Velarde fest.

„Ja", sagte Krisenbart zu Velardes Verblüffung. „Er unterhält sich oft mit mir."

„Du meinst in jüngster Zeit?"

„Nein, *vor* seiner Metamorphose."

Velarde verzog das Gesicht.

„Das ist keine Metamorphose, mein Freund, sondern eine seelische Krise."

Krisenbart stellte sieben Gläser mit Nachdruck auf den Thekenrand.

„Es ist eine Metamorphose."

„Gut, gut", besänftigte ihn Velarde. „Vermutlich hat er

dir irgend etwas erzählt, das dir Anlaß zu deiner Vermutung gibt.“

Der Matten-Willy füllte ein kleines Glas und schüttete sich dessen Inhalt über den Körper.

„He!“ protestierte Velarde automatisch. „Es ist nicht abgemacht, daß das Personal Sonderrationen bekommt.“

„Bei Überstunden schon“, verteidigte sich Krisenbart.

„Hast du eine Ahnung, wie das nun weitergehen wird?“ fragte der ehemalige Raumfahrer.

„Er wird uns verlassen und ins Reich des Wakan Tanka übergehen“, sagte der Matten-Willy.

Velarde stützte sich schwer auf die Theke, die unter seinem Gewicht ächzte.

„Das ist irgendein Gott, nicht wahr?“

„So würde es ein Mann deiner Art sehen. Es bedeutet aber, mit dem Universum im Gleichklang zu sein und zusammen mit dem Universum in einer Stimme zu sprechen. Es ist, die Sonnen zu hören und zu fühlen, es ist, die Materie zu verstehen, die durch uns über sich nachzudenken in der Lage ist.“

Diese Worte stimmten Velarde traurig, denn er hatte das sichere Gefühl, daß ihm etwas Kostbares entging, weil er nicht in der Lage war, für diese Dinge Verständnis zu empfinden.

Krisenbart unterbrach seine Arbeit, um zu sagen: „Ich glaube, ein Mann deiner Art würde sagen, daß Redhorse stirbt.“

Velarde fröstelte, und er floh in sein Wohnzimmer, um mit sich und seinen Gedanken allein zu sein. Wie aus weiter Ferne hörte er die fremdklingende Stimme des Indianers aus dem Schaltraum, und sie sprach von Dingen, die in Velarde so tief verschüttet waren, daß nichts sie freizulegen imstande gewesen wäre.

Diese Erkenntnis machte Cafana Velarde einsam.

Drei Wochen lang war Redhorse ausschließlich mit der Positronik beschäftigt, dann brach er diese Arbeit jäh ab und kam, als wäre nichts geschehen, zu Velarde in den Schankraum. Es war früher Nachmittag, und außer drei Akonen und einem Arkoniden-Pärchen hielten sich keine Gäste in der Kneipe auf. Karrel stand schläfrig hinter der Theke.

Velarde saß am Kopfende eines Tisches und sortierte Spielkarten, die in der vergangenen Nacht von fünf hitzköpfigen Springern durcheinandergebracht worden waren. Sie fielen ihm fast aus den Händen, als Redhorse sich zu ihm hinabbeugte und fragte: „Hast du einen Augenblick Zeit für mich, Caf?“

„Bei allen Planeten, ich dachte schon, du würdest niemals wieder mit mir oder einem anderen reden“, sagte Velarde.

Redhorse deutete mit dem Kopf in Richtung der hinteren Räume. „Gehen wir dorthin“, schlug er vor.

Sie begaben sich in den Raum, in dem Velarde all jene Schätze aufbewahrte, die sie von Gästen erhielten, die ihre Zeche nicht in der üblichen Währung bezahlen konnten.

„Du verdammter Armabschläger“, sagte Cafana gerührt. „Du brauchst mir nichts zu erklären. Ich bin froh, daß wieder alles in Ordnung ist und . . .“

Er unterbrach sich, denn er erkannte plötzlich, daß es nicht so war wie früher, daß es niemals wieder so sein würde.

„Meine Zeit ist gekommen, *wasicun*“, sagte Redhorse. „Ich werde das alles hier verlassen.“

Der ehemalige Sergeant schluckte schwer.

„Du willst mich im Stich lassen, Don? Das kannst du einfach nicht. Ohne dich ist dieser Schuppen nur die Hälfte wert, und du weißt das ganz genau. Was sollte ohne dich aus mir werden?“

„Es läßt sich nicht ändern“, versetzte Redhorse lakonisch.

Velarde kannte ihn lange genug, um zu wissen, daß es völlig sinnlos war, wenn man ihm in dieser Stimmung widersprach. Alles, was der Indianer tat und sagte, besaß den Status des Endgültigen.

„Es geht um die Transformierung meiner Person“, fuhr der Cheyenne fort. „Ich will versuchen, dir das zu erklären.“

„Lieber nicht“, meinte Velarde unsicher. „Ich würde es kaum verstehen und mir nur unnötige Gedanken um dich machen.“

„Ich habe bereits aufgehört, ein Teil dieser Welt zu sein", sagte Redhorse unbeirrt. „Was du hier vor dir siehst, ist weiter nichts als eine Hülle, eine Hülse für etwas, das zu dir spricht."

Der dicke alte Mann sah ihn von oben bis unten an.

„Du siehst immer noch aus wie Don Redhorse, und ich schätze, daß du es auch bist."

Redhorse sah ihn an, wie ihn noch niemals jemand angesehen hatte.

„Wenn ich weg bin", schlug Redhorse vor, „könnt ihr eine Hundertsonnenweltorgie feiern. Es wäre der richtige Anlaß."

„Dieser Ort wird ohne dich aussterben", prophezeite Velarde. „Sicher, es wird noch ein bißchen weitergehen, aber früher oder später werden sie uns den Laden schließen. Dieser Willioms von der MTC läßt uns jetzt schon keine Minute in Ruhe."

„Du mußt ihn verstehen", meinte Redhorse. „Er sieht in unserer Kuppelkneipe einen Ort, an dem Wüstlinge aller raumfahrenden Zivilisationen saufen und prügeln. Seine Abneigung gegenüber Alkohol ist durchaus berechtigt, du weißt ja, daß es früher damit oft Probleme gegeben hat."

„Aber hier . . .", stammelte Velarde.

„Du wirst ihm den Unterschied nicht klarmachen können, Dicker."

Redhorse griff in seine Jackentasche und zog einen kleinen Beutel hervor.

„Was ist das?" erkundigte sich Velarde.

„Eine Medizin", erklärte der Cheyenne. „Ich habe sie für dich gemacht. Du darfst den Beutel niemals öffnen, um nachzusehen, was darin ist, sonst verliert die Medizin ihre Kraft."

Er streckte einen Arm aus und berührte Velarde mit den Fingerspitzen an der Stirn. Dann drehte er sich um und ging ohne ein weiteres Wort hinaus. Velarde stand wie gelähmt da, der Beutel in seiner Hand schien immer schwerer zu werden. Schließlich stürmte Velarde in den Schankraum hinaus, aber Redhorse war nicht dort. Der dicke Mann rannte ins Freie, aber auch dort war der Cheyenne nicht zu sehen.

Velarde kehrte in das Kneipeninnere zurück.

„Ist Don vorbeigekommen?" fragte er Karrel.

Der Ertruser riß die Augen auf.

„Don?" wiederholte er verständnislos. „Nein, ich habe ihn nicht gesehen."

Velarde kletterte auf einen Stuhl und rief: „Hat jemand den Indianer gesehen?"

Niemand hatte Redhorse gesehen. Das konnte nur bedeuten, daß er nicht durch den Schankraum gekommen war. Vermutlich hielt er sich im Schaltraum auf. Velarde begab sich dorthin und klopfte an die Tür. Als sich nichts regte, öffnete er und trat ein. Niemand hielt sich im Schaltraum auf.

Velarde kehrte wie in Trance in den Schankraum zurück und ging zur Theke.

„Hast du schon einmal erlebt, daß sich jemand in Luft auflöst?" erkundigte er sich bei Karrel.

Der Ertruser dachte einen Augenblick nach, dann lächelte er verständnisvoll und sagte: „Ich hab's schon erlebt, wenn einer der Kerle, die hierher kommen, nicht zahlen konnte und sich heimlich verdrückte."

Velarde sah ihn böse an und bedachte ihn mit einer Verwünschung.

„Wenn jemand von euch hier Redhorse sieht, soll er mich benachrichtigen", rief er.

Dabei wußte er längst, daß sie Don Redhorse niemals wiedersehen würden, weder heute, noch an irgendeinem anderen Tag in der Zukunft *dieser* Welt.

„Und tatsächlich", schloß Cafana Velarde seinen Bericht, „hat ihn keiner von uns bis zum heutigen Tag wiedergesehen. Er ist wie vom Marsboden verschwunden."

Parral sagte ärgerlich: „Das ist die schlimmste Lügengeschichte, die ich jemals gehört habe, Sir. Und das will nach allem, was dieser Halunke schon alles erzählt hat, etwas heißen."

Rhodan schien nicht zuzuhören. Er war sehr nachdenklich geworden.

„Eines verstehe ich nicht", sagte er zu Velarde. „Wer ist dieser Häuptling, von dem hier immer wieder gesprochen wird?"

Velarde schüttelte verständnisvoll mit dem Kopf.

„Das ist der zweite geheimnisvolle Aspekt dieser Geschichte", sagte er. „Ich will Ihnen das ebenfalls . . ."

Er kam nicht dazu, diesen Satz zu vollenden, denn in diesem Augenblick wurde er von einem ohrenbetäubenden Krachen vor der Tür unterbrochen. Rhodan und Zachary Parral wechselten einen bestürzten Blick, während Velarde sich fluchend von seiner Liegestatt wälzte, einem fetten alten Walroß, das seinen Sonnenplatz am Ufer verläßt, nicht unähnlich.

„Das ist BAS", ächzte er atemlos.

„Schlimmer!" rief Rhodan. „Das ist Chart Willioms."

„Sie sind es beide", ergänzte Parral mit unbestechlichem Scharfsinn.

Rhodan warf sich herum und riß die Tür auf.

Vor ihm am Boden lag BAS. Chart Willioms hockte rittlings auf ihm und drosch mit den nackten Fäusten auf ihn ein. BAS ließ diese rüde Behandlung teilnahmslos über sich ergehen, ganz wie es seiner Sicherheitsprogrammierung entsprach.

Rhodan vermutete, daß er von Willioms zu Boden gerissen worden war.

„Willioms" sagte Rhodan. „Stehen Sie auf. Was geht hier überhaupt vor?"

„Er hat mich von der Tür weggerissen", beklagte sich Willioms.

„Er hat versucht zu lauschen", warf ihm BAS vor.

Velarde erschien an Rhodans Seite.

„Du bist still, BAS", befahl er.

„Mir ist jetzt klar, daß wir einen Haftbefehl gegen Redhorse ausstellen müssen", erklärte Willioms, nachdem er sich aufgerichtet hatte. „Ich habe fast alles gehört, was in diesem Zimmer gesprochen wurde. Wenn Sie denken, Velarde, daß Sie sich über die Behörden lustig machen könnten, haben Sie sich geirrt. Ich werde . . ."

„Halten Sie die Luft an!" empfahl ihm Rhodan. „*Ich* werde entscheiden, was in diesem Fall zu geschehen hat."

„Um so besser", meinte Willioms zufrieden. „Die Möglichkeiten der Administration sind wesentlich größer."

„Sie sollten sich keinen allzu großen Hoffnungen hingeben", warnte ihn Parral.

BAS stolzierte davon und verschwand im Zimmer Velardes.

„Wir können unser Gespräch nun fortsetzen", wandte Rhodan sich an den ehemaligen Sergeanten. „Sie wollten mir erklären, wer der Häuptling ist, von dem hier immer wieder gesprochen wird."

Velarde sah ihn abschätzend an, als müßte er eine schwerwiegende Entscheidung treffen.

„Ich werde Ihnen jetzt etwas zeigen", kündigte er an. „Sie können daraus alle möglichen Rückschlüsse ziehen und sich Ihre Gedanken machen. *Verstehen* werden Sie das alles aber doch nicht."

„Schon möglich", sagte Rhodan, der zu ahnen glaubte, was nun kommen würde.

„Es wird sinnlos sein, wenn Sie mir Fragen stellen", sagte Velarde. „Ich kann keine davon beantworten."

Er setzte sich in Bewegung und führte die drei Besucher zu einem zweiten Hinterzimmer. Als er die Tür öffnete, erkannte Rhodan, daß es sich um den ehemaligen Schaltraum handelte. Niemand hielt sich darin auf.

„Was sollen wir hier?" protestierte Chart Willioms. „Vermutlich soll all dieser Unsinn hier seine Fortsetzung finden."

Seine Aufmerksamkeit wurde von der Oberfläche einer Positronik abgelenkt, die an der dem Eingang gegenüberliegenden Wand aufgestellt war und über die nun farbige Lichtimpulse huschten.

Mit einer Stimme, die Rhodan bis in sein Inneres traf, sagte die Anlage: „Ich heiße euch willkommen, meine Freunde."

Velarde machte einen Schritt in den Raum hinein und schaute sich dann zu Rhodan um.

„Vermutlich haben Sie es bereits erraten“, sagte er schwer. „Wir stehen vor dem Häuptling.“

Epilog

Die Anlage wurde demontiert und in das Museum für Raumfahrt in Terrania gebracht. Nachdem man sie dort erneut aufgebaut hatte, schaltete sie sich sechsundzwanzig Jahre später selbständig ab, ohne daß ein Grund dafür erkennbar wurde und ohne daß es einem der Kybernetiker gelang, sie wieder zu aktivieren.

Von Don Redhorse wurde nie eine Spur gefunden ...

K. H. Scheer

Diplomatische Mission

Im Jahre 2909 n. Chr. starben in der Second-Genesis-Krise acht Mutanten und die Woolver-Zwillinge. Das Solare Imperium war unverhofft eines wichtigen Verteidigungsfaktors beraubt worden.

Die ehemaligen Kolonialsysteme befanden sich bereits zu dieser Zeit in innenpolitischen Schwierigkeiten. Die Autarkiebestrebungen waren seit vielen Jahren bekannt. Der Großadministrator des Solaren Imperiums, Perry Rhodan, und das Solare Parlament anerkannten die Freiheitsbestrebungen der Kolonistennachkommen, würdigten sie und gaben den Siedlernachkommen auf weit über tausend Sonnensystemen die volle Souveränität, sowie wirtschaftliche Hilfe in Billionenhöhe.

Die guten Beziehungen Terras zu den ehemaligen Kolonien erlitten jedoch einen katastrophalen Rückschlag durch das plötzliche Auftauchen diktatorisch orientierter Elemente, die die Menschenrechte ignorierten und ihre Völker unterdrückten.

Die Unzufriedenheit der Kolonistenabkömmlinge wuchs ins Grenzenlose; aber gegen die Strahlkanonen der neuen Diktator-Raumflotten war ein demokratisch orientierter Widerstand nicht mehr denkbar.

Der nosmonische Emporkömmling Shalmon Kirte Dabrifa, später „Imperator Dabrifa" genannt, hatte zum Beispiel bis zum Jahr 2913 614 Sonnensysteme annektiert. Perry Rhodan untersagte ein militärisches Eingreifen der Solaren Flotte, um den galaktischen Frieden zu wahren. Damit ging Dabrifas Spekulation auf.

Diese Novelle schildert die Erlebnisse einiger Menschen, die versuchen, die Diktatur des Dabrifa unter Vermeidung eines galaktischen Krieges zu beenden.

1.

„Es tut mir leid, Sir, aber ich muß aus sicherheitstechnischen Gründen auf meinem Verlangen bestehen."

Julian Tifflor, Marschall des Solaren Imperiums, derzeitiger Oberkommandierender der 38. Strategischen Abwehrflotte, drückte auf den Schwenkknopf in der rechten Pneumolehne seines Andrucksessels.

Unbewegten Gesichtes schaute er zu dem neben ihm stehenden Mann empor. Zahlreiche Beobachter im Bereich der Hauptsteuerzentrale hielten unwillkürlich den Atem an.

Kam es zu der erwarteten Auseinandersetzung zwischen Julian Tifflor und Galbraith Deighton oder nicht? Die Frage stand gewissermaßen im Raum. Beide Männer waren ranggleich – nämlich Solarmarschälle; allerdings mit dem Unterschied, daß Tifflor sowohl wesentlich älter an Lebens- als auch an Dienstjahren war. Galbraith Deighton sprach Tifflor daher mit „Sir" an – was Tifflor mit Gelassenheit akzeptierte.

Einem Irrtum unterlagen die Beobachter der kleinen Szene an Bord des neuen Ultraschlachtschiffs LEMURIA mit Sicherheit! Deighton wußte es mit der ihm naturgegebenen Begabung; Tifflor ahnte es.

Die Kontroverse betraf in diesem Fall keineswegs Kompetenzfragen unter zwei gleichrangigen Offizieren. Hier handelte es sich um das Psychoduell zwischen einem „Alteingesessenen" und einem Neuling. Nur darauf kam es an.

Tifflors Starren wurde von dem jungen, hochgewachsenen Mann mit Gefühlsruhe erwidert. Er blickte nicht weniger ausdruckslos drein als Julian Tifflor.

Niemand ahnte, daß Tifflor am Verlangen des neuen Oberbefehlshabers der Solaren Abwehr viel weniger Anstoß nahm als an dessen Ausdrucksweise. Das war es, was Tifflor an dem „neuen" Mann störte.

„... aus sicherheitstechnischen Gründen auf meinem Verlangen bestehen!" wiederholte Tifflor im Geiste.

Sollte man sich derart ausdrücken? Eigentlich nicht, konstatierte er. Nicht im Kreis jener Männer, die Perry Rhodan nahestanden.

Tifflor überwand sein Erstaunen; vielleicht war es auch eine leichte Bestürzung.

„Sie bestehen auf ihrem Verlangen", entgegnete er ironisch. „Darf ich Sie darüber aufklären, daß ich der Kommandeur der 38. Flotte bin? Wir haben das Normon-Sonnensystem in einer diplomatischen Mission angeflogen. Perry Rhodan konferiert zur Zeit auf der hiesigen Hauptwelt mit dem mächtigsten Mann der neuen Sternenreiche, mit Imperator Dabrifa. Dreihundert Persönlichkeiten des galaktischen Regierungsgipfels sind auf dem Planeten Nosmo eingetroffen. Besonders wir bemühen uns, die Unstimmigkeiten zwischen ehemaligen Kolonialterranern und deren Machthabern auf der Basis politischer Verhandlungen zu einer friedlichen Lösung zu bringen. Und unter diesen positiven Umständen verlangen Sie die Gefechtsbereitschaft der 38. Abwehrflotte; einer Flotte, die nur aus hochwertigen Neubauten mit überragend geschulten und kampferprobten Besatzungen besteht? Fordern Sie das wirklich?"

Galbraith Deighton, seit vier Jahren Chef der Solaren Abwehr, Erster Gefühlsmechaniker des Solaren Imperiums und Nachfolger des in der Second-Genesis-Krise umgekommenen Chefs der SolAb, Allan D. Mercant, erlaubte sich weder ein provozierendes Lächeln, geschweige denn eine ungehörige Bemerkung. Er blieb sachlich – und gegen Sachlichkeit konnte es kaum Einwände geben.

„Sir, die zirka dreihundert Regierungschefs oder deren unmittelbare Mitarbeiter haben es für richtig befunden, diese diplomatische Zusammenkunft mit Flottenaufgeboten aller Art zu untermauern. Ich bin für die persönliche Sicherheit des Großadministrators und der terranischen Delegation verantwortlich. Die Ortungsergebnisse beweisen eindeutig, daß Dabrifa, der Carsualsche Bund, die Zentralgalaktische Union und die kleineren Sternenreiche beachtliche Flottenaufgebote im Bereich des Sonnensystems Normon konzentrieren. Sie und ich müssen daher für den Fall der Fälle gerüstet sein. Das ist keine feindselige Handlung oder Machtdemonstration, sondern nur eine Vorsichtsmaßnahme. Ich ersuche Sie nochmals, die Gefechtsbereitschaft der Flotte anzuordnen."

Tifflor schwenkte seinen Kontursessel noch weiter nach rechts.

„Schön, Mr. Deighton, der Befehl an die Kommandanten wird gegeben werden. Sie glauben aber doch hoffentlich nicht ernsthaft, ich würde die Transformkanonen donnern lassen?"

Der Erste Gefühlsmechaniker des Solaren Imperiums, Halbmutant und abwehrtechnisches Genie, schaute den Befehlshaber der 38. Flotte sinnend an.

„Sir, wenn es die Situation erfordern sollte, was ich nicht hoffe, dann werden Sie den Feuerbefehl geben müssen! Ich bin nicht bereit, die terranische Friedensdelegation und die Abordnungen anderer Völker durch die Heimtücke des Imperators Dabrifa mehr als nötig gefährden zu lassen. Das wäre alles, Sir."

Deighton ging, Tifflor schaute ihm nach.

„Sind Sie nicht etwas zu argwöhnisch, Deighton?" rief er dem SolAb-Chef nach.

„Argwöhnisch zu sein, ist nicht nur meine Pflicht, sondern auch meine naturgegebene Berufung. Werfen Sie bitte einen Blick auf Ihre Panorama-Bildschirme und die eingeblendeten Meßdaten. Zirka zweitausend Leichte und Schwere Kreuzer, an den Flanken verstärkt durch feuerkräftige Schlachtschiffe, verursachen mir erhebliche Magenbeschwerden. Guten Tag, Sir!"

Wieder dachte Tifflor zu seiner eigenen Überraschung weniger über die Bedeutung der Aussage nach als über die Wahl des Wortschatzes. Mußte dieser Mann unbedingt derart affektiert sprechen? Dennoch – war es tatsächlich affektiert?

„Ein Charakteristikum!" lauteten Tifflors Überlegungen. „Er wird es wohl nicht anders können – wenigstens nicht in Situationen wie dieser."

Drei Minuten später erteilte er seine Befehle. Die Hauptfunkzentrale der LEMURIA meldete die Suprakome auf Hyperschnellbasis klar. Angeordnet war wegen der nötigen Geheimhaltung der biopositronisch gesteuerte Verschlüsselungsfaktor „GIGA hoch hundert". Die Abhörgefahr war gegeben; eine Dechiffrierung jedoch würde nach der Ermittlung des Geheimdienstes sogar mit den besten Geräten mindestens drei Wochen dauern. Bis dahin sollte die Friedenskonferenz eigentlich beendet sein – vermutete Solarmarschall Julian Tifflor.

2.

Melbar Kasom drängte sich durch die Reihen der Konferenzteilnehmer.

Es handelte sich bei ihnen um untergeordnete Politiker und Militärs, sonst hätte sich der umweltangepaßte Ertruser behutsamer bewegt. So jedoch spielte er mit einer gewissen Überheblichkeit seine Körpermasse aus.

Kasom wuchtete sein Körpergewicht von 16,5 Zentnern mit souveräner Gelassenheit durch die Menge. Bei einer Karambolage gebrauchte er nicht die übliche Entschuldigung, sondern flüchtete sich bewußt in den Jargon seines Volkes.

„Werde satt und dick", sagte er mit seiner „Orgelpfeifen"-Stimme, wenn er wieder einmal einen der Teilnehmer aus dem Weg gewalzt hatte. Man verstand die Aussage. Sie war ein typisch ertrusischer Gruß; gleichzeitig identisch mit einer nach ertrusischen Maßstäben angemessenen Entschuldigung.

Grundsätzlich war Melbar Kasom durchaus kein unhöflicher Mensch. Er wußte nur zu genau, wie schmerzhaft ein Stoß seiner gewaltigen Tonnenbrust auf einen Normalgebauten wirken konnte.

Auch jetzt hätte er sich nie und nimmer seinen Weg durch die diskutierenden Gruppen gebahnt, wenn er es nicht für dringend erforderlich erachtet hätte. Er wollte zu Perry Rhodan, der

Großadministrator des Solaren Imperiums befand sich jedoch seit zwei Stunden im Gespräch mit dem wohl mächtigsten Herrscher der ehemaligen Kolonialwelten – dem Imperator Dabrifa; Träger eines Zellaktivators, den er in der Second-Genesis-Krise gewonnen hatte.

Die Konferenz hatte nur wenige Teilnehmer von Gewicht.

Das ertrusische Triumvirat des Sternenbunds Carsual wurde von Nos Vigeland vertreten. Die Zentralgalaktische Union hatte den Ersten Kalfaktor geschickt. Auch die Bevollmächtigten der kleineren Sternenbünde waren erschienen.

Die Ross-Koalition, die Fracowitz-Systemstaaten, die Tarey-Bruderschaft und der Shomona-Orden beherrschten zusammen etwa eintausend Sonnensysteme, die alle von den Nachkommen ehemaliger Terra-Siedler bewohnt wurden. Rhodan hatte es demnach mit Menschen zu tun, gleichgültig welcher Umweltmodifikation oder Geisteshaltung sie im Verlauf der vergangenen Jahrhunderte unterworfen worden waren.

Über die Denkweisen und Sozialstrukturen war Rhodan selbstverständlich informiert. Unberechenbar war trotz allen bis ins Detail gehenden Erkenntnissen ein bestimmter Mann. Sein Name war Shalmon Kirte Dabrifa, „Imperator Dabrifa" genannt.

Zur Zeit beherrschte er uneingeschränkt sechshundertundvierzehn sogenannte autonome Sonnensysteme.

Seine Regierungsform war nach außen hin eine demokratisch maskierte Spielart des „aufgeklärten Absolutismus". Die Bürger genossen gewisse persönliche Freiheiten. Ernstzunehmende politische Gegner wurden jedoch inhaftiert oder liquidiert.

Das Solare Imperium, das demokratischste und freiheitlichste Staatengebilde, das die Menschheit je gekannt hatte, unterschied sich vom Imperium Dabrifa wie der Tag von der Nacht.

Es war daher nicht verwunderlich, daß Perry Rhodan, der vom Volk gewählte Großadministrator des Imperiums, seit drei Wochen Standardzeit im Sinne des Wortes um den galaktischen Frieden kämpfte. Sein Wahlspruch lautete:

„Lieber achtzig Stunden verhandeln als acht Sekunden Krieg führen!"

Dieser Grundsatzhaltung seines Chefs voll bewußt, bahnte sich Melbar Kasom seinen Weg durch die Menge.

Das Sonnensystem Normon, 14.772 Lichtjahre von der Erde entfernt, acht Planeten mit der erdähnlichen Hauptwelt Nosmo, war nach Perry Rhodans Vorschlägen als Ort für das galaktische Gipfeltreffen bestimmt worden. Rhodan war dem als eitel bekannten Imperator Dabrifa so weit wie möglich entgegengekommen.

Kasom sah sich um. Sein Gedächtnis war phänomenal, aber in diesen Tausenden von Räumlichkeiten innerhalb des „Trichterpalasts" bedurfte es besonderer Anstrengungen, um noch einigermaßen zielstrebig den Weg zu finden.

Melbar befand sich im obersten Zehntel des sogenannten „Stieles". Jener war identisch mit dem Fundament und dem tragenden Element für die in die Höhe strebende, trichterförmige Riesenrundung, die den ehemaligen arkonidischen Palästen bis ins Detail nachempfunden worden war.

„Ich möchte zum inneren Rundsektor", sprach Kasom einen kleinen dunkelhäutigen Mann an. „Welchen Antigravlift muß ich benutzen?"

„Das ist achtundneunzig SEPPA sechs. Zweihundert Meter vorn rechts, dann hundert Meter Rampenaufgang in Violett-Strahlbahn. Sie können natürlich auch den internen Antigravlift in Datso-vier-acht benutzen. Ein kleiner Umweg, im Prinzip aber schneller."

„Werde satt und dick", bedankte sich der Ertruser. „Zweihundert Meter vorn rechts, sagten Sie?"

Der kleine Mann musterte ihn mit der Überheblichkeit des Höflings.

„Sie befinden sich im Woogan-Palast, mein Bester. Dies ist Dabrifala, die Hauptstadt des Regierungsplaneten Nosmo. Wieso läßt man galaktische Provinzler in diese Räume eintreten? Empörend!"

Kasom stieß jene gashaltige Luft aus dem Mund, die ihm seit dem Verspeisen seines letzten „Ochsenviertelchens“ ohnehin die Magenwandungen belastete. Der Nosmoner wurde von dem Miniaturorkan erfaßt und gegen eine Gruppe anderer Konferenzteilnehmer gedrückt.

„Werde satt und dick“, wiederholte Kasom.

Anschließend schaltete er seinen Gravitationsbelaster aus und sprang nach vorn. Da er von Natur aus an eine Schwerkraft von 3,4 Gravos gewöhnt war, der Planet Nosmo aber nur 1,04 Gravos bieten konnte, hatte es Melbar plötzlich mit einer feldkonstanten Minuslastigkeit von 2,36 Gravos zu tun.

Das beflügelte ihn im Sinne des Wortes. Sechs Meter weite und zweieinhalb Meter hohe Sprünge brachten ihn seinem Ziel, dem Antigravlift, schneller näher, als es irgend jemand hätte vermuten können – ausgenommen solche Leute, die mit ertrusischen Gepflogenheiten vertraut waren.

3.

Der Großadministrator des Solaren Imperiums hatte seine Kleidung höflichkeitshalber den momentan gültigen Sitten des Hofes angepaßt. Die entsprechenden Informationen stammten von der Solaren Abwehr.

Perry Rhodan erhob sich aus dem simultanenergetischen Ruhelager. Das Kraftfeld sank in sich zusammen und erlaubte seinem Benutzer schließlich den Austritt.

Melbar Kasom, rechts und links von Kampfrobotern der Dabrifa-Leibwache flankiert, stand unter einem der vielen Einlaßbogen zum inneren Trichtersektor. Ein Nosmogromp, gehüllt in die Galauniform der Dabrifanischen Wache, war der menschliche Begleiter. Er hatte das Kommando über die Kampfroboter.

Rhodan erhob sich. Seine hautengen, bis zum Ansatz des

Oberschenkels reichenden Strümpfe, getreu uralter spanischer Mode, behinderten ihn ebenso wie die geschlitzten Pluderhosen, die auch etwa bis zum Oberschenkel reichten. Ein hüftlanges Wams mit Wespentaille vervollständigte den letzten Modeschrei am Hof des Imperators. Seltsamerweise wurde dazu ein mausgrauer Zylinder getragen. Weshalb das so war, stellte für Rhodan ein kaum lösbares Rätsel dar.

Er sah nur noch Melbar Kasom. Rhodan kletterte aus dem nachwabernden Kraftfeld des Simultanlagers, bat die anderen Teilnehmer der Intervall-Erholungsrunde um Entschuldigung und entfernte sich raschen Schrittes.

Bei Kasom angekommen, deutete er mit den Daumen nach rechts und links.

„Unerwünscht, abtreten!" forderte der Großadministrator gelassen.

Die beiden Kampfroboter, programmiert auf die stimmfrequenz-justierten Anordnungen der wichtigsten Regierungschefs, salutierten, drehten sich um und stolzierten davon.

Rhodan blickte den zurückgebliebenen Begleiter organischen Ursprungs zwingend an.

„Da Sie nicht den Anstand besitzen, es Ihren Robotern gleichzutun, sehe ich mich gezwungen, Ihnen eine kleine Nachhilfelektion erteilen zu lassen. Kasom, zeigen Sie dem Herrn den Nachhauseweg."

Melbar faßte mit der Linken an das gepanzerte Brustteil der Galauniform, zerdrückte es dabei, drehte dem Wachoffizier die blitzschnell gezogene Strahlwaffe aus der Hand und entfernte ihn anschließend mit einer Schleuderbewegung über die Schulter hinweg.

Rhodan achtete weder auf das entstehende Getöse noch auf das Gezeter des Geplagten.

„Wenn Sie verbotenerweise im Trichterzentrum auftauchen und mich aus der Unterhaltung mit anderen Konferenzteilnehmern erlösen, dann sollte das eigentlich einen besonderen Grund haben. Nun?"

Der Ertruser strich mit der Hand über den hochragenden Sichelkamm seiner sandfarbenen Haare. Anschließend zog er seine Dienstwaffe mit jener atemberaubenden Schnelligkeit, die für das Reaktionsvermögen eines spezialisierten Ertrusers selbstverständlich war. Die Abmessungen des Thermostrahlers hätte ein Terraner zweifellos als „schwere Waffe“ bezeichnet. Für Kasom war es eine Handfeuerwaffe.

Ein Tosen und Donnern überlagerte die 14. Tonhymne der neuesten Weisheitskreation. Sie war Dabrifa gewidmet worden.

Nur wenige Zentimeter vom tragenden Bogenelement der Pforte entfernt explodierte ein violett leuchtender Hochenergiering. Er war mit einem weitreichenden, vollpositronisch ausgesteuerten Richtmikrophon identisch gewesen. Antischwerkraftgeräte dieser Art – klein, nahezu unauffällig, aber zentralcomputergesteuert – gehörten zu den üblichen Spioneinrichtungen im Bereich des internen Riesentrichters.

Rhodan warf nur eine Blick zu der Stelle hinüber, wo das Hochfeldmikrophon in einer Stichflamme verging. Der dahinterliegende Statikträger des Bogengangs zerschmolz unter den Sonnengluten zur Hälfte seiner Gesamtmasse. Rhodan überhörte auch das Donnern der ertrusischen Waffe. Die kochendheiße Druckwelle nahm er mit fast stoischer Ruhe wahr.

Ein Nosmogromp mit den Rangabzeichen eines Obristen näherte sich eilends. Er war groß und füllig gebaut, ein Hüne. Im Vergleich zu Kasom wirkte er jedoch wie ein Zwerg.

„Euer Weisheit“, begann er aufgeregt, „die Handlung Eures Devoten ist . . .“

„Es genügt völlig und entspricht auch den Gepflogenheiten dieses Gipfeltreffens, wenn Sie mich mit Mr. Rhodan ansprechen“, wurde der Dabrifa-Leiboffizier, „Woogan-Hüter“ genannt, nicht nur unterbrochen, sondern auch belehrt. „Bestellen Sie bitte Ihrem Regierungschef, daß ich Schwebemikrophone nicht schätze, jedenfalls nicht im Rahmen einer solchen Zusammenkunft. Sonst habe ich keine Einwände mehr. Doch – noch einen. Ich möchte mich mit einem Freund, der sicherlich alles andere ist als ein ‚Devoter', gern allein unterhalten. Wäre das unter Umständen denkbar?"

Kasom ließ dem Nosmogromp keine Zeit, nach einer Entgegnung zu suchen.

„Sie haben sich unanständig benommen", stellte der Ertruser fest. „Ganz klar, daß Sie über die versuchte Abhöraffäre nicht unorientiert waren. Und nun kommen Sie mit einer Bemerkung, die jeder menschenwürdigen Einstellung Hohn spricht. Daher meine bescheidene Frage: Möchten Sie als Fragezeichen an die Wand geheftet werden oder lieber als Doppelpunkt? Dazu müßte ich Sie allerdings vorher etwas demontieren. Na, wie sieht das aus?"

Der Leiboffizier von Imperator Dabrifa verbeugte sich tief. Anschließend zog er sich ohne weitere Entgegnungen zurück.

Rhodan konnte ein Auflachen nicht unterdrücken. Kasom dagegen sah sich nach weiteren Hochfeld-Schwebeelementen mit tonaufnehmenden Richstrahleigenschaften um. Er entdeckte keines mehr.

„Mein Kompliment, Mr. Kasom", spöttelte Rhodan gutgelaunt. „Sie können sich ja plötzlich geschliffen artikulieren."

„Das wird sofort wieder aufhören, Chef", äußerte der Gigant erbost. „Diese affektierten Leisetreter reizen mich. Ich komme im Auftrag von Atlan und Deighton. Wir haben seit wenigen Stunden den hiesigen Untergrund auf unserer Seite. Die gegen Dabrifa erbittert ankämpfende Organisation, in Kurzform DaVKo genannt, ist finanzstark, und ihr gehören wichtige Persönlichkeiten an. Man möchte mit Ihnen ein vertrauliches Gespräch führen. Arrangiert wurde die Sache vom Chef der USO, Lordadmiral Atlan. Deighton hat die neuartige Verbindung sofort ausgebaut. Die Regierungschefs der Ross-Koalition und der Hohe Vergeistigte, bevollmächtigt vom Sternenbund der Wissenschaftler, sind mit von der Partie. Das Treffen zwischen Ihnen und den erwähnten Leuten soll auf einer unbewohnten Welt stattfinden. Nähere Daten bekomme ich noch. Ein Haken ist jedoch dabei, Chef."

„Und wie sieht der aus?“

„Die Partner wünschen unter keinen Umständen die Anwesenheit terranischer Mutanten, weder Telepathen noch Telekineten. Man denkt in erster Linie an den Mausbiber Gucky. Ohne Mutanten, ja – mit Mutanten, nein! Dann platzt die Geheimkonferenz, die, wie Deighton meint, positive Impulse bringen könnte.“

Perry Rhodan blickte nach links, denn dort, etwa dreißig Meter entfernt, war Dabrifa erschienen.

Lächelnd – der Imperator lächelte meistens – schaute er zu seinem größten Gegenspieler hinüber. Rhodan hatte ihm bereits viele seiner unlauteren Absichten verbaut.

Rhodan hielt ein Winken für angebracht. Der Imperator der Nachfolge-Terrasiedler wurde gemeinhin mit dem Begriff „Euer Weisheit“ angesprochen. Viele Anhänger nannten ihn auch „Euer Huldvolle Duldsamkeit“. Die Wissenschaftler der SolAb waren sich sicher, daß die Anredeform bald wechseln würde. Momentan waren beide Begriffe in Mode.

„Was bedeutet die Abkürzung DaVKo im Klartext?“ wollte Rhodan wissen.

Melbar Kasom grinste flüchtig.

„Sie ist bezeichnend für die Zustände auf Nosmo und den anderen Sonnensystemen, Sir. DaVKo heißt ‚Dabrifa-Vernichtungs-Kommando‘. Ich hätte Sie gern früher informiert, Sir, aber ich habe es soeben erst erfahren. Jedenfalls sind Atlan und Galbraith Deighton für ein geheimes Treffen. Die Leute vom hiesigen Widerstand können etwas, verfügen über eine gewisse Macht, und außerdem haben sie den guten Willen.“

„Und der ist für mich entscheidend“, murmelte Rhodan vor sich hin. „In Ordnung, Kasom, arrangieren Sie das. Teilen Sie mir die näheren Daten über den Ort der Zusammenkunft, die politische Bedeutung der Partner und den Zeitpunkt mit. Befehl an Solarmarschall Julian Tifflor: Teile der 38. Flotte haben unter einem plausiblen Vorwand so dicht an das Normon-System aufzuschließen, daß ich jederzeit per Transmitter an Bord gehen kann. Lassen Sie eine der neuen Korvetten klarmachen. Volle Munitionierung, Verpflegung, Wasser und Medikamente für den Extremfall. Das Begleitpersonal werde ich nach meiner Ankunft auf der LEMURIA bestimmen. Ist noch etwas?"

„Nur die Einwände Ihres Freundes Reginald Bull", meinte Kasom bedrückt. „Der Staatsmarschall ist gegen Ihren persönlichen Einsatz auf einer Welt, die wir bisher nicht einmal dem Namen nach kennen."

„Wie könnte es anders sein", lachte Rhodan. „Vergessen Sie es. Was übrigens die Mutanten betrifft, so nehme ich die Bedingung an. Niemand läßt sich gern von einem Telepathen belauschen."

„Das ist ein Risiko, das dem Ersten Gefühlsmechaniker überhaupt nicht gefällt", gab Kasom zu bedenken.

„Ein vernünftiges Verlangen ist dazu da, von einem logisch denkenden Mann akzeptiert zu werden. Die Mutanten bleiben an Bord der LEMURIA."

Kasom wurde nervös.

„Sir", stammelte er entgegen seiner sonstigen Art, „auch Tifflor hält die Abwesenheit der Mutanten für gefährlich."

Rhodan ging darauf nicht ein. Er blickte auf den Zeitmesser. Man schrieb den 4. März 2913 n. Chr. 14:59 Uhr terranischer Zeitrechnung.

„Die Gipfelkonferenz sollte wegen fehlender Einsicht der Teilnehmer beendet werden. Vorher möchte ich mit den Vertretern des Widerstands auf Nosmo sprechen. So lange man miteinander reden kann, vermeidet man den bewaffneten Konflikt. Also möchte ich reden. Veranlassen Sie das, Kasom."

4.

Tifflor musterte Atlan wie einen Wildfremden.

„Sie befürworten das Unternehmen?“ sprach er den Arkoniden ohne vorangegangenen Tagesgruß an. „Einem zehntausend Jahre alten Mann und Aktivatorträger hätte ich mehr zugetraut.“

„Ich werde dabei sein“, unterbrach Atlan gelassen. „Ferner, so wurde mir berichtet, waren Sie dem Unternehmen nicht abgeneigt. Was haben Sie gegen meine Teilnahme einzuwenden?“

„Nur die Tatsache, daß Sie zusammen mit Reginald Bull im Fall einer katastrophalen Ausweitung der Zerwürfnisse als Stützen des Imperiums zu fungieren hätten“. belehrte ihn Tiff gereizt. „Sie sollten an Bord der LEMURIA bleiben und die Flotte der USO als Eingreifreserve einsatzbereit halten. Warum wollen Sie das nicht akzeptieren? Genügt es nicht, daß sich der Großadministrator einem nicht abschätzbaren Risiko aussetzt?“

„Warum halten Sie ihn nicht zurück?“ erkundigte sich der Lordadmiral ironisch.

Tifflor winkte ab.

„Dazu müßte ich ihn einsperren. Reden wir nicht darüber. Die neuerdings autonomen Sternenreiche werden in sehr vielen Fällen von urplötzlich aufgetauchten Diktatoren beherrscht. Dabrifa ist die Skrupellosigkeit in Person, das Ertruser-Triumvirat handelt um keinen Deut besser. Unter diesen Umständen, die eindeutig den Frieden in der Galaxis gefährden, frage ich mich, warum wir den ehemaligen Kolonialsystemen überhaupt die Autonomie gewährt haben.“

Atlan schaute zur gewaltigen Panoramagalerie der Hauptzentrale hinauf. Nosmo, der dritte Planet des Systems Normon, füllte den Mittelsektor aus.

Rhodans offizielle Verabschiedungszeremonie von Dabrifa und den anderen Konferenzteilnehmern war bereits getreu nach Planung erfolgt. Der Großadministrator hatte öffentlich erklärt, drei Wochen ergebnisloser Verhandlungen seien für einen der ersten Versuche zur Aufrechterhaltung des galaktischen Friedens ausreichend.

Zur Zeit befand er sich an Bord des modernen Ultraschlachtschiffes COLOSSUS, mit dem er auch auf Nosmo angekommen war. Die Elitebesatzung unter dem Kommando des Ertrusers Melbar Kasom wußte, worauf es nunmehr ankommen würde.

„Start in zehn Minuten“, stellte Atlan fest. „Wenn Ihre Leute nicht sehr geschickt sind, wird man den Transmitter-Strukturschock auf Nosmo anmessen. Sie hätten meinem Rat folgen und Rhodan von Gucky abholen lassen sollen.“

„Damit war der SolAb-Chef nicht einverstanden. Guckys Teleporter-Reichweite ist begrenzt. Ferner wissen wir noch nicht genau, wie Dabrifas Parapsi-Ortungssystem funktioniert. Deighton möchte in jedem Fall vermeiden, daß der Diktator einen nachweisbaren Mutanteneinsatz politisch ausspielt. Sie wissen, wie allergisch die anderen Regierungsoberhäupter auf unsere Mutanten reagieren. Nehmen wir also besser eine strukturelle Schockwelle in Kauf. Ich kann außerdem nicht näher als bis auf fünfzig Prozent der mittleren Sonnenumlaufbahn an den Hauptplaneten heranfliegen. So gebieten es die Abmachungen. Dieses autonom gewordene System liegt mir sehr schwer im Magen, Atlan.“

„Sie sind trotz Ihres Zellaktivators wahrscheinlich noch zu jung, um kosmopolitische Gesetzmäßigkeiten erkennen zu können“, entgegnete der Arkonide sinnend. „Bislang hat es in der mir bekannten Geschichte der galaktischen Völker noch keine einzige Großmacht gegeben, die ihre Kolonien für immer und ewig unter der Knute halten konnte. Und das ist auch gut so, Tiff, glauben Sie mir! Einmal werden auch die Nosmoner erwachsen werden.“

„Aber erst, wenn es einen gewissen Dabrifa nicht mehr gibt“, murrte Tifflor. „Es ist unerhört, was sich dieser Mann erlaubt. Noch unglaublicher ist, was sich die anderen autark gewordenen Kolonistennachkommen von ihm bieten lassen. Das Solare

Imperium steht allein auf weiter Flur – wenn Sie diesen veralteten Ausdruck gestatten."

„Ich gestatte. Die Untergrundorganisation DaVKo könnte vielleicht die Lösung beschleunigen. Allerdings ist Dabrifa ein biologisch unsterblicher Aktivatorträger. Was in dem Fall zu tun ist, sollten Sie wissen."

„Ich halte nichts von Attentaten", regte sich Tifflor auf. „Mein Gott, dieser Mann wird doch wohl irgendwie abwählbar sein!"

„In einer Diktatur? Den Gedanken sollten Sie aufgeben", entgegnete Atlan. „In der Geschichte meines arkonidischen Volkes wurden solche Probleme generell so gelöst, wie es die kalte Logik verlangte. Das dürften auch die DaVKo-Leute begriffen haben, oder sie hätten ihre Organisation nicht derart bezeichnet. Warten wir es ab. Schauen Sie mich nicht so verweisend an, Tiff! Ich bin nun einmal durch zahllose trübe Erfahrungen klug geworden. Vorsicht, die COLOSSUS hebt ab!"

Tifflor schaltete. Ein Bildschirmsektor flammte auf. Die angespannten Gesichter einiger Männer wurden erkennbar.

„Flottenchef an Ortungszentrale. Geben Sie mir die Meßdaten durch. Einspeichern auf zentrale Hauptpositronik. Durchrechnen, wie hoch der Hypergravstörfaktor sein muß, um die Transmitterschockwelle einigermaßen unhörbar zu machen."

„Totalverschleierung erscheint ausgeschlossen", kam die Antwort durch. „Der Kommandant der COLLOSSUS wird daher ein Sondermanöver fliegen."

„Was?" entgegnete Tifflor fassungslos. „Wo, wann und wie? Ist der Großadministrator informiert?"

„Genau genommen stammt die Idee von ihm, Sir. Oberst Kasom improvisiert einen Beinahe-Zusammenstoß mit dem terranischen Flottentender EIVALED. Dessen Besatzung muß ahnungslos bleiben. Das Ausweichmanöver erfordert einen nachweisbaren Energieaufwand höchster Kapazität. Das könnte ausreichen, um den Strukturschock des Transmitters zu überlagern. Meßdaten laufen ein, Sir. Ich überspiele und speichere. Auswertungsbiopositronik läuft. Wir erhalten die Primärdaten sofort nach dem Kollisions-Ausweichmanöver. Ich bekomme soeben per Hyperfunk die akustischen und mechanischen Meßwerte über den COLOSSUS-Start, aufgenommen von Außenbord-Mitschwebegeräten. Möchten Sie sie überspielt haben, Sir?"

Sie wurden überspielt! Das Ultraschlachtschiff erschien auf den Panoramaschirmen der LEMURIA. Geräusche aller Art, Innensektoraufnahmen und energetisch-technisch-mechanische Meßergebnisse kamen ebenfalls an. Es war, als startete die COLOSSUS nur wenige Kilometer entfernt.

Das Dröhnen der Triebwerke vermischte sich mit dem durch die gewaltsame Luftverdrängung erzeugten Orkangetöse.

Die COLOSSUS, nach den Maßstäben terranischer Flottenerbauer ein hochmodernes Schiff von zweitausendfünfhundert Meter Kugeldurchmesser, durchstieß die Nosmo-Atmosphäre mit der Beschleunigung von einhundertzwanzig Kilometer pro Sekundenquadrat. Das reichte völlig aus, um die Einwohner der zweihundertachtzig Kilometer vom Raumhafen entfernt errichteten Hauptstadt Dabrifala schleunigst in Druckwellendeckung gehen zu lassen.

Nach einer knappen Sekunde hatte der Ultraraumer die Atmosphäre durchstoßen und raste in den Leerraum hinaus. Dort, nur knapp vierhunderttausend Kilometer entfernt, stand die EIVALED auf ihrer Minimumfahrt-Orbitbahn.

Der Kommandant des Tenders schrie panikerfüllt Anweisungen, die Dabrifas Funkabhördienst registrierte. Wiederum einige Sekunden später begann die COLOSSUS mit dem Ausweichmanöver.

Die Triebwerke tosten auf Notleistung. Die Andruckneutralisatoren wurden mit den dazugehörenden Hochenergiekraftwerken auf kurzfristig verantwortbare Werte hochgefahren. Da der Schub der steuerbordseitigen Ringwulsttriebwerke nicht ganz ausreichte, um die stählerne Masse des Ultraschlachtschiffs schnell genug aus dem Kollisionskurs zu drücken, feuerte

Kasom mit sämtlichen Steuerbordgeschützen im Salventakt. Der ungebremste Rücklaufstoß der Transformkanonen reichte aufgrund der vorgenommenen Berechnungen aus, um die COLOSSUS „gerade noch so“ an dem Tender vorbeizubringen.

Julian Tifflor schrie, ohne es zu bemerken. Achtundfünfzig Männer der Zentralebesatzung wurden ebenfalls von Aufregung erfaßt. Nur Atlan blieb gelassen.

Als sich die Beinahe-Panik gelegt hatte, meinte er über Bordinterkom:

„Rhodan wird alt. Fünfhundert Jahre früher hätte er das besser gemacht. Er hat um mindestens eine Zehntelsekunde zu früh das Hilfsschubfeuer eröffnen lassen. Nun ja – er wird wohl wieder ins Leistungstraining gehen müssen. Weshalb sind Sie so blaß, Tifflor? Vorsicht, Transmitterzentrale! COLOSSUS-Gerät läuft schon auf Abstrahlleistung.“

Der Transmitter des Schlachtschiffs strahlte Perry Rhodan und Melbar Kasom genau in jenem Augenblick ab, als der Energieaufwand aller Maschinen am größten war.

Praktisch ohne Zeitverlust materialisierten im Empfangstransmitter der LEMURIA zwei menschliche Körper. Sowohl Kasom als auch Rhodan versuchten, den schmerzhaften Rematerialisierungsschock zu ignorieren. Ihr leises Stöhnen wurde von den Männern des Empfangskommandos selbstverständlich überhört. Sie kannten niemand, der nach einem solchen Sprung nicht ebenfalls gestöhnt hätte.

Zur gleichen Zeit flog die COLOSSUS weiter in Richtung Erde. Rhodan hatte es angeblich sehr eilig, dort zu erscheinen. Die 38. Flotte unter Julian Tifflor blieb planmäßig zurück, um an der vorgesehenen Raumparade der Völker teilzunehmen.

Es paßte alles – nur eine Frage blieb offen: War Rhodans Transmittersprung angemessen worden oder nicht? Wenn ja, würden im Abwehrzentrum des Imperators einige Zweifel auftauchen, ob der große Terraner nun wirklich so eilig abgeflogen war oder nicht. Das aber stufte Rhodan hinsichtlich der neuen Entwicklung als sekundär ein.

Melbar Kasom wankte noch, als er vor Rhodan die runde Plattform des Empfangstransmitters verließ.

„Werde satt und dick", begrüßte er den Ersten Gefühlsmechaniker des Solaren Imperiums. „Haben Sie bereits die Koordinaten über den Treffpunktplaneten erhalten? Wo liegt er denn genau?"

„Ziemlich weit entfernt. Exakt neuntausendzweihundertundelf Lichtjahre vom hiesigen System entfernt. Generalrichtung Zentrumskern, äußerer Störungsmantel. Jede Menge Gravitationsstrahler und Sternhaufen mit Extremverhältnissen. Es tut mir leid, Kasom, aber die Verantwortlichen der DaVKo wollten trotz meiner Vorhalte nicht das Risiko eingehen, sich mit Ihnen und dem Chef noch im direkten Einflußbereich des Imperators zu treffen."

Rhodan trat näher. Er atmete immer noch mühevoll.

„Die Erklärung klingt plausibel, aber wird sie von Ihnen ebenfalls als einwandfrei akzeptiert? Als Halbmutant mit besonderen Parasinnen für eventuelle Gefahren sollten Sie recherchiert haben. Was meinen Sie, Deighton?"

Der Abwehrchef des Solaren Imperiums schien durch Rhodan hindurchzusehen, als bestände er aus Luft. Er antwortete schleppend, was ein Zeichen für seine Konzentrationsphase war.

„Ich kann keine verbindliche Auskunft geben. Die beiden von mir empfangenen Boten der DaVKo waren einwandfrei. Ihre Vorgesetzten werden es wahrscheinlich ebenfalls sein. Da mir ein ‚Wahrscheinlich' aber nicht genügt und Sie meiner Obhut anvertraut sind, wird sich Ihr Start um mindestens vier Stunden verzögern."

„Wieso?" wollte Kasom wissen. Irritiert schaute er Deighton an. „Wieso vier Stunden?"

Deighton blieb sachlich, wie es seiner Art entsprach.

„Weil die von mir in Auftrag gegebene Spezialausrüstung erst nach zwei Stunden an Bord der LEMURIA eintreffen kann. Das Präzisionslaborschiff GANDA fliegt soeben ein Anpassungsmanöver. Weitere zwei Stunden werden Sie benötigen, um sich von den Wissenschaftlern und Technikern der GANDA über Sinn und Zweck der Ausrüstung informieren zu lassen. Das siganesische Team ist bereits mit der Arbeit fertig. Sie werden gewisse Mikrogeräte erhalten. Ich möchte Sie nunmehr bitten, mindestens zwei Stunden zu ruhen. Der erholsame Tiefschlaf ist vorbereitet. Er wird Sie so kräftigen, als hätten Sie vierzehn Stunden normal geschlafen. Für Sie, Mr. Kasom, ist übrigens ein Ochsenviertelchen vorbereitet. Ich glaube, in Ihrem Sinne gehandelt zu haben."

„Ich küsse Ihnen demnächst die Füße", strahlte der Gigant.

„Lieber nicht. Genießen Sie alles, was die LEMURIA zu bieten hat. Vielleicht müssen Sie später halbrohes Schlangenfleisch essen. Auf der Primitivwelt, die Sie anzufliegen haben, soll es noch keine Säugetiere mit schmackhaftem Fleisch geben. Sie können natürlich auch unsere Konzentrate zu sich nehmen "

„Kein USO-Spezialist läßt sich dazu zwingen. Was denken Sie wohl, weshalb ich zu Atlans Leuten gegangen bin? Doch nur wegen der besseren Verpflegung."

5.

Sie trug den Eigennamen NOMINA und gehörte zu den neuen Sechzig-Meter-Kugelraumern der Korvettenklasse.

Konstruktionsmäßig war sie als Beiboot eines wesentlich größeren Raumschiffes ausgelegt, enthielt jedoch besondere Einrichtungen, die andere Beiboote dieser Art nicht aufweisen konnten. Daher hatte sie auch einen Eigennamen erhalten und nicht nur eine Nummernbezeichnung. Galbraith Deighton hatte die NOMINA mit größter Sorgfalt ausgesucht und schnellstens für eine maximale Ausrüstung gesorgt.

Genau genommen war ein 60-Meter-Kugelraumer dieses Typs viel zu groß für eine Besatzung von nur sechs Personen.

Mehr als sechs Personen durften jedoch nicht an der Geheimsitzung teilnehmen. Das hatten sich die Partner ausbedungen. Selbstverständlich war kein Mutant an Bord.

Jedenfalls konnte ein Prototyp der NOMINA-Klasse von fünf hochspezialisierten Personen geflogen und technisch-energetisch beherrscht werden. Die Biopositroniken arbeiteten einwandfrei, und der ebenfalls relativ neue Paratronschutzschirm stellte im Bereich dieser kleinen Schiffsgattung noch eine Seltenheit dar. Als zweite wichtige Defensivwaffe war der grüne Hochenergieüberladungsschirm vorhanden. Die veraltete Normalabwehr war ohnehin selbstverständlich. Sie erfüllte immer noch ihren Zweck.

Die offensive Verteidigungsbewaffnung war so optimal, wie sie es für ein Raumschiff dieser Art sein konnte. Außerdem war es beschleunigungsstark, besaß ein Überlicht-Zusatztriebwerk und zeichnete sich durch eine hohe Manövrierfähigkeit aus. Mehr hatten die Terraner in dieser Größenklasse nicht bieten können – oder noch nicht!

Melbar Kasom fungierte als Erster Pilot. Atlan hatte die positronische Navigation übernommen. Rhodan die Überwert-Energieortung und Nachrichtenzentrale. Beide Männer waren außerdem Zusatzpiloten.

Der technische Chef der LEMURIA, der Hochrangphysiker und Hyperingenieur Bronko Tschertcha, war für den Einsatz abgestellt worden. Genußfreudig und bequemlichkeitsliebend wie er nun einmal war, hatte er die Abkommandierung als nicht besonders angenehm empfunden. Rhodan hatte darauf keine Rücksicht genommen und dem kleinen, korpulenten Mann erklärt, auf einen Spitzenkönner wie ihn könne das Solare Imperium nicht verzichten. Da hatte sich Tschertcha damit abgefunden. Inzwischen haderte er jedoch mit seinem Schicksal, denn die Gravitationsturbulenzen nahmen ständig zu.

Der Überraumtransformtechniker Marco Marcuss, ein Lunageborener mit einem leichten Parainstinkt für hyperorientierte Vorgänge, hatte die Waffenleitzentrale und die Transmitterstation übernommen. Der mittelgroße, schmale Mann galt als bester Waffenleitoffizier der 38. Flotte.

Als unentbehrlich für diese geheime diplomatische Mission hatten Rhodan und Deighton eine ältere, körperbehinderte Frau angesehen. Sie besaß zwei biomechanisch hergestellte Ersatzgliedmaßen mit elastoenergetischen Gelenken zur Dämpfung eventueller Überbelastungen in Extremsituationen.

Sie war eine Plophoserin, verwandt mit Rhodans Ehefrau, Mory Rhodan-Abro, und galt als einziger noch lebender Mensch, der Imperator Dabrifa bereits als Kind, Jugendlichen und späteren Revolutionsführer gegen die terranische Kolonialregierung gekannt hatte.

Damals war Tevira Abro als junge Galaktopsychologin nach Nosmo geschickt worden, da es in diesem brodelnden Hexenkessel die besten Studienobjekte gegeben hatte. In den damaligen Wirren hatte Tevira beide Arme, nicht aber ihre humane Gesinnung und ihren stillen Humor verloren. Nun galt sie als Kapazität für Fragen über autonom gewordene Menschenvölker; vor allem aber als Spezialistin in Fragen „Dabrifa“.

Sie saß im Hintergrund der Zentrale. Infolge ihrer medizinischen Zusatzausbildung war sie für die Medoroboter und für die Überwachung der kurz bevorstehenden Primärverhandlungen mit den bereits eingetroffenen Verhandlungspartnern verantwortlich.

Sie war mittelgroß und schlank wie ein junges Mädchen, aber ihre Gesamterscheinung zeugte von ihren 149 Lebensjahren.

Als Nichte von Mory Abro war sie mit Rhodan per Du. Man erzählte sich, sie hätte das verwandtschaftliche Verhältnis aber noch niemals eigennützig beansprucht.

Rhodan schwenkte seinen Andrucksessel herum und blickte nach hinten.

„Der Kreuzer der Ross-Koalition steht in der Orbitbahn über dem Treffpunktplaneten. Wir nehmen normallichtschnellen TV-Kontakt auf. Hyperfunk fällt wegen der möglichen Abhörgefahr aus.“

„Ich verstehe“, meinte sie mit leiser, etwas schrill gewordener Stimme. Die tiefblauen Augen ließen den Betrachter die zahlreichen Runzeln und Falten ihres Gesichtes vergessen. Trotz der hohen Lebenserwartung der raumfahrenden Menschheit hatte sie fraglos die Grenzen ihres Daseins erreicht. Rhodan machte sich Sorgen.

Tifflor hatte die Mitnahme der alten Dame für verantwortungslos gehalten.

„Ich möchte dich bitten, sehr sorgsam auf die Gesprächspartner zu achten. Sie werden auf dem Bildschirm erscheinen. Wahrscheinlich wegen der starken Turbulenzen nur in Schwarzweiß; aber das sollte dich nicht hindern, einwandfrei zu ermitteln, ob wir es wirklich mit dem Hohen Vergeistigten, Failet Senukhi, zu tun haben oder nicht. Ist er tatsächlich an Bord, können wir sicher sein, daß alle anderen Anwesenden in unserem Sinne sauber sind. Ich möchte nicht in eine Falle fliegen.“

„Senukhi ist der von den Regierungsvertretern der Wissenschaftler gewählte Bevollmächtigte. Sein Ja bedeutet auch ja. Ich kenne ihn seit sechzig Jahren. Ich werde aufpassen und mich bemühen, meine Aufgabe gewissenhaft zu erfüllen. Von deinen schiffstechnischen Dingen verstehe ich allerdings nicht viel, Perry.“

„Dazu sind wir da“, beruhigte er sie. „Die angekündigten Vertreter der Ross-Koalition solltest du ebenfalls testen. Du wirst einigen irgendwann begegnet sein. Wer die Leute der neuen Untergrundbewegung DaVKo sind und wie sie aussehen, weiß noch niemand.“

Tevira Abro betastete mit ihren stählernen Kunsthänden das massive Schulterstück des USO-Kampfanzugs. Ihr dünner Hals verlor sich darin.

„Kennen und kennen sind zweierlei Dinge“, behauptete sie. „Laß sie sprechen, möglichst argumentieren und Vorschläge unterbreiten. Danach werde ich sie zufriedenstellend beurteilen können. Huch – das Schiff schaukelt schon wieder! Ich kann es ziemlich schlecht ertragen. Entschuldige.“

Rhodan fühlte Gewissensbisse. Er hätte Tevira doch nicht mitnehmen sollen. Tifflor hatte recht gehabt.

Tevira war gealtert wie jeder normale Mensch. Mory, ihre wesentlich ältere Tante, war durch den Zellaktivator jung geblieben und hatte ihre Schönheit behalten. Mußte das Tevira nicht grenzenlos belasten?

Sie lachte Perry an und schüttelte den Kopf.

„Überhaupt nicht", amüsierte sie sich. „Alt zu werden, hat auch seine Reize."

Rhodan hüstelte. Atlan schaute ihn amüsiert an.

„Hat sie dich wieder einmal bei deinen Überlegungen ertappt?" erkundigte er sich. „Fast könnte man sie für eine Telepathin halten. Schon gut. Terraner, keine Aufregung bitte! Ich weiß zuverlässig, daß sie keine Mutantin ist. Dort kommt das Anrufzeichen des Ross-Koalition-Kreuzers. Es ist die PALAKO. Ich erkenne sie am typischen Sonderaufbau der oberen Ortungskuppel. Sie ist eine Woche vor dir von Nosmo abgeflogen.

Kasom drosselte die Abwehrkapazität des HÜ-Schirms. Die typischen Gravitationsturbulenzen des Fait-Systems schlugen sofort stärker durch und schüttelten die Korvette.

„Sonst können wir gleich auf eine Bildfunkverbindung verzichten", entschuldigte der Ertruser seine Maßnahme. „Dieser zentralgalaktische Sektor heißt nicht umsonst ‚Äußerer Störungsmantel'. Hier überschneiden sich fremdenergetische Feldlinien aller Art. Die drei Planeten der Sonne Fait gefallen mir so gut wie Leibschmerzen. Besonders die Nummer zwei, Taikhe-Hon genannt, trägt ihren Namen zu recht. Das heißt auf Interkosmo ‚Zerbrochener Fuß'. Der Entdecker scheint gewußt zu haben, warum er den dampfenden Sumpftümpel so genannt hat."

„Vielleicht hat er sich dort den Fuß gebrochen", vermutete Bronko Tschertcha aus der zwei Decks tiefer liegenden Maschinenzentrale.

„Welchen Fuß, du Witzbold?" fragte Melbar erbost. „Großer

Ertrus, die kommen sogar mit ihren viel stärkeren Sendern kaum durch. Das gibt eine Unterhaltung wie unter den Zehnkampfsiegern der Stotterer-Akademie. Wollen Sie das, Sir?"

Rhodan wollte – jedoch nicht in der Art, wie es Kasom befürchtet hatte.

„Näher 'ran, Melbar! Fliegen Sie ein zweites Anpassungsmanöver. Ich spiele Ihnen die Meßdaten in den Automatpiloten."

Die Triebwerke der NOMINA begannen erneut zu donnern. Knapp drei Sekunden später erfolgte die energetische Gegenschubumlenkung. Die Korvette befand sich jetzt nur noch achtzig Kilometer von dem fremden Kreuzer entfernt.

„Wenn die jetzt auf die Knöpfe drücken, sind wir einmal gewesen", stellte Atlan nüchtern fest. In solchen Situationen dachte er nach wie vor wie ein Flottenchef der arkonidischen Eroberungsepoche. Das lag zwar sehr lange zurück – aber Vorsicht war die Mutter der Weisheit.

„Besucher an PALAKO!" rief Rhodan das andere Schiff an. „Wir haben wegen der Richtstrahlabkrümmung näher als vereinbart aufgeschlossen. Entschuldigen Sie, es mußte sein. Können Sie mich verstehen? Ich schlage Intervallverkehr nach alter Art vor. Mein Bündelstrahl steht jetzt einigermaßen konstant. Hören Sie mich? Over, PALAKO."

Der Mittelsektor der Schirmgalerie flackerte noch heftiger als bisher. Schließlich wurde ein weißhaariger Mann erkennbar. Er trug das Howalgonium-Stirnband des Hohen Vergeistigten.

„Wir verstehen Sie, Großadministrator", dröhnte es aus den Feldlautsprechern. Die Tonübertragung kam sehr viel besser durch als das Bild. Die Farben verwischten; die Konturen zogen sich in die Breite.

„Keine direkte Anrede, bitte", forderte Rhodan beunruhigt.

Der alte Mann lachte.

„Seien Sie unbesorgt. Wir sind seit zwei Tagen hier und haben die Umgebung durchgeortet. Wir sind vorerst allein. Willkommen, Sir. Ich hoffe, Sie haben auf die Mitnahme Ihrer Mutanten verzichtet? Meine Partner sind daran interessiert."

„Selbstverständlich. Es befinden sich, wie abgesprochen, sechs Personen an Bord. Unter anderem eine gute Bekannte von Ihnen, Professor."

„Schon entdeckt", ertönte die Baßstimme. „Ebenfalls willkommen, Tevira. Ich glaube, die Nervenleiter-Reflexsteuerung Ihrer Arme ist von mir entwickelt worden. Oder?"

„Weshalb wollen Sie sich mir gegenüber unbedingt legitimieren, Failet?" meldete sich die Galaktopsychologin. „Die Art Ihres ersten Anrufes beweist mir alles. Sie sind es!"

„Sie sollten wirklich in den Hohen Geistesrat der unabhängigen, galaktischen Wissenschaftler eintreten. Mein Angebot gilt noch immer. Rhodan meistert die politische Krise auch ohne Ihre Mithilfe. Das sollte ein Kompliment sein."

„Zuviel der Ehre", bedankte sich Rhodan. „Der Planet ‚Zerbrochener Fuß' zeugt von Ihrem galaxisweit bekannten Humor, Professor. Mußten Sie ausgerechnet diesen wahrscheinlich erregerverseuchten Sumpftümpel als Treffpunkt aussuchen?"

„Den und keinen anderen" entgegnete der große Wissenschaftler lächelnd. „Die Idee stammte übrigens von den Experten der DaVKo. Ich werde Ihnen die Delegation sofort vorstellen. Wahrscheinlich fragen Sie sich auch, warum wir dort unten landen sollen, anstatt in der Ruhe und bakteriologischen Sicherheit unserer Schiffe zu konferieren."

„Die Frage lag mir auf der Zunge", schaltete sich Atlan ein. „Trauen Sie unserer bisherigen Zweisamkeit doch nicht so recht?"

„So ist es, Lordadmiral", bestätigte Senukhi gedehnt. „Dabrifas Erkunder sind überall. Außerdem gefallen mir die Turbulenzen nicht. Auf der Planetenoberfläche sind sie nicht mehr zu spüren. Das einzige geeignete Landegebiet ist der riesige Tafelberg nördlich der Äquatorlinie. Er besteht aus Kalksandstein und leuchtet unübersehbar aus der grünen Sumpfebene hervor. Die Festigkeit ist ausreichend. Wir haben es mit einem Beiboot getestet. Gefährliche Erreger haben wir übrigens nicht gefunden. Die Luft ist atembar. Wenn Sie einverstanden sind, sollten wir mit dem Landemanöver sofort beginnen. Meine Freunde möchten die Orbitbahn schnellstens verlassen. Sie finden auf dem Plateau genügend große Auswaschungen, in denen Sie Ihre Korvette verbergen können. Da die PALAKO erheblich größer und auch luxuriöser ausgestattet ist als Ihr Beiboot, würden wir es begrüßen, wenn wir uns auf dem Kreuzer treffen könnten. Sind Sie einverstanden?"

Atlan und Rhodan tauschten einen Blick. Tevira Abro nickte zustimmend. Melbar Kasom dachte nur noch an den Ausdruck „luxuriöser ausgestattet", womit er automatisch köstliche Speisen und Getränke identifizierte. Man erzählte sich, die Chefs der autarken Ross-Koalition verstünden zu leben.

„Einverstanden", sprach Rhodan in das schwerelos vor seinen Lippen schwebende Feldmikrophon. „Wir werden uns nach Ihrem Eintauchkurs richten. Ist mit Intelligenzwesen zu rechnen?"

„Nein! Der Springerkapitän, der diese Welt vor vielen Jahren entdeckte und deren Existenz bis zu seinem Tode geheimhielt, hat nur primitive Lebensformen entdeckt. Darunter allerdings gefährliche Reptilien und Echsen. Mit denen werden Sie aber wohl fertig werden. Wir heben die Umlauffahrt zum Landemanöver auf. Achten Sie bitte auf einen flachen Eintauchwinkel. Die hohen atmosphärischen Schichten sind überraschend dicht, und mit vollaktivierten Prallfeldschirmen sollten wir nicht ankommen. Nehmen Sie lieber etwas Reibungswärme in Kauf. Bis dann."

Er stellte noch seine fünf Delegations-Begleiter vor. Es waren zwei Frauen darunter, die zum nosmonischen Widerstand gehörten. Anschließend begannen die Triebwerke des walzenförmigen Ross-Koalition-Kreuzers zu feuern. Dessen Besatzung wurde von Rhodan akzeptiert, da ein derart großes Schiff nicht nur von sechs Personen geflogen werden konnte.

Die Fahrt des Zwei-Stunden-Orbits wurde reduziert. Das Schiff folgte den Schwerkrafteinflüssen des Planeten und fiel auf dessen Atmosphäre zu.

Rhodan beobachtete das beginnende Landemanöver mit gemischten Gefühlen. Auch Atlan war innerlich nicht zufrieden. Er überprüfte die Automatschaltung der Helmschließvorrichtung.

„Ich weiß nicht, warum mir die Landung nicht gefällt. Vielleicht habe ich aber nur etwas gegen junge Sumpfwelten mit Schlangenmonstren. Warten wir ab."

Die NOMINA folgte der schon weit entfernten PALAKO in voller Gefechtsbereitschaft.

Die Helme der schweren Kampfanzüge klappten über die Köpfe der sechs Personen. Die Internautomatiken regulierten sofort Sauerstoffzufuhr, Klimaanlage, Drucksystem und Energieversorgung. Die siganesischen Mikroreaktoren in den Rückentornistern liefen an.

„Alle Systeme klar", meldete Tschertcha. „Wir können es riskieren. Besondere Anweisungen, Sir?"

Rhodan schaltete den Sprechfunk ein.

„Ja. Kabelverbindungen lösen, auf Interkom umschalten. Ich möchte, daß hier jedermann umweltautark ist und es auch bleibt, bis wir aufgesetzt haben. Kasom klar bei Gasverdrängungsschirm. Ich denke nicht daran, mir die Außenzelle bis zur Rotglut aufheizen zu lassen. Das Gasgemisch, das man auf diesem Planeten atembare Luft nennt, gefällt mir keine Sekunde. Ausführung!"

6.

Der neue Paratronschirm verwandelte sich zuerst – seiner Struktur entsprechend – in eine scharfgebündelte Feuersäule von orangeroter Farbe. Im Bruchteil einer Sekunde zuckte er von den Bordwandungen der NOMINA hinweg, durchtoste die aufreißende Lufthülle und verschwand in der Rundung eines plötzlich entstehenden schwarzen Loches.

Der Hochenergie-Überladungsschirm verhielt sich gleichartig. Lediglich der primitive molekülionisierende und daher leitfähig werdende Prallschirm zur Verdrängung der Luftmoleküle verpuffte wie eine Seifenblase.

Gleichzeitig begannen die Triebwerke und die zur Kraftversorgung notwendigen Reaktorstationen im Leerlauf zu heulen. Ihre stromfressenden Abnehmer waren jählings erloschen.

Die Überlast-Sicherungen sprangen durch die Feldsteuerung aus den drahtlosen Verbundverteilern, aber die Maschinen heulten dennoch weiter. Seltsamerweise erzeugten die Triebwerke keinen schubkräftigen Partikelstrom mehr, der, wenn er normal funktioniert hätte, ohne weiteres in der Lage gewesen wäre, den beginnenden Absturz der Korvette aufzuheben.

Rhodan rief Anweisungen und schaltete. Atlan schaltete ebenfalls.

Kasom schwieg, und seine Hände arbeiteten plötzlich mit der Feinfühligkeit eines Künstlers.

Das änderte nichts daran, daß die NOMINA der zerrenden Schwerkraft des Planeten folgte und in einem steiler werdenden Winkel der Oberfläche entgegenstürzte.

Die Schirme der optischen Fernbilderfassung arbeiteten noch. Die Funkmeßortung war bereits ausgefallen; die Konturbilder blieben aus. Die automatisch justierende und vergrößernde Außenbordoptik zeigte jedoch, daß der Kreuzer der Ross-Koalition bereits weißglühend leuchtete und nahezu senkrecht auf ein riesiges Sumpfmeer zustürzte. Dort war nichts mehr zu retten.

Die diplomatische Geheimmission war unvermittelt zum Katastrophenfall geworden.

An Bord der NOMINA fiel ein Aggregat nach dem anderen aus. Nur die Not-Thermotaster der Außenzelle, rein mechanisch arbeitende Geräte, funktionierten noch.

Die Funksprechverbindung zwischen den Trägern der Kampfanzüge verweigerte nun ebenfalls die Dienstleistung. Also half nur Schreien, das man aber kaum noch verstand.

Rhodan wurde in seinen Andrucksessel gepreßt. Sein Blick galt den verstummten Positronikanzeigen und dem primitiven Außenbord-Fernthermometer. Die Bordwandungen hatten Temperaturen von plus dreitausendachthundert Grad Celsius erreicht.

Normaler Stahl wäre bereits zerlaufen. Das Ynkelonium-Terkonit hielt noch einwandfrei und ohne jede Verformungserscheinungen stand. Allerdings waren die Isolationsschichten zwischen den Bordwandungsschalen dem Zusammenbruch nahe. Infolgedessen wurde die thermische Energie weitergeleitet und griff auf die inneren Räume der Korvette über. Die Vernichtung war nur noch eine Frage der Zeit.

Weit voraus explodierte die PALAKO. Ein nuklearer Feuerball riß die Atmosphäre auf, ergriff mit seiner heißen Druckwelle die terranische Korvette und riß sie aus dem Absturzwinkel.

Im gleichen Augenblick erlosch an Bord jede Art von Stromversorgung – dies jedoch in einer Form, die selbst Rhodan noch niemals beobachtet hatte.

Der Arbeitsstrom wurde geliefert, nur kam er nicht bei den jeweiligen Verbrauchern an. So glich die Zentrale einem wabernden Feuermeer. Bei jedem versuchten Funkgespräch schossen violette Blitze aus den Helmantennen.

Rhodan wartete keinen Augenblick länger. Er hatte erfaßt, daß die Frauen und Männer der PALAKO in die gleiche Falle geflogen waren. Sie konnten dafür nicht verantwortlich gemacht werden.

Rhodan, Atlan und Kasom hatten die gleiche Idee. Im selben Sekundenbruchteil betätigten sie die Vorrichtung, die erst in letzter Minute vor dem Start des Schiffes von den Spezialisten des Ausrüstungslaborschiffs GANDA installiert worden war.

Drei Mann zogen gleichzeitig an primitiv wirkenden Hebeln. Damit wurden die Ventile der Hochdruck-Pneumatik geöffnet, deren tosender Preßluftstrom wiederum die Aufgabe hatte, in Zylinder zu fauchen und deren Kolben zu bewegen. Sie öffneten über ein mechanisches Getriebe die stählernen Tore zum Beiboothangar, die normalerweise elektromagnetisch zurückgefahren wurden.

Die Preßluft fauchte, aber eigentlich wäre sie nicht mehr notwendig gewesen! Tevira Abro hatte in wissenschaftlich gelassener Abwägung der Situation bereits die Notöffnung betätigt und taumelte nun auf die Hangartore zu, hinter denen jenes seltsame Luftfahrzeug verborgen war, das im Verlauf der von Dighton für erforderlich gehaltenen Spezialausrüstung ebenfalls an Bord gekommen war. Das normale Rettungsboot war entfernt worden.

Die NOMINA stürzte weiter, aber noch waren die Fallbahn flach genug und die Turbulenz so gering, daß sich die Männer auf den Hangar zubewegen konnten. Nur die Hitze wurde bereits unerträglich.

Als Kasom vor dem altertümlichen Orbitalgleiter ankam, lag Tevira Abro hilflos unter der linken Deltatragfläche. Die elektrisch gesteuerten Kunstarme funktionierten nicht mehr. Sie fand keinen Halt.

Er nahm sie unter einen Arm und rannte nach vorn. Dort hatten Atlan und Marcuss bereits die Pilotentür geöffnet.

An Bord dieses flugzeugähnlichen Orbitgleiters gab es keine einzige elektrisch funktionierende Einrichtung. Alles mußte von Hand bewegt werden. Die Instrumente entsprachen jenen der ersten Flugzeuge der Menschheit, und die Triebwerke benötigten ebenfalls keinen Zündstrom. An Positroniken war selbstverständlich nicht zu denken gewesen.

Als die bereits weißglühende Korvette in den Taumelflug überging, hatten sich die sechs Personen angeschnallt. Dieses Rettungsboot war dafür vorgesehen, eine Besatzung auch beim totalen Ausfall aller modernen Einrichtungen in Sicherheit zu bringen. Allerdings mußte man es manuell fliegen können.

Kasom und Rhodan fungierten als Piloten. Das war nur zwei Stunden lang an Bord der LEMURIA geübt worden.

Rhodan und Atlan kannten solche Paragleiter noch aus der

Frühgeschichte der Menschheit. Damals, zu Beginn des Raumflugzeitalters, waren die von chemischen Treibstoffen angetriebenen Orbitalgleiter konstruiert worden. Man hatte sie mit einer gewissen Nutzlast per Trägerkörper in den Raum geschossen. Von dort aus waren sie zurückgekehrt und nach der Art eines Flugzeugs mit ihren Hilfstriebwerken gelandet. Sie waren wiederverwendbar gewesen.

Rhodan sah nach vorn. Die Außentore der Hangarschleuse waren noch geschlossen, aber sie glühten rotweiß. Dennoch mußte man hindurch. Auch das war vorgesehen worden.

An eine pneumatisch-mechanische Öffnung war nicht mehr zu denken. Das überhitzte Material hatte sich längst ausgedehnt und festgefressen. Rhodan drückte daher auf den Feuerknopf der starr installierten Bugkanone veralteter Bauweise. Anders hätte er den Impuls nicht mehr geben können.

Das kleine Raketengeschoß traf den großen Knopf des Aufschlagzünders, der wiederum rein mechanisch die eingebaute Sprengladung aktivierte.

Die glühenden Tore wurden von der Gaswelle nach außen gerissen, draußen loderte die Luft.

Der Orbitgleiter wurde von der unter hohem Druck stehenden, jählings entweichenden Bordatmosphäre erfaßt und zusammen mit ihr aus dem entstandenen Sprengloch gerissen.

Kasom hatte gleichzeitig vier der chemischen Feststoffraketen gezündet.

So geschah es, daß der Gleiter mit flammenden Raketen aus dem Hangar herausschoß, die glühende Luftaureole wie ein Geschoß durchraste und plötzlich in kühle Luftschichten geriet. Das ereignete sich nur sechsundsechzig Kilometer über dem Boden.

Kasom riß den Steuerknüppel nach hinten, zog die Maschine hoch und drosselte damit automatisch deren Fahrt.

Erst außerhalb der Gefahrenzone fing er sie ab, trat in die Seitenruder und stabilisierte sie mit Hilfe der Querruder.

Die Feststoff-Hilfsraketen erreichten ihren Brennschluß. Atlan warf sie durch einen Hebelzug ab und öffnete mit einem weiteren Hebelzug die Treibstoff-Zuleitungsventile für die Einspritzpumpen der beiden Staustrahltriebwerke. Sie entwickelten pro Einheit einen Schub von fünzigtausend Kilopond. Als Medium benötigten sie allerdings sauerstoffhaltiges Gas.

Rhodan hatte den Ratschenhebel des uralten Dieselmotors betätigt. Nach der endlich erreichten Verdichtungstemperatur sprang er an, zündete von selbst weiter und trieb über zwei biegsame Wellen die mechanischen Einspritzpumpen der Staustrahltriebwerke an. Der Treibstoff, gewöhnliches Kerosin, sprühte in die Brennkammern, vermischte sich mit der hochkomprimierten Stauluft und zündete. Die Folge davon war ein heftig expandierendes Gas mit dem dadurch erzeugten Schubwert.

Plötzlich gehorchte der Orbitgleiter den aerodynamischen Rudern. Die Gefahr war vorüber. Das intermittierende Zündungsgeräusch klang wie Musik in Rhodans Ohren. Die Fahrt sank durch das weitere Hochziehen der Maschine noch weiter ab, bis sie die Unterschallgrenze erreicht hatte.

Weit entfernt, dicht über der Horizontlinie, schoß eine atomare Glutsäule in den trüben Himmel. Sie wurde zur Miniatursonne und glühte schließlich langsam aus. Das war die NOMINA gewesen.

Rhodan schaute schwer atmend aus dem dickglasigen Kunststoffenster rechts seines Pilotensitzes. Kasom hatte die Maschine voll unter Kontrolle. Der Diesel brummte beruhigend.

„Deighton wußte, daß ich schon einmal auf einem Planeten landen wollte, dessen Bewohner in der Lage waren, einem Raumschiff jede Energie zu entziehen. Daher forderte er diesen Paragleiter. Das zu Ihrer Information. Wir brauchen für keine einzige Einrichtung Arbeitsstrom. Nur die Automatiken unserer Kampfanzüge funktionieren natürlich nicht mehr. Ihre Hochenergiewaffen können Sie getrost in den nächsten Sumpftümpel werfen. Wenn sich daraus ein Schuß lösen sollte, wird er wirkungslos verpuffen – ähnlich einem Feuerwerkskörper. Kasom, wir haben genügend Sprit an Bord, um mindestens zehntausend Kilometer nach Flugzeugart fliegen zu können. Landen Sie auf dem von Senukhi bezeichneten Kalksandstein-Plateau. Sonst werden Sie hier wohl kaum aufsetzen können. Tevira, wie geht es dir?"

Die Wissenschaftlerin lächelte etwas gequält.

„Ich kann meine Kunstarme nicht mehr bewegen, denn sie benötigen nun einmal Arbeitsstrom für die Mikromechaniken. Ist das sehr schlimm für deine Mission?"

„Mission?" meldete sich Atlan mit einem humorlos klingenden Auflachen. „Gut gesagt! Sie ist beendet! Unsere Gesprächspartner sind tot. Die weitere Mission besteht darin, herauszufinden, wie wir hier wieder ungeschoren davonkommen. Ferner möchte ich wissen, wer den Energieabzug veranlaßt hat. So etwas habe ich nämlich auch schon einmal erlebt, aber nicht in einer derart gekonnten Form. Kasom, wir werden wohl auf Ihre Körperkräfte angewiesen sein. Ich schlage Ihnen vor, schleunigst eine Art von Steinschleuder zu konstruieren. Wegen der erwähnten Raubtiere! Und du, Terraner, kannst deine künstlerisch wertvoll gravierte Strahlwaffe ebenfalls in den nächsten Tümpel werfen. Oder nein – ein solches handwerkliches Kunstwerk sollte man aufbewahren. Vielleicht können wir es bei einer zufälligerweise intelligenten Raubechse gegen einen Braten eintauschen."

Rhodan tastete nach seinem Impulsstrahler. Er zog ihn aus dem Holster des Kampfgürtels, betrachtete ihn sinnend und schob ihn wieder seufzend zurück.

„Ab und zu hast du sogar recht, Arkonide", pflichtete er dem USO-Chef bei. „Nach der Landung, die hoffentlich gelingen wird, sehen wir weiter. Darf man fragen, ob du, der typisch mißtrauische Menschenabkömmling, besondere Maßnahmen angeordnet hast? Vor dem Abflug, meine ich."

Atlan verzog keine Miene.

„Und das fragst du? Deine 38. Flotte wird doch wohl nach einer gewissen Zeit hier erscheinen, oder?"

„So lauten meine Anweisungen", lachte Rhodan. „Und wie sieht es bei dir aus?"

„Die USO-Flotte kommt selbstverständlich noch etwas früher an. Aber was nützt das, wenn kein Schiff landen kann? Mit unseren atmosphäreabhängigen Triebwerken erreichen wir auf keinen Fall eine Orbitbahn. Das bedeutet aufgrund meiner zehntausendjährigen Erfahrungen, daß wir uns erst einmal nach jenen Leuten umsehen müssen, die uns in diese wahrhaft genial konstruierte Falle gelockt haben. Zweifellos waren die DaVKo-Leute und Enukhi ebenfalls ahnungslos. Niemand verbrennt gern in einem abstürzenden Raumschiff. Dabrifa hat uns alle gekonnt ausgespielt. Wahrscheinlich war er längst über unsere geheimen Beziehungen zu den Mitgliedern der Nosmo-Widerstandsbewegung orientiert. Da er deren Sicherheitsbestreben ahnte, hat er ihnen durch geeignete Mittelsmänner die Idee suggerieren lassen, diesen abgelegenen Planeten als Treffpunkt zu bestimmen. Hier aber hat er vorgebaut. So sind wir übertölpelt worden. Die Idee hätte ganz gut von mir stammen können."

„Bravo", spöttelte Rhodan. „Nur wärest du wahrscheinlich nicht so hinterhältig vorgegangen. Ausgeschaltet sind wir aber noch lange nicht, mein Lieber! Wir leben nämlich noch, und das war garantiert nicht eingeplant! Schön, sehen wir weiter! Kasom, der weiße Tafelberg muß etwas weiter nördlich liegen. Sie sollten ihn finden, oder wir nehmen ein Moorbad."

7.

„Das darf doch nicht wahr sein", staunte Bronko Tschertcha. „Das ist für einen unbedeutenden Hyperingenieur einfach zu viel. Verstehe ich nicht!"

„Um das zu verstehen, hätten Sie die große Zeit solcher Flugzeuge noch erleben müssen", wies ihn Atlan zurecht. „Damals flog man auf der Erde Doppeldecker mit offenen Sitzen, Drahtbespannung und mit einem Rumpf aus Sperrholz oder Bambusrohr. Die Verkleidung bestand aus dünner Leinwand. Wissen Sie überhaupt, Sie Supertechniker, was Leinwand ist? Natürlich nicht, denn wir schreiben heute den 14. März 2913. Kasom, wenn Sie den wurfbereiten Steinbrocken nicht zurücklegen, bekommen Sie es mit mir zu tun. Die tun uns nichts! Typen von der Art haben garantiert nicht die technischen Möglichkeiten, zwei moderne Raumschiffe herunterzuholen. Also . . ."

Der Ertruser warf den Stein zur Seite. Er war größer als ein terranischer Fußball.

Der Doppeldecker knatterte über die Personengruppe hinweg, flog eine elegante Kurve und setzte zur Landung an.

Die Bodenfläche war eben, und gelegentlich so glatt wie ein Tanzboden. Infolgedessen geschah es, daß die Maschine auf ihren hölzernen Kufen rutschte und schließlich zum Stillstand kam. Das Knattern eines zweizylindrischen Dieselmotors verstummte. Rhodan wußte, daß der Pilot zum gleichen Hilfsmittel gegriffen hatte wie die Spezialisten des Fabrikationsschiffs GANDA. Ein Diesel war selbstzündend! Er brauchte keinen elektrischen Kerzenfunken, und anwerfen konnte man ihn auch manuell. Dazu brauchte man nur Geduld.

Die Luftschraube war einblättrig und offenbar aus einheimischen Hölzern zusammengeleimt.

Zwei Personen kletterten aus den offenen Sitzen des Rumpfes. Einer war hochgewachsen und hager, der andere etwas kleiner, aber noch hagerer. Beide trugen sie seltsame, längliche Instrumente aus Holz und rundem Metall. Dieses Metall besaß vorn Öffnungen.

Rhodan staunte anfänglich, dann begann er unterdrückt zu lachen.

„Großer Jupiter – das sind Vorderladergewehre mit Perkussionszündung. Damit habe ich als Junge auf Blechbüchsen geschossen. Kasom, unterlassen Sie Ihre angriffsbereite Haltung!

Nach den Mündungsöffnungen zu urteilen, handelt es sich um das Kaliber achtundfünfzig. Bleigeschosse von der Masse reißen sogar Sie von den Füßen."

„Wenn ich nur meine Arme bewegen könnte", stöhnte die Galaktopsychologin. „Ob mir diese Leute helfen können?"

„Dazu brauchten sie Arbeitsstrom, aber den haben sie ebensowenig wie wir. Warum, glauben Sie wohl, fliegen die mit einem derart primitiven Flugzeug? Warum tragen sie keine Hochenergie-Strahlwaffen, sondern Vorderlader, die lediglich einen Zündfunken benötigen? Der aber wird von einem Zündhütchen erzeugt", entgegnete Atlan etwas zu sachlich.

Die beiden Gestalten kamen näher. Der Ältere spannte den Hahn seiner Vorderladerbüchse, der Kleinere spannte sogar zwei Hähne. Er trug offenbar eine doppelrohrige Schrotflinte. Die Frage war nur, ob er Bleischrote geladen hatte. Unter Verhältnissen wie auf „Gebrochener Fuß" waren auch andere Begrüßungsformen denkbar, zum Beispiel gehackte Hartholzsplitter, Glasscherben oder scharfkantige Kieselsteine.

Der Ältere blieb in zehn Meter Entfernung vor den sechs Menschen stehen, deren Orbitgleiter im Schatten einer Kalksteinaufwölbung stand.

Sein Begleiter, der eindeutig menschlicher Abstammung war und überdies schmutzig wie ein Ferkel, ergriff zuerst das Wort. Er sprach ein einwandfreies Interkosmo. Älter als sechzehn Jahre terranischer Standardzeit konnte er nicht sein.

„Damit ihr klar seht, ihr Sumpfgewächse, ich kann lesen und schreiben! Also etwas Demut, klar? Das da ist mein Alter. Er redet nicht gerne, aber verprügeln kann er mich kräftig. Nicht mehr lange, ganz klar. He, Sippenalte, hast du was?"

Tevira Abro richtete sich mühevoll aus der sitzenden Haltung auf. Ihre Kunstarme hingen schlaff am Körper herab. Sie nahm den Jungen so gekonnt, wie es ihr zustand.

„Mein Freund, lesen und schreiben kannst du? Großartig! Ich kann meinen Namen sogar in den Sand ritzen. Wetten, daß du das noch nie versucht hast?"

Der Jüngling mit dem Sommersprossengesicht starrte sie offenen Mundes an.

„Den kann ich sogar in Stein ritzen", empörte er sich. „Na ja, das nehme ich dir nicht übel. Du siehst so aus, als kämst du von der Erde. Gibt es dort etwas, was man Griesbrei nennt? Mein Alter erzählt immer davon, aber ihm habe ich noch nie ein Wort geglaubt. He, Dicker, wenn du nochmal zum Sprung ansetzen solltest, spicke ich dich mit gehackten Saurierzähnen, klar? Also, Sippenalte, wie ist das mit dem Griesbrei?"

Melbar Kasom gab es auf, gegen eine riesenkalibrige Flinte und gehackte Saurierzähne anspringen zu wollen. Jede Art von Tapferkeit hatte ihre Grenzen.

„Natürlich kenne ich Griesbrei", behauptete Tevira. „Er ist aus der Mode gekommen, aber ich könnte noch welchen besorgen. Möchtest du welchen essen?"

Der Jüngling ließ die Waffe sinken. Helle Begeisterung strahlte aus seinen grünlichen Augen.

„Klar, Sippenalte, darüber sprechen wir noch. Aber jetzt will wahrscheinlich mein Alter zu Wort kommen. Er hat mich nur deshalb zuerst reden lassen, weil er ein gerissener Plattfuß ist. Er wollte euch testen. Auf mich ist aber trotzdem mehr Verlaß! Außerdem kann ich lesen, schreiben und schon ausgezeichnet fliegen. Die Landung habe ich gemacht. Na und – war die vielleicht nicht gut?"

„Du hast ab sofort Pause, Sohn", meldete sich sein Vater erstmals. Er schaute prüfend zwischen Rhodan und Atlan hin und her. Dann kam er zur Sache.

„Ich bin Tarc Manuko, Eigner, Kommandant, Erster Kosmonaut und Chefingenieur des Handesraumers TAPAS in einer Person. Das ist bei uns freien Prospektoren so üblich."

„Und Sippenpatriarch nennt er sich ebenfalls", rief der Kleine empört. „Der Plattfuß hat elf Ehefrauen, aber mir will er erst dann eine abtreten, wenn ich achtzehn bin. He, Sippenalte, wenn du nichts über terranischen Griesbrei wüßtest, dann . . ."

„Ruhe", unterbrach Manuko mit gelangweilt klingender

Stimme. „Hören Sie nicht auf meinen ältesten Sohn. Er kam drei Tage nach meinem Absturz mit der TAPAS zur Welt. Die Energieentzugsfalle, in die Sie ebenfalls hineingeraten sind, funktionierte damals offenbar noch nicht perfekt. Ich konnte gerade noch eine Bruchlandung bauen, meine Frauen und die Kinder retten – und damit war es vorbei. Den Doppeldecker mußte ich deshalb so primitiv bauen, weil hier jeder Elektronenfluß, sprich Strom, ausgeschlossen ist. Außerdem haben mir die Werkzeugmaschinen für bessere Konstruktionen gefehlt. Sie sind Terraner, das ist mir klar. Kurz vor der Vernichtung Ihres Schiffes ist ein zweites explodiert. Ihre Landung habe ich beobachtet. Sie werden fragen, wieso ich Sie ausgerechnet hier gesucht und auch gefunden habe. Einfach deshalb, weil der weiße Tafelberg die einzige markante Landestelle dieser Welt ist. Da bin ich auf gut Glück gestartet und habe mich von der Luft aus umgesehen."

„Ich habe sie zuerst entdeckt", schrie Manukos Ältester empört.

„Schweige! Nun denn, Sie sind fraglos in die gleiche Falle geflogen. Haben Sie vor Ihrer Landung einen hochragenden Turm aus Kalksandstein gesehen? Ja . . .? Wenn Sie den nicht knacken, kommen Sie hier nie mehr weg. Dort stehen die Umformer, von denen die Absaugfelder gesteuert werden. Nicht erzeugt, glauben Sie das nicht! Lediglich gesteuert! Wir haben hier Überlappungsenergien jeder Art. Wenn man die gekonnt justiert, passiert genau das, was Ihnen passiert ist. Ich möchte von Ihnen gern wissen, wer dafür verantwortlich ist! Ich bin vor etwas mehr als sechzehn Jahren zufällig hier angekommen und hatte gedacht, man könnte sich einmal auf der Sumpfwelt umsehen. Hier könnte es Howalgonium geben. Statt dessen bin ich in die Hölle geflogen. Das wurde noch schlimmer, als der Knabe heranwuchs. Ich meine den da. Sein Name ist Pinko."

„Ich kann lesen und schreiben", murrte sein Sohn.

„Das ist aber auch alles. Und wer sind Sie? Ihre Kampfanzüge und Rangabzeichen geben mir zu denken. Das ist teure Spitzenqualität. Das kann sich ein Mann meiner Art selbst bei guten Rohstoff-Funden nicht erlauben. Wer sind Sie?"

Rhodan hatte mühevoll seine Fassung bewahrt. Atlan blickte lethargisch in den wolkenverhangenen Himmel, während Tevira krampfhaft ein Lachen unterdrückte. Tschertcha und Marcuss waren sprachlos.

Rhodan stellte sich und seine Begleiter vor. Die Vorderladerwaffen der beiden Doppeldeckerpiloten hingen längst über deren Schultern. Die Riemen waren aus Tierhäuten geflochten.

Manuko nickte respektvoll.

„Aha, Perry Rhodan. Dann ist damit zu rechnen, daß bald eine Flotte des Imperiums auftaucht. Ich nehme an, Sie haben Sicherheitsmaßnahmen dieser Art getroffen. Wie kann ich Ihnen behilflich sein? Pinko, du schweigst gefälligst! Unsere Gäste wissen bereits, daß du lesen und schreiben kannst."

Rhodan trug die Antwort gewissermaßen auf der Zunge.

„Zeigen Sie uns den steinernen Turm mit den Maschinenanlagen, Mr. Manuko. Mehr brauchen und können Sie auch nicht tun."

„Meinen Sie?" zweifelte der Prospektor. „Wenn Sie wollen, können Sie mir erzählen, weshalb Sie eigentlich hierher gekommen sind. Ich könnte Ihnen vielleicht einen Rat geben. Außerdem wimmelt es hier von Ungeheuern, die ich sehr genau kenne. Was die Station betrifft, so muß sie vollrobotisch sein. Ich habe sechzehn Jahre lang keine lebende Seele bemerkt. Irgendwie muß jedoch ein Impulsgeber existieren, der im richtigen Augenblick die überenergetische Initialzündung auslöst. Wenn Sie den finden, haben Sie gewonnen. Die Station an sich dürfte relativ harmlos sein. Robotgeräte brauchen nun einmal Anweisungen."

Rhodan hatte längst erkannt, daß dieser unscheinbar wirkende Mann ein Könner war. Er hatte die Situation exakt definiert.

„Dann werden wir den sogenannten Impulsgeber eben finden", ergriff Atlan das Wort. „Ich biete Ihnen unsere Maschine an. Sie ist besser und wesentlich schneller als Ihr Doppeldecker."

„Aber nur, wenn ich den Donnerbolzen fliegen darf", meinte Pinko selbstbewußt. „Außerdem will ich endlich den Griesbrei und eine Freundin. Alles klar?"

Es war klar. Rhodan blieb auch gar keine Wahl, als es „klar sein" zu lassen, denn Pinko kannte sich auf dem Plateau des Tafelsberges am besten aus. Seine Augen, die Reflexe und sein Instinktvermögen waren nun einmal besser als die seines Vaters.

8.

Zum Start des Orbitalgleiters waren die beiden vorletzten Feststoffraketen verfeuert worden. Die Staustrahltriebwerke liefen erst dann an, wenn der Staudruck vorhanden war. Der aber erreichte seine Minimumverdichtung und Zündbereitschaft erst bei einer Geschwindigkeit von dreihundertzehn Kilometer pro Stunde.

Kasom war nur zehn Kilometer von dem bezeichneten Turm aus gewachsenem Stein gelandet. Anschließend hatte Rhodan die hochenergetischen Bordwaffen, die natürlich vorhanden waren, ausprobieren wollen. Er probierte jetzt noch; aber mehr als ein Wallen und Blubbern vor den Abstrahlmündungen war nicht zu erreichen.

„Unterlassen Sie den Unsinn", ärgerte sich der Prospektor. „Der Impulsgeber ist noch immer aktiv, oder die Kanonen würden die Hölle entfesseln. Damit können Sie die Umformerstation nicht knacken."

„Sie haben doch wohl aus hiesigen Grundstoffen Schwarzpulver hergestellt, nicht wahr?" wollte Atlan wissen. „Oder woraus besteht die Treibladung Ihrer Vorderladergewehre? Davon möchte ich übrigens gern eins haben."

„Sie überschätzen meine Möglichkeiten, Sir. Es gibt nur zwei

Waffen dieser Art. Ich führe die schwere Kugelbüchse und mein Sohn die weitstreuende Doppellaufflinte. Die geben wir nicht ab."

Der ehemalige Kristallprinz des arkonidischen Sternenreichs resignierte.

„Haben Sie wenigstens Sprengkörper in der Form von Schwarzpulverbomben hergestellt? Mit Luntenzündung natürlich. Das müßte doch möglich sein."

„Bomben? Meinen Sie stabile Holzgefäße mit hoher Dämmwirkung oder so etwas?"

„Genau das. Haben Sie es?"

„Dazu haben mir das Material und die Werkzeuge gefehlt. Mein Schiff ist nach der Bruchlandung explodiert. Ich besitze lediglich die beiden Gewehre, und die waren schon schwer genug herzustellen. Mein Schwarzpulvervorrat ist so begrenzt, wie hier ein notwendiger Oxydator zu finden ist. Schauen Sie sich einmal um! Holzkohle jede Menge, Schwefel ebenfalls, aber kein Kalisalpeter. Zaubern kann ich leider nicht. Ich habe insgesamt knapp zehn Kilogramm zur Verfügung."

„Das ergäbe aber bereits eine gute Sprengwirkung", überlegte Rhodan. „Die Verdämmung müßte natürlich so denkbar massiv wie möglich sein. Wo ist das Pulver?"

„In meinem Vorratsbeutel. Dort, das rostrote Fellstück. Wollen Sie damit tatsächlich eine riesige Umformerstation in die Luft sprengen?"

„Rhodan kann das", behauptete Pinko strahlend. „Mann, du hast bei mir aber viel gewonnen, zumal du wahrscheinlich auch lesen und schreiben kannst. Ich helfe dir. So schnell wie ich ist auf dieser Welt niemand. Na ja – eine Parzto-Schlange ausgenommen. Sie besitzt aber auch mindestens hundert Beine und zweihundert Füße, weil sie nämlich an jedem Laufknochen zwei Füße hat. Klar? – Sippenalte, denkst du noch an den Griesbrei?"

Tevira Abro lachte so herzhaft, wie es ihre unangenehme Situation zuließ.

„Klar, junger Mann. Ich werde irgendwo echten Gries auftreiben. Und wenn ich zum Großadministrator persönlich gehen müßte. Einverstanden?"

„Du bist großartig! He, Moment, ich werde dich tragen. Du fällst mir ja aus dem engen Ausstiegsluk. Verdammt, wer hat dir eigentlich die Arme demoliert?"

„Ein schießwütiger Geheimdienstagent", lächelte die Spitzenwissenschaftlerin. „Vergiß es, mein Junge. Ich habe dich sehr lieb. Weißt du das?"

Pinko traten Tränen in die Augen. Abrupt wandte er sich um und schrie so laut er konnte:

„Hör auf, so mit mir zu reden! Ich bin schon sechzehn, und in zwei Jahren habe ich die Patriarchenreife. Dann kriege ich die Junge mit den grünen Haaren, oder der Plattfuß wird etwas erleben. So – und jetzt werde ich dich aus dem Luk tragen, Sippenalte."

Zehn Minuten später war Pinko Manuko tot. Der Pulverbeutel war genau in dem Augenblick explodiert, als er ihn im Auftrag seines Vaters aufheben und Rhodan überreichen wollte.

Sie begruben seine sterblichen Überreste im harten Kalksandstein des Plateaus. Tevira schubste mit den Füßen einige losgesprengte Trümmer herbei, um die Grabstätte zusätzlich bedecken zu können. Die alte Frau konnte nicht weinen. Sie starrte blicklos vor sich hin. Schließlich sagte sie leise:

„Ich habe niemals einem Kind das Leben geschenkt, und daher besitze ich auch keine Enkel und Urenkel. Nun hatte ich einen gefunden. Warum mußte das geschehen? Welches Ungeheuer kann ein so junges Leben vernichten? Ich hätte Pinko geschult und ihn zu einem Wissenden gemacht."

Sechs Männer und eine Frau marschierten anschließend über die vegetationslose Gesteinsebene. Nicht mehr weit entfernt ragte der Turm über die Ebene empor. Dort lag das Ziel.

„Aber nur dann, wenn Sie den Impulsgeber rechtzeitig finden", warnte der Prospektor mit rauher, schmerzverzerrter Stimme. „Nur dann! Sie können ihn auch meinetwegen Zünder nennen. Los, laufen wir! In etwa vier Stunden wird der Dämmerungsorkan ausbrechen. Dann sollten wir eine gute Deckung gefunden haben."

9.

Sie standen vor den Gesteinsmassen, die durch die Laune der Natur die Form eines runden Turmes angenommen hatten.

Der einzige Eingang war klar erkennbar. Wenn er nicht durch einen Schutzschirm versperrt gewesen wäre, hätte man hindurchgehen können. Roboter waren nirgends zu sehen.

„Diese Anlage ist mit Sicherheit von einem längst ausgestorbenen Intelligenzvolk erbaut worden", erklärte Tarc Manuko. „Das habe ich herausgefunden. Ich war in den Hallen und habe mich umgesehen. Zerstört habe ich nichts, weil ich nicht wußte, ob ich dann noch einmal lebend herauskommen würde. Der Schutzschirm war niemals vorhanden. Wieso ist er jetzt plötzlich da? Kann das mit Ihrer Mission zusammenhängen, Sir?"

Rhodan richtete sich aus seiner gebückten Haltung auf und versuchte, den Kalkstaub von seinem Kampfanzug zu klopfen.

„Ja! Ich weiß es seit einiger Zeit. Der Dabrifa-Geheimdienst hat teuflisch geschickt gearbeitet. Wir wurden in die Falle gelockt mit dem Ziel, in erster Linie mich auszuschalten. Meine Rettung war, wie schon von Atlan erwähnt, nicht vorgesehen gewesen. Da es dennoch geschah und überdies Sie mit Ihrem Sohn auftauchten, wurde die Lage prekär. Wir werden beobachtet."

Atlan fuhr auf. Kasom ebenfalls, nur griff der Ertruser zusätzlich zu seiner unbrauchbar gewordenen Waffe. Rhodan mißachtete die Handlungen.

„Mr. Manuko, ist Ihre Kugelbüchse geladen?"

„Eben nicht", erklärte der Prospektor deprimiert. „Als ich mit meinem Doppeldecker landete, wollte ich Sie nicht wirklich gefährden. Ich ahnte nämlich, daß Sie keine Dabrifa-Leute sind. Und weil mein Sohn sehr impulsiv war und ich es ebenfalls sein kann, haben wir beide Waffen vorher leergeschossen. Mein Treibladungspulver ist explodiert. Ich habe lediglich einige Bleigeschosse in der Tasche. Die nützen Ihnen aber nichts. Warum? Was wollen Sie denn mit der primitiven Waffe anfangen? Auf den Schutzschirm schießen?"

Perry Rhodan stand nun hoch aufgerichtet, den Rücken einem Steilhang zugewandt. Sein Gesicht war maskenstarr. Wieder griff Atlan instinktiv zur Dienstwaffe. Nach einem wirkungslosen Aufblubbern schob er sie fluchend in den Kampfgürtel zurück.

Rhodan zeigte keine Spur von Interesse, doch statt dessen fragte er plötzlich unüberhörbar laut:

„Tevira Abro, warum hast du den Jungen, den du doch erziehen und zu deinem Urenkel erheben wolltest, so grausam umgebracht? Warum? Ich hatte dir vorher einige Dinge verziehen, das aber kann ich nicht. Warum hast du den liebenswerten Jungen getötet, indem du das Schwarzpulver mit einem Mini-Impulsstrahl gezündet hast? Ich habe die Leuchtbahn gesehen. Warum, Tevira?"

Die Galaktopsychologin erhob sich aus ihrer Felsendeckung.

„Du scheinst überfordert zu sein, Perry. Du solltest etwas schlafen."

„Durchaus nicht. Es begann an Bord der NOMINA, während des Absturzes. Kasom, Atlan und ich rissen die Hebel der pneumatischen Hangaröffnung zurück, aber die beiden Tore waren bereits geöffnet worden, obwohl zu dem Zeitpunkt schon der letzte Arbeitsstrom durch die Verbundleitungen geflossen war. Wieso gingen die elektromagnetisch bewegten Tore dennoch auf? Und wieso hast du mit deinen Armprothesen den genau hundertzwanzig Zentimeter entfernten Öffnungsschalter erreichen können, obwohl die stromabhängige Mechanik deiner Prothesen zu der Zeit längst ausgefallen sein mußte? Wie hast du das geschafft, Tevira?"

Kasom wollte nach vorn springen. Als er jedoch in die Mündung einer in der rechten Handprothese eingebauten Strahlwaffe sah, blieb er abrupt stehen.

Tevira Abros Arme waren plötzlich wieder einwandfrei bewegbar. Auch ihre körperliche Schwäche schien verschwunden zu sein. Auf ihren Lippen lag ihr wohlbekanntes Lächeln, nur durfte man nicht in ihre Augen sehen. Sie schimmerten wie Eiskugeln.

„Zu gut beobachtet und zu intelligent ausgewertet, Perry", meinte sie gelassen. „Um dich tut es mir leid – aber nur etwas. Der Junge war ein Bösewicht. Ich mag es nicht, mit ‚Sippenalte' angesprochen zu werden! Natürlich mußte ich Psychogeschick anwenden, um ihn zu neutralisieren."

„Du bist hundertneunundvierzig Jahre alt, Tevira", gab Rhodan bedrückt zu bedenken. „Was erwartest du noch vom Leben?"

„Zum Beispiel deinen Zellaktivator!" schrie sie plötzlich unbeherrscht. „Meine befreundeten Wissenschaftler werden einen Weg finden, um die auf dich abgestimmte Schwingungsfrequenz auf meine abzuändern. Dann werde ich leben – leben wie deine aktivatortragende Ehefrau, wie Dabrifa und viele andere Personen. Habe ich kein Recht zu leben?"

„Ich verstehe alles", nickte Rhodan niedergeschlagen. „Du konntest nicht über deinen persönlichen Schatten springen. Dabrifas verlogene Argumente haben dich zusätzlich umgepolt. Mein Zellaktivator wird dich schneller töten, als du normalerweise sterben wirst. Atlans Gerät ist ebenfalls auf ihn abgestimmt. Niemand wird es gelingen, die einmaligen Erzeugnisse eines Überwesens umzuschalten. Auch deinen Freunden nicht! Hüte dich vor ihnen, Tevira! Und was hast du nun vor? Atlan und mich töten, wie es deine Aufgabe vorschreibt? Die Erbeutung eines unserer Aktivatoren ist doch nur ein selbstsuggestiver Vorwand, dessen Fehlerhaftigkeit du längst eingesehen hast."

„Ich gebiete dir zu schweigen!" schrie sie, und ihre Miniwaffe drohte. „Ich werde meine Aufgabe vollenden. Dein Rettungsgerät, nämlich den Orbitgleiter oder eine ähnlich gute Konstruktion, hatten wir eingeplant. Du irrst also, wenn du glaubst, wir hätten damit nicht gerechnet! Ein Perry Rhodan und ein Abwehrchef Deighton denken an derartige Maßnahmen. Ich hatte das als ganz sicher einkalkuliert. Oder nimmst du ernsthaft an, ich hätte an Bord der NOMINA verbrennen wollen? In meiner unerwünschten Panik habe ich die Hangartore leider etwas zu frühzeitig geöffnet. Schön und gut – das hat sich nunmehr erledigt. Ich werde dich erschießen, Perry!"

„Sie ist tatsächlich eine überragende Psychologin", meinte Atlan sarkastisch. „Natürlich wollte sie sich nicht selbst opfern, zumal unsere Aktivatoren dann ebenfalls vernichtet worden wären. Immerhin war ihr Einsatz risikovoll. Wir hätten das stromunabhängige Rettungsgerät ja auch vergessen können. Schon gut, Madam! Sie brauchen nichts mehr zu erwidern. Ihre Planung ist voll aufgegangen."

„Ich werde Perry ausschalten", entgegnete sie. „Ihre Betrachtungen ändern nichts daran."

Rhodan drehte sich um.

„Dann mußt du mir in den Rücken schießen, Tevira."

Atlan beobachtete die Szene aus zusammengekniffenen Augen. Er kannte Rhodan. Niemals würde er jemand in einer solchen Situation den Rücken zukehren – jedenfalls nicht ohne besonderen Grund.

Tevira senkte die rechte Armprothese. Sie gab sich sehr beherrscht.

„Nicht in den Rücken, kluger Mann! Das könnte leicht festgestellt werden. Wir brauchen dich in einem anderen Zustand. Ich könnte ferner deinen Aktivator beim Durchschuß treffen. Sieh mir ins Gesicht! Kasom, machen Sie keine Dummheiten. Sie sind nicht betroffen! Wir werden Ihnen lediglich das Gedächtnis löschen. Dann können Sie gehen. Umdrehen, Perry!"

Rhodan drehte sich um – nur vielfach schneller, als es die alte Frau erwartet hatte.

Seine handwerklich wundervoll gestaltete Dienstwaffe lag bereits in seiner Schußhand, noch ehe er die blitzschnelle Körperdrehung vollendet hatte. Die Rechte ins Ziel schleudernd, zog er den Abzug durch.

Ein dumpfes Dröhnen durchbrach die Stille. Vor der Mündung der exzellent getarnten Spezialwaffe erschien eine schwarzblaue Wolke verbrannten Schwarzpulvers.

Das Geschoß vom Kaliber fünfundvierzig, bestehend aus Weichblei, traf die Stirn Teviras. Eine Messingpatronenhülse wurde vom zurückgleitenden Verschlußstück der Waffe ausgeworfen. Ein zweiter Schuß war jedoch nicht mehr notwendig. Tevira Abro war ihren Opfern gefolgt.

Rhodan sicherte die Automatikpistole, legte sie bedächtig auf den Boden und schritt davon. Atlan hielt Kasom zurück.

„Hierbleiben! Jetzt muß man ihn allein lassen.“

Nur wenige hundert Meter entfernt fiel der Schutzschirm in sich zusammen. Der Eingang zur Station eines unbekannten Volkes war wieder zugänglich.

„Meine Flotte wird übermorgen hier sein“, teilte der Arkonide mit. „Kommen Sie, meine Herren. Wer von Ihnen hat eigentlich gewußt, daß Rhodans galaxisweit berühmte Dienstwaffe nur eine exakte Kopie mit einem Magazin für sechs Schwarzpulverpatronen vom Kaliber 11,43 Millimeter war? Sie etwa, Tschertcha?“

„Nein, das wußten nur er und Galbraith Deighton. Ich weiß aber ganz sicher, daß er diese Waffe schon längst hätte einsetzen können, wenn er gewollt hätte. Doch das war nicht der Fall. Seine Absicht war es, Tevira zu verhaften. Dann aber ließ sie ihm keine andere Möglichkeit mehr. Er mußte schießen, oder er wäre ein toter Mann gewesen. So sehe ich das, Sir.“

Sie gingen auf den Eingang der Station zu. Kasom feuerte mit seinem Strahler in die Luft. Er funktionierte wieder einwandfrei. Der Impulsgeber hatte seine Dienste eingestellt.

Weit hinter ihnen schritt ein einsamer Mann in die Steinwüste hinaus. Sein Name war Perry Rhodan.

Clark Darlton

Die Sumpfgeister von Tonga-Tonga

Als in den Jahrhunderten nach 2200 zahllose Planeten erforscht und besiedelt worden waren, geschah es immer häufiger, daß einzelne Welten ihre Unabhängigkeit von Terra verlangten. Sie wurde ihnen gewährt, wenn sie reif dazu waren.
Vielen der von terranischen Siedlern abstammenden Völkern dauerte dieser Reifeprozeß zu lange, oder sie hielten ihn für überflüssig. Aus diesem Grund konnten drei Organisationen entstehen, die durch den Krieg das schneller zu erreichen hofften, was ihnen der Friede ohnehin gebracht hätte.

Im Jahr 3400 trieb die Krise einem Höhepunkt entgegen . . .

1.

Das Schiff der Siedler erreichte etwa im Jahr 2390 das aus sieben Planeten bestehende System der Sonne Lemur, siebentausenddreihundertfünfzig Lichtjahre von der Erde entfernt. Schon die Ferndiagnose ergab, daß der vierte Planet erdähnliche Bedingungen aufwies und sich zur Besiedlung eignete. Es gab keine intelligenten Eingeborenen auf den beiden Kontinenten, die von einem riesigen Ozean eingeschlossen wurden, der fast vier Fünftel der gesamten Oberfläche ausmachte. Fauna und Flora entsprachen jenen Terras, das Klima war angenehm und die schrägstehende Planetenachse garantierte Jahreszeiten, die etwa jenen der Erde entsprachen.

Das Schiff landete an einer günstigen Stelle. Damit war die Reise beendet, und das neue Leben auf einer fremden Welt, die nun zur Heimat wurde, begann.

Kommunikationsgeräte, Energieaggregate und andere lebenswichtige Einrichtungen des Schiffes wurden ausgebaut, wie es geplant war. Andere Teile des Fünfhundert-Meter-Kugelraumers dienten zur Errichtung von Notwohnungen, und bereits nach zwei Jahren war von dem Schiff, dessen Gerippe weit außerhalb der wachsenden Stadt Nandi vor sich hinrostete, nicht mehr viel übrig.

Das bedeutete keineswegs die völlige Einstellung der Raumfahrt. Fünf Korvetten und zwei Dutzend Beiboote garantierten die Erforschung der übrigen Planeten des Systems und damit die Rohstoffversorgung der neuen Welt.

Es war durchaus kein Zufall, daß die zwanzigtausend Siedler die neuentdeckte Sonne „Lemur“ und ihre neue Heimat „Tonga-Tonga“ genannt hatten. Sie alle hatten das übertechnisierte Leben auf der Erde satt, von der nur einige Teile und Inseln der Südsee verschont geblieben waren. Sie hatten eine Welt gesucht, deren ursprüngliche Natürlichkeit ihren Wunschvorstellungen entsprach, und sie hatten sie gefunden.

Tonga-Tonga war das Paradies, und so sollte es auch bleiben.

Der Kontakt mit Terra blieb bestehen, denn ohne die Hilfe des Heimatplaneten wäre die Umstellung nahezu unmöglich gewesen. So wurde Tonga-Tonga ein Bestandteil des Solaren Imperiums, und die Ankunft eines Nachschubfrachters von Terra, der unentbehrliches Material brachte und gegen Eigenerzeugnisse eintauschte, wurde zum willkommenen, wenn auch seltenen Ereignis.

Aus den Jahren wurden Jahrzehnte und schließlich Jahrhunderte. Die ursprüngliche Zahl der Siedler von zwanzigtausend hatte sich drastisch erhöht. Auf beiden Kontinenten waren Städte entstanden, die durch Fernstraßen verbunden waren. Eine gewaltige Brücke stellte den direkten Kontakt zwischen den beiden Landmassen Puta und Rofu her, die sich an dieser Stelle bis auf zwanzig Kilometer einander näherten.

Es blieb nicht aus, daß sich die anfangs gebildete Zentralregierung in zwei unabhängige Kontinentalregierungen aufspaltete. Damit entstanden unvermeidlich zwei Blöcke, die sich zwangsläufig immer mehr entfremdeten.

Während Puta die überlieferten Gesetze niemals änderte und das Erbe der Ursiedler streng bewahrte, ohne dadurch wirtschaftliche Nachteile in Kauf nehmen zu müssen, strebte Rofu nach technischem Fortschritt und Weiterentwicklung. Diese offensichtliche Spaltung erzeugte jedoch keinen Konflikt. Wer weiterhin naturverbunden leben wollte, zog nach Puta, und wer die Bequemlichkeiten der modernen Zivilisation wünschte, ließ sich auf dem Kontinent Rofu nieder.

Der zentralen Kolonialverwaltung auf Terra war es egal, wie die Siedler ihr Leben gestalteten. Sie half, wo immer es notwendig wurde, und sie sorgte dafür, daß die Siedlerwelten verteidigt wurden, wenn Fremde sie angriffen.

Mit Tonga-Tonga hatte es niemals Ärger gegeben. Der Kontinent Puta galt sogar als beliebter Urlaubsort, wohingegen Rofu ein Zentrum für Handel und Wirtschaft wurde.

Ein Jahrtausend verging.

Um das Jahr 3390 fand die Tausendjahrfeier statt.

An diesem Tag landete auf dem Raumhafen von Nandi, der Hauptstadt Rofus, ein Kugelraumer.

Er kam nicht von Terra.

Präsident Kranz sah überrascht auf, als sein Stellvertreter, der Erste Techno Fargos, sein Amtszimmer betrat. Der Techno hatte sich zwar angemeldet, aber Kranz hatte nicht damit gerechnet, daß er noch vor Beginn der Feierlichkeiten erscheinen würde.

„Was gibt es denn?“ fragte er ein wenig ungeduldig, weil er beim Studium seiner Rede unterbrochen wurde. „Hat das nicht Zeit bis später?“

„Das weiß ich nicht, Kranz. Jedenfalls landete ein Schiff, ohne daß vorher eine Kontaktaufnahme erfolgte. Die kam erst nach der Landung zustande. Der Kommandant gibt sich als Abgesandter eines Carsualschen Bundes aus, was immer das auch sein mag. Jedenfalls ist er ohne Zweifel ein Terraner.“

„Carsualscher Bund . . .?“ dehnte der Präsident. „Was soll das bedeuten? Nie gehört. Vielleicht eine neue Unterabteilung der terranischen Zentralverwaltung.“

„Unsere Behörden warten auf Anweisungen, Kranz. Was soll geschehen?“

„Sie sollen wie Besucher empfangen werden, bis wir ihre Absichten kennen. Wenn sie jedoch unsere Feier stören wollen . . .“

„Das ist kaum zu befürchten. Dieser Abgesandte soll sehr freundlich sein.“

„Na schön, dann ist ja alles klar“, sagte Kranz und ließ erkennen, daß er allein gelassen werden wollte. „Kümmern Sie sich persönlich um diese Angelegenheit und erstatten Sie mir später Bericht.“

„Wird gemacht“, versicherte Fargos und ging.

Der Abgesandte Redev trat höflich, aber bestimmt auf. Er bat um eine Unterredung mit dem Präsidenten und seiner Regierung. Ausdrücklich betonte er, nicht im Auftrag Terras zu handeln. Zu Beginn der Konferenz war er vorsichtig und zurückhaltend, aber dann ließ er plötzlich die Katze aus dem Sack:

„Die Bewegungen um Unabhängigkeit von Terra greifen immer mehr um sich. Die Ansicht setzt sich durch, daß wir freie und unabhängige Welten sind, denen niemand etwas zu sagen hat. Die Entwicklung war vor tausend Jahren, als unsere Vorväter hier und anderswo landeten, vorauszusehen. Sie ist also völlig normal."

Präsident Kranz sagte mit unbewegtem Gesicht:

„Unabhängigkeit! Was soll das? Niemand redet uns herein, auch Terra nicht. Wir treiben Handel mit dem Imperium, und es geht uns gut. Warum sollen wir einen Konflikt heraufbeschwören, der überflüssig ist?"

„Es geht um das Prinzip, Präsident. Und um den Fortschritt!"

Kranz schüttelte erst den Kopf, dann aber nickte er.

„Na gut, nehmen wir einmal an, die Volksversammlung würde Ihrem Vorhaben zustimmen, wie sähe das Ergebnis dann in der Praxis aus?"

Der Gesandte ging sofort darauf ein.

„Ihre Welt würde im Carsualschen Bund willkommen sein, der die Verhandlungen mit Terra führt. Am Ende steht die Unabhängigkeit."

Kranz lächelte flüchtig.

„Aber Rofu wäre dann von diesem Bund abhängig, und der ist für uns ein unbekannter Faktor. Ich sehe keinen Vorteil in der Sache. Wenigstens nicht für uns, und für Puta erst recht nicht. Trotzdem bin ich bereit, Kontakt mit Ihnen zu halten."

Redev sah nicht sehr zufrieden aus.

„Sie wollen sich also nach beiden Seiten absichern? Das ist ein Fehler, meine ich. Es gibt noch zwei weitere Unabhängigkeitsorganisationen – das Imperium Dabrifa und die Zentralgalaktische Union."

„Klingt recht hochtrabend", bemerkte Techno Fargos kritisch.

Der Abgesandte warf ihm einen giftigen Blick zu.

„In ein paar Jahren denken Sie anders darüber, falls es dann nicht zu spät ist.“

„Soll das eine Drohung sein?“

„Nur eine Warnung“, schwächte Redev ab und erhob sich. „Mein Schiff wird einige Zeit hier bleiben und Ihre endgültige Entscheidung abwarten. Sie können mich jederzeit an Bord erreichen. Im übrigen nehme ich an, daß wir uns auf Ihrer Welt frei bewegen dürfen.“

Kranz nickte.

„Wir haben nichts dagegen. Sehen Sie sich die beiden Paradiese Rofu und Puta nur ruhig an, und Sie werden begreifen, daß wir keinen Grund haben, etwas daran zu ändern. Es sei denn ...“

„Es sei denn – was?“ stieß Redev nach, als Kranz zögerte.

„Es sei denn, die Mehrheit unserer Bevölkerung entscheidet anders.“

Redev nutzte den Aufenthalt auf Tonga-Tonga und handelte ganz im Sinn seines Auftrags. Niemand hinderte ihn daran, die Städte Rofus aufzusuchen und die Kommunikationsmedien für seine Zwecke zu benutzen. Klug erkannte er den im Unterbewußtsein schlummernden Drang zur Veränderung bei der Jugend und den Wunsch nach Sicherheit bei den Alten. Immer mehr Menschen jubelten ihm zu, und sie erkannten nicht, daß die Unabhängigkeit von Terra ihnen erst recht die Abhängigkeit bringen würde.

Kranz und die Regierung ließen Redev gewähren. Sie waren davon überzeugt, daß die spontane Begeisterung gewisser Gruppen ohne Einfluß auf die Bevölkerung Rofus blieb. Lediglich der Erste Techno Fargos äußerte Bedenken und meinte, man müsse dieser Agitation eine vernünftige Argumentation entgegensetzen.

Man hörte nicht auf ihn, bis eine Meinungsumfrage eine deutliche Mehrheit für einen Kampf um die Unabhängigkeit ergab. Durch das Ergebnis alarmiert, stimmte Kranz einer entsprechenden Gegenkampagne zu.

In Puta hatte der Beauftragte des Carsualschen Bundes weniger Erfolg. Die Bewohner des naturbelassenen Kontinents waren mit ihrem Dasein zufrieden, wollten keinen weiteren technischen Fortschritt und spürten so gut wie nichts von einer „Bevormundung durch Terra".

Redev kehrte zum Kontinent Rofu zurück und setzte seinen Kampf für „Recht und Freiheit" fort.

Er hatte viele Freunde und Anhänger.

Aber auch Feinde.

Margin-Lo hatte von seinem Vater eine Farm in der Nähe von Neiafu auf dem Kontinent Puta geerbt und bewirtschaftete sie zusammen mit seiner Frau und seinen älteren Söhnen. Neiafu lag etwa zweitausend Kilometer südwestlich der Hauptstadt Eua und galt als Urlauberparadies. Margin-Lo und seine Familie lebten in erster Linie vom Verkauf ihrer Erzeugnisse auf dem Markt der Stadt.

Sie lebten bescheiden, aber ohne Sorgen. Die Sorgen kamen erst, als die Zeitungen vom Auftreten Redevs berichteten.

„Er stiftet nur Unruhe", sagte Margin-Lo zu seinem Nachbarn Ron, der ihn an diesem Abend besuchte. „Politik hat uns bisher nie gekümmert, wir leben in Frieden, und ohne die Terraner wären wir allein. Würden wir uns diesem Bund anschließen, wären wir erst recht abhängig. Was meinst Du?"

„Man sollte den Kerl umbringen", knurrte Ron wütend.

Ron besaß ebenfalls eine Farm und sogar ein altes Elektro-Auto, das bereits Museumswert hatte. Neue wurden kaum noch gebaut. Drüben auf Rofu überschlugen sie sich mit ständigen Neuerungen auf diesem Gebiet, und kaum gebrauchte Fahrzeuge wurden bald verschrottet. Es war ein Kreislauf des Irrsinns.

„Umbringen?" Margin-Lo nickte beifällig, meinte dann aber: „Das gäbe Ärger. Dieser Bund würde andere schicken."

„Das ganze Schiff würde ich in die Luft sprengen!" Ron nahm kein Blatt vor den Mund. „Sie sollen uns in Ruhe lassen, diese Rebellen. Und wenn sie das nicht tun, muß man ihnen eben eine Lehre erteilen."

„Aber Mord . . .?" Margin-Lo schüttelte den Kopf. „Das würde nur Gewalt erzeugen. Mord ist durch nichts zu rechtfertigen."

Ron sann eine Weile vor sich hin, dann erkundigte er sich:

„Du hast doch noch eine Waffe von deinen Urahnen?"

Margin-Lo warf einen Blick in die Zimmerecke, in der eine hölzerne Truhe stand.

„Du meinst den Revolver?"

„Ja, ich glaube, so nannte man die Knalldinger."

„Warum fragst du?"

„Leih ihn mir, Lo!"

„Du willst doch nicht etwa . . .?"

„Stell keine Fragen, sondern leihe ihn mir. Und ein paar Patronen, falls die noch funktionieren."

„Ich habe schon damit geschossen."

„Gut. Dann will ich es versuchen."

Margin-Lo stand auf, ging zur Truhe, öffnete sie und kramte darin herum, bis seine Hand mit einem kurzläufigen Revolver wieder zum Vorschein kam. Er legte ihn auf den Tisch.

„So etwas hat niemand mehr, er hatte schon Altertumswert, als unsere Vorfahren hier vor tausend Jahren landeten. Aber die Munition war gut verpackt." Er sah Ron an. „Ich ahne, was du planst, aber ich bin nicht damit einverstanden." Er blinzelte. „Aber ich werde dich auch nicht daran hindern. Nimm das Ding. Ich schenke es dir."

„Danke." Ron schob noch einige Patronen in die Tasche. „Vielen Dank, Lo. Ich werde dir das nie vergessen."

„Was wollte Ron denn heute?" fragte Margin-Los Frau später, als der Nachbar mit seinem klapprigen Auto fortgefahren war.

„Den Revolver."

Sie starrte ihn an.

„Was will er denn damit?"

Margin-Lo hob die Hände und verschränkte sie hinter dem Kopf.

„Ich glaube", sagte er langsam, „er möchte damit auf die Jagd gehen. Ein sehr seltenes Wild, nehme ich an . . ."

Und ein gefährliches, fügte er in Gedanken hinzu.

Nachdem Redev einige Morddrohungen von Unbekannt erhalten hatte, zeigte er sich nur noch in Begleitung eines bewaffneten Kommandos in der Öffentlichkeit. Die vier Männer trugen moderne Impulsstrahler.

Kranz selbst verstärkte die Sicherheitsmaßnahmen für den Gast. Er wußte nicht, ob seine Vermutung stimmte, aber innerlich war er fest davon überzeugt, daß die Drohungen von den Naturalisten auf Puta ausgingen. Sie mußten in erster Linie daran interessiert sein, daß sich die Verhältnisse auf Tonga-Tonga nicht änderten.

Fargos war anderer Meinung.

„Diese Fremden haben auch Feinde bei uns, Kranz. Terra ist ein uns bekannter Faktor, der Carsualsche Bund hingegen ein unbekannter. Ich muß allerdings zugeben, daß etliche Argumente Redevs einiges für sich haben."

Kranz sah ihn verblüfft an.

„Sie haben Ihre Meinung aber schnell geändert, Fargos."

„Das hat seine Gründe, Kranz. Ich glaube, daß wir mit der Hilfe dieses Bundes den technischen Fortschritt noch schneller als bisher vorantreiben können. Kümmert sich vielleicht Terra darum?"

„Sehen Sie denn nicht den Widerspruch, Fargos? Sie wollen also die Unabhängigkeit von jemandem, der uns in Ruhe läßt und sich nicht in unsere Angelegenheit einmischt? Und diesen Zustand wollen Sie eintauschen gegen die Abhängigkeit vom Carsualschen Bund, der früher oder später Krieg gegen Terra führen wird – mit uns zusammen."

„Das Volk von Rofu wird darüber entscheiden."

Kranz lehnte sich zurück und sah seinen Stellvertreter voll an.

„Es ist Ihnen wohl klar, daß wir nun politische Gegner sind, aber es wäre klug, wenn wir das niemanden merken lassen. Wenigstens vorerst nicht. Auf keinen Fall darf Redev etwas passieren."

Der Erste Techno erhob sich.

„Wenigstens in dieser Hinsicht sind wir uns einig", sagte er und verließ das Büro des Präsidenten.

Kranz starrte gegen die sich schließende Tür.

Dann hatte er seinen Entschluß gefaßt.

Über die Geheimleitung ließ er sich mit der Kommunikationszentrale verbinden.

Ron war durchaus nicht der primitive Farmer und Siedler, den man in ihm hätte vermuten können. Er war noch nie auf dem Kontinent Rofu gewesen, aber er wußte um den gewaltigen Unterschied zwischen den beiden Ländern.

Fünf Tage benötigte er für die zweitausend Kilometer von Neiafu bis Eua. Immer wieder fand er jemand, bei dem er seine Batterien aufladen konnte, was natürlich Zeit kostete. Dann – endlich – erreichte er die große Brücke und damit die Grenze.

Es gab keine Posten oder Zollbeamten hier, die Grenze hatte nur symbolische Bedeutung. Für Ron bedeutete sie nicht mehr und nicht weniger als einen Schritt, der tausend Jahre in die Zukunft führte.

Auf der anderen Seite der Meerenge verbreiterte sich die Straße um das Fünffache. Sechs Fahrspuren waren mit elektronischen Leitschienen versehen, die Ron nichts nutzten. Er mußte die äußerste rechte Fahrbahn benutzen, die über keine derartigen Einrichtungen verfügte. Aber auch hier gab es hin und wieder stromabgebende Tankstellen.

Stromlinienförmige Autos rasten an ihm vorbei, als er die Straße in Richtung Nandi entlangzockelte. Er spürte die ungewohnte Hast und die Hektik, die hier herrschten. Sie waren ihm unangenehm. Auf keinen Fall würde er sich anstecken lassen, und schon jetzt sehnte er sich nach dem beschaulichen Leben auf Puta zurück.

Drei Tage brauchte er bis Nandi, tausend Kilometer von der Brücke entfernt. Schon von weitem kündigte sich die Hauptstadt von Rofu durch größeren Verkehr und ein Häusermeer an. Die Bevölkerungsdichte von Rofu war dreimal höher als auf Puta.

Er fand ein kleines Hotel, in dem er sich ein Zimmer nahm. Sein Auto stellte er in der Garage ab, damit niemand auf den Gedanken kam, sich als Sammler für Oldtimer zu versuchen. Selbst der Androide beim Empfang schien ihn mitleidig zu mustern.

Ich muß mir andere Kleidung besorgen, dachte Ron, als er sich auf dem Bett ausstreckte. Man sieht sofort, woher ich komme.

Er schaltete den Video ein, was nach einigen Versuchen auch klappte. Auf Puta gab es nur Zeitungen. Jemand predigte die Unabhängigkeit von Terra und wurde nicht müde, die Vorteile aufzuzählen, die Tonga-Tonga dadurch entstehen würden. Er sprach nicht von Rofu allein, sondern hielt es wohl für selbstverständlich, daß auch Puta in das Geschehen einbezogen würde.

„Idiot!“ knurrte Ron wütend und schaltete ab. „Noch mehr Fortschritt wollen sie, noch mehr Technik, noch mehr Bequemlichkeit und Zivilisation! Und Freiheit von Terra! Welcher Unsinn! Als ob wir nicht frei genug wären! Oder meinen sie damit nur die Anarchie?“

Er schlief unruhig in dieser Nacht, und als er am nächsten Vormittag im Speisesaal frühstückte, erfuhr er das Neueste:

In drei Tagen würde eine Volksabstimmung stattfinden, von deren Ergebnis es abhängen sollte, ob Rofu dem Carsualschen Bund beitrat oder nicht. Terra sollte erst später informiert werden.

Für den Abend wurde eine Diskussion zwischen dem Abgesandten Redev und Präsident Kranz angekündigt.

Da wußte Ron, daß die Zeit des Handelns gekommen war.

Am nächsten Tag, noch vor der geplanten Abstimmung, würde dieser Redev sterben müssen . . .

Ron hatte ziemliches Glück, als er sich an diesem Abend doch noch entschloß, den Video einzuschalten.

Er geriet mitten hinein in die angekündigte Diskussion und mußte zu seiner Verblüffung feststellen, daß Präsident Kranz genau seine eigene Meinung vertrat, soweit es die Unabhängigkeit von Terra betraf.

Mit überzeugenden Argumenten widerlegte er alle Behauptungen des Abgesandten und trat für die Beibehaltung des bisher verfolgten Kurses in der Politik ein. Ganz nebenbei erwähnte er, daß einige Stunden zuvor den Sicherheitskräften die Verhaftung eines Mannes gelungen sei, der Redev ermorden wollte. Kranz betonte, daß man Tonga-Tonga einen schlechten Dienst erwiesen hätte, wenn das Attentat gelungen wäre. Zugleich bat er die Bevölkerung, Zurückhaltung zu bewahren und bei der Abstimmung für den augenblicklichen Status zu votieren.

Redevs Rede strotzte voller Phrasen über Freiheit und Fortschritt, enthielt aber derart viel Widersprüche, daß sie eher das Gegenteil von dem erreichte, was der Abgesandte wollte. Kranz war klug genug, als er das letzte Wort erteilt bekam, die Sendung mit dem Satz zu beenden:

„Dem, meine Freunde, habe ich nichts hinzuzufügen."

Damit war das Abstimmungsergebnis in zwei Tagen wieder offen.

Er hat recht, dachte Ron, nachdem er das Gerät abgeschaltet hatte. Es ist sinnlos, Redev zu töten. Es würde ihn zu einem Märtyrer machen. Vielleicht würde man sogar sagen, Kranz stecke dahinter. Außerdem scheint Margin-Lo richtig zu liegen, wenn er meint, ein Mord sei keine Lösung.

Trotzdem war sich Ron darüber im klaren, daß etwas geschehen müsse.

Er wußte nur noch nicht, was.

Da erhielt er Unterstützung von einer Seite, an die er nicht im Traum zu denken gewagt hätte.

2.

Wie üblich in Zeiten der Ruhe begann der Mausbiber langsam aber sicher Fett anzusetzen. Den größten Teil des Tages verbrachte er im Liegestuhl auf der Terrasse seines Landhauses an den Ufern des Goshunsees, nicht weit von Terrania entfernt. Er wohnte allein hier, wenn man von seinem Hausroboter Thaddäus absah, den er kürzlich neu erworben hatte. An dem alten hatte er soviel herumgebastelt, daß die technische Sicherheitskontrolle ihm die Arbeitslizenz entzog und ihn einschmolz.

Gelegentlich ließ sich Guckys Nachbar Reginald Bull dazu herab, dem Mausbiber einen Besuch abzustatten, so wie auch heute.

Thaddäus brachte einen zweiten Liegestuhl und stellte ein weiteres Glas auf den kleinen Tisch. Bully betrachtete es nachdenklich, ehe er eine flache, silberne Flasche aus der Jackentasche zog.

„Deinen Obstsaft kannst du behalten“, meinte er unhöflich und füllte sein Glas zur Hälfte. „Seit Tagen beobachte ich dich schon. Du tust nichts anderes, als hier herumzuliegen. Wenn du so weitermachst, kommst du bald nicht mehr aus dem Stuhl hoch.“

„Dann bringt mich Thaddäus ins Haus.“ Guckys Stimme klang so müde, daß Bully unwillkürlich gähnen mußte. „Im übrigen ist Faulheit nichts anderes als der Humus des Geistes; Faulheit stärkt die Glieder und ist lediglich überwundener Fleiß.“

Bully, schon halb angesteckt von der Atmosphäre der Trägheit, reichte Thaddäus sein Glas, der es auf den Tisch zurückstellte.

„Wo hast du denn diese Weisheit her?“ Er drehte mühsam den Kopf und musterte Gucky aufmerksam. „Du bist dicker geworden.“

Der Mausbiber war viel zu faul, sich aufzuregen, dabei konnte er derartige Anspielungen überhaupt nicht leiden.

„Du auch“, sagte er nur und schloß erschöpft die Augen.

Die Sonne stand hoch am Himmel, es war warm. Ein paar Segler mühten sich, den See zu überqueren. Sie wirkten ebenso träge wie die beiden Gestalten in ihren Liegestühlen. Selbst die Pflanzen in Guckys Gemüsebeet ließen traurig ihre Köpfe hängen.

Thaddäus, der ins Haus gegangen war, erschien plötzlich wieder. Er trug einen leichten Hausanzug über seinem nackten Androidenkörper und wirkte, wie entsprechend programmiert, leicht indigniert. Er erinnerte stark an einen jener sagenhaften Butler.

„Eine Verbindung aus Terrania-City für Reginald Bull“, sagte er.

Gucky gestattete sich eine lässige Handbewegung.

„Bring den Apparat her“, murmelte er.

„Sehr wohl“, erwiderte Thaddäus und entschwebte, um zehn Sekunden später mit dem kleinen Nebenanschlußvideo zurückzukehren, den er auf den Tisch stellte.

Bully brauchte sich nur leicht zur Seite zu drehen, um auf dem Bildschirm Rhodans Gesicht zu erkennen. Erstaunt zog er die Augenbrauen in die Höhe. „Du?“

„Ja, ich!“ sagte Rhodan und schien den Anblick zu genießen, den ihm die Kamera übermittelte. „Wie ich sehe, seid ihr schwer beschäftigt. Tut mir leid, wenn ich störe . . .“

„Ist was?“ unterbrach Bully. „Wir dachten, du würdest Urlaub machen“

„Das tat ich auch bis jetzt. Ich fürchte, wir müssen ihn unterbrechen. Wir haben eine Art Notruf erhalten.“

Man sah förmlich, wie der Mausbiber die Ohren spitzte, und Bully schien aus seiner Trance zu erwachen.

„Notruf?“ fragten beide wie aus einem Mund. „Von wem?“

„Von einer der Siedlerwelten. Die Organisationen, die sich um ein Bündnis gegen Terra bemühen, scheinen aktiver geworden zu sein. Ich fürchte, wir werden etwas dagegen unternehmen müssen.“

Bully war endgültig wach geworden, blieb aber im Stuhl liegen.

„Was meint Atlan denn dazu?“

„Er meint auch, wir sollten uns darum kümmern. Was hältst du von einem Ausflug nach Tonga-Tonga?“

„Wo liegt das denn schon wieder?“

„Etwa siebentausenddreihundert Lichtjahre entfernt. Eine wunderschöne friedliche Siedlerwelt, auf der eine Abordnung des kürzlich gegründeten Carsualschen Bundes Unruhe zu stiften versucht. Wir erhielten ein dringendes Hypergramm vom dortigen Präsidenten Kranz.“

Rhodan sprach weiter und versuchte, die Situation zu analysieren. Man müsse solchen Agitationen mit Gegenpropaganda begegnen, und sicherlich wäre es gut, wenn man nicht eine beliebige Abordnung entsenden, sondern gleich selbst nach dem Rechten sehen würde. Er schloß:

„Ich hoffe, du wirst mich begleiten, und vielleicht einer der Mutanten, möglichst ein Telepath. Das Aufgebot sollte nicht zu groß sein, das würde aufdringlich wirken. Schließlich sind wir keine Kolonialherren, sondern die Freunde der Siedler.“

Gucky, der mit geschlossenen Augen zugehört hatte, rekelte sich faul in seinem Liegestuhl.

„Mit dem Mutanten meintest du sicherlich mich?“ erkundigte er sich, aber es klang kaum nach einer Frage.

„Nicht direkt. Ich dachte eigentlich mehr an jemand, der nicht von der Schlafkrankheit befallen ist. In deinem jetzigen Zustand bist du entbehrlich.“

Das war zuviel.

Mit einem Ruck richtete sich der Mausbiber auf und starrte wütend auf den Bildschirm.

„So! Ich bin also zu entbehren? Und das bei einer so heiklen Aufgabe, die diplomatisches Geschick erfordert? Wer wäre dafür schon geeigneter als ich, den man den Retter des . . .“

„Ja, ja, ich erinnere mich“, unterbrach ihn Rhodan freundlich. „Wir reden nochmal darüber, wenn du ganz wach geworden bist.“

„Ich bin so wach wie einer, der in den Bach gefallen ist. Wann geht's los?“

„In zwei Tagen“, sagte Rhodan, dann wurde der Schirm dunkel.

Bully seufzte.

„Siehst du, so ist das immer. Kaum beginnt man sich zu erholen, da kommt etwas dazwischen. Ich *muß* ja mit, du hast es gehört, aber warum du dich so vordrängst, nachdem du mir einen so schönen Vortrag über die Vorzüge der Faulheit hieltest, werde ich nie begreifen.

Gucky lag schon wieder lang.

„Man kann euch doch nicht allein lassen, so hilflos und ohne richtigen Schutz. Außerdem ist Diplomatie eine meiner Stärken.“

Bully nahm sein Glas und leerte es mit einem Zug.

„Aha!!“ machte er dann und schwieg.

Gucky warf ihm einen unfreundlichen Blick zu.

„Halte deine Gedanken im Zaum“, riet er.

Bully seufzte abermals.

„Es ist schrecklich, mit einem Telepathen befreundet zu sein.“

„Manchmal ist es aber auch nützlich“, belehrte ihn der Mausbiber und zauberte Bully telekinetisch die noch halbvolle Brustflasche aus dem Jackett und legte sie ihm in die Hände. „Eingießen und trinken mußt du selbst.“

Dann schloß er die Augen, um den Rest des Nachmittags zu genießen.

Kommandant des Leichten Kreuzers der Städteklasse TRIESTE war „Kommodore“ Knorrhead, ein erfahrener Pilot der Raumflotte. Sein Stellvertreter Goatfarmer galt zwar als Sonderling, war aber durchaus fähig, einmal selbst das Kommando über ein Schiff zu erhalten.

Der Einhundert-Meter-Raumer war in der Werft überholt worden und wartete auf einen neuen Einsatzbefehl, der dann auch kam. Knorrhead ließ seinen Ersten zu sich rufen.

„Es ist soweit! Sondereinsatz! Nach Tonga-Tonga!“

„In die Südsee?“ wunderte sich Goatfarmer.

„Unsinn! Eine Siedlerwelt! Und wissen Sie, wer mitkommt?“

„Keine Ahnung.“

Knorrhead genoß die bevorstehende Überraschung des anderen.

„Perry Rhodan höchstpersönlich!“

„Fein“, sagte sein Stellvertreter nur und genoß nun seinerseits die Enttäuschung seines Vorgesetzten.

„Reginald Bull auch.“

„Hm.“

Das klang schon skeptischer.

„Und der Mausbiber Gucky!“

„Du lieber Himmel!“ entfuhr es Goatfarmer. „Der hat uns noch gefehlt!“

Obwohl der „Kommodore“ ähnlich dachte, sagte er:

„Mehr Respekt, wenn ich bitten darf. Es dürfte sich immerhin um eine wichtige Mission handeln, und dieser kleine Extraterrestrier gilt als einer der besten Mutanten. An Ihrer Stelle würde ich sehr vorsichtig mit meinen Gedanken umgehen, sobald er an Bord gekommen ist. Sorgen Sie übrigens noch dafür, daß wir einen entsprechenden Vorrat an Frischgemüse übernehmen. In der Hauptsache Mohrrüben.“

„Igittegitt!“ murmelte Goatfarmer entsetzt.

„Mann!“ prophezeite Knorrhead düster. „Ich sehe schwarz für Sie.“

Goatfarmer ging, um den Befehl auszuführen, und dabei

hatte er das Gefühl, als schleppe er einen schweren Stein auf seinem Herzen mit.

Es waren schlimme Ahnungen, die ihn beschlichen.

Die letzte Besprechung fand im Hauptquartier in Terrania statt.

Rhodan hatte die Botschaft des Präsidenten Kranz verlesen, die Situation erläutert und bat um Stellungnahmen.

Tifflor meldete sich.

„Wir sollten vielleicht den Einfluß dieser Bünde nicht überschätzen. Was können sie schon ausrichten? Wer unabhängig werden will, soll es doch werden. Früher oder später benötigen sie doch wieder unsere Unterstützung. Nichts würde sich ändern."

Atlan winkte ab.

„Darum geht es weniger, Tiff. Aber wir müssen jene Welten vor den Bünden schützen, die keine Veränderung wünschen. Gerade der Carsualsche Bund ist bekannt dafür, daß er Zwietracht sät. Seine Abgesandten verursachen Unzufriedenheit durch Agitation. Dem muß entgegengewirkt werden. Die Siedler sind mit ihrer Lebensweise zufrieden, und nun kommt plötzlich jemand und redet ihnen ein, daß sie es nicht sind. Immer wieder fallen Menschen auf solche falschen Töne herein. Das resultiert in Ärger und Schwierigkeiten."

„Manche glauben eben an das Märchen von der bedingungslosen Freiheit", warf Waringer in die Debatte. „Dabei sagte schon Platon, daß ein Übermaß an Freiheit in der Demokratie unweigerlich zur Tyrannei führt."

„Ein Wort, das leicht mißverstanden wird", gab Rhodan zu bedenken. „Ich habe mich übrigens über die Verhältnisse auf Tonga-Tonga informiert. Es gibt dort zwei Gruppen, die Naturalisten und die Modernisten. Erstere leben in positiver Stagnation, so paradox das in unseren Ohren klingen mag, die anderen betreiben den technischen Fortschritt in dem gleichen ungesunden Maß, wie wir es vor vielleicht vierzehnhundert Jahren getan haben. Wir mischen uns da nicht ein."

„Und was wollt ihr tun?" fragte Atlan.

„Den Leuten dort erzählen, daß Unterstützung keine Abhängigkeit bedeutet und daß Zusammenarbeit noch lange keine Sklaverei ist. Die Siedlerwelten gehören zum Solaren Imperium, aber jede dieser Welten ist selbständig. Hier von einer Abhängigkeit zu sprechen ist falsch. Es handelt sich um einen lockeren Verband verbündeter Planeten, das ist alles."

„Und was wollen diese Organisationen, dieser Carsualsche Bund, dieses Imperium Dabrifa und die Zentralgalaktische Union – klingt übrigens auch nicht gerade bescheiden."

„Du hast recht, Atlan", stimmte Rhodan zu. „Was sie wollen? Genau das, was sie uns vorwerfen. Unabhängigkeit von Terra, das ist ihr Motto, und sie meinen damit die Abhängigkeit von ihren eigenen Bünden. Sie gehen einen gefährlichen Weg, denn eines Tages werden sie uns so herausfordern, daß wir gezwungen sind, ihnen entsprechend zu antworten. Was das bedeuten kann, ist wohl jedem hier klar."

„Krieg?" murmelte Atlan und schüttelte den Kopf. „Wie oft schon haben sich die Kinder gegen ihre Eltern erhoben! Hört das nie auf?"

„Solange es Menschen gibt – wahrscheinlich nicht", meinte Waringer, und in seiner Stimme schwang ein wenig Resignation mit. „Jedenfalls beneide ich dich nicht um deine Mission, Perry."

„Haltet uns die Daumen", bat Rhodan und gab mit einem Handzeichen zu verstehen, daß die offizielle Informationsstunde beendet war.

Am Tag des Starts hielt Gucky Thaddäus einen langen Vortrag und legte ihm besonders den Garten ans Herz. Es gab nicht mehr viel Gärten in dieser überzivilisierten Welt, und der Mausbiber war stolz auf den seinen. Außerdem haßte er nichts mehr als synthetische Nahrung, die er als einen „sterilen Matsch" bezeichnete und nur im Notfall zu sich nahm.

Bully war bereits mit einem Gleiter vorausgeflogen und hatte sich längst an Bord der TRIESTE begeben, also nahm Gucky sein Gepäck und teleportierte zum Raumhafen. Es dauerte eine geraume Zeit, bis er endlich das Schiff fand. Das Gewirr der Gedankenimpulse war so chaotisch, daß er jene von Rhodan und Bully nicht anpeilen konnte.

Um sich weiteres Suchen zu ersparen, teleportierte er direkt in die Zentrale der TRIESTE, wo er seine Vermutung bestätigt fand: Rhodan und Bully waren schon da und sprachen mit einem älteren und sehr militärisch wirkenden Mann, den der Mausbiber sofort als den Kommandanten identifizieren konnte.

Gucky legte seinen Gepäcksack auf den Boden, nahm gegen alle Gewohnheit stramme Haltung an und sagte:

„Sonderoffizier Guck meldet sich an Bord!"

„Laß den Quatsch!" knurrte Bully leicht gereizt, denn er nahm an, der Mausbiber wolle einen seiner üblichen Scherze abziehen.

Knorrhead aber erwiderte den Gruß und sagte ernst:

„Willkommen an Bord, Sir!"

Gucky verschlug es die Sprache über soviel Höflichkeit. Etwas ratlos ließ er die Hand sinken und sich selbst in den nächstbesten Kontursessel.

„Junge, Junge!" stammelte er und warf Rhodan einen ratsuchenden Blick zu. In diesem Augenblick trat Goatfarmer ein, erblickte den Mausbiber und verschwand mit einem unterdrückten Laut wieder. Gucky sah hinter ihm her. „Wer war denn das?" fragte er sichtlich erschüttert. „Fliegt der vielleicht auch mit?"

„Das war der Erste Offizier Goatfarmer", klärte Knorrhead ihn auf. „Ein etwas seltsamer, aber fähiger Mann, Sir. Sie werden gut mit ihm zurechtkommen."

„Das will ich ihm auch raten! Und den Gedanken ‚Karottenfresser' oder ‚Weltraumratte' soll er nicht noch einmal denken! Dann kann er was erleben!"

„Das fängt ja gut an", stöhnte Bully voller Ahnungen.

„Und noch etwas, Kommandant: den ‚Sir' können wir uns sparen."

„Wie Sie wünschen, S . . . eh, Gucky."
„Klingt schon besser." Er wandte sich an Rhodan: „Und wann geht es nun los?"
Rhodan seufzte.
„Da du nun endlich auch eingetroffen bist, steht einem Start nichts mehr im Weg. Ich würde es aber begrüßen, wenn du gleich deine Kabine beziehst und weiter Urlaub machst, bis wir das Ziel erreichen. Das wäre gut für uns alle."
„Wie meinst du das?" erkundigte sich Gucky lauernd. „Aha, du willst mich aus dem Weg haben."
„Wir wollen nur Ärger vermeiden", korrigierte Rhodan.
Gucky rutschte aus dem Sessel, nahm sein Gepäck und verließ wortlos die Zentrale, Knorrheads Gedanken hatten ihm längst verraten, wo seine Kabine war.
Von wegen Urlaub!
Er würde sich diesen Goatfarmer noch vorknöpfen.
Weltraumratte – ha!
Dafür würde er ihm einen Denkzettel verpassen . . .

Der Flug von Terra nach Tonga-Tonga verlief ohne jeden Zwischenfall, wenigstens enthielt das Videologbuch keine entsprechende Eintragung. Das war in erster Linie der Tatsache zu verdanken, daß der Erste Offizier diszipliniert genug war, den Mund zu halten.

Sein erstes Erlebnis war relativ harmlos. Etwa zweitausend Lichtjahre von Terra entfernt hatte Knorrhead ihn in der Zentrale abgelöst, und nun ruhte er auf dem Bett in seiner Kabine. Eingedenk dessen, was der Kommandant ihm geraten hatte, lag er mit geschlossenen Augen und dachte intensiv etwa folgendes:

Gucky ist das liebenswerteste und reizendste Wesen, das man sich vorzustellen vermag. Gucky ist der Retter des Universums, der beste Freund des Menschen, sein treuester Helfer in der Not . . . Karotten . . . nein! Liebenswert! Himmel, ich darf an nichts anderes denken! Das Luder kann Gedanken lesen . . .

Es rutschte ihm gewissermaßen mental heraus, und im gleichen Augenblick verspürte er einen Luftzug, und der Mausbiber stand leibhaftig vor seinem Bett.

„Bemüh dich nicht, Geistarmer! Es ist umsonst.“

„Goatfarmer!“ korrigierte der Erste Offizier seinen verschandelten Namen. „Ich habe es nicht so gemeint.“

„Das mit dem liebenswert? Dachte ich mir doch gleich.“

„Nein, das mit dem Luder. Kommt nicht wieder vor.“

„Warten wir es ab, Ghostklammer.“

„Goatfarmer . . .“

Aber Gucky war schon wieder verschwunden.

Spätestens in dieser Sekunde begann der Erste Offizier zu ahnen, daß ihm noch einiges bevorstand. Wie sollte es auch möglich sein, an absolut *nichts* zu denken?

Das zweite Erlebnis hatten vor ihm schon andere gehabt, aber wie immer verfehlte es seine mehr als eindringliche Wirkung nicht. Kurz bevor er Knorrhead in der Zentrale ablöste, suchte er seine private Toilette auf, doch bevor er dazu kam, dort seine dringliche Absicht durchzuführen, fühlte er sich wie von einer unsichtbaren Faust gepackt und davongerissen. Als er total verdattert wieder seine Augen öffnete, sah er sich in einer völlig kahlen Zelle ohne jede Einrichtung, wenn man von einem einfachen Lager absah.

Die Arrestzelle!

Natürlich war die Metalltür verschlossen, und eine Anschlußstelle für den Interkom gab es auch nicht. Zum Glück jedoch eine Toilette, deren Vorhandensein eine noch größere Katastrophe verhinderte.

Als Knorrhead eine halbe Stunde später noch immer nicht abgelöst wurde, steigerte sich seine Ungeduld zur Wut. Empört verlangte er einen Kontakt mit Goatfarmers Kabine, aber dort meldete sich niemand.

Was war los?

Der Erste Offizier schien sich in Luft aufgelöst zu haben. Die Suche nach ihm blieb erfolglos.

Selbst ein Aufruf über die gesamte Bordanlage blieb ohne Reaktion.

Aber Rhodan hörte ihn, und da ihm einiges schwante, suchte er die Zentrale auf. Sein Erscheinen bewirkte, daß Knorrheads rotes Gesicht wieder eine normale Farbe bekam.

„Nicht aufzutreiben?" vergewisserte sich Rhodan.

„Im ganzen Schiff nicht", bedauerte der Kommandant, sich bezähmend. „Ich verstehe das nicht."

„Aber ich", sagte Rhodan und ging, ohne eine weitere Erklärung abzugeben. Fünf Minuten später betrat er die Kabine des Mausbibers.

„Ich finde, deine Scherze gehen etwas zu weit, Gucky. Wo steckt der Erste Offizier?"

Gucky rieb unschuldig den Schlaf aus den Augen.

„Dieser Knilch? In seiner Kabine, wo denn sonst?"

„Bist du sicher?"

„Vollkommen! Sieh doch selbst nach!"

„Ich warne dich, Kleiner! Wenn du mich anlügst . . ."

„Er ist in seiner Kabine, und gerade verläßt er sie, um den Kommandanten abzulösen. Du wirst ihn in der Zentrale treffen."

„Und wo hat er die ganze Zeit gesteckt?"

„Das soll er dir selbst erzählen, denn mir glaubst du ja doch kein Wort."

„Da hast du allerdings recht", murmelte Rhodan und ging.

Inzwischen tauchte Goatfarmer ziemlich zerknittert in der Zentrale auf und ließ einen Redeschwall des Kommandanten über sich ergehen. Erst als dieser fragte, was er zu seiner Entschuldigung zu sagen habe, meinte er:

„Sie werden es kaum glauben, aber ich habe mich selbst in meiner Toilette eingeschlossen. Natürlich aus Versehen, aber das dämliche Schloß versagte. Dauerte lange genug, bis ich es geöffnet hatte."

„Und das war alles?" fragte Knorrhead voller Mißtrauen.

„War es wirklich", versicherte sein Erster.

„Na schön, das Schloß wird in Ordnung gebracht. Übernehmen Sie jetzt. Keine besonderen Vorkommnisse hier."

„Da bin ich aber froh", betonte Goatfarmer erleichtert und begann damit, die automatischen Kontrollen zu überprüfen.

Es gab zwar noch einige andere ähnliche Zwischenfälle, aber sie bedürfen nicht der besonderen Erwähnung. Als sich das Schiff seinem Ziel näherte und die Sonne Lemur bereits auf dem Bildschirm deutlich zu erkennen war, konnte Goatfarmer – vom Standpunkt des Mausbibers aus betrachtet – als geheilt gelten. Selbst sein Unterbewußtsein hütete sich, mit gefährlichen Gedanken in das wache Bewußtsein vorzudringen.

Der Friede war hergestellt. Vorerst wenigstens.

Etwas anders gelagert war das Verhältnis des Mausbibers zu „Kommodore" Knorrhead. Abgesehen davon, daß auch in seinem Fall Namensverschandelungen an der Tagesordnung waren, mißfiel dem Ilt das oft zu militärische Gehabe des Kommandanten, der seine Enttäuschung darüber nicht verwinden konnte, daß er nicht wirklich ein Kommodore geworden war.

„Ja, sicher, er ist höflich und trägt keine krummen Gedanken mit sich herum", gab Gucky zu, als er mit Bully darüber sprach, „aber er tut doch ganz so, als wären wir ein Schlachtschiff, das sich die Aufgabe gestellt hat, Terra zu retten. Und dann die Rationen! Meine hat er so bemessen, daß selbst Micky Maus dabei verhungern würde."

„Verschiebe eventuelle Gegenmaßnahmen, bis wir auf dem Rückflug sind", bat Bully eindringlich. „Wir nähern uns dem Planeten und haben schon Kontakt mit dem Raumhafen. Es ist absolut nicht sicher, daß man uns überall freundlich empfängt. Warum also Knorrhead noch verärgern?"

„Na schön", meinte Gucky versöhnlich. Gehen wir in die Zentrale und sehen uns die Landung an."

Rhodan mußte eine Weile warten, ehe er eine Verbindung mit Präsident Kranz erhielt. Dessen Gesicht verriet Besorgnis und Erleichterung zugleich.

„Sie müssen meine Überraschung verstehen, Sir. Wir hatten mit einer der üblichen Abordnungen gerechnet, aber nicht mit Ihnen. Wir sind Ihnen dankbar, daß Sie gekommen sind. Wann landen Sie?“

„Sofort, wenn Sie es wünschen, Präsident“, erwiderte Rhodan. „Wie ist die Lage?“

„Ruhig, würde ich sagen. Die gestrige Volksabstimmung brachte eine Mehrheit für die Beibehaltung des augenblicklichen Status. Wir werden demnach auch weiterhin Bestandteil des Imperiums bleiben.“

„Erwarten Sie uns nach der Landung?“

„Ich werde dort sein“, versprach Kranz.

Knorrhead fragte:

„Abwehrbereitschaft, Sir?“

Während Gucky etwas Unverständliches knurrte, schüttelte Rhodan nur den Kopf.

Die TRIESTE verließ die kaum eingeleitete Umlaufbahn und folgte dem einweisenden Peilsignal. Wenig später setzte sie sanft und federnd auf. Sie waren am Ziel.

3.

Der Erste Techno war von der Ankunft des terranischen Kreuzers ebenso überrascht wie der Abgesandte des Carsualschen Bundes. Das verstärkte natürlich ihren Ärger, der wegen des Wahlausgangs ohnehin nicht gerade gering war. Der Kontinent der Naturalisten, Puta, war nicht an der Abstimmung beteiligt gewesen. Hier wäre außerdem das Ergebnis noch eindeutiger für Terra ausgefallen.

„Was werden Sie tun?“ fragte Fargos den Abgesandten. „Das Volk hat gegen Sie entschieden.“

„So schnell gebe ich nicht auf. Ich bekam einen Auftrag, und ich werde ihn erfüllen. Die Modernisten sind für den Fortschritt, und der Carsualsche Bund wird ihnen dabei helfen. Mehr jedenfalls, als Terra jemals zu helfen bereit war. Ein Wort Ihres Präsidenten, Fargos, und wir entsenden Teams von Spezialisten, die Ihnen beim Aufbau neuer Energieanlagen helfen werden. Mit Ihren beiden veralteten Fusionsanlagen ist der steigende Energiebedarf nicht mehr zu decken."

„Terra könnte auch Spezialisten schicken", gab Fargos zu bedenken.

„Sicherlich, aber was wäre die Folge? Noch mehr Abhängigkeit als bisher."

Die logische Frage lag Fargos auf den Lippen, aber er stellte sie nicht. Statt dessen fragte er:

„Und wo sollen die neuen Anlagen entstehen? Rofu ist zum größten Teil verbaut, es gibt nur wenig Reservate. Auf Puta vielleicht?"

„Das lassen Sie unsere Sorge sein. Jetzt gilt es erst einmal, diese Terraner wieder zum Abflug zu bewegen. Sie können sich darauf verlassen, daß wir vorgesorgt haben."

Rhodan und Reginald Bull verließen die TRIESTE ohne jede Begleitung. Sie ließen einen verbitterten Mausbiber zurück, der sich nur deshalb halbwegs beruhigte, weil er eine wichtige Aufgabe erhielt. Er sollte die Gedanken der Gesprächspartner Rhodans überwachen.

Präsident Kranz empfing seine Besucher auf dem Landefeld.

„Willkommen", begrüßte er sie und geleitete sie zu dem offenen Wagen, der auf Antigravpolstern abfahrbereit wartete. „Nach der positiv verlaufenen Abstimmung ist beinahe zu befürchten, daß Ihre Anwesenheit nicht mehr notwendig ist. Trotzdem freue ich mich, daß Sie so schnell reagiert haben."

„Warten wir es ab", meinte Rhodan, als der Wagen anfuhr. „Dieser Redev ist schließlich noch im Lande."

„Er wird es jetzt nicht mehr wagen, seinen Propagandafeldzug fortzusetzen. Und wenn schon – was nützt es ihm?"

„Volksabstimmungen wurden schon oft unterlaufen", erinnerte ihn Rhodan aus eigener uralter Erfahrung. „Es könnte ja jemand auf den Gedanken kommen, den Carsualschen Bund um Hilfe anzurufen."

Der Gedanke stimmte Kranz nachdenklich, aber er ging nicht darauf ein. Vielmehr informierte er Rhodan und Bully über allgemeine Dinge und die Verhältnisse auf Rofu und Puta. Er schloß:

„Sie sehen, wir haben das Problem so gut wie möglich gelöst. Wer wie die Naturalisten leben möchte, wird nicht daran gehindert, und wenn jemand auf Puta das primitive Leben leid ist, verwehrt ihm niemand den Aufenthalt auf Rofu. Der Austausch ist gering, ein Zeichen für die Zufriedenheit in beiden Lagern."

„Klug gelöst", gab Rhodan zu. „Doch nun haben wir ein drittes Lager: den Carsualschen Bund. Redev wird seine Anhänger überall suchen."

Kranz winkte ab.

„Sie sehen zu schwarz, Rhodan. Sein Einfluß nimmt von Tag zu Tag ab. Sie werden sich davon überzeugen können."

„Ich hoffe es."

Der Wagen hielt vor dem Regierungsgebäude. Sie stiegen aus. Rhodan konnte keine Wachen bemerken. Tonga-Tonga besaß kein Militär, nur eine zivile Polizei, hauptsächlich zur Verkehrsüberwachung.

Der zahlenmäßig geringe Sicherheitsdienst spielte keine Rolle.

„Nach dem Essen trifft Präsident Hitahu von Puta ein", sagte Kranz, als sie durch die Vorhalle schritten. „Er hat sich zwar aus Prinzip gesträubt, den von uns geschickten Gleiter zu benutzen, aber mit seinem regierungseigenen Elektrowagen hätte er mindestens vier Tage gebraucht, wenn nicht mehr. Diese Fahrzeuge gehören zu den wenigen Kompromissen, die sie gegenüber der technischen Zivilisation erlauben."

„Man könnte sie fast darum beneiden", murmelte Bully.

„Könnte man", stimmte Rhodan zu. „Aber für uns würde diese Rückkehr zur Natur den Untergang bedeuten. Die Siedler von Puta haben ihre Stagnation freiwillig auf sich genommen, aber wer einmal die Zivilisation kennt und sie gewohnt ist, kann nicht mehr umkehren. Der Weg zurück ins Paradies ist ihm verschlossen.“

„Ich bin nicht so sehr davon überzeugt“, beharrte Bully auf seinem Standpunkt.

Kranz beendete die kurze Diskussion mit dem Hinweis, daß man den Speisesaal erreicht habe.

Androiden bedienten sie.

Vielleicht wäre alles mit weniger Komplikationen abgelaufen, wenn Redev nicht von seinem Schiff aus Hyperfunkkontakt mit dem nächstgelegenen Stützpunkt des Carsualschen Bundes aufgenommen hätte. Er berichtete dem dortigen Kommandanten von der Ankunft Rhodans auf Tonga-Tonga und forderte Verstärkung an. Außerdem bat er um Instruktionen des Hauptquartiers.

Gucky, der einer besseren Konzentration wegen mit geschlossenen Augen auf seinem Bett lag, geriet rein zufällig in diese Unterhaltung. Er „lauschte“ mit erhöhter Aufmerksamkeit und wußte, daß niemand außer ihm die gesprochenen Worte verstehen konnte, weil sie verschlüsselt abgestrahlt wurden.

„Jetzt sind sie total übergeschnappt“, murmelte er vor sich hin. „Sie riskieren doch glatt einen Krieg! Da muß etwas unternommen werden, natürlich sehr geschickt und diplomatisch. Vielleicht sollte ich diesem Abgesandten den Hals umdrehen ...“

Aber daraus würde wohl nichts werden, befürchtete er zu Recht.

Außerdem würde es wenig Sinn haben. Wenn schon, dann hätte er Redev vor einer Stunde den Hals umdrehen müssen. Jetzt war es zu spät dazu. Er konnte den Burschen nur noch weiter überwachen, um herauszufinden, welche Art von Verstärkung ihm zugesagt wurde.

Er fing auch Gedankenimpulse vom Kontinent Puta auf, die

er sorgfältig ausfiltern mußte. Was er von dort erfuhr, gefiel ihm, und nicht nur wegen der natürlichen Lebensweise der Bewohner. Die hatten noch unübersehbare Gemüsefelder und Obstplantagen . . .

Dem Mausbiber lief das Wasser im Mund zusammen.

Aber die Pflicht ging nun mal vor. Zuerst mußte Rhodan von dem unterrichtet werden, was er erfahren hatte. Also „beschattete" er weiterhin Redev, den Gesandten des Carsualschen Bundes.

Und dabei stieß er rein zufällig auf den Namen „Fargos".

„Verstärkung?" Rhodan zog die Augenbrauen in die Höhe und warf Knorrhead, der bei der kurzen Zusammenkunft in der TRIESTE zugegen war, einen bezeichnenden Blick zu. „Wir müssen herausfinden, was damit gemeint ist, Gucky. Ich kann mir nicht vorstellen, daß Redev eine bewaffnete Auseinandersetzung riskiert. *Noch* nicht!"

„Wir sind durchaus in der Lage, uns zu wehren", sagte Knorrhead überzeugt. „Auch gegen drei oder vier Schiffe, wenn es sein muß."

„Davon ist vorerst keine Rede", enttäuschte ihn Rhodan. „Ich muß mit diesem Redev reden. Vielleicht nimmt er Vernunft an. Er kann das Ergebnis einer demokratischen Volksabstimmung nicht einfach ignorieren."

„Tut er aber", gab Gucky zu bedenken.

„Wir werden sehen." Rhodan blickte auf die Uhr. „Wir werden erwartet", drängte er dann. „Der Präsident von Puta ist inzwischen eingetroffen. Du kommst nach, Gucky, wenn du einen entsprechenden Impuls von mir erhältst."

„Und wie ich nachkomme!" versprach der Mausbiber eifrig. „So schnell ist noch nie keiner teleportiert."

„Deine Diktion läßt zu wünschen übrig", kritisierte Bully und folgte Rhodan.

Knorrhead sah hinter ihnen her und wandte sich dann an den Mausbiber:

„*Was* läßt zu wünschen übrig?“

Gucky zuckte mit den Schultern und ging zur Tür.

„Wenn ich das nur wüßte . . .!“ murmelte er und verschwand auf dem Korridor.

Die Unterredung mit Präsident Hitahu verlief erwartungsgemäß. Es gab überhaupt keine Probleme, was den Verbleib Tonga-Tongas im Verbund der vereinigten Planeten unter dem Schutz Terras anbetraf. Das System hatte bisher funktioniert und würde es auch in Zukunft tun.

„Aber inzwischen ist etwas geschehen“, sagte Rhodan und berichtete von Redevs Absicht, seine Ziele möglicherweise mit Gewalt durchsetzen zu wollen. „Ich habe daher beschlossen, meinen Aufenthalt zu verlängern und mit dem Abgesandten des Carsualschen Bundes zu verhandeln. Könnte das arrangiert werden?“

Kranz nickte.

„Selbstverständlich. Ich werde meinen Ersten Techno Fargos damit beauftragen.“

Rhodan zögerte eine Sekunde, dann sagte er:

„Ich möchte Sie bitten, das selbst in die Hand zu nehmen.“

„Warum? Fargos ist mein engster Vertrauter; ich habe keine Geheimnisse vor ihm, wenn er auch politisch nicht immer ganz meiner Meinung ist.“

Rhodan verzichtete darauf, ihm mitzuteilen, was er durch Gucky erfahren hatte. Das hatte Zeit. Aber ein Beharren auf seinem Standpunkt konnte Verdacht erregen. Also stimmte er zu.

Das Treffen fand am selben Abend statt.

Redev wirkte gelassen und zuversichtlich, manchmal sogar überlegen. Er ahnte nicht, daß jeder seiner Gedanken von Gucky überwacht wurde, von dessen mentaler Anwesenheit außer Rhodan und Bully niemand etwas ahnte.

„Niemand kann mich daran hindern, den Standpunkt meines Bundes hier auf dieser oder auf einer anderen Welt zu vertreten.

(Ihr werdet euch noch wundern, meine Herren!) Auch wenn die Mehrheit der Bewohner dieses Planeten gegen meinen Vorschlag stimmte, so habe ich noch immer das Recht, weiter in unserem Sinn zu wirken. *(. . . und mit Gewalt, wenn es sein muß!)* Ich habe auch nichts gegen Ihre Gegenwart, Perry Rhodan, *(sie wird nicht mehr lange dauern)* und gegen die Ihres Schiffes. *(Es wird bald nicht mehr existieren; fünf Kampfeinheiten werden leicht damit fertig.)* Aber halten Sie sich an die Spielregeln!"

„Das rate ich Ihnen auch", erwiderte Rhodan, der nur das Gesprochene erfuhr. Für die Gedanken war Gucky zuständig. „Warum läßt Ihr Bund diese Welt nicht in Frieden? Warum dieses Gefasel von Unabhängigkeit und Freiheit? Fragen Sie doch die Menschen auf der Straße. Sie wollen keine Veränderung."

(Danach werden wir sie gerade fragen), dachte Redev und sagte: „Ein guter Gedanke, ich werde es tun." *(Den Teufel werde ich tun!)*

„Nach Puta brauchen Sie sich nicht extra zu bemühen", riet Präsident Hitahu ruhig. „Versuchen Sie Ihr Glück in Rofu."

Redev warf ihm einen giftigen Blick zu und dachte sich sein Teil.

Man redete zwei Stunden miteinander, ohne daß ein Resultat dabei erzielt wurde. Redev brach schließlich auf, und niemand hätte sagen können, daß er einen niedergeschlagenen Eindruck machte. Im Gegenteil: Er wirkte recht siegesbewußt.

Warum, das erfuhr Rhodan später von Gucky.

„Er hat nicht die geringste Absicht, das Wahlergebnis zu respektieren, Perry. Außerdem legt er sich mit uns an. Fünf Schiffe sind unterwegs nach hier, um die TRIESTE zu vernichten."

Sie saßen in der Messe unmittelbar neben der Zentrale, eigentlich nur als kleiner Konferenzraum gedacht. Goatfarmer meinte es durchaus ernst, als er hinwarf:

„Warum verschwinden wir nicht einfach von hier?"

„Was für Einheiten sind es?" wollte Knorrhead wissen, ohne

auf den Einwand seines Ersten zu achten. „Werden wir mit ihnen fertig?“

„Immer mit der Ruhe!“ mahnte Rhodan. „Wenn schon, dann sollte die Frage lauten: Werden sie mit uns fertig? Aber ich glaube, sie werden sich einen Angriff dreimal überlegen.“

„Tonga-Tonga besitzt keine Abwehreinrichtungen“, gab Bully zu bedenken. „Eine friedfertige Welt fällt Angreifern leicht zum Opfer, das beweist die Geschichte.“

„Wir sind hier, um das zu verhindern“, erinnerte Rhodan. „Aber möglichst ohne Waffengewalt. Hat jemand einen Vorschlag?“

Es entstand eine lebhafte Diskussion, die schließlich mit Rhodans Feststellung endete:

„Wir werden also abwarten müssen, was geschieht und was Redev unternimmt. Dann erst können wir Gegenmaßnahmen ergreifen. Es ist daher wichtig, daß du, Gucky, ständig telepathischen Kontakt mit ihm hältst, damit wir gewarnt werden.“

„Kann ich mir wenigstens dabei Puta ansehen?“

„Wenn du den Kontakt zu Redev nicht verlierst, gerne.“

„Vielen Dank! Jetzt werde ich mich endlich mal wieder satt essen können. Die Verpflegung hier ist nämlich miserabel.“

Ehe Knorrhead protestieren konnte, teleportierte er und war verschwunden.

4.

Ron, der seinen ursprünglichen Plan aufgegeben hatte und sich auf der Rückfahrt nach Neiafu befand, erschrak beinahe zu Tode, als plötzlich auf dem Beifahrersitz aus dem Nichts heraus eine Gestalt materialisierte, die mit einer übergroßen Maus eine verzweifelte Ähnlichkeit besaß. Bevor er in den Graben fuhr, übernahm Gucky telekinetisch das Steuer und sagte:

„Ich bin ein Ilt und gehöre zu Rhodans Team, damit stehen

wir auf einer Seite." Er schilderte kurz seine Mutantenfähigkeiten und schloß: „Rein zufällig geriet ich in den Strom deiner Gedanken und erfuhr von deiner ursprünglichen Absicht, Redev zu töten. Gut, daß du es nicht getan hast. Aber ich erfuhr auch, daß du und dein Freund Margin-Lo riesige Farmen besitzt. Laß den Wagen hier stehen, ich bringe dich nach Hause. Du kannst ihn später holen."

Ron schnappte mehrmals nach Luft, ehe er sprechen konnte.

„Ein Ilt?" stotterte er.

Geduldig erklärte ihm Gucky, was ein Ilt sei; unter anderem ein absoluter Vegetarier (außer in Notfällen) und ein Anhänger der Naturalisten. Es sei sein größter Wunsch, sich mal wieder mit Frischgemüse vollzustopfen.

Ein Grinsen huschte über Rons Gesicht.

„Den Wunsch können wir dir erfüllen. Aber was ist Teleportation?"

„Das wirst du schon merken. Fahre rechts 'ran und stelle den Wagen ab. Und wichtig ist, daß du intensiv an Margin-Lo und seine Farm denkst. Ich muß deinen Freund anpeilen können."

Ron begriff nicht alles, aber er tat genau das, was Gucky ihm empfahl. Er sah sich mit Margin-Lo in dessen Haus sitzen, spürte die Hand des Mausbibers auf seinem Arm – dann verschwand die Umwelt plötzlich vor seinen Augen, die er verdutzt schloß, und als er sie wieder öffnete, stand er in Margin-Los Wohnzimmer.

Sein Freund saß am Tisch. Er hörte das Geräusch der verdrängten Luft, sah auf – und erstarrte förmlich zu Stein.

Ron klärte ihn geduldig auf, während Gucky Redevs Gedankenimpulse suchte und auch fand. Auf Rofu tat sich nichts Neues.

Margin-Lo sprang schließlich erfreut auf und ergriff die Hände des Mausbibers.

„Das alles kommt zu plötzlich für mich, Freund. Aber meine Farm steht dir zur Verfügung. Nimm soviel mit, wie du schleppen kannst. Sei unser Gast, solange du möchtest."

„Nur heute. Ich bringe dann auch Ron zum Wagen zurück."

Er bekam einen groben Sack aus Leinen und spazierte hinaus auf die Felder. Ron berichtete inzwischen, wie es ihm ergangen war und warum er seinen Plan nicht durchgeführt hatte. Er verhehlte aber auch nicht, daß er besorgt war und dem Abgesandten Redev keineswegs traute.

„Selbst wenn Rofu gegen ihn stimmte, so ist nicht gesagt, daß man das Angebot der technischen Hilfe nicht annimmt. Das bedeutet noch mehr Zivilisation und Ausrottung der letzten Naturreservate dort. Bald wird Rofu nur noch aus Stahl und Beton bestehen. Ohne unseren grünen Kontinent hätten sie schon jetzt keinen Sauerstoff mehr."

„Sie sind verrückt!" stellte Margin-Lo fest. „Ihr Fortschritt bringt sie nicht voran, sondern nur zurück. Weil sie ihn übertreiben."

„Es heißt, daß schon Zivilisationen am eigenen Fortschritt zugrunde gegangen sind."

„Eine geschichtliche Wahrheit, aber niemand lernt daraus."

Inzwischen hockte Gucky draußen zwischen den üppig wuchernden Gemüsebeeten und stopfte die schmackhaften Früchte abwechselnd in den Sack oder in den Mund. Seit langem hatte er sich nicht mehr so wohl gefühlt, wenn man von den Stunden am Goshunsee absah. Zwischendurch versäumte er nicht, Redev anzupeilen, der in seinem Schiff auf die Nachricht wartete, daß die angeforderte Flotte unterwegs war. Gucky war wieder mal in seinem Element.

Er hatte tatsächlich die Absicht, mit Gewalt vorzugehen.

„Das werden wir dir versalzen", murmelte Gucky und schabte mit seinem Nagezahn an einer harten Frucht herum, die unter der Erde wuchs und ausgezeichnet schmeckte. „Und wenn ich dich zehn Kilometer hoch bringe und fallen lasse. Dann vergeht dir das Kriegspielen schon."

Der Sack war schließlich prall gefüllt, ebenso Guckys Magen. Er teleportierte ins Haus zurück, wo Margin-Los Frau gerade den Tisch deckte.

„Nein, danke!“ protestierte er und rülpste diskret hinter der Pfote, „ich kann nicht mehr. Ron soll sich noch den Bauch vollschlagen, dann bringe ich ihn zu seinem Wagen zurück.“

Und so geschah es auch.

Als Gucky mit seinem Sack voll Gemüse in der TRIESTE erschien, erregte er einiges Aufsehen. Goatfarmer war so unvorsichtig, sich etwas Unschönes dabei zu denken. Die Rache ereilte ihn, als er abends müde vom Routinedienst in sein Bett sank.

Mit einem Schreckensschrei fuhr er wieder hoch. An seinem Hinterteil klebte, mit einigen Dutzend Stacheln versehen, ein igelförmiges Gebilde, das sich nur schwer und unter großen Schmerzen entfernen ließ.

Gucky behauptete später, es handle sich um eine äußerst schmackhafte Riesenstachelbeere; die sei als Geschenk gedacht gewesen. Daß Goatfarmer sich in sie hineinsetzen würde, sei nicht beabsichtigt gewesen . . .

Es wäre kein Problem gewesen, per Hyperfunk über die Relaisstationen Verbindung mit Terra aufzunehmen und Verstärkung anzufordern, aber Rhodan wollte unter keinen Umständen die friedfertigen Menschen dieser Welt in eine kriegerische Auseinandersetzung hineinziehen.

Die von Redev angeforderten Schiffe konnten nicht vor drei Tagen eintreffen, also erhielt er auf seinen Wunsch einen Gleiter und stattete Puta und seinem Präsidenten Hitahu einen Besuch ab. Der Kontrast zu dem anderen Kontinent, Rofu, war offensichtlich. In geringer Höhe flog er über unübersehbare Felder und Wälder dahin, dazwischen lagen wie Inseln kleine Ansiedlungen. Die wenigen schmalen Straßen stellten die Verbindung her. Die Strände schimmerten weiß und sauber, und nur bei den drei Städten Eua, Tongatapu und Neiafu waren sie verbaut.

Der Empfang in der Hauptstadt durch die Bevölkerung war nicht überschwenglich, aber durchaus freundlich. Die Menschen brachten klar zum Ausdruck, daß sie mit ihrem Leben zufrieden waren und keine Änderung wünschten.

Präsident Hitahu und sein Erster Landgraf Lagoon empfingen Rhodan auf dem flachen Dach des Palasts, der auf einem Hügel unweit der Küste stand. Nicht ohne Stolz streckte Hitahu den Arm aus und umriß die Stadt und ihre naturbelassene Umgebung mit einer Drehung um die eigene Achse.

„Ist das nicht das Paradies?" fragte er.

Rhodan nickte beeindruckt.

„Die Siedler damals entschieden richtig, als sie so leben wollten, wie ihre Vorväter es taten. Aber für uns auf Terra war das unmöglich, wir mußten Schritt halten, um nicht unterzugehen. Die Voraussetzungen waren anders, wir wurden in die technische Weiterentwicklung gedrängt, ob wir wollten oder nicht. Stagnation hätte die Versklavung durch überlegene Zivilisationen bedeutet. Ihr könnt euch glücklich schätzen, diesem Zwang nicht unterworfen gewesen zu sein."

„Rofu hält uns für rückständig, aber die gegenseitige Toleranz garantiert den Frieden."

Natürlich sind sie rückständig, dachte Rhodan, von unserem Standpunkt aus betrachtet. Aber sie sind glücklich dabei. Ist das nicht die Hauptsache?

„Jede Kritik ist subjektiv", sagte er laut.

„Dieser Mann vom Carsualschen Bund bereitet uns Sorgen", gestand Hitahu. „Er hat Präsident Kranz unbegrenzte technische Hilfsmittel zugesagt, wenn Tonga-Tonga dem Bund beitritt."

„Sein Kontinent stimmte dagegen", beruhigte ihn Rhodan.

„Das ist ihm egal", warf Lagoon ein. „Was sollen wir tun?"

„Wir werden so lange bleiben, bis alles entschieden ist."

„Und was ist danach?" wollte der Präsident wissen.

„Auf keinen Fall soll diese Welt so etwas wie ein militärischer Stützpunkt werden, aber wir werden Sorge dafür tragen, daß immer ein terranisches Schiff in der Nähe ist. Wir werden den Austausch unserer Güter intensivieren. Und schließlich gibt es Hyperfunk. Sie werden nicht allein gelassen werden."

„Es ging zu lange gut", seufzte Lagoon.

„Das wird es auch weiterhin“, versicherte Rhodan zuversichtlich.

Der Gleiter blieb auf dem Dach. Mit dem alten Wagen der Regierung unternahm Rhodan mit seinen Gastgebern eine Rundfahrt durch die Stadt und ihre Umgebung. Er zeigte sich von der Einfachheit und Natürlichkeit des Lebens sehr beeindruckt und verspürte einen Anflug von Nostalgie, den er aber sofort wieder verdrängte.

Spät erst brachte ihn der Gleiter nach Rofu zurück.

Als er das kurze Stück bis zur TRIESTE ging, warf er einen Blick hinüber zum Schiff des Carsualschen Bundes. Hinter den Sichtluken brannte Licht.

Redev wartete.

5.

„Ich habe eine Idee“, eröffnete Gucky seinen Freunden am nächsten Tag beim Frühstück an Bord der TRIESTE.

„Um Gottes willen! Nicht schon wieder!“ würgte Bully mühsam und wurde blaß. Aber dann beugte er sich doch vor und fragte neugierig: „Was für eine?“

„Deine Gedanken verraten keine gute Erziehung“, tadelte der Mausbiber mit erhobener Pfote, aus der ein grünblättriger Strunk hervorragte. „Dabei mußt du, wenn du ehrlich sein willst, zugeben, daß ich auch schon gute Ideen hatte.“

„Ja, manchmal“, schränkte Bully ein. „Aber was ist es denn diesmal? Es ist nicht damit getan, Redev zu entführen und ...“

„Quatsch!“ unterbrach ihn Gucky barsch. „Wer denkt denn daran? Aber ist es nicht so, daß mich außer drei Leuten auf dieser Welt niemand kennt? Mein Ruf ist auch sicher nicht bis zum Carsualschen Bund vorgedrungen, obwohl er es natürlich verdient hätte. Nun ja, auf dieser Hoffnung basiert mein Plan, wenn die fünf Schiffe eintreffen.“

„Und wie sieht der aus?“ wollte nun auch Rhodan wissen, während Knorrhead und Goatfarmer wortlos lauschten.

„Ich kann mich noch nicht festlegen“, wich Gucky aus. „Viel kommt auf die Situation an. Aus diesem Grund habe ich eigentlich nicht nur einen, sondern mindestens ein Dutzend verschiedener Pläne.“

„Allmächtiger!“ entfuhr es Bully unwillkürlich.

„Du wirst uns rechtzeitig informieren“, verlangte Rhodan kategorisch, denn auch er hatte seine Erfahrungen mit Guckys Plänen.

„Selbstverständlich“, versprach der Mausbiber. „Die fünf Schiffe treffen übrigens schon morgen ein. Redev hatte vor einer Stunde Kontakt mit ihnen. Sie sollen hier landen und vorerst nichts unternehmen.“

„Wenn sie klug sind!“ brummte Knorrhead mit drohendem Unterton.

„Jawohl!“ stimmte auch Goatfarmer zu.

Gucky streifte die beiden mit einem undefinierbaren Blick, schwieg jedoch.

Die fünf Kugelraumer landeten im Halbkreis um Redevs Schiff. Die Kommandanten begaben sich unverzüglich zu einer Besprechung mit dem Abgesandten an Bord seiner Einheit und ahnten nicht, daß jedes Wort von ihnen – und auch jeder Gedanke – Rhodan sofort von Gucky übermittelt wurde.

„Sie wollen uns doch tatsächlich ein Ultimatum stellen“, hauchte der Mausbiber ungläubig. „Die riskieren einen Krieg mit Terra!“

„Sicher wird es ihn eines Tages geben“, vermutete Rhodan besorgt, „aber er soll nicht hier beginnen. Rofu und Puta haben sich den Frieden ehrlich verdient. Du könntest ja versuchsweise mal mit deinen angekündigten Ideen herausrücken.“

„Dann entferne zuerst Knorri von den Kontrollen des Feuerleitstands, Perry. Der wartet doch nur darauf, sich endlich bewähren zu können, und was er darunter versteht, brauche ich dir nicht erst zu erklären. Ich möchte es mit einem Bluff versuchen.“

„Mit einem Bluff?“ vergewisserte sich Rhodan verdutzt.

„Alle Menschen sind abergläubisch, auch heute noch. Dieser Planet ist für die Carsualer eine fremde und unbekannte Welt. Ich muß jedoch vorher Fargos ausschalten und Kranz einweihen. Wir sperren ihn hier bei uns ein, diesen Ersten Techno.“

„Das wäre ein unfreundlicher Akt.“

„Du hast recht, aber ich habe schon eine bessere Lösung. Sie bewirkt sogar zweierlei: Er ist außer Reichweite, und er kann später bezeugen, daß es auf Tonga-Tonga Wunder und Geister gibt.“

„Wunder und Geister?“ Rhodan war nur für Sekunden fassungslos, dann huschte ein Lächeln des Verstehens über seine sonst so ernsten Züge. „Aha, ich ahne schon, was du planst. Aber meinst du wirklich, diese entschlossenen Männer vom Bund würden auf deine Tricks hereinfallen?“

„Sie kennen keine Mutanten“, gab Gucky zu bedenken.

„Wahrscheinlich nicht. Hm, vielleicht ist das wirklich eine Möglichkeit, ihnen Tonga-Tonga zu vergraulen. Ob das aber so einfach ist . . .?“

„Du bist also einverstanden?“

„Sicher, wenn du mir die Einzelheiten verrätst.“

Und Gucky entwickelte seinen Plan.

„Wir sind uns also einig“, beendete Redev die Besprechung, und als die fünf Kommandanten zustimmend nickten, fuhr er fort: „Ich werde Rhodan das Ultimatum noch heute übermitteln und ihm drei Tage Zeit geben, von hier zu verschwinden. Er wird sich nicht auf eine bewaffnete Konfrontation einlassen, weil er alles friedlich regeln möchte. Die Leute hier werden beeindruckt sein und dem Bund beitreten. Wenn Rhodan dann mit einer Flotte zurückkehrt, ist es zu spät. Dummerweise – für ihn – respektiert er ja bekanntlich demokratische Beschlüsse. Das gilt es für unsere Zwecke auszunützen.“

Seine Rede entlockte den Zuhörern schwachen Beifall, der ihre Skepsis verriet. Ganz überzeugt waren sie noch nicht, daß ihr Vorgehen von Erfolg gekrönt sein würde. Sie verließen sich lieber auf die Bewaffnung ihrer fünf Schiffe.

Als Redev allein war, hörte er plötzlich ein Geräusch hinter sich. Es hörte sich an wie Rauschen von Baumblättern im Wind. Erschrocken drehte er sich um – und erstarrte.

Obwohl die Tür seiner Kabine verschlossen war, hatte er Besuch bekommen. Aber was für einen!

Das Wesen war etwa einen Meter hoch und über und über mit Pflanzen und grünen Blättern bedeckt. Es sah aus wie ein lebender Baum, der auf Wanderschaft gegangen war. Ein Gesicht schien es nicht zu besitzen, dafür aber eine dumpf und hohl klingende Stimme, die von irgendwoher kam.

„Ich bin Gurulunga, der böse Geist der Waldsümpfe im Süden von Puta, und ich bin gekommen, um dich zu bestrafen. Bereite dich auf deine letzte Stunde vor, du Ausbund an Dummheit und Überheblichkeit."

Redev griff automatisch nach seiner Waffe im Gürtel, ließ sie aber dort, wo sie war. Er schnappte nach Luft.

„Wie ... wie kamst du durch die verschlossene Tür? Ich glaube nicht an Geister ..."

„So? Glaubst du nicht? Ich sagte ja, daß du dumm bist."

Das war zuviel für Redev, ob nun Geist oder nicht Geist. Er packte zu und zog den Strahler aus der Gürteltasche. Aber noch ehe er ihn auf die unheimliche Erscheinung richten konnte, wurde er ihm von einer unsichtbaren Hand entrissen und entschwebte. Er zog einen wunderschönen Bogen durch den Raum, blieb plötzlich mitten in der Luft hängen und drehte sich langsam, bis die Mündung auf seinen ehemaligen Besitzer zeigte. Wie durch Zauberei entsicherte sich die Waffe von selbst.

Das war selbst für den Abgesandten überzeugend. Abwehrend streckte er beide Hände gegen den unheimlichen Besucher aus.

„Wer immer du auch bist, Geist, verschone mich!"

„Du bekommst einen Aufschub“, gestattete der „Böse Geist der Waldsümpfe“ großzügig. „Aber du mußt wissen, daß diese Welt von Geistern nur so wimmelt. Hat man dir das nicht mitgeteilt?“

„Kein Wort“, jammerte Redev und beschloß insgeheim, der Sache mit nüchternem Realismus auf den Grund zu gehen. Energetische Schutzschirme würden auch Gespenster nicht durchdringen können. „Wirklich!“

„Energieschirme nützen dir überhaupt nichts“, teilte der „Geist“ ihm mit und stürzte Redev damit in erneute Verwirrung.

Hilflos sah er zu, wie sich seine Waffe in der Luft zerlegte und schließlich zu Boden polterte – wenigstens das, was übriggeblieben war. Einige wichtige Teile verschwanden spurlos.

„Ich werde wiederkommen“, versprach der Besucher und verschwand ebenfalls vor den Augen des entsetzten Abgesandten.

Redev starrte unschlüssig auf die nun leere Stelle, dann beschloß er, mit Präsident Kranz ein ernstes Gespräch zu führen. Es ging nicht an, daß man ihm, dem Bevollmächtigten des Carsualschen Bundes, die Existenz von zweifelhaften Gauklern verschwieg, die sich in die politischen Geschäfte einmischten.

An Geister wollte er noch immer nicht glauben, wenn ihm auch schon die ersten Zweifel kamen.

An diesem Tag ereigneten sich auf dem Kontinent Rofu seltsame und unglaubliche Dinge, die noch viele Jahre lang Gesprächsstoff für jene bildeten, die sie miterlebten.

Viel drang allerdings nicht an die Öffentlichkeit, denn alle Betroffenen hatten gute Gründe, über ihre Erlebnisse oder auch nur über ihr Wissen zu schweigen. So zum Beispiel Fargos, der sich plötzlich ohne jeden Übergang auf eine bewaldete Hochebene versetzt sah, die von flachen Hügeln eingerahmt wurde. Es war die typische Landschaft Putas, stellte er fest, aber das war auch alles. Unerklärlich blieb, wie das Wunder geschehen war.

Ihm blieb keine andere Wahl, als Menschen zu suchen, wenn er nicht verhungern wollte. Er wanderte nach Osten und traf nach zwei Tagen endlich auf einen einsamen Siedler, der ihm den Weitertransport ermöglichte. Als Fargos dann schließlich Eua und damit die Brücke erreichte, war bereits alles entschieden.

Zwischen den Südspitzen der beiden Kontinente Puta und Rofu lag mitten im Ozean die einsame Insel Tapiwa, auf der jene Naturalisten wohnten, denen selbst Puta zu zivilisiert war. Sie lebten von dem, was der fruchtbare Boden hergab und vom Tauschhandel mit gelegentlichen Seglern, die hier vorbeikamen.

Die Insel war ein Paradies, aber für einige Personen sollte sie zu einem Alptraum werden.

Redev, der über sein Erlebnis mit dem „Sumpfgeist" vorsorglich geschwiegen hatte, suchte Präsident Kranz auf und erkundigte sich so ganz nebenbei, ob sich die primitiven Einwohner von Puta gelegentlich mit Zauberei und derartigem Unsinn befaßten. Daraufhin wurde Kranz plötzlich ungewöhnlich ernst und berichtete:

„Ein aufgeklärter Mensch weiß, daß es keine Zauberer und Geister gibt, aber in den Waldsümpfen im Süden von Puta haben sich schon viele merkwürdige Dinge ereignet, für die es keine natürliche Erklärung gibt. Die Gegend wird gemieden. Glauben Sie mir, Redev, ich habe ihnen davon nur deswegen nichts erzählt, weil ich Sie nicht beunruhigen wollte . . ."

„Warum wird nichts dagegen unternommen? Wenn Sie erst einmal unserem Bund angehören . . ."

„Niemand kann etwas gegen Wesen unternehmen, die unsichtbar sind und überall zugleich sein können", unterbrach ihn Kranz schroff.

Redev war sichtlich beeindruckt.

„Es soll diese Geister also wirklich geben? Das ist doch Unsinn!"

„Sie verschleppen sogar Menschen und setzen sie irgendwo aus."

„Aber das ist doch . . .!"

„Wir haben uns daran gewöhnt. Vielleicht sind es Ureinwohner, die über Eigenschaften verfügen, die uns unbekannt sind. Uns lassen sie zumeist in Frieden, aber wenn Besucher hier eintreffen, werden sie aktiv. Wie gesagt, ich wollte Sie nicht beunruhigen, aber jetzt, wo Sie selbst davon angefangen haben . . . Warum eigentlich?"

„Ich hörte nur davon", wich Redev aus.

Ein Blinklicht verriet das Eintreffen einer Meldung. Kranz drückte einen Knopf ein. Als auf dem Bildschirm das Gesicht seines Stellvertreters erschien, beugte Redev sich vor.

„Ja, was ist?"

„Wenn wir das nur wüßten! In allen Schiffen spukt es. Alle fünf Kommandanten sind spurlos verschwunden. Einfach weg . . "

„Ich komme sofort!"

Redev war bleich geworden. Kranz zuckte mit den Schultern.

„Es geht wieder los", sagte er nur. „Es trifft im übrigen nicht immer nur unsere Besucher. Mein Erster Techno Fargos ist seit einigen Stunden nicht mehr aufzufinden."

Redev war mehr als nur beunruhigt, als er zum Raumhafen zurückfuhr.

Während die fünf Kommandanten der Schiffe des Carsualschen Bundes rat- und hilflos auf der sandigen Landzunge standen, die von Wasser und Urwald eingeschlossen war, äußerte Rhodan erste Bedenken:

„Ich weiß nicht, Gucky, ob deine Mätzchen ihren Zweck erreichen. Wenn Redev nervös wird, könnte er zu unüberlegten Handlungen neigen. Kranz berichtet zwar, daß er an seinem Auftrag zu zweifeln beginnt, aber das schließt nicht aus, daß er einen Angriff auf uns befiehlt – auch ohne die verschwundenen Kommandanten."

„Wir sind bereit!" knurrte Knorrhead grimmig.

Der Mausbiber, der ziemlich erschöpft wirkte, winkte beruhigend ab.

„Die würden sich aber wundern, wenn sie auf die Knöpfe drücken."

Rhodan warf ihm einen forschenden Blick zu.

„Wieso? Raus mit der Sprache!"

„Nun ..." Gucky zögerte ein wenig, wischte dann aber seine Bedenken mit einer Handbewegung vom Tisch. „Nun, ich habe ein wenig nachgeholfen. Manipuliert, wie man so schön sagt. Viel verstehe ich ja nicht von Technik – wird immer behauptet. Aber ich kann schon einen Schlüsselprogrammierer von einer Rübe unterscheiden. Ein winziger Kurzschluß in so einem Ding, und nichts geht mehr. Aber das merken die erst, wenn es zu spät ist – ich meine, wenn sie angreifen."

Rhodan schüttelte den Kopf.

„Und du meinst, die glauben an einen Zufall, daß bei allen fünf Schiffen gleichzeitig die Feuerleitzentrale ausfällt? Solche Zufälle gibt es nicht!"

„Nicht an den Zufall, aber an die bösen Sumpfgeister werden sie glauben. Redev hat bereits die Nase halb voll."

„Hoffentlich bald auch die Hosen", murmelte Bully hoffnungsfroh.

„Und was nun weiter?" drängte Rhodan.

„Die Zeit für Verhandlungen ist gekommen", riet der Mausbiber und sah auf die Uhr. „Entschuldigt, ich muß fort."

„Wohin?" erkundigte sich Rhodan ein wenig besorgt.

„Mätzchen!" verriet Gucky, dann war er weg.

Goatfarmer starrte auf den leeren Fleck.

„Das werde ich nie begreifen", sagte er. „Es grenzt an Zauberei."

Bully nickte.

„Und das ist der Zweck der Sache", klärte er den Ersten auf.

In dem Schiff des Abgesandten war der Teufel los.

Überall und jedem erschien der blätterbedeckte Sumpfgeist, er schien an vielen Orten gleichzeitig sein zu können. Aber dann wurde klar, daß es sich um Dutzende solcher Geister handeln mußte, eine andere Möglichkeit gab es überhaupt nicht. Die seltsamen Wesen stellten allerhand Unsinn an. Klimaanlagen fielen plötzlich aus, andere Maschinen begannen selbständig zu laufen, und einmal entdeckte einer der Techniker in der Kontrollzentrale sogar einen fertig programmierten Notstart. Im letzten Augenblick konnte er ihn desaktivieren.

Redev war total mit den Nerven fertig, als der „Geist" wieder bei ihm auftauchte, sich bequem in einen Sessel setzte und die blättergeschmückten Beine bequem übereinander schlug. Von seinem Gesicht war abermals nichts zu erkennen.

„Wann verläßt du endlich unsere Welt?" fragte er mit hohler Stimme, die den unterschwellig mitklingenden Piepston überlagerte. „Wir wollen euch hier nicht haben. Und wehe euch, wenn der Gott der Singwürmer erst einmal zuschlägt."

„Sing . . . würmer . . .?" stammelte Redev verständnislos.

„Er ist furchtbar", versicherte Gucky drohend. „Wie wir alle kann er sich unsichtbar machen und ist unangreifbar, aber er versteht keinen Spaß. Deine fünf Kommandanten gehen auf sein Konto. Und was die Terraner angeht, so brechen sie bald auf."

Redev horchte hoffnungsvoll auf.

„Sie bleiben nicht verschont?"

„Kein Fremder bleibt verschont!"

„Er wird also bald starten und nach Terra zurückfliegen – ich meine Rhodan?"

„Ebenso wie ihr!" versicherte Gucky überzeugend. Dann fügte er hinzu: „Dein Plan ist zwecklos, Redev!"

„Welcher Plan?" fragte der Abgesandte verblüfft.

„Den du gerade in deinem mickrigen Gehirn herumwälzst. Zum Schein starten und dann wieder zurückkehren, wenn die Terraner weg sind."

Redev wich entsetzt zurück.

„Du . . . ihr könnt Gedanken lesen?"

„Wir können noch viel mehr. Es gibt nichts, was wir nicht können. Wann startet ihr?"

„Meine Kommandanten . . .“

„. . . sind wohlbehalten zurück, sobald du es ernst meinst.“

„Wie willst du wissen . . .?“ begann Redev und schwieg.

„Eben!“ sagte der „Sumpfgeist“ und entschwand.

Am nächsten Tag trafen sich Redev und Rhodan im Büro des Präsidenten Kranz. Auch Präsident Hitahu von Puta war eingeladen. Das Gespräch (und die Gedanken) wurden von Gucky in der TRIESTE überwacht.

Rhodan hielt sich ganz an die Rolle des Skeptikers, dem auf fremden Welten die unglaublichsten Dinge passieren konnten, ohne daß er sie als Wunder betrachtete. Für ihn schienen die Sumpfgeister ein ganz natürlicher Faktor zu sein, dem Rechnung getragen werden mußte.

„Auch wir wußten nicht, daß Tonga-Tonga Ureinwohner mit übernatürlichen Fähigkeiten hatte. Man schwieg darüber, weil man von diesen Ureinwohnern nicht mehr belästigt wurde, die Fremden gegenüber sehr rabiat werden können, wie ich erst jetzt erfuhr. Diese neue Lage hat mich bewogen, nicht mehr gegen Ihre Absicht zu protestieren, Tonga-Tonga dem Carsualschen Bund einzuverleiben.“

Redev starrte Rhodan an wie einen aus dem Grab Auferstandenen.

„Was . . .?“ brachte er mühsam hervor. „Sie wollen verzichten . . .?“

„Sehe ich aus wie ein Selbstmörder?“ fragte Rhodan ruhig.

Redev war offensichtlich stark beeindruckt.

„Aber . . . aber ich verstehe nicht. Sie wollen einfach aufgeben?“

„Aufgeben? Wir haben nichts dagegen, wenn diese Welt im bisherigen Bündnis verbleibt, aber wir werden auch nichts unternehmen, wenn sie sich dem Carsualschen Bund anschließt.“ Rhodan machte eine Kunstpause und atmete erleichtert auf. „Im Gegenteil, wir würden letzteres sogar begrüßen.“

Das war selbst für Redev zuviel.

„Welche Hinterlist steckt denn nun schon wieder dahinter? Ihre Worte widersprechen Ihren bisherigen Anstrengungen. Das alles ist doch paradox und unlogisch."

„Sie können Tonga-Tonga haben", erwiderte Rhodan und nickte dem Abgesandten zu. „Ich bin überzeugt, daß Sie mit diesen geheimnisvollen Ureinwohnern fertig werden. Sie müssen nur Geduld haben."

Ein Mann betrat den Raum. Er gehörte offenbar zum Dienstpersonal des Präsidenten Kranz, dem er ein paar Worte zuflüsterte. Kranz sah Redev verwundert an.

„Ein Schiff Ihrer kleinen Flotte ist gestartet. Was hat das zu bedeuten?"

Redev wirkte ehrlich überrascht.

„Unmöglich! Nicht ohne den Kommandanten!"

„Es ist aber so. Jetzt befindet es sich in einer Kreisbahn um die Sonne Lemur, und ein Notruf besagt, daß sämtliche Kontrollen und Systeme auf geheimnisvolle Weise blockiert sind. Der noch funktionierende Bordcomputer hat berechnet, daß dem Schiff nur drei Tage bleiben, dann wird es in die Sonne stürzen."

Redev sprang erregt auf.

„Wer hat denn das verdammte Schiff ohne meine Erlaubnis gestartet?"

Kranz sagte ruhig:

„Niemand, Redev. Es startete von selbst."

Der Abgesandte machte auf dem Absatz kehrt und verließ die Konferenz ohne weitere Erklärung.

Rhodan sah hinter ihm her, bis seine Schritte verhallten.

„Die letzte Warnung der Waldsumpfgeister", murmelte er und sah sehr zufrieden aus. „Vielen Dank für Ihre Kooperation, Präsident Kranz."

„Keine Ursache, war ganz in meinem Sinn. Hoffentlich kriegt Ihr Zauberkünstler das Schiff wieder rechtzeitig in den Griff."

„Darauf können Sie sich verlassen", sicherte Rhodan zu.

„Hier sieht es ja aus wie in einem Treibhaus!“ sagte Bully, als er Gucky in dessen Kabine aufsuchte. „Zweige, Blätter, ganze Pflanzen! Willst du hier eine Plantage aufmachen?“

Der Mausbiber sah nur kurz auf und fuhr dann damit fort, sich mit dem Grünzeug zu tarnen. Bald war von ihm nur noch das Gesicht zu erkennen.

„Dies hier ist meine Garderobe“, verkündete er stolz. „Ich muß den fünf Kommandanten noch einen tüchtigen Schreck einjagen, ehe ich sie in ihre Schiffe zurückbringe. Freiwillig landen die nicht noch einmal auf diesem Planeten.“

„Nun ja, deine Methode zeigt schon einen gewissen Erfolg“, gab Bully notgedrungen zu. „Aber ob er auch anhält . . .?“

„Worauf du dich verlassen kannst. Redevs Bericht an den Carsualschen Bund solltest du sehen! Er faßt ihn gerade ab. ‚Eine Welt voller unsichtbarer Teufel‘ und ‚völlig ungeeignet als Partner gegen Terra‘ sind noch die harmlosesten Formulierungen.“

„Hätte nie gedacht, daß wir mit dem Unsinn durchkommen.“

„Du traust mir eben nichts zu.“

„Dir traue ich so ziemlich alles zu“, meinte Bully zweideutig.

Der Mausbiber warf ihm einen Blick voller Skepsis zu und schob den letzten Zweig in den Gürtel. Er sah in der Tat nun so aus wie ein wandelnder Baum. Für harmlose Gemüter ein erstaunlicher Anblick, erschreckend aber sicherlich für jene, vor deren Nase er aus dem Nichts materialisierte.

„Na schön, dann wollen wir mal“, sagte er und schob Bully zur Tür hinaus. „Ich begebe mich jetzt auf wichtige diplomatische Mission.“

„Besorge dir frische Zweige!“ rief Bully hinter ihm her, ehe er teleportieren konnte. „Sonst siehst du aus wie Dörrgemüse . . .“

Aber Gucky materialisierte bei den letzten Worten bereits auf der Insel Tapiwa und rannte Sekunden später mit schwingender Holzkeule hinter fünf zu Tode erschrockenen Männern her, die vergeblich nach ihren nicht mehr vorhandenen Impulsstrahlern griffen.

Redev beendete seinen Bericht und befahl der Nachrichtenzentrale, ihn sofort an den nächsten Stützpunkt des Bundes abzustrahlen, natürlich verschlüsselt. Die Antwort wollte er noch abwarten, aber dann nichts wie weg hier!

Aber das war nicht so einfach. Die fünf verschwundenen Kommandanten mußten noch gefunden werden, außerdem befand sich eins der Schiffe in einer gefährlichen Umlaufbahn um Lemur.

Beide Ereignisse – und noch viele andere – konnten nur mit der Existenz der unbekannten Ureinwohner in Zusammenhang gebracht werden.

Redev überlegte, ob ein nochmaliges Gespräch mit Kranz oder gar mit Rhodan zu einem Ergebnis führen könnte, gab es dann aber auf, als er feststellen mußte, daß ein solches Ergebnis ja bereits vorlag, er aber nichts damit anfangen konnte. Nein, er würde dem Bund abraten, sich weiter um diesen verzauberten Planeten zu kümmern. Sollte sich doch Terra damit herumschlagen.

Ein Bildschirm flammte auf. Der Bord-Interkom.

„Redev! Der Kommandant von Einheit Zwei ist aufgetaucht. Er will Sie sofort sprechen."

Redev schnappte nach Luft.

„Aufgetaucht? Wo?"

„In unserem Schiff. Jemand hörte ungewohnten Lärm und fand ihn. Er war in einer von außen verschlossenen Vorratskammer."

„Soll kommen!" japste Redev, ohne etwas zu begreifen. „Sofort!"

Der Kommandant machte einen erschöpften und verwirrten Eindruck. Erst nach mehrmaliger Aufforderung konnte er berichten, daß er plötzlich mit den anderen vier Männern in einer unbewohnten Gegend gewesen sei und von Dämonen gejagt wurde. Es wären mindestens ein Dutzend gewesen. Als er schon jede Hoffnung auf Rettung aufgegeben hätte, wäre er – völlig unerklärlich – auf einmal hier im Schiff gewesen.

Tränen der Verzweiflung standen in seinen Augen, als er endete.

Ehe Redev antworten konnte, brachte man einen weiteren Kommandanten herein. Ihn hatte man in einem Ventilationsschacht entdeckt, wo er jämmerlich um Hilfe brüllte, weil er nicht mehr vor oder zurück konnte. Erst nach Lösung der Deckenplatte konnte er befreit werden.

Sein Bericht war mit dem des anderen Kommandanten identisch.

„Und die anderen drei?" brüllte Redev. „Wo sind die?"

Sein Wutausbruch war überflüssig. Die anderen drei wurden ebenfalls gefunden. Da er nun alle fünf zusammen hatte, sagte Redev:

„Ich habe beschlossen, diese Welt aufzugeben. Sie eignet sich nicht als Stützpunkt unseres Bundes, obwohl ihre Lage strategisch sehr günstig ist. Wir würden uns jedoch ins eigene Fleisch schneiden, und ob diese Ureinwohner jemals auszurotten wären, ist fraglich. Vor uns liegt nur noch eine Aufgabe: Wir müssen das Schiff von Kommandant Murian aus der Umlaufbahn befreien. Inzwischen wird auch die Anweisung des Hauptquartiers eintreffen."

In diesem Augenblick geschah etwas Außergewöhnliches, das aber nach den Ereignissen der letzten Tage schon gar nicht mehr so außergewöhnlich war.

Mitten im Raum, mitten unter ihnen materialisierte der „Waldsumpfgeist".

Es mußte ein anderer als sonst sein, denn er sah auch anders aus. Der Körper bestand aus einer vernarbten Borkenrinde, aus der kleine Zweige mit grünen Blättern herauswuchsen. Eine melonengroße Frucht ersetzte den Kopf. Immerhin waren zwischen herabhängenden Pflanzen zwei listig blitzende Augen zu erkennen.

„Ich hoffe auch, daß die Anweisung bald eintrifft und ihr für immer hier verschwindet. Die Terraner bereiten schon den Start vor, sie sind eben klüger. Kommandant Murian, ich bringe dich zurück in dein Schiff. Die Kontrollen werden wieder funktionieren."

Murian wich zurück.

„Man wird mich zu ihm bringen . . . ich will nicht noch einmal . . ."

„Unsinn! Wozu die Zeitverschwendung? Komm schon!" Der „Geist" trat auf Murian zu und packte seine Hand. „Schwupps . . ."

Und schon waren beide vor den Augen der anderen verschwunden.

„Unheimlich!" murmelte einer der Kommandanten. „Wir sollten keine Minute länger bleiben. Woher wußte das Ding, was wir sprachen? Woher kam es so plötzlich?"

Ein anderer Kommandant meinte nachdenklich:

„Dieser Ureinwohner spricht Interkosmo – merkwürdig."

„Was ist daran merkwürdig?" fuhr Redev ihn an. „Er kann ja auch Gedanken lesen."

„Ich weiß nicht, ich weiß nicht. Verfügt Rhodan nicht über ein Korps von Mutanten? Es könnte doch sein . . ."

„Unmöglich! Rhodan zieht sich genauso zurück wie wir. Er hat auch Angst. Vor seinen eigenen Mutanten? Der Gedanke wäre absurd."

„Vielleicht sollte doch eins unserer Schiffe in der Nähe bleiben", schlug ein anderer Kommandant vor. „Zur Vorsicht, meine ich."

„Wäre zu überlegen", gab Redev nach.

Wenige Minuten später erhielt er die Aufforderung des Hauptquartiers, den Planeten Tonga-Tonga zu verlassen.

Die Mannschaft war starr vor Entsetzen, als ihr Kommandant wieder in ihrem Schiff auftauchte und den neuen Kurs befahl. Alle Systeme funktionierten wieder einwandfrei, und für beide Vorkommnisse gab es keine Erklärung. Murian schwieg beharrlich.

In einigen Lichtstunden Entfernung wartete Murian auf Redev und die ihn begleitenden vier Einheiten. Er hatte entsprechende Anweisungen erhalten, nach denen er sich nur widerstrebend richtete, denn am liebsten wäre er in den Linearraum gegangen und hätte tausend Lichtjahre zwischen sich und den verhexten Planeten gebracht.

Als die kleine Flotte eintraf, ging Redev persönlich an Bord von Murians Schiff, um jede funktechnische Überwachung auszuschließen.

„Sie werden hier Position beziehen und Rhodans Einheit überwachen. Wir müssen sicher sein, daß er auch abfliegt.“

Murian wurde blaß.

„Ich? Bitte, nicht ich! Warum nicht . . .?“

„Nein, kein anderer! Befehl vom Stützpunkt. Sobald Rhodan das System verlassen hat, kommen Sie uns nach. Treffpunkt ist bekannt.“

Murian ergab sich in sein Schicksal, weil ihm keine andere Wahl blieb. Außerdem tröstete er sich mit der Hoffnung, daß die Macht der Sumpfgeister nicht so weit reichte. Allerdings hatte sie bis zur Umlaufbahn von Lemur gereicht . . .

Als Redev mit seiner Begleitflotte vom Bildschirm verschwand, fühlte sich Murian regelrecht allein gelassen. Er ließ sämtliche Massetaster und Fernorter aktivieren und befahl permanente Überwachung des gesamten Systems. Der Start Rhodans konnte ihm nicht entgehen, und dann stand seiner eigenen Abreise nichts mehr im Weg.

Und lieber würde er eine Meuterei anzetteln, ehe er jemals wieder in diesen Sektor zurückkehrte.

Nach einer letzten Besprechung war man sich einig.

Tonga-Tonga würde weiterhin im Verbund der Vereinigten Planeten Terras verbleiben und unter dem Schutz des Imperiums stehen. Puta wurden reichhaltige Lieferungen an Saatgut und landwirtschaftlichen Maschinen zugesichert, damit die natürliche Ernährungslage gesichert blieb. Rofu erhielt ein Antimaterie-Energiewerk auf dem Nachbarplaneten und die dazugehörige technische Bündelstrahlanlage, die eine drahtlose und gefahrlose Übertragung der erzeugten Energie nach Tonga-Tonga garantierte.

„Behalten Sie unser kleines Geheimnis aber für sich", bat Rhodan die beiden Präsidenten und sah in Richtung Guckys, der in seiner Paradeuniform bescheiden in einer Ecke des Raumes saß. Statt Blätter trug er nun ein paar blitzende Orden, die er immer mit sich herumschleppte, um sie bei passender Gelegenheit anzulegen. „Und wenn wieder ein Schiff des Carsualschen Bundes auftaucht, informieren Sie mich bitte sofort. Zwei Tage später gibt es dann wieder Sumpfgeister."

„Ich hätte nie geglaubt, daß jemand auf so einen Trick hereinfallen würde", gestand Hitahu. „Jeder aufgeklärte Mensch . . ."

„Sie vergessen die Wirkung des realistischen Erlebens", unterbrach ihn Rhodan. „Gewiß mögen Redev einige Zweifel gekommen sein, aber er wird sie im eigenen Interesse für sich behalten, denn er würde sich furchtbar blamieren."

„Auch wieder richtig", gab Hitahu beruhigt zu.

„Wir werden also in Frieden so weiterleben können, wie wir es für richtig halten?" vergewisserte sich Kranz.

„Der Vertrag garantiert es", sagte Rhodan einfach.

In diesem Augenblick erhob sich Gucky. Er grinste breit.

„Fargos ist soeben in Eua eingetroffen und wird bald hier sein. Ich hätte gern gehört, was er berichtet, aber unser Start steht kurz bevor. Soviel aber weiß ich: Er hat sich eine phantastische Geschichte ausgedacht. Sie ist noch phantastischer als die Wahrheit."

„Nun, dann viel Vergnügen", wünschte Rhodan und stand ebenfalls auf. „Der Abschied steht bevor, aber ich werde wiederkommen. Ihre Welt ist ein Paradies, sowohl für die Naturalisten wie auch für die Modernisten. Sorgen Sie dafür, daß es nie zu einem Konflikt kommt."

„Das Paradies haben wir nur der Toleranz und der Kompromißbereitschaft beider Seiten zu verdanken. Wäre es doch überall so . . ."

Kranz und Hitahu begleiteten ihre Gäste zum Raumhafen.

Später, als die TRIESTE das System durchquerte, erschien Gucky unerwartet in Bullys Kabine.

„Ich wollte gerade ein paar Stunden schlafen."

„Kannst du auch, nichts dagegen. Aber vorher brauche ich deine Hilfe."

„Hilfe? Wozu denn das?"

„Vor dem Start haben wir doch das ganze Grünzeug aus dem Schiff entfernt, aber nun brauche ich es wieder. Dringend sogar."

Bully richtete sich auf und schwang die Beine auf den Boden.

„Bist du verrückt geworden?"

„Es ist etwas geschehen, das ich zwar vorausgeahnt, aber nicht für möglich gehalten habe. In einer Entfernung von einer Lichtstunde wartet Murian mit einem Kreuzer, um unseren Abflug zu registrieren – das wäre ja in Ordnung. Aber inzwischen sind diesem Redev Zweifel gekomen. Er ist mit seinem Schiff zurückgekehrt und will noch einmal mit Kranz verhandeln. Das möchte ich ihm versalzen."

„Redev kommt zurück?" Bully wirkte wie elektrisiert. „Das müssen wir Perry mitteilen."

„Er schläft und hat es verdient. So eine Kleinigkeit erledigen wir beide doch mit einer Hand, nicht wahr? Ich habe doch noch den Sack mit Gemüse und Früchten, den nehmen wir. Du darfst mich damit bekränzen und in einen Sumpfgeist verwandeln."

„Willst du in die beiden Schiffe teleportieren?"

„Du hast es erraten, mein Busenfreund."

Trotz seiner Bedenken willigte Bully ein und befestigte mit einiger Mühe die seltsamen Gewächse an Gürtel und Verschlüssen von Guckys Spezialschutzanzug, bis der Mausbiber schließlich wie ein wandelnder Obststand aussah.

„Bin gleich wieder zurück", versprach er und entmaterialisierte.

Bully setzte sich auf das Bett des Mausbibers und wartete. Er überlegte, wie er die Sache später Rhodan erklären sollte, falls etwas Unvorhergesehenes passierte. Aber wie hätte er den unternehmungslustigen Gucky auch zurückhalten können? Der war in seinem Element, und vielleicht hatte er sogar recht.

Bloß: Was hatte er überhaupt vor?

Eine halbe Stunde später erwachte Bully aus seinem unruhigen Dahindämmern. Der Schreck hatte ihn hochgejagt. Gucky war nicht zurückgekehrt, dabei legte das Schiff in jeder Sekunde fast dreihunderttausend Kilometer zurück.

Wie sollte er es jemals wieder erreichen? Auch Teleportation hatte ihre Grenzen.

Er schwitzte, als er die Zentrale erreichte, in der Goatfarmer Dienst hatte.

„Anhalten!" rief Bully ihm zu. „Flug sofort stoppen!"

Der Erste starrte ihn verständnislos an.

„Stoppen? Warum denn das?"

„Wir müssen auf Gucky warten." Er klärte Goatfarmer kurz auf. „Wenn die Entfernung zu groß wird, kann er die Strecke nicht überwinden."

Als es dicht hinter ihnen „Plopp!" machte, fuhren sie herum.

Gucky stand, nur mit seinem leichten Bordanzug bekleidet, vor ihnen.

„Mein Schicksal ist es, stets unterschätzt zu werden. Gib Gas, Goatfarmer, und sieh zu, daß wir in den Linearraum kommen."

Er hakte Bully unter und schleppte ihn auf den Korridor.

„Warum hast du mir nicht gesagt, daß du zurück bist . . .?"

„. . . weil du so schön geschlafen hast. Alles ist in Ordnung, die beiden Schiffe sind unterwegs zum Carsualschen Bund. Ja, nur mit diesem Redev, das war ein Problem. Na, wir reden später darüber."

„Ich will es aber jetzt wissen!" verlangte Bully.

„Neugierig wie eine Spinatwachtel!" tadelte der Mausbiber, dessen eigene Neugier schon sprichwörtlich geworden war. „Redev kommt mit uns nach Terra."

Bully blieb mit einem Ruck stehen und riß die Augen auf.

„Was sagst du da? Willst du etwa . . . das ist doch nicht möglich!“

„Doch, das ist es. War der einzige Ausweg, wenn ich ihn nicht umbringen wollte. Er kam hinter unser Geheimnis. Mein Ruf ist leider in der ganzen Milchstraße so verbreitet, daß er nach einigem Grübeln auf mich tippte. Zum Glück teilte er das niemandem mit.“

„Wo ist er?“

„Er schläft in einer der leeren Kabinen. Jetzt muß ich das nur noch Perry beibringen . . .“

„Dann viel Vergnügen“, wünschte Bully und ging wieder weiter.

Gucky folgte ihm, und sein Gesicht drückte Besorgnis aus.

Mit einigem Recht, denn Rhodan war im ersten Augenblick bestürzt, dann machte er dem Mausbiber ernste Vorwürfe – und schließlich glitt der Anflug eines Lächelns über sein Gesicht, denn er verstand ihn.

„Du hast Glück, Kleiner. Bei Kenntnis der Lage hätte ich auch keine bessere Lösung gefunden. Die Frage ist nur: Was geschieht, wenn Redev nicht mehr zu seinem Stützpunkt zurückkehrt?“

Man sah Gucky die Erleichterung an.

„Ganz einfach. Alle sind überzeugt, daß die Sumpfgeister ihn aus dem Schiff holten. Keiner will mehr etwas mit diesem verhexten Planeten zu tun haben. Und Redev wird auf geheimnisvolle Weise wieder auftauchen, allerdings mit einer völlig anderen Erinnerung. Von seiner Entführung durch uns wird er dann nichts mehr wissen, sondern seinen Leuten eine haarsträubende Geschichte über die Sümpfe von Puta erzählen und lobend erwähnen, daß er durch die Terraner gerettet wurde. Na, was meinst du dazu?“

Rhodan nickte.

„So ähnlich habe ich es mir vorgestellt. Eine gut programmierte Hypnoschulung wird ihm guttun.“

Bully meinte:

„Und danach wird er sich nur noch an tausend geisterhafte Kobolde erinnern, die auf Tonga-Tonga ihr Unwesen treiben?“

„So ist es!“, bestätigte der Mausbiber. „Selbst in Ketten würde er nicht mehr dorthin zurückkehren wollen ...“

Terrania.

Goshunsee und Terrasse.

Zwei Liegestühle, dazwischen ein Tisch mit erfrischenden Getränken und ein paar angeknabberte Mohrrüben.

„Humus des Geistes, sagtest du damals?“ murmelte Bully und gähnte vor Wohlbehagen.

„Ist die Faulheit“, bestätigte Gucky. „Reiß das Maul nicht so weit auf.“

„Und überwundener Fleiß“, setzte Bully seine philosophischen Betrachtungen fort, ohne auf die Beleidigung zu achten. „Nichts ist schöner als ein Faulenzerurlaub.“ Er streckte sich behaglich.

„Haben wir auch verdient.“ Bullys Trägheit war ansteckend. „Redev wird seine Schauergeschichte inzwischen schon erzählt haben.“

„Du redest zuviel.“ Abermals gähnte Bully, und Sekunden später verriet ein leichtes Schnarchen, daß er eingeschlafen war.

Indigniert drehte Gucky sich auf die andere Seite.

Es war ein Idyll der Ruhe und des Friedens, und so wäre es wohl auch geblieben, wenn nicht Thaddäus erschienen wäre.

„Besuch!“ verkündete er behutsam.

Gucky fuhr aus seinem Halbschlummer hoch.

„Wer?“ fragte er, aber dann wußte er es schon. „Auch das noch!“

Perry Rhodan sah belustigt zu, wie Bully erschrocken die Augen aufriß. Thaddäus brachte einen Stuhl.

Rhodan setzte sich.

„Wir erhielten soeben eine Nachricht von dem Siedlerplaneten Kondoris VII. Ein Schiff der Zentralgalaktischen Union landete dort. Sieht nicht gut aus für uns.“

Bully und Gucky sanken gleichzeitig in ihre ehemalige liegende Haltung zurück.

„Ohne mich", murmelte Gucky mit geschlossenen Augen.

Bully nickte nur zustimmend.

Rhodan seufzte.

„Dachte ich mir schon, Urlaub ist Urlaub. Zum Glück habe ich ja noch Knorrhead und Goatfarmer. Sie nehmen gerade Proviant auf."

Gucky schielte vorsichtig zu Bully hinüber und bemerkte das nervöse Zucken um dessen Augenlider. So uninteressiert und gelassen wie möglich fragte er:

„Wann geht's denn los, Perry?"

„Als ob du das nicht schon wüßtest", sagte Rhodan und nahm das Glas, das Thaddäus ihm reichte. „Dann also auf das Wohl der blutsaugenden Kobolde von Kondoris VII – oder was immer dir dort einfällt . . ."

„Überredet!" murmelte Gucky. „Faulheit ist . . ."

„Inkonsequenz!" seufzte Bully und griff nach seinem Glas.

Hans Kneifel

Das Floß der Verzweifelten

Im März des Jahres 3459 schrieb Planetarer Rat Carissa Theen (Sigma Tigris) in ihr Tagebuch:
„Ich kann die erstaunlichen Neuigkeiten nur so verstehen: Die Menschheit ist mit einem Vorgang konfrontiert worden, der einmalig und nahezu unfaßbar ist. Aus der Tiefe des Universums sendet das Konzil der Sieben Galaxien einen Boten zu Perry Rhodan. Ihm wird angeboten, Herrscher der Milchstraße zu werden. Eine Offerte dieser Art ist mit aller Skepsis und jedem nur denkbaren Mißtrauen zu betrachten. Das Zögern Rhodans und aller Verantwortlichen ist nach der ersten Verblüffung völlig verständlich. Die dunkle, schreckliche Seite der nur scheinbar strahlenden Medaille zeigt sich immer deutlicher. Auch ich werde davon betroffen werden; es ist nur noch eine Frage der Zeit. Die Laren, ein technologisch hoch überlegenes Volk (eines der sieben Völker des noch unbekannten Konzils), zeigen sich von Tag zu Tag mehr als Vertreter einer klassischen Machtpolitik, die wir Menschen bereits weit hinter uns gelassen haben. Die Drohung ist offensichtlich: Wir, die Menschheit, verteilt auf Tausende von Planeten, beginnen unsere Selbständigkeit zu verlieren . . .“

von: IMPERIUM ALPHA
an: ALLE VERANTWORTLICHEN I. UND II. RANGES
betr.: VERHALTEN GEGENÜBER ALLEN VERTRETERN DES „KONZILS“

(ACHTUNG! Schriftliche und akustische Aufzeichnungen augenblicklich löschen! Beweise für diese Sendung sofort vernichten! Dekodierregeln beachten!)

. . . DIE LAREN VERSUCHEN, DURCH GESCHICKTE

SCHACHZÜGE DIE VERWALTUNG LAHMZULEGEN ... ES WIRD DRINGEND GERATEN, DASS SICH SÄMTLICHE INFORMATIONSTRÄGER IN DEN UNTERGRUND BEGEBEN ... ES IST GEHEIMZIEL DER TRUPPEN HOTRENOR-TAAKS, ORGANISIERTE VERWALTUNGSARBEIT UNMÖGLICH ZU MACHEN ... DIESES VORHABEN WIRD IN ALLER HEIMLICHKEIT DURCHGEFÜHRT ... NOCH NIE WAR DIE GESAMTE MENSCHHEIT IN DIESEM AUSMASS GLEICHZEITIG SO STARK GEFÄHRDET ... GELINGT DAS VORHABEN DES KONZILS, DROHT DIE VÖLLIGE VERSKLAVUNG DER MILCHSTRASSE ...
gez. Tifflor ...

1.

In seinen Schläfen tobte ein stechender Schmerz. Als er sich zwang, die Augen zu öffnen, konnte er erkennen, daß er sich in einem großen Raum befand. Es war eine Kuppel. Durch große, transparente Kugelausschnitte strahlten Sterne herein. Er konnte die Konstellationen nicht auf den ersten Blick zusammensetzen. Am Rand seines Blickfelds war der Raum von verschiedenfarbigen Lichtern aufgehellt. Je mehr er die Herrschaft über seine Sinne und seinen Verstand wiedergewann, desto deutlicher unterschied er menschliche Laute: schwere Atemzüge, Schnarchen, Stöhnen und Ächzen. Er befand sich inmitten einer Menge von Schlafenden. Macnet Parslan richtete seinen Oberkörper auf. Sein Herz schlug einen rasenden Wirbel, als ihn der erste Schock traf.

„Wo bin ich . . . wo sind wir?" flüsterte er mit trockenen Lippen. Seine Erinnerung ließ ihn im Stich. Es war, als sei ein Film gerissen.

Sein Verstand war hochtrainiert; er war gewohnt, schnell Analysen durchzuführen und ebenso schnell Entscheidungen zu treffen. Jetzt aber hatte ihn die Angst in ihrem würgenden Griff.

Alle Menschen in diesem Raum, sagte er sich, waren vermutlich ebenso überrascht worden wie er selbst.

. . . das Sicherheitsschott zu seinem Büro hatte sich geöffnet. Noch ehe er genau gesehen hatte, wer hereinkam, hatte er die Besinnung verloren. Der letzte, reichlich vage Eindruck schien sich noch jetzt auf seiner Netzhaut abzuzeichnen. Ein mittelgroßes, untersetztes Wesen in mittelroter Uniform, mit kupferrotem Haar oder einem Helm derselben Farbe und großen, grün leuchtenden Augen inmitten mattschwarzer Haut . . .

„Ganz ruhig. Ich lebe noch!" sprach er sich Mut zu. Er legte die Handflächen auf den Boden und spürte einen weichen, warmen Teppich. Mit zitternden Knien stemmte er sich hoch, atmete durch und ignorierte den Schmerz in seinem Schädel. Im schwachen, mehrfarbigen Licht, das von Instrumentenpulten und aus Kontrollfeldern von Geräten strahlte, sah er rund zwanzig Menschen in allen erdenklichen Stellungen liegen. Er war offensichtlich als erster aufgewacht.

Schnell und eine Spur weniger beunruhigt betrachtete er die Situation. *Erstens:* Jemand oder etwas hatte etwa zwanzig Menschen in dieser Kuppel abgesetzt, nachdem sie besinnungslos gemacht worden waren. *Zweitens:* Die Umgebung entsprach menschlichen Normen – sie befanden sich also an einer Stelle, wo man sie isoliert hatte, aber lebend brauchte. Es war warm, die Atemluft roch frisch, und da er Durst und Hunger spürte, hatte der Transport hierher längere Zeit gedauert. *Drittens:* Wenn er wußte, welche Personen mit ihm gefangengenommen worden waren, wußte er wahrscheinlich, worum es ging.

Vorsichtig stieg Parslan über einige Körper hinweg. In zehn Metern Entfernung sah er die Leuchtschrift eines Getränkeautomaten. Er grinste, aber nur kurz, denn der Schmerz ließ ihn zusammenzucken. Mit zitternden Fingern fand er einen Becher, tippte einige Tasten und trank starken, gesüßten Kaffee mit einem starken Schuß Alkohol.

„Ich brauche Licht“, sagte er leise. Aus einem Sessel kamen ein Stöhnen und die undeutliche Frage:

„Was ist denn los . . . warum ist es so dunkel?“

Parslan glaubte, die Stimme zu kennen. Sie schien Irrl Cronbach zu gehören. Cronbach? Der Sekretär des Planetaren Rates? Parslan fühlte, wie ihn etwas eiskalt zwischen den Schulterblättern berührte. Er trank den Becher leer, füllte ihn wieder und ging hinüber zum Kontursessel. Ein massiger Mann mit auffallend breitem Gesicht hob den Kopf und erkannte Macnet Parslan augenblicklich, trotz des Halbdunkels. Parslan setzte den Becher an den Mund des etwa hundertzehnjährigen Planetologen.

„Sie, Parslan? Wo befinden wir uns?“

Cronbach unterbrach sich. Während er geradezu gierig trank, erfaßten seine Augen den Raum und seinen denkbar seltsamen Inhalt. Er stöhnte auf.

„Wir sind auf Tayphons Run!“ murmelte er. „Keine Frage. Ich sage Ihnen, das ist das Werk der Fremden.“

„Der Laren?“ fragte Parslan zunächst ungläubig, entsann sich seiner letzten Erinnerung und brummte dann: „Sie haben recht, Cronbach. Ich suche einen Lichtschalter. Dann werden wir sehen, daß sich hier alle wichtigen Persönlichkeiten des Tigris-Sektors versammelt haben. Unfreiwillig allerdings. Tayphons Run! Ausgerechnet!“

Er wußte, wo er das Kontrollpult finden würde und ging am Rand der Kuppel um die Schlafenden herum. Tayphons Run, ein Kleinplanet, beschrieb zur Zeit eine exzentrische Bahn auf Lambda Tigris zu, die wichtigste Sonne dieses Milchstraßensektors. Die Kuppel gehörte zu der wissenschaftlich-ortungstechnischen Station, einem Außenposten, der von mehreren Planetenregierungen betrieben wurde. Ein Felsbrocken, vollkomen öde, ohne Gashülle, mit einer Oberflächenschwerebeschleunigung, die jeden Golfspieler zu einem kosmischen Meteoritenschützen machte. Der nächste bewohnbare Planet war schätzungsweise zwei Astronomische Einheiten weit entfernt. Es stand für ihn schon jetzt fest: Die Laren hatten die Verantwortlichen von mindestens neun Planeten hierher gebracht. Aber ... was hatte er hier zu suchen?

Neben der Luftschleuse fand er das Bedienungspult des Stützpunkts. Er tippte auf den Feldschalter, schob den Regler für den Sauerstoffanteil in der Luftumwälzung um drei Punkte weiter hinauf und verminderte die Heizleistung um 18 Kelvin. Dann sah er, daß sich die meisten Personen zu bewegen begannen.

Immer wieder sagte er sich vor, daß sie noch lebten. Die Laren hätten sie ebenso leicht töten können, wie ihnen die Entführungen gefallen waren. Also wurden sie lebend gebraucht, was bedeutete, daß das Konzil sich ihres Wissens bedienen wollte. Dies war die Chance! Macnet Parslan war schon jetzt entschlossen, den herrschenden Zustand zu ändern. Aber in derselben Überlegung sagte er sich, daß er nicht den Fehler begehen durfte, die Laren zu unterschätzen.

Irrl Cronbach sagte mit seinem knarrenden Baß:

„Sehen Sie sich um, Drumm! Die Regierungen von neun oder zehn Planeten sind hier versammelt."

Neben ihm kam ein schwarzhaariger Mann in gelbem Anzug mit schwarzen Stiefeln auf die Füße. Er starrte schweigend um sich und sah, wie Parslan die Hand hob und dann auf den Getränkeautomaten zeigte. Langsam ging er darauf zu, blickte prüfend in jedes Gesicht und setzte seinen Weg kopfschüttelnd fort. Cronbach hinkte auf einen Körper zu und hob ihn schweratmend hoch.

„Fassen Sie sich, Rat", hörte ihn Parslan sagen. „Wir befinden uns in einer denkbar . . . delikaten Lage. Nicht erschrecken!"

Kyra Tavernier klammerte sich an Cronbachs Schulter. Kyra, eine etwa fünfzigjährige Frau mit blonder Hochfrisur, kannte jedermann, der auf den neun Planeten und den vierzehn Monden lebte. Ihre öffentlichen Auftritte stellten eine wohlausgewogene Mischung aus Schönheit, Charme und Tüchtigkeit dar. Drumm war Erster Sekretär von Darwin, Kyra Tavernier leitete als Planetarer Rat die Geschicke von Ploaghe, Cirrhus. Parslan blieb am Rand der Szenerie stehen und sah zu, wie einer der Würdenträger nach dem anderen zu sich kam. Gruppen heftig diskutierender Menschen bildeten sich und zerstreuten sich ebenso schnell. Eine Atmosphäre von Ratlosigkeit, Aufregung und Panik bildete sich. In diesem Raum kannte jeder jeden.

Die dreiundzwanzig bewohnten Himmelskörper bildeten, grob gesprochen, den wirtschaftlichen Zusammenschluß eines mikroskopisch kleinen Ausschnitts der Milchstraße.

Nur drei Personen paßten nicht in das erstaunliche Bild.

„Doc" Tahon Reed, Dayan Candora und er, Parslan. Er tastete über seine schmucklose, fast sportlich geschnittene Uniform und fand eine halbvolle Zigarettenschachtel. Er ging auf Tahon Reed zu, versuchte ein aufmunterndes Lächeln und murmelte:

„Ich nehme an, Doc, Ihnen sagt die Konstellation zu?“

„Fast. Aber nicht der Anlaß. Was tun Sie eigentlich hier? Und die junge Dame dort haben Sie sicherlich für eigennützige Zwecke entführen lassen?“

Tahon Reed war zu alt, zu erfahren und zu klug, um sich den Gesetzen konventioneller Höflichkeit beugen zu müssen. Wer ihn gut kannte, war entweder sein Freund oder Feind. Eine Zwischenstufe gab es nicht. Parslan mochte Doc und dessen oftmals verblüffenden Sarkasmus. Er entgegnete so leise, daß es fast niemand hörte:

„Mich scheint man verwechselt zu haben. Ich bin überzeugt, daß ich hier der Überflüssigste von allen bin. Fast gleichrangig mit Ihnen, Doc.“

„Damit könnten Sie recht haben, mein Freund.“

Parslan war der Kommandant der sogenannten Regierungsjacht und des Raumschiffs, das für offizielle Flüge gebraucht wurde. So klug schienen die Laren oder deren Informant auch wieder nicht zu sein, denn sowohl Tahon Reed als auch Parslan wußten, daß keiner der Internierten für lange Zeit das Innere eines Raumflugkörpers sehen würde.

„Es hat sich also jemand geirrt“, sagte Tahon. „Oder man wollte Sie, Dayan und mich aus dem Weg haben. Über die Motive kann ich nur rätseln.“

„Vermutlich sind wir als Unterhaltungskomitee eingeplant“, erklärte Parslan. „Lassen Sie sich nicht von meiner angeblichen Kaltschnäuzigkeit beeindrucken. Ich bin bis hierher voller Ungewißheit und Angst.“

Er zeigte mit der waagrecht gehaltenen Hand an seinen Kehlkopf. Die junge Frau wurde durch die Bewegung aufmerksam und kam mit vier schnellen Schritten zu Tahon und Macnet. Unsicher blickte sie von einem zum anderen.

„Nett, Sie zu treffen“, kommentierte Doc trocken. „Wenigstens ein Lichtblick in dieser nutzlosen Machtballung. Wetten, daß die Stützen der Gesellschaft binnen kurzem zu streiten anfangen?“

Dayan schüttelte den Kopf. Ihr blauschwarzes, schulterlanges Haar flog hin und her; ein prächtiger Anblick, wie Parslan fand. Sie fuhr mit aufgeregter Stimme auf Doc los:

„Sie wissen natürlich, wo wir sind! Sie wissen, warum man uns hier isoliert hat! Sie scheinen überhaupt alles zu wissen."

„Das trifft zu", bestätigte Doc.

Niemand wußte, wie alt Doc war. Sein weißes Haar, das zerfurchte, lederhäutige Gesicht und die gebeugten Schultern ließen nicht erkennen, ob er hundertzwanzig war oder ein halbes Jahrhundert mehr zählte. Die blauen Augen unter den buschigen Brauen aber strahlten wie die eines Dreißigjährigen. Man munkelte in diesem Raumsektor, Doc wäre einer der größten zeitgenössischen Kosmopsychologen oder Verhaltensforscher. Kaum jemand kannte seine Veröffentlichungen. In Terrania City sollte er Freunde und Studienkollegen in der unmittelbaren Umgebung Rhodans haben. Häufig war er mit Macnet Parslan geflogen, in der Jacht ebenso wie im großen Schiff. Sein vergleichsweise offenes Lächeln ließ erkennen, daß er die Situation vollkommen durchschaut hatte. Offensichtlich war Doc zu erfahren, um sich noch viele Illusionen zu machen.

„Wir alle sind entführt worden, Dayan", erklärte Parslan. „Entführt und interniert. Kaltgestellt, sozusagen."

Doc sprach in beruhigendem Tonfall weiter.

„Wir wissen, daß die Laren eine Delegation schickten. Noch während der ersten Kontakte müssen Kommandos ausgeschwärmt sein. Sie haben uns überfallen, betäubt und hierher verschleppt. Mit einem Schlag sind die Planeten und Monde ohne sachkundige Führung – eine bizarre Lage, meine Lieben. Wer jetzt die Positionen der Sekretäre und Räte übernommen hat? Sicher sind es Vertraute des Konzils. Oder solche, von denen sich die Laren Mitarbeit versprechen."

Parslan erinnerte sich der Zigarette und zündete sie an. Dayan Candora war, wie böse Zungen behaupteten, von Beruf Tochter eines reichen Vaters. „Candora-Holding" stand auf zwei Dritteln aller Raumschiffe des Sektors. Angeblich hatte sie auf Terra verschiedene Disziplinen studiert. Ihr gutes Aussehen entsprach den Umsätzen der Holding. Der alte Mann schien ihre Verwirrtheit zu genießen. Trotzdem erkannte auch in Docs Gesichtsausdruck der Kommandant die deutlichen Anzeichen von Furcht und Verzweiflung. Dayan fragte entgeistert:

„Das glauben Sie wirklich, Doc?"

„Ich bin davon überzeugt. Jeder, der hier versammelt worden ist, denkt dasselbe. In wenigen Minuten werden sie alle erschrecken und laut aufschreien."

„Er hat recht", pflichtete ihm Macnet bei. Er fing an, nach einem Ausweg zu suchen. „Es gibt keine andere Erklärung."

„Und . . . was sollen wir hier?"

Doc stieß ein heiseres Gelächter aus und wandte sich an den Kommandanten und Piloten.

„Kennen Sie die Bahndaten und so weiter von Tayphons Run, Macnet?"

„Fast auswendig", entgegnete Parslan. „Der Steinbrocken, etwa zweieinhalbtausend Meter im Durchmesser, fliegt auf einer elliptischen Bahn durch das System und nähert sich Lambda Tigris niemals mehr als bis auf fünfzig Millionen Kilometer. Er ist auf dem Weg zu unserer Sonne und erreicht sie in knapp drei Jahren. In rund drei AE Entfernung hängt Morrisons Planet im Raum. Irrl Cronbach und Henny Ranna von Morrison stehen dort drüben. Diese Station ist meines Wissens für mehrere Jahre Betrieb erbaut und ausgerüstet worden. Es wird wohl stinklangweilig werden in dieser Zeit, aber niemand wird verhungern, Dayan. Entschuldigung, Miß Candora."

„Vergessen Sie's", flüsterte sie. „O Gott! Sie haben recht. Ich begreife jetzt, daß alle Warnungen vor dem Konzil berechtigt waren."

Sie schien in sich zusammenzusinken. Ihr Gesicht nahm eine ungesunde Farbe an. Derselbe Grad an Erschrecken und offenem Entsetzen erreichte jetzt auch die diskutierende Versammlung. Die Einsicht war voll durchgedrungen; jeder wußte, woran er war. Parslan hatte unwillkürlich gezählt: Es waren einundzwanzig Menschen in der Kuppel. Achtzehn erfahrene, integre Würdenträger, die in diesem Moment ihre Lage in allen Konsequenzen erkannten, und drei Personen, die absolut nicht in dieses Bild paßten.

Macnet Parslan wartete auf den offenen Ausbruch des Chaos.

Aber bevor es soweit war, schalteten sich die Entführer in das Geschehen ein. Scharfes Klicken und Knacken ertönte. Einige Feldanzeigen glühten auf. Ein Bildschirm wurde hell, eine perfekte holografische Darstellung baute sich im Halbdunkel vor dem Schirm auf. Ein Lare wurde sichtbar, die Lautsprecher aktivierten sich.

„Ich bin Kanterhav-Kharg", sagte er. Seine Stimme wurde hervorragend übersetzt; sie entsprach der arroganten, schulmeisterlichen Erscheinungsform. Zwischen den gelben Lippen zeigte er breite Schneidezähne. „Einer der persönlichen Verantwortlichen von Hotrenor-Taak. Ich sehe, Sie sind wieder im Vollbesitz Ihrer Kräfte."

Parslan wußte nicht, warum er beim ersten Flackern des Bildschirms sich hinter dem Schaltpult zu Boden gekauert hatte. Alle Gesichter, alle Augen wandten sich erwartungsvoll dem scheinbar dreidimensionalen Bild zu.

„Sie wissen, daß Sie in der Forschungskuppel von Tayphons Run sind. Die Speicher sind voll, die Anlagen arbeiten zuverlässig. Der Kleinasteroid nähert sich der Sonne. Für die nächste Zeit sind Sie sicher untergebracht – Sie werden zurückgeholt, wenn sich die Lage geklärt hat."

Er schien niemanden und jeden gleichermaßen anzusehen. Sein ungewöhnlicher Anblick unterstrich die gefährliche Bedeutung seiner Worte. Die mittelrote Kombination mit den unbekannten Zeichen und Buchstaben wirkte plötzlich ebenso exotisch wie die tiefschwarze Farbe der lederartigen Haut. Lächelte der Lare, oder war es ein Ausdruck seiner Verachtung? Er glühte förmlich vor Sicherheit und Selbstbewußtsein.

„Wir haben dafür gesorgt, daß Sie unter sich bleiben. Natürlich können Sie die Luftschleuse öffnen, aber Sie werden kein

Raumfahrzeug finden, das Sie abholt. Wir kontrollieren den Weltraum, auch in Ihren Systemen."

Jede Überlegung wurde zur Gewißheit. Die Räte stellten sich vor, daß der Planetoid etwa drei Jahre lang auf die Sonne zuflog, in ihrer Anziehungskraft herumgewirbelt und wieder in die Tiefen des Sonnensystems hinausgeschleudert wurde.

„Niemand weiß, wo Sie sind. Wir haben neun Planetenregierungen durch unsere Mitarbeiter ersetzt. Die Bewohner der Systeme sind überzeugt worden, daß Sie sich nach Terra abgesetzt haben. Unsere Leute bestimmen jetzt die Geschicke der Planeten und Monde. Machen Sie sich mit der Überzeugung vertraut, daß wir Sie abholen, wenn sich die Lage entspannt und geklärt hat."

Der Lare war menschenähnlich, wenn auch untersetzt und breitschultrig. Sein flachgedrückter Kopf mit dem nestähnlichen Gewirr widerborstiger, geringelter Haare wirkte fremd und bedrohlich. Die grünen Augen strahlten überraschende Intelligenz aus, obwohl sie in den Höhlen tiefer Knochenwülste lagen. Er schien sich über die Menschen vor ihm zu amüsieren; sicherlich sah er jeden deutlich über die Schirme des Gegensystems. Der Mund mit den vollen Lippen öffnete sich wieder, eine breite Nase mit vier verschließbaren Atemöffnungen wirkte wie das Sinnesorgan eines unvorstellbar fremden Lebewesens – vermutlich war dies die larische Version eines gewinnenden Lächelns. Kanterhav-Kharg sprach langsam weiter.

„Weder das Konzil noch wir Laren sind skrupellose Verbrecher oder Machtpolitiker. Aber Sie sollten uns nicht falsch einschätzen. Perry Rhodan hat unsere Bedingungen nicht nur nicht akzeptiert, darüber hinaus hat er sich mit rebellierenden Gruppen eingelassen und gegen uns opponiert. Wir versuchen lediglich, unsere Interessen wahrzunehmen. Im Augenblick befindet sich mein Schiff noch in der Nähe des Asteroiden, den wir natürlich, wie die Station auch, gründlich untersucht haben. Für lange Zeit wird der Anblick des abfliegenden SVE-Schiffes, das ist Ihre Bezeichnung dafür, das letzte Raumfahrzeug sein."

Er machte eine Kunstpause.

„Hoffen Sie nicht darauf, daß man Sie rettet. Kein Raumschiff startet, ohne daß wir es erlauben. Niemand besucht Sie; es sei denn, wir halten es für angebracht."

Die letzte wichtige Bemerkung des Laren hatte Parslan aufmerksam werden lassen. Kanterhav-Kharg hob den Arm, grüßte und streifte dabei das Nest des kupferroten Haares. Nicht ein einziges Mal hatte der Abgesandte des *Hetos der Sieben* gedroht. Er hatte es nicht nötig. Er besaß die absolute Macht innerhalb dieses Raumsektors. Die Räte und Sekretäre waren wie erstarrt.

Das Bild wurde farbschwächer und undeutlich, dann schien es sich in den Bildschirm hinein zurückzuziehen. Wie auf ein geheimes Signal blickten alle nach rechts oben. Dort zog vor der Kulisse der eiskalt leuchtenden Sterne ruhig und majestätisch das SVE-Raumschiff vorbei, beschleunigte und verschwand hinter der Krümmung des Planetoiden. Das Ziel des Laren war mit großer Wahrscheinlichkeit Morrisons Planet.

Macnet Parslan schob sich aus der Deckung der Schaltsäule. In seinem Kopf begann ein Plan verschwommene Umrisse anzunehmen. Er war zwar davon überzeugt, daß die Laren in der Station Spionlinsen und Mikrophone installiert hatten, aber ebenso davon, daß niemand die Internierten ununterbrochen abhören würde. Etwa zehn Sekunden lang herrschte eine betretene, aus Verzweiflung geborene Ruhe unter der Kuppel.

Dann brachen zahllose Gespräche lautstark aus.

Doc Tahon Reed nickte Parslan gönnerhaft zu, versuchte in die Richtung Dayans ein strahlendes Lächeln und sagte:

„In diesem Raum, uns drei eingeschlossen, befindet sich eine einmalige Massierung von Klugheit, Können, Macht und Einfluß. Sogar einige intelligente Personen stehen hier herum und schreien sich gegenseitig an. Nach der Phase verständlicher Verwirrung wird man mit ihnen vernünftig reden können, denke ich. Sollten Sie nicht irgendwo im Keller nach einem Raumschiff suchen, Macnet?"

„Diese Idee hatte ich soeben", entgegnete Parslan, streifte die Asche von seiner Zigarette und bahnte sich schweigend einen Weg durch die Masse der aufgeregten Gefangenen. Er ging die schmale Treppe zum Basement hinunter und wußte nicht genau, was er suchte.

2.

Ein gutes Drittel der Station war tief im ausgehöhlten Fels des winzigen Mondes versenkt, ein weiteres Drittel bildete eine Art Zwischengeschoß, von dem aus durch einige Bullaugen die Schwärze des Gesteins und darüber die Dunkelheit des Alls zu sehen waren, der Rest schwang sich zu der Kuppel auf. Sie war gleichermaßen Aufenthaltsraum, Schaltzentrale und Plattform für zahlreiche Geräte und Instrumente. Parslan untersuchte schnell, aber sehr gründlich jede Kammer, jedes Magazin und jede der vielen kleinen Kabinen, die normalerweise der Mannschaft des Kleinplaneten dienten.

Parslan fand, wie erwartet, keinen Raumanzug.

Er fand nicht ein einziges Gerät, mit dem einer der neun Planeten oder vierzehn Monde angefunkt werden konnte. Es gab Vorräte für alle nur denkbaren Gelegenheiten, für viele Menschen und lange Zeit. Maschinen und Geräte aller Art, natürlich auf den Zweck der Station ausgerichtet, standen in den Regalen der Lagerräume. Sauerstoffflaschen waren ebenso vorhanden wie Handscheinwerfer; die Station würde ein wahres Paradies für Hobbyhandwerker abgeben.

Die zellengroßen Kabinen waren leer, aber hervorragend ausgestattet. Die Räte und ihre Sekretäre, weiblich und männlich, würden den Stützpunkt mit den vorhandenen Möglichkeiten mehrmals umbauen können. Vermutlich war keiner von diesen Internierten in der Lage, einen Schraubenzieher am richtigen Ende zu packen.

Etwa fünfundvierzig Minuten später kam Parslan zurück in die Kuppel. Inzwischen hatte der Lärm nachgelassen. Eine größere Gruppe hatte sich, als sei er eine Art Magnet, um Doc Reed versammelt. Doc sah Parslan, winkte ihm und rief dann:

„Wie sieht es aus?“

„Ausgesprochen negativ. Die Laren haben zwar an Champagner gedacht, aber es gibt nach der ersten Überprüfung keine Möglichkeit, die Kuppel zu verlassen.“

„Haben sie die Leitung zum Hangar gekappt?“ fragte Neal Fray. Er war der Sekretär der Planetaren Verwaltung von Phönix IV.

„Welcher Hangar?“ fragte Parslan und fühlte einen ersten Stich der Aufregung.

„Entschuldigung“, meinte Neal. Er war ein ziemlich alter, dicker Mann, fast ohne Haar. „Unsere Pioniere haben diese Station zusammengebaut. Etwa fünfhundert Meter, etwas mehr oder weniger, von der Schleuse entfernt, haben sie einen Hangar für einen Space-Jet in den Felsen geschmolzen und die nötigen technischen Einrichtungen zum Eindocken. Aber die Laren haben den Jet sicherlich entdeckt und abtransportiert.“

„Nicht“, meinte Parslan, „wenn er im Hangar ist. Niemand von uns unterschätzt das Konzil. Aber wir sollten sie auch nicht überschätzen. Gibt es leicht aufzufindende Unterlagen über diesen Hangar?“

„Wenn jemand weiß, wonach er suchen muß, findet er fast alles“, sagte Neal Fray. „Wo ist die Leitung, oder vielmehr, wo ist das Schaltpult? Sie sind doch Raumfahrer, Parslan! Sie kennen doch die Technik, nicht wahr?“

„Richtig“, antwortete Macnet. „Ich bin Raumfahrer. Ich kenne die Technik. Selbst wenn halbwegs auf der gegenüberliegenden Seite von Tayphons Run ein Raumschiff steht, kommen wir nicht dorthin. Es spielt keine Rolle, ob das Schiff zehn Meter von der Schleuse entfernt oder eine Milliarde Kilometer weit weg ist. In der Station befindet sich nicht ein einziger Raumanzug.“

Doc stieß ein sardonisches Gelächter aus. Selbst Parslan war irritiert, als Doc sagte:

„Denksportaufgabe für neun Räte und neun Sekretäre: Wie bezwingt man das Vakuum des furchtbaren Weltraums ohne Schutzanzug? Macnet! Versuchen Sie, die Schaltung zum Hangar zu finden?"

„Schon unterwegs."

Seltsam, sagte sich Macnet. Wie wenig beeindruckend selbst ein so schönes Mädchen wie Dayan Candora wirkt, wenn die Umstände derart unromantisch sind. Er ging von Pult zu Pult, drückte Schalter, zog Regler und las Aufschriften. Stromversorgung, Luftumwälzanlage, Sauerstoff, Blenden, Heizung, Kühlung, Infrarotspektrometer, schließlich blieb er stehen und kippte nacheinander acht einfache mechanische Schalter, immer noch die beste Ein-Aus-Verbindung.

Ein kleiner Bildschirm wurde hell. Er zeigte einen zylinderförmigen Raum mit glatten Steinwänden. Leitungen, Kabel und hydraulische Anlagen waren in den Wänden befestigt. Die Teller der Landebeine in metallenen Klauen festgehalten, stand dort ein Space-Jet. Die verschiedenen aktivierten Anzeigen sagten dem Kommandanten, daß der kleine Hangar nicht nur beleuchtet, sondern voller warmer Atemluft und betriebsbereit war. Parslan drehte sich um und sagte laut:

„Der Jet ist noch da, Sekretär Fray."

Einige freudige Ausrufe, ein neuerliches Stimmengewirr und ein Ansturm auf das Pult und den Monitor waren die Folge. Macnet hob die Hände und betonte:

„Keine voreiligen Freudenausbrüche! Erstens kommen wir niemals in den Hangar. Und zweitens kommen wir mit dem Space-Jet nicht aus unserem Sonnensystem hinaus. Ich wiederhole: Wir haben keinen einzigen Raumanzug. Nicht einmal einen ganz kleinen, meine Herrschaften."

Die Idee, aus vorhandenen Kanistern, biegsamen Schläuchen und ähnlichen Teilen so etwas wie einen Anzug zusammenzubasteln, war ihm bereits bei der ersten Musterung gekommen.

Aber selbst dieses Wunderwerk würde einen Menschen nicht stundenlang im Vakuum überleben lassen. Es war sinnlos; er kannte die Schwierigkeiten zur Genüge. Hunderttausende Raumfahrer waren umgekommen, weil ihre Schutzanzüge defekt wurden – und diese bestanden nicht aus Blech und flexiblem Kunststoff.

Ein Halbkreis aufgeregter Frauen und Männer bildete sich um die Schaltsäule. Sie starrten das winzige Bild des Jet an, als sei es die Rettung. Der Kommandant wußte es besser. Er sagte hart:

„Selbst wenn es uns gelingen sollte – und daran ist nicht zu denken! –, den Jet zu erreichen, sind wir nach wie vor in Gefahr. Die Laren werden den Jet orten, wenn sie sich vom Planetoiden entfernt. Und wohin sollten wir flüchten? Sie kontrollieren jede Schiffsbewegung."

„Zur Erde!" rief Carissa Theen. „Unsere Planeten sind besetzt. Wohin sollten wir sonst?"

„Ein weiter Weg zu Perry Rhodan", knurrte Doc. „Von dem wir nicht einmal einen Millimeter zurückgelegt haben."

Macnet schaltete die Verbindung mit dem Hangar ab. Die Interkomanlage funktionierte, aber im Hangar war niemand, der antworten würde. Der Kommandant sagte:

„Wir sollten besser damit rechnen, daß uns die Laren beobachten."

Er zündete sich eine seiner letzten Zigaretten an und ging hinunter zu Doc Reed. Er blinzelte und fragte:

„Sie haben nicht zufällig eine komplette Analyse larischer Psychologie fertig? Ich rechne fest damit, daß unsere neuen Herrscher den Jet halb demontiert haben. Vielleicht sehen sie es gern, wenn wir hier ein Unterhaltungsprogramm, eine Bastelstunde, aufziehen?"

„Wenigstens für Kanterhav-Kharg scheint folgendes zu gelten", erklärte Doc nach einer Weile und kratzte sich ausdauernd hinter dem rechten Ohr. „Er ist klug und weiß es. Er kann auf Machtmittel verzichten. Er will uns nicht töten; es wäre leichter gewesen, als diese Isolation aufzubauen. Wahrscheinlich weiß er nicht, daß es in Tayphons Run ein Raumfahrzeug gibt. Wenn er es weiß, müssen wir sicher damit rechnen, daß er auch dort die Hyperfunkgeräte ausgebaut und die Maschinen so stark beschädigt hat, daß der Diskus nicht fliegen kann."

Drumm fragte dröhnend:

„Weiß er es?"

„Wenn der SVE-Raumer innerhalb kürzerer Zeit zurückkommt, wissen wir, daß uns die Laren belauschen. Dann nämlich hätten sie den Jet übersehen."

Parslan wandte sich an einen Teil der Versammelten.

„Sie könnten sich sinnvoll beschäftigen und dadurch ablenken. Wir haben Unmengen von Zeit. Versuchen Sie, in den Räumen versteckte Mikrophone und Linsen zu finden. Und denken Sie dran, daß sich aus dieser Lage keiner auf Kosten der anderen retten kann."

„Sie unterstellen, Kommandant . . .", fing Drumm erregt an. Doc winkte ab und erläuterte ironisch:

„Parslan unterstellt nicht. Er kennt nur die menschliche Natur etwas besser als die meisten hier."

„Er ist einer der Jüngsten!"

„Weisheit hängt schwerlich von Alter ab", berichtigte ihn Doc voller Milde. „Sehen Sie mich an, Drumm: uralt und noch immer leichtsinnig."

Drumm schüttelte fassungslos den Kopf und brummte:

„Ich möchte wissen, warum der Lare Sie eingesperrt hat!"

„In diesem Punkt decken sich unsere Wünsche, Herr Sekretär", schmunzelte Doc. „Wenn ich Ihren Gesichtsausdruck richtig deute, Macnet, dann denken Sie an eine Möglichkeit, in den Hangar zu kommen, zum Jet?"

„Ich habe damit angefangen, seit der Lare zu sprechen aufgehört hat", gestand der Kommandant. „Ich fürchte, mir fällt keine ein oder nur eine solche, die Selbstmord bedeutet."

„Jaja", sagte Doc und grinste wieder. „Das Vakuum ist ein böser Geselle."

Inzwischen hatten einige Personen eine kluge, aber nur vorübergehende Lösung der Probleme gefunden. Sie holten sich irgendwelche Getränke, meist mit alkoholischer Beimischung, und zogen sich in die Kabinen zurück. Carissa Theen, Dayan, Doc und Parslan blieben, Kaffeebecher in den Fingern, neben der Schleuse stehen.

„Fünfhundert Meter", sagte Dayan. „Fünfhundert Schritte trennen uns von der einzigen Chance."

„Es gibt keine Schritte", sagte Parslan. „Die Anziehungskraft ist zu gering. *Hier* haben wir künstliche Schwerkraft, aber nicht außerhalb der Kuppel. Draußen macht man einen energischen Schritt, und schon treibt man davon."

„Hören Sie", meinte Doc. „Es ist richtig, was Sie sagen, natürlich. Gibt es hier vielleicht so etwas wie ein größeres Büro?"

„Ja. Im Basement. Was haben Sie vor?"

„Ein Brainstorming. Einen Orkan der Verstandesleistungen. Hat hier noch jemand eine Ahnung von der Lösung technischer Probleme? Sie müßten das besser wissen, Rat Theen. Bitte, holen Sie die Leute und kommen Sie in dieses Büro."

„Sofort."

Die vergleichsweise junge Frau, Rat von Sigma Tigris, sah die Notwendigkeit unkonventionellen Verhaltens schnell ein. Minuten später saßen zehn Personen an den zusammengeschobenen Tischen. Einige von ihnen rauchten, und Parslan dachte mit Mißvergnügen daran, daß die Laren keine Zigaretten oder Zigarren in der Station gelagert hatten. Er hatte jedenfalls keine entdecken können.

Doc wagte es, die provozierende Frage zu stellen.

„Unsere Lage ist bekannt. Die Aussichten sind klar geschildert worden, von Kanterhav-Kharg. Wie sieht unser definiertes Ziel aus?"

„Mit einem schnellen Raumschiff zur Erde zu fliegen und uns dem Schutz Rhodans zu unterstellen. Einwände?" fragte Carissa.

„Woher bekommen wir ein Schiff?"

„Über Funk oder nach einer Landung mit dem Jet auf einem der nächsten Planeten. Die Auswahl ist gering", meinte Parslan und stemmte die Ellbogen auf die Tischplatte. Er blickte in verzweifelte Gesichter und skeptische Augen. „Funk ist vielleicht in dem Jet. Mossi erklärte mir vorher, daß der Lare eine ‚Einweg-Verbindung' hergestellt hat. Ich sehe später genauer nach."

„Also ist der Jet unser vordringlichstes Problem?" fragte Irrl Cronbach und zerknüllte den Plastikbecher zwischen seinen kurzen Fingern.

„Richtig. Können wir uns durch den Fels bohren?" erkundigte sich Doc.

Parslan hatte diese Frage auf zwei Wegen geprüft, also konnte er entgegnen:

„Es gibt weder geeignete Geräte noch versteckte Tunnels oder dergleichen. *Negativ*, Doc."

„Dieses Wort werden wir öfters hören. Wie kann die mangelnde Anziehungskraft ausgeglichen werden?"

Auch darauf gab es eine Antwort.

„Vermittelst Ankern oder Hitzedübeln und Seilen. Beides ist vorhanden."

„Wer verlegt die Seile? Wer setzt die Anker?" fragte müde Dayan.

„Der Mann im Raumanzug", sagte Parslan. „Wir haben keinen!"

„Es ist ein Jammer mit den jungen Leuten", warf Doc sarkastisch ein. „Keine konstruktive Phantasie. Ihr solltet mit den Flinten schießen, anstatt sie ins Kornfeld zu schleudern."

Parslan bezog den Vorwurf auf sich und zuckte mit den Schultern.

„Wir können ein Paar Stiefel abdichten. Für die Beine und die Arme haben wir flexibles Rohr mit großem Durchmesser. Eventuell finden sich Handschuhe, die einige Stunden lang verhindern, daß der Gefäßdruck das Blut durch das Material in den

Weltraum treibt. Wahrscheinlich ist dieses Problem zu lösen. Ich lasse auch mit mir reden, wenn Handschuhe und Stiefel mit den Rohren verbunden werden. Dafür gibt es genügend Klebebänder und Schmalfolien. Und dann hört es schon auf."

„Negativ. Eine Art Helm, eine geeignete Verpackung für den Körper, und natürlich das freie Sichtfeld und die Atemluft."

Macnet deutete auf Cronbach und sagte bestätigend:

„Die Luft wäre kein Problem. Wir haben Pumpen und Flaschen. Ein Ventil ließe sich auf ein Bar Druck einstellen, der Vorrat brauchte nicht umgewälzt zu werden, sondern könnte als Überdruck ins Freie gehen. Bringen Sie mir den Körperteil des Anzugs, und ich gehe zu Ihrem verdammten Jet. Dort wird sich wohl ein echter Raumanzug finden."

„Auch das ist unsicher. Wir müssen damit rechnen, auch den Weg zurück machen zu müssen."

„Das ginge sehr schnell mit einem dünnen Seil, das über Hand eingeholt wird", schwächte Doc ab. „Haben Sie Ihr Angebot ernst gemeint, Macnet?"

Parslan lachte kurz und ohne Humor. Er sah nacheinander alle Teilnemer dieser Sitzung an und fragte zurück:

„Keiner der Räte ist jung und kräftig genug für den Job. Keiner ist gewohnt, sich in Nullschwerkraft zu bewegen. Jeder dreht vor Angst durch, wenn er dort draußen etwas erlebt, das nicht in seine Vorstellungen paßt. Ich kann mir denken, warum die Laren mich hierher gebracht haben – das war kein Versehen!"

Doc stand auf, legte seine Handflächen auf den Tisch und musterte Macnet Parslan mit einem langen Blick, der sehr eigentümlich schien.

„Holen Sie sich aus einem Magazin eine Flasche Alkohol und gehen Sie schlafen. Morgen, beziehungsweise in zwölf Stunden, haben wir für Sie dieses Anzug-Mittelteil. Wetten?"

„Sie sind komplett verrückt, Doc!" sagte der Kommandant. Aber dann tat er genau das, was ihm der alte Mann empfohlen hatte. Seine Träume waren absolut wirr und phantastisch. Aber mehrmals träumte er die Lösung der Probleme. Als er aufwachte, schrieb er blitzschnell einige Stichworte auf.

Er war mehr als gespannt darauf, was die anderen herausgefunden hatten. Er wußte nämlich, daß es nicht funktionieren würde.

Irgend jemand schien in den vergangenen Stunden organisiert zu haben. Essen war bereitet worden, man hatte jeden Winkel der Station durchsucht, viele Ideen und Materialien waren zusammengetragen. Auf seinem Weg zum „Versammlungsraum" stieß der Kommandant auf Dayan Candora, die ihm ein hilflos-aufmunterndes Lächeln schenkte und sagte, daß Doc und Cronbach auf ihn warteten.

„Danke", sagte er, ein Gefühl drohenden Unheils im Magen, „ich kann mir vorstellen, was sie vorzuschlagen haben."

Der Raum hatte sich in ein Warenlager verwandelt. Macnet Parslan stellte sein Frühstückstablett auf eine Tischecke und betrachtete kopfschüttelnd die Vielfalt der Dinge, aus denen ein Raumanzug entstehen sollte. Die Vorschläge schienen mit einem Großteil seiner Alpträume identisch zu sein.

„Bemerkenswert!" sagte er und schälte ein hartgekochtes Ei. „Zumindest werde ich der bunteste tote Raumfahrer der neun Planeten sein."

Doc begann ein lästerliches Lachen und schlug Parslan auf die Schulter.

„Sie haben Humor! Sie werden ihn brauchen, mein Freund!" dröhnte er. Macnet erwiderte mürrisch:

„Negativ, Doc. Viel mehr interessiert mich die allgemeine Lage in der Station."

„Fast jeder hat sich ziemlich schnell eine Beschäftigung gesucht. Ich habe darüber hinaus eine hübsche Kollektion von Ideen, Vorschlägen und bereits geleisteter Arbeit. Mit aller Skepsis sage ich, daß wir es wohl schaffen könnten."

Er berichtete.

Eine genaue Untersuchung hatte ergeben, daß die Laren keine Überwachungsanlagen installiert hatten. Das große Holobildschirmsystem war nicht zu benutzen; es war manipuliert worden. Die Vorräte waren reichlich, man konnte unbedenklich mit ihnen umgehen. Die Räte und Sekretäre hatten sich nach anfänglicher Verwirrung und einigen Stunden Schlaf ungewöhnlich eifrig mit jeder erdenklichen Lösung der Probleme beschäftigt. Doc schloß: „Neal von Phönix Vier ist eingefallen, daß das nächste erreichbare Raumschiff auf dem Mond des Morrison-Planeten stehen müßte."

„Das wäre also das Ziel des Jet, falls das Vehikel funktioniert. Ich kann es nicht glauben; es wäre zu schön, um wahr zu sein. Was tut das Schiff dort?"

„Man sucht Bodenschätze. Es sind hochqualifizierte Arbeiter auf dem Mond und Profi-Raumfahrer. Neal ist überzeugt, daß sie sich still verhalten, weil sie von den Laren wissen. Das bedeutet also . . ."

Parslan beendete sein Frühstück und schloß:

„Es bedeutet, daß es eilt. Sonst starten sie. Ich sehe, Sie haben sich Gedanken gemacht. Bringen wir's hinter uns."

Doc wurde plötzlich ernst und verlor seine Heiterkeit.

„Es sind nur drei Personen geeignet, diesen Job zu übernehmen. Sie, Dayan – weil sie jung genug wäre – und vielleicht noch Drumm. Dayan ist kein Raumfahrer, Drumm ist stark und will auch nichts anderes, als von hier weg, aber er hat nicht die geringste Erfahrung. Also bleiben Sie übrig. Macnet."

„Diese Berechnung habe ich heute nacht selbst durchgeführt", antwortete Parslan. „Ich bin zum selben Ergebnis und einer Menge Alpträume gekommen."

Sieben Personen halfen ihm.

Zunächst zog er dünne Plastikschläuche über die Socken. Die Stiefel waren mit Klebeband abgedichtet. Auch über die Hose waren Folien geklebt worden. Stiefel und die biegsamen Kunststoffschläuche, mit Metallringen bewehrt, wurden luftdicht miteinander verbunden. Dünne Reinigungshandschuhe reichten fast bis zu den Ellenbogen, eine Plastikjacke, ebenfalls fast luftdicht, wurde an diesen Handschuhen und an der Hose befestigt. Überall klebten die breiten Bänder und markierten jedes Gelenk und jede Verbindung. Zunächst zog Parslan einen dicken Pullover über die Jacke und weit hinunter über die Hüften, darüber befestigten sie drei Schichten Plastikgewebe in drei Farben, ebenfalls mit breiten Bändern gehalten. Besonders die Anschlußteile an den Oberschenkeln und im Schritt wurden mehrfach umwickelt.

Auf einem Tisch stand der „Helm", ein Acrylglaszylinder, dessen Boden offen war. Mit Spraylack war bis auf die Augenöffnung außen eine silbern glänzende Schutzschicht aufgebracht worden. Das Mikro und der Lautsprecher, aus einem der zahlreichen Interkome ausgebaut, waren innen in Kinn- und Ohrenhöhe mit winzigen Nieten befestigt, ein ungewöhnlich starkes Kabel schlängelte sich heraus und endete in einer bemerkenswert umfangreichen Rolle. Parslan bewegte Arme und Beine und sagte:

„Zumindest sieht es ganz brauchbar aus. Jetzt kommen die Schwierigkeiten."

Wenn er diese Parodie eines Raumanzug-Helms auf die Schultern setzte, hatte er rund um den unteren Rand etwa eine Handbreit freien Raum.

Drumm, Doc und Dayan legten auf Parslans Schultern eine Art Poncho aus Plastik. Parslan hielt sich die Nase zu, während sie einen breiten Dreikomponentenkleber darauf strichen, der schnell erhärtete. Es stank bestialisch nach dem Lösungsmittel. Nachdem die erstarrte Folie abgehoben worden war, wurde sie ausgeschnitten. Zwei Sekretäre hielten den Helm fest, führten zwei Rohrstücke zwischen Helmunterkante und Folie hindurch – Leerrohre für die Luftversorgung! –, und dann zischte eine Düse auf und produzierte Kunststoffschaum. Der unregelmäßige Wulst verband das Acrylglas mit dem Material des Ponchos, und durch den grauen Schaum verlief das Kabel.

„Sogar eine Funkverbindung! Wie in der frühen Steinzeit der Raumfahrt!" brummte der Kommandant. Trotzdem war er beeindruckt. Es konnte vielleicht doch funktionieren.

„Noch früher!" murmelte Cronbach und fing an, eine Lage Abdichtband neben der anderen vom Zylinder abwärts zu wickeln. „Dieses gelbe Kabel übrigens . . . gleichzeitig Lebensrettung und Telefonleitung."

Er deutete auf Doc, der einen Meter unterhalb des Helms das mehradrige Kabel an einem breiten Ledergurt befestigte. Er hatte zu den engen Hosen Carissa Theens gehört.

„Sehe ich das richtig? Das andere Ende der Leitung endet hier an einem Interkom?"

„Positiv. Und führt durch die Gummidichtung der Luftschleuse, ähnlich wie hier im Helm. Sie können auf unseren Dauer-Zuspruch rechnen."

Jemand bohrte in die rechte Seite des Helms ein Loch. Ein Ventil mit einem besonders großen Stellrand wurde eingeschraubt und mit größter Sorgfalt abgedichtet. Zwei Flaschen, mit Atemluft gefüllt, wurden angeschlossen, das Wechselventil wurde gecheckt. Diese Anlage würde keine Schwierigkeiten bieten, denn sie gehörte zu den Rettungsgeräten der Station.

„Natürlich machen wir erst eine Probe in der Luftschleuse, mit dem Finger auf dem Schließmechanismus-Schalter!" sagte Doc. „Ist doch in Ihrem Sinn, Macnet?"

„Allerdings."

Siebenhundert Meter raumfestes Seil waren aufgerollt worden. Es gab drei Dutzend jener Felsanker, die sich durch kurzzeitig erzeugte, große Hitzeladungen selbst einbrannten. Eine Arbeitsgruppe hatte sie mit Karabinerhaken versehen.

Handscheinwerfer standen da und waren ebenfalls überprüft worden.

„Wir können natürlich das Kabel durch die Dichtungswülste der Schleuse ziehen", sagte Drumm. „Mit einem Rohrstück. Der Luftverlust ist vernachlässigbar gering. Dann können wir Sie sehr schnell zurückziehen, Parslan."

„Das stellt immerhin einen zusätzlichen Sicherheitsfaktor dar", bestätigte er. „Einverstanden."

Die Maskerade mit gefährlichem Hintergrund ging weiter.

Helm und Schulterstück wurden mit einer dauerplastischen Paste bestrichen und auf Macnets Schultern geklebt. Er selbst regelte die Luftzufuhr und erzeugte einen leichten Überdruck, so daß das Ventil alle halben Sekunden sich öffnete und den größten Teil der verbrauchten Luft aus dem viel zu großen „Helm“ entließ.

Der Helm beschlug innen, während Parslan die Verständigungsproben machte und durch die Kuppel lief, um die Kleidung zu testen. Im Umfeld der Kuppel schien alles in Ordnung zu sein: Im luftleeren Weltraum würden vermutlich andere Fehler auftreten. Immerhin standen die Chancen nicht schlecht, fand Parslan.

Er war sicher, daß er so den Hangar des Jet erreichen konnte.

Dann mußte man weiter sehen: Vermutlich waren Funkgeräte und Antrieb des Space-Jet zerstört worden, und mit einiger Sicherheit wartete auch das Raumschiff nicht mehr auf dem Mond. Woher sollten die Pioniere von Phönix IV auch wissen, daß sich hier einundzwanzig Internierte befanden?

Macnet Parslan ging zurück in den Arbeitsraum und wartete geduldig, bis man ihn aus dem primitiven Raumanzug geschält hatte. Die Reste seiner Ausrüstung sahen, weiß Gott, mehr als kläglich aus. Aber sie stellten die einzige Chance dar, diesen Asteroiden verlassen zu können.

3.

Ziemlich genau fünfzig Stunden nach der ersten Probe wußte Macnet Parslan, daß die folgenden Stunden die Entscheidung bedeuteten. Auch für ihn; immerhin riskierte er jetzt sein Leben. Er stand in der Luftschleuse, mitten im grellen Licht der Tiefstrahler, und langsam schob sich die äußere Platte auf. Vor ihm lagen Dunkelheit, Felsen und Sterne. Noch befand er sich im Bereich der künstlichen Schwerkraft. Er bückte sich, packte die

Seilrolle und schleuderte sie mit einem wilden Ruck und aller Kraft den Sternen entgegen. Das Seil rollte sich auf und verschwand in der Finsternis.

Von seinem Nacken her kam das Zischen des geöffneten Ventils. Noch merkte er die Kälte des Weltraums nicht. Die Sonne befand sich irgendwo jenseits der Steinmasse. Er hob die Seilschlaufe mit den Felsendübeln auf und klinkte sie an seinem Gürtel fest, schaltete den Handscheinwerfer ein und sagte:

„Ich gehe jetzt los, Doc."

„Alles klar. Viel Glück, mein Sohn."

Die improvisierte Telefonverbindung arbeitete zuverlässig. Parslan machte den ersten Schritt und versuchte, sich nach vorn und nach unten abzustoßen. Er streckte seine Arme aus, um sich an einem Stück Felsen festzuhalten. Er verließ den Bereich der Schleuse, schwebte geradeaus und konnte nach etwa zehn Metern schwerelosen Fluges einen Felszacken ergreifen. Er packte ihn von beiden Seiten und hielt sich fest, klinkte einen Dübel aus dem Ring und drückte den Auslöser. Noch immer war sein Körper warm, noch immer hielten die hundert Meter Klebestreifen.

In seiner Faust gab es die erste Vibration einer Erschütterung. Dann flammte an der Stelle, an der der röhrenförmige Dübel den Felsen des Asteroiden berührte, ein stechendes, kalkig weißes Licht auf. Es änderte seine Farbe, als die Hitze den Fels auflöste und in Lava verwandelte. Noch ließ sich der Stab bewegen, aber je dunkler und roter das Leuchten wurde – es strahlte durch die Lider seiner geschlossenen Augen –, desto stärker verband sich das Metall mit dem Felsen.

Als die Kälte des Weltraums den Felsen abgekühlt und die Glut gelöscht hatte, holte Macnet das Seil aus der Luft, klinkte den Haken ein und hielt sich fest.

„Der erste Anker, Doc", sagte er leise. „Nur noch vierhundertneunzig Meter."

„Bleiben Sie ruhig, Macnet", beschwor ihn der alte Mann. „Bis jetzt ist, für uns, alles in bester Ordnung."

Mehrere Lagen Stoff und luftdichte Folie schützten den Kommandanten. Während er, das Halteseil durch seine Finger gleiten lassend, nach vorn schwebte, wirbelte der Scheinwerfer an seiner Hüfte hin und her. Schon nach mehreren Sekunden waren etwa dreißig Meter durch seine Fäuste gelaufen, und er zog am Seil.

Mit den Bewegungen in der Schwerelosigkeit war es wie beim Schwimmen, Radfahren oder Küssen – einmal gelernt, vergaß man es nie. Er sah, wie die Oberfläche des Asteroiden ihm entgegenkam, fing seinen Aufprall ab und hielt sich wieder fest.

Er schaffte es, nicht wieder zurückgeschleudert zu werden, und er setzte in aller Ruhe den zweiten Anker.

Er öffnete den Karabinerhaken und befestigte das Seil.

Der Stein des winzigen Mondes schien schwarz zu sein. Die Sterne wirbelten um ihn herum, als er sich wieder abstieß. Hinter ihm löste sich die weiße Wolke seines Atems auf, die aus der Ventilöffnung des Helms strömte. Noch immer fror er nicht; sein Raumanzug war besser, als er dachte. Allerdings hatte er auch in dem Drei-Stunden-Test in der Schleuse nicht gefroren. Kälte war das erste Anzeichen einer Panne, die für ihn tödlich, zumindest aber lebensgefährlich sein würde.

Er machte zehn weitere Sprünge, ehe er sich, am Seil hängend, umdrehte. Die Station war verschwunden. Es gab nur den Scheinwerfer in seiner linken Hand, die Sterne und die absolute Schwärze der Felsen und der Dunkelheit.

„Sie sehen mich nicht mehr, Doc?“ fragte er.

„Nein. Sie sind hinter der Krümmung verschwunden. Aber wir hören Sie ruhig atmen. Alles klar?“

„Bis jetzt keine Schwierigkeiten.“

Macnet zog am Seil und stemmte seine Sohlen gegen den Felsboden. Aus einem winzigen Loch neben dem rechten Knie zischte unhörbar eine winzige Säule aus feuchter, warmer Atemluft. Er merkte nichts, also ließ er das Reserveklebeband am Gürtel. Langsam bewegte er den Scheinwerfer. Der stechend grelle Lichtkreis huschte über den Fels. Der Kommandant sah kleine Metallsäulen mit Lampenelementen, die nicht leuchteten, und dazwischen erkannte er eine glattgeschliffene Fläche mit einem eingebrannten reflektierenden SJ, er passierte also den normalen Landeplatz des Jet. Er war unsicher, also fragte er.

„Zutreffend", sagte Doc Reed, der die Aufgabe des Kontaktmanns übernommen hatte. „Das ist der normale Landeplatz für Raumfahrzeuge."

„Ist es denkbar, daß die Laren hier einen geparkten Jet fanden, ihn wegschafften und darüber den Hangar vergaßen, beziehungsweise nicht an ihn dachten?"

„Durchaus möglich. Neue Hoffnungen, wie?"

„Positiv, Doc", sagte Parslan und wußte, daß er das mehradrige Sicherheitskabel in wilden Schleifen und Ringen aus der Schleuse hinter sich her zog. Die magnetischen Klammern jedenfalls, die normalerweise sich um die Landeteller eines Jet schlangen, waren in „Ein"-Stellung – und leer.

Er arbeitete sich in Sprüngen weiter.

In rasender Folge suchten ihn zahllose Gedanken heim. Er entsann sich der Zeichnung: Während er hier umherturnte, raste der Asteroid auf seiner elliptischen Bahn der Sonne entgegen. Diese Bahn hatte er seit Ewigkeiten inne. Er passierte im Lauf der nächsten dreißig Tage den Planeten und, knapp eine halbe Million weniger weit entfernt, den Mond von Phönix IV. Also turnte er, Macnet, auf der Oberfläche eines kosmischen Geschosses entlang. Wieder glühte ein Dübel auf und verschmolz mit dem Gestein. Wieder wurde das Seil befestigt, wieder war eine Teilstrecke zurückgelegt.

Parslan stellte sich aufrecht hin.

Seine Beine deuteten auf den Mittelpunkt des Planetoiden. Der Lichtkreis glitt die Schlingen des Halteseiles entlang. Tatsächlich! Schon die vierte Probe, und noch immer befanden sich die Karabinerhaken der Dübel annähernd in einer Reihe. Er war also auf dem richtigen Weg.

Doc fragte, offensichtlich weniger beunruhigt als der Raumfahrer selbst:

„Alles in Ordnung, mein Sohn?“

„Alles okay, Daddy“, knurrte Macnet. „Wie lange bin ich schon unterwegs?“

Ein kurzes Zögern, dann die Auskunft:

„Siebenunddreißig Minuten und etwa dreißig Sekunden.“

„Schon so lange?“

„Richtig.“

Parslan machte weiter. Er war völlig allein und abgeschnitten, aber er fürchtete sich nicht. Er war sicher, daß er es schaffen würde. Die schwerelosen Bewegungen begannen ihm sogar Spaß zu machen. Seine Gedanken beschäftigten sich, während er in immer größeren Abständen die Dübel setzte und kontrollierte, ob sein Weg gerade blieb, wieder mit der Situation. Die Distanz zwischen den beiden am weitesten voneinander entfernten Sonnensystemen dieses Sektors betrug mehr als vierzig Lichtjahre. Es schien ausgeschlossen zu sein, daß eine Konzilsflotte so zahlreich war, daß sie innerhalb dieses Weltraumbezirks die Raumfahrt kontrollierte. Außerdem hatten die Invasoren andere Aufgaben, die ihre Zeit und ihre Schiffe banden. Sollte es ihm gelingen, den Jet zu starten und damit zu den Pionieren auf dem Phönix-Mond zu fliegen, würden ihn die Laren schwerlich orten können – es sei denn, sie warteten auf diesen Fluchtversuch.

Vielleicht war dies alles überhaupt nur ein großangelegter Test?

„Alles in Ordnung?“ erkundigte sich Tahon Reed.

„Bis jetzt gibt es keine Schwierigkeiten“, antwortete Parslan. Die Stimme des Alten war voller Besorgnis gewesen.

„Muten Sie sich nicht zu viel zu!“ beschwor er den Raumfahrer.

„Keine Sorge!“

Die Krümmung des Horizonts war beträchtlich, die Anziehungskraft des annähernd runden Asteroiden so gering, daß sie nicht einmal die Windungen des Seiles beeinflußte. Nach fast einer weiteren Stunde sah Parslan direkt vor sich den vier Meter hohen Signalmast im Scheinwerferlicht. Er schwebte darauf zu, befestigte die Leine an dem stählernen Rohr, in dem unter einer Schutzklappe die Signalschalter eingebaut waren. Dann nahm er das Vibromesser, das er ebenfalls im Gürtel stecken hatte, und schnitt das Seil durch. Als er das andere Ende um den Pfosten band und sich beim Versuch eines ordentlichen Knotens halb von dem Haltepunkt fortkatapultierte, sah er die drei Knoten im Seil.

„In genau fünfhundert Meter Entfernung, entsprechend der Knotenmarkierung“, sagte er ins Mikrophon, „habe ich den Signalmast erreicht. Ich öffne die Schleuse und steige ein.“

Eine Sekunde nach seiner Mitteilung erhob sich in der Kuppel leiser Jubel. Doc sagte kurz:

„Ausgezeichnet, Macnet! Hoffentlich . . .“

Auf einen Knopfdruck öffnete sich im Boden eine Klappe. Automatisch schaltete sich das Licht ein. Breite Sprossen führten abwärts. Parslan, der das andere Ende des zweiten Seiles neben dem Elektrokabel am Gürtel festgeknotet hatte, stieß sich ab und landete auf dem Boden des vier Meter tiefen Schachtes. Er sicherte sich mit dem Seil und ließ die äußere Schleusentür aufgleiten, wartete auf den Druckausgleich und betrat den Hangar. Er fühlte, wie seine Erregung zunahm. Sein Herz schlug schneller; er glaubte es hören zu können. Zuerst schaltete er die künstliche Schwerkraft des Hangar ein, aber er wartete nicht darauf, daß sich die Felder aufbauten, sondern stieß sich ab und kam halb schwebend und am Ende stolpernd bis zur Leiter, die in die Schleuse des Jet hineinführte. Er löste das Sicherungsseil, zerrte das Verbindungskabel hinter sich her und kletterte durch die Ebenen bis hinauf in die Kuppel des kleinen Space-Jet.

„Ich bin im Kommandostand des Jet“, meldete er und legte den Hauptbetriebsschalter um. Mit zitternden Fingern aktivierte er die Versorgung des Jet, kippte Schalter, sah Feldanzeigen aufleuchten und Nadeln ausschlagen, schob Regler hinauf und sah, daß die Energieanzeigen liefen.

„Und . . . der Erfolg?“ fragte Doc fast flehend.

„Der Jet hat Energie. Mehr kann ich noch nicht ... o verdammt. So etwas Ähnliches habe ich befürchtet."

„Was ist los?"

„Moment!"

Es waren nicht die Laren gewesen. Die Mannschaft, die zuletzt hier gearbeitet hatte, war nicht sonderlich ordentlich: Sie hatten die Werkzeuge liegengelassen. Einige Spezialschraubendreher und Schlüssel lagen auf dem Pult, ein Werkzeugkasten stand neben dem Sessel des Piloten. Bis auf das Mikrophon und die Lautsprecher war, wie Parslan mit wenigen Handgriffen und einem langen Blick feststellte, das Funkgerät abmontiert.

„Das Funkgerät ist nicht an seinem Platz im Pult. Sieht so aus", sagte Parslan, „als ob sie es ausgeschraubt hätten, um es zur Überholung nach Phönix zu bringen. Es sind wohl nicht die Laren gewesen. Ich durchsuche den Jet weiter und melde mich wieder."

Vier weitere Geräte waren entfernt worden. Nur die Anschlußkabel mit den wuchtigen Vielfachsteckverbindungen hingen aus dem Steuerpult. Aufmerksam studierte Parslan die verschiedenen Funktionsanzeigen, dann kletterte er, von einer bösen Ahnung getrieben, auf das nächsttiefere Deck. Er riß Schränke auf, öffnete die Türen der wenigen Kabinen, durchsuchte die Staufächer und sagte plötzlich, eine Spur erleichtert:

„Vier Fächer waren leer. Im fünften fand ich einen Norm-Raumanzug. Er scheint intakt zu sein. Ich melde mich wieder."

„Verstanden!" antwortete Doc.

Kein Funkgerät, aber ein Raumanzug. Die Wahrscheinlichkeit, daß die Laren diesen Jet übersehen hatten, verdichtete sich. Parslan stürzte förmlich in den Maschinenraum und fand seine Befürchtungen bestätigt.

Die Verteilercomputer und Schaltelemente für die Antigravtriebwerke und die Korpuskulartriebwerke fehlten. Sie waren ebenfalls säuberlich ausmontiert worden.

„Das war's, Parslan", sagte der Kommandant zu sich selbst und meldete seine Feststellung an die Station.

Diesmal gab es am anderen Ende der Kommunikation keinen Jubel. Betretenes Schweigen herrschte.

Parslan desaktivierte die Energieerzeuger wieder, nachdem er den Jet noch einmal genauestens untersucht hatte. Er schleppte den Raumanzug in die Luftschleuse, band ihn an seinem Körper fest und ließ die Klappe zum Einstiegschacht offen. Er löste die Leine vom Pfahl, zog sie zu sich heran und schlug einen flüchtigen Knoten. Dann sagte er:

„Ich springe jetzt senkrecht in die Höhe, Doc. Ich habe den Rest des Sicherungsseils bei mir und den Raumanzug. Wenn ich das Signal gebe, zieht mich zur Station zurück. Bitte vorsichtig. Wenn das Kabel reißt, kann mich nichts mehr davor bewahren, die Kollektion von Kleinstplaneten zu vergrößern. Klar?"

Er nahm die Lampe, schaltete sie ein und spannte die Muskeln, während er sich mit der anderen Hand am Signalmast festhielt.

„Ich springe. Noch nicht ziehen!"

Er sprang annähernd senkrecht hoch, überschlug sich mehrmals und entfernte sich von der Oberfläche des Mondes. Als er sich hoch genug glaubte, sagte er:

„Langsam ziehen, Freunde. Denkt daran, daß ich nach dem ersten Ruck in die eingeschlagene Richtung fliege. Ausgezeichnet . . ."

Einige Minuten später landete er vor der Schleuse, zerrte seine Ausrüstung und den Anzug in den Bereich der Anziehungskraft und schloß die Außentür. Als die Innentür der Schleuse aufglitt, stand er da; sekundenschnell bildeten sich verdampfende Eisschichten auf ihm. Die Kruste fiel knisternd von ihm ab, als er mit beschlagenem Helm blind in den Saal unter der Kuppel hineinstapfte.

Er hatte alles riskiert. Es war nicht sicher, ob sie verloren oder gewonnen hatten. Diesmal mußte ihm etwas einfallen. Nicht einmal ein großes Glas Champagner, das man ihm reichte, konnte ihn aufheitern, nachdem man ihn etwa eine halbe Stunde lang aus dem buntscheckigen Raumanzug geschält hatte.

4.

„Natürlich ist es von größter Wichtigkeit, daß unsere Erfahrungen und alles, was wir über das Auftreten der Laren in unseren Sonnensystemen wissen, an Rhodan und Atlan weitergegeben werden“, sagte Planetarer Rat Stybell McThor nachdenklich und starrte nacheinander alle Frauen und Männer an, die sich um den erschöpften Raumfahrer versammelt hatten. „Aber zuerst müssen wir, einundzwanzig Personen, von hier wegkommen.“

„Die Chancen dafür stehen schlecht“, antwortete Macnet halblaut. Der letzte Schluck Champagner schmeckte fad. Dayan goß nach. „Immerhin habe ich einen funktionierenden Raumanzug und kann mich ungefährdet zwischen Schiff und Station bewegen. Wir können den Funk abhören, wenn auch nur auf wenigen Wellenbereichen, und wir könnten senden. Aber ich zögere.“

„Warum?“ fragte Doc Reed ungewöhnlich ernst.

„Es sind mehrere Gründe“, antwortete Parslan und warf Doc einen hilfesuchenden Blick zu. „Das Funkgerät hat eine größere Reichweite beim Empfang als beim Senden. Sollte in diesem Sonnensystem ein starker Schiffssender arbeiten, hören wir ihn. Auch planetare Sender der drei näheren Systeme werden wir vermutlich empfangen können. Aber . . .“

McThor runzelte die Stirn und ergänzte fachkundig:

„Aber wenn wir senden, können wir gehört, eingepeilt und geortet werden. Ich bin sicher, daß die Laren bei jeder Meldung wie elektrisiert hochfahren, die uns betreffen könnte. Wenn sie in dem Lambda-Tigris-Sonnensystem überhaupt etwas kontrollieren, dann ist es jegliche Aktivität um Tayphons Run.“

„Also dürfen wir keineswegs senden!“ entfuhr es Rat Theen, und ihre Schultern zuckten. „Es wäre Selbstmord!“

„Ich weiß nicht, was ich antworten soll“, sagte Parslan. „Ich könnte den Jet aus dem Hangar starten, indem ich ihn mit den Landestützen sozusagen hinausschnelle. Der Zentralantrieb und die Richtungseinheiten lassen sich mit einigen Einbauten rein mechanisch aktivieren und abschalten. Steuerung und Abbremsen allerdings werden reichlich kompliziert werden. Es bleibt eine verteufelte Situation."

Der neue Raumanzug war, wie die Tests rasch ergaben, tadellos in Ordnung. Der Atemluftvorrat und die Energiezellen wurden gerade erneuert. Auch das Funkgerät empfing einwandfrei, nur dämpfte die Kuppel die Empfindlichkeit. Parslan war noch einmal hinausgegangen und hatte genau in der Mitte der gesicherten Seilverbindung das Ende eines weiteren Taues eingeklinkt. Jetzt brauchte er sich nur noch, entweder an der Schleuse oder am Jet-Hangar selbst in die Höhe zu werfen, beschrieb einen Kreisbogen, größer als hundertachtzig Grad wegen der starken Oberflächenkrümmung des Planetoiden, und landete stets nahe dem Ziel.

Die Stimmung in der Kuppel war nicht schlecht, aber auch nach dem Fund des Anzugs machte sich keine Freude breit. Gespannte Nervosität erfüllte alle. Die Internierten wußten genau, worum es ging.

„Sollten wir das Schiff auf Morrisons Mond anfunken und erreichen, gefährden wir nicht nur uns, sondern zusätzlich ein Schiff, von dem die Laren vielleicht noch nicht wissen, daß es sich ihrer Kontrolle entziehen konnte", versetzte Kyra Tavernier.

„Da wir nicht wissen, ob die LORD KELVIN noch auf dem Mond steht, wäre ein Flug mit dem Jet ein zu großes Risiko", pflichtete ihr Parslan bei und ließ sich in einen Sessel fallen. „Daß wir uns mit diesem kosmischen Irrläufer unaufhaltsam der Bahn des betreffenden Mondes nähern, ist nur ein geringer Trost."

„Und wir waren gerade so schön in Fahrt", schloß Doc Reed bedauernd.

Ihre Hoffnungen sanken rapide.

„Wir haben uns vom ersten Erfolg, dem Wegwerfraumanzug, zu sehr begeistern lassen", sagte Cronbach und ging näher an den bizarren Kopf-Schulter-Teil heran. „Jetzt bezahlen wir alle dafür mit deprimierter Stimmung.“

Doc hob die Hand und rief:

„Was können wir tun? Hat jemand einen Vorschlag? Nur mit einer besonders guten Idee kommen wir von hier weg. Jeder von uns kennt die zur Verfügung stehenden Einzelheiten.“

Vor Jahren hatte Phönix IV, vierter Planet im Sonnensystem Lambda Tigris, den Auftrag zur Errichtung der Station auf dem rasenden Planetoiden gegeben. Länger als ein Jahrzehnt würde Tayphons Run innerhalb des Systems verbringen, und später blieb er eine Relaisstation für viele denkbare Zwecke. Nun raste Tayphons Run auf Morrisons Planet beziehungsweise dessen Mond zu, der Sonne Lambda entgegen. Die LORD KELVIN stand auf Morrisons Mond, und auf diesen Punkt konzentrierten sich die Gedanken der Eingeschlossenen.

„Wie kommt es“, fragte Macnet nach einer Weile, „daß ein Schiff von Phönix auf dem Morrisonmond steht?“

Neal und Tavernier antworteten fast gleichzeitig:

„Das einzige verfügbare Spezialistenteam hat der Planet Phönix.“

„Verstehe. Kennt jemand von Ihnen einen Mann aus der Schiffsbesatzung?“

Dayan Candora trug mittlerweile einen Stationsoverall, hatte das lange Haar straff nach hinten gezogen und widmete sich mit Energie und Ausdauer der Essensversorgung für die Internierten. Niemand antwortete auf Parslans Frage. Gerade, als McThor etwas erwidern wollte, sagte Dayan hastig:

„Ich bin nicht sicher. Aber ich habe von einem Studienkollegen gehört, der sich vielleicht an mich erinnert. Shacc Vasquez ist sein Name. Er macht planetologische Untersuchungen und Analysen. Er müßte auf der LORD KELVIN sein.“

Doc nickte ihr dankbar zu und empfahl ruhig:

„Ist er bestimmt in diesem Schiff? Denken Sie nach. Prüfen Sie Ihr Gedächtnis – es hat keine Eile. Was wollten Sie sagen, McThor?“

„Ich war in meinen Jugendjahren begeisterter Bastler. Ich traue mir zu, das Raumanzug-Funkgerät an die Antenne der Station anzuschließen. Dann können wir den Raum besser abhorchen. Es ist auch nicht schwer, einen Recorder anzuschließen, um Funksprüche zu speichern. Habe ich Ihre Erlaubnis, Parslan?"

„Natürlich", beteuerte Macnet nachdenklich, „wenn Sie das Gerät nicht ruinieren."

„Das ist fast unmöglich!"

„Bauen Sie's aus. Könnte man auf diesem Umweg auch senden?"

„Ich glaube nicht. Ich habe das Bildgerät untersucht. Wichtige Teile fehlen."

„Das war zu befürchten. Wann hören wir dann die neuesten Nachrichten?"

„In ein paar Stunden."

Augenblicklich begann McThor, am Raumanzug herumzuschrauben. Parslan sah ihm mißtrauisch solange zu, bis er überzeugt war, daß der Rat seine einstige Geschicklichkeit nicht verloren hatte. Dann verließ er den Besprechungsraum und ging in seine Kabine.

In dieser Nachtphase – eine simple Zeitschaltung führte durch Beleuchtungsänderung diese Einteilung herbei – lag Macnet Parslan auf dem Rücken, die Arme hinter dem Kopf verschränkt.

Der Rauch einer Zigarette ringelte sich zur Öffnung der Luftumwälzanlage. Der rote Glutpunkt und eine winzige Notleuchte ließen die Umrisse der Einbauten sichtbar werden. Neben der Liege stand ein halb gefülltes Glas.

Aus dem Lautsprecher des Interkoms wisperten, knarrten und sprachen verschiedene Stimmen; der Weltraum war voll von ihnen.

Die Bedeutung dessen, was sie sagten, war stets dieselbe: *Das Konzil. Die Laren. Die Kontrolle über neun Sonnensysteme nahm von Tag zu Tag zu.*

Nicht alle Starts und Landungen waren verboten. Güter und Nahrungsmittel durften transportiert werden, angefangene Arbeiten wurden fortgeführt. An den Grenzen derjenigen Bereiche, an denen die Schiffe gewöhnlich in den Hyperraum gingen, patrouillierten SVE-Raumer. Ohne Erlaubnis durften Leitende und Verantwortliche ihre Planeten nicht verlassen. Neun Planeten vermißten ihre Räte und Ersten Sekretäre. Man munkelte, sie wären zu Rhodan geflüchtet. An ihre Stelle waren Personen getreten, die vorher kaum bekannt gewesen waren.

Schweigend lauschte Parslan auf die Meldungen.

Hier meldete sich ein Schiff ab, dort landete eines. Zwischen Schiffen fanden kurze Unterhaltungen statt. Zwei Drittel aller Informationen waren unbedeutend, ein wichtiges Drittel blieb übrig. Das Bild wurde deutlicher: Konzilschiffe tauchten stets dort auf, wo man sie nicht erwartete. Ein Kampf gegen die SVE-Raumer bedeutete Selbstmord. Die Konzilschiffe aber waren nicht überall. Kurz bevor er einschlief, hörte Macnet etwas von der LORD KELVIN OF LARGS. Er richtete sich auf, gähnte mehrmals und wählte die Kabine von McThor an.

„Parslan hier. Übernehmen Sie jetzt? Ich hörte eben, daß die KELVIN noch nicht wieder gelandet ist. Vielleicht erfahren wir morgen, ob sie noch auf Morrisons Mond steht."

„In Ordnung. Wie fühlen Sie sich?"

Zögernd antwortete der Kommandant:

„Sagen wir: Ein winziges Saatkorn von Zuversicht beginnt vorsichtig zu keimen!"

„Begießen Sie's", forderte ihn McThor mit einem kurzen Lachen auf und schaltete das Funkgerät auf seinen Lautsprecher um.

„Schon dabei!" murmelte Parslan und trank sein Glas in kleinen Schlucken leer.

Nach einem ausgiebigen Frühstück ließ sich Parslan wieder in seinen Primitiv-Raumanzug einkleben und einwickeln. Rat McThor schlüpfte in den „richtigen" Anzug, und gemeinsam machten sie sich an die Arbeit.

„Schließen Sie im entscheidenden Moment die Augen, Rat", sagte Parslan in der Schleuse, als sie ihre umfangreiche Ausrüstung bündelten. „Wir geraten in den Bereich der ungefilterten Sonnenstrahlung."

„Alles klar. Ich dachte schon daran."

Sie sprangen mit dem Gepäck annähernd senkrecht und kraftvoll in die Höhe. Am Ende des Seiles beschrieben sie einen weit hinaufführenden Bogenflug und landeten nahe dem Signalmast. Kurze Zeit später schleppten sie ihre Werkzeuge zum Einstieg des Jet, und McThor half Parslan aus dem Schulterteil des Raumanzugs.

Sie arbeiteten, nur von kurzen Pausen unterbrochen, zwanzig Stunden lang.

Über die Interkomverbindung spielte die Station ihnen Musik, aufmunternde Statements und letzte Meldungen in den Hangar. Das Bordgeschütz wurde ausmontiert, mit einem Kabel an den Meiler angeschlossen und außerbords gewuchtet. Die Anlage im Maschinenraum war im Rohbau fertig. Während normalerweise die Computer, von den Steuerströmen aus dem Pilotenpult dirigiert, die einzelnen Triebwerke ein- und ausschalteten, ohne Verzögerung die Energie freigaben oder drosselten, befand sich jetzt eine Art Schaltkranz an der leeren Stelle. Inmitten eines Gewirrs von blankgeschliffenen Kontakten ließ sich ein Steuerknüppel bewegen und drehen. Mehrfach ausgelegte Leitungen erhielten, wenn der Kontakt manuell geschlossen wurde, den Arbeitsbefehl. Der Rat und Parslan waren ein gutes Team, die handwerklichen Fähigkeiten des achtzigjährigen Mannes waren beträchtlich. Parslan reinigte grinsend seine verschmierten Hände an einem Lappen und bemerkte trocken:

„Wenn wir morgen wieder hier sind, zeige ich Ihnen, warum wir das Geschütz ausgebaut haben."

„Sie tun verdammt geheimnisvoll, Macnet."

„Keineswegs, Rat. Inzwischen kennen wir die Lage in unseren Sonnensystemen. Ich bin der festen Meinung, daß die größte Gefährdung für uns ein Funkspruch an die LORD KELVIN wäre. Sie müßten, um uns abzuholen, unseren Standort erfragen. Sofort wäre ein Larenschiff hier. Vergessen Sie nicht, warum die Laren ausgerechnet diesen Gesteinsbrocken als Internierungslager gewählt haben!"

„Sie haben recht, Kommandant. Übrigens: Wußten Sie, daß wir nicht eine einzige Waffe in der Station haben?"

Parslan reinigte mit einem Feinschraubendreher seinen Daumennagel und nickte, als sei es ihm völlig begreiflich.

„Ich wußte es nicht, rechnete aber fest damit. Wir sollen nicht einmal die Chance haben, uns gegenseitig umzubringen. Die Internierung ist also für sehr lange Zeit geplant. Sekretäre und Räte sollen seelisch ausgehungert werden. Wenn uns die Laren wieder abholen, wollen sie uns restlos fertig und daher leicht manipulierbar haben. Es gibt in der Literatur Modellsituationen für dieses Vorgehen – sie enden ausnahmslos im Chaos. Das ist das Ziel der Laren."

„Sie sind ein besserer Psychologe, als ich dachte", gab McThor zu und seufzte. „Machen wir weiter?"

„Jetzt nicht mehr. Zurück zur Station. Wir müssen Informationen sammeln und einige Aufgaben verteilen."

„Habe ich Ihnen helfen können?"

Der Rat schien seinen Fähigkeiten als Mechaniker nicht recht zu trauen. Parslan beruhigte ihn mit einem zustimmenden Lächeln.

„Sie waren hervorragend. Morgen haben Sie eine noch interessantere Aufgabe."

„Wenn es hilft, mache ich alles!" versicherte McThor.

Es dauerte lange, bis Parslan wieder in seinem Raumanzug steckte und alle Sicherheitstests durchgeführt waren. Mit Hilfe seines Seiltricks waren sie schnell wieder in der Schleuse der Station. Parslan hatte verschiedene Pläne, wie er sich und den Internierten aus der verzweifelten Situation heraushelfen konnte, aber keiner versprach garantierten Erfolg. Seine farbenfröhliche Montur zeigte bereits deutliche Auflösungserscheinungen. Er ließ sich einen kräftigen Drink geben und fragte die

Abhörmannschaft aus, die ununterbrochen den Funk und die Bänder kontrollierten.

„Die Lage ist verworren. Ein Teil der Verwirrung kann uns nur nützen", berichtete Doc, der die Informationen zusammenfaßte. „Es ist zu riskant, die KELVIN anzufunken. Das Schiff ist noch nicht zurückgekehrt, steht also noch auf dem Mond."

„Hat es sich selbst gemeldet?"

„Nein. Irgend jemand auf Morrisons Planet funkte es auf eine Anfrage hin zurück."

„Sie meinen", fragte McThor stellvertretend für Parslan, „daß ein Flug zur KELVIN sicherer wäre?"

„Ein Aspekt, der nicht von der Hand zu weisen ist", brummte Drumm verdrossen. „Ich sehe keine Lösung. Noch nicht."

„Und ich bin zu müde, um eine Lösung auch nur von fern erkennen zu können", gestand der Kommandant. Ihm war inzwischen klar geworden, warum er hier war. Einige Zeit nach dem Überfall auf ihn war als Besucher der Chef der Planetenflotte angemeldet gewesen. Hatten ihn die Laren tatsächlich verwechselt? Der Mann sah ihm nicht einmal entfernt ähnlich, bis auf die Uniform.

Doc ging in die improvisierte Werkstatt, um die Raumanzüge zu überprüfen. Er war davon überzeugt, daß die Laren jeden Funkspruch – und darüber hinaus jede auffallende Aktivität – die von Tayphons Run ausgingen, mit durchschlagenden Gegenmaßnahmen beantworten würden.

Dieselbe Sicherheit hatte Macnet Parslan, nachdem er in der folgenden Nachtphase die Funksprüche abgehört hatte.

Kommt Zeit, sagte er sich, *kommt vielleicht Rat.*

Drei Tage lang schleppten Rat Stybell Mc Thor und Macnet Parslan große Netze voller Werkzeuge und Material, von Essensrationen und Ausrüstungsgegenständen zum Hangar des Space-Jet. Sie schlugen für achtzig Stunden ihr Lager dort auf. Zunächst arbeiteten sie weiter daran, den Jet steuerbar zu machen.

Und dann fingen sie an, den Jet systematisch zu zerstören.

Mit einem schweren Hammer schlugen sie tiefe Beulen in die Außenhaut. Viele Stellen schwärzten sie mit bewußt falsch eingestellten Gaspatronen-Lötgeräten. Teile der Inneneinrichtung wurden auf dieselbe Weise demoliert, dünne Schotten und Staufächer wurden aus dem Jet hinausgeschleppt. In verschiedenen Räumen erzeugten McThor und Parslan ein Chaos aus echter Zerstörung, aus Flammen und den Rückständen automatischer Löschgeräte. Schließlich sagte der Rat halb entsetzt, halb bewundernd:

„Sieht verdammt echt aus. Hoffentlich sind auch andere dieser Ansicht."

„Ich bin sicher", antwortete Parslan und wischte sich den Schweiß aus dem Gesicht, „daß ich auch Kanterhav-Kharg damit beeindrucke. Eine Spur Glück sollten wir haben – schließlich waren wir tüchtig genug."

„Wahr gesprochen!" bestätigte der Rat.

Im mittleren Deck des Jet war ein Versteck eingerichtet worden. Parslan war ziemlich sicher, daß er dort nicht entdeckt werden würde. Er trug seine wenigen Ausrüstungsgegenstände dort hinein und schichtete Essen und Trinkrationen in ein weiteres Fach. Dann packte er das Bordgeschütz, zog sich an die Wand des Hangars zurück und feuerte in die Außenhülle hinein, erzeugte lange Schnitte und tiefe Löcher. Zum Schluß brannte er ein gezacktes Loch in die transparente Kuppel hinein. Nachdem er die Schnitte innen und außen mit breitem Klebeband abgedichtet und mit einer dicken Schicht Ruß und Sprühlack gekennzeichnet hatte, bot der Jet das Aussehen eines bemitleidenswerten Wracks. McThor stemmte die Fäuste in die Seiten und brummte:

„Ich weiß, was Sie vorhaben. Es ist die einzige Chance, aber Sie werden mehr als nur eine Spur Glück brauchen."

Sie gingen zurück in die traurige Ruine und fingen an, jeden einzelnen Punkt von Parslans Vorhaben zu diskutieren und nachzuprüfen. Der Jet sah aus, als sei er vor langer Zeit in einen vernichtenden Feuerschlag hineingeraten. Beide Männer waren gewöhnt, kühl und systematisch zu denken. Sie gingen die Kette von Parslans vermutlichen Handlungen durch. Im entscheidenden Moment würde allein er die gesamte Verantwortung haben und blitzartig reagieren müssen, und zwar mit jedem Handgriff überlegt und hundertprozentig richtig. Nach einiger Zeit fanden sie nichts mehr, das einer weiteren Nachprüfung bedurfte. McThor schloß den Helm seines Raumanzugs, und Parslan unterzog sich wieder der langwierigen Prozedur des Eingewickeltwerdens in den Anzug.

Der Space-Jet war startfertig.

Macnet Parslan lag in seiner Kabine und grübelte. In den vergangenen Tagen hatten sich viele neue Informationen ergeben, aber sie änderten an der Lage so gut wie nichts. Nur eine Meldung war tatsächlich wichtig: die LORD KELVIN VON LARG befand sich noch in dem Krater des Morrison-Mondes. Macnet war bereit, den Flug zu riskieren.

5.

Mit schwachem Zischen senkte sich der Körper des Jet abwärts. Die Teller der Landestützen waren im festen Griff der hakenförmigen Festhalteklammern. Fast gleichzeitig erloschen vier rote Leuchtfelder im Armaturenpult. Parslan, im Pilotensessel angegurtet, schaltete die Beleuchtung der Kuppel aus und sagte, hörbar unruhig und gepreßt:

„Das Verbindungskabel wird an der Sollbruchstelle reißen. Ich leite den Start ein.“

Wieder war am anderen Ende des Telefonkabels Doc Reed sein Gesprächspartner. Schon beim Start galt es, jegliche Emission anmeßbarer Energie zu vermeiden.

„Alles klar. Wir werden Ihren Kurs, so gut es geht, verfolgen.“

Parslan hatte das Funkgerät, das wieder in seinem Raumanzug befestigt war, abgeschaltet; nur der Empfangsteil arbeitete, schwieg aber in diesen Momenten. Er gab ein Zeichen. Von der Station aus wurde die Beleuchtung der Hangaranlage abgeschaltet. Dann öffneten sich die vier Sektoren der kreisförmigen Abdeckung.

Die folgenden Vorgänge hatte er mit Doc abgesprochen.

„Klammern los!“ sagte er leise. Noch konnte er die Mischung zwischen Erwartung und Angst unterdrücken.

„Ich drücke den Schalter . . . *jetzt*!“ sagte Doc scharf.

Die Halteklammern klappten zurück. Im gleichen Augenblick schaltete der Kommandant die Landestützen ein; sie wurden mit voller Kraft ausgefahren, also hob sich der diskusförmige Körper des Jet, immer höher, und dann katapultierte sich der Jet selbst aus dem Hangar.

„Geklappt. Ich schwebe im rechten Winkel zur Flugbahn von Tayphons Run weg“, sagte Parslan, aber er hörte das scharfe Knacken, mit dem das Kabel brach. Wieder zog er die Landebeine ein. Das Kabel war in der wulstigen Dichtung des unteren Polausstiegs abgerissen, der längere Teil konnte von der Station zurückgeholt werden. Durch den Riß in der Kuppel entwich nur wenig Atemluft, im Innern des Jet herrschte zwar Schwerelosigkeit, dafür aber normale Umgebung. Auf einem winzigen Monitor sah Parslan undeutlich, wie sich der Hangar wieder schloß, ehe der Jet verkantete und einen Blick auf den davonrasenden Felsbrocken und die hellen Ausschnitte der Kuppel gestattete. Einige Sekunden lang waren Tayphons Run und die Kuppel eine Silhouette vor den Sternen, dann drehte sich der Jet ins Sonnenlicht, und deutlich erkannte Parslan den Planetoiden, der auf seiner elliptischen Bahn weiter der Sonne zufiel.

„Ab jetzt führe ich Selbstgespräche“, sagte er, griff nach dem Hörer und wickelte den Kabelrest darum. Er schaltete einige Geräte vor sich aus und kontrollierte automatisch die Versorgung des „richtigen“ Raumanzugs.

Eine Minute lang wechselten die Digitalzahlen des Chronometers vor ihm.

Dann hatte die Beschleunigung den Jet weit vom Planetoiden wegdriften lassen. Der Felsbrocken raste auf einer geraden Bahn dahin – gerade war sie nur für die einfache Kursberechnung Parslans! –; der Jet war rechtwinklig weggeschleudert worden; zusammen mit dem Impuls, den seine Masse vom Asteroiden zusätzlich erhalten hatte, sozusagen als ein Teil von ihm, ergab dies einen Winkel unter siebzig Grad. Er schaltete den kleinen Tischrechner ein und spähte durch die Kuppel.

Einige Sterne, konstante Fixpunkte im Bezug zum Sonnensystem, waren ausgesucht worden. Er suchte Dragontail II, fand ihn und wartete mehrere Überschläge des Jet ab. Er kippte glücklicherweise nur über eine Achse.

Er schnallte sich ab, schwebte zum Mittelschacht und behielt den rötlichen Stern im Auge.

Wie in einem konkaven Raum eines Planetariums ging der Stern an einem Rand der Kuppel auf und nach siebzehn Sekunden am gegenüberliegenden Rand unter.

„Keine Hast. Ich habe mehr Zeit, als mir lieb ist", murmelte der Kommandant und wartete solange, bis er diese falsche Sternenbahn auch von der Stelle aus sehen konnte, wo sich der Schalthebel für die Maschinen befand.

Parslan heftete die Uhr an einen Träger und überlegte sich jeden Handgriff. Zwei Drehungen, bevor der Stern wieder in dem Ausschnitt auftauchte, schaltete er den Meiler des Jet ein. Eine Wanderung später hielt er die Eigenbewegung des Diskus mit einem Feuerstoß aus dem Steuer-Partikeltriebwerk an. Lange Funken schlugen zwischen den Polen des Schalthebels und den Kontakten hin und her.

Als sich Dragontail II sehr viel langsamer in den runden Ausschnitt von Zentralschacht und Kuppel schob, bewegte Parslan wieder den Steuerhebel.

Er sah und hörte die knatternden Blitze, aber er schloß den richtigen Kontakt.

Der zentrale Antrieb des Jet begann mit voller Kraft zu arbeiten, stauchte den Kommandanten schwer halbwegs zu Boden, aber er bewegte den Diskus, beschleunigte ihn schneller und schneller und jagte ihn auf den Stern zu.

Je länger Parslan den Schaltknüppel in dieser Stellung ließ, desto höher wurde die Geschwindigkeit. Je größer das Tempo, desto kürzer der Flug. Je kürzer die Flugdauer bis zu dem Punkt, an dem sich Flugbahn und Mondbahn in tangentialer Form schnitten, desto größer der anmeßbare Energieausstoß. Je größer dieser, desto mehr Energie für das Bremsmanöver, desto größer das Risiko, entdeckt zu werden, aber desto kleiner die Zeit, in der ihn die Laren überhaupt entdecken konnten.

Es gab drei errechnete Varianten. Sieben, neun und dreizehn Sekunden.

Nach achteinhalb Sekunden riß der Kommandant den Schalter in die Aus-Stellung und schaltete sofort die Hauptversorgung aus.

Er hob keuchend den Kopf.

Fast senkrecht über ihm leuchtete Dragontail II.

„Der Jet ist auf dem Weg!“ sagte er zu sich. „Jetzt wird es interessant.“

Auch der Diskus beschrieb jetzt eine Art Gerade. Sie sollte dort auf den Fast-Kreis auftreffen, an jener Stelle, an der sich mehr oder weniger Morrisons Mond gerade befand. Durch die Ungenauigkeit bedingt, mit der er versucht hatte, die fehlenden Computer zu ersetzen, konnte der Jet antriebslos am Mond vorbeirasen und irgendwie eine Sonnenbahn einschlagen, konnte wie ein Meteorit in den Mond einschlagen oder, günstigstenfalls, von ihm als Minisatellit eingefangen werden. Die Schätzung, daß bei neun Sekunden und achtzigprozentiger Leistung des Haupttriebwerks der Flug zwischen Tayphons Run und dem Mond vierundzwanzig Stunden dauern würde, war reichlich ungenau: Jeder dieser Parameter wurde günstigstenfalls sehr grob erreicht.

Parslan montierte, da die vor ihm liegenden Leitungen durch Abschaltung des Meilers desaktiviert waren, die exakt gekennzeichneten Leitungen ab und schleppte sie in sein Versteck.

Atemluftversorgung und Wärme wurden nur von den Batterien betrieben.

Der Jet war darüber hinaus scheinbar ohne Energie. Parslan schnallte sich die batteriebetriebene Uhr mit den Leuchtdiodenanzeigen ans Handgelenk. Sie zeigte zwei Zeiten: die Normzeit von Lambda Tigris und die verstrichene Zeit seit dem Moment, an dem die Landestützen wieder ruckartig ausgefahren worden waren.

Der Jet, das war auf den ersten Blick zu erkennen, schwebte auf den rötlichen Fixstern zu. Die Scheingerade entsprach der Hochachse des Diskus, also praktisch dem Zentralschacht, der die Decke verband. Schräg davon loderte Lambda, die Sonne des Systems, deren Helligkeit durch die automatischen Filter der Kuppel stark gemildert wurde.

Parslan zündete die ausgebaute Treibladung einer chemischen Notrakete, die er im letzten Moment am äußersten Rand des Diskus angebracht hatte.

Sie flammte auf, und ihr Schub genügte, um das „Wrack“ in Drehung zu versetzen. So sah es, fand er, wirkungsvoller aus.

Als sie erlosch, drehte sich der Diskus in einer Sekunde rund zweieinviertelmal.

Parslan schwebte hierhin und dorthin. Sein gedankliches Modell dieses Fluges sah vor, daß die Laren den Jet entdeckten. Die Ungewißheit darüber, was dann geschah, drohte ihn zu lähmen. Vernichteten sie den Diskus mit einem einzigen Schuß ihrer Bordgeschütze, weil sie ihn als „Botschaft“ von Tayphons Run definierten? Untersuchten sie ihn gründlich oder nur flüchtig? Nur die letzte Möglichkeit bot eine schwache Chance für den Erfolg. Der Kommandant versuchte, sich in die Gedankenwelt eines Laren zu versetzen und kontrollierte nach diesem Muster den Jet.

Der Spalt in der Kuppel bedeutete eine Schwachstelle.

Die Frage war, ob er ihn jetzt aufstoßen sollte oder erst bei Annäherung des Schiffes. Aber dann konnte es zu spät sein.

Gedanken wirbelten wild durch seinen Kopf:

Die Situation, in der sich die Internierten befanden. Teilweise hatten sie für ihr Leben zu fürchten. Besonders dann, wenn die Laren auf den Verdacht kommen würden, der Jet käme von Tayphons Run. Teilweise erwartete sie, wenn sie nicht von der LORD KELVIN gerettet wurden, lediglich eine lange Zeit voller Langeweile, Unproduktivität und Sorge um das Wohl ihrer Planeten. Nun hatten sie auch kein Funkgerät mehr, mit dem sie die Meldungen aus dem umliegenden Weltraum auffangen konnten . .

„Das Gerät!" sagte Parslan. Fast hätte er es vergessen!

Er schaltete, nachdem er sich wieder einmal vergewissert hatte, daß der Sendeteil abgeklemmt war, den Empfang ein. Dann klappte er die winzigen Lautsprecher aus dem Kragenteil des Anzugs hoch.

Und schon war ein Teil seiner Einsamkeit vorbei. Stimmen wisperten und zischelten. Dazwischen das Knattern und Prasseln zahlloser Störgeräusche. Er regelte die beste Lautstärke ein und blickte aus dem schmalen Teil der Kanzel, die nicht im Bereich der Sonnenstrahlen lag, hinaus in den Weltraum. Er wagte nicht, die Ortungsanlage einzuschalten. Nein. Das wollte er nicht riskieren, obwohl es ihn von mehreren Zweifeln befreit hätte.

„Kein Schiff. Jedenfalls nicht von vorn und von voraus."

In der Nachtphase vor den Startvorbereitungen kam Dayan Candora in seine Kabine. In der Hand hielt sie eine Champagnerflasche und zwei Gläser. „Ich brauche einfach jemanden", hatte sie geflüstert, „der nicht diese Aura von Niedergeschlagenheit, Nervosität und muffigen Abschiedsgedanken um sich verbreitet. Rücken Sie zur Seite, Macnet." Macnet gehorchte, verwirrt und belustigt und hingerissen von ihrem schmalen Gesicht und dem langen Hals, die in dem schwachen Licht einen ganz anderen Ausdruck annahmen als tagsüber. „Und ausgerechnet ich", hatte er geantwortet, „bin allein durch meine Anwesenheit ein Fels in der Brandung und ein lachender Pirat auf schwankendem Schiff? Glaube ich nicht." Sie gab ihm die Flasche, und er öffnete sie mit geübtem Griff. „Denke, was du willst, Macnet", hatte sie gesagt. „Ich könnte mir keinen besseren Mann in dieser Nacht vorstellen." Der Schaum in den Gläsern stieg hoch und fiel zusammen. Dayan trug nur einen bodenlangen Bademantel und lehnte sich schwer gegen Parslan. „Kein besserer Mann in der Station, Dayan", hatte er geantwortet, aber ihre überraschend heftigen Küsse hatten die weitere Unterhaltung in eine bestimmte Richtung abgedrängt. Um sie nicht über Gebühr zu kompromittieren, hatte Parslan die Flasche und die Gläser selbst weggeräumt. Auch ein Fluchtmechanismus, sagte er sich jetzt ein wenig bitter; plötzliche Liebe war es wohl kaum . . .

Irgend etwas warnte ihn. Nur eine Stimmung oder die Zusammenballung von Gedanken und angsterfüllten Empfindungen. Er handelte sofort.

Er packte das schlangenartig in der Luft wirbelnde Sicherungsseil, klinkte es in den Gurt und schloß den Raumanzug. Er regelte die Innenversorgung ganz genau ein und schaltete die Außenmikrophone ein.

Dann brachte ihn ein vorsichtiger Schwung an ein Ende des zackigen Sprunges. Er riß an der Schlaufe des breiten Bandes und zog das Band schnell entlang des Risses ab. Zunächst bot der Innendruck von knapp ein Bar einigen Widerstand, dann ging es leichter, und als er sich gegen den riesigen Scherben stemmte, löste sich dieser. Zischend entwich Luft und verlor sich im All, nicht ohne kurz wie ein Schneeschauer aufgeflimmert zu haben. Das zackige, stark gekrümmte Stück kippte langsam nach außen, für eine Sekunde zerrte ein fast unmerklicher Sog an Parslan, dann fing sich das Bruchstück an dem dünnen Faden, der es mit dem Schiff verband.

Ein energischer Druck würde diese verräterische Verbindung reißen lassen, aber falls die Laren *nicht* kamen, konnte Parslan den Riß wieder notdürftig abdichten.

Er sah auf die Uhr.

„Zwei Stunden, vierzehn Minuten Flug", sagte er gegen die Innenwölbung des Helms. Er schaltete das Visier ein und trieb durch eine Zone grellen Sonnenlichts am Boden der Kuppel auf den Schacht zu und zog sich hinein.

Wieder wartete er.

Die namenlosen Stimmen sprachen nicht zu ihm, aber sie sagten ihm viel. Die Zeit verging, während er wartete und teils durch das bronzene Material in der Kuppel, teils durch die Öffnung spähte.

Keine Information, die auf einen Alarmstart eines SVE-Raumers irgendwo hindeutete. Sie kamen also nicht. Oder kamen sie doch? War alles in Ordnung? Bot der Jet den Anblick eines wirklichen Wracks? Die Heizung hatte sich ausgeschaltet, zugleich mit den Turbinen, als es keine zu wärmende Luft mehr gab, die umgewälzt und gefiltert werden mußte. Einmal krampfte sich Parslan zusammen, weil er die Illusion hatte, auf die zernarbte Oberfläche des luftlosen Mondes hinunterzustürzen. Aber nachdem er sich zur Ruhe gezwungen hatte, sagte er sich, daß er den großen Mond vor sich, irgendwo in der Flugrichtung des Jet liegend, als Sichel auftauchen sehen würde. Selbst dann, wenn er nicht genau auf dem rechnerisch ermittelten Punkt zudriften würde.

Er durfte nicht einschlafen.

Macnet Parslan wußte aus seiner Laufbahn als Raumfahrer, daß Warten unter diesen Voraussetzungen zur Qual werden konnte. Alle Ablenkungsversuche kamen irgendwann an ein Ende. Aber er setzte diszipliniert das Spiel aus Gedanken, perfekt geplanten und ablaufenden Szenen, Überlegungen und Vorstellungen weiter fort. Er bezog die abgerissenen Funksprüche in den Zustand zwischen Wachen und Schlafen mit ein.

Falls es ihm gelang, in der Nähe der LORD KELVIN zu landen, war ihre Rettung noch lange nicht gesichert. Die KELVIN mußte starten – das bedeutete Energieemissionen charakteristischer Art. Der Flug selbst war noch gefährlicher als das Driften des Space-Jet, denn die KELVIN war ein Raumer mit hundert Metern Durchmesser. Dazu kamen der Aufenthalt in der Nähe des Asteroiden und die Zeit, die zwanzig Raumfahrer mit je einem leeren

Raumanzug brauchten, um die Station zu evakuieren. Jede Sekunde dieses Vorhabens würde die Nerven aller Beteiligten noch mehr strapazieren als das endlose Warten seine eigenen Nerven.

Dadurch, daß er die Stiefel des Raumanzugs hinter zwei Streben hakte und sich nach hinten fallen ließ, hing Parslan jetzt im Zentralschacht in einer Position, die es ihm gestattete, sowohl den Leitstern Dragontail als auch die Sterne zu sehen.

Die Sonne traf ihn in dieser Stellung nicht, sondern fiel durch die Röhre bis auf den Boden der Polschleuse.

Die Uhr: Sechs Stunden und dreiunddreißig Minuten dauerte der Flug.

„Wo sind sie?“ flüsterte er.

Drei Stunden später sah er das Objekt.

Zunächst war es nur ein auffallender Lichtfunken. Daraus wurde ein ständig größer werdender Stern, der sich bewegte. Das Schiff kam irgendwo aus der Richtung von Morrisons Planet, scheinbar direkt auf ihn zu, nachdem es eine Kurve geflogen war.

Binnen eines Sekundenbruchteils waren Angst und Langeweile vergessen. Atemlose Spannung ergriff ihn schlagartig, und da er seine Reaktionen fünfzigmal durchgespielt hatte, handelte Macnet Parslan augenblicklich.

Er löste seine Füße, zog sich am Sicherungsseil nach unten und vermied geschickt schwebend die Ecken und Kanten der schmalen Gänge, Schottöffnungen und der ramponierten Einbauten. Die Stirnlampe des Helms leuchtete auf, als er den Schacht verlassen hatte.

Mit einer Art Hechtsprung schob er sich in die Kabine, stieß sich ab und drehte sich in der Schwerelosigkeit. Seine Füße berührten kurz die Öffnung, er schob sich in den Schacht der Luftumwälzanlagen.

An dieser Stelle befand sich ein Hauptkanal fast in dem spitzwinkligen Bereich, in dem Ober- und Unterschale des Diskus zusammentrafen. In zwei abzweigenden Röhren war die Ausrüstung gestapelt. Parslan zog das Tau zu sich herein, schob es über seinem Rücken tiefer ins Versteck hinein und griff nach der offenstehenden Platte. Er kippte sie hoch, führte die Flanschen über die Gewindestifte und drehte, so schnell er konnte, vier große Flügelmuttern fest.

Von außen war die Platte zwar massiv, ohne Lüftungsgitter, aber von Flammenspuren und Ruß und den Rückständen der Löschflüssigkeit gezeichnet.

Parslan machte im Raumanzug einige Muskellockerungsübungen und versuchte, hier schwebend zu warten.

Seine Phantasie gaukelte ihm wilde Bilder und Vorgänge vor. Daß er absolut nichts sah und nicht einmal eine Erschütterung des Wracks spürte, ließ seine Visionen noch unkontrollierter werden.

Er tröstete sich mit dem Bewußtsein, daß der alles vernichtende Schuß ihn augenblicklich töten würde, ohne Schmerzen und ohne Vorwarnung . . .

Das Schiff kam nicht von Morrisons Planet, sondern befand sich auf dem Flug von einem Punkt mehrere Lichtstunden außerhalb des Systems nach Phönix IV.

Die Ortungsabteilung des SVE-Raumers meldete dem Verantwortlichen Kommandanten einen winzigen Metallkörper annähernd auf Kollisionskurs. Augenblicklich ordnete Napelahr-Vunk eine Untersuchung an und ließ die Geschwindigkeit verringern und den Kurs auf das unbekannte Objekt ändern.

Seine ersten Gedanken waren ausgerichtet auf die internierten Räte und ihre engsten Mitarbeiter.

Eine zweite Ortung ergab, daß Tayphons Run unverändert auf seinem Weg in Sonnennähe war; ein kalter Brocken auf einer Bahnellipse, die ihn nach vielen Jahren aus dem System hinaus in die Fernen des Alls führte. Von dort würde er nach einem Vierteljahrtausend in der Rechnungsweise der Planetenbewohner wieder hier eintreffen – oder auch nicht. Jedenfalls gab es von dort nicht das geringste Zeichen, daß etwas Ungewöhnliches vorgefallen war.

Die ersten Vergrößerungen erschienen auf den Kontrollschirmen.

Schweigend betrachtete Napelahr-Vunk den zerbeulten Diskus. Es war ein Raumflugkörper für kurze Strecken, die Menschen nannten ihn Space-Jet. Der Vertreter des Konzils befahl:

„Näher heran und Kurs angleichen. Scheinwerfer an, ein Kommando bereitmachen. Wir dürfen kein Risiko eingehen."

„Wir haben auf sämtlichen uns bekannten Frequenzen bereits eine Warnung abgestrahlt."

„Ergebnis?"

„Keine Antwort. Sie sehen, daß das Wrack ziemlich übel zugerichtet ist."

„Wir untersuchen es trotzdem."

Das Schiff führte ein schnelles, sicheres Manöver aus. Eine Lichtflut ergoß sich aus mächtigen Scheinwerfern auf den Jet, während der SVE-Raumer herumschwenkte und neben dem Diskus, viel langsamer werdend, weiterflog. Die Beobachter sahen das gezackte Loch in der Kuppel und, in einiger Entfernung, das Bruchstück, das zu einem Satelliten des Jet geworden war.

Überall in der Hülle des Jet waren die tiefen Schnitte und die ausgeglühten Löcher von Treffern zu sehen.

„Es scheint vor langer Zeit einen Kampf im Raum gegeben zu haben", sagte der Lare und las die ausgedruckten Analysen auf dem Bildschirm. Es waren keinerlei Energieemissionen zu messen. Der Jet war luftleer und eiskalt, besaß die Temperatur des Weltraums. Seit Napelahr-Vunk erfahren hatte, wie sich Perry Rhodan gegenüber Hotrenor-Taak verhalten hatte, wußte er, daß die Terraner und ihre Artgenossen auf Planeten, weit von Terra entfernt, ein bewundernswert listenreiches Volk waren. Die Scheinwerfer ließen die Verwüstung im Steuerraum unterhalb der zerfetzten Kuppel deutlich erkennen.

Nach den Informationen, die der Lare besaß, hatte es seit mindestens fünfzig Tagen in diesem Raumsektor kein Feuergefecht gegeben.

Mißtrauen überkam ihn, als er sich sagen mußte, daß dieser Körper schon längere Zeit durch das System trieb und irgendwann in die Anziehungskraft von Morrisons Planet oder dessen Sonne geraten würde.

„Schleust ein Dreimann-Team aus", sagte er. „Sie sollen die Innenräume des Wracks durchsuchen. Aber in gebührender Eile. Wir haben einen Auftrag, der uns nach Phönix führt."

Einige Zeit später schossen drei Laren in schweren Raumanzügen aus einer Schleuse zum winzigen Flugkörper hinüber. Sie warteten die Eigenrotation des Diskus geschickt ab, ehe sie sich nacheinander durch das große Loch der Kuppel schoben. Ihre Scheinwerfer schalteten sich ein.

Ein Lautsprecher knackte und gab die Schilderung wieder, den Kommentar der Raumfahrer aus dem Innern der Jet.

„Keine Spuren . . . einige treibende Gegenstände. Hier ist ein Gerät ausgebaut worden, die Fächer sind offen, Kabel hängen herum . . . Ich bewege den Hauptschalter, er ist deutlich gekennzeichnet . . ."

Nach einigen Sekunden:

„Nein. Wie erwartet. Keine Energie. Wir gehen jetzt ein Deck tiefer . . ."

Die Funkgeräte gaben die niedrigstfrequenten Vibrationen an die Lautsprecher weiter, die Geräusche der Erschütterungen, wenn die Anzüge oder Helme gegen Teile der Einrichtung stießen. Undeutliches Murmeln, dann die nächste Meldung:

„Alles ist leer. Sie müssen im Schiff gekämpft haben. Überall Feuerspuren und Ränder von weißem Schaum, der zu Asche zerfällt. Die unterste Ebene enthält die Maschinen und den Antrieb . . . tatsächlich!"

Napelahr-Vunk fragte alarmiert zurück:

„Was ist los?"

„Auch hier sind Geräte ausgebaut worden, ganze Blöcke fehlen, den Verbindungen und den freien Plätzen nach. Das Ding konnte nicht einmal fliegen!"

„Sonst noch besondere Beobachtungen?"

„Moment."

Wieder die dumpfen Laute von Schritten, einige hastige Atemzüge, und schließlich meldete der Anführer der kleinen Gruppe:

„Es gibt nicht das geringste Anzeichen dafür, daß hier seit dem Kampf jemand war. Vermutlich ist der Jet beschossen, gekapert und wichtiger Teile beraubt worden. Dann ließen sie die Menschen wieder weiterfliegen."

„Oder so ähnlich. Kommt zurück an Bord."

„Verstanden. Einsatz beendet."

In der Zwischenzeit hatte sich der Jet nicht nur langsam weitergedreht, sondern auch in bezug zu den Aufnahmegeräten in die Höhe geschoben, beziehungsweise die größere Masse des SVE-Raumers hatte sich bewegt. Die Linsen erfaßten die Unterseite des Diskus, die ebenso, wenn nicht stärker, die Spuren von Beschuß zeigte und Einwirkungen mechanischer Kräfte. Die drei Laren jagten mit eingeschaltenen Flugaggregaten in die Schleuse ihres Schiffes zurück. Der SVE-Raumer ging mit einer Reihe weicher Kursänderungen wieder auf den alten Kurs zurück. Aus der Feuerleitzentrale kam eine Anfrage.

„Soll das fliegende Objekt zerstört werden? Wir sind feuerbereit."

Der Laren-Kommandant überlegte einige Sekunden lang, dann winkte er ab und sagte verdrossen:

„Die Planetarier sollen ihren Weltraummüll selbst beseitigen. Wir fliegen direkt zu unserem vorgegebenen Ziel."

„Verstanden."

Das Schiff wurde schneller und raste im rechten Winkel zur Kurslinie des seltsamen Fundes davon. Napelahr-Vunk maß diesem Zwischenfall keinerlei Bedeutung zu.

Siedende Hitze und eisige Kälte peinigten Macnet Parslan innerlich: Er war überzeugt, den Notschalter der Meileranlage im Kielraum wieder aktiviert zu haben. Die Laren waren an Bord! Er hörte ihre unregelmäßig erfolgenden Kontakte mit Griffen,

Wänden oder anderen Flächen. In den Lautsprechern ertönte unablässig ein feines Zirpen, fast jenseits seiner Hörgrenze.

Übergangslos fiel ihm ein Bild von Terra ein, unermeßlich alt, in Ölfarben gemalt und aus einem großen Museum des ehemals französischen Sprachraums. Der Titel hatte ihn ebenso gefesselt wie die Darstellung, und als er die wirkliche Hintergrundgeschichte erfahren hatte, mußte er – damals – zwangsweise an den Weltraum denken. Die Unterschrift lautete: *Das Floß der Verzweifelten* – oder so ähnlich.

Warum dachte er ausgerechnet jetzt daran?

Wieder spürte er ganz schwach die Vibrationen. Und das Zirpen. Vorher hatte er trotz des isolierenden Effekts – für die Antenne des Raumanzugs bildete sein Versteck eine Art Faradayschen Käfig – undeutlich Worte in Interkosmo gehört: übersteuert und kaum zu verstehen.

Es war mit Sicherheit ein Funkanruf an die Adresse des Jet gewesen!

Er wartete.

Das Floß, überfüllt von sterbenden und toten Menschen beider Geschlechter, trieb auf einer endlosen Meeresfläche. Einer der halb verdursteten, von der Sonne wahnsinnig gemachten Unglücklichen sah, winzig, am Horizont, ein Schiff auftauchen. Segelte es vorbei, oder würde es die Leute auf dem Floß retten? Nun, damals hatte dieses Schiff die wenigen Überlebenden eines Schiffes namens MEDUSA gerettet.

Er zwang sich durch den dicken Panzer aus Angst und Hoffnung wieder zurück zum klaren Denken.

Seine eigene Situation erzeugte die Art von Erinnerung, die das Bild und dessen Bedeutung heraufbeschwor. Er war der einzige auf dem Floß, und irgendwo vor sich witterte er die KELVIN.

Plötzlich:

Keine Vibrationen mehr. Das Zirpen kam und ging in unrhythmischen Intervallen. Die Laren verließen den Jet.

Oder waren es etwa Insassen eines der eigenen Raumschiffe?

Wieder packte Verzweiflung den Kommandanten. Seine Hand, die bereits die Flügelmutter berührte, keine zwanzig Zentimeter von der Helmscheibe entfernt, zuckte wieder zurück.

„Nein! Noch nicht", sagte er sich und befahl sich, weiter in seinem Versteck zu bleiben. Er schaute auf die Uhr. Elf Stunden und ein paar Minuten dauerte sein Flug bereits. Er wartete noch qualvolle fünfzehn Minuten lang, die längste Zeit seines Lebens, wie er sich sagte. Es war wirklich eine Marter, selbst für einen erfahrenen, kaltblütigen Raumfahrer. Schließlich öffnete er vorsichtig die Klappe, spähte hinaus und suchte nach den Lichtkreisen von Scheinwerfern, nach Bewegungen oder Schatten.

„Nichts!"

Er schob sich vorsichtig aus seinem Versteck hervor. Die winzige Kabine: leer, unverändert. Der Korridor: leer. Das Sicherheitsseil ringelte sich hinter ihm, als er weiter ins Innere des Jet vordrang. Er konnte keinerlei Spuren der Besucher entdecken und nichts, das auf ihre Anwesenheit hinwies. Er wagte sich in den Zentralschacht: leer. Keine Bewegungen, keine Lichter. Langsam und vorsichtig schwebte er aufwärts, und glücklicherweise fand er keine seiner Befürchtungen bestätigt.

„Dies war die Spur von Glück, von der McThor sprach", sagte er sich und empfand den luftleeren Raum der Kuppel förmlich als eine Art lautloses Paradies. Er sah sich um. Natürlich war niemand hier, und er sah auch das Schiff nicht – ob es nun ein stellarer Raumer mit menschlicher Besatzung oder ein Schiff der Abgesandten des Konzils gewesen war.

Er blickte nach oben.

Noch immer war Dragontail II der Stern, den der drehende Jet ansteuerte. Aber aus dem Dunkel des Weltraums schälte sich klein, doch durchaus prominent, die Sichel des Mondes. Er lag allerdings abseits der scheinbaren Geraden der Flugbahn.

Macnet Parslan schaltete wieder die Filter des Raumanzughelms ein, schwebte bis zu dem Loch und hielt sich an den Rändern fest. Minutenlang, voller Konzentration, durchforschte er den Weltraum. Aber er sah, abgesehen von der vertrauten Kulisse der Sterne und des näherkommenden Mondes absolut nichts: keine Lichter, keine schwarzen Silhouetten vor den Sternen, keinerlei Bewegung und demnach auch keine Gefährdung für ihn und seine Mission.

Hunger und Durst überfielen ihn.

Aber er zwang sich, zuerst an dem dünnen Draht das Bruchstück heranzuziehen und mit breitem Klebeband abzudichten. Die Weltraumtemperatur machte das Band spröde und den Kleber widerspenstig, aber er schaffte es. Minuten später war annähernd warme Luft und ein Bar Druck in dem Jet.

Parslan schwebte zurück in sein Versteck und aß, wieder im Pilotensitz festgeschnallt, die Rationen und saugte verschiedene Flüssigkeiten aus den Trinkröhrchen. Dann schwebte er in den Maschinenraum hinunter, stöpselte vorsichtig die Schalteinrichtung mit all ihren Kabeln ein, justierte den Kontakthebel und betätigte den versteckten Schalter, der den Meiler aktivierte.

Nachdem Parslan einen Anfall von Müdigkeit mit einem Medikament überwunden hatte, war der Rest nicht mehr sonderlich schwierig.

Er wartete weitere sechs Stunden.

Dann war Morrisons Mond groß vor ihm. Er drehte mit zwei kurzen Schüben aus den Steuerdüsen den Space-Jet. Jetzt zeigte sozusagen die unterste Öffnung des Zentralschachts auf den Fixstern und den Mond. Abermals verging Zeit. Ein weiterer Schub, mit Hilfe des Taschenrechners einigermaßen korrekt berechnet und ausgeführt, brachte den Jet in eine Umlaufbahn um Morrisons Mond. Und dann suchte Parslan, der es noch immer nicht riskierte, ein Ortungsgerät einzuschalten, mit seinen Augen das Schiff auf dem Mond. Die Anziehungskraft des Mondes zerrte an dem Jet. Der Diskus zog seine Kreise über die kleinen und großen Krater. Zwei Stunden später etwa entdeckte Parslan durch einen Zufall ein Licht, nur einen Lichtblitz, und ab diesem Moment mußte er zeigen, ob er ein wirklich guter Raumfahrer war oder nicht.

Zuerst bremste er die Fahrt, die kinetische Energie des Jet, mit einem langen Feuerstoß des Zentralantriebs ab.

Dann schloß er nach einem letzten Schluck den Raumanzug wieder, öffnete die unterste Schleuse und versuchte, die Stelle wiederzufinden, an der das Licht auf der Mondoberfläche aufgeblitzt war. Nach langer Suche fand er sie bei der nächsten Umkreisung wieder – siebzig Minuten später.

Wieder betätigte er, den bewußten Punkt anvisierend, den Zentralantrieb. Einige Schübe aus den Korrekturdüsen hielten den Jet in stabiler Fluglage. Immer wieder blickte Parslan durch die gähnende Öffnung nach unten, riß den schweren Hebel hin und her und sah schließlich das kugelförmige Raumschiff.

Er stieß sich ab und schwebte aufwärts. Ein Schalterdruck ließ die Landestützen aus dem Unterteil des Jet herausfahren. Das Funkgerät fing keine Sendung auf, abgesehen von der akustischen Kulisse, die unentwegt anhielt.

Der Jet fiel auf den Landeplatz der KELVIN zu.

Noch niemals in seinem langen Leben als Raumfahrer und Pilot hatte Macnet eine solche Landung versucht. Nicht einmal während seiner Ausbildung im Simulator. Er fiel auf den Kraterrand zu, bremste abermals, schob den Diskus quer auf die Landestützen des Schiffes zu, sah den Boden des Mondkraters näherkommen und fing den Sturz des Space-Jet mit weiteren Bremsstößen ab.

Keine fünfhundert Meter von der offenen Polschleuse entfernt setzte der Jet auf. Ein erbarmungsloser Stoß ging durch das Wrack, aber es sprang nur dreimal torkelnd in die Höhe und blieb dann auf allen vier Landetellern stehen.

„Das war's, Macnet“, sagte er sich, schaltete sämtliche Geräte aus und fühlte, als er den Handscheinwerfer hervorzog und einschaltete, voller Erleichterung die schwache Anziehungskraft von Morrisons Mond.

Er löste den Karabinerhaken des Sicherungsseils, warf einen Blick auf die festgeschnallte Uhr: dreiundzwanzig Stunden, vier Minuten und dreißig Sekunden, dann ließ er sich durch den

Schacht fallen und sprang auf das Raumschiff zu. Elf Minuten später stand er einem Raumfahrer gegenüber, und hinter ihnen schob sich das Schott zu. Die Signallampen leuchteten auf, und nachdem er den Helm aufgeklappt hatte, sagte er:

„Ich muß Shacc Vasquez sprechen. Es ist dringend. Eine unglaubliche Geschichte, die ich zu erzählen habe."

„Kommen Sie mit in die Zentrale. Sie wissen, daß wir uns hier verstecken?"

Parslan stieß ein halbwegs hysterisches Gelächter aus und erwiderte stöhnend:

„Warten Sie, bis ich erzählt habe, woher ich komme."

In der Zentrale brauchte er neun Minuten, um die Besatzung des Schiffes zu überzeugen, was zu tun war.

Sie begriffen schnell. Mit seiner Hilfe war innerhalb geringer Zeit ein Plan ausgearbeitet. Die Mineure und lunologischen Fachkräfte strömten von allen Seiten in die LORD KELVIN zurück.

Das Schiff startete und schaltete, sobald sie sich auf einer Annäherungs-Flugkurve befanden, den Antrieb aus.

Zuerst trank Macnet Parslan, als sei es ein Zaubertrank, der von allen Sorgen befreien konnte, ein gewaltiges Glas echten Whisky aus.

Dann sagte er zu Vasquez, einem breitschultrigen Mann mit eisgrauen Augen:

„Niemand sollte sich der Illusion hingeben, daß dieser Flug risikolos ist. Wenn wir gewinnen, dann nur, weil die Wachsamkeit der Laren nicht überall und nicht hundertprozentig sein kann. Zwanzig Männer mit zwanzig leeren, aktivierten Raumanzügen und Flugaggregaten! Und dann: Eile, Schnelligkeit und Alarmstart nach Terra. Und bis wir Tayphons Run erreichen können, haben uns die Laren mehrmals geortet."

„Es ist nicht einzusehen, warum nur Sie, Parslan, Glück haben sollten."

„Auch wahr!"

In einer klassischen Kreisausschnitt-Flugbahn fiel das Schiff antriebslos auf den Asteroiden zu. Diesmal dauerte der Flug nur fünfundfünfzig Minuten. Schon als die KELVIN ihre Geschwindigkeit an den Satelliten anglich, verließen die Raumfahrer mit Reserveanzügen die Schleusen.

Parslans Unruhe und Ungewißheit stiegen und erreichten atemberaubende Höchstwerte.

6.

Wieder einmal bewies sich, daß eine gute Ausbildung das Rückgrat einer jeden Aktion ist.

Lautlos, ohne eingeschaltete Funkgeräte, landeten nacheinander zwanzig Raumfahrer in der Nähe der Schleuse. Jeweils sieben Männer mit den Reserveanzügen fanden in der Luftschleuse der Station Platz.

Sie öffneten nicht einmal ihre Raumanzüge. Nur die Außenlautsprecher arbeiteten und donnerten die Anordnungen in die Kuppel der Station.

„Sofort in den Anzug steigen. Wir übernehmen die Kontrolle. Jeder hält sich an seinem Retter fest. Schnell! Aber keine Panik."

Die Räte und Sekretäre hatten das Schiff gesehen. Sie verließen augenblicklich die Plätze, an denen sie sich befunden hatten und stiegen in die Raumanzüge. Die Männer der KELVIN halfen ihnen, und als die dritte Gruppe der Raumfahrer durch die Innentür der Schleuse hereingekommen war, verließ bereits die erste Gruppe die Station auf diesem Wege.

Macnet Parslan, der bisher in der Schleuse gewartet hatte, umfaßte den Hebelschalter des Tornister-Triebwerks. Mit einigen kurzen Feuerstößen schob er sich hinunter zur Schleuse und sah zu, wie die ersten sieben Paare die Station verließen. Er klammerte sich an einem Haltegriff fest und wartete.

Jetzt fiel ihm das Warten leicht.

Trotzdem rechnete er fest damit, daß die Laren die Masse der KELVIN geortet hatten und ihre Gegenmaßnahmen treffen würden. Die zweite Gruppe verließ die Schleuse und raste in die weit offene Schleusenluke hinein. Parslan schwang sich in die Schleuse, ehe die Außentür sich schloß. Er sah schweigend zu, wie sich die dritte und letzte Gruppe fertigmachte – sechs Raumfahrer und sechs Internierte.

Während sie sich gegenseitig in die Raumanzüge halfen, lief Macnet los, mit schweren Schritten. Seine Hand im dicken Raumhandschuh glitt über die Feldschalter, und jeder Raum, den er verließ, lag danach wieder im Dunkel.

Die Innentür der Luftschleuse schloß sich hinter der letzten Gruppe.

Parslan grinste schweigend und schlug mit dem Zeigefinger schnell hintereinander auf vier Schalter. Es waren dieselben, die er kurz nach seinem Erwachen betätigt hatte. In der Kuppel und in drei angrenzenden Bezirken erloschen sämtliche Beleuchtungskörper.

Er blickte durch das dicke Fenster in den Schleusenraum hinein.

Gerade schloß sich die äußere Tür.

Ein vorletzter Schalter!

Die Innentür schob sich auf. Parslan sprang in die Schleuse. Die Innentür schob sich zu, die Außentür öffnete sich. Noch ein Schalter: Das Licht in der Schleuse erlosch. Macnet schob den Schalter des Antriebsaggregates nach vorn und schoß schräg aufwärts, an den letzten Paaren vorbei, hinein in den Schleusenhangar.

Zwanzig leere Anzüge waren zur Station gebracht worden. Jeder von ihnen war jetzt benutzt. Niemand war zurückgeblieben. Schon als sich die Hangartore zu schließen begannen, nahm die LORD KELVIN OF LARG Fahrt auf, beschleunigte mit voller Maschinenleistung und raste aus dem Sonnensystem Lambda Tigris hinaus, der fernen Erde entgegen.

Parslan zog sich in der Kabine, die Vasquez ihm zugewiesen

hatte, den Raumanzug aus. Er fand eine Zigarettenschachtel, zündete sich eine Zigarette an und schlenderte in die Richtung der Zentrale.

„Was immer passiert“, sagte er sich, „es ist nicht mehr meine Sache.“

In einer Nische, unweit der Rampe zur Zentrale des Schiffes, entdeckte er zwei Personen. Einen Mann und eine junge Frau. Als er, gegen seine Angewohnheit, näher hinschaute, erkannte er Shacc Vasquez und Dayan Candora.

Sie hielten sich eng umschlungen und küßten sich voller Hingabe.

Er wollte schnell vorbeigehen, aber Vasquez entdeckte ihn und fragte, nachdem er sich intensiv geräuspert hatte:

„Hören Sie, Kommandant: eine Frage. Warum sind ausgerechnet Sie noch einmal in die Station zurückgeschwebt?“

Parslan grinste breit und vermied es, in Dayans Augen zu blicken.

„Sie können es sich nicht denken?“ fragte er ironisch. Er sehnte sich danach, jetzt mit Doc Tahon Reed zusamenzusitzen und einfach vor sich hin zu schweigen. Dayan war verlegen, aber es gelang ihr gut, sich nichts anmerken zu lassen.

„Nein. Warum?“

Macnet zögerte etwas, dann erwiderte er, indem er die Asche achtlos zu Boden fallen ließ:

„Es hat etwas mit den Laren zu tun. Mich störte diese Arroganz, diese schulmeisterliche Überheblichkeit.“

„Nicht nur Sie. Und . . .?“

Einen Moment lang erinnerte sich der Kommandant überaus deutlich der langen, leidenschaftlichen Nacht mit Dayan. Sein Grinsen verstärkte sich, als er antwortete:

„Ich habe die Sache zu einem befriedigenden Ende gebracht. Ich war dort, weil mir der Sinn eines alten Sprichworts einfiel.“

„Sprichwort? In dieser Situation?“ schnappte Vasquez und ließ die Schultern der jungen Frau los. „Ich verstehe nicht.“

Parslan blickte ihm voll in die Augen, und der andere erkannte, daß sein Gegenüber einen höheren Grad der Überlegenheit und Reife erreicht zu haben schien. Er brauchte lange, bis er verstand, was Macnet Parslan wirklich gemeint hatte, als er seine Frage beantwortete.

„Die Laren, speziell Kanterhav-Kharg, werden rasen, wenn sie unsere Flucht bemerken. Aber noch mehr darüber, wenn sie hören, daß ein altes Sprichwort lautet: *Der Letzte macht das Licht aus*. Nichts anderes wollte ich erreichen."

Er schenkte Dayan ein, wie er hoffte, neutrales Lächeln und sagte:

„Viel Erfolg, meine Liebe."

Dann zog er die Schultern hoch und ging weiter zur Zentrale. Die Zelle der KELVIN vibrierte; das Schiff jagte dem Punkt entgegen, an dem es in den Linearraum schlüpfen konnte.

Parslan fand Doc in einer Ecke der Zentrale, aber der alte Mann war aufgeregt und wartete darauf, daß sie alle außer Gefahr sein würden. Es dauerte nur noch eine Handvoll Sekunden. Warum Parslan in dieser Zeit wieder das Bild des Floßes einfiel, des Floßes der Verzweifelten, konnte er selbst nicht sagen.

Es schien, als habe er seine Aufgabe zu einem guten Ende gebracht. Er, Parslan, war jedenfalls mit sich zufrieden. Genau in dem Moment, an dem die LORD KELVIN OF LARG den dreidimensionalen Raum verließ, hob der alte Mann den Kopf, starrte Parslan an und fragte:

„Haben Sie das Licht ausgeschaltet?"

„Ja", erwiderte Parslan und fühlte sich zum erstenmal seit rund elf Tagen zufrieden und gelöst. „*Positiv,* Doc. Wir waren ein gutes Team, wie?"

Der lange Flug zur Erde hatte begonnen. Die Rechnung des Konzils und seiner Vertreter, der Laren, war nicht aufgegangen. Obwohl Doc Reed dies alles in seine Überlegungen einbezog, lachte er und sagte zufrieden:

„Wir gehen aufregenden Zeiten entgegen. Trotzdem: Ohne Sie hätten wir es nicht geschafft."

„Ich bin derselben Meinung“, schloß Parslan. „Warten wir ab, wie Rhodan unsere Aktion beurteilt, und sehen wir, welche Situation wir im Solaren System vorfinden. Ich bin sicher, daß Profis wie Sie und ich dringend gebraucht werden.“

Und genauso war es.

H. G. Francis

Die Entführung

Die Bordchronometer der BASIS zeigten den 25. 3. 3587 an. Die BASIS, das größte Raumschiff, das die Menschen der Erde je gebaut hatten, war auf der Suche nach den Kosmischen Burgen, in denen die Crew wichtige Bauteile zu einem Schlüssel zu finden hoffte, der ihr den Weg zu einem anderen Kosmos öffnen sollte.

1.

Die Kosmische Burg Ariolcs blieb hinter der BASIS zurück. Perry Rhodan blickte noch einmal kurz auf den Hauptbildschirm. Dann verließ er die Zentrale des Raumschiffs.

Als sich das Schott hinter ihm schloß, blieb er stehen. Ein seltsames Gefühl beschlich ihn. Der Weltraum schien sich vor ihm zu öffnen. Die BASIS beschleunigte mit Höchstwerten. Sie raste auf die nächste Kosmische Burg zu.

Spürte er die Auswirkungen der Beschleunigung?

Unwillkürlich schüttelte er den Kopf. Das war ausgeschlossen. Er ging weiter und gleichzeitig verließ er den Gang, auf dem er sich befunden hatte. Er trat übergangslos von der BASIS in eine andere Welt. Ein frischer Wind wehte ihm ins Gesicht. Er trug ihm die Gerüche eines fremden Planeten zu. Und wiederum blieb er stehen.

Überrascht blickte er auf ein humanoides Wesen, das nur wenige Schritte von ihm entfernt an einem Bach kauerte und mit erhobenem Speer darauf wartete, daß ein Fisch in seine Nähe kam. Das Wesen war kleiner als er. Ein breites, rotes Band zog sich ihm quer über die Stirn und von dort bis in den Nacken. Es schien aus Hunderten von Kristallen zu bestehen. Darüber erhoben sich zwei dreieckige Hornplatten, die ebenfalls bis in den Nacken herabreichten. Unter den weit vorquellenden Kugelaugen wölbte sich ein Nasenwulst, der an den Seiten mit leuchtend blau schimmernden Hautfalten besetzt war. Der Kopf ging übergangslos in die Schultern über. Er war starr mit ihnen verbunden, so daß der Mann den Kopf nicht drehen konnte. Dieser Nachteil wurde jedoch durch die vorquellenden Augen, die frei beweglich waren, ausgeglichen.

Rhodan sah, wie eines der beiden Augen weit zur Kopfseite hin glitt, sich wendete und ihn anblickte.

Im nächsten Moment sprang das fremdartige Wesen auf, fuhr herum und schrie auf. Rhodan bemerkte, daß sich die Augen unabhängig voneinander bewegen konnten. Das eine blieb auf ihn gerichtet, während das andere hin und her ruckte, um die Umgebung zu sondieren.

Besänftigend hob Rhodan die Hand.

„Ich habe nicht vor, mit dir zu kämpfen“, sagte er.

Das fremdartige Wesen bückte sich und nahm ein Gewehr aus dem Gras auf. Es richtete die Waffe auf Rhodan. Dieser wußte aus unendlich vielen Begegnungen mit extraterrestrischen Intelligenzen, daß es sinnlos gewesen wäre, wegzulaufen. Wohin hätte er auch laufen sollen? Er war nicht mehr an Bord der BASIS, die sich nun bereits mit vielfacher Lichtgeschwindigkeit durch den Kosmos bewegte. Ihm blieb keine Wahl. Er mußte so schnell wie möglich freundschaftliche Verbindungen mit den Bewohnern dieses Planeten aufnehmen. Vielleicht gelang es ihm dann, herauszufinden, welches kosmophysikalische Phänomen für seinen Übertritt von der BASIS auf diese Welt verantwortlich war.

Ihm gefiel nicht, daß schon das erste Zusammentreffen mit diesem Wesen in einen Kampf einmündete. Er bedrohte sein Gegenüber nicht und hätte sich viel lieber friedlich mit ihm verständigt.

Doch das war nicht möglich.

Sein Gegenüber krümmte den Finger am Abzug. Rhodan blieb keine andere Wahl. Er lief auf den anderen zu und ließ sich überraschend in die Hocke fallen. Im gleichen Moment fiel der Schuß, und ein grüner Blitz zuckte zischend an Rhodan vorbei. Ihm folgte eine winzige, grüne Kugel, die ihr Ziel jedoch ebenfalls verfehlte. Der Terraner schnellte sich auf den Schützen und entriß ihm das Gewehr. Das gelang ihm mühelos. Danach hieb er ihm die Faust unter das Kinn, und der Fremde stürzte bewußtlos ins Gras.

Rhodan blickte auf ihn herab.

Der Besiegte trug einen leichten Anzug aus einem dunklen Stoff, der wie Seide aussah. Der Anzug umschloß den Oberkörper sehr eng, lief an den Beinen jedoch weit aus wie ein Rock.

Ein breiter, gestickter Gürtel umschloß die Hüften. Er setzte sich aus vielen bunten Fäden zusammen und war mit kleinen Perlen besetzt. Fünf Metallreifen aus einem Rhodan nicht bekannten Material schmückten jedes Handgelenk. Die Füße steckten in Lederstiefeln, die bis an die Waden hinaufreichten. Auch sie waren reich verziert.

Erst jetzt fiel Rhodan auf, daß die Haut des Fremden schlaff und grau aussah. Er schloß daraus, daß der Mann schon sehr alt war.

Er überlegte, was zu tun war.

Er befand sich auf einer Waldlichtung, die von dem Bach in zwei Hälften geteilt wurde. Dichtes Buschwerk behinderte die Sicht, so daß Rhodan nicht erkennen konnte, wie groß der Wald war. Er vermutete jedoch, daß irgendwo in der Nähe eine Siedlung war. Von dieser mußte der Fischjäger gekommen sein.

Rhodan entdeckte einen schmalen Pfad, der in den Wald führte. Er nahm das Gewehr auf und verließ die Lichtung. Dabei drehte er sich noch einmal um. Der Alte war verschwunden. Verblüfft kehrte Rhodan an die Stelle zurück, an der er mit ihm gekämpft hatte. Ihm fiel auf, daß sich im Gras nur Spuren von ihm selbst abzeichneten, nicht jedoch von dem Schützen. Es war, als sei dieser gar nicht dagewesen. Rhodan drehte das Gewehr in seinen Händen. Es war der einzige Beweis dafür, daß die Begegnung mit dem Fremden real gewesen war. Zugleich aber erinnerte Rhodan sich daran, daß er den Blitz hatte zischen hören, den der andere auf ihn abgefeuert hatte, und daß er den Widerstand gespürt hatte, als er den Schützen niedergeschlagen hatte.

Er wollte nicht noch mehr Zeit verlieren und verließ die Lichtung endgültig. Zugleich fragte er sich, wo er war. Er war sich sicher, daß er kein Sonnensystem in der Nähe der Burg Ariolcs gesehen hatte.

Er wollte und durfte sich nicht lange auf dieser Welt aufhalten, da sich die BASIS mit jeder Sekunde um Lichtjahre von ihm entfernte. Wenn es eine Möglichkeit gab, zur BASIS zurückzukehren, dann mußte er sie schnell finden und nutzen.

Irgendwann würde man an Bord der BASIS bemerken, daß er nicht mehr da war. Doch das konnte lange dauern. Zunächst würde man ihn an Bord suchen, da niemand auf den Gedanken kommen würde, daß er von unbekannten Mächten aus der BASIS entführt worden war. Vielleicht würden Tage vergehen, bis man endlich mit der Suche außerhalb des Raumschiffs beginnen würde. Bis dahin konnte die BASIS Tausende von Sonnensystemen passiert haben, und niemand an Bord konnte wissen, ob er in irgendeinem dieser Sonnensysteme war.

Schon nach etwa fünfzig Metern verließ Rhodan den Wald. Er trat auf ein bebautes Feld hinaus, das sich bis zu einem Dorf hinzog, das etwa zwei Kilometer von ihm entfernt war. Es bestand aus etwa zwanzig Häusern.

Rhodan betrachtete das Gewehr in seinen Händen. Es unterschied sich nicht grundsätzlich von Waffen dieser Art, wie er sie aus der Geschichte Terras kannte. Der Lauf war mit verschlungenen Gravuren verziert. Der Kolben bestand aus einem metallischen Material, das ihm unbekannt war. Er fühlte sich jedoch an, als ob er aus Holz sei.

Rhodan legte das Gewehr an, um es zu prüfen. Er stellte fest, daß er eine hochwertige Waffe in den Händen hielt. Das Schloß war kunstvoll gefertigt. Es verriet die Hand eines Meisters. An kleinen Unregelmäßigkeiten und Ungenauigkeiten erkannte der Terraner, daß es eine Handarbeit war.

Unwillkürlich dachte er an Ronald Tekener. Der Freund hätte sicher seine helle Freude an einer solchen Waffe gehabt.

Er ging auf das Dorf zu. Die Waffe behielt er in der Hand. Er dachte flüchtig daran, sie wegzuwerfen, hielt es dann aber doch für besser, den Dorfbewohnern nicht unbewaffnet gegenüberzutreten.

Als Rhodan sich dem Dorf bis auf etwa fünfhundert Meter genähert hatte, bemerkte er einige Gestalten, die hinter einem Knick auf dem Feld gearbeitet hatten, und die nun zum Dorf eilten. Er war sicher, daß sie ihn gesehen hatten und nun die anderen Dorfbewohner alarmierten.

Er ging weiter.

Bald darauf sah er, wie die Dorfbewohner in ihre Häuser flüchteten.

Am Rande der Siedlung blieb er stehen. Das Dorf war wie ausgestorben. Ein paar Hühnervögel eilten zwitschernd und schnatternd über die staubige Straße, welche die Siedlung in zwei Hälften teilte. Die Häuser, Sträucher und Bäume wirkten im Licht der weißen Sonne blaß und ausgelaugt. Die Gebäude waren aus Stein gebaut. Sie hatten eine quadratische Form. Fenster und Türen waren mit phantasievollen Stuckarbeiten umrahmt.

Ein Schuß peitschte durch die Stille. Perry Rhodan hörte die Energiekugel, die zischend an ihm vorbeiflog. Er warf sich zur Seite. Ein zweiter Schuß fiel. Abermals verfehlte ihn der Blitz.

Rhodan flüchtete hinter einen Holzstapel, der vor einem Haus aufgeschichtet war. Durch eine offene Tür bemerkte er einen Mann und zwei Frauen, die ihn beobachteten. Ihre fremdartigen Gesichter verrieten ihm nicht, was sie empfanden.

Eine weitere Lichtkugel raste an ihm vorbei, doch Rhodan beachtete sie kaum. Er dachte darüber nach, weshalb der Mann und die beiden Frauen nicht in den Kampf eingriffen.

Fürchteten sie sich nicht vor ihm, oder wollten sie es dem unsichtbaren Schützen überlassen, ihn zu töten?

Der Terraner blickte zu den anderen Hütten hinüber, und auch dort entdeckte er einige Gestalten, die in den abgedunkelten Räumen standen und ihn nicht aus den Augen ließen.

Ein Blitz schlug dicht über ihm ins Holz und setzte es in Brand.

Es widerstrebte ihm, dem heimtückischen Schützen mit der Waffe zu antworten, weil dadurch eine friedliche Verständigung unmöglich wurde. Vorsichtig spähte er durch die Flammen die Straße hinauf. Etwa hundert Meter von ihm entfernt stand ein Haus, das größer war als die anderen. Es hob sich zudem von den anderen dadurch ab, daß die Stuckumrahmungen der Türen und Fenster blau waren. In einer der offenen Türen hockte eine schattenhafte Gestalt hinter einer Kiste. Ab und zu richtete sie sich ruckartig auf, legte das Gewehr an und schoß.

Rhodan öffnete das Schloß seiner Waffe, um zu prüfen, ob noch eine Energiepatrone im Lauf war. Er stellte fest, daß er nur einen einzigen Schuß hatte.

Er beschloß, erst dann zu schießen, wenn er keine andere Möglichkeit mehr hatte.

Er sprang auf und flüchtete in die Deckung des nächsten Hauses. Ein Blitz zuckte so dicht an seinem Kopf vorbei, daß er die Hitze an der Wange fühlte. Dann war er in vorläufiger Sicherheit.

Er hätte jetzt hinter dem Haus weiterlaufen und sich so an den Schützen heranarbeiten können. Das aber wollte er nicht. Die anderen Dorfbewohner sahen zu. Sie verfolgten den Kampf. Deshalb wollte er die Auseinandersetzung offen führen.

Er verließ die sichere Deckung und rannte quer über die Straße zum nächsten Haus. Der erwartete Schuß fiel erst, als es bereits zu spät war. Rhodan hielt sich nicht lange auf. Er sprintete zu einem Brunnen und warf sich dahinter in den Staub. Zwei Energieblitze schlugen über ihm in die Steinmauer, die den oberen Abschluß des Brunnens bildete, und rissen sie auf.

Rhodan schnellte sich hoch und rannte weiter. Dann hockte er hinter einem umgestürzten Holzwagen, an dessen Achse ein Handwerker gearbeitet hatte. Mit einem Schuß setzte der Schütze den Wagen in Brand. Damit hatte der Terraner gerechnet.

Er nahm eines der abmontierten Räder auf und ließ es quer über die Straße laufen. Damit lenkte er den Schützen für entscheidende Sekundenbruchteile ab. Er stürzte auf die offene Tür zu und gab der Kiste, hinter der sein Gegner kauerte, einen Tritt. Dann sprang er im Hechtsprung über die Kiste hinweg und stürzte sich auf den Schützen. Er entriß ihm das Gewehr und richtete den Lauf der Waffe auf ihn.

„Aufstehen“, befahl er.

Der andere verstand in. Er rollte heftig mit den Augen, als

suche er nach weiteren Gegnern, und wich bis an die Wand zurück. Er schien damit zu rechnen, daß Rhodan kurzen Prozeß mit ihm machte. Doch der Terraner dachte nicht daran, ihn zu töten. Mit dem Gewehr dirigierte er ihn nach draußen. Der Schütze gehorchte. Er hob die Arme über den Kopf, um seine Unterwerfung anzuzeigen, und ging hinaus.

Als Rhodan ihm mit angeschlagener Waffe folgte, kamen die Dorfbewohner aus ihren Häusern. Jubelnd hoben sie die Arme. Sie eilten auf Rhodan zu und klatschten sich dabei auf die Oberschenkel. Überrascht erkannte der Terraner, daß sie mit dem Ausgang des Kampfes einverstanden waren. Er stellte den positronischen Translator an, der Teil seines Kombi-Chronometers war, um ihre Worte aufzufangen. Zugleich fragte er sich, wie sie wohl reagiert hätten, wenn er seinen Gegner getötet hätte.

Er wollte sich diesem zuwenden, um von ihm zu erfahren, warum er ihn angegriffen hatte. Da entstand plötzlich ein Tumult in der Menge. Die Dorfbewohner zogen sich einige Schritte weit zurück und bildeten einen Kreis. Zwei Männer standen sich kampfbereit gegenüber. Beide hielten Messer in den Händen. In einem der beiden Streithähne erkannte Rhodan den heimtückischen Schützen wieder.

„Was soll das?“ fragte er.

Die beiden Kontrahenten blickten ihn mit jeweils einem Auge an, während sie sich mit dem anderen gegenseitig beobachteten.

„Du willst nicht, daß wir kämpfen?“ fragten sie. Der Translator übersetzte ihre Worte.

„Nein“, erwiderte Rhodan.

„Wie du willst“, sagte der Mann, der auf den Terraner geschossen hatte. Damit schienen die Streitigkeiten beendet zu sein. Die Menge wandte sich wieder Rhodan zu. Dieser befahl den Schützen zu sich und führte ihn ins Haus, weil er sich in Ruhe mit ihm unterhalten wollte.

„Wie heißt du?“ fragte er.

„Skaubsager.“

„Wie heißt diese Welt?" Skaubsager verstand ihn, und Rhodan erfuhr, daß er sich auf dem Planeten Bochan befand.

„Warum hast du auf mich geschossen?" fragte er.

Skaubsager blickte ihn schweigend an. Er schien nicht zu verstehen. Deshalb wiederholte Rhodan seine Frage, doch auch jetzt erhielt er keine Antwort. Der Bochaner ließ sich vielmehr auf die Knie herabfallen und berührte den Boden mit der Stirn. Dann erhob er sich und eilte aus dem Raum. Rhodan ließ ihn gehen. Er glaubte nicht, daß Skaubsager seinen Angriff auf ihn wiederholen würde.

Er setzte sich in einen Sessel. Er konnte sich das Verhalten des Bochaners nicht erklären. Warum hatte Skaubsager ihm keine Antwort gegeben? Es mußte doch einen Grund dafür geben, daß er auf ihn geschossen hatte.

Eindeutig war, daß er als Unterlegener kapituliert und ihm die Befehlsgewalt über das Dorf überlassen hatte. Rhodan wußte jedoch nicht, was er mit dieser Befehlsgewalt anfangen sollte. Er hatte nicht das geringste Interesse daran, sein weiteres Leben hier in diesem Dorf zu verbringen.

Er hielt es nicht für unmöglich, daß es im Zusammenhang mit einem noch unbekannten kosmischen Ereignis zu einer Umkehrung der Kausalität gekommen war. Dennoch glaubte er, daß es einen eindeutigen Grund dafür gab, daß er auf Bochan war. Irgend jemand oder irgend etwas hatte ihn aus der BASIS entführt und auf diesen Planeten versetzt. Dafür mußte es ein Motiv geben.

Je früher er herausfand, wessen Opfer er geworden war, desto besser waren seine Chancen, zur BASIS zurückzukehren.

Er sah sich im Haus um, weil er hoffte, aus dessen Einrichtung auf den technischen Stand der Bevölkerung von Bochan schließen zu können.

Das Haus hatte zwei Stockwerke. Im unteren lagen der Wohnraum und die Wirtschaftsräume. Im oberen befanden sich zwei Schlafzimmer und eine Halle, die mit Jagdtrophäen geschmückt war. Die Einrichtung enttäuschte Rhodan. Sie ließ auf einen bescheidenen technischen Entwicklungsstand der Bochaner schließen. Die einzigen bedeutungsvollen Einrichtungen waren ein Telephon und ein Radio. Er nahm beide auseinander und stellte fest, daß sie einfache elektronische Bausteine enthielten. Das ließ darauf schließen, daß man auf Bochan noch weit davon entfernt war, an einen Vorstoß ins All zu denken.

Skaubsager kam ins Haus zurück. Unterwürfig blieb er an der Tür stehen. Rhodan war gerade dabei, das Telephon wieder zusammenzusetzen.

„Der Wind weht aus West-Nord-West", sagte der Bochaner.

„Na und?"

„Du weißt nicht, was das zu bedeuten hat?"

„Wie sollte ich? Ich bin nicht von hier, wie dir längst klargeworden sein dürfte. Erkläre mir, was der Wind zu bedeuten hat."

Skaubsager war etwas kleiner als Rhodan, aber er war erheblich schwergewichtiger als dieser. Der gestickte Gürtel umspannte seinen rundlichen Körper so fest, daß sich an seiner Ober- und Unterseite dicke Fettwülste bildeten. Die grünen Wangen waren mit feinen Schuppen besetzt, die sich von der Nase bis zu den winzigen Ohren zogen.

Der Bochaner blickte sehnsüchtig zu einem Sessel hinüber, bis Rhodan ihm mit einer Handbewegung zu verstehen gab, daß er sich setzen sollte.

„Du mußt Verständnis dafür haben, Herr", sagte Skaubsager. „Jeder Mann hat nur bestimmte Kraftreserven, die er dringend für den Kampf benötigt. Was hätte das Dorf davon, wenn wir angegriffen werden, und ich so erschöpft vom vielen Stehen bin, daß ich nicht mehr kämpfen kann?"

Rhodan lächelte.

„Gar nichts", erwiderte er. „Ich sehe ein, daß du dich schonen mußt, zumal es schon eine gewaltige Anstrengung für dich ist, deinen Körper aufrecht zu halten."

„Du hast es erkannt, Herr", sagte der Bochaner, während er sich ächzend in einen Sessel sinken ließ. „Kaum jemand aber hat soviel Verständnis wie du. Das zeichnet eben einen großen Mann aus. Ich bin sicher, daß du unser Dorf zu neuer Herrlichkeit führen wirst."

„Ich werde mir Mühe geben. Leichter wird es für mich, dieses Ziel zu erreichen, wenn du mir ein paar Informationen gibst. Was hat beispielsweise die Windrichtung mit dem Dorf zu tun?"

„Die Sprachloner warten nur auf einen solchen Wind", antwortete Skaubsager. „Sie werden uns ihre Bomben schicken und sich dafür rächen, daß wir unsere Ernten an eine andere Stadt verkauft haben."

Rhodan trat an eines der Fenster und blickte hinaus. Er sah, daß die Felder abgeerntet waren. Das Dorf lag in der Nähe eines Flusses mitten in einem weiten Tal, das durch schroffe Berge begrenzt wurde.

„Die Sprachloner sind Verdammte", fuhr Skaubsager fort. „Sie stehen im Bann der Mächtigen aus der Zeit. Deshalb kämpfen sie nicht auf ehrliche Art und Weise, sondern versuchen, alle Bewohner unseres Dorfes zu töten."

Damit war noch immer nicht klar, was die Windrichtung mit den Sprachlonern zu tun hatte.

„Wie werden sie angreifen?" fragte Rhodan.

„Mit den fliegenden Mächten", antwortete der Bochaner. Er erhob sich ächzend und ging zu einem Fenster, das an der Westseite des Hauses lag. „Du kannst sie schon sehen."

Er zeigte zu den Hängen der fernen Berge hinüber. Gelber Nebel floß von ihnen herab auf das Dorf zu.

„Es ist ein giftiges Gas", erklärte Skaubsager. „Damit wollen sie uns alle töten. Schon zweimal haben sie es auf diese Weise versucht, aber jedesmal drehte der Wind in letzter Sekunde, und wir wurden gerettet. Dieses Mal aber sieht es nicht so aus, als kämen wir davon. Wir müssen das Dorf räumen."

„Das werden wir auf keinen Fall tun", entgegnete der Terraner. „Schnell. Zündet große Feuer vor dem Dorf an."

Der Bochaner blickte ihn fragend an. Rhodan packte ihn am Arm und schob ihn zur Tür.

„Los. Beeile dich. Sorge dafür, daß die Feuer entzündet werden. Die Flammen erhitzen die Luft. Warme Luft aber steigt auf. Sie wird das Giftgas mit in die Höhe reißen, so daß es uns nicht erreichen kann."

„Du bist nicht nur ein mutiger Kämpfer", erklärte Skaubsager voller Bewunderung. „Du bist auch klug. Welch seltene Kombination von großen Gaben. Du bist dazu bestimmt, auch höhere Positionen zu bekleiden."

„Darüber können wir später reden. Beeile dich jetzt, sonst ist es zu spät für uns alle."

Skaubsager eilte aus dem Haus. Mit hallender Stimme rief er die Dorfbewohner zusammen und gab den Befehl Rhodans an sie weiter. Sie begannen sofort damit, Holz am nordwestlichen Dorfrand aufzuschichten und anzuzünden.

Rhodan verließ das Haus nun ebenfalls. Er beobachtete Skaubsager, der sich voller Eifer darum bemühte, den Befehl zu erfüllen, der ihm erteilt worden war. Schnaufend und ächzend trieb er die Männer und Frauen des Dorfes zu schnellerer Arbeit an.

Von den Kindern ließ er sich gebratene Fleischstücke bringen, die er gierig verschlang.

„Du mußt das verstehen", rief er Rhodan zu, als er diesen in seiner Nähe bemerkte. „Der Hunger ist ein schlechter Ratgeber, und nur bei vollem Magen bleibt das Gehirn klar."

„Tu, was du willst", entgegnete er. „Wichtig ist vor allem, daß die Feuer gut brennen."

„Es könnte sein, daß der giftige Nebel das Feuer durchdringt und uns alle tötet", sagte Skaubsager. „Wenn das der Fall ist, dann habe ich wenigstens diese kleinen Köstlichkeiten noch genossen."

Er schob sich ein weiteres Stück Fleisch in den Mund, lächelte verzückt und trieb die Männer und Frauen des Dorfes zu weiteren Arbeitsleistungen an.

Mittlerweile konnte Rhodan sehen, daß der Wind den gelben Nebel näher an das Dorf herangedrückt hatte. Er rückte auf einer Front von etwa hundert Metern Breite heran, und er bewegte sich dabei so schnell, daß niemand ihm hätte zu Fuß entfliehen können. Dann erreichte er die Feuerstellen, die das Dorf halbkreisförmig umgaben.

Skaubsager hob beschwörend die Arme, nachdem er sich rasch noch ein Stückchen Fleisch in den Mund gesteckt hatte.

Rhodan erwartete, daß der gelbe Nebel von der aufsteigenden Luft in die Höhe gerissen wurde. Doch etwas anderes geschah. Die Flammen entzündeten das gelbe Gas, und eine Feuerwalze entstand, die sich schlagartig über das Land ausbreitete. Die Druckwelle der Explosion verlöschte die Feuer am Dorfrand und schleuderte die Männer und Frauen zu Boden. Klirrend zerbarsten einige Fensterscheiben, und Rhodan sah, wie eines der Häuser abgedeckt wurde.

Dann wurde es still.

Auf dem Gelände vor dem Dorf brannten vereinzelte Bäume. Das Gras war schwarz.

Skaubsager sprang jubelnd auf. Er streckte die Arme in die Höhe.

„Herr", brüllte er. „Wir haben es ihnen noch viel besser gezeigt, als ich erwartet habe. Herr, dieser Trick macht dich mit einem Schlag zum Mächtigen von Sprachlon."

Die anderen Dorfbewohner erhoben sich ebenfalls. Keiner von ihnen störte sich daran, daß viele Häuser beschädigt worden waren. Alle hatten den Angriff unversehrt überlebt, und für alle war das Schauspiel überaus beeindruckend gewesen. Sie umringten den Terraner und jubelten ihm zu.

2.

Ein seltsames Gefährt näherte sich der Siedlung. Es glich einer Sänfte, unterschied sich jedoch von einer solchen durch ein Rad an der Unterseite. Vier stämmige Bochaner hielten das Fahrzeug an vier Holzstangen und bewegten es daran vorwärts. Über dem Rad erhob sich ein kastenförmiger Aufbau, der mit roten Tüchern behängt und mit goldenen Bändern geschmückt war. Darin saß ein Mann, der so dick war, daß Skaubsager schlank gegen ihn wirkte.

„Das ist Geran, der Mächtige von Sprachlon", erklärte Skaubsager lachend. „Er hat den Angriff mit dem giftigen Nebel gegen uns geführt. Ich bin sicher, daß er von deiner Kriegskunst tief beeindruckt ist."

Überraschend behende stieg Geran aus der fahrenden Sänfte. Er warf sich vor Rhodan auf den Boden und preßte seine Stirn in den Sand.

„Ich unterwerfe mich dir", erklärte er. „Mein Angriff auf dein Dorf war töricht. Allerdings konnte ich nicht wissen, daß ein Sternenmächtiger hier weilt, sonst hätte ich von Anfang an darauf verzichtet, euch anzugreifen."

Perry Rhodan blickte auf Geran herab. Er wußte nicht, was er tun sollte. Er verspürte nicht die geringste Lust, die Macht über Sprachlon von ihm zu übernehmen. Er wollte zur BASIS zurück. Was auf Bochan geschah, interessierte ihn nur insofern, als es ihm helfen konnte, zur BASIS zu kommen. Er glaubte jedoch nicht, daß Geran ihm in dieser Hinsicht nützlich sein konnte.

„Nimm sein Messer an dich", flüsterte Skaubsager ihm zu. „Es ist das Zeichen der Macht."

Rhodan beugte sich über Geran und zog ihm das mit Edelsteinen verzierte Messer aus dem Gürtel. Dann begriff er, weshalb Skaubsager so auffällig bemüht war, ihn in eine neue Machtposition zu heben. Skaubsager hoffte, daß er die Siedlung verlassen würde, so daß er selbst wieder an die erste Position rückte.

„Und jetzt?" fragte er, als er das Messer in den eigenen Gürtel steckte.

„Du mußt die Sänfte besteigen und mit ihnen in dein neues Herrschaftsgebiet fahren", antwortete Skaubsager eilfertig.

„Eine gute Idee", sagte Rhodan. „Dabei benötige ich jedoch

einen Berater. Dieses Amt wirst du übernehmen. Du wirst mich begleiten."

„Aber, Herr, wir haben nur eine Sänfte, und ich kann nicht zulassen, daß der Mächtige von Sprachlon zu Fuß geht", rief der Bochaner jetzt.

„Daran habe ich auch gar nicht gedacht, Skaubsager. Ich werde in der Sänfte reisen und du wirst neben mir herschreiten, wie es sich für einen Berater gehört."

Skaubsager schlug sich mit den Händen auf die Oberschenkel. Sein grün schimmerndes Gesicht verfärbte sich und nahm einen Blauton an.

Plötzlich warf er sich auf Rhodan. Er versuchte, ihn mit den Fäusten niederzuschlagen. Doch der Terraner reagierte blitzschnell. Er wich dem Angreifer aus, stellte ihm ein Bein und ließ ihn in den Staub stürzen.

Ächzend und schnaufend richtete Skaubsager sich wieder auf.

„Es ist schrecklich", sagte er mühsam. „Eine solche Demütigung habe ich nicht verdient, Herr, aber ich werde mich dir beugen."

Rhodan legte sich das Gewehr über die Schulter, das er dem ersten Bochaner abgenommen hatte, der ihn angegriffen hatte, und stieg in die Sänfte. Skaubsager baute sich neben ihm auf.

„Geran wird hier im Dorf bleiben und dem Volk dienen", befahl der Terraner. „Ich werde später zurückkommen und mich davon überzeugen, daß er das auch wirklich tut."

„Du kannst dich auf mich verlassen, Mächtiger", erwiderte Geran, der noch immer auf dem Boden kauerte. Abermals drückte er seine Stirn in den Sand.

Skaubsager klatschte in die Hände und gab den Trägern den Befehl zum Aufbruch. Sie stemmten sich gegen die Stangen und bewegten die Sänfte auf diese Weise voran.

Skaubsager lachte leise.

„Natürlich wird er dir nicht gehorchen", verkündete er schnaufend. Er fuhr sich mit einem großen Tuch über das schweißnasse Gesicht. „Er wird sich gegen dich erheben, sobald du nicht mehr in seiner Nähe bist. Aber er wird es nicht wagen, dir dein Amt in Sprachlon streitig zu machen."

Er schien bereits verwunden zu haben, daß er zu Fuß gehen mußte.

Die vier Träger bewegten die rollende Sänfte schnell voran. Sie bemühten sich, auf ebenem Gelände zu bleiben, doch das gelang ihnen nicht immer. So wurde Rhodan teilweise kräftig durchgeschüttelt. Als Skaubsager merkte, wie lästig die Rüttelbewegungen für Rhodan waren, gab er ihm den Rat auszusteigen und zu Fuß zu gehen. Doch der Terraner erkannte seine Absicht. Geran war nicht ohne Grund mit der Sänfte gekommen. Sie war ein Zeichen seiner Würde, und auch er durfte nicht auf sie verzichten.

Er nahm sich vor, Skaubsager stets besonders aufmerksam zu beobachten, und er bereute bereits, daß er ihn mitgenommen hatte.

Die Träger schleppten die Sänfte zu einer Schlucht, die den Durchgang zu einem anderen Tal bildete. Als sie aus der Schlucht hervorkamen, bot sich Rhodan ein ganz anderes Bild als zuvor. Er sah sich nun nicht mehr einer nur wenig erschlossenen Landschaft gegenüber, sondern einem Land, das deutliche Spuren der Zivilisation trug.

An einem breiten Strom lag eine Stadt. Über ihr erhob sich eine Dunstglocke, die sich aus den Abgasen der Häuser und Fabriken zusammensetzte. Mehrere Straßen durchschnitten das Land.

Verblüfft blickte Rhodan auf die Stadt, die Straßen und die Fahrzeuge. Er hatte nicht damit gerechnet, so übergangslos einer anderen Welt zu begegnen, die auf einer deutlich höheren Zivilisationsstufe stand. Es schien keine Verbindung zwischen dieser Großstadt und dem Tal zu geben, aus dem er gekommen war. Bei seinen zahllosen Besuchen auf den verschiedensten Planeten des Universums hatte Rhodan immer wieder gesehen, daß enge Zusammenhänge zwischen den Ansiedlungen zumindest in einem überschaubaren Raum bestanden.

Er war der Ansicht gewesen, daß ihm die Sänfte als eine Art Repräsentationsmittel dienen würde. Jetzt kam er sich in ihr albern vor. Mußten die Bewohner der Stadt nicht etwas Abwertendes in der Sänfte sehen? Erwarteten sie nicht, daß er in einem motorgetriebenen Fahrzeug kam?

Rhodan beschloß, abzuwarten.

Einige Minuten später sah er rote Raketen über der Stadt aufsteigen. Die Fahrzeuge auf den Straßen blieben stehen. Die Insassen stiegen aus und blickten zu ihm herüber. Am Stadtrand versammelte sich eine Menschenmenge.

Rhodan beobachtete sie mit einigem Unbehagen. Die Situation gefiel ihm nicht. Er war durch unbekannte Mächte auf diese Welt versetzt worden, und diese Aktion schien kein Zufall gewesen zu sein. War sie aber geschehen, damit er hier eine Führungsrolle übernahm? Daran hatte er nicht das geringste Interesse. Er wollte zur BASIS. Dort warteten wesentlich wichtigere Aufgaben auf ihn, Aufgaben, die für den Bestand einer ganzen Galaxis von Bedeutung sein konnten.

Vorläufig aber war unwesentlich, ob ihm die Situation gefiel oder nicht. Er konnte sich ihr nicht entziehen. Es half ihm nichts, wenn er in den Wald an die Stelle zurücklief, an der er diese Welt betreten hatte. Er mußte das Spiel, das ein Unbekannter mit ihm inszenierte, solange mitmachen, bis er eine Chance hatte, sich zu befreien und zur BASIS zurückzukehren.

Die Ungeduld trieb ihn voran, weil er es sich nicht leisten konnte, Zeit zu verlieren. Mit jeder Sekunde wurde der Abstand zwischen ihm und der BASIS größer.

Einige Bochaner eilten ihm aus der Stadt entgegen, blickten in die Sänfte und sanken überrascht zu Boden. Sie drückten die Stirn in den Staub und warteten, bis Rhodan an ihnen vorbei war. Dann sprangen sie auf und rannten in weitem Bogen zur Stadt zurück, um dort zu verbreiten, was sie gesehen hatten.

Als Rhodan die Stadt erreichte, sah er, daß sich alle Zuschauer zu Boden warfen und ihm damit anzeigten, daß sie sich ihm unterwarfen.

„Du siehst, Herr, du bist wirklich der Mächtige von Sprachlon“, raunte Skaubsager ihm zu. Er holte aus einer Falte seines Gewands ein Stück Fleisch hervor und verzehrte es genüßlich. „Ich danke dir, daß ich dich begleiten darf.“

Die vier Träger erreichten eine ebene Straße. Sie begannen zu laufen, so daß die Sänfte sich erheblich schneller voranbewegte als bisher. Rhodan sah Tausende von Bochanern, die ihre Arbeit eingestellt hatten und am Straßenrand zu Boden sanken. Frauen hielten ihm ihre Kinder entgegen.

Viele von ihnen sahen so elend aus, als seien sie dem Hungertod nahe.

„Du solltest ab und zu die Hand heben und huldvoll grüßen“, riet Skaubsager ihm. „Das haben die Leute gern.“

Sie überquerten einen Platz, auf dem eine Massenschlägerei stattfand. Rhodan beobachtete, wie die Männer mit allen möglichen Dingen aufeinander einschlugen. Dann jedoch bemerkten die Bochaner die Sänfte, und plötzlich endete die Schlägerei. Die Männer warfen sich demütig zu Boden. Einige bluteten aus schweren Wunden.

Als er an ihnen vorbei war, drehte Rhodan sich um und blickte zurück. Er sah, wie die Männer aufsprangen und die Schlägerei fortsetzten.

Dann erreichte die Sänfte den Hof eines Palasts. Sie hielt vor einer Treppe aus weißem Stein.

„Wir sind da, Mächtiger“, sagte Skaubsager. „Es wurde auch Zeit, daß diese anstrengende Reise beendet wird. Ich habe einen fürchterlichen Hunger.“

Er atmete laut und keuchend. Der Schweiß rann ihm über das Gesicht und verklebte seine Kleider. Rhodan sah ihm an, daß er einen längeren Lauf durch die Stadt nicht überstanden hätte.

Rhodan stieg aus. Als er die Treppe hinaufging, erschienen über ihm einige bewaffnete Bochaner. Sie stellten sich auf und bildeten ein Spalier, zeigten jedoch ansonsten kein Interesse an ihm.

„Was fällt euch ein?“ brüllte Skaubsager sie an. „Nehmt

gefälligst Haltung an und begrüßt den neuen Mächtigen von Sprachlon."

Einer der Männer blickte Rhodan unsicher an.

„Wir haben davon gehört, daß er Anspruch auf das Amt erhebt", erwiderte er. „Inzwischen hat jedoch Leinal am Tisch Platz genommen. Leinal war der Vertreter und Freund des bisherigen Mächtigen."

„Das ist unehrenhaft", sagte Skaubsager entrüstet. „Wir werden ihn hinwegfegen, diesen Frevler."

Er führte Rhodan in den Palast. Dem Terraner fiel auf, daß überall Schmutz und Abfälle herumlagen. Die Farbe an den Wänden blätterte ab. Tiere streunten herum. In den Ecken kauerten oder lagen Männer der Palastwache und schliefen. Nur hin und wieder begegnete Rhodan einigen Männern, die ihm Respekt bezeigten oder die einer sinnvollen Tätigkeit nachgingen.

Der Palast befand sich in einem desolaten Zustand. Seit Jahren schien es keine ordnende Hand mehr gegeben zu haben.

Doch Rhodan sah über Schmutz und Unordnung hinweg. Dafür suchte er nach Anzeichen einer hochentwickelten Technik. Die aber schien es nicht zu geben. Er entdeckte hin und wieder eine Apparatur, die er für ein Telephon hielt, das aber war auch schon alles. Es gab keine Klimaanlage und nur vereinzelt künstliche Beleuchtung. Die Türen mußten von Hand geöffnet werden, und nirgendwo waren Kunststoffteile zu sehen, die einen Hinweis auf den Entwicklungsstand der chemischen Industrie auf diesem Planeten hätten geben können.

Dann öffnete sich die Tür zum wichtigsten Raum des Palasts vor ihm. Rhodan sah einen kleinen, drahtigen Bochaner, der hinter einem Tisch stand. Der Mann war kaum 1,50 Meter groß. Besonders auffallend war, daß die Hornplatten auf seinem Kopf unterentwickelt waren. Sie bildeten keine Dreiecke, sondern flache Buckel.

Hinter diesem Mann standen etwa fünfzig prächtig gekleidete Bochaner. Die meisten von ihnen trugen farbige Umhänge, die vorn von goldenen Spangen zusammengehalten wurden, und die mit Metallstickereien verziert waren. Einige von ihnen hatten glitzernde Metallnägel durch die Hornplatten auf ihrem Kopf geschlagen.

Durch eine transparente Kuppel fiel Licht auf die Gruppe herab.

„Du bist Leinal", rief Skaubsager anklagend. „Du hast es gewagt, dich über jede Ordnung hinwegzusetzen und die Macht für dich zu beanspruchen."

Er sah aus, als wolle er sich auf den kleinwüchsigen Bochaner stürzen. Rhodan hielt ihn zurück.

„Was treibst du hier?" fragte er Leinal.

Sein Gegenüber begann am ganzen Körper zu zittern. Ihm war anzusehen, daß er sich nur mit größter Anstrengung auf seinem Platz behauptete.

„Die Stunde des Geistes ist gekommen", erklärte Leinal. „Ich habe die klügsten und gelehrtesten Männer der Stadt um mich versammelt. Eine neue Zeit ist angebrochen. Nicht mehr brutale Gewalt wird unser Leben bestimmen, sondern die Wissenschaft. Ich bin bereit, mit dir zu kämpfen, jedoch nicht mit den üblichen Waffen, sondern mit denen des Geistes. Deshalb sind diese Männer hier. Wir werden uns mit ihnen über wissenschaftliche Probleme unterhalten, mit ihnen wissenschaftliche Fragen diskutieren und schwierige Aufgaben lösen, und dann wird sich zeigen, wer der geeignete Mann für das Amt eines Mächtigen von Sprachlon ist."

Rhodan drückte einen Knopf an seinem Armbandkombigerät. Damit schaltete er den mit dem Translator gekoppelten Computer ein.

„Ich höre", sagte er. „Wie lautet die erste Frage?"

Leinal stellte ihm eine komplizierte Rechenaufgabe. Seine Wissenschaftler schrieben sie auf. Rhodan hörte nur zu.

Als Leinal die Aufgabe diktiert hatte, begannen die Wissenschaftler zu rechnen. Rhodan drückte eine Taste an seinem Armbandgerät, und der Computer nannte die Lösung.

Fassungslos blickte Leinal den Terraner an.

„Aber das ist unmöglich“, rief er. „Meine Gelehrten haben mir erklärt, daß sie wenigstens eine Stunde benötigen, diese Aufgabe zu lösen. Du kannst das Ergebnis noch nicht wissen.“

„Ich weiß es. Ich habe es genannt. Die nächste Aufgabe bitte.“

Unsicher geworden, zitierte Leinal die nächste Aufgabe, die eine noch umständlichere Rechenarbeit für die Gelehrten erforderte. Rhodan teilte ihm das Ergebnis nach noch nicht einmal zwei Sekunden mit.

Einige Wissenschaftler sanken zu Boden und legten die Stirn demütig an den Stein. Leinal setzte sich in den Sessel hinter dem Tisch. Skaubsager lachte dröhnend. Er hieb eine Faust auf den Tisch und rief: „Was soll das alles? Willst du dem Mächtigen von Sprachlon unbedingt beweisen, daß du schwachsinnig bist?“

Einer der bochanischen Gelehrten wagte sich zögernd nach vorn. Er stellte Rhodan eine wissenschaftliche Frage. Der Terraner wußte, daß auch diese sich ohne die Hilfe der Positronik nur in stundenlanger Arbeit beantworten ließ. Die Positronik verhalf ihm dazu, die Lösung praktisch sofort zu nennen.

Damit war der Bann gebrochen.

Leinal flüchtete zur Tür. Alle Wissenschaftler unterwarfen sich Rhodan.

„Festhalten“, befahl der Terraner und zeigte auf Leinal.

Mit einem Freudenschrei stürzte sich Skaubsager auf den kleinwüchsigen Bochaner, packte ihn und riß ihn hoch. Lachend hielt er ihn fest.

„Soll ich ihn auf den Boden werfen und zerschmettern, Mächtiger?“ fragte er.

„Du sollst ihn behutsam auf die Beine stellen und respektieren“, erwiderte Rhodan. „Leinal wird mir dienen. Er wird mein Stellvertreter sein, also wirst du ihm gehorchen.“

Die Augen Skaubsagers weiteten sich.

„Muß das wirklich sein, Mächtiger?“ fragte er bedrückt. „Ich meine, Leinal ist doch viel zu klein und schmächtig. Er wird von niemandem respektiert werden."

„Du hast gehört, was ich gesagt habe. Leinal wird dafür sorgen, daß dein Appetit immer gestillt wird, und du wirst gehorsam sein. Gib mir sein Messer."

Die Miene des schwergewichtigen Bochaners hellte sich auf. Behutsam setzte er Leinal ab und zog ihm das mit Edelsteinen geschmückte Messer, das Symbol seiner Macht, aus dem Gürtel. Leinal erklärte Rhodan, daß er bereit sei, ihm bedingungslos zu dienen.

Rhodan war Mächtiger der Stadt Sprachlon.

Der weitere Tag verlief ohne wesentliche Ereignisse. Rhodan hatte nicht mehr zu tun, als einige Männer und Frauen der Stadt zu empfangen, die sich ihm vorstellen wollten. Dabei gab es kaum etwas zu besprechen.

Als die Dunkelheit hereinbrach, zog er sich in einen Wohntrakt des Palasts zurück und schloß sich in einem Schlafzimmer ein. Er schlief jedoch noch lange nicht ein, sondern dachte immer wieder über seine Situation nach. Drohte ihm ein ähnliches Schicksal, wie Atlan es erlitten hatte? Würde er für Jahrtausende auf dieser fremden Welt bleiben müssen, weil die Freunde in der BASIS nicht wußten, wo sie ihn suchen sollten? Rhodan wußte, daß er nicht abwarten würde, bis sich eine Chance für ihn ergab, Bochan zu verlassen, sondern daß er mit aller Energie versuchen würde, eine Raumfahrtindustrie aufzubauen oder zumindest einen Hyperkomsender zu konstruieren, mit dem er um Hilfe rufen konnte.

Irgendwann im Lauf des Abends schlief er ein. Er wachte mitten in der Nacht auf, weil die Stadt von Schüssen widerhallte.

Er trat auf einen Balkon hinaus, von dem aus er die Stadt überblicken konnte. Viele Häuser brannten. Und überall blitzten die Mündungsfeuer der Gewehre auf. In der Stadt wurde gekämpft. Es schien jedoch keine Front zu geben. Jeder schien gegen jeden zu kämpfen.

Ein Kugelblitz flog zischend an Rhodan vorbei. Dieser kehrte ins Schlafzimmer zurück und griff nach seinem Gewehr. Kampflärm zeigte ihm an, daß die Gefechte bis in den Palast reichten.

Er öffnete die Tür und blickte auf den Flur hinaus.

Skaubsager schlug sich mit zwei Männern, die beide mit Messern bewaffnet waren. Obwohl er nur die bloßen Fäuste einsetzte, schien er ihnen überlegen zu sein.

„Was ist hier los?“ fragte der Terraner.

Die Bochaner stellten den Kampf sofort ein. Skaubsager grinste. Er wischte sich die schweißnassen Hände an der Schulter ab.

„Nichts weiter, Mächtiger“, erwiderte er. „Du solltest dich nicht belästigt fühlen.“

„Ich wünsche nicht, daß vor meinem Zimmer gekämpft wird“, erklärte Rhodan, einem plötzlichen Gedanken folgend. „Ich will schlafen.“

Skaubsager neigte den Kopf.

„Es tut mir leid, wenn wir dich gestört haben“, erwiderte er. „Diese Narren wollen mir mein Amt streitig machen und haben mich ausgerechnet hier vor deiner Tür überfallen.“

„Sie sollen verschwinden“, sagte Rhodan. „Skaubsager bleibt, was er ist.“

Zu seiner Überraschung gehorchten die beiden Männer, die Skaubsager angegriffen hatten, sofort. Sie eilten davon.

„Ich danke dir, Mächtiger“, sagte der schwergewichtige Bochaner. „Ich wußte, du würdest eine weise Entscheidung treffen.“

„Komm herein.“

Als die Tür sich hinter Skaubsager geschlossen hatte, fragte Rhodan: „Was ist los? Weshalb wird gekämpft?“

„Du weißt es wirklich nicht?“

„Ich würde dich kaum fragen, wenn ich es wüßte“, erwiderte Rhodan ärgerlich. „Also, was ist los?“

„Die Bürger der Stadt müssen sich neu orientieren“, erläuterte der Bochaner. „Sprachlon hat einen neuen Mächtigen. Die alte Ordnung gilt nicht mehr. Jeder versucht jetzt, seine Position zu verbessern und alle, die ihm dabei im Wege sind, auszuschalten."

„Dann kämpft also jeder gegen jeden", stellte der Terraner fest.

„Das ist richtig."

Rhodan erkannte, daß er nicht länger zögern durfte. Er mußte sich der ihm aufgebürdeten Verantwortung stellen.

„Ich will nicht, daß gekämpft wird", sagte er. „Wie kann ich erreichen, daß die Kämpfe eingestellt werden?"

„Du bist der Mächtige, nicht ich", erwiderte Skaubsager. „Ich wüßte keinen Ausweg."

„Ich brauche Informationen. Ich weiß nichts über eure Welt. Ich muß alles wissen, was wichtig ist. Gibt es hier im Palast Berichte über Bochan?"

„Alles, was die Wissenschaftler aufgezeichnet haben, ist hier."

„Gut. Ich will es sehen. Sofort."

Skaubsager führte Rhodan über einige Gänge in eine Bibliothek, die bis unter die Decke mit Büchern gefüllt war.

„Rufe die wichtigsten Männer der Stadt zusammen", befahl der Terraner. „In einer Stunde will ich sie hier im Palast sprechen."

Skaubsager schlug fassungslos die Hände zusammen.

„Wie soll ich das tun?" fragte er. „Überall wird geschossen. Wie kann ich sie unter diesen gefährlichen Umständen in den Palast holen?"

„Das ist deine Sache", erwiderte Rhodan. „Wenn du nicht fähig bist, den Befehl auszuführen, kannst du wieder dorthin gehen, woher du gekommen bist."

„Meinst du das wirklich ernst, Mächtiger?" Skaubsager ließ sich auf die Knie fallen. Er streckte Rhodan die Arme entgegen, als müsse er um sein Leben betteln.

„Absolut. Und jetzt kein Wort mehr. Führe den Befehl aus und vertrödle keine Zeit."

Zeternd und jammernd stand der Bochaner auf und eilte davon. Rhodan wandte sich den Aufzeichnungen in der Bibliothek zu.

3.

Schon bald fand er Landkarten, die die Kontinente und Meere von Bochan zeigten. Der Planet hatte drei große Kontinente, die durch schmale Landbrücken miteinander verbunden waren und alle auf der nördlichen Halbkugel des Planeten lagen. Im Süden gab es nur eine Reihe von kleinen Inseln. Überraschend war, daß es auf einem der Kontinente eine Stadt gab, die einen Durchmesser von fast hundertfünfzig Kilometer hatte. Es war die einzige wirklich große Stadt.

Wiederum erwies sich das Armbandkombigerät Rhodans als überaus nützlich. Er zog einen Lesestift daraus hervor und führte ihn mit der Spitze über die Schriften auf den Landkarten. Der Translator gab die Bedeutung der Worte laut an, soweit sie übersetzbar waren. Die Stadt Sprachlon, in der er sich befand, lag nicht auf dem gleichen Kontinent wie die große Stadt. Sie war etwa zweitausend Kilometer von dieser entfernt.

Die Landbrücken, die die Kontinente miteinander verbanden, wurden seltsamerweise *Zeitbrücken* genannt. Rhodan versuchte herauszufinden, warum die Bochaner diese seltsame Bezeichnung gewählt hatten, aber das gelang ihm nicht.

Für ihn war klar, daß er so bald wie möglich nach Eckanlagas, der Riesenstadt, mußte. Er wußte jedoch auch, daß es wenig Sinn hatte, dorthin zu gehen, wenn er nicht vorher für den nötigen Rückhalt gesorgt hatte. Nach allem, was er bisher erfahren hatte, spielte seine gesellschaftliche Bedeutung eine entscheidende Rolle. Er war, ohne es eigentlich zu wollen, durch einige kleine Siege zum mächtigsten Mann einer Stadt geworden. Er befand sich jedoch nur auf der gleichen Stufe mit einigen Tausend Bochanern, die ebenfalls Herrscher ihrer Städte waren. Er vermutete, daß über ihm noch eine Reihe von anderen Männern oder Frauen rangierten, die in der Riesenstadt Eckanlagas lebten. Wenn die Aufzeichnungen noch richtig waren, wurden sie von einem Bochaner namens Eulurt befehligt, der den Beinamen *der Zeitlose* trug.

Rhodan zweifelte nicht daran, daß er in Eckanlagas auch eine höher entwickelte Technik vorfinden würde als hier in Sprachlon.

Er begann nun, nach Büchern zu suchen, die ihn über die Riesenstadt informieren konnten. Doch er kam nicht mehr dazu, sie zu lesen, denn die Stunde Frist, die er Skaubsager eingeräumt hatte, war vorbei. Der Bochaner kehrte triumphierend zurück und eröffnete ihm, daß die wichtigsten Männer der Stadt in einem Saal des Palasts versammelt waren.

„Sie warten auf deine Befehle, Mächtiger", schloß er.

„Danke. Du hast ausgezeichnete Arbeit geleistet. Du wirst entsprechend belohnt werden."

Rhodan ließ sich zu dem Saal führen, in dem etwa hundert ältere Bochaner auf ihn warteten. Sie diskutierten lebhaft miteinander. Doch alle Gespräche verstummten, als Rhodan eintrat.

Der Terraner nahm sich die Zeit, sich jeden Bochaner zumindest kurz anzusehen.

Die Männer im Saal gehörten der gehobenen Schicht der Stadt an. Skaubsager hatte also nicht einfach nur einige unbedeutende Bürger zusammengetrommelt, nur um Rhodan nach Ablauf der gestellten Frist irgend jemanden präsentieren zu können.

„Ich höre und sehe, daß in der Stadt gekämpft wird", sagte Rhodan. „Jedermann meint, seine Position verbessern zu müssen und Ansehen und Bedeutung durch einen Sieg über andere zu gewinnen. Aber das ist ein Irrtum. Sprachlon hat einen neuen Mächtigen, und dieser bestimmt die neuen Positionen. Er allein entscheidet, niemand sonst. Ich will, daß die Kämpfe sofort beendet werden. Geht hinaus in die Stadt und gebt meinen Befehl weiter. Eure Position wird davon abhängen, wie schnell die Kämpfe enden. Also – beeilt euch.“

Rhodan hatte erwartet, daß einige der Bochaner Fragen stellen oder Widerstand zeigen würden. Doch das war nicht der Fall. Sie eilten aus dem Saal, um seinem Befehl nachzukommen.

Eine Stunde später war es ruhig in der Stadt. Die Worte Rhodans hatten ihre Wirkung nicht verfehlt. Der Terraner wußte, daß die Einwohner von Sprachlon nun aber darauf warteten, daß er sein Versprechen einlöste, und er wußte, daß das nahezu unmöglich war. Er hatte jedoch Zeit gewonnen, und darauf kam es ihm an. Jetzt konnte er in aller Ruhe Informationen einholen und danach Entscheidungen treffen. Er war sich darüber klar, daß seine Macht auf tönernen Füßen stand. Die Befehlsgewalt über die Stadt war ihm zugefallen, ohne daß er sich darum bemüht hatte. Jetzt galt es, sich zu behaupten.

Wollte er aber die Macht über Sprachlon in der Hand behalten, dann mußte er sich einen Machtapparat aufbauen. Mit Skaubsager allein würde er nicht viel erreichen.

Um diese Dinge machte Rhodan sich jedoch nur wenig Sorgen. Er verfügte über genügend Führungsqualitäten, um das Problem rasch lösen zu können, zumal es ihm nur um eine Zwischenstation ging. Er wollte nicht in Sprachlon bleiben, sondern nach Eckanlagas.

Nach wie vor aber herrschte das Chaos in der Stadt Sprachlon, und er glaubte, nicht nach Eckanlagas aufbrechen zu können, bevor er für eine gewisse Stabilität gesorgt hatte.

Er rief mit Skaubsagers Hilfe einige geeignete Männer zusammen, die er in Führungspositionen rufen wollte, um mit ihnen Ordnung zu schaffen. Er war durstig und bat Skaubsager um etwas Wasser. Dann eröffnete er die Besprechung.

„Wir müssen die unnötigen Positionskämpfe in der Stadt so schnell wie möglich beenden und ein soziales System schaffen, in dem die überwiegende Mehrheit leben kann, ohne sich ständig zu neuen Kämpfen herausgefordert zu fühlen“, sagte er.

Einer der Männer am Tisch meldete sich sofort zu Wort.

„Mein Name ist Geonstar", erklärte er. „Ich bin deiner Ansicht, Mächtiger. Doch dieser Gedanke ist nicht neu. Wir alle leben seit Jahrhunderten mit diesem Gedanken. Wir wünschen uns nichts mehr, als endlich die Zustände ändern zu können. Wir wollen gar nicht mehr kämpfen, aber da ist irgend etwas, das uns immer wieder dazu zwingt."

Skaubsager reichte Rhodan ein Glas mit einer glasklaren Flüssigkeit. Der Terraner trank das Glas aus.

„Gerade deshalb richten sich unsere ganzen Hoffnungen auf dich", fuhr Geonstar fort. Er war ein nicht sehr ansehnlicher Mann mit verwachsenen Schultern. „Du hast bisher auf eine ganz andere Weise gekämpft, als wir es tun. Du hast dich verteidigt, und dennoch deine Position mehrmals verbessert. Du hast uns gezeigt, daß es auch einen anderen Weg gibt als den der Waffen."

„Wer sollte euch zu diesen Kämpfen zwingen?" fragte Rhodan. „Ich kann mir nicht vorstellen, daß ihr nicht auf die Kämpfe verzichten könnt, wenn ihr es wirklich wollt."

„Wenn es so wäre", erwiderte ein anderer Bochaner, ein hochgewachsener Mann mit tiefrotem Kristallband über der Stirn. „Dann würde es immer wieder einzelne Männer und Frauen geben, die sich den Kämpfen entziehen können. Die aber haben sich noch nie gefunden. Wenn gekämpft wird, dann kämpfen alle, gerade so, als ob eine Seuche über uns gekommen wäre, die alle Menschen dieser Welt krank macht."

Rhodan schwieg. Er dachte über das nach, was er gehört hatte, und plötzlich erfaßte er, was diese Worte wirklich bedeuteten. Er blickte Skaubsager an, und er hatte den Eindruck, daß der Bochaner ihn geradezu belauerte. Gleichzeitig fühlte er, wie seine Lider schwer wurden.

Bisher hatte er angenommen, daß Skaubsager sich ihm unterworfen hatte und daher auch auf weitere Auseinandersetzungen verzichten würde. Jetzt aber begriff er, daß er sich gründlich geirrt hatte. Für einen Bochaner war ein Kampf niemals zu

Ende. Eine Niederlage war bedeutungslos. Sie führte nur zu einem vorübergehenden Rückzug und neuen Überlegungen für das nächste Duell.

Skaubsager hatte abgewartet, und sein zweiter Angriff war ein voller Erfolg.

Rhodan wollte etwas sagen. Er spürte, daß der Zellaktivator seine Tätigkeit verstärkte. Die belebenden Impulse kamen in immer schnellerer Folge. Der Terraner erkannte, daß das Gerät mit voller Intensität gegen das tödliche Gift kämpfte, das Skaubsager ihm mit dem Wasser verabreicht hatte.

Er klammerte sich an die Lehnen seines Sessels und richtete sich auf. Er sah die Bochaner nur noch als verschwommene Flecken vor sich, und ihre Worte erreichten ihn nicht mehr.

Rhodan kippte nach vorn. Er fiel mit dem Gesicht auf den Tisch.

Skaubsager erhob sich und zog ihm die beiden Messer aus dem Gürtel, die das Zeichen seiner Macht und Würde waren. Er schob sie sich selbst in den Gürtel.

„Das war's", sagte er. „Ich habe gewonnen. Ich, Mächtiger von Sprachlon."

Rhodan erwachte übergangslos aus seiner Bewußtlosigkeit, als habe er nicht mit Hilfe des Zellaktivators gegen ein tödliches Gift gekämpft, sondern nur geschlafen. Er fühlte sich nicht benommen, sondern sogar erfrischt. Darüber hinaus wußte er sofort, was geschehen war.

Er lag auf dem Bett in dem Raum, den er schon in der Nacht als Schlafzimmer für sich ausgewählt hatte. Das Fenster stand offen. Er hörte das Krachen vereinzelter Schüsse.

Er stand auf und ging zur Tür, und es überraschte ihn nicht, daß sie verschlossen war. Doch kaum hatte er am Türgriff gerüttelt, als sich der Schlüssel im Schloß drehte und die Tür sich öffnete. Geonstar stand vor ihm. Er erkannte ihn an den verwachsenen Schultern, die den Bochaner dazu zwangen, sich stets nach vorn zu neigen.

„Wo ist Skaubsager?“ fragte er in Interkosmo.

Geonstar blickte ihn schweigend an.

Rhodan griff sich nach dem Handgelenk, als der Translator die Worte nicht übersetzte, so wie er es gewohnt war.

Das Armbandkombigerät war verschwunden!

Rhodan fühlte sich hilflos. Ihm war, als habe man ihm den Boden unter den Füßen weggezogen. Ungeahnte Schwierigkeiten türmten sich vor ihm auf. Ohne den Translator konnte er sich nicht verständigen. Damit verlor er auch die letzte Hoffnung, die BASIS noch erreichen zu können, bevor sie in den Tiefen des Universums verschwand. Jetzt war er gezwungen, sich umzustellen. Er hatte Macht und Einfluß verloren und konnte nichts ausrichten, bevor er die bochanische Sprache gelernt hatte.

Geonstar begriff. Er packte den Arm des Terraners und ließ ihn wieder fallen, als er sah, daß das Vielzweckgerät fehlte.

Sofortumschalter Rhodan hielt sich nicht lange mit Überlegungen über die Folgen der Tat auf, die Skaubsager begangen hatte. Er machte Geonstar mit Gesten deutlich, daß er die bochanische Sprache lernen wollte. Er wußte, daß er sich damit auf einen umständlichen und zeitraubenden Prozeß einließ, aber ihm blieb keine andere Wahl. Er hatte Geonstar genau beobachtet. In einer Welt, in der alles auf fortwährende Positionskämpfe ausgerichtet war, war ein Mann wie er wegen seiner körperlichen Behinderung benachteiligt. Daß er dennoch so weit oben in der Hierarchie der Stadtoberen stand, zeugte für sein Durchsetzungsvermögen.

Der Bochaner verstand ihn. Er führte ihn in die Bibliothek und hielt sich gar nicht erst mit Vorreden auf, sondern begann sofort mit der Arbeit. Für Rhodan begann ein ungewohnter und schwieriger Lernprozeß.

Fünf Tage vergingen, bis er so viele bochanische Vokabeln kannte, daß er sich in ausreichendem Maß verständigen konnte. In dieser Zeit sah er nur Geonstar, der sich bemühte, ihn gegen alle anderen abzuschirmen, und der bestrebt war, ihm alle Wünsche zu erfüllen. Hin und wieder hörte Rhodan andere Bochaner in seiner Nähe, aber nie betrat einer die Bibliothek, in der er mit Geonstar arbeitete.

Geonstar, ein Wissenschaftler, erklärte ihm nach einigen Tagen, daß Skaubsager sich in Richtung Eckanlagas abgesetzt hatte, als deutlich geworden war, daß er sich als Mächtiger von Sprachlon nicht halten konnte.

Inzwischen hatte Leinal die Macht wieder übernommen, und er schien sich nicht davor zu fürchten, daß Rhodan ihm das Amt erneut streitig machen würde.

Geonstar versuchte, Rhodan zu beschreiben, um wieviel fortschrittlicher und besser das Leben in der größten Stadt von Bochan war, aber das gelang ihm nur teilweise mit Hilfe von Zeichnungen und Abbildungen aus den Büchern. Immerhin erfaßte der Terraner, daß ihn eine tiefe Sehnsucht nach Eckanlagas erfüllte, und daß es ihn mit aller Macht dorthin zog.

„Mir ist aufgefallen, daß es große Unterschiede in der technischen Entwicklung auf Bochan gibt“, sagte Rhodan am Ende des fünften Tages. „Der Palast befindet sich in einem schlechten Zustand. Aber auch anderswo gibt es Anzeichen des Verfalls. Aus den Büchern ist leicht zu erkennen, daß Bochan schon bessere Tage gesehen hat.“

„Das war vor den Experimenten“, erwiderte der Wissenschaftler.

„Was für Experimente?“

Geonstar rieb sich nachdenklich die Wangen.

„Ich weiß nicht“, erklärte er dann. „Man spricht immer nur von den Experimenten, nach denen alles anders geworden ist. Das muß vor einigen hundert Jahren gewesen sein. Es ist richtig. In den Büchern ist von vielen Dingen die Rede, die es heute nicht mehr gibt, und von denen wir uns auch nicht mehr so recht vorstellen können, wie sie funktioniert haben.“

Er blickte Rhodan mit beiden Augen an.

„Aber vielleicht kannst du mir einige Antworten geben? Du bist nicht von Bochan, sondern kommst von den Sternen, obwohl ich mir nicht erklären kann, wie das möglich sein soll. Es ist jedoch so."

„Ich denke, ich werde eine Antwort finden müssen", erwiderte Rhodan. „Irgend jemand hat mich auf diese Welt geholt. Ich muß wissen, wer das war, und wie er es angestellt hat."

„Wer sollte das gewesen sein?" fragte Geonstar. „Hier aus Sprachlon war es bestimmt keiner. Hier hat keiner Zeit, sich um andere zu kümmern. Jeder denkt nur an sich, und so handelt er auch."

Rhodan lächelte.

„Du anscheinend nicht", bemerkte er. „Du scheinst mehr an mich als an dich selbst zu denken."

„Das täuscht", gestand der Bochaner überraschend offen. „Ich denke ebenfalls nur an mich und daran, wie ich meine Situation verbessern kann. Ich hoffe, daß du mir dabei helfen wirst."

„Du möchtest nach Eckanlagas. Ich auch, weil ich glaube, daß ich dort eine Antwort auf meine Fragen erhalten werde. Vielleicht können wir zusammen gehen?"

Geonstar erhob sich schweigend. Er winkte Rhodan zu und bat ihn, ihm zu folgen.

Er führte den Terraner über eine Reihe von Treppen bis in einen großen Raum unmittelbar unter dem Dach des Palasts. Stolz präsentierte er Rhodan ein Flugzeug, das dort zwischen allerlei Maschinen und herumliegenden Werkzeugen stand.

„Das ist mein Werk", erklärte er. „Daran habe ich ein ganzes Leben gebaut."

Erwartungsfroh blickte er den Terraner an, und dieser war geschickt genug, ein wohldosiertes Lob auszusprechen und damit die Leistung des Bochaners zu honorieren. In den wissenschaftlichen Büchern hatte er zu seiner eigenen Überraschung bisher keine Abbildungen von Flugzeugen gesehen. Es schien, als sei niemand vorher auf den Gedanken gekommen, solche Maschinen zu bauen. Rhodan hielt es jedoch auch für möglich, daß Geonstar alle Unterlagen hatte verschwinden lassen, um dann als das Genie dazustehen, das eine völlig neue Idee entwickelt hatte.

Das Flugzeug war äußerst primitiv. Es bestand aus einem Gestell aus Stahlrohren, die mit dünnem Tuch bespannt waren. Es hatte vier übereinanderliegende vordere Flügel, die mit Seilen verbunden waren und zwei Stummelflügel am Heck. Obwohl Rhodan seit mehr als tausend Jahren nicht mehr in Flugzeugen gesessen hatte, deren Flugeigenschaften von der Form der Flügel abhingen, erkannte er doch, daß Geonstar beim Bau der Flügel eine Reihe von Fehlern gemacht hatte.

„Sicherlich weißt du viel mehr von solchen Maschinen als ich", sagte Geonstar. „Dir wird es nicht schwerfallen, dieses Flugzeug so zu verbessern, daß wir beide damit nach Eckanlagas fliegen können."

Damit war es heraus. Geonstar zeigte nun endlich, warum er ihm geholfen hatte.

„Warum willst du unbedingt mit einem Flugzeug dorthin fliegen?" fragte Rhodan.

Der Bochaner lächelte.

„Du kennst den Weg nach Eckanlagas nicht", erwiderte er. „Wenn wir auf der Straße fahren würden, wären wir wenigstens vierzig Tage lang unterwegs. Wir müßten ständig damit rechnen, überfallen zu werden. Überall sind Straßensperren errichtet, an denen wir Gebühren bezahlen oder andere Bedingungen erfüllen müssen. Am schlimmsten ist es auf der Zeitbrücke. Zahllose Schmarotzer haben die Landenge besetzt und lassen niemanden durch, der nicht entsprechend bezahlt. Das bedeutet, daß kaum jemand bis Eckanlagas kommt, weil er schon vorher ausgeplündert worden ist und dann zurückgeschickt wird."

„Ich verstehe", sagt Rhodan. „Mit dem Flugzeug können wir alle Sperren überfliegen."

Er erkannte, daß es zur Zeit kein geeigneteres Transportmittel für ihn gab als dieses Flugzeug, und damit war bereits die Entscheidung gefallen. Rhodan begann augenblicklich mit der

Arbeit. Ihm fielen schlagartig zahlreiche Verbesserungen ein, die er unbedingt durchsetzen wollte, damit das Flugzeug in einen Zustand kam, in dem es wirklich flugtauglich war. Er bedauerte nur, daß er sein Kombi-Chronometer nicht mehr hatte. Mit diesem Gerät hätte er eine Reihe von Berechnungen in wenigen Sekunden durchführen können, für die er nun Stunden benötigte.

Geonstar ließ ihn in den folgenden Tagen häufig allein. Rhodan hörte, daß in den Straßen von Sprachlon immer wieder geschossen wurde. Wenn er Geonstar darauf hinwies und Fragen stellte, wich der Bochaner ihm aus und versuchte, ihn zu beruhigen.

„Wenn du mit deiner Arbeit fertig bist, werden wir die Wand dort hinten abreißen und mit dem Flugzeug hinausfliegen", erklärte er, als der Terraner ihn wieder einmal nach den Ursachen der Unruhen fragte. „Dann lassen wir das Chaos von Sprachlon hinter uns, und nichts wird uns behindern."

Rhodan beauftragte ihn, mehr Treibstoff für den Motor zu besorgen. An diesen wagte er sich nicht heran, weil er von seiner Technik zu wenig verstand. Einen Antigravmotor hätte er auseinandernehmen und reparieren können. Ein Explosionsmotor aber war ein so altertümliches Ding für ihn, daß er ihn lieber so ließ, wie er war.

Er konzentrierte sich darauf, die aerodynamischen Bedingungen des Flugzeugs zu verbessern, so daß der Motor es selbst bei geringer Leistung in der Luft halten konnte. Schließlich mußte nur noch das Steuerungssystem geändert werden. Doch als Rhodan gerade damit beginnen wollte, stürzte Geonstar zu ihm in die Werkstatt. Der Bochaner blutete aus einer Wunde an der Schulter.

„Wir müssen sofort aufbrechen", rief er. „Die Horden aus dem Süden haben den Palast erobert. Sie bringen uns alle um."

Er eilte zu der Wand, die sie vom benachbarten Dach trennte, und begann damit, die Bretter herunterzureißen. Rhodan half ihm.

„Wer sind diese Horden?" fragte er.

„Bauern", antwortete Geonstar. „Sie sind es leid, daß wir ihre Felder plündern oder ihnen ihre Ernte zu einem so geringen Preis abkaufen, daß sie kaum existieren können. Ich kann ihnen nicht verdenken, daß sie es uns heimzahlen wollen."

In den Räumen unter ihnen fielen Schüsse. Rauch stieg kräuselnd durch einige Ritzen in den Bodenbrettern. Rhodan blickte durch die Lücke, die sie in die Wand gerissen hatten, hinaus. Er sah, daß viele Gebäude von Sprachlon brannten. Aber das erschreckte ihn nicht sonderlich. Zum ersten Mal sah er die Startbahn – das Dach. Es war etwa dreißig Meter lang und damit viel zu kurz. Auf dieser Strecke konnten sie nicht genügend Fahrt gewinnen, um aufsteigen zu können.

„Was ist los?" fragte Geonstar.

Rhodan sagte es ihm.

„Arbeite weiter", befahl der Bochaner gereizt. „Wir müssen starten, oder die Bauern bringen uns um. Und wenn du nicht willst, fliege ich eben allein."

Rhodan erkannte, daß der Wissenschaftler seine Drohung wahrmachen würde. Er mußte sich entscheiden.

„Also gut", sagte er. „Wir versuchen es."

Geonstar lächelte schief.

„Eine kluge Entscheidung", erwiderte er. „Es ist immer gut, die kleine Hoffnung zu wählen, wenn auf der anderen Seite der sichere Tod steht."

Sie hatten eine genügend große Lücke geschaffen und eilten nun zu dem Flugzeug. Offene Flammen schlugen durch die Ritzen zwischen den Bodenbrettern nach oben. Rhodan fühlte, wie sich sein Magen zusammenkrampfte, als er sah, daß zwei Treibstoffkanister mitten im Feuer standen. Er packte sie und zog sie zur Seite. Sie waren so heiß, daß er sich die Hände an ihnen verbrannte.

„Ins Flugzeug damit", schrie Geonstar. „Wenn wir erst fliegen, kühlen sie sich schnell ab."

Rhodan wußte, daß sie auf diese Treibstoffreserve nicht verzichten konnten, wenn sie Eckanlagas erreichen wollten. Er hob die Kanister ins Flugzeug und setzte sich dann hinter das Steuer. Geonstar nahm hinter ihm Platz. Er saß zwischen Treibstoffbehältern, die vor Hitze dampften.

Rhodan hörte, daß jemand mit einem schweren Gegenstand gegen die Tür zur Werkstatt schlug. Eines der Türbretter zersplitterte. Rhodan warf den Motor an.

Plötzlich erschien ein Bochaner neben der geschlossenen Tür. Er hielt eine Lanze in der Hand.

Unwillkürlich griff Rhodan nach seinem Gewehr. Er war sicher, daß er die Waffe diesem Bochaner abgenommen hatte.

„Starte doch", brüllte Geonstar. „Nicht länger warten."

Rhodan kuppelte ein und gab Gas. Das Flugzeug schüttelte sich, als wolle es die Fesseln sprengen, die es noch hielt. Über die Schulter blickte der Terraner zu Geonstar zurück.

Der Bochaner mit der Lanze veschwand so plötzlich wie ein Teleporter.

„Halte dich fest", sagte Rhodan. Geonstar hatte den Bochaner mit der Lanze nicht bemerkt. Zitternd kauerte er auf seinem Sitz. „Das ist kein Spaziergang."

Grüne Blitze durchschlugen die Tür und sprengten die Bretter weg. Rhodan gab die Bremsen frei. Der primitive Flugapparat schnellte nach vorn. Die Räder rumpelten über die Dachbretter. Sie waren nicht genau genug ausgerichtet. Die Maschine zog stark nach rechts, so daß Rhodan sie kaum halten konnte. Er zog den Gashebel voll heraus. Der Motor brüllte auf, und das Flugzeug schoß auf die Lücke in der Wand zu.

In diesem Moment sprangen zwei Bochaner durch die Tür in die Werkstatt. Sie schrien vor Schreck und Wut. Rhodans Kopf ruckte herum, und im gleichen Augenblick erkannte er Skaubsager, der sein Kombi-Chronometer am Armgelenk trug. In den Armen hielt Skaubsager ein Gewehr, aber er schoß nicht. Mit geweiteten Augen blickte er auf die Maschine, die an ihm vorbeiraste.

Rhodan konnte sie nicht mehr anhalten. Dafür war das Dach

zu kurz. Er mußte voll beschleunigen und die Länge der Startbahn nutzen. Unglaublich schnell näherte sich die Maschine der Dachkante.

„Hochziehen", brüllte Geonstar mit bebender Stimme. Er schien sich aufrichten zu wollen, um in letzter Sekunde aus dem Flugzeug zu springen.

Rhodan behielt die Maschine unten. Er wollte, daß die Räder so lange Kontakt mit dem Boden hatten wie nur irgend möglich. Erst im allerletzten Moment versuchte er, sie hochzuziehen. Es knackte laut hinter ihm, und die Steuerknüppel schienen aus den Halterungen zu fallen. Rhodan glaubte, daß die Steuerseile gerissen waren. Die Maschine drohte sich auf den Kopf zu stellen. Unter sich sah er eine Menschenmenge, die entsetzt zu ihm heraufblickte. Viele Bochaner waren mit Energiegewehren bewaffnet, aber in ihrer Überraschung und ihrem Schrecken dachten sie nicht daran, auf das Flugzeug zu schießen.

Die Maschine sackte ab. Nur ganz langsam hob sich die Spitze. Der Boden kam immer näher. Die Bochaner liefen schreiend auseinander, weil sie fürchteten, daß der Flugapparat mitten unter ihnen aufschlagen werde. Dann aber spürte Rhodan den Widerstand der Gegenkräfte. Er fühlte sich in den Schalensitz gepreßt. Die Maschine stieg steil an und schoß über die Dächer von Sprachlon hinaus.

Geonstar ließ sich nach hinten fallen. Er lachte laut und dröhnend und gab sich hemmungslos seinen Triumphgefühlen hin.

Rhodan schwieg. Er nahm sich vor, Geonstar ein paar passende Worte zu der Behauptung zu sagen, die Angreifer seien Bauern. Wenn er gewußt hätte, daß Skaubsager in der Nähe war, wäre er noch nicht gestartet. Er hätte erst versucht, das Kombi-Chronometer zurückzuholen.

4.

Rhodan hatte sich gut auf den Flug vorbereitet. Er wußte, in welche Richtung er fliegen und woran er sich orientieren mußte. In den Straßen von Sprachlon gingen die Kämpfe weiter. In der Nähe des Palasts brannten die meisten Häuser.

Geonstar saß mit leuchtenden Augen hinter Rhodan. Er schien das Grauen nicht zu sehen, das über die Stadt gekommen war. Vielleicht berührte es ihn aber auch nicht, weil er in seinem Leben nichts anderes kennengelernt hatte als immer wieder Gewalt. Grenzenlos war seine Begeisterung über das Flugzeug.

Als Rhodan die Stadt verlassen hatte und über das freie Land flog, beugte sich Geonstar zu ihm vor.

„Kannst du nicht ein paar besondere Manöver fliegen?" brüllte er. „Ich würde gern wissen, ob die Maschine alles hält, was sie verspricht."

Der Terraner schüttelte den Kopf.

„Später", erwiderte er. „Vor uns liegt noch ein langer Flug."

Das Land unter ihnen war teilweise bestellt. Auf Hügeln hatten die Bauern ihre alleinstehenden Häuser errichtet und die Hügel mit breiten Gräben umgeben, so daß sie nicht so leicht erstürmt werden konnten.

Wie wichtig solche Verteidigungseinrichtungen waren, sah Rhodan schon bald, denn nicht nur in Sprachlon wurde gekämpft, sondern auch auf dem Lande. Er überflog mehrere Bauernhöfe, die von Plünderern angegriffen wurden.

„Es scheint mal wieder die ganze Welt gepackt zu haben", sagte Geonstar. „Es ist wie eine Seuche, die uns alle zugleich überfällt."

Er ging Rhodan auf die Nerven, und es fehlte nicht viel, daß er ihn ärgerlich angefahren hätte. Im letzten Moment beherrschte Rhodan sich.

Verwundert horchte er in sich hinein.

Er war aggressiv und konnte sich nicht erklären, warum das so war.

„Und du?" fragte er den Bochaner. „Wieso bist du so friedlich? Willst du nicht kämpfen?"

„Das habe ich die ganze Zeit getan", antwortete Geonstar lachend. „Dieses Flugzeug ist mein Kampf, und ich habe gewonnen."

Rhodan konnte den Triumph Geonstars verstehen, und er mußte ihm recht geben. Zugleich fragte er sich, warum die anderen Bochaner sich nicht mit ganzer Kraft in irgendeine Arbeit stürzten und auf diese Weise ihre überschüssigen Energien abbauten.

Die beiden Männer überflogen ein dichtbewaldetes, hügeliges Land, das nahezu unberührt war. Nur selten entdeckten sie einfache Hütten im Wald.

Der überstürzte Start aus dem Palast war gegen Mittag und damit zu einem ungünstigen Zeitpunkt erfolgt. Sprachlon war etwa zweitausend Kilometer von Eckanlagas entfernt. Diese Strecke konnten sie auf keinen Fall an einem Tag zurücklegen.

Rhodan nahm sich vor, bis etwa zwei Stunden vor Einbruch der Dunkelheit zu fliegen und dann nach einem geeigneten Landeplatz zu suchen. Er machte Geonstar einen entsprechenden Vorschlag, aber der Bochaner wollte lieber, daß sie solange flogen, bis sie Eckanlagas erreicht hatten.

„Wer weiß, ob wir später wieder starten können", rief er Rhodan zu. Er hatte Mühe, den Motorenlärm zu übertönen. „Vielleicht werden wir auch überfallen. Das Flugzeug fällt auf. Alle sehen zu uns herauf, und wenn wir landen, kommen sie bestimmt – und sei es nur, mein Werk zu bewundern."

„Schon richtig, aber ich weiß nicht, ob ich so lange fliegen kann. In der Dunkelheit können wir die Orientierung leicht verlieren."

Geonstar redete wütend auf Rhodan ein. Dieser bemerkte ein auffälliges Glitzern in den Augen des Bochaners. Eine innere Stimme warnte ihn davor, Geonstar noch länger zu widersprechen. Er wußte, daß der Wissenschaftler unter dem Einfluß einer unsichtbaren Kraft stand, die ihn aggressiv werden ließ. Daher war nicht ausgeschlossen, daß Geonstar seinen Willen mit Gewalt durchsetzen würde, und auf einen Kampf im Flugzeug wollte Rhodan sich auf keinen Fall einlassen.

Vorsichtshalber legte er sich das Gewehr quer über die Oberschenkel, so daß er jederzeit zur Waffe greifen konnte.

Das Land wurde steppenartig. Große Herden wilder Tiere flüchteten in panischer Angst vor dem knatternden und brüllenden Ungeheuer. Der Bochaner lachte schadenfroh über eine Gruppe von vier Jägern, der die schon sicher geglaubte Beute im letzten Moment entkommen war. Wütend gestikulierend blickten die Jäger zu den beiden Männern im Flugzeug hoch. Geonstar winkte höhnisch zurück. Einer der Männer riß sein Gewehr an die Schulter und schoß. Ein grüner Blitz zuckte dicht an Rhodans Kopf vorbei.

Geonstar stand auf und verhöhnte die Männer weiter. Er hielt sich nur mit einer Hand am Flugzeug fest.

„Sei vorsichtig", rief Rhodan ihm zu. „Und laß sie in Ruhe. Wenn sie das Flugzeug treffen, ist es aus mit uns."

Geonstar stieß ihm die Faust in den Nacken.

„Sei du still" antwortete er, „sonst fliegst du raus."

Ein weiterer Schuß ging dicht an den Tragflächen vorbei. Dann endlich war das Flugzeug außer Reichweite.

Rhodan tat, als sei nichts vorgefallen. Geonstar setzte sich wieder hin. Er verhielt sich ruhig. Das Flugzeug überquerte felsiges Karstland. Rhodan erinnerte sich daran, daß es auf den Landkarten angezeigt war. Sie waren jetzt noch etwa zweihundert Kilometer von der *Zeitbrücke* entfernt, jener Landenge, die die beiden Kontinente miteinander verband. Geplant war, der südlichen Küstenlinie der Landenge zu folgen, weil sie sich so am leichtesten orientieren konnten.

Rhodan beobachtete vereinzelte Bochaner, die zu Fuß oder auf dem Rücken von lamaähnlichen Tieren in Richtung *Zeitbrücke* ritten. Für sie war der Weg hart und beschwerlich. Felsbarrieren türmten sich zu nahezu unüberwindlichen Hindernissen auf. Wo sie passierbar waren, befanden sich Holztore, die von mehreren Männern bewacht wurden. Daneben standen primitive Hütten.

„Das ist es, was ich dir gesagt habe", bemerkte Geonstar. „Hier plündert man die Leute aus. Uns aber kann man nichts anhaben."

Bald darauf näherten sie sich der Küste. Geonstar machte Rhodan auf das Meer aufmerksam, das silbern am Horizont schimmerte. Wenig später sahen sie, wo die Landbrücke begann, die zum anderen Kontinent hinüberführte. Sie sah aus wie eine weit ins Meer hinausführende Landzunge. An ihrem Anfang war sie nur etwa zehn Kilometer breit. Hier lag eine Stadt, in der heftige Kämpfe ausgetragen wurden. Rhodan flog über sie hinweg. Er blickte auf ein chaotisches Durcheinander hinunter, in dem jeder gegen jeden kämpfte. Er beobachtete selbst Kinder und Frauen, die miteinander rangen. Fast alle Häuser standen in Flammen. Die Stadt war dem Untergang geweiht.

Das Flugzeug löste große Erregung unter den Bochanern der Stadt aus und lenkte sie für einige Minuten von ihren Kämpfen ab. Einige schossen darauf, aber Rhodan flog so hoch, daß die grünen Blitze die Maschine nicht erreichten.

Zweifel kamen in ihm auf, ob es sinnvoll war, nach Eckanlagas zu fliegen, ohne sich länger auf die Stadt vorbereitet zu haben. Rhodan vermutete, daß das Chaos dort noch größer war als hier, weil nirgendwo auf dem Planeten auf engem Raum so viele Bochaner zusammenlebten.

Die *Zeitbrücke* wurde breiter. Zugleich änderte sich der landschaftliche Charakter. Bisher war das Land flach gewesen. Nun aber näherte sich das Flugzeug steil aufragenden Tafelbergen, die eine Höhe von mehreren hundert Metern erreichten. Rhodan hielt sich zunächst an die südliche Küste. Hier zog sich ein schmaler Streifen von kaum hundert Metern Breite entlang, auf dem ein ausgetretener Pfad zu erkennen war. Neben ihm stiegen die Felswände nahezu senkrecht an. Sie waren so glatt, daß sie nicht erstiegen werden konnten.

Rhodan flog zur nördlichen Küste der *Zeitbrücke* hinüber.

Dort bot sich ihm das gleiche Bild. Auch hier unüberwindliche Felswände.

Die Tafelberge waren an ihrer Oberseite über lange Strecken hinweg völlig eben und zunächst unbewachsen. Je weiter Rhodan jedoch nach Westen vordrang, desto dichter wurde die Grasnarbe, die den Fels bedeckte, und desto häufiger überflog er kleine Wälder. Auf der Hochebeneästen zahlreiche Tiere.

Rhodan drehte sich um. Er wollte Geonstar vorschlagen, auf der Hochebene zu landen, weil er hier noch keine Bochaner gesehen hatte. Es schien risikolos zu sein, hier zu übernachten.

Der Wissenschaftler schlief.

Rhodan blickte wieder nach vorn. Er näherte sich eigenartigen Felsgebilden, die sich von der Hochebene erhoben. Es waren Felsentore, die eine Höhe von etwa dreißig Metern erreichten und aussahen, als seien sie künstlich errichtet.

Rhodan drosselte die Geschwindigkeit der Maschine und flog etwas niedriger, um die Felsentore besser betrachten zu können. Plötzlich bemerkte er eine menschliche Gestalt neben einem der Tore. Diese Entdeckung war so überraschend für ihn, daß er das Flugzeug augenblicklich herumzog und in weiter Kurve zu dem Tor zurückführte, an dem er den Bochaner gesehen hatte. Dieses Mal kam der Mann weiter aus dem Schatten der Felsen heraus. Für fast eine Minute stand er vor einigen Büschen im Licht der untergehenden Sonne. Er trug eine Lanze in der Rechten. Er hob sie hoch über den Kopf und drohte Rhodan damit. Dann verschwand er plötzlich, ohne sich bewegt zu haben. Es war, als ob ein Teleporter gesprungen wäre. Trotz der großen Entfernung hatte Rhodan nicht den geringsten Zweifel, daß dies der Bochaner war, dem er als ersten auf diesem Planeten begegnet war.

Nur wenige hundert Meter neben dem Felsentor war eine freie Fläche, die sich als Landebahn eignete. Rhodan drückte das Flugzeug nach unten und drosselte die Fahrt. Der Motor lief unregelmäßig, und die Maschine sackte einige Meter weit ab, doch dann fing sie sich wieder.

Als die Räder das Gras berührten, wachte Geonstar auf. Mit einem Wutschrei stürzte er sich auf Rhodan und packte ihn an den Schultern. Er schrie ihm zu, daß er sofort wieder starten solle, und als der Terraner seinem Befehl nicht nachkam, würgte er ihn mit beiden Händen.

Rhodan bremste und brachte die Maschine zum Stehen. Dann griff er nach den Händen des Bochaners und versuchte, sie zur Seite zu biegen. Doch Geonstar ließ nicht locker. Kreischend und fluchend, als habe er den Verstand verloren, würgte er Rhodan, bis es diesem gelang, jeweils einen Finger seiner Hände zu packen und so nach außen zu zerren, daß Geonstar den Würgegriff lockerte. Dann stieß er den Wissenschaftler zurück und schaltete den Motor des Flugzeugs aus. Er nahm sein Gewehr auf, drehte sich um und drückte Geonstar die Mündung vor die Brust.

„Benimm dich gefälligst", sagte er heftig atmend. „Wir werden hier bleiben, bis es wieder hell wird. Oder willst du, daß wir abstürzen? Hier oben lebt niemand, der uns gefährlich werden könnte."

„Du hast niemanden gesehen?" fragte Geonstar argwöhnisch. Er beruhigte sich ein wenig und ließ sich von Rhodan schildern, wie sehr sich das Bild der Landschaft gewandelt hatte. Danach erklärte er sich damit einverstanden, ein Nachtlager aufzuschlagen.

Von dem Bochaner mit der Lanze erzählte Rhodan vorsichtshalber nichts.

Die beiden Männer stiegen nun aus. Geonstar suchte ein wenig Holz zusammen und entfachte ein Feuer. Aus dem Heck der Maschine holte er etwas vorgebratenes Fleisch, um es über dem Feuer zu grillen. Bald darauf ging die Sonne unter. Die beiden Männer beschlossen, abwechselnd Wache zu halten, so daß sie auf keinen Fall überrascht werden konnten, falls sie angegriffen werden sollten. Da Geonstar schon im Flugzeug geschlafen hatte, übernahm er die erste Wache. Rhodan war so müde, daß er fast augenblicklich einschlief.

Er wachte etwa eine Stunde später auf, weil der Bochaner ihn an der Schulter rüttelte.

„Was ist los?“ fragte der Terraner, aber dann hörte er schon, was Geonstar beunruhigt hatte. Ein metallisches Rasseln klang durch die Nacht. Er wußte sofort, was sich ihnen näherte. Solche Geräusche konnten nur von einem Kettenfahrzeug stammen. Da er sich nicht vorstellen konnte, daß ein Panzerfahrzeug auf der Hochebene herumfuhr, vermutete er, daß ein Roboter die Geräusche verursachte. Er versuchte, Geonstar zu erklären, was ein Roboter war, aber der bochanische Wissenschaftler war viel zu aufgeregt. Er hörte ihm nicht zu, sondern flüchtete in panischer Angst in die Dunkelheit hinaus.

Rhodan eilte zum Flugzeug und nahm einen Treibstoffkanister heraus, dann zog er sich hinter einige Büsche zurück. Um den Roboter anzulocken, lief er noch einmal zum Feuer und fachte es an. Es loderte hoch auf.

Wenig später verstummte das Rasseln. Rhodan spähte angestrengt nach dem Roboter aus. Er wußte nicht, über welche technischen Einrichtungen die Maschine verfügte. Daher bewegte er sich nicht von der Stelle.

Plötzlich blitzte es auf. Ein fußballgroßer Energieblitz schien durch das Gras zu rollen. Rhodan sah eine kastenförmige Maschine, die etwa zwei Meter hoch und ebenso breit war. Aus ihrer Vorderseite ragte ein Rohr. Aus ihm war der Blitz gekommen.

An der Seite befanden sich vier Arme, die mit verschiedenen Greifwerkzeugen versehen waren.

Rhodan hörte einen gellenden Schrei, und dann beobachtete er, wie der Energieblitz an Geonstar vorbeiglitt.

Der Wissenschaftler warf beide Arme in die Höhe. Seine Kleidung fing Feuer, und er warf sich in eine Mulde. Hier wälzte er sich einige Male hin und her. Die Flammen erloschen, und abermals feuerte der Roboter. Aber auch dieses Mal verfehlte er den Wissenschaftler, der schnell genug aus der Mulde herausgekommen war und in Richtung Felsentor flüchtete.

Rhodan nahm den Treibstoffbehälter auf und rannte in die entgegengesetzte Richtung. Dann schlug er einen Bogen, so daß er sich dem Roboter von hinten näherte. Die Maschine schoß zum drittenmal. Rhodan konnte nicht sehen, mit welchem Erfolg. Er hörte lediglich, daß die Maschine sich in der gleichen Richtung bewegte, in die Geonstar geflüchtet war.

Er lief noch etwas schneller, und dann tauchte der Roboter in der Dunkelheit vor ihm auf. Er stand still. Aus dem Stahlkörper ertönte ein leises Ticken und Knistern, das von den verschiedenen technischen Systemen in seinem Innern stammte. Es überzeugte Rhodan zugleich, daß er es wirklich mit einem Roboter einfachster Art und nicht mit einem von Bochanern besetzten Panzer zu tun hatte. Er öffnete den Treibstoffbehälter und trat lautlos an den Roboter heran. Dann kippte er die intensiv riechende Flüssigkeit über der Maschine aus. Er schüttete sie so weit wie möglich nach vorn bis in die Nähe der Energiekanone, und er zog sich erst zurück, als der Kanister völlig leer war.

Wiederum schoß der Roboter. Der Blitz zuckte krachend in die Dunkelheit hinaus, und abermals konnte Rhodan Geonstar sehen, der hinter einem Felsbrocken Schutz gesucht hatte. Die Energiekugel streifte den Felsen und zertrümmerte ihn. Geonstar flog auf den Rücken. Doch die Wirkung des Blitzes auf den Roboter war viel stärker. Die von dem Treibstoff aufsteigenden Gase hatten sich am Blitz entzündet, und schlagartig stand der Roboter in Flammen.

Geonstar sprang auf. Er riß die Arme in die Höhe und brüllte triumphierend, als habe er die Maschine erledigt. Rhodan wartete ab. Er beobachtete, daß sich die Flammen in das Innere des Roboters fraßen.

„Hierher, Geonstar“, rief er, als er sah, daß der Wissenschaftler sich der brennenden Maschine näherte. „Vorsicht.“

Der Bochaner begriff. Er schlug einen Bogen und eilte zu Rhodan.

„Was ist das für eine Teufelei?“ fragte er. ‚Ist das eine Maschine oder ein Lebewesen, das sich gepanzert hat?“

„Eine Maschine“, erwiderte Rhodan. „Und es steckt ziemlich viel Energie in ihr. Sie könnte explodieren.“

Diese Warnung war kaum über seine Lippen gekommen, als seine Worte wahr wurden. Der Roboter explodierte. Die Druckwelle schleuderte die beiden Männer zu Boden. Rhodan hörte, daß Stahlstücke heulend über ihn hinwegflogen.

„Du hast gesagt, daß es ungefährlich ist, hier zu übernachten“, sagte Geonstar anklagend. „Aber das war eine Lüge.“

„Benimm dich nicht wie ein Narr und freue dich, daß du unverletzt geblieben bist“, erwiderte der Terraner. „Von diesem Ding konnte ich schließlich nichts wissen.“

Geonstar beruhigte sich rasch.

„Du hast recht“, sagte er. „Wenn du auch nur geahnt hättest, daß wir von so einem Monster angegriffen werden, wärest du sicherlich nicht gelandet.“

Er irrte sich. Doch das sagte Rhodan ihm nicht. Der Unsterbliche war sich ziemlich sicher, daß er nicht vorbeigeflogen wäre, wenn er vorher gewußt hätte, daß es in dieser Gegend einen Roboter gab. Ein solcher Automat war das Anzeichen einer höherstehenden technischen Entwicklung und lohnte daher grundsätzlich, beachtet zu werden. Auch jetzt dachte der Terraner nicht daran, bei Tagesanbruch wieder zu starten. Er wollte sich erst ein wenig in der Gegend umsehen, um nachzuprüfen, woher der Roboter gekommen war. Er sagte sich, daß es auch andere hochwertige technische Einrichtungen geben konnte, wo es einen Roboter gab.

„Wir löschen unser Lagerfeuer und warten ab“, sagte er. „Sollten wir angegriffen werden, versuchen wir zu starten.“

Er führte den Wissenschaftler zu ihrer Lagerstelle zurück, und sie warfen Sand ins Feuer, bis es verlöschte. Der brennende Roboter, der etwa hundert Meter von ihnen entfernt war, verbreitete jedoch noch soviel Licht, daß sie jeden Angreifer bemerkt hätten, der sich ihnen genähert hätte. Rhodan setzte sich ins Flugzeug, um notfalls sofort starten zu können, während Geonstar erneut die Wache übernahm.

Dieses Mal dauerte es länger, bis der Terraner einschlief, und er erwachte auch erst gegen Morgen, als es empfindlich kühl wurde. Geonstar weckte ihn.

„Ich habe dich schlafen lassen, weil ein anstrengender Flug vor dir liegt, bei dem ich schlafen kann, du aber nicht", erklärte er. „Wann starten wir?"

„Sobald wir wissen, woher der Roboter gekommen ist", antwortete Rhodan. Er stieg aus und machte gymnastische Übungen, um sich aufzuwärmen. Geonstar wollte Einspruch dagegen erheben, daß sie noch länger auf der Hochebene blieben, aber Rhodan ließ sich nicht von seinem gefaßten Plan abbringen. Er nahm sein Gewehr, das er noch nicht ein einziges Mal abgefeuert hatte, und folgte den Spuren des Roboters. Widerwillig schloß sich ihm der Wissenschaftler an.

„Du hast mir gesagt, daß Bochan früher bessere Tage gekannt hat", erklärte Rhodan. „Das war, bevor die *Experimente* begannen. Hier in dieser Gegend gibt es keine Menschen, aber vielleicht existiert noch eine technische Station? Irgend etwas aus der großen Zeit? Versuche dir vorzustellen, wie du bei deinem Einzug in Eckanlagas dastehen wirst, wenn du einige technische Leckerbissen aus dieser Zeit bei dir hast. Du wirst im Mittelpunkt des Interesses stehen und keine Mühe haben, dich bis nach ganz oben durchzuboxen. Gegen das, was du hier vielleicht finden kannst, ist dein Flugzeug gar nichts."

Das waren Argumente, die stachen.

Geonstars Haltung änderte sich völlig. Jetzt drängte er ungeduldig voran.

Die Spuren der beiden Raupenketten zeichneten sich deutlich im Gras ab. Sie führten zu einem Felsbogen, der etwa vierzig Meter hoch war. Hier endeten sie an einem Tor, das zwischen zwei Felsbrocken verborgen war. Das Schott hatte sich bis auf einen Spalt geschlossen, der breit genug war, die beiden Männer durchzulassen. Rhodan schob sich als erster hindurch. Er kam in einen quadratischen Raum. Die Raupenketten hatten Eindrücke auf dem Boden hinterlassen, die darauf hinwiesen, daß die Maschine über einen langen Zeitraum hinweg hier gestanden hatte.

Dem Schott gegenüber befand sich eine Tür. Von ihr bis zum Schott verlief eine schmale Spur, die glatt und mit festgetretenem Schmutz bedeckt war. Sie verriet Rhodan, daß es entgegen seiner Annahme doch Bochaner gab, die hier auf der Hochebene lebten. Sie verbargen sich hinter der Tür.

Er öffnete sie, bevor Geonstar Einspruch erheben konnte. Dahinter lag der Anfang einer breiten Wendeltreppe, die in die Tiefe führte. An der Decke befand sich ein Glühfaden, der ausreichend Licht spendete, so daß die beiden Männer die Stufen der Treppe sehen konnten.

„Wir sollten umkehren", sagte Geonstar ängstlich. „Wir haben genug gesehen."

„Noch längst nicht", erwiderte Rhodan. „Komm."

Er schulterte das Gewehr und ging die Treppe hinab.

„Wir haben ihre Maschine zerstört", sagte Geonstar. „Überlege doch mal, was das bedeutet. Glaubst du, dafür werden sie uns auf die Schulter klopfen? Sie werden uns vor Wut zerreißen, wenn sie es merken."

Rhodan antwortete nicht. Er war entschlossen, auf jeden Fall weiterzugehen. Geonstar protestierte immer wieder, und je tiefer sie die Treppe hinabstiegen, desto heftiger wurden seine Einwände. Rhodan fiel auf, daß Geonstar ängstlich, nervös und voller Widerwillen gegen das weitere Vorgehen war. Er verhielt sich wie ein Mann, der am liebsten davongelaufen wäre. Die blindwütige Aggressivität, mit der er ihn bei der Landung im Flugzeug angegriffen hatte, war abgeklungen. Schließlich erklärte Geonstar, daß er umkehren wolle.

Doch dann erreichten sie das Ende der Treppe und standen vor einer Tür, die mit verschiedenen roten, gelben und grünen Knöpfen versehen war. Da diese über Jahrzehnte hinweg oder vielleicht noch länger immer wieder betätigt worden waren, war es leicht für Rhodan, herauszufinden, wie die Tür zu öffnen war. Die stärker beschmutzten Knöpfe mußten öfter betätigt werden als die anderen. Es kam darauf an, die Knöpfe in bestimmter Reihenfolge einmal oder mehrere Male zu drücken. Rhodan brauchte nur vier Versuche, bis die Tür zur Seite glitt.

Dann blickte er in einen riesigen Felsdom, in dem die seltsamste Stadt lag, die er je gesehen hatte. Die Wohneinheiten, die aus farbigen Tüchern und Bodenbrettern bestanden, hingen an jeweils vier armdicken Seilen von der Decke herab. Die meisten Wohneinheiten bestanden nur aus einem Raum, der etwa anderthalb Meter über dem Boden hing. Diese Wohnungen befanden sich vor allem am Stadtrand. In Richtung Höhlenmitte aber hingen die Einheiten höher, und sie bestanden aus zwei, drei oder fünf Räumen, die übereinander hingen. Die Räume dieser Wohnungen waren größer und waren an sechs oder gar acht Seilen befestigt. Ein breiter Fluß durchquerte die Halle. Er nahm alle anfallenden Abfälle auf und schwemmte sie durch einen Tunnel hinaus. An der Decke der Höhle leuchteten zahlreiche Röhren. Sie spendeten helles Licht und waren ein eindeutiger Beweis dafür, daß die Höhlenbewohner es verstanden, Elektrizität zu gewinnen.

Die einzelnen Tuchhäuser waren mit Brücken aus Seilen und Brettern verbunden, und Strickleitern führten von allen Wohnungen zum Boden herab. Auf den Brücken herrschte reges Treiben. Männer, Frauen und Kinder eilten auf ihnen hin und her. Sie schleppten Lasten, reparierten die Häuser oder Strickleitern oder bemalten die Tuchwände der Häuser mit farbenprächtigen Mustern.

Eine Frau, die dem Schott am nächsten war, schrie ängstlich auf, als sie Rhodan und Geonstar entdeckte. Sie flüchtete über eine Strickleiter in die Höhe, kam dabei jedoch mit den Füßen durcheinander und stürzte in den Fluß. Rhodan wollte ihr nacheilen, doch dann sah er, daß sie eine äußerst geschickte Schwimmerin war und keine Mühe hatte, das Ufer zu erreichen.

Die Schreie der Frau hatten jedoch einige Männer alarmiert. Diese kletterten an den Leitern herunter und kamen Rhodan und dem Wissenschaftler entgegen. Dem Terraner fiel auf, daß sie sich nicht aggressiv zeigten, wie überhaupt das Bild, das sich ihm bot, überaus friedlich war. Es unterschied sich grundlegend von dem Anblick der anderen Städte, die er gesehen hatte. Hier wurde nirgendwo gekämpft. Die Bochaner plauderten lachend miteinander und verhielten sich völlig anders als die Bochaner auf dem Kontinent.

Geonstar griff nach seinem Messer, doch Rhodan legte ihm die Hand auf den Arm.

„Keine Sorge", sagte er beruhigend. „Die werden nichts gegen uns unternehmen."

Er behielt recht. Sieben Männer kamen auf sie zu. Sie blieben einige Schritte von ihnen entfernt stehen und blickten sie neugierig, aber ohne jedes Zeichen von Feindseligkeit an.

„Wo kommt ihr her?" fragte einer von ihnen.

„Mein Name ist Rhodan", erwiderte der Terraner. Er zeigte auf seinen Begleiter. „Das ist Geonstar aus Sprachlon. Wir haben oben Rast gemacht und wurden von einer Maschine angegriffen."

Seine Worte lösten ungläubiges Staunen aus.

Einer der Höhlenbewohner trat auf ihn zu. Er war der kleinste von allen, wirkte aber am kräftigsten. Die schwellenden Schultermuskeln drohten das Seidengewand zu sprengen, das seinen Oberkörper wie eine zweite Haut umschloß.

„Eisentot hat euch angegriffen?" fragte er. „Bist du sicher?"

„Wenn du mit Eisentot den Metallkasten meinst, der oben am Ende der Treppe gestanden hat, dann war er es, der uns angegriffen hat", erwiderte Rhodan.

„Eisentot hat noch nie jemanden angegriffen. Eisentot hat sich seit Hunderten von Jahren nicht bewegt", erklärte der muskulöse Bochaner. „Übrigens – ich bin Baperstab."

„Was ist mit Eisentot passiert?" fragte ein anderer Höhlenbewohner.

„Er ist verbrannt", schwindelte Rhodan. „Er begann plötzlich zu brennen."

Die Bochaner aus der Höhle lachten. Sie nahmen Rhodan

und den verwunderten Geonstar in ihre Mitte und führten sie zu den hängenden Häusern. Auf den Brücken drängten sich die Bochaner zusammen. Sie standen dicht an dicht, so daß sich die Seile in beängstigender Weise strafften.

„Eine fröhliche Gemeinschaft", sagte Geonstar. „So etwas habe ich noch nie erlebt."

Er schien nicht fassen zu können, daß es auch ein friedliches Zusammenleben gab. Sein bisheriges Leben war von Angst und Mißtrauen bestimmt gewesen. Ständig hatte er mit Angriffen auf sich und seine Position rechnen müssen. Ein einziger Moment der Unaufmerksamkeit hatte oft schon unabsehbaren Schaden zur Folge gehabt. Und er selbst hatte andere ständig belauert, um sofort zuschlagen zu können, wenn diese sich eine Blöße gaben.

Plötzlich fühlte er sich frei. Hier in der Höhle hatte er keine Angst mehr, und vorübergehend vergaß er sogar, daß Eckanlagas ihr eigentliches Ziel war.

Die Bewohner der Höhlenstadt führten sie über hängende Brücken, vorbei an schwatzenden und lachenden Bochanern bis in ein großes Tuchhaus, das nahe dem Stadtzentrum lag. Dieses Haus hatte eine Metallplatte als Basis, auf der eine Feuerstelle errichtet war. Die Einrichtung des Raumes war keineswegs spartanisch, sondern überraschend reichhaltig. Sie verriet, daß die Bochaner von dem Wild lebten, das sie erjagten, und daß sie viel Zeit für künstlerische Arbeiten aufwendeten. An den Wänden hingen farbenprächtige Bilder von außerordentlicher Schönheit. An den Wänden standen mehrere Skulpturen, die beträchtliches Können ihrer Schöpfer bewiesen.

Baperstab führte das Wort. Er schien der Anführer der Bochaner zu sein. Die anderen respektierten ihn. Er war freundlich und bei aller Neugierde nicht aufdringlich. Seine Aufmerksamkeit richtete sich vor allem auf Rhodan. Er fragte ihn danach, woher er kam, und wie er nach Bochan gelangt war. Es verwirrte ihn, daß Rhodan ihm die letzte Frage nicht beantworten konnte.

Fünf Männer, die leuchtend grüne Gewänder trugen, betraten den Raum. Sie verneigten sich vor Rhodan und Geonstar und nahmen dann in einem Winkel des Raumes Platz. Sie verhüllten die untere Hälfte ihrer Gesichter mit gelben Tüchern. Ihre Hornplatten waren kunstvoll bearbeitet, so daß sie nun doppelte Zackenreihen bildeten. Die Männer trugen Bücher, die ein Zeichen ihrer Würde zu sein schienen, unter den Armen. Rhodan vermutete, daß sie geistliche Würdenträger waren, und daß sie beträchtlichen Einfluß hatten, obwohl Baperstab sie ihm nicht vorstellte.

Der Terraner merkte bald, daß Baperstab ein gebildeter Mann war, der sogar wußte, was ein Raumschiff war und wie es funktionierte. Er erklärte Rhodan, daß die Stadt über alte Aufzeichnungen verfüge, in denen Raumschiffe und andere hochtechnische Dinge beschrieben waren. Er versprach, Rhodan die Aufzeichnungen in den nächsten Tagen zu zeigen. Dann brach er das Gespräch ab und lud seine beiden Besucher zu einem Festmahl ein.

Geonstar fühlte sich bei den Höhlenbewohnern so wohl, daß er fragte, ob er bei ihnen bleiben durfte. Baperstab lud ihn ein, so lange zu bleiben, wie er wollte.

Rhodan stellte keine entsprechende Frage.

Er war skeptisch. Er hatte genügend Erfahrungen in der Begegnung mit kosmischen Völkern, um zu wissen, daß ein kleines Mißverständnis schon genügte, die Stimmung umschlagen zu lassen. Und er ahnte, daß es in der hängenden Stadt noch einige Geheimnisse gab, die äußerst wichtige Antworten für ihn beinhalteten.

Er vermutete sogar, daß diese Höhlenstadt ein wichtigeres Ziel für ihn war als die Hauptstadt Eckanlagas.

Er erinnerte sich an den Bochaner mit der Lanze, und er maß der Tatsache eine gewisse Bedeutung bei, daß dieser Mann sich auf der Hochebene hatte sehen lassen. Sicherlich war der Bochaner nicht von ungefähr unmittelbar am Beginn der Wendeltreppe gewesen, die zur Höhle hinabführte.

Rhodan spürte, daß er dicht vor einer Entscheidung stand.

5.

Plötzlich brandete Gelächter auf.

Es begann irgendwo weit unter ihnen. Schreie ertönten, die sich über die verschiedenen Wohneinheiten fortpflanzten bis hin in die äußersten Winkel der Höhle und überall Lärmen und Lachen auslösten.

„Was ist los?“ fragte Geonstar beunruhigt. „Ist etwas passiert?“

Baperstab lächelte.

„Ein Kind ist gestorben“, erwiderte er heiter. „Hast du es nicht gehört?“

Geonstar schluckte. Beunruhigt blickte er Rhodan an.

„Und das erheitert dich so?“ fragte er Baperstab verwirrt. „Der Tod eines Kindes ist ein trauriges Ereignis.“

„Aber nein“, widersprach der Anführer der Höhlenbochaner. „Wie kannst du so etwas Unsinniges sagen? Wenn jemand stirbt, dann geht er in das *Reich der unbegrenzten Glückseligkeit* ein. Das ist ein Grund, sich zu freuen. Er setzt sein Leben auf höherer und schönerer Ebene fort. Nur, wer ihm dieses mißgönnt, wird trauern und damit seinen Neid zu erkennen geben.“

„Aber das ist falsch“, ereiferte sich Geonstar. „Der Tod ist endgültig. Noch niemals haben . . .“

Er kam nicht weiter, denn Rhodan legte ihm die Hand auf den Arm und unterbrach ihn: „Darüber kann man unterschiedlicher Ansicht sein. Sicherlich willst du unsere Gastgeber nicht dadurch beleidigen, daß du ihren Glauben in Frage stellst.“

„Natürlich nicht“, erwiderte Geonstar erschrocken. Erst jetzt merkte er, daß die Mienen der Höhlenbewohner ernst geworden waren.

„Ich freue mich für euch“, erklärte Rhodan. „Dürfen wir das glückliche Kind sehen?“

Das waren die richtigen Worte für Baperstab und die anderen. Sie lächelten freundlich. Die Priester erhoben sich, schlugen ihre Bücher auf und lasen mit leiser, unverständlicher Stimme eine kurze Passage vor. Dann klappten sie die Bücher wie auf ein geheimes Kommando zu, und einer von ihnen verkündete: „Wir erlauben der Mutter, das Kind auf seinem Weg ein Stück zu begleiten."

Die anderen Bochaner klatschten sich begeistert auf die Oberschenkel. Lärmend und lachend verließen sie die Wohnung. Baperstab führte Rhodan und Geonstar hinaus. Der Terraner sah, daß farbenprächtig gekleidete Frauen ein Kind über eine Brücke trugen. Das Kind lag schlaff in den Armen einer Frau. Es konnte noch nicht lange tot sein. Keine der Frauen zeigte eine Spur von Trauer. Alle waren ausgesprochen fröhlich. Für sie war der Tod des Kindes tatsächlich ein Ereignis, das es zu feiern galt.

Geonstar schob sich an Rhodan heran.

„Scheußlich", flüsterte er ihm zu. „Einfach bestialisch."

„Sei vorsichtig", erwiderte der Terraner. „Ich will nichts mehr hören. Außerdem hast du keinen Grund, dich über diese Leute aufzuregen. Was ich in Sprachlon und an anderen Orten gesehen habe, die wir überflogen haben, war viel schlimmer. Oder willst du behaupten, daß es in Ordnung ist, wenn sich die Bevölkerung einer ganzen Welt gegenseitig niedermetzelt?"

Geonstar schwieg betroffen.

Rhodan schloß zu Baperstab auf. Er bemerkte, daß einige Frauen unter krankhaften Hautveränderungen und -wucherungen litten.

„Wohin gehen die Frauen mit dem Kind?" fragte er.

„Warte es ab", antwortete der Bochaner. „Du wirst es gleich sehen."

Die Frauen kletterten an Strickleitern nach unten. Sie waren in einen Bereich der Höhle vorgedrungen, der dem Eingang genau gegenüberlag. Rhodan blickte zurück. Er konnte den Eingang sehen. Er schätzte, daß sie mehr als einen Kilometer von ihm entfernt waren. Die Höhlendecke wölbte sich vor ihm nach unten. Sie war mit bunten Tüchern verhängt, die verbargen, was dahinter lag.

Als Rhodan den Boden der Höhle erreichte, sah er, daß die Frauen bereits Speisen und Getränke zusammengetragen hatten. Etwa dreißig Männer bauten sich vor der Wand aus bunten Tüchern auf und begannen, auf fremdartigen Instrumenten zu spielen. Der Terraner, der schon häufig derartige Konzerte fremder Intelligenzen gehört hatte, fürchtete, ein unangenehmes Geräuschinferno über sich ergehen lassen zu müssen und hätte sich am liebsten bis ans andere Ende der Höhle zurückgezogen. Doch er wurde angenehm enttäuscht. Nach einigen einführenden Dissonanzen ertönte eine Musik, die ihn begeisterte. Sie war mathematisch exakt und zugleich so rhythmisch, daß sie ihn ebenso ansprach wie die Bochaner.

Rhodan beobachtete die Mutter des toten Kindes. Er erwartete, daß sie hin und wieder doch Zeichen der Trauer zeigen würde, doch er irrte sich. Sie lachte und scherzte mit den anderen Frauen, so wie es nur Menschen tun, die glücklich sind.

Die Feierlichkeiten wurden nach etwa einer Stunde durch eine Ansprache eines Priesters abgeschlossen, in der dieser noch einmal betonte, welch ein Glück es für das Kind war, daß es ins *Reich der unbegrenzten Glückseligkeit* überwechseln durfte.

Dann zogen die anderen Priester die bunten Tücher zur Seite, mit der die Felswand behängt war. Ein breites Panzerschott wurde sichtbar.

Rhodan richtete sich unwillkürlich auf. Er hatte Mühe, seine Spannung zu verbergen. Er war sich klar darüber, daß die Bochaner in unmittelbarer Nachbarschaft mit einer hochtechnifizierten Station lebten, die vielleicht schon seit Jahrhunderten oder Jahrtausenden bestand, und die längst so etwas wie ein Heiligtum für sie geworden war.

Einer der Priester trat auf die Tür zu. Er holte einen kleinen Stab unter seiner Kleidung hervor, richtete ihn auf das Schott und rief: „Ich befehle dir: Öffne dich!“

Rhodan sah, daß er einen Knopf an dem Stab drückte. Unmittelbar darauf öffnete sich das Schott. Ein Raunen ging durch die Menge. Der Terraner blickte in eine technische Station, die von gleißendem Licht erfüllt war. Er sah einige fremdartige Maschinen, die bis an die Decke einer benachbarten Halle reichten, die einen Durchmesser von etwa zwei Kilometern hatte.

Rhodan hatte noch niemals zuvor solche Maschinen gesehen. Doch das überraschte ihn nicht. Er konnte nicht erwarten, einer fremden Zivilisation zu begegnen, die Maschinen baute, die ihm bekannt vorkamen. Dennoch zweifelte er nicht daran, daß er das Laboratorium gefunden hatte, in dem vor einigen hundert Jahren Zeitexperimente durchgeführt worden waren. Diese Experimente waren gescheitert. Sie hatten einen verheerenden Einfluß auf die Bevölkerung des Planeten Bochan gehabt. Die Bochaner waren aggressiv geworden. Sie waren übereinander hergefallen und hatten sich gegenseitig bekämpft. Rhodan vermutete, daß von Zeit zu Zeit Impulse von dieser Station ausgingen, die die Bochaner zu besonderer Raserei veranlaßten. Erst vor einem oder zwei Tagen mußte eine solche Impulswelle über die Bevölkerung des gequälten Planeten gekommen sein. Sie hatte besonders heftige Kämpfe ausgelöst. Überraschend war jedoch, daß die Bochaner, die in unmittelbarer Nachbarschaft der Station lebten, davon unbehelligt geblieben waren. Das war nur durch eine besondere Abschirmung der Höhle zu erklären.

Zwischen zwei säulenartigen Maschinen stand ein Roboter. Er hatte humanoide Formen, jedoch keine Beine, sondern ein Raupenfahrgestell.

Die Mutter des toten Kindes ging auf den Roboter zu und legte das Kind etwa zehn Meter von ihm entfernt auf den Boden. Dann verharrte sie einige Minuten lang auf der Stelle, kehrte um und verließ die Station.

Schlagartig erkannte Rhodan die grausige Wahrheit. Er erinnerte sich an die krankhaften Hautveränderungen, die er bei einigen Frauen beobachtet hatte. Plötzlich wußte er, daß diese von radioaktiven Verbrennungen herrührten, die diese Frauen bei ihrem Eintritt in die Station davongetragen hatten. Er zweifelte nicht daran, daß der Roboter das Kind nehmen und in den Konverter oder eine Desintegratoranlage werfen würde.

Rhodan erfaßte jedoch auch, daß er nur eine einzige Chance hatte, den Planeten Bochan jemals wieder zu verlassen.

Er umklammerte sein Gewehr mit beiden Händen und rannte los, als der Priester den Schließimpuls gegeben und die Mutter des toten Kindes die Halle verlassen hatte.

Die Höhlenbewohner schrien entsetzt auf. Einer der Männer versuchte, sich Rhodan in den Weg zu werfen. Der Terraner stieß ihn zur Seite und lief in das Zeitlabor. Zischend schloß sich das Schott hinter ihm.

Rhodan war allein.

Jetzt wußte er, weshalb er auf Bochan war, und wie er hierher gekommen war.

Die Zeitexperimente hatten ein Chaos zur Folge gehabt. Sie waren den Wissenschaftlern aus der Hand geglitten. Die unmittelbare Wirkung auf sie mußte so überraschend gewesen sein, daß keiner von ihnen mehr in der Lage gewesen war, die Maschinen auszustellen. Rhodan vermutete, daß sie das Zeitlabor fluchtartig verlassen und danach keine Gelegenheit mehr gehabt hatten, dorthin zurückzukehren. Danach war der Planet Bochan dem Untergang geweiht gewesen.

Irgendwann in letzter Zeit mußte irgend jemand erkannt haben, in welch hoffnungsloser Situation sich der Planet befand. Er selbst hatte vielleicht schon viel versucht, die Maschinen abzustellen, mit denen die Zeitexperimente durchgeführt worden waren, aber das hatte sich als unmöglich für ihn erwiesen. Vielleicht lag das daran, daß er keine Möglichkeit hatte, bis in die Station vorzudringen. Wahrscheinlicher aber war, daß ihm das technische Wissen fehlte, die Maschinen lahmzulegen. Die Lage dieses Unbekannten wurde noch dadurch erschwert, daß er sich der von dem Labor ausgehenden Strahlung ausgesetzt sah, die ihn ebenso blindwütig handeln ließ wie alle anderen Bochaner.

Dieser Unbekannte mußte über gewisse parapsychische Fähigkeiten verfügen. In seiner Verzweiflung hatte er seine geistigen Fühler ausgestreckt, und irgendwann war er auf die BASIS gestoßen. Er hatte erkannt, daß es in der BASIS Intelligenzen gab, die über genügend Wissen verfügten, das Zeitlabor auszuschalten. Und er hatte sich eine Persönlichkeit herausgeholt, die über besondere Führungsqualitäten verfügte. Das war die Voraussetzung gewesen, denn sie mußte sich in dem Chaos behaupten, das auf Bochan herrschte.

Der Unbekannte war auf ihn, auf Rhodan, gestoßen und hatte sich für ihn entschieden.

Rhodan wußte, daß er sich einer radioaktiven Strahlung aussetzte. Doch das störte ihn nicht. Er konnte sich behandeln lassen, sobald er wieder auf der BASIS war. Er war sich klar darüber, daß er nur hoffen konnte, zur BASIS zurückzukehren, wenn es ihm gelang, die in ihn gesetzten Hoffnungen zu erfüllen. Er mußte das Zeitlabor unschädlich machen und zugleich dafür sorgen, daß es sobald nicht wieder in Betrieb genommen werden konnte.

Der Roboter nahm das tote Kind auf und trug es weg. Rhodan folgte ihm. Dabei blickte er sich um und betrachtete die Maschinen. Sie waren so fremdartig, daß er nicht erkennen konnte, welcher Art die Zeitexperimente gewesen waren, die mit ihrer Hilfe durchgeführt worden waren. Doch das war jetzt auch nich wichtig. Ihm kam es darauf an, das zentrale Kraftwerk zu finden.

Er begann damit, die Anlage zu untersuchen. Zugleich spürte er, daß sein Zellaktivator intensiver arbeitete. Die Impulse folgten schneller aufeinander.

Das Gerät glich die durch die radioaktive Strahlung auftretenden Schäden aus.

Rhodan brauchte nicht lange zu suchen, bis er das Kraftwerk gefunden hatte. Er hatte genügend Stationen fremdartiger Techniken gesehen. Die Energieversorgung arbeitete bei allen nach gewissen Prinzipien, die offenbar nicht zu umgehen waren.

Der Kraftwerksektor war jedoch durch eine transparente Panzerwand abgetrennt. Rhodan benötigte etwa zehn Minuten, bis er einen Durchlaß entdeckte, der so geschickt in das transparente Material eingelassen war, daß er zweimal daran vorbeigegangen war, ohne ihn zu bemerken.

Als er das transparente Schott öffnen wollte, hörte er das Rasseln der Raupenketten.

Der Roboter näherte sich ihm.

Rhodan zögerte, das Gewehr zu gebrauchen, weil er nur einen einzigen Schuß hatte.

Er war sich nicht darüber klar, ob der Roboter eine Bedrohung für ihn bedeutete.

Er drückte zwei Tasten, die in die Tür eingelassen waren. Die Tür sank in den Boden. Der Roboter beschleunigte. Er streckte die Arme aus. Jetzt war sicher, daß er den Terraner angreifen wollte.

Rhodan zögerte nicht mehr länger, sondern hob das Gewehr an die Schulter und schoß. Der grüne Blitz zuckte zu der Maschine hinüber und zerstörte sie.

Rhodan stellte das Gewehr an die transparente Wand und betrat das Kraftwerk. Im gleichen Moment hörte er Stimmen. Er blickte zum Eingang hinüber. Zehn Bochaner betraten die Anlage. Sie hatten sich bis auf die Hosen entkleidet.

Als die Höhlenbewohner ihn sahen, begannen sie wütend zu schreien. Sie drohten ihm mit erhobenen Fäusten und rannten auf ihn zu. Rhodan schloß das Schott hinter sich und eilte auf die Hauptschalttafel des Kraftwerks zu.

Dann stand er sekundenlang vor der fremdartigen Schaltung und wußte nicht, was er tun sollte. Er versuchte, das System zu verstehen, nach dem die Steueranlage des Kraftwerks aufgebaut war. Aber die ihm verbleibende Zeit war zu kurz. Die Bochaner hatten das transparente Schott erreicht und hantierten an der Schaltung herum.

Rhodan fällte eine Entscheidung, nachdem er glaubte, zumindest einen Teil der Kontrollanlage verstanden zu haben. Er drückte zwei Tasten und drehte einen Knopf. Dann verfolgte er, wie auf einer Skala die angezeigten Werte anstiegen, bis sie eine rote Markierung erreichten.

Die Bochaner öffneten das Schott. Schreiend rannten sie auf ihn zu.

Rhodan riß einige Plomben ab und warf die freigelegten Schalter herum. Der erhoffte Effekt trat ein. Irgendwo im Kraftwerk explodierte etwas. Lämpchen leuchteten auf, und der Zentralcomputer gab ein durchdringendes Warnsignal. Der Terraner setzte sein Zerstörungswerk fort, indem er einige weitere Schalter betätigte. Dann sprang er auf das Kontrollpult und kletterte daran hoch. Er riß eine der oberen Verkleidungsplatten ab und legte damit die Computerelemente frei. Er warf die Platte in die Öffnung und zerstörte hunderte hochwertiger Elemente. Krachende Kurzschlüsse waren die Folge. In der Halle ging das Licht aus. Es wurde stockdunkel.

Jetzt aber waren die ersten Bochaner heran. Sie sprangen am Kontrollpult hoch und versuchten, Rhodan zu packen. Damit hatte dieser gerechnet. Er rannte einige Schritte zur Seite und ließ sich dann auf den Boden herunter. Die Bochaner schrien wild durcheinander. Sie konnten nicht mehr sehen, wo er war.

Rhodan hatte sich genau gemerkt, wo der Durchgang zur Halle war. Jetzt lief er lautlos darauf zu. Kurz bevor er ihn erreichte, streckte er die Arme aus. Wenig später berührte er die Wand. Er schob die Hände suchend daran entlang und fand den Durchgang.

„Ruhe", brüllte einer der Bochaner. „Seid ruhig, sonst finden wir den Frevler nie."

Die anderen Bochaner verstummten.

Rhodan blieb stehen. Er horchte.

Dicht neben sich vernahm er den Atem eines Bochaners.

Lautlos schob der Unsterbliche sich durch das offene Schott. Er nahm das Gewehr auf, das er hier abgestellt hatte. Dann schlich er weiter bis zu einem Maschinenblock, dessen auffallende Formen er sich ebenfalls gemerkt hatte. Von hier aus sah er ein noch glimmendes Kontrollicht, das sich in der Nähe des Schottes zur Höhle der Bochaner befand. Er hörte, wie die Bochaner miteinander flüsterten. Offenbar entwickelten sie einen Plan, nach dem sie ihn suchen wollten. Er eilte auf das ferne Schott zu. Dabei tastete er sich an den Maschinen entlang.

Als er in die Nähe des Schottes kam, flammten dort einige Feuer auf, mit denen die zurückgebliebenen Frauen und Männer die Suche nach ihm erleichtern wollten.

Rhodan glitt bis in die unmittelbare Nähe des Schottes. Er legte beide Hände um das Gewehr. Dann rannte er los.

Die Männer und Frauen an den Feuern waren so überrascht, daß sie für den Bruchteil einer Sekunde zögerten. Dieser kleine Vorteil genügte Rhodan schon. Er durchbrach die dünne Kette der Bochaner, bevor die Höhlenbewohner ihn halten konnten.

Ein riesiger Mann warf sich ihm entgegen und versuchte, ihn mit einem Schwert niederzuschlagen. Rhodan riß mit beiden Händen das Gewehr hoch. Krachend schlug die Klinge gegen den Lauf. Der Aufprall war so hart, daß dem Bochaner das Schwert aus den Händen fiel.

Rhodan rannte an ihm vorbei und sprang kopfüber in den Fluß, der die Höhle durchquerte. Die reißende Strömung riß ihn mit. Er hörte die Schreie der Bochaner, und er sah, daß sie mit Messern und Steinen nach ihm warfen. Doch sie waren zu langsam. Sie verfehlten ihn. Das Wasser schwemmte ihn auf einen dunklen Tunnel zu. Rhodan atmete einige Male tief durch. Er wehrte sich nicht gegen die Strömung. Dann warf ihn eine Welle in den Tunnel, und Wasserwirbel drückten ihn unter Wasser.

Er fühlte, daß er stürzte. Er schlug mit der Schulter gegen glatten Stein. Wie ein lebloses Stück Holz wirbelte ihn die Strömung herum, so daß er sich nicht hätte halten können, selbst wenn er es gewollt hätte.

Die Luft wurde ihm knapp.

Er öffnete die Augen, sah jedoch nicht den geringsten Lichtschimmer. Panik kam in ihm auf. Hatte er sich verschätzt? Er wußte genau, daß er an den steil aufsteigenden Felsen der Tafelberge keinen Wasserfall, sondern einen Fluß gesehen hatte, der dicht über dem Meeresspiegel aus dem Felsen kam. War das nicht der Fluß, in dem er sich befand? Hätte er nicht schon längst unten am Fuß des Bergs sein müssen, wenn es dieser Fluß war? Riß ihn die Strömung eines anderen Flusses tief in den Berg hinein, ohne ihn in absehbarer Zeit wieder an die Oberfläche zu bringen?

Die Lungen drohten ihm zu platzen.

Rhodan ruderte mit beiden Armen, um schneller voranzukommen. Dann, als er schon glaubte, ersticken zu müssen, bemerkte er Licht vor sich. Rasend schnell schoß er darauf zu, und endlich warf ihn die Strömung wie einen Spielball aus den Felsen in die Luft.

Mit aller Kraft kämpfte er sich zum Ufer. Er wollte auf jeden Fall vermeiden, durch die Strömung ins Meer hinausgetrieben zu werden. Es gelang ihm, das Ufer zu erreichen und an Land zu kriechen, bevor der Fluß ins offene Meer mündete.

Vollkommen erschöpft blieb er zwischen den Felsen liegen. Doch schon nach einigen Minuten richtete er sich keuchend auf und schleppte sich weiter. Er fürchtete, daß die Bochaner ihm durch den Fluß folgten und versuchten, sich an ihm zu rächen.

Plötzlich ertönte ein schriller Pfiff über ihm. Rhodan blickte an der fast senkrecht aufsteigenden Felswand nach oben. Er erkannte Geonstar, der hoch über ihm stand und ihm zuwinkte.

Der verwachsene Bochaner ließ ein langes Seil an den Felsen herunter. Rhodan raffte sich auf und eilte zur Felswand. Er packte das Seil und wollte daran hochklettern. Doch das war nicht nötig. Geonstar half ihm, indem er das Seil nach oben zog. Seine Kräfte reichten jedoch nicht ganz aus, so daß Rhodan das letzte Stück klettern mußte.

Erschöpft schob der Unsterbliche sich schließlich über die Felskante. Er blieb im Gras liegen.

„Sieh mal nach unten“, riet Geonstar ihm.

Der Terraner blickte zum Fluß zurück. Er entdeckte die Köpfe von zwölf Bochanern im Wasser. Sie waren ihm durch den unterirdischen Fluß gefolgt. Sie hatten allerlei Ausrüstungsgegenstände dabei, die ihnen die Jagd auf ihn erleichtern sollten.

„Sie kommen etwas spät", sagte Geonstar lachend.

Rhodan erhob sich. Er streckte dem Wissenschaftler die Hand entgegen.

„Ich danke dir", sagte er. „Damit habe ich, ehrlich gesagt, gar nicht gerechnet."

Geonstar lachte erneut. Es war ein offenes und freies Lachen, wie Rhodan es auf diesem Planeten noch nicht gehört hatte.

„Du hast viel für uns getan", erklärte er. „Du hast uns von der Pest befreit, die uns immer wieder zum Kampf getrieben hat. Jetzt endlich können wir normal leben. Ich fühle, daß alles vorbei ist. Aber – warum hast du eigentlich dein Gewehr nicht abgelegt? Hast du noch Munition?"

„Nein", erwiderte Rhodan und nahm das Gewehr von der Schulter. „Jetzt kann ich es wohl wegwerfen."

„Noch nicht", ertönte eine alte, brüchige Stimme. Sie kam aus dem golden schimmernden Kolben der Waffe. „Wir haben noch etwas zu besprechen, Rhodan. Ich erwarte dich im Palast von Eckanlagas."

„Wer bist du?" fragte der Terraner verblüfft. Bis zu diesem Zeitpunkt hatte er nicht gewußt, daß sich ein Funkgerät im Kolben der Waffe verbarg.

„Man nennt mich den *Zeitlosen* oder auch Eulurt. Du kennst mich schon lange. Du hast die geistige Projektion meines Körpers schon einige Male gesehen."

‚Du bist der Mann mit der Lanze", sagte Rhodan.

„Die Lanze ist das Zeichen meiner Würde. Ich erwarte dich in Eckanlagas."

Es knackte im Kolben der Waffe, und die Stimme verstummte.

Rhodan vernahm die Rufe einiger Bochaner.

„Schnell zum Flugzeug", sagte er, „sonst erwischen sie uns noch. Wir haben ihnen ihr Heiligtum genommen. Das werden sie uns niemals verzeihen."

Die beiden Männer eilten zum Flugzeug. Sie sahen eine Gruppe von etwa fünfzig Bochanern, die am Felsentor erschienen, und kurz darauf entdeckten die Höhlenbewohner sie. Wütend schrien sie auf.

Rhodan kletterte in das Flugzeug und startete den Motor. Er blieb ruhig und gelassen, obwohl die Bochaner sich bedrohlich schnell näherten. Sie waren nur noch fünf Meter von ihm entfernt, als die Maschine anrollte. Er gab Gas und beschleunigte voll.

Die enttäuschten Bochaner blieben schnell hinter ihm zurück.

„Ich bin froh, daß ich dir geholfen habe“, schrie Geonstar. „Das war meine größte Tat. Sie wird mich in die Ruhmeshalle der Helden von Bochan bringen.“

Rhodan zog das Flugzeug hoch. Es löste sich vom Boden und stieg steil an.

„Er liegt im Sterben“, flüsterte der Bochaner, der Rhodan und Geonstar durch den Palast im Herzen von Eckanlagas führte. „Wenn er nicht ausdrücklich verlangt hätte, daß ich euch zu ihm führe, hätte ich euch nicht vorgelassen.“

Er blieb vor einer mit goldenen Plättchen beschlagenen Tür stehen.

„Bitte, faßt euch kurz.“

Er öffnete die Tür. Rhodan und Geonstar betraten einen abgedunkelten Raum, in dem ein greisenhafter Bochaner auf einem Diwan lag. Neben ihm lehnte eine Lanze an der Wand.

„Eulurt“, sagte Geonstar ehrfurchtsvoll. Er blieb an der Tür stehen, während der Terraner bis zu dem Diwan ging. Die beiden Augen des Alten richteten sich auf ihn.

„Du hast es geschafft, Rhodan“, sagte Eulurt. „Du hast getan, was ich erhofft habe. Ich danke dir. Jetzt hat Bochan wieder eine Zukunft.“

„Du hast es geschafft“, erwiderte Rhodan. „Ich war nur ausführendes Organ.“

„Nur ein Mann wie du konnte sich in dieser Weise durchsetzen“, erklärte Eulurt mit schwacher Stimme. Er sprach so leise, daß der Terraner ihn kaum verstehen konnte. „Aber auch ich habe mein Teil dazu getan. Jetzt bin ich mit meiner Kraft am Ende. Ich sterbe. Meine letzte Aufgabe wird sein, dich an Bord deines Raumschiffs zurückzubringen."

„Das dürfte kaum möglich sein", erwiderte Rhodan. „Die BASIS ist jetzt bereits Tausende von Lichtjahren von uns entfernt."

„Du irrst dich", widersprach der Sterbende. „Sie ist noch in der Nähe. Du vergißt die Zeit. Sie spielt die entscheidende Rolle. Während du auf Bochan warst, sind an Bord der BASIS nur wenige Sekunden vergangen. Nun aber, da du das Zeitlabor ausgeschaltet hast, vergeht die Zeit auf Bochan ebenso schnell wie in der BASIS. Wir müssen uns also beeilen, wenn wir sie noch erreichen wollen."

Eulurt hob die Hand.

„Nur eine Frage noch", sagte Rhodan. „Warum hast du auf mich geschossen, als wir uns das erste Mal begegnet sind? Du hast mich nach Bochan geholt, damit ich euch helfe, aber als ich da war, hast du versucht, mich zu töten."

Der Greis lächelte.

„Vergiß nicht, daß ich ebenso wie alle anderen unter dem Einfluß der teuflischen Maschinen des Zeitlabors stand. Ich war aggressiv und konnte nichts dagegen tun. Ich bin froh, daß ich dich nicht getroffen habe."

Rhodan ergriff die Hand des sterbenden Bochaners. Er fühlte, daß parapsychische Energien auf ihn überflossen. Unwillkürlich schloß er die Augen.

Als er sie wieder öffnete, befand er sich an Bord der BASIS. Er stand vor dem Schott zur Hauptleitzentrale, dort, wo er vor wenigen Sekunden gewesen war, als Eulurt ihn nach Bochan entführt hatte.